पुनर्जन्म

पुनर्जन्म

वॉल्टर सेम्किव, एम.डी.

अनुवादक
श्वेता भट्ट

संपादक
डॉ. अशोक कुमार शर्मा

प्रकाशक
प्रभात प्रकाशन प्रा. लि.
4/19 आसफ अली रोड, नई दिल्ली–110002
फोन : 23289777 • हेल्पलाइन नं. : 7827007777
इ–मेल : prabhatbooks@gmail.com ❖ वेब ठिकाना : www.prabhatbooks.com

संस्करण
2025

मूल्य
आठ सौ रुपए

मुद्रक
श्री साई प्रिंटर्स, साहिबाबाद

———— ★ ————

PUNARJANMA
by Walter Semkiw, M.D.
(Hindi translation of BORN AGAIN)

Published by **PRABHAT PRAKASHAN PVT. LTD.**
4/19 Asaf Ali Road, New Delhi-110002

ISBN 978-93-5322-271-0

₹800.00

मैं पुनर्जन्म उन सभी आत्माओं को
समर्पित करता हूँ, जो
इसमें पुनर्जन्म मामलों के रूप में उपस्थित हैं।

मैं अपना काम स्वेतका को भी
समर्पित करता हूँ,
उसके प्यार और समर्थन के लिए।

धर्मों और सीमाओं के पार

पुनर्जन्म और परा-भाषा (क्सेनोग्लॉसी) का संसार बड़ा अद्भुत है। जो इसे नहीं जानते, वे इसे मान भी नहीं पाते। जिन परिवारों में पुनर्जन्म की घटनाएँ होती हैं, वे उन्हें तब तक दबाए-छिपाए रहते हैं और आसानी से स्वीकार नहीं करते, जब तक संभव होता है। कल्पना कीजिए, अचानक ही कोई बच्चा अपने परिवारवालों को बताता है कि वह जब 'बड़ा' था, तब उसके बीवी बच्चे थे या वह रातों में अचानक जागकर ऐसे चिल्लाता है, जैसे कोई उसे जान से मार रहा हो। कई बच्चे अपने ही कुल में फिर से जनमते हैं और बाकायदा पिछले जन्म के रिश्तों को पहचानते हैं। उनके शरीरों पर ठीक उन्हीं अंगों पर वे निशान हुआ करते हैं, जहाँ पिछले जन्म में हुआ करते थे। वे अपने परिवारों को पिछले जन्म की उन अनोखी घटनाओं को बताते हैं, जिनका उनको ज्ञान हो सकने का कोई कारण ही नहीं होता। पूरी दुनिया में ऐसे मामलों की कोई कमी नहीं है। इस पुस्तक में ऐसे ही अनेक रोचक मामलों की सप्रमाण जानकारी दी गई है।

परा-भाषा उस अद्भुत घटना को कहा जाता है, जब कोई व्यक्ति, जिसे किसी अन्य भाषा की कोई शिक्षा नहीं दी गई हो, अचानक ही वह भाषा बोलने लगता है। विश्वप्रसिद्ध पुनर्जन्म विशेषज्ञ इयान स्टीवेंसन, एम.डी. द्वारा वर्जीनिया विश्वविद्यालय में स्वतंत्र रूप से किए गए बहुत से पुनर्जन्म तथा परा-भाषा शोधों को भी इस पुस्तक में सम्मिलित किया गया है। इसके अलावा उन मामलों को भी इस पुस्तक में मुख्यत: सम्मिलित किया गया है, जिन पर मैंने अनेक परा-मनोवैज्ञानिक लेखकों की पुस्तकों में उल्लखित आत्माओं के माध्यम केविन रायेरसन के साथ काम किया है। इसके अलावा 2001 से मैंने केविन की मदद से मिस्र के एक अन्य आत्मिक-माध्यम अह्तुन रे की सहायता से पूर्वजन्मों के अनेक मामलों पर कार्य किया है, उनको भी इस पुस्तक में दिया है। पाठक चाहें तो हमारी वेबसाइट https://reincarnationresearch.com/ पर जाकर पुनर्जन्म, पूर्वजन्म और ऐसे ही विलक्षण, अनोखे तथा अविश्वसनीय नवीनतम मामलों की जानकारी ले सकते हैं तथा अपनी विभिन्न शंकाएँ दूर कर सकते हैं।

मुझे विश्वास है कि पुनर्जन्म के बारे में ज्ञान बाँटने से मानवता का भला होगा और जब लोगों को यह समझ आएगा कि उन्हें अपने कर्मों का हिसाब इस जन्म के बाद भी

चुकाना पड़ता है, तब वे बेहतर मानव बन सकेंगे। सच में इस बात की बहुत जरूरत है कि लोगों को मालूम चले कि कुदरत के इनसाफ का दायरा बहुत व्यापक है और परमात्मा के न्याय से कोई नहीं बच सकता। आप किसी धर्म को माननेवाले हों और आपका जन्म कहीं भी हुआ हो, यह तय है कि आपका अंत भी होगा। प्रश्न यह है कि इस अंत के बाद क्या होता है? अंतत: किसी आत्मा के पुनर्जन्म के पीछे परमात्मा का क्या उद्देश्य होता है? क्या कुदरत इनसान को इस जन्म के अधूरे काम करने का भी मौका देती है? क्या आत्माओं के इस धरती पर आने-जाने का भी कोई उद्देश्य हुआ करता है?

इस पुस्तक में प्रकाशित पुनर्जन्म और पूर्वजन्मों के सभी मामले मेरे स्वयं के शोध, विश्लेषण और व्याख्याओं के नतीजे हैं। यह मेरा मौलिक और स्वतंत्र कार्य है। जिन व्यक्तियों के बारे में मैंने शोध किया है, उनका मेरे इस कार्य के संदर्भों, उल्लेखों या दृष्टांतों से कोई संबंध नहीं है। जिन मामलों में खासतौर से मेरे द्वारा उल्लेख किया गया है, उनको छोड़कर वे किसी भी तरह से इस शोध कार्य के किसी निष्कर्ष के प्रति उत्तरदायी नहीं हैं। मेरे इस शोध में किसी भी व्यक्ति का उल्लेख होने का अर्थ यह भी नहीं है कि वे मेरे विश्वास या शोध के नतीजों से सहमत हैं। इस पुस्तक में पुनर्जन्म से संबंधित तमाम व्याख्याएँ और टिप्पणियों का केवल मैं स्वयं ही उत्तरदायी हूँ। इस पुस्तक में इस्तेमाल किए गए कॉपीराइट चित्रों के बारे में निर्धारित प्रक्रियाओं का पालन किए जाने के बावजूद यदि अनुमति प्राप्त करने से रह गई किसी सामग्री के प्रयोग पर किसी कोई को आपत्ति हो, तो उनके अधिकारों का स्वागत करते हुए कारवाई सुनिश्चित की जाएगी।

भारत में इस पुस्तक के हिंदी में प्रकाशन के लिए मैं सबसे पहले 'प्रभात प्रकाशन' का हार्दिक आभारी हूँ। उन्होंने इस किताब को हिंदी पाठकों के सामने प्रस्तुत करने का जोखिम उठाया है और पुस्तक को अंग्रेजी से सरल हिंदी में अनुवादक श्वेता भट्ट से रूपांतरित कराया है। मेरे मित्र और पुनर्जन्म मामलों की काफी अच्छी जानकारी रखने वाले प्रसिद्ध नॉन-फिक्शन लेखक अशोक कुमार शर्मा ने इस स्वप्न को साकार कराने में बहुत परिश्रम किया है। मैं उनका भी अत्यंत आभारी हूँ।

इस पुस्तक को पढ़ने के बाद यदि आपके मन में पूर्वजन्म, पुनर्जन्म और आत्मा के उद्देश्यों को लेकर कोई प्रश्न उठे तो आप मुझे अंग्रेजी में इ-मेल भेजकर जवाब प्राप्त कर सकते हैं। मेरे पास पूरी दुनिया से पत्र आते हैं, इसलिए आपका जवाब देने में कुछ देर अवश्य लग सकती है, परंतु मैं यथासंभव आपको शीघ्र उत्तर देने का पूरा प्रयास करूँगा।

—वाल्टर सेम्किव
walter@reincarnationresearch.com

अनुक्रम

भाग–2

आत्मिक माध्यमों से पुनर्जन्म शोध

भाग-एक

पुनर्जन्म पर स्वतंत्र शोध

1

पुनर्जन्म का सबूत

सहस्त्राब्दि के बदलने के समय के आसपास स्वतंत्र रूप से शोध किए गए पुनर्जन्म के अनेक मामले सामने आए हैं, जिनसे हमें पता चलता है कि एक जन्म से दूसरे जन्म में, लोगों के पास वही शक्ल-सूरत, व्यक्तित्व के लक्षण, जुनून, प्रतिभाएँ, यहाँ तक कि भाषाई लेखन-शैली भी हो सकती है। सबसे सम्मोहक मामले वे हैं, जिनमें बच्चों के मस्तिष्क में किसी पिछले जन्म की सहज यादें हैं, जिन्हें वास्तविक रूप से सत्यापित किया जा सकता है। उदाहरण के लिए एक ऐसे मामले को संयुक्त राष्ट्र अमेरिका में राष्ट्रीय टेलीविजन पर दिखाया गया था। 2005 में, जेम्स लेंइंगेर नाम के एक छोटे लड़के के पुनर्जन्म का मामला, जिसे द्वितीय विश्वयुद्ध में एक फाइटर एयर-क्राफ्ट पायलट के रूप में अपनी मौत याद थी, लोकप्रिय टी.वी. न्यूज प्रोग्राम, ए.बी.सी. प्राइम टाइम पर प्रसारित किया गया था। 2011 में लेंइंगेर केस हिस्टरी चैनल और साथ ही ओपराह विनफ्रे नेटवर्क पर भी दिखाया गया था।

उसके माता-पिता ने पुनर्जन्म शोधकर्ता कैरोल बोमन से मुलाकात की, जो बच्चों से जुड़े मामलों की विशेषज्ञ हैं, ताकि वे उनके बेटे की मदद कर सकें, जो एक विमान दुर्घटना में मरने के पुनरावर्ती दुःस्वप्न का अनुभव कर रहा था। माता-पिता ब्रूस और एंड्रिया लेंइंगेर को जेम्स द्वारा दी गई जानकारी के माध्यम से, उसके पिता अपने बेटे के पिछले जीवनकाल को अमेरिकी विमान वाहक पायलट जेम्स हस्टन, जूनियर के रूप में मान्य करने में सफल हो गए। बाद में, जब बालक जेम्स को हस्टन की जीवित बहन से मिलवाया गया, तो उस जानकारी के आधार पर जो बालक जेम्स को मालूम थी, और जो केवल हस्टन परिवार के सदस्यों को ही ज्ञात हो सकती थी, बहन ने बालक जेम्स को अपने मृत भाई के पुनर्जन्म के रूप में स्वीकार कर लिया।

महत्त्वपूर्ण बात यह है कि जेम्स लेंइंगेर की बचपन से लेकर वयस्कता तक की तसवीरों की एक शृंखला लेंइंगेर और हस्टन के बीच एक अद्‌भुत समानता प्रकट करती

है। ये पुनर्जन्म में अग्रेषित इस आधार का समर्थन करती है कि शक्ल-सूरत जन्म-जन्म तक एक जैसी रह सकती है। ये तसवीरें हस्टन/लेंइंगेर केस पर एक अध्याय में प्रस्तुत की जाएँगी।

एक अन्य केस, जिसमें बचपन की यादें शामिल हैं, बरब्रो कार्लेन का है, जिसने बोलना शुरू करते ही अपने माता-पिता को बताया कि उसका नाम 'एन फ्रैंक' था। बरब्रो के माता-पिता नहीं जानते थे कि एन फ्रैंक कौन थी, क्योंकि फ्रैंक डायरी अब तक उनकी मूल भाषा, स्वीडिश में वितरित नहीं हुई थी। फ्रैंक/कार्लेन केस का एक सामाजिक दृष्टिकोण से भारी महत्त्व है, क्योंकि एन फ्रैंक को एक यहूदी के रूप में सताया गया था, जबकि बरब्रो का जन्म एक ईसाई परिवार में हुआ था। यदि द्वितीय विश्वयुद्ध के समय नाजियों को पता होता कि कोई एक जीवनकाल में यहूदी और दूसरे में ईसाई के रूप में जन्म ले सकता था, तो शायद प्रलय कभी नहीं आई होती। यह केस बाद में विस्तार से प्रस्तुत किया जाएगा।

यूनिवर्सिटी ऑफ वर्जीनिया में एम.डी. इयान स्टीवेंसन द्वारा शोध किए मामले ये भी बताते हैं कि मुसलमान एक जीवनकाल से दूसरे में धर्म बदल सकते हैं। इस तरह के मामले भी पुनर्जन्म में शामिल किए गए हैं।

इस पुस्तक को दो भागों में विभाजित किया गया है। पहले भाग में स्वतंत्र रूप से शोध किए गए पुनर्जन्म के मामले शामिल हैं, जो पुनर्जन्म के आम सिद्धांत प्रदर्शित करते हैं। जैसा कि बताया गया है, इयान स्टीवेंसन, एम.डी. द्वारा शोध किए गए कई महत्त्वपूर्ण मामले प्रस्तुत किए जाएँगे।

दूसरे भाग में मेरे काम के माध्यम से हल किए गए मामले शामिल हैं, केविन रायर्सन के साथ एक विश्वप्रसिद्ध ट्रांस माध्यम, जो शर्ली मैकलेन की चार पुस्तकों में दर्शित है। एक ट्रांस माध्यम ध्यान की स्थिति या ट्रांस में जाकर काम करता है, जो आत्माओं को उसके माध्यम से बोलने की अनुमति देता है। पुनर्जन्म शोध करने में मैंने पाया कि केविन अहतुन रे नाम के एक मिस्र के आत्मा मार्गदर्शक को संचालित करते हैं, जिसने उच्च स्तर की सटीकता के साथ पूर्व-जन्म की पहचान बताने की क्षमता का प्रदर्शन किया है। जब मैंने जाना कि अहतुन रे को इस क्षमता में संसाधन के रूप में इस्तेमाल किया जा सकता है, तो वर्ष 2001 से मैं केविन के साथ नियमित रूप से काम करने लगा। आगामी वर्षों में मैंने केविन के साथ नियमित सत्र किए, जिनकी वजह से हम मामलों का एक बड़ा डेटाबेस तैयार करने में सफल रहे।

स्वतंत्र रूप से शोध किए हुए और साथ ही केविन रायर्सन के माध्यम से हल किए गए मामले, इंस्टीट्यूट फॉर द इंटीग्रेशन ऑफ साइंस, इंट्यूशन एंड स्पिरिट की वेबसाइट www.ReincarnationResearch.com पर पोस्ट किए गए हैं।

मैं यह कहने वाला पहला व्यक्ति रहूँगा कि सबसे महत्त्वपूर्ण केस इस पुस्तक के पहले भाग में दिए स्वतंत्र रूप से शोध किए हुए केस हैं, जो अपने बल पर खड़े हैं। विशेष रूप से, स्वर्गीय इयान स्टीवेंसन, एम.डी, यूनिवर्सिटी ऑफ़ वर्जीनिया का किया काम बेहद सम्मोहक है। हम स्टीवेंसन के पुनर्जन्म पर किए शोधकार्यों की आसान भाषा में सिनोप्सिस www.ReincarnationResearch.com पोस्ट करने की प्रक्रिया में हैं।

डॉ. स्टीवेंसन ने अपनी केस स्टडीज 40 वर्ष की समयावधि में इकट्ठा की। इस अवधि के दौरान उन्होंने 2500 बच्चों पर अध्ययन किया। इनमें से लगभग 1200 मामलों में बच्चों ने इतनी जानकारी दे दी, जिससे उनके पिछले जन्म की पहचान को तथ्यात्मक रूप से मान्यता मिल गई। हालाँकि बचपन की यादों से संबंधित पुनर्जन्म के मामले बहुत सम्मोहक होते हैं, ये मामले अपेक्षाकृत दुर्लभ हैं। केविन रायर्सन का इस्तेमाल करने का एक लाभ यह है कि पुनर्जन्म के मामले जल्दी और बड़ी संख्या में निकाले जा सकते हैं। केविन, अह्तुन रे और मेरे द्वारा निकाले गए पुनर्जन्म के मामलों का डेटाबेस, अपनी वेबसाइट पर पोस्ट करने से, इनका उपयोग बेहतर तरीके से समझने में किया जा सकता है कि पुनर्जन्म कैसे काम करता है? यह पाठक का काम है कि वह प्रत्येक केस का आकलन करे और उनके गुण निर्धारित करे।

हम एक सेलेब्रिटी संचालित संस्कृति में रहते हैं और पुनर्जन्म में वे मामले, जिनमें सेलिब्रिटीज शामिल हैं, पुनर्जन्म शोध की ओर लोगों को आकर्षित करने के लिए इस्तेमाल किए जा रहे हैं। दूसरे शब्दों में, मैं लोगों को स्वतंत्र रूप से शोध किए गए सम्मोहक मामलों के बारे में जागरूक करने के प्रयास में सेलिब्रिटी पुनर्जन्म के मामलों को नियुक्त करता हूँ, जैसे कि वे मामले, जो इयान स्टीवेंसन, एम.डी. द्वारा पढ़े और प्रकाशित किए गए हैं।

पुनर्जन्म के वस्तुनिष्ठ साक्ष्य अनिवार्य रूप से बढ़ेंगे। इस संबंध में एक प्राथमिक कारक इंटरनेट का आगमन है, जो इन मामलों के संबंध में विश्वव्यापी आधार पर संचार की सुविधा देता है। इंटरनेट व्यक्तियों को ऐतिहासिक अनुसंधान के माध्यम से पुनर्जन्म के मामलों को आसानी से सत्यापित करने की अनुमति देता है। इस बिंदु पर मैं कुछ सामाजिक परिवर्तनों की समीक्षा करना चाहता हूँ, जो पुनर्जन्म के वस्तुनिष्ठ साक्ष्य लाएँगे।

सबसे लाभकारी और आवश्यक प्रभावों में से एक, जो पुनर्जन्म की समझ को प्रेरित करेगा, विभिन्न जातियों, धर्मों और जातीय पृष्ठभूमि से संबंधित लोगों के बीच हिंसा का शमन है। वर्ल्ड ट्रेड सेंटर के विनाश और विभिन्न संस्कृतियों के बीच हिंसा तथा हत्याओं की घटनाओं के दैनिक राशन को देखते हुए ये परिवर्तन अत्यंत आवश्यक

है। इस पुस्तक में प्रस्तुत सबूत बताते हैं कि लोग एक जीवनकाल से दूसरे में धार्मिक, नैतिक, राष्ट्रीय और नस्लीय संबद्धताओं को बदल सकते हैं।

एक बार लोगों को एहसास हो जाए कि धार्मिक संबद्धता एक अस्थायी विश्वास प्रणाली का गठन करती है कि व्यक्ति एक जीवनकाल में ईसाई और दूसरे में यहूदी, इसलामी, हिंदू या बौद्ध हो सकता है, तब इन संबद्धताओं पर आधारित संघर्ष स्वयं से पराजित होते देखे जाएँगे। दरअसल, हम सभी को खुद को केवल ईसाइयों, यहूदियों, मुसलमानों या हिंदुओं के रूप में देखना बंद करना होगा, क्योंकि विभिन्न जन्मों के दौरान हम सब और इनसे अधिक भी बन जाते हैं।

इस समझ के बारे में एक और सकारात्मक विशेषता यह है कि कोई धर्म अस्वीकार नहीं किया जाता है, कोई धर्म गलत नहीं समझा जाता है। इसके बजाय हम यह समझने लगते हैं कि एक जीवनकाल से दूसरे जीवनकाल में हमारे पास विभिन्न धार्मिक सिद्धांतों का आनंद लेने और उनसे सीखने का अवसर होता है। इसकी कुंजी है—किसी एक विशेष विश्वास प्रणाली से बहुत अधिक न जुड़ना; क्योंकि अंत में यह केवल विभाजन और संघर्ष की ओर ले जाता है।

मेरा मानना है कि पुनर्जन्म के तंत्र का ज्ञान मानवता को एक जनजातीय मानसिकता से उभरकर विकसित होने में मदद करेगा, जिसमें हम एक विशेष धार्मिक, जातीय, नस्लीय या राष्ट्रवादी समूह के साथ पहचान स्थापित करते हुए सार्वभौमिक मानव के स्तर पर आते हैं। एक सार्वभौमिक मानव के रूप में व्यक्ति कई संस्कृतियों को समझता है और उनका सम्मान करता है, लेकिन किसी एक संप्रदाय के साथ स्वयं को सरेखित नहीं करता।

जब हम आदिवासी मानव से सार्वभौमिक मानव की ओर बढ़ेंगे, तो नस्लवाद और धार्मिक पूर्वग्रह खत्म हो जाएगा। जब राष्ट्रवाद और जातीय गौरव को भी परिप्रेक्ष्य में रखा जाएगा। जब हम समझ जाएँगे कि हम एक अवतार से दूसरे में जाते हुए विभिन्न देशों में, और विभिन्न नैतिक पृष्ठभूमि वाले माता-पिता के पास जन्म ले सकते हैं। जब लोग समझ जाएँगे कि कोई एक जन्म में गोरा और दूसरे में काला या एशियाई हो सकता है, तो नस्लीय पूर्वग्रह भी भंग हो जाएँगे।

विभिन्न धर्म-शिक्षाओं का एक अधिक सार्वभौमिक सेट अपनाएँगे, क्योंकि अवलोकन और विषयपरक डेटा के आधार पर आध्यात्मिकता, प्रकृति में अधिक वैज्ञानिक बन जाती है। वास्तव में, आध्यात्मिकता अनिवार्य रूप से विश्वास के क्षेत्र से विज्ञान के क्षेत्र में स्थानांतरित हो जाएगी। धार्मिक संगठन अभी भी प्रासंगिक रहेंगे, क्योंकि हमें इकट्ठा होने, नैतिकता सिखाए जाने, महत्त्वपूर्ण समारोहों में संलग्न होने और सामूहिक रूप से भगवान् की पूजा करने के लिए स्थानों की आवश्यकता होगी।

जिस तरह से सामूहिक संघर्ष और युद्ध कम हो जाएँगे, उसी तरह व्यक्तिगत हिंसक व्यवहार और अपराध भी कम हो जाएगा। यह आधार दो सिद्धांतों पर आधारित है। एक, यह है कि लोग कर्म को एक वास्तविकता के रूप में समझेंगे। हम जान जाएँगे कि जो हम दूसरों के साथ करेंगे, समय आने पर वह हमारे पास वापस आ जाएगा। इससे उन लोगों के व्यवहार में बदलाव आएगा, जो नास्तिक रहे हैं; साथ ही उनके भी, जो संगठित धर्मों का हिस्सा हैं। वर्तमान में धार्मिक सिद्धांत सिखाते हैं कि मनुष्य के गलत कामों को उसके विशेष धार्मिक अधिकारियों और उसके विशेष भगवान् द्वारा दोषमुक्त या क्षमा किया जा सकता है। इससे व्यक्ति के उचित तरीके से व्यवहार करने की प्रेरणा कम हो जाती है।

पुनर्जन्म का साक्ष्य यह एहसास लाएगा कि हमारे कार्यों के लिए हम खुद जिम्मेदार हैं और बाद के किसी जीवनकाल में हम उन्हीं कार्यों के अधीन होंगे, जो हम इस जीवनकाल में करते हैं। अगर हम इस जीवनकाल में किसी को नाराज करते हैं, तो किसी और जन्म में हमें भी नाराजगी मिलेगी। अगर हम किसी की हत्या करते हैं, तो बाद के किसी जीवनकाल में हमें उस कष्ट का अनुभव करना होगा, जो हमारे कार्य या व्यवहार के कारण किसी को हुआ था। अगर हम सहिष्णुता और करुणा व्यक्त करते हैं, तो ये चीजें भी हमारे पास लौटकर आएँगी। इस समझ के साथ हर वह कारवाई, जिसमें दूसरों को नुकसान पहुँचाया जाता है, अधिक सावधानी के साथ तौली जाएगी।

कुछ लोग कहेंगे कि पुनर्जन्म को गले लगाने वाली संस्कृतियों में अपराध अभी भी मौजूद है। मैं इसका मुकाबला इस तर्क के साथ करता हूँ कि पुनर्जन्म में विश्वास करने, और ये जानने में कि पुनर्जन्म वह तरीका है, जिससे मानव आत्मा विकसित होती है, बहुत बड़ा अंतर है। जब हम पक्के तौर पर जानते हैं कि पुनर्जन्म और कर्म वास्तविक हैं, तब अपराध करना जानबूझकर अपना हाथ आग में रखने जैसा है।

इससे हिंसा में कमी आ जाएगी। इसका दूसरा कारण यह है कि लोग समझ जाएँगे कि वे भविष्य के जीवन काल में अपने साथ इस जन्म में अर्जित ज्ञान और कौशल लेकर जा सकते हैं।

ये उनके लिए विशेष रूप से महत्त्वपूर्ण है, जिनका जन्म गरीबी या किसी अन्य अभाव में हुआ है। जो अभाव में पैदा हुए हैं, जो जीवन में धोखा खाया महसूस करते हैं, उनको अपराध ही एकमात्र रास्ता लग सकता है। यह अमेरिकी संस्कृति में विशेष रूप से सच है, जहाँ भौतिकवाद प्रचलित है, और जिनके पास है उनके, और जिनके पास नहीं है उनके, बीच की विसंगति पहले से कहीं अधिक बढ़ गई है। असमानता की स्थिति को देखते हुए, जो अपराधों को अंजाम देते हैं, वे अपने कार्यों को अपनी अनुचित परिस्थितियों में रखे जाने के प्रतिशोध और निराशा दूर करने के उपाय के रूप देख सकते हैं।

इस पुस्तक में प्रस्तुत साक्ष्य दिखाते हैं कि एक जीवन से दूसरे में, हम वहाँ से शुरू करते हैं, जहाँ हमने छोड़ा था, क्योंकि हम हमारे साथ वे कौशल और क्षमताएँ लेकर आते हैं, जिन्हें हमने पिछले जन्मों में अर्जित किया था। हम देखेंगे कि लोग कोई काम पूरा करने के लिए या पिछले किसी जन्म में शुरू किए किसी लक्ष्य को सफल बनाने के लिए, जीवन में वापस आ सकते हैं। यह बात दुर्भाग्यपूर्ण परिस्थितियों में फँसे लोगों के लिए उम्मीद जगा सकती है। कोई व्यक्ति, जो इस जीवनकाल में अवसरों को अवरुद्ध पाता है, वह किसी बाद के जीवनकाल के किए योजना बनाकर निवेश कर सकता है। एक व्यक्ति अगले जीवन की तैयारी के लिए इस जन्म में पढ़ना, सीखना और अभ्यास करना शुरू कर सकता है।

उदाहरण के लिए, यदि आप एक महान् संगीतकार बनना चाहते हैं, तो अपनी उस इच्छा को आज ही अभ्यास में लाएँ। भविष्य के किसी अवतार में आप अतीत में अर्जित उस प्रतिभा को सामने लाने में सक्षम होंगे। यदि आप अमीर बनना चाहते हैं, तो आज वित्त और निवेश का अध्ययन करें, तो आप किसी अगले जीवनकाल में अपने साथ व्यापार कौशल लेकर आएँगे। यह जान लेना कि इस जीवनकाल में व्यय किए गए प्रयास का किसी अगले जन्म में पुरस्कार मिलेगा, निराश लोगों में आशा जगाएगा।

दुनिया की भूख और गरीबी का मुकाबला इस धरती पर प्रत्येक व्यक्ति के लिए एक और बड़ी चिंता का विषय बन जाएगा। ऐसा दो एहसासों के कारण होगा : सबसे पहले, हम समझेंगे कि हम ऐसी दुनिया में वापस आएँगे, जिसे बनाने में हमने पहले मदद की थी। हम उन परिस्थितियों के लिए जिम्मेदार हैं, जिन्हें हम भविष्य के अवतारों में जिएँगे। स्व-हित के दृष्टिकोण से, ये ज्ञान कि किसी दिन हम किसी गरीब भूमि में पुनर्जन्म ले सकते हैं, विकसित देशों में रहनेवालों को गरीब देशों के साथ संसाधन साझा करने के लिए प्रेरित करेगा। विकसित देशों के नागरिकों को बुनियादी ढाँचे और आर्थिक नीतियों को लागू करने में गरीब देशों की मदद करने की अधिक आवश्यकता महसूस होगी, जो सुनिश्चित करेगी कि जनसंख्या की मूलभूत आवश्यकताओं को पूरा किया जाए।

दूसरे, एक आध्यात्मिक परिप्रेक्ष्य में लोगों को इस बात का एहसास होगा कि मौत के समय बैंक खाते में मौजूद राशि का भगवान् की नजरों में कोई महत्त्व नहीं है। इसके बजाय अच्छे कर्म उस पर आधारित हैं, जो हमने अपने साथियों की मदद के लिए अपने जीवनकाल के दौरान किए। कर्म की एक बेहतर समझ के साथ अमीर लोग वंचितों की पीड़ा कम करने की अधिक परवाह करेंगे।

सामूहिक रूप से हम अपने और अधिक समय, ऊर्जा, धन और रचनात्मकता का निवेश दुर्भाग्यपूर्ण परिस्थितियों में पैदा हुए लोगों के लिए दुनिया को बेहतर जगह बनाने के तरीके खोजने में करेंगे। हम अपने संसाधनों को बड़े घरों, फैंसी कारों, गहनों और

सजावटी चीजों, स्पोर्ट्स की टीमों और हिंसक खेलों में लगाने के लिए पहले से कम प्रेरित होंगे। इसके बजाय हमारे अंदर समूह के लिए जीवन की स्थितियों में सुधार लाने की इच्छा उत्पन्न होगी।

पुनर्जन्म का ज्ञान उन चीजों को बदल देगा, जिन्हें हम महत्त्व देते हैं और इच्छा उन चीजों को आगे बढ़ाने के लिए उभर आएगी, जो आध्यात्मिक दृष्टिकोण से महत्त्व रखती हैं।

पर्यावरण की रक्षा करना एक बड़ी चिंता का विषय बनेगा, क्योंकि लोगों को एहसास हो जाएगा कि उन्हें धरती पर हमारे स्थलीय घर में, भविष्य में कई बार लौटना होगा। लोग समझ जाएँगे कि बाद के जीवनकाल में उन्हें खुद ही उन पर्यावरणीय समस्याओं से निपटना होगा, जिन्हें वे आज पैदा कर रहे हैं। लाभ कमाना पर्यावरण की सुरक्षा से ऊपर प्राथमिकता नहीं लेगा, क्योंकि लोगों को एहसास हो जाएगा कि जो कुछ भी वे करते हैं, उसे ध्यान में रखा जाता है, और पृथ्वी के खिलाफ अपराधों का भी एक कार्मिक टोल है।

परिवार के सदस्यों, दोस्तों, यहाँ तक कि दुश्मनों के बीच भी रिश्ते बढ़ेंगे, क्योंकि लोगों को एहसास होगा कि हम समूह में, जीवन में लौटकर आते हैं, क्योंकि हम उन लोगों के साथ पृथ्वी पर लौटते हैं, जिन्हें हम पहले जानते थे। जिनके साथ हम एक जीवनकाल में संघर्ष करते रहे, उनसे दूसरे जन्म में फिर मिलेंगे। हमारा सबसे कट्टर दुश्मन हमारे पास परिवार के एक सदस्य या सहकर्मी के रूप में वापस आ सकता है, ताकि हमें उस व्यक्ति को वास्तव में जानने का एक और अवसर मिले तथा संघर्षों का हल निकल पाए। ऐसे में, हमारे वर्तमान अवतारों में एक-दूसरे को समझने के अधिक प्रयास किए जाएँगे। हम विरोधी विचारों और जीवन में अलग मूल्य रखनेवालों के प्रति सहिष्णुता रखना सीखेंगे। प्रेमपूर्ण संबंधों को पैसों से या सोने-चाँदी से अधिक मूल्यवान् समझा जाएगा।

संगठित धर्म और पुनर्जन्म की स्वीकृति

यह देखना दिलचस्प होगा कि संगठित धर्म दुनिया में निरंतर आते जा रहे पुनर्जन्म के बढ़ते साक्ष्यों के लिए कैसी प्रतिक्रिया देते हैं! धार्मिक अधिकारियों के पास दो विकल्प होंगे—पुनर्जन्म को अपने सिद्धांतों में एकीकृत करना या उसे अस्वीकार करना। अगर धार्मिक अधिकारी पुनर्जन्म के सबूत को खारिज कर देते हैं, तो वे यथास्थिति बनाए रखेंगे और उनकी अल्पकालिक सुरक्षा की गारंटी देंगे, लेकिन साथ ही वे धार्मिक संघर्षों का प्रचार करना जारी रखेंगे, जो अंत में बढ़कर परमाणु आपदा का रूप ले सकता है।

यदि धार्मिक अधिकारी पुनर्जन्म के साक्ष्य को स्वीकार करते हैं, तो वे एक अधिक शांतिपूर्ण दुनिया बनाने में मदद करेंगे। उनके धर्म सहन करेंगे, क्योंकि उनके पैगंबरों की सुंदर शिक्षा में कमी नहीं आएगी। इसके अलावा लोगों को हमेशा धर्मों की आवश्यकता होगी, क्योंकि लोगों को इकट्ठा होकर सामूहिक रूप से भगवान् की पूजा करने की आवश्यकता होती है। सौभाग्य से, हमारे कई प्रमुख धर्मों के सिद्धांतों में संदर्भ हैं, जो पुनर्जन्म के अस्तित्व का समर्थन करते प्रतीत होते हैं, और यह बात पारंपरिक विश्वास प्रणालियों में पुनर्जन्म को एकीकृत करना आसान बना सकती है। हालाँकि मैं इन मामलों में कोई धार्मिक विद्वान् या अधिकारी नहीं हूँ, फिर भी मैं आपके साथ धार्मिक ग्रंथों से वे हिस्से साझा करना चाहता हूँ, जो पुनर्जन्म की ओर संकेत करते हैं। मैं ईसाई धर्म, यहूदी धर्म और इसलाम पर ध्यान केंद्रित करता हूँ, क्योंकि इन धर्मों में पुनर्जन्म पर पारंपरिक रूप से जोर नहीं दिया गया है।

पुनर्जन्म और ईसाई धर्म

ईसाई, यहूदी और इसलामी धर्मों के नेताओं को इस नई आध्यात्मिक तकनीक को स्वीकार करने में आसानी हो सकती है, यदि वे समझ जाएँ कि पुनर्जन्म पर शिक्षाएँ एक समय उनके पैगंबरों के सिद्धांतों का हिस्सा थीं। हुआ यह है कि इन प्रमुख धर्मों में पुनर्जन्म से संबंधित शिक्षाओं को अनदेखा कर दिया गया, और कभी-कभी जानबूझकर दबा दिया गया। आइए, हम एक उदाहरण के रूप में ईसाई धर्म को लेते हैं।

नए टेस्टामेंट में यहूदियों को उनके महान् पैगंबरों के पुनर्जन्म की उम्मीद करते दरशाया गया है। वास्तव में, माना जाता है कि ये पैगंबर अतीत में पहले भी पुनर्जन्म ले चुके हैं। उदाहरण के लिए, समारियन नाम का यहूदी समुदाय मानता था कि आदम ने पहले नूह के रूप में पुनर्जन्म लिया था, फिर अब्राहम के रूप में और फिर मूसा के।

पुराने पैगंबरों का पुनर्जन्म यहूदियों के मस्तिष्क में यीशु के समय भी था। वास्तव में, यीशु के अनुयायियों को लगता था कि वे एक पैगंबर के अवतार थे। आइए, हम मैथ्यू के गॉस्पेल से लिये इस अंश पर विचार करें—जब यीशु सेसेरिया फिलिपी के तट पर आए थे, तब उन्होंने अपने शिष्यों से पूछा था, "लोग क्या कहते हैं, मैं किस मनुष्य का पुत्र हूँ?" और उन्होंने कहा, "कुछ लोग कहते हैं, आप जॉन बैप्टिस्ट हैं; कुछ इलियास और कुछ अन्य लोग कहते हैं, आप जेरेमिअस या पैगंबरों में से एक हैं।" (मैथ्यू 16:13-4)

रोमन शासन में यरूशलम के शासक राजा हेरोड ने भी अनुमान लगाया था कि यीशु पहले कौन हो सकते थे? हेरोड ने भी सोचा कि यीशु पुराने पैगंबरों में से एक हो

सकते थे, या फिर जॉन बैप्टिस्ट भी, जिनका उन्होंने हाल ही में सिर कलम करवाया था।

जब यीशु ने घोषणा की कि वे यहूदी मसीहा थे, तो उनके अनुयायी उलझन में पड़ गए, क्योंकि शास्त्रों का कथन था कि पैगंबर इलियास (या ग्रीक में एलिजाह) लौटेंगे और मसीहा के आगमन से पहले आएँगे। शिष्यों ने इस प्रत्यक्ष विसंगति को यीशु के सामने रखा—"तब शास्त्र ये क्यों कहते हैं कि इलियास पहले आएँगे।" और यीशु ने जवाब देते हुए उनसे कहा, "इलियास वास्तव में पहले आएँगे, और सब चीजें बहाल कर देंगे। लेकिन मैं तुमसे कहता हूँ कि इलियास पहले ही आ चुके हैं, और हम उन्हें पहचानते नहीं हैं"तब शिष्य समझ गए कि वे उनसे जॉन बैप्टिस्ट की बात कर रहे थे।" (मैथ्यू 17:9-13)

नए टेस्टामेंट के दूसरे खंड में यीशु स्पष्ट रूप से कहते हैं कि जॉन बैपटिस्ट पैगंबर इलियास का पुनर्जन्म है—

"उन सबमें से जो गर्भ से पैदा हुए हैं, जॉन बैप्टिस्ट से अधिक महान् कोई नहीं हुआ है"और यदि तुम इसे ग्रहण करोगे, तो यह इलियास है"वो जिसके पास सुनने के लिए कान हैं, उसे सुनने दो।" (मैथ्यू 11:11-15)

नए टेस्टामेंट के एक खंड में पुनर्जन्म का उल्लेख किया गया है, जिसमें शिष्य यीशु से पूछते हैं कि एक आदमी अंधा क्यों पैदा हुआ था? शिष्यों ने पूछा, "किसने पाप किया, इस आदमी ने या इसके माता-पिता ने?" (जॉन 9:34) इस अंश का तात्पर्य यह है कि अंधे आदमी का एक पिछला जन्म था, जहाँ उसके पास ऐसा पाप करने का मौका था, जिसका नतीजा अंधेपन का कार्मिक परिणाम होता। बगैर पुनर्जन्म के आधार के वह अंधा आदमी अपनी विकलांगता के लिए जिम्मेदार पाप कैसे कर सकता था, क्योंकि वह जन्म से अंधा था? यीशु ने शिष्यों के तर्कों पर विवाद नहीं किया, हालाँकि उन्होंने कहा कि अंधापन अन्य कारकों के कारण था।

नए टेस्टामेंट से इन उद्धरणों के अलावा सबूत बताते हैं कि पुनर्जन्म चर्च के प्रारंभिक सिद्धांतों का हिस्सा था और चर्च के फादरों द्वारा प्रचारित किया गया था; वो लेखक, जिन्होंने आठवीं शताब्दी से पहले ईसाई सिद्धांत स्थापित किया और जिनके कामों का इस्तेमाल रोमन साम्राज्य की आबादी को ईसाई विचारों के प्रसार के लिए किया जाता था। एक चर्च फादर की मान्यता पाने के लिए व्यक्ति को निम्नलिखित मानदंड पूरे करने पड़ते थे—उसे पवित्र जीवन जीना पड़ता था; उसके लेखन को सैद्धांतिक त्रुटि से मुक्त होना पड़ता था; ईसाई सिद्धांत की उसकी व्याख्या को अनुकरणीय समझा जाना आवश्यक था; और उसके लेखन को चर्च की मंजूरी मिलनी आवश्यक थी।

अनेक ईसाई चर्च फादरों ने पुनर्जन्म पर विश्वास किया और उस पर लिखा—"संत जस्टिन मार्टियर (100-165 ए.डी.) ने स्पष्ट रूप से कहा कि आत्मा एक से अधिक

मानव शरीरों में रहती है।" ओरिगेन (185-254 ए.डी.) ने, जिन्हें संत जेरोम ने 'प्रेरितों के बाद चर्च का सबसे महान् शिक्षक माना था', पुनर्जन्म की अवधारणा के इस मूलभूत विचार का बचाव किया कि आत्मा शरीर के पहले से मौजूद है।

एक और चर्च फादर सेंट ग्रेगरी, बिशप ऑफ निस्सा (257- 332 ए.डी.) ने लिखा—"यह नितांत आवश्यक है कि आत्मा का उपचार करके उसे शुद्ध किया जाए, और यदि यह व्यक्ति के पृथ्वी पर जीवन के दौरान नहीं होता, इसे भविष्य के जीवन में पूरा किया जाना चाहिए···आत्मा प्रकृति में सारहीन और अदृश्य है। यह एक समय में एक शरीर को रद्द करके उसे दूसरे से बदल लेती है।" संत ग्रेगरी ने भी लिखा—"प्रत्येक आत्मा इस दुनिया में पिछले जन्म की जीत से मजबूत होकर या हार से कमजोर होकर इस दुनिया में आती है।" सेंट ऑगस्टिन (354-430 ए.डी.), जो ईसाई चर्च के महानतम धर्मशास्त्रियों में से एक थे, ने अनुमान लगाया कि दार्शनिक प्लॉटिनस प्लेटो का पुनर्जन्म थे। संत ऑगस्टीन ने लिखा—"प्लेटो का संदेश अब प्लॉटिनस में प्रमुख रूप से चमकता है। एक प्लेटोनिस्ट, जिसका अपने मास्टर से इतना अधिक साम्य है कि लगता है, जैसे प्लेटो ने ही प्लॉटिनस के रूप में दोबारा जन्म लिया है।" पुनर्जन्म में विश्वास दिखानेवाले अन्य फादरों में शामिल थे—सिनेसियस (टोलेमैस के बिशप), संत एंब्रोस, पोप ग्रेगरी-I, जेरोम, संत एथेनेसियस, संत बेसिल, संत जॉन क्रिसोस्टम, संत ग्रेगरी ऑफ नाजियनजस और क्लेमेंट ऑफ अलेक्सांद्रिया।

अगर आत्माओं के पूर्व अस्तित्व और पुनर्जन्म में विश्वास प्रारंभिक ईसाई चर्च में प्रमुखता से मौजूद था, तो ये समकालीन सिद्धांत में क्यों मौजूद नहीं है? इसका कारण यह है कि एक रोमन सम्राट् जस्टिनियन के निर्देशानुसार 533 ए.डी. में पुनर्जन्म को आधिकारिक चर्च सिद्धांत से हटवा दिया गया था। ईसाई चर्च की प्रारंभिक शताब्दियों में, सिद्धांतों पर विवाद चर्च के बिशपों द्वारा 'एक्युमेनिकल कौंसिल्स (परिषद्)' के नाम से जानी जानेवाली बैठकों के माध्यम से सुलझा लिये जाते थे। ये परिषद् प्रमुख सभाओं के रूप में होती थी, जो यदा-कदा ही होती थी, कभी-कभी तो सौ वर्षों में एक बार। पुनर्जन्म और ईसाई चर्च की कहानी को समझने के लिए हमें 330 ए.डी. के समय में वापस जाना होगा।

उस वर्ष कॉन्स्टेंटिन द ग्रेट रोमन साम्राज्य की राजधानी को रोम से हटाकर कांस्टेनटिनोपल ले गए थे; वह शहर, जो अब इस्तांबुल कहलाता है। परिणामस्वरूप, ईसाई चर्च के दो केंद्र विकसित हुए—रोम में वेस्टर्न (पश्चिमी) चर्च और कांस्टेनटिनोपल में ईस्टर्न (पूर्वी) चर्च। कांस्टेनटिनोपल के सम्राट् ईस्टर्न चर्च को नियंत्रित करते थे और अपनी इच्छानुसार नीतियाँ तय करते थे। उदाहरण के लिए, सम्राट् लियो III ने चर्चों में

छवियों और चित्रों को रखने पर रोक लगा दी। इसलिए उन प्रतीकों को, जो आज अपने सौंदर्य के लिए सराहे जाते हैं, पूजा के स्थानों से हटाना पड़ा था। इसी तरह जस्टिनियन ने पुनर्जन्म से संबंधित चर्च नीति निर्धारित की थी।

छठी शताब्दी में चर्च पुनर्जन्म के मुद्दे पर विभाजित हो गया था। रोम में पश्चिमी बिशप आत्मा के पूर्व-अस्तित्व में विश्वास करते थे, जबकि पूर्वी बिशप इसका विरोध करते थे। कांस्टेनटिनोपल के सम्राट् जस्टिनियन, जो पूर्वी चर्च को नियंत्रित करते थे, पुनर्जन्म के सिद्धांत के खिलाफ थे। चर्च के मामलों में उनके हस्तक्षेप का एक उदाहरण यह है कि जस्टिनियन ने चर्च फादर ओरिजेन को बहिष्कृत कर दिया था, जो खुले तौर पर पुनर्जन्म के विचार का समर्थन करते थे। अपने एजेंडे को आगे बढ़ाने के लिए जस्टिनियन ने 553 ए.डी. में पाँचवीं एक्युमेनिकल काउंसिल बुलाई, जिसमें पश्चिमी चर्च के केवल छह बिशप उपस्थित थे। दूसरी तरफ, पूर्वी चर्च के, जिसे जस्टिनियन नियंत्रित करते थे, 159 बिशप मौजूद थे। इसी बैठक में आत्मा के पूर्व अस्तित्व को चर्च सिद्धांत से बाहर कर दिया गया था। सम्राट् जस्टिनियन ने मतदान डेक को अपने पक्ष में करके चर्च सिद्धांत में हेर-फेर किया था।

पोप विगिलियस ने घटनाओं के इस मोड़ का विरोध किया और पूर्वी व पश्चिमी बिशप के बीच बराबर प्रतिनिधित्व की माँग की। यद्यपि पाँचवीं एक्युमेनिकल परिषद् के समय पोप कांस्टेनटिनोपल में मौजूद थे, लेकिन उन्होंने विरोध में परिषद् का बहिष्कार किया। जस्टिनियन ने न केवल पोप विगिलियस को नजरअंदाज किया, बल्कि उन्हें सताया भी। कैथोलिक विश्वकोश का कहना है कि सम्राट् और पोप के बीच संघर्ष इतने चरम पर था कि पोप को कई बार सम्राट् के हाथों अपमान का सामना करना पड़ा और उन्हें लगभग मार डाला गया था। क्या आप कल्पना कर सकते हैं कि आज एक राजनेता या राज्य का मुखिया पोप को नीति पर निर्देश दे रहा है कि पोप सौ वर्षों में वैटिकन में हो रही सबसे बड़ी बैठक का बहिष्कार कर रहे हैं? फिर भी यही सब हुआ था, जब 553 ए.डी. में पाँचवीं एक्युमेनिकल काउंसिल आयोजित की गई थी। परिणामस्वरूप, कैथोलिक विश्वकोष कहता है, जस्टिनियन द्वारा बुलाई गई परिषद् एक वास्तविक एक्युमेनिकल काउंसिल नहीं थी, इसलिए आत्मा के पूर्व अस्तित्व को एक चर्च सिद्धांत के रूप में हटाने को एक्युमेनिकल काउंसिल की वास्तविक डिक्री (आज्ञा) नहीं माना जाना चाहिए।

सन् 1054 में पूर्वी और पश्चिमी चर्च के बीच की खाई और बढ़ गई, जब ईसाई चर्च की दोनों शाखाओं ने एक-दूसरे का बहिष्कार कर दिया। जब पश्चिमी चर्च के ईसाई धर्मयोद्धा मुसलमानों से यरूशलम छीनने जा रहे थे, तो उन्होंने ईसाई शहर

कांस्टेनटिनोपल को उखाड़ फेंकना एक मुद्दा बना लिया था। उस प्रकरण के बाद एक स्थायी विभाजन हो गया और पश्चिमी चर्च रोमन कैथोलिक चर्च बन गया, जबकि पूर्वी रूढ़िवादी चर्च अपने रास्ते चला गया। आज भी, पूर्वी ईसाई चर्च के सदस्य रोम में पोप को अपना नेता नहीं मानते। तो हम देखते हैं कि ईसाई चर्च की पूर्वी और पश्चिमी शाखाओं के भीतर राजनीतिक विखंडन आज भी उतना ही असली है, जितना सम्राट् जस्टिनियन और पोप विगिलियस के समय था।

आपस में लड़ रहे ईसाई नेताओं के अलावा उन ईसाइयों के भी विचलित कर देने वाले उदाहरण हैं, जो उनके सिद्धांतों का विरोध करनेवालों से लड़ रहे थे। निर्विवाद धार्मिक आंदोलनों का सामना करने के लिए 1227 और 1235 के बीच पापल के नियमों की एक शृंखला द्वारा जाँच की स्थापना की गई थी। इस प्रयास में, पोप इनोसेंट चतुर्थ ने 1252 में यातना के उपयोग को अधिकृत किया। बाद में, 1450 से 1700 के बीच यूरोप में अनुमानित चुड़ैलों का उत्पीड़न उभरा, जबकि रूढ़िवादी ईसाई धर्म मार्टिन लूथर के सुधार और उभरते वैज्ञानिक प्रतिमान के परिणामस्वरूप अपनी अस्तित्व संबंधी चिंताओं से गुजरा। पोप इनोसेंट VIII द्वारा 1484 में जारी पापल डिक्री समिस डेसिडरेंट्स ने प्रताड़ना और फाँसी की एक और लहर को उत्तेजित किया। यह पापल शोध-प्रबंध महिला विरोधी था और चुड़ैलों की निंदा करता था। यातना के माध्यम से प्राप्त बयानों के आधार पर हजारों निर्दोष महिलाओं को फाँसी दे दी गई।

इस उत्पीड़न का अंतिम प्रकोप सालेम, मेसाचुसेट्स में 1692 में हुआ। बीस महिलाओं को फाँसी दे दी गई, जब युवा लड़कियों का एक समूह जादू का खेल खेलते समय भावुक या उन्मादी हो गया। वास्तव में, अतीत में चुड़ैल मानी जाने वाली महिलाओं में से कुछ मानसिक उपहारों के साथ पैदा हुई लड़कियाँ ही थीं, लेकिन उन्हें उन लोगों द्वारा खतरनाक समझा गया, जिनके पास समान योग्यता नहीं थी। आज अंतर्ज्ञान और मानसिक क्षमताओं को प्रोत्साहित करने के लिए डिजाइन की गई कक्षाओं में भाग लेने वाली कई महिलाएँ पिछले जीवन को याद करती हैं, जिसमें उन्हें सताया गया था और जला दिया गया था। एक अपेक्षाकृत आदिम दुनिया में विकसित होना खतरनाक हो सकता है।

पुनर्जन्म और यहूदी धर्म

जैसा कि उल्लेख किया गया है, यीशु के समय पुनर्जन्म यहूदी विचारधारा का हिस्सा था। यहूदी इतिहासकार, फ्लेवियस जोसेफस (37-100 ए.डी.) ने लिखा था, इस उस युग में यहूदियों के तीन संप्रदाय थे—सैड्डयूसीज, एस्सेनेस और फारिसीज।

जोसेफस ने लिखा कि इनमें से दो संप्रदाय, एस्सेनेस (मृत सागर स्क्रॉल से प्रसिद्धि प्राप्त) और फारिसीज पुनर्जन्म में विश्वास करते थे। जोसेफस ने लिखा, "फारिसियों का मानना है कि आत्माओं के पास एक अमर शक्ति है और पुण्यात्मा के पास फिर से जन्म लेने और जीने की शक्ति होगी। ये देखते हुए कि किन सिद्धांतों के कारण वे लोगों के शरीर को पर्याप्त रूप से मनाने में सक्षम हैं।"

जोसेफस ने, जो सैनिक के रूप में कार्य करते थे, खुद भी एक बार अपने आदमियों को पुनर्जन्म का हवाला देते हुए लड़ने के लिए उकसाया था। उन्होंने अपने आदमियों से कहा, "क्या आपको याद नहीं है कि सभी शुद्ध आत्माओं को जब वे इस जीवन से बाहर जाती हैं, स्वर्ग में एक अत्यधिक पवित्र स्थान प्राप्त होता है, जहाँ से युगों की क्रांति के बाद उन्हें फिर से पवित्र शरीरों में भेजा जाता है।"

पुनर्जन्म भी एक क्लासिक कब्बालिस्टिक टेक्स्ट, जोहर का हिस्सा भी है, जो 80 ए.डी. में रब्बी सिमोन बेन जोचाई द्वारा लिखा माना जाता है, और जिसमें मध्यकालीन हिब्रू विद्वानों ने योगदान दिया था। कब्बालिस्टिक आंदोलन यहूदी धर्म के छिपे हुए ज्ञान पर केंद्रित था। जोहर पहली बार 1280 में रब्बी मोसेस डी. लियोन द्वारा संपादित और प्रकाशित किया गया था। पुनर्जन्म के संबंध में जोहर से नमूने के रूप में लिये कुछ अंश निम्नलिखित हैं—

सभी आत्माएँ स्थानांतरगमन (पुनर्जन्म) के परीक्षणों के अधीन हैं; और मनुष्यों को उनके संबंध में 'उच्चतम' की योजनाएँ पता नहीं हैं; उन्हें नहीं पता कि कैसे हर समय उनका आकलन किया जा रहा है, इस दुनिया में आने से पहले भी और इसे छोड़ते समय भी। वे नहीं जानते कि उन्हें कितने स्थानांतरगमनों और रहस्यमय परीक्षणों से गुजारना होगा।

आत्माओं को उस पूर्ण पदार्थ में पुनः प्रवेश करना होगा, जहाँ से वे आई हैं। लेकिन इस उद्देश्य को प्राप्त करने के लिए उन्हें उन सभी सर्वश्रेष्ठ गुणों को विकसित करना होगा, जिनके बीज उनमें रोपित हैं; और यदि उन्होंने एक जीवल काल में इस शर्त को पूरा नहीं किया, तो उन्हें दूसरा, तीसरा, और आगे कई जन्म लेते रहने होंगे, जब तक वे उस स्थिति को हासिल नहीं कर लेते, जो उन्हें ईश्वर के साथ पुनर्मिलन की अनुमति देती है।

पुनर्जन्म में विश्वास करनेवाले एक अन्य प्रमुख यहूदी धर्मविज्ञानी थे—रब्बी मनास्सेह बेन इजराइल (1604-1657)। यह वे रब्बी थे, जिन्होंने ओलिवर क्रोमवेल को यहूदियों के इंगलैंड में रहने के क्राउन के निषेध को हटाने के लिए आश्वस्त किया, एक नीति जो 150 साल से, अर्थात् एडवर्ड प्रथम के समय से अस्तित्व में थी। निश्माथ हायेम

में रब्बी मनास्सेह बेन इजराइल ने लिखा—

आत्माओं के स्थानांतरण की मान्यता या सिद्धांत एक दृढ़ और अचूक हठधर्मिता है, जो हमारी चर्च के पूरे सम्मेलन द्वारा एक मत से स्वीकार्य है, ताकि ऐसा कोई भी न हो, जो इसे अस्वीकार करने की हिम्मत करे¨ वास्तव में, इजराइल में बड़ी संख्या में संत हैं, जो इस सिद्धांत के प्रति दृढ़ता से टिके हैं, ताकि वे इसे एक हठधर्मिता और हमारे धर्म का मौलिक बिंदु बना सकें। इसलिए हम इस हठधर्मिता को अभिनंदन के साथ मानने और स्वीकार करने के लिए कर्तव्य बाध्य हैं, क्योंकि इसकी सच्चाई जोहर और कब्बालिस्टों की सभी पुस्तकों द्वारा निर्विवाद रूप से प्रदर्शित की गई है।

पुनर्जन्म और इसलाम

पुनर्जन्म इसलाम की शिक्षाओं में भी शामिल है। वह धर्म, जिसकी स्थापना पैगंबर मोहम्मद ने की थी। मोहम्मद का जन्म 570 ए.डी. में एक प्रमुख परिवार में हुआ था, जो पवित्र स्थान मक्का की देखभाल का काम करता था, जिसका निर्माण परंपरा कहती है, अब्राहम ने करवाया था। मोहम्मद ने अपनी नियोक्ता खदीजा नाम की एक व्यवसायी से शादी की थी; मोहम्मद 25 वर्ष के थे और खदीजा 40 वर्ष की। इसलाम की पवित्र पुस्तक कुरान (या कोरान) है, जिसका अर्थ है—'गाना' या 'पढ़ना'। संक्षेप में, यह कुरान को एक संचालित किया हुआ काम बताता है, जो मोहम्मद के माध्यम से ईश्वर ने प्रेषित किया था।

मोहम्मद का पहला रहस्योद्घाटन 610 ए.डी. में हुआ, जब वे 40 वर्ष के थे। तब उन्होंने छंदों का संकलन शुरू किया, जिसने समय के साथ कुरान का रूप ले लिया। इस आध्यात्मिक आंदोलन के बढ़ने के साथ, मोहम्मद और उनके अनुयायी उत्पीड़न के विषय बन गए और 622 ए.डी. में उन्हें मक्का से भागकर मदीना में शरण लेनी पड़ी। मोहम्मद एक योद्धा होने के साथ एक पैगंबर भी थे, उन्होंने कई बार युद्ध में अपने साथियों का नेतृत्व किया था। अंत में, मोहम्मद अपने अनुयायियों को मक्का वापस ले आए, जो आज इसलाम का पवित्र स्थान है।

कुरान में कई संदर्भ हैं, जो पुनर्जन्म के संबंध में बात करते प्रतीत होते हैं। आइए, हम ऐसे कुछ संदर्भों की समीक्षा करें—

और जब उसका शरीर पूरी तरह नीचे गिर गया, एक पुराने मछली के खोल की तरह, तो उसकी आत्मा बाहर निकल गई, और उसके बजाय एक नए शरीर में चली गई¨ मनुष्य का व्यक्ति केवल एक मुखौटा है, जिसे आत्मा एक मौसम के लिए धारण करती है; उसे उचित समय तक पहना जाता है और फिर

निकाल दिया जाता है, और उसके बदले दूसरा पहन लिया जाता है।

ईश्वर प्राणियों को उत्पन्न करता है, और उन्हें बार-बार धरती पर भेजता है, जब तक वे उसके पास लौट नहीं आते।

आप अल्लाह के होने से इनकार कैसे कर सकते हैं, जिसने आपको मरने के बाद फिर से जीवित बना दिया, जो आपको फिर से मृत्यु देगा और फिर जीवित, जब तक कि आप उसके पास पूरी तरह लौट नहीं जाते?

वो ईश्वर ही है, जिसने आप सबको बनाया। फिर आपको जीवन प्रदान किया, जो आपको मृत्यु प्रदान करेगा और उसके बाद फिर जीवन में लाएगा।

वो निश्चित रूप से ईश्वर ही है, जो बीज और पत्थर को विभाजित करता है, मृत से जीवित करता है; और वो भी ईश्वर ही है, जो जीवित लोगों से मरे हुओं को लाता है।

मैं आपको एक सच बताता हूँ कि आत्माएँ, जो आपसी संबंध रखती हैं, एक साथ पैदा की जाएँगी, हालाँकि वे सभी नए शरीर और नामों के साथ मिलेंगी।

यह अंतिम छंद मेरे पसंदीदा छंदों में से एक है, क्योंकि यह आत्मा-समूह के अस्तित्व को दरशाता है। वे लोग, जो भावनात्मक रूप से और कर्म द्वारा जुड़े हुए हैं, उन लोगों के साथ जीवन में लौटते हैं, जिन्हें वे पहले से जानते हैं। ये एक अवलोकन है, जो मैंने अपने शोध में किया है। पुनर्जन्म पर छंदों के अलावा, कुरान कर्म का संदर्भ भी देती है—

ईश्वर एक आत्मा को उसकी क्षमता से परे कुछ करने के लिए मजबूर नहीं करता है। वह जो कमाता है, वह प्राप्त करता है और उसके लिए जिम्मेदार है, जिसके वह योग्य है।

हर आत्मा का सामना उन अच्छाइयों से करवाया जाएगा, जो उसने की हैं और उन बुराइयों से भी, जो उसने की हैं।

और हम गणना के दिन न्याय के तराजू स्थापित करेंगे। और किसी भी आत्मा के साथ कुछ गलत नहीं होगा। और चाहे उसका वजन सरसों के बीज जितना हो, हम उसे सामने लाएँगे—और हम जाँच करने में पूरी तरह सक्षम हैं।

क्योंकि हम मरे हुओं को जीवन देते हैं, और उन्होंने जो कुछ पहले भेजा है, और जो वे अपने पीछे छोड़कर आए हैं, उसे हम रिकॉर्ड करते हैं—हमने हर चीज का हिसाब रखा है।

कुरान में अद्‍भुत अंश हैं, जो व्यक्ति को सार्वभौमिक मानव के संदर्भ में सोचने के

लिए प्रेरित करते हैं; धार्मिक संबद्धता कम हो जाती है और व्यक्ति की उदारता को सबसे महत्त्वपूर्ण समझा जाता है। निम्नलिखित छंद पर विचार करें—"वास्तव में, चाहे वे मुसलिम हों, यहूदी, सेबियन या ईसाई हों, जो ईश्वर और अंतिम दिन में विश्वास करते हैं और अच्छे कर्म करते हैं, उनके पास डरने का कोई कारण नहीं है और वे दु:खी नहीं होंगे।"

मोहम्मद ने अपवर्जनात्मक धार्मिक प्रथाओं के खिलाफ चेतावनी दी, जो उनके समथ में ईसाई चर्च की ओर लक्षित थी। मोहम्मद का मुद्दा यह था कि व्यक्ति के जीवन में ईश्वर को केंद्रीय विषय होना चाहिए, संदेशवाहकों या भविष्यवक्ताओं को नहीं, जो भगवान् के शब्दों को व्यक्त करते हैं। इस अंश में 'पुस्तक' बाइबल को संदर्भित करती है—"पुस्तक के लोगों, अपने धर्म में अति तक मत जाओ, ईश्वर के बारे में सच के अलावा कुछ मत कहो। मसीह, मरियम के पुत्र यीशु केवल ईश्वर के दूत थे और मरियम को दिए गए ईश्वर के शब्द थे, और ईश्वर की आत्मा थे।"

जलालुद्दीन रूमी (1207-1273) एक महान् इसलामी और सूफी कवि थे। सूफियों को इसलामी ज्ञान का गूढ़ धारक माना जाता है, जिस प्रकार कब्बालियों को यहूदी धर्म के छिपे हुए ज्ञान के धारकों के रूप में देखा जाता है। रूमी ने लिखा—

घास की तरह मैं बार-बार उग आया हूँ। मैं खनिज रूप से बाहर निकला और एक पौधे के रूप में रहा। पौधे से उठाकर मुझे जानवर का रूप दिया गया, फिर मैंने जानवर का रूप हटा दिया और एक मानव का आकार ले लिया। मुझे क्यों डरना चाहिए कि अगर मैं मर गया तो मैं खो जाऊँगा? मानव रूप से गुजरने के लिए मुझे लहराते बाल और स्वर्गदूतों की तरह चमकते पंख प्राप्त होंगे। और तब मैं वो बन जाऊँगा, जो किसी मन ने कभी नहीं सोचा है। ओ मेरा अस्तित्व खत्म कर दो! क्योंकि अस्तित्वहीन होने का यही अर्थ है कि मैं उसके पास लौट जाऊँगा।

यह ध्यान रखना दिलचस्प है कि एक ईसाई चर्च के फादर ने काफी कुछ रूमी की तरह, मानव विकास के मार्ग के बारे में कहा था। यह विचार बताता है कि पौधों और पशुओं का साम्राज्य मानव विकास की अवस्था पर आत्मा की प्रगति के लिए एक सीढ़ी के रूप में काम कर सकता है। आइए निम्नलिखित उद्धरणों पर विचार करें, जो ईसाई चर्च फादर सिनेसियस, टॉल्मेमास के बिशप (370-430 ए.डी.) के स्वप्न पर लिखे ग्रंथ से लिये गए हैं—"दर्शनशास्त्र कहता है कि आत्माओं को स्थानांतरगमन के जरिए तैयार किया जा रहा है...जब यह सबसे पहले पृथ्वी पर आती है, यह (आत्मा) इस जानवर की आत्मा पर चढ़ती है, जैसे कि एक नाव पर और उसके माध्यम से यह पदार्थ के संपर्क में लाई जाती है।"

इसलामी कवि रूमी और ईसाई फादर सिनेसियस के इन अनुच्छेदों में दोहराए गए

अवतारों के माध्यम से मानव विकास के आम विषय को परिकल्पना दी गई है और उसके लिए आवाज उठाई गई है।

गैलीलियो और नई दुनिया की व्यवस्थाओं पर एक संवाद

जैसा कि पहले उल्लेख किया गया है, यह देखना दिलचस्प होगा कि संगठित धर्म दुनिया में आज आनेवाले पुनर्जन्म के सबूत पर कैसी प्रतिक्रिया करते हैं। धार्मिक अधिकारियों के पास जानकारी को अस्वीकार कर देने या इस संभावना के लिए खुला होने का विकल्प है कि उभर रहे पुनर्जन्म के मामलों में वैधता है। इस संदर्भ में, मैं एक और ऐतिहासिक उदाहरण उठाना चाहता हूँ, जो वैज्ञानिक और खगोलविद् गैलीलियो का है।

गैलीलियो ज्वार की गति में रुचि रखते थे। उन्होंने पाया कि ज्वारीय गति निकोलस कॉपरनिकस (1473–1543) के सिद्धांतों के साथ सबसे अच्छी तरह फिट होती थी। कॉपरनिकस ने प्रस्तावित किया था कि पृथ्वी सूर्य की परिक्रमा करती है। यह विचार इस विश्वास के विरोध में था कि पृथ्वी ब्रह्मांड का केंद्र थी, जो रोमन कैथोलिक चर्च द्वारा स्वीकृत ब्रह्मांड विज्ञान था। गैलीलियो के महासागरों की गति के अध्ययन ने संकेत दिया कि कॉपरनिकस सही थे और वास्तविकता की पुरानी समझ त्रुटिपूर्ण थी। 1624 में, गैलीलियो ने 'डायलॉग ऑफ द टाइड्स' लिखा था, जिसे रोमन कैथोलिक चर्च के सेंसर ने लाइसेंस प्रदान कर दिया, हालाँकि उन्होंने शीर्षक को बदलकर 'डायलॉग ऑन द टू चीफ वर्ल्ड सिस्टम्स' कर दिया।

हालाँकि दो मुख्य विश्व प्रणालियों पर संवाद 1632 में चर्च सेंसर की मंजूरी के साथ प्रकाशित किया गया था, फिर भी गैलीलियो को 'पाखंड के गंभीर संदेह' पर अदालती मुकदमे के लिए रोम में उपस्थित होने का आदेश दिया गया था। मालूम हुआ कि रोमन कैथोलिक चर्च को कॉपरनिकस और गैलीलियो द्वारा प्रस्तावित वैश्विक नजरिया पसंद नहीं आया, जिसने सूर्य को हमारे सौर मंडल के केंद्र में रखा था और धरती को सूर्य की परिक्रमा करते बताया था। चर्च ने गैलीलियो को उनके सिद्धांत को वापस लेने के लिए मजबूर कर दिया कि सूर्य सौर मंडल के केंद्र में खड़ा है और उन्हें उम्रकैद की सजा सुनाई। उन्हें और अधिक अपमानित करने के लिए, और धर्म व्यवस्थाओं पर नियंत्रण बनाए रखने के लिए रोमन कैथोलिक चर्च ने आदेश दिया कि गैलीलियो के उम्रकैद के आदेश की प्रत्येक विश्वविद्यालय में घोषणा की जाए और दो मुख्य विश्व प्रणालियों पर उनकी वार्त्ता को जला दिया जाए।

दिलचस्प रूप से स्वर्गीय पोप जॉन पॉल द्वितीय ने 1979 में गैलीलियो के केस को

फिर से खोला। 13 वर्ष बाद, अक्तूबर 1992 में वैज्ञानिक दुनिया के गैलीलियो के निष्कर्ष को स्वीकार करने के सदियों बाद, रोमन कैथोलिक चर्च ने 1632 में वैटिकन की गलती को मान लिया। 1992 में गैलीलियो ने अपना पेपर प्रकाशित किया, उसके 360 वर्ष बाद चर्च ने आधिकारिक तौर पर स्वीकार किया कि पृथ्वी सूर्य के चारों ओर घूमती है और स्थिति इससे उलट नहीं है। इसका श्रेय पोप जॉन पॉल द्वितीय को जाता है कि उन्होंने इस गलत को सही किया। यह भी अर्थपूर्ण है कि अपने सहस्त्राब्दि संबोधन के हिस्से के रूप में पोप जॉन पॉल द्वितीय ने चर्च के नाम पर पूरे इतिहास में किए गए पापों के लिए ईश्वर से क्षमायाचना की।

इतिहास में एक और प्रकरण, जो दरशाता है कि चर्च अधिकारियों से भी गलती होती है, रिफॉर्मेशन के नेता मार्टिन लूथर से संबंधित है। लूथर के समय से पहले बाइबल केवल लैटिन भाषा में उपलब्ध थी। ऐसे में शास्त्रों तक केवल उनकी पहुँच थी, जो पुजारी (प्रीस्ट) थे, जिन्हें लैटिन में प्रशिक्षण प्राप्त था। मार्टिन लूथर ने बाइबल का जर्मन में अनुवाद किया, ताकि आम आदमी भी बाइबल पढ़ सके। चर्च के अधिकारी लूथर के अनुवाद के पूरी तरह विरुद्ध थे, क्योंकि वह ग्रंथों को उनके विशेष क्षेत्र से बाहर ले गया था। चर्च ने मार्टिन लूथर को उनकी बाइबल का वितरण रोक देने का आदेश दिया। जब लूथर ने इनकार कर दिया, तो उसे निर्वासन पर मजबूर कर दिया गया।

ध्यान दें कि सदियों से कितने लोगों को इन ग्रंथों को पढ़ने से आराम मिला है। इस पर भी ध्यान दें कि आज यह बात कितनी अविश्वसनीय प्रतीत होती है कि ईसाई चर्च ईसाई धर्म के पवित्र ग्रंथ पर लोगों की पहुँच के विरुद्ध था।

अंत में मुझे उम्मीद है कि संगठित धर्मों के, और साथ ही राजनीतिक दलों के नेता पुनर्जन्म के बढ़ते साक्ष्य को स्वीकार कर लेंगे। इस सबूत की स्वीकृति, जो दरशाती है कि लोग एक जीवनकाल से दूसरे में धार्मिक एवं जातीय संबद्धता बदल सकते हैं, विभिन्न समूहों के बीच हिंसा को कम करने का एकमात्र स्थायी तरीका है। हालाँकि, सोचने के अलग तरीकों का पुनर्मूल्यांकन करने के लिए साहस की आवश्यकता होगी। मुझे बिना संदेह के पता है कि पुनर्जन्म का समर्थन करनेवाले सबूत समय के साथ बढ़ते जाएँगे। जिस प्रकार गैलीलियो की सच्चाई की जीत हुई, पुनर्जन्म की सच्चाई की भी जीत होगी।

□

2

पुनर्जन्म के सिद्धांत

अगले अध्याय में इयान स्टीवेंसन, एम.डी., यूनिवर्सिटी ऑफ वर्जीनिया द्वारा शोध किए गए मामले प्रस्तुत किए जाएँगे, जो दिखाते हैं कि चेहरे की विशेषताएँ एक जन्म से दूसरे में एक जैसी बनी रहती हैं। बाद के अध्यायों में, स्वतंत्र रूप से शोध किए गए मामले दिखाएँगे कि चेहरे की विशेषताएँ वही रहने के अलावा व्यक्तित्व लक्षण, प्रतिभाएँ और भाषाई लेखन शैली भी एक जैसी रह सकती है। पॉल गौगिन और पिकासो के पुनर्जन्म के मामलों में हम देखेंगे कि कलात्मक विकास एक अवतार से दूसरे में दोहराया गया है, हालाँकि छोटी उम्र में, जो यह दरशाता है कि हम वास्तव में पिछले जीवनकाल की उपलब्धियों पर निर्माण करते हैं। लॉरेल और हार्डी के पुनर्जन्म के मामले में हम यहाँ तक देखते हैं कि हास्य के विकास को दोहराया गया है।

इन विभिन्न मामलों को प्रस्तुत करने से पहले मैं इस पुस्तक में प्रस्तुत किए गए मामलों से लिये पुनर्जन्म के सिद्धांतों को विस्तार से बताना चाहूँगा, जिनका संक्षिप्त विवरण या सारांश इस प्रकार है—

1. शारीरिक उपस्थिति और जन्म-चिह्न

चेहरे की वास्तुकला, चेहरे का आकार और अनुपात, एक जीवनकाल से दूसरे तक संगत हो सकता है। शारीरिक आदतें, जैसे मुद्राएँ, हाथों के इशारे और पहने जाने वाले गहनों के प्रकार भी एक जीवन से दूसरे में समान हो सकते हैं। यहाँ तक कि चित्रों और तसवीरों में दिए गए पोज भी अकसर एक जन्म से दूसरे में मिलते-जुलते होते हैं।

शरीर के प्रकार भी एक जीवनकाल से दूसरे जीवनकाल तक संगत हो सकते हैं, हालाँकि शरीर का आकार भिन्न हो सकता है। एक व्यक्ति एक जीवन में थोड़ा दुबला और दूसरे में मजबूत कदकाठी का हो सकता है। एक व्यक्ति एक जन्म में छोटे कद का

और दूसरे में लंबा हो सकता है; हालाँकि चेहरे की विशेषताएँ, मुद्राएँ और हाव-भाव वही बने रहते हैं।

मैं सुंदरता के विषय पर टिप्पणी करना चाहूँगा। यह मेरा मानना है कि किसी भी विशेष चेहरे की वास्तुकला को सुंदर या आकर्षक माना जा सकता है। सुंदरता की धारणा काफी हद तक रंग और शारीरिक आकार जैसे कारकों पर निर्भर करती है। उदाहरण के लिए, एक औरत एक जन्म में लंबी, पतली हो सकती है। उसके पास अद्‌भुत त्वचा, एक परिपूर्ण मुसकान और एक सुगठित शरीर हो सकता है। इन कारकों और उसके व्यक्तित्व पर इनके प्रभाव के कारण यह महिला एक ब्यूटी क्वीन बन सकती है। दूसरे जन्म में यही महिला, चेहरे की समान विशेषताओं के साथ, एक खराब त्वचा, मोटे शरीर और टेढ़े-मेढ़े दाँतों के साथ जन्म ले सकती है। इस जन्म में देखने वाले उसे सामान्य रंग-रूप का समझेंगे।

वास्तव में ReincarnationResearch.com वेबसाइट पर पुनर्जन्म के ऊपर पोस्ट किए गए एक पिछले जन्म के मामले में, जो इस बिंदु को दरशाता है, अमेरिकी अभिनेत्री और सुंदरी एंजेलिना जोली शामिल हैं। उनके लिए फ्रांस में लुइस XIV के समय में पिछले जन्म की पहचान हुई है, जिसमें उनका वर्णन एक अनाकर्षक महिला के रूप में किया गया था, क्योंकि उनका माथा उनके चेहरे के हिसाब से बहुत ऊँचा था, उनके दाँत टेढ़े-मेढ़े थे और त्वचा खुरदुरी। वे लँगड़ाकर चलती थीं, क्योंकि उनका एक पैर दूसरे से छोटा था। उनके चेहरे की विशेषताएँ वही थीं और एक चित्र में वे बिल्कुल वैसी लग रही हैं, जैसी अब लगती हैं, लेकिन कॉस्मेटिक कारकों ने उन्हें अनाकर्षक बना दिया था। जानकारी के अनुसार, उस युग में जोली का दिल बहुत बड़ा था, जैसा कि अभी है, और वे गरीब परिवारों को अपनी शरण में ले लेती थीं।

मुद्दा यह है कि किसी भी चेहरे की वास्तुकला को इन प्रभावित करनेवाली वस्तुओं के आधार पर सुंदर या कुरूप माना जा सकता है। मेरा मानना है कि हम एक जन्म से दूसरे में बारी-बारी से आकर्षक या साधारण हो सकते हैं, उन पाठों के आधार पर जो हम एक विशेष अवतार में सीखते हैं।

ध्यान दें, मेरे पुनर्जन्म अनुसंधान से पता चलता है कि लगभग 10 से 15 प्रतिशत मामलों में एक आत्मा लिंग बदलती है। इयान स्टीवेंसन ने समान आँकड़े उत्पन्न किए थे, जिनमें कहा गया कि उनके शोध किए हुए मामलों में केवल 10 प्रतिशत ने लिंग बदले थे। उन मामलों की मेरी समीक्षा में, जिनमें एक जीवनकाल से दूसरे में लिंग बदले थे, चेहरे फिर भी एक जैसे ही थे। पैनी पीयर्स के पुनर्जन्म का मामला, जो इस पुस्तक में दिया गया है, इस तथ्य को दरशाता है।

कुल मिलाकर, अधिकांश लोग (85 से 90 प्रतिशत) एक जन्म से दूसरे में एक

ही लिंग बनाए रखते हैं। ऐसे में लगता है कि हमारे हिसाब से एक मर्द या स्त्री की सहज गुणवत्ता होती है। आत्माएँ, जो सहज रूप से मर्दानी होती हैं, पुरुष के रूप में दोबारा जन्म लेना पसंद करती हैं। और वे जो सहज रूप से स्त्री हैं, वे महिला शरीर में लौटना पसंद करती हैं। हालाँकि, मुझे लगता है कि हम सभी समय-समय पर लिंग बदलते हैं, यह जानने के लिए कि एक भिन्न लिंग में होना कैसा लगता है।

आत्मा का ऊर्जा टेंपलेट या होलोग्राम

चेहरे की विशेषताएँ एक जीवनकाल से दूसरे तक समान कैसे रह सकती हैं? इस सवाल का जवाब अज्ञात है, लेकिन मैं परिकल्पना करता हूँ कि आत्मा विकसित हो रहे भ्रूण में 'ऊर्जा टेंपलेट' या होलोग्राम डाल देती है, जिसके आसपास ऊतक या टिश्यू आकार लेते हैं। यह सिद्धांत वैसा ही है, जैसे ऑर्थोपेडिक सर्जन गंभीर फ्रैक्चरों में हड्डी को आकार देने के लिए विद्युत् प्रवाह का उपयोग करते हैं। यह ऊर्जा टेंपलेट या होलोग्राम न केवल शारीरिक रूप की रचना करने में मदद करता है, बल्कि इसका उपयोग विकासशील शरीर और मस्तिष्क में जानकारी तथा प्रतिभा डाउनलोड करने के लिए भी हो सकता है। यह सिद्धांत चाइल्ड प्रोडिजीज या बच्चों में विलक्षणता की व्याख्या कर सकता है।

बेशक आनुवंशिकी भी अपनी भूमिका निभाती है और वह आत्मा के ऊर्जा टेंपलेट या होलोग्राम के साथ आनुवंशिक विरासत की बातचीत ही है, जो हमारे शारीरिक रूप का कारण बनती है। एक व्यक्ति, जो एक अलग जाति में जन्म लेता है, उसके पास उस जाति को प्रतिबिंबित करनेवाली अलग शारीरिक विशेषताएँ होंगी; हालाँकि चेहरे के कुछ हिस्से तब भी एक जन्म से दूसरे में एक जैसे होंगे। पारिवारिक समानताएँ भी आनुवंशिकी के कारण आती हैं, हालाँकि आत्मा का ऊर्जा टेंपलेट चेहरे की विशेषताओं को प्रभावित करता है।

चेहरे की पहचान करनेवाला सॉफ्टवेयर चेहरे की समानताओं के आकलन में उपयोगी हो सकता है, लेकिन ऊपर वर्णित कारकों को देखते हुए, जो शारीरिक रूप को बदल सकते हैं, पुनर्जन्म के सभी मामलों में चेहरे के एक सटीक मेल की उम्मीद नहीं करनी चाहिए।

एक ऊर्जा या आत्मा शरीर का अस्तित्व, जो हमारे शारीरिक रूप को प्रतिबिंबित करता है, वह इंस्ट्रुमेंटल ट्रांस-कम्युनिकेशन के क्षेत्र में किए गए अवलोकनों द्वारा समर्थित होता है, जिसमें आत्माएँ इलेक्ट्रॉनिक उपकरणों के माध्यम से मनुष्यों के साथ संवाद करती हैं, जैसे टेलीविजन, टेलीफोन आदि। जब आत्माएँ अपनी खुद की छवियों को आत्माओं की दुनिया से भौतिक दुनिया में टेलीविजन सेटों पर प्रसारित कर देती हैं,

तो उनके पास वैसे ही आत्मा-शरीर देखे जाते हैं, जैसे उनके जीवित रहते उनके भौतिक शरीर थे। इंस्ट्रुमेंटल ट्रांस-कम्युनिकेशन पर मेरी पुस्तकों 'ऑरिजिन ऑफ द सोल' और 'द पर्पज ऑफ रीइनकार्नेशन' में विस्तार से चर्चा की गई है।

मार्गदर्शक आत्मा या भूतिया तसवीरें

एक और सबूत जो कि हमारे भौतिक शरीर के समान दिखनेवाले मार्गदर्शक आत्मा के अस्तित्व का समर्थन करता है, मिनेसोटा में एक ऑटोमोबाइल दुर्घटना के दृश्य की उन तसवीरों में पाया गया, जिनमें दुर्घटना में मारा गया एक युवक दिखाई दे रहा है। एक पुलिसकर्मी ने, ये निर्धारित कर लेने के बाद कि वह युवक मर चुका था, दुर्घटना स्थल की ये तसवीरें ली थीं। जब ये तसवीरें विकसित की गईं, तो उनमें एक युवा व्यक्ति की छवि ऑटोमोबाइल के ऊपर उठती देखी जा सकती थीं। आदमी का चेहरा एक बहुत सक्रिय अभिव्यक्ति के साथ कैद किया गया था, और ऐसा प्रतीत होता है कि वह चिल्ला रहा था अथवा नहीं!

हालाँकि तसवीर में दिख रही आत्मा का चेहरा मृत लड़के के समान ही लग रहा था, मार्गदर्शक आत्मा की अत्यधिक सक्रिय अभिव्यक्ति भौतिक दुनिया में उसी युवक के चेहरे पर मौजूद भावों से बहुत अलग थी, जो कार की सीट पर मुँह के बल, निर्जीव पड़ा था। यह सक्रिय अभिव्यक्ति कैमरे के साथ किसी यांत्रिक समस्या को खारिज कर देती है, जैसे डबल एक्सपोजर के साथ। इन तसवीरों को जिस पुलिसवाले ने लिया था, उसने अंततः उन्हें इको बोडीन को दे दिया, जो मिनेपोलिस में एक सम्मानित भेदक (clairvoyant) थे। इको ने मुझ पर मेहरबानी करते हुए मुझे ये तसवीरें www.ReincarnationResearch.com वेबसाइट पर पोस्ट करने की अनुमति दे दी, जो 'स्पिरिट कम्युनिकेशन एंड घोस्ट्स' श्रेणी में पाई जा सकती हैं।

पिछले जीवन के जन्मचिह्न

इयान स्टीवेंसन, एम.डी. ने उन जन्म-चिह्नों और जन्म-दोषों का अध्ययन करने में काफी मेहनत और समय लगाया, जो किसी पिछले जन्म के दर्दनाक घावों से संबंधित प्रतीत हो रहे थे। उदाहरण के लिए, अगर कोई गोली लगने से या चाकू के घाव से मरा था, तो स्टीवेंसन ने ध्यान दिया कि बाद के जीवनकाल में शरीर के उसी हिस्से में एक जन्म-चिह्न या निशान दिखाई देगा। उन्होंने ऐसे मामलों को अपने विशाल दो खंडों के काम में संकलित किया—रीइन्कार्नेशन एंड बायोलॉजी : ए कॉन्ट्रिब्यूशन टू द इटियोलॉजी ऑफ बर्थमार्क्स एंड बर्थ डिफेक्ट्स (पुनर्जन्म और जीव विज्ञान : जन्म-चिह्न और जन्म दोषों की इटियोलॉजी में योगदान)

पिछले जीवन के जन्म-चिह्न और हमारे ऊर्जा टेंपलेट

जन्म-चिह्न पिछले जीवन के घावों से कैसे संबंधित हो सकते हैं, इसका तंत्र समझने के लिए हम भौतिक शरीर में अंतर्निहित ऊर्जा टेंपलेट की हमारी अवधारणा का उपयोग कर सकते हैं। ऐसा लगता है कि यह ऊर्जा टेंपलेट शारीरिक आघात से प्रभावित हो सकते हैं। तब ऊर्जा निकाय पर पड़ी दर्दनाक छाप भौतिक शरीर पर किसी बाद के जन्म में अभिव्यक्त होती है।

2. व्यक्तित्व

व्यक्तित्व लक्षण एक जीवनकाल से दूसरे जीवनकाल तक बने रहते हैं। जीवन को देखने का हमारा तरीका, और जिस तरीके से दूसरे हमें देखते हैं, वह हर जन्म में समान बना रहता है। हमारे कुछ व्यक्तित्व लक्षण सकारात्मक होते हैं और हम उन्हें हमारे लाभ के लिए साथ ले जाते हैं। अन्य व्यक्तित्व लक्षण हानिकारक हो सकते हैं और एक जीवनकाल से दूसरे जीवनकाल में पीड़ा पहुँचा सकते हैं। ऐसा लगता है कि हमारे विकास का एक हिस्सा हमारे स्वभाव के खुरदुरे धब्बों को चिकना बनाना है।

उदाहरण के लिए एक ऐसे व्यक्ति के बारे में विचार करें, जो स्वभाव से बेहद आक्रामक है। आक्रामक होने का एक लाभ यह है कि व्यक्ति अपने लक्ष्यों को पूरा कर लेता है। एक नकारात्मक पहलू यह है कि अन्य लोगों को उसके आक्रामक रवैये से चोट पहुँच सकती है। आक्रामक व्यक्ति के लिए एक या अधिक जीवनकाल की अवधि के दौरान लक्ष्य होगा—दूसरों की भावनाओं को ध्यान में रखना।

हालाँकि व्यक्तित्व लक्षण लगातार एक जैसे बने रहते हैं, मैंने देखा है कि शारीरिक और मानसिक बीमारियाँ एक जन्म से दूसरे में नहीं बनी रहतीं। वे लोग, जो रासायनिक रूप से निर्भर होते हैं या पिछले जन्म में किसी मनोवैज्ञानिक बीमारी से पीड़ित होते हैं, इन विकारों को लगातार अगले जन्मों में नहीं ले जाते।

आध्यात्मिक और बौद्धिक रूप से हम वहीं से शुरुआत करते हैं, जहाँ हमने छोड़ा होता है। आध्यात्मिक और बौद्धिक कार्यों में हमारी कठोर परिश्रम से अर्जित उपलब्धियाँ बनी रहती हैं—वे हमारा हिस्सा होती हैं। वैसे भी, खुद को बढ़ावा देने के प्रयास कभी बरबाद नहीं होते हैं और हम एक जन्म से दूसरे जन्म तक हमारे प्रयासों पर निर्माण करते हैं। हालाँकि प्रतिभाएँ एक जन्म से दूसरे में साथ आ सकती हैं, लेकिन यदि आत्मा को किसी विशेष जन्म में अलग राह लेने की आवश्यकता होती है, तो प्रतिभाएँ अवरुद्ध की जा सकती हैं।

हालाँकि एक जीवन से दूसरे तक हमारी आध्यात्मिक परिपक्वता और बौद्धिक प्रगति का स्तर एक जैसा ही रहता है। हम गरीब और अमीर, प्रसिद्ध और अज्ञात के रूप

में अदला-बदली कर सकते हैं। हम बारी-बारी से सुर्खियों के अंदर और बाहर हो सकते हैं। जीवन में हमारी स्थिति हमारे पिछले जन्मों के कर्मों द्वारा, और साथ ही उन सीखों द्वारा भी निर्धारित प्रतीत होती है, जो हमारी आत्माओं ने हमारे सीखने के लिए तय की हैं।

जैसा कि चर्चा की गई है, धार्मिक संबद्धता और जातीय पृष्ठभूमि एक जन्म से दूसरे में बदल सकती हैं। एक आत्मा एक जीवनकाल में ईसाई और दूसरे में यहूदी या इसलामी हो सकती है। इससे धार्मिक या जातीय मतभेदों के आधार पर होनेवाले संघर्षों के संबंध में एक नई अंतर्दृष्टि प्राप्त होती है।

व्यक्तित्व समानताओं के सह-संबंधी होने के नाते मैंने यह देखा है कि कई बार एक जीवनकाल से दूसरे में एक व्यक्ति के अपने नाम से खुद को पहचानने का विकल्प चुनने के तरीक़े में समानता होती है। अधिक विशेष रूप से व्यक्ति के चुने हुए नाम के ताल और प्रतिबिंब एक जन्म से दूसरे में समान होते हैं। बेशक, हमारे माता-पिता हमें जन्म के समय हमारा नाम देते हैं, लेकिन जब हम परिपक्व होने लगते हैं, हम तय करते हैं कि हमको दिए गए नाम के कौन से संस्करण से हम पहचाने जाना चाहते हैं। कुछ लोग पहले नाम के बजाय मध्य नाम का उपयोग करना पसंद करते हैं, कुछ लोग उपनाम पसंद करते हैं और कुछ अन्य लोग नाम के पहले अक्षर का उपयोग करते हैं।

हम अपने नाम का वह संस्करण चुनते हैं, जो एक आंतरिक लय, एक ऊर्जा पैटर्न या ऊर्जा हस्ताक्षर को दरशाता है।

3. लेखन-शैली

जिस प्रकार व्यक्तित्व लक्षण एक जन्म से दूसरे में लगातार बने रहते हैं, व्यक्ति का अभिव्यक्ति का तरीका भी एक जीवन से दूसरे में समान लगता है। जॉन बी. गॉर्डन/जेफ कीन के मामले में एक विश्वविद्यालय के प्रोफेसर द्वारा औपचारिक भाषाई विश्लेषण किया गया था, जिसने वास्तव में प्रदर्शित किया कि उनके लेखन की संरचना एक जीवन से दूसरे में समान बनी रही। विभिन्न युगों के अलग-अलग रीति-रिवाजों के कारण लेखन-शैली में कुछ बदलाव निश्चित रूप से देखे जाएँगे। फिर भी अभिव्यक्ति के तरीके और सामग्री में स्थिरता देखी जाएगी। जैसे तसवीरों में हमें यह देखने को मिलता है कि कैसे एक जीवन से दूसरे में शारीरिक रूप समान रहता है, उसी प्रकार ऐतिहासिक दस्तावेज, डायरियाँ और अन्य उपलब्ध दस्तावेज हमें विभिन्न जन्मों में लेखन-शैली का अध्ययन करने की अनुमति देते हैं। इस पुस्तक में दिए गए दो पुनर्जन्म के मामले, जो विलियम शेक्सपियर और ब्रिटिश नाटककार टॉम टेलर के हैं, विभिन्न जन्मों में नाटकों की रचना के विश्लेषण के लिए भरपूर सामग्री प्रदान करेंगे।

4. कार्मिक आत्मा समूह और पुनर्जन्म के माध्यम से रिश्तों का नवीनीकरण

लोग साझा कर्मों और भावनात्मक लगावों के आधार पर समूहों में जीवन में आते हैं। जोड़े अकसर साथ में वापस आते हैं और पूरे परिवार की इकाइयाँ पुनरावृत्ति कर सकती हैं। जब एक अकेले व्यक्ति का पुनर्जन्म होता है, तब उस व्यक्ति के कार्मिक समूह के अन्य सदस्य उपस्थित होंगे। व्यक्ति के कार्मिक समूह के सदस्यों की पहचान करना पिछले जीवन की समानता स्थापित करने में एक और महत्त्वपूर्ण मानदंड है।

जुड़वाँ संबंधित पुनर्जन्म मामले

एक अध्ययन में, जो नाटकीय रूप से दरशाता है कि हम पिछले जन्मों के प्रियजनों के साथ पुनर्जन्म लेते हैं, इयान स्टीवेंसन द्वारा शोध किए 31 जुड़वाँ जोड़े शामिल हैं, जिसमें जुड़वाँओं द्वारा उनके पिछले जन्मों की वास्तविक वैधता प्रमाणित करने के लिए पर्याप्त जानकारी दी गई थी।

उन्होंने पाया कि इन सभी मामलों में जुड़वाँ के बीच उनके पिछले जन्मों में किसी-न-किसी प्रकार के घनिष्ठ संबंध थे।

पिछले जीवन संबंधों का सबसे आम प्रकार था एक माँ की संतानें होना, जिन्होंने 11/31 या 35 प्रतिशत मामलों का प्रतिनिधित्व किया। उनमें से एक जोड़ा उनके पूर्व जन्मों में भी जुड़वाँ था। 9/31 या 29 प्रतिशत जुड़वाँ मामलों में वे दोस्त, परिचित या व्यापारिक सहयोगी थे। अन्य पारिवारिक संबंध, जैसे चचेरे-ममेरे भाई-बहन, इन मामलों के 6/31 या 19 प्रतिशत थे। 5/31 या 16 प्रतिशत जुड़वाँ मामलों में जुड़वाँ जोड़े पिछले जन्म में विवाहित थे। यह जानकारी नीचे दी गई तालिका में संक्षेप में प्रस्तुत है—

जुड़वाँ जीवन के पिछले जीवन-संबंध

भाई-बहन 35 प्रतिशत

दोस्त 29 प्रतिशत

अन्य पारिवारिक संबंध 19 प्रतिशत

पति-पत्नी 16 प्रतिशत

जुड़वाँ जोड़ों का यह अध्ययन, साथ-ही-साथ एक परिवार के अन्य पुनर्जन्म मामले दिखाते हैं कि आत्मा पुनर्जन्म की योजना आत्माओं की दुनिया से बना सकती है और आनेवाले जन्मों के लिए माता-पिता भी चुन सकती है। हालाँकि वे लोग, जो पिछले जन्मों में करीबी थे, अलग परिवारों में पुनर्जन्म ले सकते हैं, लेकिन फिर उन्हें भी एक साथ लाया जा सकता है।

हम अपने कार्मिक समूहों से कैसे जुड़ सकते हैं? जवाब, मैं मानता हूँ, भाग्य है। पिछले जीवन के मामलों का विश्लेषण करने में ऐसा लगता है कि हम सभी के पास पूर्व निर्धारित नियति या जीवन-योजना है, जो हमें उन लोगों के पास लाती है, जिनके साथ हम समय बिताना चाहते हैं। भाग्य कैसे काम करता है, इसे बेहतर समझने के लिए मैं एक यात्रा की समानता का उपयोग करता हूँ। सोचिए कि आपका जीवन एक विस्तारित छुट्टी है, जिसकी योजना आप पहले से बना लेते हैं। आप तय करते हैं कि आप किसे देखना चाहते हैं और किसे देखने की जरूरत है, आप कहाँ जाना चाहते हैं और किन गतिविधियों में आप भाग लेना चाहते हैं। आप उन लोगों के साथ अपने यात्रा कार्यक्रम का समन्वय करते हैं, जिनसे आपको मिलना है। आप, आपके कार्मिक मित्र और प्रियजन, सभी आपके जन्म लेने से पहले इस योजना से सहमत हो जाते हैं। एक बार आप जीवन में आ जाते हैं, तो भाग्य सुनिश्चित करता है कि आप अपने कार्मिक आत्मा समूह से मिल जाएँ। कार्मिक संबद्धताओं के लिए सेटिंग्स हमारे परिवार हो सकते हैं, जैसा कि जुड़वाँ अध्ययनों में उल्लेख किया गया है, साथ ही हमारा कार्य जीवन और मनोरंजक गतिविधियाँ भी। ये सेटिंग्स मंच हैं, जिन पर हम अपने जीवन के कार्मिक नाटक खेलते हैं। यह शेक्सपियर के वाक्यांश 'ये पूरा जीवन केवल एक मंच है' पर नई रोशनी डालता है।

हम जीवन के विभिन्न बिंदुओं पर विभिन्न कार्मिक समूहों से मिलते हैं। जब हमें एक नई नौकरी लेने की, नए शहर की यात्रा करने की, या एक नया मनोरंजक प्रयास करने की प्रेरणा होती है, तो कई बार यह हमारे भाग्य का खेल होता है। नए स्थान हमें उन कार्मिक समूहों में लाते हैं, जिनके साथ हमें रहने की आवश्यकता है।

यदि यह सत्य है, तो हमें पूछना चाहिए कि क्या हमारे पास स्वतंत्र इच्छा है। मेरा मानना यह है कि हालाँकि हम सभी के पास एक पूर्व निर्धारित यात्रा कार्यक्रम है, जिसका सम्मान करने के लिए हम प्रतिबद्ध हैं। हम रास्ते में जो करते हैं, वह हमारी स्वतंत्र इच्छा है। वास्तव में प्रगति और मानव विकास स्वतंत्र इच्छा के बिना संभव नहीं है। कुछ लोगों के पास एक और अधिक संरचित यात्रा कार्यक्रम हो सकता है, जो पथांतरित मार्ग को सीमित करता है, जबकि अन्य लोगों के पास कम संरचित योजनाएँ हो सकती हैं। दोनों तरह से, हमारे पास हमारे नियत पथ पर चलते हुए स्वतंत्र इच्छा होती है।

कार्मिक समूह डेजा वू (पहले से देखे हुए का आभास) अनुभवों के बारे में अंतर्दृष्टि प्रदान करते हैं। अगर हम उन लोगों से मिलते हैं, जिन्हें हम पिछले जन्म में जानते थे तो यह आश्चर्य की बात नहीं होगी कि मिलने पर हमारे अंदर पहचान की एक चिनगारी कौंध जाए। चूँकि लोगों के व्यवहार के पैटर्न स्थिर होते हैं, इसलिए परिस्थितियों की पुनरावृत्ति होने पर हम इन लक्षणों और विशिष्ट प्रतिक्रियाओं को पहचान सकते हैं।

अंततः, डेजा वू हो सकता है, अगर हम एक ऐसी घटना को पहचान लेते हैं, जो हमारे यात्रा कार्यक्रम का हिस्सा है। हमें अपने पूर्व निर्धारित पथ के साथ में एक रोड मार्क का पता चल सकता है।

5. विभिन्न अवतारों में धर्म, राष्ट्रीयता, जाति, जातीय संबद्धता और लिंग के परिवर्तन

पुनर्जन्म अनुसंधान में किया गया एक बहुत ही महत्त्वपूर्ण अवलोकन, जैसा कि हमारे पहले अध्याय में वर्णित है, यह है कि व्यक्ति एक जीवनकाल से दूसरे में धर्म, राष्ट्रीयता और जातीय संबद्धता बदल सकते हैं। अधिकांश युद्ध पहचान के इन सांस्कृतिक चिह्नों में अंतर पर आधारित हैं। पुनर्जन्म के सबसे शक्तिशाली मामलों में से एक, जो एक जन्म से दूसरे में धर्म, राष्ट्रीयता और जातीय परिवर्तन को दरशाता है, वह एन फ्रैंक/बरब्रो कार्लेन का पुनर्जन्म मामला है, जो बाद के एक अध्याय में दिया गया है।

एन फ्रैंक पर अत्याचार किया गया था और एक एकाग्रता शिविर में यहूदी के रूप में उनकी मृत्यु हो गई थी, जबकि बरब्रो स्वीडन में एक ईसाई परिवार में पैदा हुई थीं। यदि द्वितीय विश्वयुद्ध के समय नाजियों को पता होता कि कोई एक जीवनकाल में यहूदी और दूसरे में ईसाई पैदा हो सकता है, तो महाविनाश (महाविनाश) कभी नहीं होती।

इसी प्रकार जब यहूदी इजराइलियों को एहसास होगा कि वे मुसलिम फिलिस्तीनियों के रूप में पुनर्जन्म ले सकते हैं या इसके विपरीत प्रोटेस्टेंट कैथोलिक के रूप में भी पुनर्जन्म ले सकते हैं, इसलामी आतंकवादियों को पता चल जाए कि वे पश्चिमी ईसाइयों के रूप में पुनर्जन्म ले सकते हैं, और शिया जान जाएँ कि उनका पुनर्जन्म सुन्नियों के रूप में हो सकता है, तो इन विभिन्न संबद्धताओं के आधार पर हिंसा कम हो जाएगी।

6. पिछले जीवन के प्रतीक, सिंक्रोनिस्ट घटनाक्रम और सालगिरह घटनाएँ

पिछले जीवन अनुसंधान में एक आम विशेषता यह है कि व्यक्ति के समकालीन जन्म में एक पिछले जीवनकाल से प्रतीक पाए जाते हैं और तुल्यकालिक घटनाएँ होती हैं, जो पिछले जीवन के संबंधों को मजबूत करती प्रतीत होती हैं। मेरे अपने पुनर्जन्म के मामले में कई 'संयोगात्मक' घटनाएँ हुईं, जो बोस्टन में अमेरिकी क्रांति के नेता, जॉन एडम्स के रूप में मेरे पिछले जीवनकाल से संबंधित लग रही थीं। उदाहरण के लिए, मैंने पहली बार जनता के बीच अपने पिछले जन्म के बारे में मेसाचुसेट्स में, 1771 में निर्मित एक 'पब्लिक हाउस' में आयोजित एक सम्मेलन में, जो अमेरिकी क्रांतिकारी सामानों

से भरे एक कमरे में था, बात की थी। एक और उदाहरण के रूप में बिल क्लिंटन, जॉर्ज डब्ल्यू. बुश, अल गोर और मेरे खुद के पुनर्जन्म मामलों से संबंधित ग्राफिक्स जॉन एडम्स की वर्षगाँठ के दिन लगभग जादुई रूप से वाइट हाउस में राष्ट्रपति क्लिंटन को, जो उस समय कार्यालय में थे, सौंप दिए गए। और कुछ महसूस किए बिना, मैंने अपनी पुस्तक 'रिटर्न ऑफ द रिवोल्यूशनरीज : द केस फॉर रीइनकार्नेशन एंड सोल ग्रुप्स रीयूनाइटेड' के अनुबंध पर हस्ताक्षर भी कर दिए, जॉन ऐडम्स की वर्षगाँठ के दिन, और मुझे तुल्यकालिक (सिंक्रोनिस्टिक) हस्ताक्षर के बारे में अगले दिन से पहले पता भी नहीं चला।

आगे के पृष्ठों में मैंने केविन रायर्सन के साथ अपने काम के संबंध में अपने पिछले जीवन के मामले का संक्षिप्त वर्णन किया है। मैं जानता हूँ कि एक ऐतिहासिक आकृति से जुड़े पिछले जीवनकाल की घोषणा करने से मेरी विश्वसनीयता पर कुछ सवाल उठाए जा सकते हैं। ऐसा करना स्वाभाविक है। मैंने सेवानिवृत्त होने से पहले 30 साल डॉक्टर के रूप में काम किया, और मेरा प्रारंभिक प्रशिक्षण मनोचिकित्सा के क्षेत्र में हुआ था, इसलिए मैं भ्रम और भव्यता को बहुत अच्छी तरह से समझता हूँ। इसलिए शुरुआत में मैं अपना केस सार्वजनिक रूप से साझा करने के लिए अनिच्छुक था, और वास्तव में, पिछले कुछ सालों में, मैंने अपने केस को महत्त्व न देने का फैसला किया है, क्योंकि अतिरिक्त लाभ का संदेह मेरी व्यक्तिगत कहानी के प्रचार के मूल्य को सीमित करता है।

मैंने इसे केवल ईमानदारी के साथ यह बताने के लिए साझा किया है कि मैं पुनर्जन्म शोध में कैसे शामिल हुआ, जिसकी शुरुआत मैंने 1995 में की थी।

मैं एक समानता पर टिप्पणी करूँगा, जो मैं वास्तव में एडम्स और अपने बीच देखता हूँ। उन्होंने अपना जीवन डेमोक्रेसी के उद्देश्य को समर्पित कर दिया था, क्योंकि उनकी दृष्टि में वह एकमात्र तरीका था, जिससे दुनिया राजनीतिक दृष्टि से बदली जा सकती थी। उन्होंने लोकतंत्र का प्रचार करने के लिए एक विस्तृत पुस्तक लिखी थी—'ए डिफेंस ऑफ द कांस्टिट्यूशंस ऑफ गवर्नमेंट ऑफ द यूनाइटेड स्टेट्स ऑफ अमेरिका'। इसी तरह मैं पुनर्जन्म के सबूत को ऐसे रास्ते के रूप में देखता हूँ, जिससे दुनिया में आध्यात्मिक रूप से और एक सामाजिक बिंदु से सकारात्मक बदलाव लाया जा सकता है। मैं पुस्तकें इस आध्यात्मिक क्रांति या परिवर्तन को बढ़ावा देने में मदद करने के लिए लिखता हूँ।

इस समय, मुझे लगता है कि दूसरों को शामिल करते आकर्षक, स्वतंत्र रूप से शोध किए गए मामलों को बढ़ावा देना, विशेष रूप से इयान स्टीवेंसन के काम को बढ़ावा देना कहीं अधिक महत्त्वपूर्ण है। जो लोग मेरे व्यक्तिगत मामले का विस्तार से आकलन करने में रुचि रखते हैं, उन्हें मैं 'रिटर्न ऑफ द रिवॉल्यूशनरीज' पढ़ने की सलाह देता हूँ।

7. विशिष्ट भौगोलिक स्थानों के लिए आकर्षण

लोगों को अकसर पिछले जीवन की भौगोलिक सेटिंग्स आकर्षित करती हैं। लोग इन क्षेत्रों में रह सकते हैं या छुट्टियों में पुराने स्थानों पर जा सकते हैं। कुछ मामलों में ऐसा प्रतीत होता है कि आत्मा केवल पुराने माहौल के लिए लालायित हो रही है। अन्य मामलों में आत्मा व्यक्ति को पिछले जीवनकाल की याद दिलाने या आध्यात्मिक जागरूकता को सुविधाजनक बनाने के लिए एक विशिष्ट स्थान पर निर्देशित कर सकती है। रॉबर्ट स्नो और जेफ्री केन के मामले दिखाते हैं कि भौगोलिक स्थानों के लिए मार्गदर्शन कैसे पिछले जीवन के बारे में खुलासा कर सकते हैं। मैं इस प्रकार की घटना का वर्णन करने के लिए 'भौगोलिक मार्गदर्शन' शब्द का उपयोग करता हूँ।

एक और घटना जो पुनर्जन्म के मामलों में देखी जाती है, उसे मैं 'भौगोलिक स्मृति' कहता हूँ। यहाँ एक व्यक्ति अनायास अपने किसी पिछले जन्म के शहर या बस्ती के खाके या लेआउट को याद करने लगता है। अकसर व्यक्ति बिना किसी के रास्ता बताए पिछले जन्म के अपने घर पहुँच जाता है, हालाँकि वह अपने समकालीन जीवन में उस इलाके में कभी नहीं गया होता। एक नाटकीय उदाहरण एन फ्रैंक/बरब्रो कार्लेन के केस में देखा जाता है, जहाँ एम्स्टर्डम की अपनी पहली यात्रा में बरब्रो सहज रूप से अपने माता-पिता को उनके होटल से एन फ्रैंक के घर ले गई थी। इसी तरह, इयान स्टीवेंसन के मामलों में कई विषय अपनी पहली यात्रा के समय पिछले जीवन स्थानों के आसपास के रास्तों को याद करने में सफल रहे। इन स्टीवेंसन मामलों को www.ReincarnationResearch.com वेबसाइट पर संकलित किया गया है।

8. आत्मा के भीतर व्यक्तित्व की क्सेनोग्लॉसी (परा भाषा) और संरक्षण

क्सेनोग्लॉसी एक ऐसी विदेशी भाषा को समझने की क्षमता है, जो समकालीन जीवनकाल में नहीं सीखी गई है। पिछले जीवनकाल से एक भाषा प्राप्त करने के अलावा कुछ क्सेनोग्लॉसी मामलों में पिछला पूरा जीवन व्यक्तित्व उभर आता है और अनिवार्य रूप से समकालीन व्यक्तित्व के शरीर पर कब्जा कर लेता है। इन मामलों में यह पता चलता है कि आत्मा पिछले जीवन व्यक्तित्व को अपने अंदर सुरक्षित रूप से बनाए रख सकती है। शारदा/उत्तरा हुद्दर का क्सेनोग्लॉसी केस, जिस पर इयान स्टीवेंसन ने शोध किया था और जो आगे के अध्याय में दिया गया है, इस घटना को नाटकीय रूप से प्रदर्शित करता है।

व्यक्तित्व कैसे संरक्षित होता है, इसकी कल्पना करने का एक तरीका है—अपने आप को एक बुलबुले के रूप में देखना, जो हमारी आत्मा का लघु संस्करण है। कल्पना

करें कि आपकी आत्मा एक बहुत बड़ा बुलबुला है और ये कि जब हम पुनर्जन्म लेते हैं तो आत्मा अपना एक लघु संस्करण व्यवत करती है, एक छोटा बुलबुला, जो फैलकर भौतिक शरीर का रूप ले लेता है। यह बुलबुला ऊर्जा टेंपलेट है, जिसके चारों ओर हमारे ऊतक आकार लेते हैं और जो हमारे पिछले जन्मों से जानकारियाँ और प्रतिभाएँ व्यक्त कर सकता है। हमारे बुलबुले के अंदर हमारी आत्मा की ऊर्जाएँ, गुण और अनुभव होते हैं।

हमारे अवतार के पूरे होने के बाद आत्मा उस बुलबुले को फिर से बनाती है, जो 'हम' हैं, और हमारे बुलबुले को हमेशा के लिए अपने अंदर बनाए रखती है। हम अपनी आत्मा का हिस्सा हैं, लेकिन हम पृथ्वी पर अपने जीवन के दौरान विकसित अपने व्यक्तित्व को बरकरार रखते हैं।

शारदा/उत्तरा हुद्दर के मामले में हम कल्पना कर सकते हैं कि शारदा बुलबुला, जो अपने अवतार के बाद से आत्मा में रह रहा है, उत्तरा के माध्यम से खुद को अभिव्यक्त करने के लिए आत्मा के बाहर से निकल आया एक आत्मा बुलबुला, जिसने पुनर्जन्म ले लिया।

मेरे लिए यह अवलोकन कि पिछले जीवन व्यक्तित्व को आत्मा के अंदर सुरक्षित रखा जाता है, आरामदायक है, क्योंकि यह मुझे समझने की अनुमति देता है कि मेरा व्यक्तित्व, जो मेरे समकालीन जीवनकाल में विकसित और अभिव्यक्त हुआ था, मेरी आत्मा के भीतर अनंतकाल तक बरकरार रखा जाता है, भले ही मेरी आत्मा आगे के अवतारों में विकसित होती रहती है।

9. विभाजित पुनर्जन्म

स्वतंत्र रूप से शोध किए मामले, जिनमें इयान स्टीवेंसन द्वारा यूनिवर्सिटी ऑफ वर्जीनिया में अध्ययन किए कई मामले शामिल हैं, यह दरशाते हैं कि आत्मा एक समय में एक से अधिक भौतिक शरीर को चेतन कर सकती है। मैं इस घटना को 'विभाजित अवतार' कहता हूँ। मैं एक ही आत्मा से व्युत्पन्न दो लोगों का उल्लेख करता हूँ, जो एक ही समय में पुनर्जन्म लेते हैं 'विभाजन' की तरह। विभाजित अवतारों को दरशाने वाले नाटकीय और सम्मोहक मामलों में से एक में पेनी पियर्स शामिल हैं। इन मामलों को बाद के अध्याय में प्रस्तुत किया गया है। विभाजित अवतार के लिए एक पुराना शब्द समानांतर जीवन है।

इयान स्टीवेंसन ने विभाजित अवतार के मामलों को 'असंगत तिथियों के पुनर्जन्म मामले' नाम दिया, क्योंकि लगातार दो अवतारों को शामिल करते मामलों में अस्थायी ओवरलैप देखा जाता है। स्टीवेंसन ने इस घटना को समझने की कोशिश

नहीं की, केवल उसे ध्यान में रखा। स्टीवेंसन के इन केसों की समीक्षा www. ReincarnationResearch.com पर की जा सकती है।

विभाजित अवतार कैसे काम करता है ? यद्यपि हम निश्चित रूप से नहीं जानते हैं, हम इसकी कल्पना कुछ ऐसे कर सकते हैं, जैसे एक दर्पण प्रकाश की एक किरण को प्रकाश की दो या दो से अधिक किरणों में विभाजित कर सकता है। इसी तरह, आत्मा प्रकाश की एक से अधिक किरणों या एक से अधिक ऊर्जा टेंपलेट को एक समय में भौतिक अवतार में प्रोजेक्ट कर सकती है। हम दो विभाजनों की कल्पना एक मनुष्य की दो भुजाओं के रूप में भी कर सकते हैं। प्रत्येक भुजा का अपना अलग अस्तित्व होता है, फिर भी दोनों भुजाएँ एक ही मस्तिष्क या मन द्वारा नियंत्रित होती हैं। विभाजित अवतार में हम विभाजनों को आत्मा के परिशिष्ट के रूप में देख सकते हैं।

आत्मा पिछले जन्म व्यक्तित्व को अपने भीतर कैसे बनाए रख सकती है, इसे समझाने के लिए ऊपर प्रयुक्त बुलबुला समरूपता का उपयोग विभाजित अवतार को बेहतर तरीके से समझने के लिए भी किया जा सकता है। हम विभाजित अवतार की कल्पना भौतिक अवतार में आत्मा की एक समय में स्वयं के एक से अधिक बुलबुले अभिव्यक्त करने की क्षमता के रूप में कर सकते हैं।

10. पुनर्जन्म मामलों और स्वप्न की घोषणाओं में मार्गदर्शक आत्मा की भागीदारी

पुनर्जन्म के मामलों का विश्लेषण करने में व्यक्ति अकसर आत्माओं की भागीदारी को देखता है एक तरीका, जिसमें यह होता है, वे भविष्य के माता-पिता की भविष्यवाणियों के सपने हैं, जिसमें पुनर्जन्म ले रही आत्मा अपने आनेवाले जन्म की घोषणा करती है। इयान स्टीवेंसन ने इस घटना को इतनी बार देखा कि उन्होंने इन प्रकार के सपने को 'सपनों की घोषणा' नाम दे दिया। स्टीवेंसन द्वारा शोध किए गए 22 प्रतिशत मामलों में 'सपनों की घोषणा' हुई।

इसके अलावा, पिछले जन्मों को याद रखनेवाले बच्चों को पृथ्वी पर हुई उन घटनाओं की जानकारी हो सकती है, जो विभिन्न जन्मकालों के बीच घटित हुईं। उदाहरण के लिए, जेम्स हस्टन, जूनियर/जेम्स लेंइंगेर केस में, बालक जेम्स ने बताया कि उसने अपने माता-पिता को होनोलुलु में रॉयल हवाइयन होटल में देखा था, जबकि वे वहाँ उसके जन्म से पहले गए थे। उसके माता-पिता को उनकी छुट्टियों के बारे में उसके सटीक बयान पर बहुत आश्चर्य हुआ, क्योंकि उन्होंने कभी इस यात्रा के बारे में छोटे जेम्स को नहीं बताया था।

एक और तरीका, जिसमें आत्मा की भागीदारी को देखा जा सकता है, उस मार्गदर्शन में है, जो पुनर्जन्म मामलों के विकास में विषयों को प्राप्त होता है। उदाहरण के लिए, रॉबर्ट स्नो और जेफ कीन के मामलों में, दोनों पुरुषों को उन भौगोलिक स्थानों पर पहुँचा दिया गया, जो उनके पिछले जीवन को प्राप्त करने में महत्त्वपूर्ण थे। चूँकि इन घटनाओं के लिए सिर्फ संयोग को जिम्मेदार नहीं ठहराया जा सकता, इसलिए आत्मा दुनिया से किसी मार्गदर्शक बल को निहित किया जाना चाहिए। जैसा कि ऊपर बताया गया है, मैं इस घटना के लिए 'भौगोलिक मार्गदर्शन' शब्द का उपयोग करता हूँ।

पुनर्जन्म के मामले, जिनमें आत्मा की भागीदारी देखी जाती है, और जिनमें इयान स्टीवेंसन द्वारा शोध किए गए कई मामले शामिल हैं, www.ReincarnationResearch.com पर संकलित किए गए हैं। इनकी समीक्षा करने के लिए 'पुनर्जन्म मामलों में मार्गदर्शक आत्मा' श्रेणी में जाएँ।

11. यादें

पिछले जन्मों की यादों का उस व्यक्ति पर गहरा प्रभाव हो सकता है, जिसने उन्हें अनुभव किया है। यादें सहज रूप से आ सकती हैं या फिर पिछले जन्म के प्रतिगमन द्वारा। एक प्रतिगमन में एक चिकित्सक या सुविधाकर्ता व्यक्ति का गहरे विश्राम की स्थिति में मार्गदर्शन करता है। इसमें विषय को समय में वापस जाने के लिए प्रशिक्षित किया जाता है, जब तक कि उसे पूर्व जीवन याद नहीं आ जाते। यादें, चाहे सहज रूप से आएँ या प्रतिगमन के माध्यम से अनुभव की जाएँ, व्यक्तिपरक होती हैं। अकेले, ये यादें उन लोगों को पुनर्जन्म के केवल कमजोर साक्ष्य प्रदान करती हैं, जिन्होंने उन्हें अनुभव नहीं किया है। हालाँकि, जब ये यादें ऐतिहासिक अनुसंधान और पुष्टीकरण के माध्यम से प्राप्त उद्‍देश्य तथ्यों द्वारा समर्थित होती हैं, तब पुनर्जन्म के सम्मोहक सबूत प्रदान कर सकती हैं। कैरोल बेकविथ/ रॉबर्ट स्नो का मामला एक अद्‍भुत उदाहरण है कि कैसे पिछले जीवन के प्रतिगमन के माध्यम से प्राप्त पिछले जन्म की यादें अंततः बेकविथ के रूप में स्नो के पिछले जीवनकाल की ऐतिहासिक वैधता को साबित कर पाईं।

इस बिंदु पर मैं दो प्रश्न सामने रखना चाहूँगा, जो पुनर्जन्म के संबंध में अकसर उठाए जाते हैं—

अगर पुनर्जन्म वास्तविक है, तो इस समय जनसंख्या इतनी अधिक कैसे हो सकती है?

दूसरे शब्दों में, अतीत की तुलना में इस समय पृथ्वी पर इतने सारे लोग कैसे हो

सकते हैं, अगर यह माना जाता है कि सृजन के समय से आत्माओं की एक स्थिर संख्या रही है? इस मुद्दे को हल करने का सबसे आसान तरीका अवतार की आवृत्ति है। अतीत में, जब पृथ्वी पर आबादी आज से बहुत कम थी, आत्माएँ कभी-कभी पुनर्जन्म ले सकती थीं, शायद कुछ सौ वर्षों में एक बार। आज की आबादी के साथ, आत्माएँ अधिक बार पुनर्जन्म ले सकती हैं, लगभग निरंतर।

एक और स्पष्टीकरण, जो आंशिक रूप से आज की अधिक आबादी को समझा सकता है, विभाजित अवतार की घटना है, जहाँ एक आत्मा एक समय में एक से अधिक शरीर में रह सकती है।

पिछले जीवनकाल में सभी प्रसिद्ध क्यों होते हैं?

दूसरा प्रश्न, जो अकसर उठाया जाता है, वह यह है कि ऐसा क्यों लगता है कि कई लोग पिछले जीवन में प्रसिद्ध व्यक्ति होने का दावा करते हैं? वास्तव में, अधिकतर लोग पहले अवतारों में प्रसिद्ध नहीं थे, हालाँकि मशहूर लोगों को भी हर किसी की तरह पुनर्जन्म लेना पड़ता है।

ऐसे बहुत से कारण हैं, जिनकी वजह से एक व्यक्ति गलती से विश्वास करने लगता है कि वह पिछले जन्म में प्रसिद्ध हस्ती था। एक, हो सकता है कि पिछले जीवनकाल में वह किसी प्रसिद्ध व्यक्ति को जानता था और ऐतिहासिक दृष्टि से अपने खुद के पिछले जीवन को पहचानने की कोशिश में, वह भ्रमित होकर उस प्रसिद्ध व्यक्ति के पिछले जीवन को अपना जीवन समझने लगता है। उदाहरण के लिए, क्लियोपैट्रा होने के बजाय, कोई क्लियोपेट्रा का सलाहकार या मित्र हो सकता है। मैं इस प्रकार के गलत मिलान वाले मामलों को 'लैंडमार्क केसेस' या 'लैंडमार्क एसोसिएशंस' (संबद्धता) कहता हूँ, क्योंकि वह प्रसिद्ध व्यक्ति स्थान और समय में व्यक्ति के पुनर्जन्म के लिए लैंडमार्क के रूप में कार्य करता है।

गलतियाँ इसलिए भी हो सकती हैं, क्योंकि एक प्रसिद्ध व्यक्ति एक व्यक्ति के लिए मार्गदर्शक के रूप में कार्य कर रहा हो सकता है। मैंने बताया है कि केविन रायर्सन के माध्यम से मैंने अह्तुन रे नामक एक आत्मा मार्गदर्शक के साथ काम किया है, जिसने उच्च स्तर की सटीकता के साथ पिछले जीवन के मैच बनाने की क्षमता का प्रदर्शन किया है। अह्तुन रे का कहना है कि हम सभी के पास आत्मा मार्गदर्शक होते हैं, जो हमारे जीवन में हमारी मदद करने की कोशिश करते हैं। मृतक रिश्तेदारों और वे लोग, जिनके साथ हमारे पिछले जीवन में घनिष्ठ संबंध थे, हमारे आत्मा-मार्गदर्शक के रूप में कार्य कर सकते हैं।

कभी-कभी लोग भ्रमित होकर अपने आत्मा-मार्गदर्शक को अपना पिछला अवतार

समझ लेते हैं। उदाहरण के लिए, हो सकता है एक व्यक्ति लेओनार्डो दा विंची के कला स्टूडियो में उनका सहायक रहा हो, और समकालीन अवतार में लियोनार्डो दा विंची उस व्यक्ति के आत्मा-मार्गदर्शक के रूप में कार्य कर रहे हैं। यह व्यक्ति कला में कॅरियर बना रहा है और कभी-कभी लियोनार्डो से प्रेरणा प्राप्त करता है, जो आत्मा दुनिया में उस व्यक्ति को प्रशिक्षित कर रहे हैं। इस प्रेरणा के कारण, व्यक्ति यह मानना शुरू कर सकता है कि वह खुद लियोनार्डो दा विंची का पुनर्जन्म है, हालाँकि हकीकत में लियोनार्डो दूसरी ओर से एक आत्मा-मार्गदर्शक के रूप में कार्य कर रहे हैं।

इन मुद्दों के स्पष्ट हो जाने के साथ, आइए अब हम उन पुनर्जन्म मामलों की जाँच करें, जिनमें बचपन की सहज यादें शामिल हैं।

□

3

पुनर्जन्म की जाँचें

इयान स्टीवेंसन, एम.डी., जिनका 2007 में निधन हो गया, यूनिवर्सिटी ऑफ वर्जीनिया में एक मनोचिकित्सक थे। अपने जीवनकाल में स्टीवेंसन ने ऐसे 2500 से अधिक मामलों का संकलन और अध्ययन किया, जिनमें बच्चों को अपना पिछला जीवन विस्तार से याद था। डॉ. स्टीवेंसन ने समकालीन और पिछले जीवनकाल के दृश्यों की यात्रा की, ताकि वे पिछले जीवनकाल के उपलब्ध विवरणों को सत्यापित कर सकें। उन लगभग 2500 मामलों में से, जिनका उन्होंने अध्ययन किया, लगभग 1200 में बच्चों द्वारा पिछले जीवन की पर्याप्त जानकारी दी गई थी, जिसकी मदद से उनके पिछले जन्म की वास्तविक और ऐतिहासिक वैधता मान्य हो गई थी।

उन कई मामलों में, जिन पर डॉ. स्टीवेंसन ने शोध किया, यह देखा गया कि चेहरे की विशेषताएँ एक अवतार से दूसरे में समान थीं, हालाँकि इन मामलों में से केवल कुछ के लिए तसवीरें उपलब्ध हैं। भौतिक समानता वाले स्टीवेंसन मामलों को www.ReincarnationResearch.com पर संकलित किया गया है। इस अध्याय में प्रस्तुत भौतिक समानता प्रदर्शित करनेवाली तसवीरों के साथ स्टीवेंसन के पुनर्जन्म मामलों में हनान मोंसौर, सुजन खानम, राशिद खादेज, डेनियल जुर्दी, डाए प्यू, मा नुंत-नुंत सन, डा सपि, मा सन-सन न्युंत और अलेसेंद्रीना समोना के मामले शामिल हैं।

डॉ. इयान स्टीवेंसन ने वर्जीनिया विश्वविद्यालय, मेडिसन स्कूल में मनोचिकित्सा और न्यूरोबिहेवियोरल विज्ञान विभाग के अध्यक्ष के रूप में कार्य किया और उन्हें उस संस्थान में मनोचिकित्सा के कार्लसन प्रोफेसर के रूप में भी सम्मानित किया गया। चालीस वर्षों तक डॉ. स्टीवेंसन ने उन बच्चों की जाँच की, जिन्हें पिछले जीवन की याद थी। इनमें से अधिकतर मामले एशिया, भारत या अन्य क्षेत्रों से आए थे, जहाँ पुनर्जन्म का सिद्धांत स्वीकार किया जाता है, हालाँकि उन्होंने यूरोपीय पुनर्जन्म के मामलों को शामिल करते हुए भी एक पुस्तक प्रकाशित की। उन स्थानों पर जहाँ पुनर्जन्म एक स्वीकार्य विश्वास प्रणाली

नहीं है, ऐसा माना जाता है कि माता-पिता बच्चों की पिछले जन्म की यादों की अभिव्यक्ति को रोकते हैं। फिर भी, उन संस्कृतियों में भी जहाँ लोग पुनर्जन्म के नाम पर तेवर चढ़ाते हैं, जैसे कि इसलामी समाज, स्टीवेंसन ने उन मामलों का सामना किया और प्रकाशित किया, जिनमें बच्चों ने सहज रूप से पिछले जीवन को याद किया, जो निष्पक्ष रूप से मान्य थे।

इयान स्टीवेंसन द्वारा अध्ययन किए गए बचपन के केसेज में एक सामान्य पैटर्न है, जो निम्नलिखित विशेषताओं से चिह्नित है—

- जैसे ही बच्चा संवाद करने लायक होता है, वह पिछले जीवनकाल का वर्णन करना शुरू कर देता है। बच्चा अकसर घोषणा करता है कि उसका नाम उनके जैविक माता-पिता द्वारा दिए गए नाम से अलग है। बच्चा जोर देता है कि वर्तमान परिवार उसका असली परिवार नहीं है, बल्कि उसका असली परिवार एक अलग गाँव या शहर में रहता है। बच्चे को आमतौर पर पिछले जीवन के परिवार के विभिन्न सदस्यों के नाम याद होते हैं। घर और पड़ोस की भौतिक विशेषताएँ, जिनमें बच्चा पिछले जीवनकाल में रहता था, उसे याद आ सकती हैं। समय की वह अवधि, जिसमें बच्चे पिछले जीवन की बात करते हैं, 2 से 7 वर्ष की आयु तक होती है। सात साल की उम्र के बाद पिछले जीवन की यादें फीकी होने लगती हैं।
- बच्चे को पिछले जीवन में हुई अपनी मृत्यु का पूरा विवरण याद होता है। डॉ. स्टीवेंसन के बचपन के पुनर्जन्म केसेज में से लगभग 50 प्रतिशत मामलों में पिछले जीवनकाल में एक हिंसक या समयपूर्व मौत हुई थी। डॉ. स्टीवेंसन ने पाया कि जिन लोगों की मौत बंदूक की गोली (बुलेट) या चाकू के वार जैसे दर्दनाक घावों से होती है, वे आगे के जन्म में अकसर ऐसे जन्म चिह्नों या निशानों के साथ पैदा होते हैं, जो पिछले जन्म में लगे घावों को प्रतिबिंबित करते हैं। समकालीन जीवनकाल में बच्चे में अकसर पिछले जीवन में हुई मौत के कारण से संबंधित भय होता है।
- इयान स्टीवेंसन ने पिछले जीवन के आघात से संबंधित जन्म-चिह्न या निशान के अध्ययन के लिए अपने शोध का एक बड़ा हिस्सा समर्पित किया, लेकिन उन्होंने एक जीवन से दूसरे में समान रहनेवाली चेहरे की विशेषताओं के विषय पर ध्यान केंद्रित करने में अपेक्षाकृत कम समय व्यतीत किया। वास्तव में स्टीवेंसन ने चेहरे की विशेषताओं में समानता दिखाने वाली पहली तसवीरें 1997 के दो खंडों के कार्य 'रीइन्कार्नेशन एंड बायोलॉजी, ए कंट्रीब्यूशन टू द इटिओलॉजी ऑफ बर्थमार्क्स एंड बर्थ डिफेक्ट्स' में प्रकाशित की थीं। चेहरे की विशेषताओं के विपरीत स्टीवेंसन ने जन्म-चिह्नों पर इतना ध्यान क्यों

दिया ? मेरा मानना है कि स्टीवेंसन के केसेज, जिनमें से कई एशिया के गरीब गाँवों से उत्पन्न हुए थे, की तसवीरें उपलब्ध ही नहीं थीं। इसके विपरीत, हिंसा में किए गए घावों से मरने वाले व्यक्तियों के लिए ऑटोप्सी रिपोर्ट्स लगभग सार्वभौमिक रूप से उपलब्ध थीं।

फोटोग्राफिक तुलनाओं के बिना शारीरिक समानता को आसानी से नहीं माना जा सकता है। यह बात कैरोल बेकविथ/रॉबर्ट स्नो के मामले में नाटकीय रूप से दिखाई गई है। इंडियानापोलिस के पुलिस कप्तान हिम स्नो को एहसास नहीं था कि उनके चेहरे की विशेषताएँ बेकविथ के साथ सुसंगत हैं, जब तक कि एक ही पोज में तसवीरों की तुलना नहीं की गई। इसी प्रकार, जॉन इलियटसन/नॉर्म शीली और जेम्स हस्टन जूनियर/जेम्स लेंइंगेर के मामलों में प्रमुख जाँचकर्ताओं को तब तक नहीं पता था कि एक भौतिक समानता का अस्तित्व था, जब तक कि साथ-साथ तसवीरों की तुलना नहीं की गई। भौतिक समानता की पहचान किए जाने के लिए छवियों का समान पोज और जीवन की समान अवस्थाओं में होना इष्टतम है।

- बच्चे के पिछले जीवन के परिवार की अंततः शोध द्वारा पहचान हो जाती हैं। जब बच्चा पहली बार इस परिवार से मिलता है, तो वह परिवार के सदस्यों को नाम या रिश्ते से पहचानने में सक्षम होता है। बच्चा अकसर परिवार के उन रहस्यों को जानता है, जिनका केवल पिछले जीवन के परिवार के सदस्यों को पता हो सकता है। परिणामस्वरूप, पूर्व जन्म का परिवार अकसर बच्चे को अपने मृत रिश्तेदार के पुनर्जन्म के रूप में स्वीकार कर लेता है। बच्चे के जैविक माता-पिता अकसर डरते हैं कि बच्चा उन्हें पूर्व जन्म के परिवार के लिए छोड़ देगा, क्योंकि बच्चे और पूर्व परिवार के बीच आपसी बंधन इतना मजबूत हो जाता है। यह डर अनुचित होता है, क्योंकि बच्चे और उसके समकालीन माता-पिता के बीच का बंधन बरकरार रहता है। हालाँकि, आमतौर पर बच्चे और उसके पूर्व जन्म के परिवार के बीच एक दीर्घकालिक संबंध स्थापित हो जाता है।
- व्यक्तित्व लक्षण, व्यक्तिगत प्राथमिकताएँ और आदतें अकसर एक जन्म से दूसरे तक बनी रहती हैं।
- डॉ. स्टीवेंसन के 90 प्रतिशत मामलों में बच्चा उसी लिंग में पुनर्जन्म लेता है, जिसमें वह पिछले जीवन में था। इस प्रकार, दस प्रतिशत मामलों में लिंग एक जीवनकाल से दूसरे जीवन में उलट जाता है।
- स्टीवेंसन के मामलों में एक जीवनकाल से दूसरे के बीच की औसत अवधि 15 से 16 महीने है, यानी डेढ़ साल से कम।

इयान स्टीवेंसन के शारीरिक समानता के साथ मामले

1998 में डॉ. स्टीवेंसन ने सुजन खानम और डैनियल जुर्दी का पुनरीक्षण किया—पुनर्जन्म का वह केस, जिसकी जाँच उन्होंने पहली बार 20 वर्ष पहले की थी, जब सुजन और डैनियल छोटे बच्चे थे। 1998 में, वे पूरी तरह से वयस्क हो चुके थे और स्टीवेंसन को एहसास हुआ कि उनके चेहरे की विशेषताएँ बिल्कुल उनके पूर्व जन्म के समान थीं। आइए इन दो मामलों की समीक्षा करें, जिनकी उत्पत्ति लेबनान में हुई थी और जिनका सारांश टॉम श्रोडर द्वारा डॉ. स्टीवेंसन पर लिखी गई एक पुस्तक 'ओल्ड सोल्स' में दिया गया है।

हनान मोंसौर/सुजन खानम का मामला

हनान का जन्म 1930 के दशक के मध्य में लेबनान में हुआ था। जब वह बीस वर्ष की थी, हनान ने लेबनान के एक समृद्ध परिवार के सदस्य फारूख मोंसौर से शादी कर ली। दंपती की दो बेटियाँ हुईं, जिनके नाम लीला और गलारेह रखे गए। हनान का नबीह नाम का एक भाई था, जो लेबनानी समाज का प्रमुख व्यक्ति था, लेकिन युवावस्था में ही एक विमान दुर्घटना में उसकी मृत्यु हो गई।

दूसरी बेटी होने के बाद हनान को दिल की बीमारी हो गई और उसके डॉक्टरों ने उसे सलाह दी कि वह और बच्चों को जन्म न दे। चेतावनी पर ध्यान न देते हुए 1962 में हनान ने अपने तीसरे बच्चे, एक बेटे को जन्म दिया। 1963 में भाई नबीह की मृत्यु के कुछ ही समय बाद हनान के स्वास्थ्य में गिरावट आनी शुरू हो गई। अब हनान ने मरने के बारे में बात करना शुरू कर दिया।

हनान के पति फारूक ने बताया कि हनान ने उनसे कहा था कि "उसका पुनर्जन्म होगा और अपने पिछले जन्म के बारे में बहुत सी बातें करेगी।" यह उसकी मृत्यु के दो वर्ष पहले की बात है।

अंततः हनान के डॉक्टरों ने उसे बताया कि उसे ओपन हार्ट सर्जरी की आवश्यकता होगी। जिस सर्जरी की उसे जरूरत थी, वह लेबनान में नहीं हो सकती थी, और चूँकि वर्जीनिया में उसका एक भाई रहता था, हनान ने इसकी व्यवस्था वहाँ करवा ली। 36 वर्ष की आयु में हनान दिल की सर्जरी के लिए रिचमंड (वर्जीनिया) चली गई।

ऑपरेशन से पहले हनान ने वर्जीनिया से लगातार अपनी बेटी लीला को फोन करने की कोशिश की, लेकिन फोन नहीं मिला। सर्जरी के अगले दिन हनान की कुछ जटिलताओं के कारण मृत्यु हो गई।

हनान की मृत्यु के दस दिन बाद सुजन खानम का जन्म हुआ। सुजन की माँ ने इयान स्टीवेंसन को बताया कि "सुजन के जन्म से कुछ ही समय पहले मैंने सपना देखा

कि मुझे एक बच्ची होनेवाली है। मैं एक औरत से मिली, और मैंने उसे चूमा तथा गले लगा लिया।" उसने कहा, "मैं तुम्हारे पास आनेवाली हूँ। वह औरत लगभग 40 साल की थी। बाद में जब मैंने हनान की तसवीर देखी, तो मुझे महसूस हुआ कि वह मेरे सपने वाली औरत की तरह दिखती थी।" दूसरे शब्दों में, सुजन खानम की माँ ने सपना देखा था कि उसको एक बच्ची होगी, जिसकी सूरत हनान मोंसौर के जैसी होगी, और यह सपना एक वास्तविकता बन गया।

सोलह माह की आयु में सुजन ने फोन को हुक से खींचा, जैसे कि वह उसमें बात करने की कोशिश कर रही हो, और बार-बार उसमें बोलने लगी, "हेलो, लीला?" परिवार को नहीं पता था कि लीला कौन है? जब वह थोड़ी बड़ी हुई, तब सुजन ने समझाया कि लीला उसके बच्चों में से एक है और यह कि वह सुजन नहीं, बल्कि हनान थी। परिवार ने पूछा, "हनान क्या?" सुजन ने जवाब दिया, "मेरा सिर अभी भी छोटा है। उसके थोड़ा बड़ा होने तक प्रतीक्षा करें, तब शायद मैं आपको बता पाऊँगी।"

दो वर्ष की होने तक वह अपने अन्य बच्चों के, अपने पति फारूक और पिछले जन्म के अपने माता-पिता और भाइयों के नामों का उल्लेख कर चुकी थी, जो कुल मिलाकर तेरह नाम थे।

सुजन के पिछले जीवन के परिवार का पता लगाने के लिए घानेम के परिचितों ने उस शहर में पूछताछ की, जहाँ मोंसौर परिवार रहता था। केस के बारे में सुनकर मोंसौर परिवार सुजन से मिलने आया। शुरुआत में मोंसौर परिवार लड़की के दावे के बारे में संदेहजनक था। उनको विश्वास हो गया, जब सुजन ने हनान के सभी रिश्तेदारों की पहचान कर ली और एक-एक को चुनकर उनका सही नाम बताया। सुजन यह भी जानती थी कि हनान ने अपने दिल की सर्जरी से पहले अपने गहने वर्जीनिया में अपने भाई को दे दिए थे, और उसे निर्देश दिया था कि यदि सर्जरी के दौरान उसकी मृत्यु हो जाती है, तो वे गहने उसकी बेटियों में बराबर बाँट दे। मोंसौर परिवार के बाहर कोई उन गहनों के बारे में नहीं जानता था।

लिखना-पढ़ना सीखने से पहले ही सुजन ने एक कागज के टुकड़े पर एक फोन नंबर लिखा था। बाद में जब वे लोग मोंसौर परिवार के घर गए, तो उन्होंने देखा कि वह फोन नंबर मोंसौर के घर के नंबर से मेल खाता है, सिवाय इसके कि अंतिम दो अंक स्थानांतरित किए गए थे। बचपन में सुजन खानम के भाई नबीह के अंतिम संस्कार में बोले जाने वाला भाषण सुना सकती थी। सुजन के परिवार ने उस भाषण को रिकॉर्ड कर लिया था, हालाँकि अंत में वह टेप खो गया था।

पाँच वर्ष की आयु में सुजन फारूक को तीन बार फोन करती थी। जब सुजन फारूक से मिलने जाती, तो वह उसकी गोद में बैठकर अपना सिर उसकी छाती से टिका

देती थी। 25 वर्ष की आयु में भी सुजन फारूक को नियमित रूप से फोन करती थी। कॅरियर से पुलिसमैन फारूक ने सुजन को अपनी मृत पत्नी हनान के पुनर्जन्म के रूप में स्वीकार कर लिया है। इस निष्कर्ष का समर्थन करने के लिए फारूक ने बताया कि तसवीरों को देखकर सुजन ने सैकड़ों परिचित लोगों को सटीक रूप से उनके नाम से पहचाना था, और उसे कई ऐसी बातें मालूम थीं, जो केवल हनान ही जान सकती थी।

एक जीवन से दूसरे में चेहरे की समान विशेषताओं का प्रदर्शन करने के अलावा यह केस पुनर्जन्म के दो अन्य सिद्धांतों को भी दरशाता है। याद करें कि सुजन की माँ ने एक सपना देखा था, जिसमें सुजन ने उसके सामने आकर कहा था कि वह उसके पास आ रही थी। यह सपना सुजन के जन्म से कुछ ही समय पहले आया था, और इस प्रकार यह स्टीवेंसन की 'घोषणा करते सपनों' की श्रेणी में आता है, जो आध्यात्मिक संचार का एक रूप है।

दूसरे, सुजन का जन्म हनान के मरने के केवल 10 दिन बाद हुआ था। अगर यह माना जाता है कि आत्मा गर्भधारण के समय से विकासशील भ्रूण के साथ होती है, तो हनान/सुजन की आत्मा सुजन के अंदर तभी बस गई थी, जब वह नौ महीनों के लिए अपनी माँ के गर्भ में थी, जबकि हनान अभी जीवित थी। यदि यह व्याख्या सही है, तो यह विभाजित अवतार के मामले का प्रतिनिधित्व करती है, जिसमें एक आत्मा एक समय में दो भौतिक शरीरों को चेतन करती है।

पुनर्जन्म के मुख्य बिंदु और सिद्धांत

यह बेहद सम्मोहक पुनर्जन्म का मामला निम्नलिखित विशेषताएँ दिखाता है—

एक जीवनकाल से दूसरे में शारीरिक समानता : सुजन घानेन के चेहरे की वही विशेषताएँ हैं, जो उनके अतीत हनान मोंसौर के चेहरे में थीं।

मार्गदर्शक आत्मा की भागीदारी : हनान ने अपने आने की घोषणा एक सपने में अपनी भावी माँ को कर दी थी। इसके अलावा हनान की आत्मा ये जानती प्रतीत होती है कि हनान की मृत्यु समयपूर्व हो जाएगी और वह अपने पूर्वजन्म की यादों के साथ दोबारा जन्म लेगी, क्योंकि हनान ने अपने पति फारूक से घटनाओं के इस मोड़ के बारे में भविष्यवाणी की थी।

पुनर्जन्म के माध्यम से संबंधों का नवीनीकरण : सुजन के रूप में हनान का उसके पूर्व जन्म के परिवार से पुनर्मिलन हो गया, और उसने अपने पूर्व जन्म के पति, फारूक के प्रति प्रेम और स्नेह का प्रदर्शन किया।

विभाजित पुनर्जन्म : सुजन का जन्म हनान के मृत्यु के दस दिन बाद ही हो गया था। यदि यह माना जाता है कि भ्रूण के विकास में आत्मा की भागीदारी होती है, तो हनान

की आत्मा सुजन के भ्रूण को हनान के जीवित रहते ही चेतन कर रही थी। जीवनकाल की यह अतिव्याप्ति (ओवरलैप) सुजन के गर्भधारण की लगभग पूरी अवधि में हुई।

राशिद खड्देज/डैनियल जुर्दी का मामला

राशिद खड्देज एक ऑटो मेकैनिक था, जो लेबनान के फर्मत्ता नामक शहर में रहता था। राशिद का जन्म 1943 में हुआ था। जब वह 25 वर्ष का था, उसका इब्राहिम नाम का एक दोस्त उसे कार में घुमाने ले गया। इब्राहिम तेजी से भूमध्य सागर (मेडिटरेनियन सी) की ओर जा रहा था कि तभी मिलिट्री बीच नाम के एक स्थान पर उसने कार का नियंत्रण खो दिया। राशिद उछलकर वाहन से बाहर गिरा, उसके सिर पर चोट लगी और उसकी तुरंत मौत हो गई।

एक साल से कुछ अधिक समय बाद डैनियल जुर्दी का जन्म हुआ। डैनियल के मुँह से जो पहला शब्द निकला, वो 'इब्राहिम' था। दो साल की उम्र में उसने अपनी माँ लतीफेह से कहा, "मैं घर जाना चाहता हूँ।" ढाई साल में डैनियल ने ये वाक्य बनाए—"यह मेरा घर नहीं है। तुम मेरी माँ नहीं हो। मेरे पिता नहीं हैं। मेरे पिता की मृत्यु हो गई।" डैनियल की माँ ने याद किया, "वो यूसुफ को डैडी नहीं कहता था। वो उसे नाम से बुलाता है।" डैनियल ने यह भी कहा कि "मेरे डैडी नईम थे।" बाद में पता चला कि नईम राशिद खड्देज के पिता थे।

ढाई वर्ष की आयु में एक पारिवारिक पिकनिक में एक रिश्तेदार फर्मत्ता शहर के नाम का उच्चारण करने की कोशिश कर रहे थे। डैनियल ने उन्हें टोका और शहर के नाम का सही उच्चारण किया। जब उसके पिता ने पूछा कि उसे सही उच्चारण कैसे मालूम है, तो डैनियल ने जवाब दिया, "मैं फर्मत्ता शहर से हूँ।"

जब डैनियल और उसकी माँ बेरूत में कार से जा रहे थे, वे उस समुद्र पर मिलिट्री बीच नाम के स्थान से गुजरे। डैनियल ने अपनी आँखें बंद कर लीं, उन्हें अपने हाथों से छुपा लिया और रोने लगा। फिर वह चिल्लाया, "यही वो जगह है, जहाँ मेरी मौत हुई थी।" डैनियल ने यह भी बताया कि उसके पिछले जन्म में वह मेकैनिक था। दुर्घटना के संबंध में डैनियल ने बताया कि इब्राहिम तेज गति से ड्राइव कर रहा था और कार पर से नियंत्रण खो बैठा। उसने बताया, "मैं कार से बाहर उछलकर सिर के बल गिर गया।" डैनियल ने कहा कि जब घायलों के लिए मदद आई, तो उसने किसी को कहते सुना, "इसे छोड़ दो। यह मर गया है।"

नर्सरी स्कूल में डैनियल ने शिक्षकों से कहा कि उनका नाम राशिद खड्देज था। नर्सरी स्कूल में ही एक और घटना में, छोटे डैनियल ने एक आकर्षक युवा अध्यापिका

को चिकोटी काट ली और एक अश्लील टिप्पणी की, जैसे कि वह अभी भी पूर्ण विकसित और कामुक राशिद हो। आखिरकार, डैनियल के पिता ने मिलिट्री बीच पर कार दुर्घटना में मरने वाले मेकैनिक के वर्णन को फिट होनेवाले व्यक्ति के बारे में पूछताछ करने के लिए एक परिचित को फर्मत्ता भेजा। खड्देज परिवार ने इस कहानी के बारे में सुना और वे डैनियल से मिलने आए।

जब इयान स्टीवेंसन ने 1979 में दोनों परिवारों से मुलाकात की, तो दोनों ने कहा कि उनकी पहली मुलाकात में डैनियल ने राशिद की बहन नजला को तुरंत पहचान लिया और उन्हें नाम से बुलाया। जब दोनों परिवार मिले तो डैनियल ने अपनी माँ से मेहमानों के लिए केले लाने को कहा। राशिद को केले बहुत पसंद थे और उनकी माँ व बहन ने उनकी मृत्यु के बाद केले खाने छोड़ दिए थे, क्योंकि केले उन्हें राशिद के न होने की याद दिलाते थे। बाद में फर्मत्ता की यात्रा के दौरान डैनियल ने इब्राहिम को भी सहजता से पहचान लिया और अपने शिकार के साथी जिजाद को भी।

राशिद के परिवार ने डैनियल को पिछले जन्म से अपने बेटे के रूप में स्वीकार कर लिया है। उनके घर में उसकी एक तसवीर है और वे डैनियल के लिए एक बिस्तर अलग रखते हैं, जो महीने में दो-एक बार उनसे मिलने आता है। डैनियल ने विवाह कर लिया है और एक एकाउंटेंट के रूप में काम करता है। डैनियल को तेज दौड़ती कारों से भय लगता है, जो स्पष्ट रूप से राशिद पर मिलिट्री बीच पर हुई दुर्घटना के मनोवैज्ञानिक आघात को दरशाता है।

पुनर्जन्म के मुख्य बिंदु और सिद्धांत

एक जीवनकाल से दूसरे में शारीरिक समानता : डैनियल जुर्दी के चेहरे की विशेषताएँ बिल्कुल उनके पिछले जीवन के व्यक्तित्व राशिद खड्देज के समान हैं।

पुनर्जन्म के माध्यम से रिश्तों का नवीनीकरण : डैनियल के पिछले जीवन के परिवार खड्देजों ने उन्हें राशिद के पुनर्जन्म के रूप में स्वीकार कर लिया है, और उसके लिए एक बिस्तर रखा है, ताकि वह उनके साथ रह सके।

पिछले जीवनकाल से प्राप्त भय (फोबिया) : डैनियल को तेज दौड़ती कारों से डर लगता है, जो कि पिछले जन्म में कार दुर्घटना में राशिद के रूप में हुई मौत से उपजा प्रतीत होता है।

दाओ अये फ्यू/मा न्यून्त न्यून्त सैन और दाओ सपाई/मा सैन सैन न्यून्त के मामले : जुड़वाँ के रूप में बहनों का पुनर्जन्म

इन दोनों मामलों में दो बर्मी बहनें शामिल हैं, जिन्होंने जुड़वाँ बहनों के रूप में पुनर्जन्म लिया, और जिसमें छवियाँ एक जीवनकाल से दूसरे में शारीरिक समानताएँ प्रदर्शित करती हैं। चूँकि उनके नाम उन लोगों को उलझन में डाल सकते हैं, जो बर्मी नहीं हैं। मैं इस कथा में उपयोग के लिए उन्हें संक्षिप्त कर दूँगा, और उनके नाम के अनुक्रम का अंतिम शब्द का इस्तेमाल करूँगा। इस प्रकार उपयोग किए जाने वाले नाम नीचे परिभाषित किए गए हैं—

दाओ अये फ्यू का उल्लेख, जो पिछले जन्म की प्रमुख बहन है, फ्यू के रूप में किया जाएगा।

दाऊ सपाई, पिछले जन्म की छोटी और विवाहित बहन का उल्लेख सपाई के नाम से किया जाएगा।

मा न्यून्त न्यून्त सैन, जुड़वाँ बहनों में प्रबल; जिसकी पहचान दाओ अये फ्यू के पुनर्जन्म के रूप में हुई है, सैन के नाम से जानी जाएगी।

मा सैन सैन न्यून्त; जिसकी पहचान सपाई के पुनर्जन्म के रूप में हुई है, न्यून्त के नाम से जानी जाएगी।

फ्यू और सपाई का जन्म और मृत्यु

फ्यू बड़ी बहन थी और उसका जन्म 1869 या 1870 में, सीकचो नाम के बर्मी गाँव में हुआ था, जिसकी आबादी करीब 500 लोगों की थी। वह आयु में अपने से छोटे लोगों से सम्मान की अपेक्षा करती थी और किसी को उलटा जवाब देने की अनुमति नहीं देती थी, जिसके कारण वह एक प्रभावशाली महिला प्रतीत होती थी। फ्यू ने कभी विवाह नहीं किया। उसकी मृत्यु 1962 में 92 वर्ष की आयु में हुई।

उसकी बहन सपाई का जन्म 1881 के आसपास हुआ था। उसने अंततः विवाह कर लिया और सीकचो के उसी परिसर में रहने लगी, जहाँ फ्यू रहती थी, हालाँकि एक अलग घर में। सपाई का एक बेटा था—यू तुन सू। उसे जुए और शराब की आदत थी, जो उसकी माँ को नापसंद थी। सपाई की मा न्गे नाम की एक पोती थी, जिसे वह प्यार से 'मिन न्गे' बुलाती थी। सपाई की मृत्यु 1961 में 80 वर्ष की आयु में हुई।

दोनों बहनें पवित्र बौद्ध थीं, परोपकार के कार्यों में शामिल रहती थीं, जैसे तीर्थयात्रियों के लिए आश्रय बनवाना और छोटे से मठ की स्थापना करना। दोनों एक-दूसरे के बहुत करीब थीं।

उनका एक दूर का रिश्तेदार था यू बो के—एक पुलिसकर्मी, जो दोनों बुजुर्ग बहनों को अपनी चाची मानता था। उनकी अंतिम बीमारी के दौरान यू बो के ने उनकी

देखभाल की, उनकी जाँच करवाने के लिए डॉक्टरों को लाया और उनके लिए दवाएँ भी खरीदकर लाया।

बहनों का जुड़वाँ के रूप में पुनर्जन्म

फ्यू और सपाई की मृत्यु के दो वर्ष बाद 1964 में यू बो के और उसकी पत्नी द्वा थीन यिन; जिन्हें हम यिन कहेंगे; के यहाँ जुड़वाँ बहनों का जन्म हुआ। उनके नाम मा न्यून्त न्यून्त सैन और मा सैन सैन न्यून्त रखे गए। न्यून्त का जन्म सैन से 20 मिनट पहले हुआ। उनका जन्म यानौंग शहर में हुआ था, जिसकी आबादी 5000 थी और जो सीकचो से 4 किमी. दूर था। इयान स्टीवेंसन का मानना था कि जुड़वाँ बहनें बिरादराना या द्वियुग्मजन (dizygotic) थीं, क्योंकि उनके चेहरों में समानता नहीं थी, हालाँकि इसकी पुष्टि करने के लिए परीक्षण नहीं किया गया था।

न्यून्त कहती है कि वह कोक्का वृक्ष से आई है

जब जुड़वाँ बहनें लगभग दो साल की थीं, तब उनकी माँ यिन ने मजाक में उनसे पूछा, "तुम दोनों मुझे परेशान करने कैसे आ गईं ?"

न्यून्त ने जवाब दिया कि वह कोक्का (एकेसिया) वृक्ष से आई है। इस बात ने यिन को उलझन में डाल दिया, क्योंकि उनके इलाके में कोक्का के पेड़ थे ही नहीं।

जब जुड़वाँ बहनें तीन या चार साल की हुईं, तो किसी ने सपाई के बेटे यू तुन सू का उल्लेख किया। तब न्यून्त ने चिढ़कर कहा कि उसे यानौंग आने की अनुमति नहीं देनी चाहिए, क्योंकि वह एक 'जुआरी' है और उसने 'मेरी पूरी संपत्ति गँवा दी।' यह महसूस करते हुए कि शायद न्यून्त सपाई के जीवनकाल को याद कर रही है, यिन ने अपने पति से पूछा कि क्या सीकचो में कोक्का के पेड़ थे ? उसने पुष्टि की कि पेड़ थे।

जुड़वाँ बहनें अपने पिछले जीवन के नाम याद करती हैं

इस समय तक जुड़वाँ बहनें खुद कहने लगी थीं कि वे सीकचो से आई हैं। उन्होंने कहा कि उन्होंने यात्रियों के लिए पानी के स्टैंड लगाए थे। याद करें कि फ्यू और सपाई ने यात्रियों के लिए आश्रय बनवाए थे, जिनमें पानी के स्टैंड भी शामिल रहे होंगे।

1978 में 5 वर्ष की आयु में जुड़वाँ ने उन दोनों बहनों, दाओ अये फ्यू और दाओ सपाई के नाम बताए, जिनके जीवन उन्हें याद आते प्रतीत हो रहे थे। तब यिन, उनकी माँ ने उन्हें दोनों बहनों की एक तसवीर दिखाई। सैन ने कहा कि फ्यू वह थी और न्यून्त ने सपाई की तसवीर को अपनी बताया। यिन ने कहा कि बाद में जुड़वाँ बहनें अकसर

एक-दूसरे से अपने पिछले जीवन के बारे में बातें करती थीं और एक-दूसरे से बहुत जुड़ी हुई प्रतीत होती थीं।

फ्यू/सैन के पास सपाई/न्यून्त से संबंधित समान लक्षण हैं

यह नोट किया गया था कि जुड़वाँ बहनों में सैन न्यून्त की तुलना में अधिक प्रभावशाली, उससे गहरे वर्ण की और शरीर से हल्की थी। ये लक्षण पिछले जीवन की बहनों के अनुरूप हैं, क्योंकि फ्यू भी प्रभावशाली एवं सपाई की तुलना में गहरे रंग की और शरीर से हल्की थी। एक अंतर यह है कि पिछले जन्मकाल में फ्यू बड़ी बहन थी, जबकि अपने समकालीन जीवनकाल में सैन। फ्यू का पुनर्जन्म, न्यून्त के 20 मिनट बाद पैदा हुई थी।

जुड़वाँ बहनों का उनके पूर्वजन्म के घर जाना

अंततः जुड़वाँ बहनों को उनके माता-पिता के साथ सीकचो ले जाया गया और दोनों सहजता से पिछले जन्म के अपने-अपने घर की ओर बढ़ गईं। सैन ने देखा कि उसके पिछले जीवन का घर पुनर्निर्मित किया जा रहा था और उसने शिकायत की, "मेरा घर तोड़ा जा रहा है।" घरों के अंदर जब उन्होंने फ्यू और सपाई की तसवीरें देखी, तो उन्होंने कहा कि वे उन्हें रखना चाहती थीं।

न्यून्त का उसके पिछले जन्म के जुआरी बेटे और पिछले जन्म की पोती से मिलना

पिछले जन्म के घरों की उनकी यात्रा के दौरान सपाई के बेटे यू तुन सू ने पूरी काररवाई देखी, जिसमें न्यून्त का खुद को उसकी मृत माँ सपाई के रूप में पहचानना भी शामिल था। फिर न्यून्त ने यू तुन सू से कहा, "मैं तुम्हें नहीं देखना चाहती।" 14 नवंबर, 1980 में, जब न्यून्त छह वर्ष की थी, तब इयान स्टीवेंसन ने उससे पूछा कि वह यू तुन सू के बारे में कैसा महसूस करती है। उसने जवाब दिया, "मैं उसे अपना बेटा मानती हूँ।" फिर उसने कहा कि वह जुआ खेलता था। स्टीवेंसन ने पूछा कि क्या उसने उसे माफ कर दिया था? उसने जवाब दिया, "मैंने उसके प्रति अपनी नफरत पर काबू पा लिया है।" इसके विपरीत, यू तुन सू को लगा कि दोनों जुड़वाँ बहनों का उसके प्रति व्यवहार रूखा था।

सीकचो में न्यून्त ने एक महत्त्वपूर्ण पहचान की, जब उसने अपने पूर्व जन्म की पोती मिन न्गो को आते देखा। तब न्यून्त बोली, "मिन न्गो आ रही है।"

बाद में जुड़वाँ बहनों ने बार-बार सीकचो ले जाए जाने में बहुत दिलचस्पी दिखाई। बचपन से आगे जाकर दोनों अकसर वहाँ अकेले चली जाती थीं। डाँट पड़ने पर वे घर छोड़कर सीकचो 'लौट जाने' की धमकी भी देती थीं। न्यून्त तो अपने साथ सीकचो ले जाने के लिए अपनी चीजें भी बाँध लेती थी, लेकिन उन्हें जाने से रोक लिया जाता था।

मुख्य बिंदु और पुनर्जन्म के सिद्धांत

शारीरिक समानता : दाओ अये फ्यू और उनके पुनर्जन्म मा न्यून्त न्यून्त सैन के बीच, और साथ ही दाओ सपाई और उनके पुनर्जन्म मा सैन सैन न्यून्त के बीच एक उल्लेखनीय समानता है। यद्यपि बहनों और जुड़वाँ के बीच एक दूरस्थ पारिवारिक संबंध माना जा रहा था, जो भौतिक समानता के लिए जिम्मेदार हो सकता था। यह महत्त्वपूर्ण है कि जुड़वाँ बहनों के पिछले जीवन व्यक्तित्व भौतिक रूप और व्यक्तित्व दोनों में विशेष रूप से मिलते थे।

पुनर्जन्म के माध्यम से रिश्तों का नवीनीकरण : बुजुर्ग बहनों ने, जो एक-दूसरे के बहुत करीब थीं, जुड़वाँ बहनों के रूप में पुनर्जन्म लिया। इयान स्टीवेंसन ने नोट किया कि ऐसा प्रतीत हो रहा था कि जुड़वाँ के रूप में उनके पुनर्जन्म का कारण आपसी स्नेह था। जैसा कि पहले उल्लेख किया गया है कि जुड़वाँ बच्चों के 31 जोड़ों से जुड़े इयान स्टीवेंसन के शोध से पता चला था कि सभी मामलों में जुड़वाँ के पिछले जीवन में एक-दूसरे से महत्त्वपूर्ण संबंध थे। पिछले जीवन-संबंधों का सबसे आम प्रकार भाई-बहनों का था, जो इन दो मामलों में देखा गया।

जीवनकालों की योजना : बहनों ने न केवल जुड़वाँ के रूप में पुनर्जन्म लिया, बल्कि वे यू बो के परिवार में पैदा हुईं, वह पुलिसकर्मी, जो बुजुर्ग बहनों को अपनी चाचियाँ मानता था और जिसने उनकी अंतिम समय में बीमारियों के दौरान उनकी अच्छी देखभाल की थी। ऐसे में प्रतीत होता है कि आत्मा की दुनिया से बहनों ने एक ऐसे व्यक्ति के परिवार में जन्म लेने का चुनाव किया, जो उन्हें प्यार करता था।

अलेसेंद्रीना समोना 1 और 2 का पुनर्जन्म मामला

कामेलो समोना पालेर्नो इटली में एक चिकित्सक थे, जिन्होंने 1911 में अपनी बेटी अलेसेंद्रीना के पुनर्जन्म से संबंधित एक रिपोर्ट प्रकाशित की थी। कामेलो की पत्नी का नाम एडील था और इस बेटी के अलावा उनके तीन बेटे थे। पाँच वर्ष की आयु में अलेसेंद्रीना को मैनिंजाइटिस हो गया और 15 मार्च, 1910 को उसकी मृत्यु हो गई।

अलेसेंद्रीना की मृत्यु के तीन दिन बाद उसकी माँ एडील को अपनी मृत बेटी का

सपना आया। जिसने कहा, "माँ, रोओ मत। मैंने तुम्हें छोड़ा नहीं है, केवल पीछे आ गई हूँ। देखो, मैं इतनी छोटी होनेवाली हूँ।" सपने में तब अलेसेंद्रीना ने हाथ से एक शिशु का आकार बनाते हुए संकेत किया। फिर उसने कहा, "तुम्हें एक बार फिर मेरे लिये दर्द सहना होगा।" तीन दिन बाद एडील को फिर वही सपना आया। इन सपनों के कुछ दिनों बाद कामेलो और एडील दोनों ने अपने दरवाजे पर तीन बार तेज दस्तक सुनी। उनके तीनों बेटों ने भी दस्तक सुनी। परिवार ने दरवाजा खोला, लेकिन वहाँ कोई नहीं था।

10 अप्रैल, 1910 को अलेसेंद्रीना की मौत के लगभग एक महीने बाद एडील को पता चला कि वह गर्भवती थी। सपनों और दरवाजे पर दस्तकों के कारण कामेलो और एडील ने इजलास (seance—एक बैठक या सत्र, जहाँ लोग एक मीडियम के माध्यम से मृत लोगों से संपर्क करते हैं) में शामिल होने का फैसला किया, ताकि जो हो रहा है, उसे वे बेहतर ढंग से समझ सकें।

4 मई, 1910 को कामेलो और एडील एक मीडियम के माध्यम से होनेवाले इजलास या सत्र (mediumistic seance) में शामिल हुए। इन सत्रों में, एक मीडियम मृत व्यक्तियों से आत्मा दुनिया की आत्माओं से उन मनुष्यों तक जानकारी पहुँचाता है, जो सत्र में शामिल होते हैं। सत्र में अलेसेंद्रीना आई और उसने कहा कि उसी ने अपनी ओर ध्यान आकर्षित करने के लिए दरवाजे पर तीन बार दस्तक दी थी। उसने अपने माता-पिता को बताया कि वह वापस आ रही थी और उसका जन्म क्रिसमस के पहले हो जाएगा। उसने कहा कि वह काफी कुछ पहले जैसी होगी। उसने बार-बार कहा कि वह चाहती है कि उसके पूरे परिवार और दोस्तों को पता हो कि वह लौट रही है। अलेसेंद्रीना ने यह बात इतनी बार कही कि कामेलो को झुँझलाहट होने लगी।

सत्र में एडील और कामेलो को यह भी बताया गया कि उनके आसपास एक और आत्मा है और वह आत्मा अलेसेंद्रीना के साथ जन्म लेगी। दूसरे शब्दों में, एडील को जुड़वाँ बच्चे होंगे। मीडियम के माध्यम से अलेसेंद्रीना ने एडील और कामेलो को ये भी बताया कि गर्भावस्था का तीसरा महीना पूरा होने के बाद अलेसेंद्रीना सत्र के माध्यम से बात नहीं कर पाएगी, क्योंकि वह पदार्थ से ज्यादा जुड़ जाएगी, और परिणामस्वरूप, सोती रहेगी।

अगस्त 1910 में एक बाल चिकित्सक ने निर्धारित किया कि एडील वास्तव में जुड़वाँ बच्चों के साथ गर्भवती है। 22 नवंबर, 1910 को जुड़वाँ बच्चियों का जन्म हुआ। एडील और कामेलो को तुरंत एहसास हो गया कि एक बच्ची में अलेसेंद्रीना के साथ असाधारण समानता है। शारीरिक समानता के कारण उन्होंने इस बच्ची का नाम भी अलेसेंद्रीना रखा, जिसे हम अलेसेंद्रीना 2 के रूप में संदर्भित करेंगे। उन्होंने दूसरी जुड़वाँ बच्ची का नाम मारिया रखा। हम मृत बेटी को अलेसेंद्रीना 1 के रूप में देखेंगे।

एडील और कामेलो ने अलेसेंद्रीना प्रथम और द्वितीय के बीच उपस्थिति व व्यवहार में समानताएँ चिह्नित कीं, जो मारिया की उपस्थिति और व्यवहार से भिन्न थीं। जब लड़कियाँ ढाई साल की थीं, तो कैमेलो ने इन समानताओं और मतभेदों को रेखांकित करते हुए एक रिपोर्ट प्रकाशित की, जो नीचे प्रस्तुत की गई है।

अलेसेंद्रीना प्रथम और द्वितीय में समान व्यक्तित्व लक्षण हैं और तेज आवाज तथा नाई के भय साझा करती हैं

जन्म के समय अलेसेंद्रीना प्रथम और द्वितीय, दोनों में थोड़ी सी चेहरे की असमानता, बाईं आँख में लाली और दाहिने कान के पीछे एक निशान था, जिसे सेबोरिया कहते हैं। मारिया में ये विशेषताएँ नहीं थीं। शिशुओं के रूप में अलेसेंद्रीना प्रथम और द्वितीय दोनों शांत थीं, और चुपचाप माँ की गोद में बैठना पसंद करती थीं। उन्हें खिलौनों से खेलना पसंद नहीं था, लेकिन दूसरे बच्चों के साथ खेलना अच्छा लगता था। इसके विपरीत मारिया बेचैन थी और अपने आप में रहकर खिलौनों के साथ खेलना पसंद करती थी।

अलेसेंद्रीना प्रथम और द्वितीय दोनों ही तेज शोर और नाइयों से डरती थीं, और दोनों को ही चीज नापसंद थी। वे चादरों और तौलियों जैसे कपड़ों की सलवटें निकालना और उन्हें तह करना पसंद करती थीं। दोनों को जूतों के साथ खेलना और बड़ों के जूते पहनना अच्छा लगता था। मारिया में शोर या नाई के भय नहीं थे और उसे चीज (पनीर) खाना पसंद था। उसे कपड़े तह करना या जूतों से खेलना पसंद नहीं था।

अलेसेंद्रीना प्रथम और द्वितीय की तीसरे पुरुष में बोलने का प्रवृत्ति थी। जब उन्हें डर लगता था, तो वे कहती थीं, "अलेसेंद्रीना को डर लग रहा है।" उन्हें नाम रखना भी पसंद था। उदाहरण के लिए, आंटी कैटेरिया आंटी कैटराना बन गई थीं। अलेसेंद्रीना प्रथम और द्वितीय दोनों बाएँ हाथ से काम करती थीं, दोनों को आध्यात्मिक मामलों में रुचि हो गई थी, लेकिन घर के काम से परहेज था। इसके विपरीत, मारिया तीसरे पुरुष में बात नहीं करती थी, नाम नहीं बदलती थी, दाएँ हाथ से काम करती थी (परिवार के अन्य सभी सदस्यों की तरह) और आध्यात्मिक मामलों में रुचि नहीं रखती थी, बल्कि उसे घर के काम करना पसंद था।

तसवीरें अलेसेंद्रीना प्रथम और द्वितीय के बीच एक अलौकिक समानता की पुष्टि करती हैं

अपनी रिपोर्ट में कामेलो ने अपनी रिपोर्ट में अलेसेंद्रीना द्वितीय से अलेसेंद्रीना प्रथम

की तुलना करते हुए तसवीरें प्रकाशित कीं, जब वह लगभग 2 वर्ष की थी, और मारिया से तुलना करते हुए, जब जुड़वाँ बहनें 2 वर्ष की थीं। तसवीरों से पता चला कि वास्तव में अलेसेंद्रीना प्रथम और 2 में एक जैसी चेहरे की असमानता थी, जिसमें बाईं आँख दाईं आँख की तुलना में मध्य-रेखा के काफी करीब थी। इसी प्रकार पलकों में एक जैसी असमानता थी। एडील ने सोचा कि शारीरिक रूप से अलेसेंद्रीना 2 एलेसेंड्रिना 1 से 'पूरी तरह से' मिलती थी, सिवाय इसके कि अलेसेंद्रीना की त्वचा का रंग कुछ गहरा था।

अलेसेंद्रीना द्वितीय अलेसेंद्रीना प्रथम की मोंरिएल यात्रा को याद करती है

कैमेलो ने पिछले जन्म की एक और स्मृति की सूचना दी है, जो कि अलेसेंद्रीना 2 को तब आई थी, जब वह 8 या 9 वर्ष की थी। कामेलो और एडील ने बच्चों के सामने प्रस्ताव रखा कि वे छुट्टियों में मोंरिएल शहर की यात्रा करें, जहाँ वे उस शहर की महान् नार्मन चर्च देखने जाएँगे। एडील ने अपनी बेटियों से कहा, "जब तुम दोनों मोंरिएल जाओगी, तो कुछ ऐसे स्थान देखोगी, जो तुमने पहले कभी नहीं देखे होंगे।" तब अलेसेंद्रीना ने कहा, "लेकिन माँ, मैं मोंरिएल को जानती हूँ। मैं उसे पहले भी देख चुकी हूँ।"

तब एडील ने अपनी बेटी से कहा कि वह कभी मोंरिएल नहीं गई। अलेसेंद्रीना ने विरोध किया, "हाँ, मैं गई हूँ। मैं वहाँ गई हूँ। आपको याद नहीं है कि वहाँ एक बहुत बड़ी चर्च है, जिसकी छत पर बाँहें फैलाए एक विशाल आदमी है? और क्या आपको याद नहीं है कि कैसे हम वहाँ एक औरत के साथ गए थे, जिसके सींग थे, और हम कुछ पादरियों से मिले थे, जिन्होंने लाल कपड़े पहने थे?"

एडील और कामेलो अपनी बेटी की बातों से आश्चर्यचकित थे। उन्हें याद नहीं था कि उन्होंने कभी उससे मोंरिएल के बारे में बात की थी, और वे उसके सींग वाली औरत के संदर्भ से भी परेशान थे। फिर एडील को याद आया कि अलेसेंद्रीना 1 की मृत्यु से कुछ महीने पहले उसे चर्च दिखाने मोंरिएल ले गई थी। उस यात्रा में उनके साथ एक महिला मित्र थी, जिसे त्वचा की ऐसी बीमारी थी, जिसमें माथे पर बड़े-बड़े फोड़े या घाव हो जाते थे, और जिनकी व्याख्या बच्चे सींग के रूप में कर सकते थे।

एडील को यह भी याद आया कि जैसे ही वे चर्च में प्रवेश कर रहे थे, उन्हें रूढ़िवादी पुजारी मिले थे, जिन्होंने लाल रंग के कढ़ाईवाले नीले चोगे पहने हुए थे। एडील और कैमेलो को यह भी याद आया कि अलेसेंद्रीना 1 ने माथे पर फोड़ों वाली महिला और चर्च में मिले पुजारियों पर विशेष ध्यान दिया था।

पुनर्जन्म के मुख्य बिंदु और सिद्धांत

शारीरिक समानता : अलेसेंद्रीना प्रथम और द्वितीय के बीच शारीरिक उपस्थिति और व्यवहार में समानताएँ आनुवंशिकी द्वारा समझाई जा सकती हैं, क्योंकि वे एक ही माता-पिता से पैदा हुई थीं। एक कारक, जो इस बात का समर्थन करता है कि समानताएँ पुनर्जन्म से संबंधित हैं, और उनमें आत्मा के मार्गदर्शन का अवलोकन शामिल है। एडील ने सपने देखे थे, जिनमें अलेसेंद्रीना 1 ने कहा था कि वह एडील के गर्भ से दोबारा जन्म लेगी। इसके अलावा एडील ने सत्रों में हिस्सा लिया था, जिनमें अलेसेंद्रीना 1 ने कहा था कि वह एक जुड़वाँ के साथ पुनर्जन्म लेगी, जो सच में हुआ। साथ ही नाइयों और तेज शोर का साझा भय इस बात का समर्थन करता है कि अलेसेंद्रीना 2 अलेसेंद्रीना 1 का पुनर्जन्म थी। सबसे महत्त्वपूर्ण, अलेसेंद्रीना 2 की यादों में मोंरिएल की चर्च की यात्रा, माथे पर सींग वाली महिला और लाल रंग के काम वाले चोगे पहने पुजारी थे, और ये सभी अलेसेंद्रीना 1 के जीवन में हुई घटनाओं से मेल खाते हैं।

व्यक्तित्व लक्षण समान बने रहते हैं : शिशुओं के रूप में अलेसेंद्रीना प्रथम और द्वितीय, दोनों शांत थीं और अपनी माँ की गोद में चुपचाप बैठना पसंद करती थीं। उन्हें खिलौनों से खेलना पसंद नहीं था, लेकिन वे अन्य बच्चों के साथ खेलना पसंद करती थीं। उन्हें किसी भी तरह की चीज (पनीर) पसंद नहीं थी, और उन्हें तौलियों और चादरों जैसे कपड़ों से सिलवटें निकालना और उन्हें तह करना अच्छा लगता था, और उन्हें जूतों से खेलना तथा बड़ों के जूते पहनना पसंद था। अलेसेंद्रीना प्रथम और द्वितीय की तीसरे पुरुष में बोलने की प्रवृत्ति थी। उन्हें प्यार के नाम रखना भी पसंद था। अलेसेंद्रीना 2 की बहन मारिया में ये सारे लक्षण नहीं थे।

पिछले जीवनकाल से प्राप्त भय : यह मामला दरशाता है कि व्यक्ति के भय एक जन्म से दूसरे में बने रह सकते हैं, क्योंकि अलेसेंद्रीना प्रथम और द्वितीय, दोनों को ही तेज शोर और नाइयों का भय लगता था।

पुनर्जन्म के माध्यम से रिश्तों का नवीनीकरण : यह मामला दिखाता है कि आत्माएँ उसी परिवार में पुनर्जन्म ले सकती हैं।

मार्गदर्शक आत्मा की भागीदारी : अलेसेंद्रीना 1 आत्मा की दुनिया से एक मीडियम के माध्यम से भविष्यवाणी करने में सफल रही थी कि वह क्रिसमस के पहले एक जुड़वाँ के साथ दोबारा जन्म लेगी, और ऐसा वास्तव में हुआ था। अलेसेंद्रीना 1 के अनुसार, गर्भावस्था के तीन महीनों बाद आत्मा भौतिक शरीर से अधिक निकटता से जुड़ जाती है, इस हद तक कि आत्मा और मनुष्यों के बीच का संपर्क, मीडियम के माध्यम से

और मुश्किल हो जाता है। संक्षेप में, गर्भावस्था के तीन महीने पूरे होने तक आत्मा भ्रूण से और अधिक जुड़ जाती है।

विभाजित पुनर्जन्म : यदि यह माना जाता है कि आत्मा गर्भधारण के समय से भ्रूण के साथ जुड़ी रहती है, तो यह विभाजित अवतार का मामला है, क्योंकि अलेसेंद्रीना 2 का जन्म अलेसेंद्रीना 1 की मृत्यु के केवल 8 महीने बाद हुआ था। दूसरे शब्दों में, अलेसेंद्रीना 1 की आत्मा उसके जीवित रहते ही अलेसेंद्रीना 2 के भ्रूण के साथ जुड़ गई थी। इस तरह के विभाजित पुनर्जन्म का मामला, जिसमें एक आत्मा गर्भावस्था से जुड़ी रहती है और साथ ही एक जीवित व्यक्ति को भी चेतन रखती है, हनान मोंसौर/सुजन खानम के केस में भी देखा गया था।

सारांश

जैसा कि उल्लेख किया गया है, डॉ. स्टीवेंसन ने 2500 से अधिक मामलों का अध्ययन किया, जिनमें बच्चों ने पिछले जीवन की यादों की जानकारी दी। इनमें से लगभग 1200 में बच्चे ने पिछले जीवन की इतनी विस्तृत जानकारी दी कि उसके पिछले जन्म की पहचान निष्पक्ष और तथ्यात्मक रूप से स्थापित हो पाई। हालाँकि डॉ. स्टीवेंसन ने अपने शोध के प्रारंभिक वर्षों में शारीरिक समानता पर ध्यान केंद्रित नहीं किया था, लेकिन अंततः उन्होंने अपने दृष्टिकोण को संशोधित कर दिया। अपनी पुस्तक 'व्हेयर बायोलॉजी एंड रीइन्कार्नेशन इंटरसेक्ट' में डॉ. स्टीवेंसन ने अनुशंसा की है कि भविष्य के शोधकर्ता 'फेशिअल रेसेम्ब्लेंसेज बिटवीन सब्जेक्ट्स एंड प्रीवियस पर्सनैलिटीज' (विषयों और पिछले व्यक्तित्वों के बीच चेहरे की समानताएँ) का व्यवस्थित रूप से अध्ययन करें।

जैसी कि पिछले एक अध्याय में चर्चा की गई है, ऐसा माना जाता है कि डॉ. स्टीवेंसन ने अपने कॅरियर में काफी समय तक चेहरे की विशेषताओं पर ध्यान केंद्रित नहीं किया, क्योंकि कई मामलों के लिए तुलनीय आयु और संबंधित पोज में तसवीरें उपलब्ध नहीं थीं। इसके विपरीत उन्होंने पिछले जीवन में चाकू या बंदूक की गोली के घावों से संबंधित जन्म-चिह्नों पर व्यापक रूप से शोध किया, क्योंकि पूर्व जन्म की इन मौतों की हिंसक प्रकृति के कारण ऑटोप्सी रिपोर्ट उपलब्ध थीं।

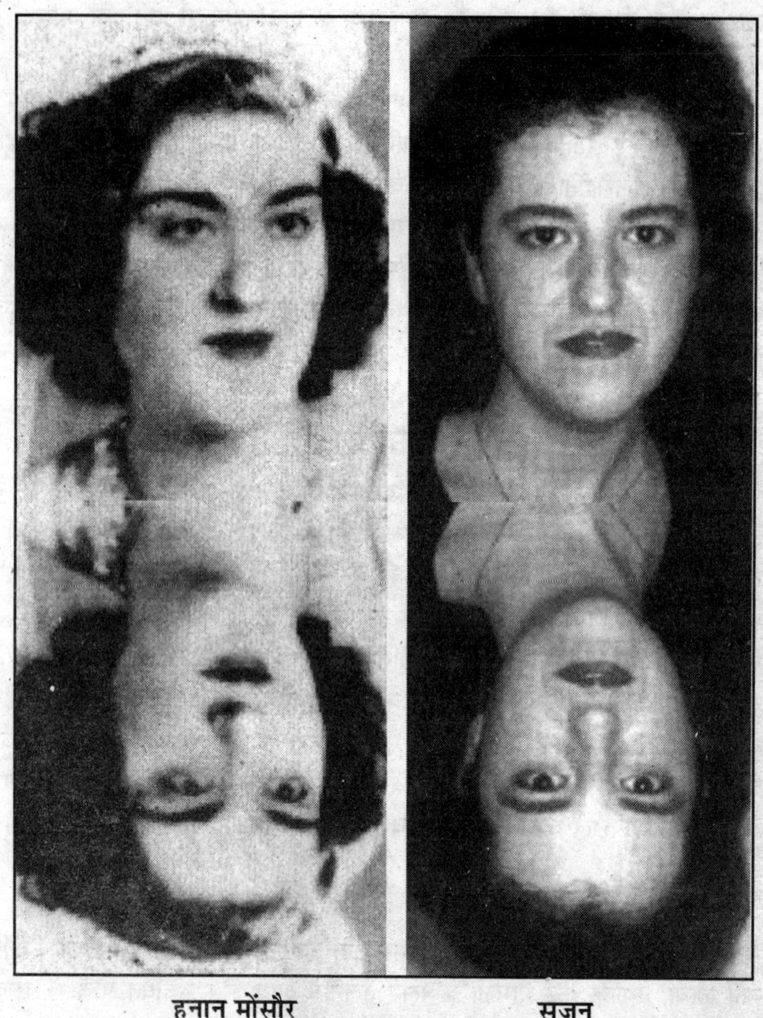

हनान मोंसौर सुजन

इयान स्टीवेंसन, एम.डी. द्वारा शोध किए इस केस में हनान ने सुजन की मृत्यु के केवल दस दिन बाद पुनर्जन्म लिया। 3 वर्ष से भी कम आयु में सुजन को अपने मोंसौर जीवनकाल से परिवार के 13 सदस्यों के नाम याद थे। बाद में सुजन को मोंसौर परिवार द्वारा हनान के पुनर्जन्म के रूप में स्वीकार कर लिया गया।

डेनियल जुर्दी में राशिद खड्डेज की छवि दिखाई देती है। बचपन से जुर्दी के पास पूर्व जन्म में खड्डेज होने की यादें रही हैं।

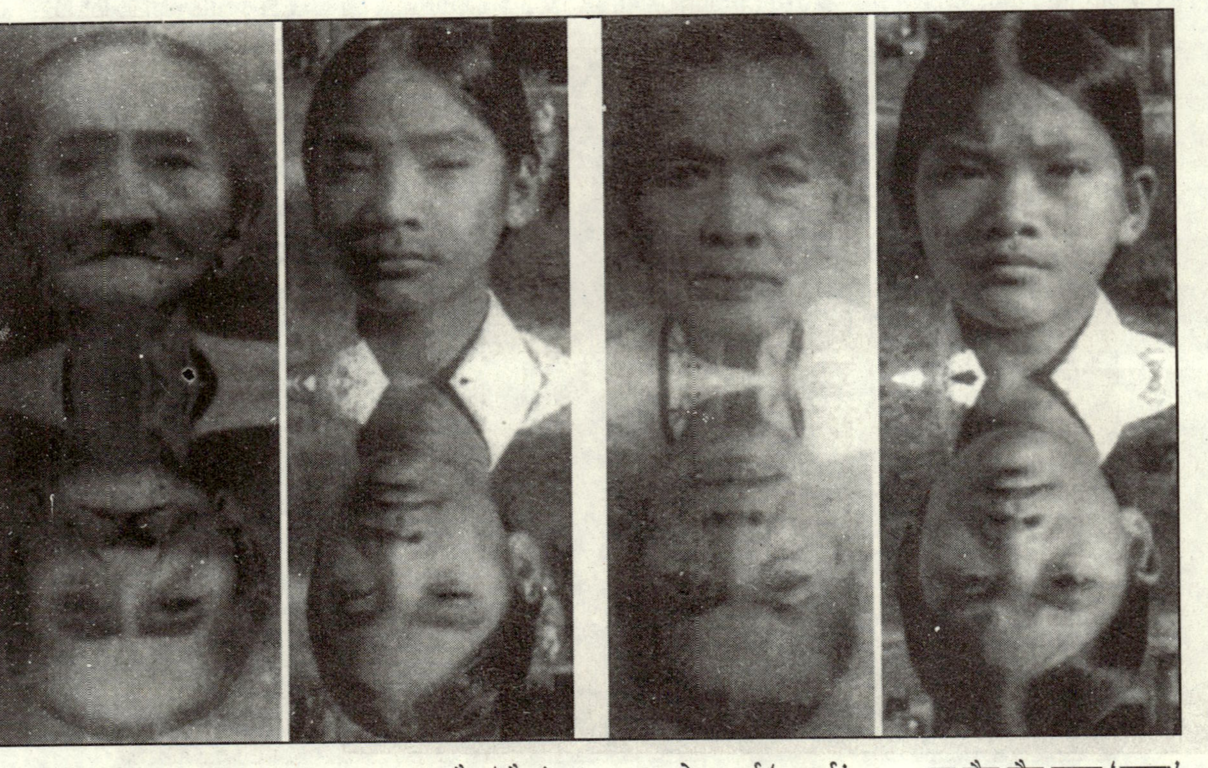

दाओ अये फ्यू 'फ्यू'

मा न्यून्त सैन 'सैन'

दाओ सपाई 'सपाई'

मा सैन सैन न्यून्त 'न्यून्त'

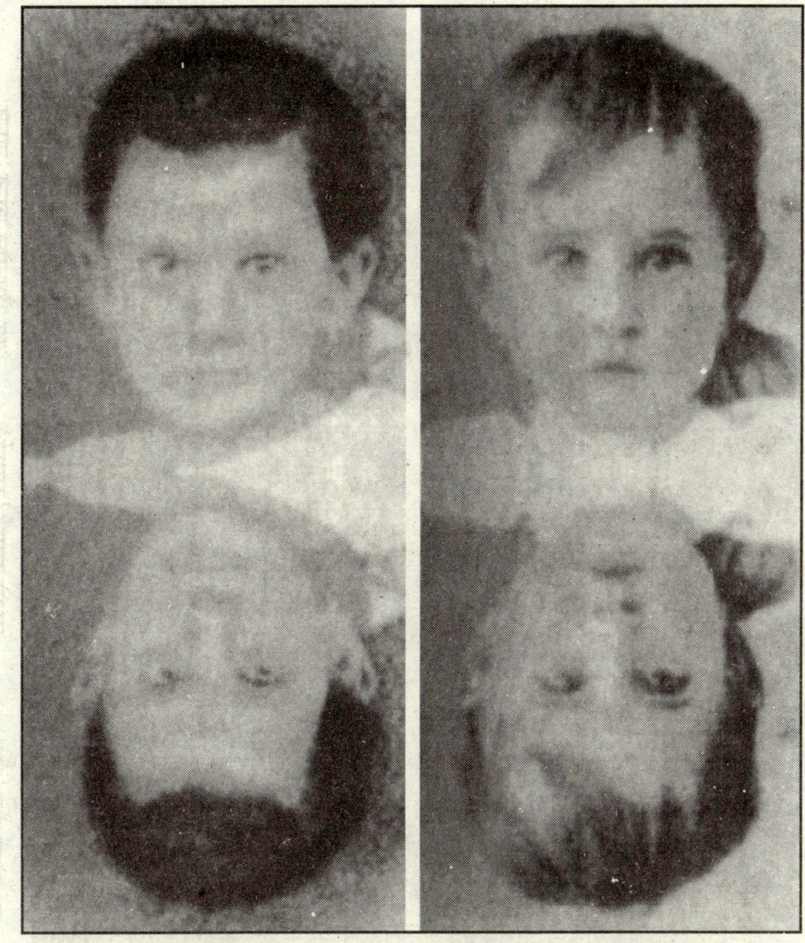

अलेसेंद्रीना 1

अलेसेंद्रीना 2

□

4

फाइटर पायलट का पुनर्जन्म

जेम्स लेंइंगेर की कहानी उसके माता-पिता, ब्रूस और एंड्रिया द्वारा किए चार वर्ष के शोध के माध्यम से प्रकाश में आई है। ब्रूस के लिए इसमें बहुत बड़ा व्यक्तिगत संघर्ष शामिल था, क्योंकि यह प्रस्ताव कि उसका बेटा जेम्स हस्टन जूनियर का पुनर्जन्म है, जो उसकी बहुत मजबूत ईसाई मान्यताओं का विरोधी था। वास्तव में लीनिंगर्स की कहानी के सबसे आकर्षक पहलुओं में से एक है ब्रूस का एक रूढ़िवादी, ईसाई धर्म के प्रचारक से ऐसे ईसाई में रूपांतरण देखना, जिसने पुनर्जन्म को एक वास्तविकता के रूप में स्वीकार कर लिया है।

जेम्स लेंइंगेर का जन्म 10 अप्रैल, 1998 को ब्रूस और एंड्रिया के यहाँ हुआ था, जब वे सैन फ्रांसिस्को के खाड़ी क्षेत्र में रह रहे थे, तब ब्रूस को एक तेल उद्योग कंपनी के लिए मानव संसाधन निदेशक के रूप में नौकरी की पेशकश की गई, तो परिवार जल्द ही लाफायेत, लुसिआना चला गया, जहाँ जेम्स बड़ा हुआ। दो वर्ष का होने पर जेम्स को ज्वलंत दु:स्वप्नों का अनुभव होने लगा, जिनसे वह नींद में उठकर चीखने लगता था। 1 मई, 2000 को एंड्रिया ने रात का सन्नाटा चीरती अपने बेटे की आवाज सुनी।

"विमान दुर्घटनाग्रस्त हो गया! विमान में आग लग गई है! छोटा आदमी बाहर नहीं निकल सकता!" एंड्रिया दौड़कर उसके शयनकक्ष में गई तो उसने जेम्स को संघर्ष करते देखा। 'वह पीठ के बल लेटा था, चादर पर हाथ-पैर मार रहा था, जैसे लात मारकर एक ताबूत से निकलने की कोशिश कर रहा हो।' यही दु:स्वप्न उसे सप्ताह में चार-पाँच बार आता रहा। एक और सपने के बाद एंड्रिया ने ध्यान दिया—'वह वहाँ पीठ के बल लेटा था, चादरों पर ऐसे हाथ-पैर मार रहा था, जैसे वह किसी विमान के अंदर फँसा हो।' जेम्स चिल्लाए जा रहा था, "विमान दुर्घटनाग्रस्त हो गया! विमान में आग लग गई! छोटा आदमी बाहर नहीं निकल सकता!"

जब एंड्रिया ने पूछा कि विमान में छोटा आदमी कौन था, तो जेम्स ने जवाब

दिया, "मैं।" जब ब्रूस ने पूछा कि उसका विमान किसने मार गिराया, तो जेम्स ने कहा, "जापानियों ने।" यह पूछे जाने पर कि वह कैसे जानता है कि उसका विमान गिराने वाले जापानी थे ? जेम्स ने जवाब दिया, "बड़ा सा लाल सूरज।"

ब्रूस और एंड्रिया द्वितीय विश्वयुद्ध के जापानी विमान-चिह्नों के बारे में जेम्स के ज्ञान से प्रभावित हुए और उलझन में भी आ गए, क्योंकि उन्हें पता था कि उसे ये जानकारी सामान्य साधनों से नहीं मिली थी। इसलिए जब दु:स्वप्न आते थे तो वे जेम्स से उसके सपनों के बारे में अधिक विस्तृत प्रश्न पूछने लगे। जब उसके माता-पिता ने सपनों में आनेवाले अन्य लोगों के नाम पूछे, तो जेम्स ने कहा कि उसका एक मित्र था, जो उसी की तरह एक पायलट था, और उसका नाम जैक लार्सेन था। समय आने पर, ब्रूस और एंड्रिया को पता चलनेवाला था कि जेम्स हस्टन, जो जेम्स के पूर्व जन्म का व्यक्तित्व था, वास्तव में किसी जैक लार्सेन को जानता था। अंततः छोटा जेम्स इस व्यक्ति से मिलेगा, जिसे वह अपने पूर्व जन्म में जानता था।

जेम्स का विमानों के प्रति जुनून और द्वितीय विश्व युद्ध के विमानों की जानकारी

विमान दुर्घटना के बारे में दु:स्वप्न आने के अलावा उनके माता-पिता ने नोट किया कि जेम्स को विमानों के प्रति जुनून था, विशेष रूप से प्रोपेलर्स के साथ द्वितीय विश्वयुद्ध में इस्तेमाल हुए विमानों के लिए। उसके माता-पिता ने यह भी देखा कि वह अपने खिलौने के विमानों को कॉफी टेबल पर पटक देता था और प्रोपेलर्स को तोड़ देता था। अपनी कार की सीट पर बैठे हुए, जेम्स काल्पनिक हेड-फोन और फेस मास्क लगा लेता था, जैसे वह विमान उड़ाने की तैयारी कर रहा हो। जेम्स ने घर के एक कमरे में एक नकली कॉकपिट भी बना रखा था।

उसने हवाई जहाज के बारे में असामान्य ज्ञान का प्रदर्शन किया। उदाहरण के लिए, जब एंड्रिया ने जेम्स को एक खिलौना विमान दिया, जिसके नीचे बम की तरह दिखने वाली कोई चीज थी, तो जेम्स ने उसे देखकर कहा, "यह बम नहीं है, माँ! यह एक ड्रॉप टैंक है।" जेम्स एक ईंधन टैंक का जिक्र कर रहा था, जो विमान के निचले हिस्से से जुड़ा होता है, और जिसे ईंधन खत्म हो जाने पर निकाल दिया जाता है या गिरा दिया जाता है। उसके माता-पिता विचार में पड़ गए—इस दो साल के बच्चे को कैसे पता था कि एक ड्रॉप टैंक क्या होता था ? उसने ये सब परिवार द्वारा देखे जानेवाले टेलीविजन कार्यक्रमों से या उनके द्वारा पढ़ी जानेवाली किताबों से नहीं सीखा था। उसे जापानियों के बारे में और उगते सूरज के उनके प्रतीक, बड़े लाल सूरज के बारे में कैसे पता था ?

एंड्रिया की माँ बॉबी ने पहली बार अनुमान लगाया था कि जेम्स के दुःस्वप्न पिछले जीवनकाल से उपजे हो सकते हैं। बॉबी ने ब्रूस और एंड्रिया को 'चिल्ड्रेन'स पास्ट लाइव्स' की लेखिका कैरोल बोमैन के बारे में बताया, जिन्हें लेंइंगेर दंपती ने संपर्क किया। कैरोल 1980 से पिछले जीवन को याद रखनेवाले बच्चों पर शोध कर रही हैं। कैरोल ने जेम्स के दुःस्वप्न को सँभालने के तरीके पर ब्रूस और एंड्रिया को मूल्यवान सलाह दी। कैरोल ने कहा कि जेम्स को एक सहायक की तरह सुनना, और उसे लगातार आश्वस्त करते रहना कि अब वह सुरक्षित है, बहुत महत्त्वपूर्ण था।

समय के साथ जेम्स ने बताया कि उसके दुःस्वप्न में दिखने वाले आदमी का नाम भी जेम्स था, क्योंकि वह कोर्सेयर नाम का विमान उड़ाता था, कि जो विमान वह उड़ा रहा था, उसने एक नाव से टेक ऑफ किया था और उस नाव का नाम 'नाटोमा' था। वह जानता था कि टेक ऑफ पर कोर्सेयर बाईं ओर जाएगा और लैंडिंग पर कोर्सेयर की टायर उड़ाने की प्रवृत्ति थी। इसके अलावा, जेम्स यह भी जानता था कि अमेरिकी फ्लायर जापानी बमवर्षकों को लड़कियों के नाम देते थे और जापानी लड़ाकों को लड़कों के नाम। उदाहरण के लिए, जेम्स ने बताया कि जापानी लड़ाकों को जेकेस और बॉम्बर्स को बैटीज कहा जाता था।

जब परिवार हिस्ट्री चैनल पर द्वितीय विश्वयुद्ध पर एक कार्यक्रम देख रहा था, जिसमें कोर्सेयर जापानी विमानों को गिरा रहे थे, तो वर्णन करनेवाले ने कहा कि गिराए गए जापानी विमान जीरो थे। छोटे जेम्स ने उसे यह कहकर संशोधित किया कि जापानी विमान 'जीरो' नहीं, बल्कि 'टोनी' थे। ब्रूस और एंड्रिया नहीं जानते थे कि टोनी क्या होता है। जेम्स ने समझाया कि टोनी एक फाइटर विमान था, जो जीरो से छोटा होता था। ब्रूस ने जाना कि जेम्स टोनी के संबंध में सही था। आनेवाले महीनों में ब्रूस को यह भी पता चलने वाला था कि पिछले जीवनकाल में जेम्स ने खुद भी एक टोनी को मार गिराया था।

जब उसके माता-पिता उसे लोन स्टार फ्लाइट म्यूजियम ले गए, तो यह देखकर आश्चर्यचकित हो गए कि छोटा सा जेम्स एक कोर्सेयर के पास गया और ऐसे फ्लाइट चेक करने लगा, जैसे एक पायलट आमतौर पर अपना एयरक्राफ्ट बोर्ड करने से पहले करता है। एंड्रिया सोच रही थी कि उसका बेटा अभी 'पॉटी' के लिए भी प्रशिक्षित नहीं है, फिर भी उसे द्वितीय विश्वयुद्ध और उस युग के विमानों की विस्तृत जानकारी है। वह इस संभावना के प्रति खुली थी कि जेम्स एक पूर्व जन्म की स्मृतियों का अनुभव कर रहा है।

ब्रूस अनिच्छा से छोटे जेम्स के लिए एक पिछले जीवनकाल का सबूत उजागर करता है

जबकि एंड्रिया पुनर्जन्म के विचार को लेकर सहज थी, ब्रूस इस बात पर विचार को लेकर अत्यंत प्रतिरोधी थे कि जेम्स की यादें पिछले जन्म से उपजी हो सकती थीं, क्योंकि यह विचार उनकी गहरी ईसाई मान्यताओं से जूझ रहा था। फिर भी, उन्होंने छोटे जेम्स द्वारा दिए बयानों पर शोध शुरू कर दी। उदाहरण के लिए, ब्रूस ने पाया कि नाटोमा बे नाम का एक द्वितीय विश्वयुद्ध विमान वाहक वास्तव में था, जो प्रशांत महासागर में संचालित होता था।

ब्रूस प्रशांत क्षेत्र में लगे विमान वाहकों पर एक पुस्तक लेकर आए। जब ब्रूस और जेम्स उसके पन्ने पलट रहे थे, और वे इवो जिमा की लड़ाई के हिस्से पर आए, तो जेम्स ने अपने पिता से कहा कि वहीं, इवो जिमा की लड़ाई में ही, उसके विमान को गोलियाँ चलाकर दुर्घटनाग्रस्त किया गया था। तब ब्रूस को पता चला कि नाटोमा बे ने वास्तव में मरीन के इवो जिमा पर आक्रमण का समर्थन किया था। ब्रूस सोचने लगे कि जेम्स को कैसे पता हो सकता है कि नाटोमा नाम का एक जहाज था और नाटोमा ने इवो जिमा के युद्ध में हिस्सा लिया था।

क्या यह संभव था कि यहाँ, इवो जिमा में जेम्स को एक पूर्व जन्म में कॉकपिट से न निकल पाने का अनुभव हुआ था, जहाँ उसने बाहर निकलने के लिए अपने पैरों का इस्तेमाल किया था, जबकि उसका जलता हुआ विमान नीचे समुद्र में गिर रहा था।

छोटा जेम्स युद्ध के दृश्यों के चित्र बनाता था, जिनमें प्रोपेलर विमान और विस्फोट करते बम होते थे। वह अपने चित्रों पर हस्ताक्षर करता था, 'जेम्स 3'। इन चित्रों की प्रतिलिपियाँ 'सोल सर्वाइवर' में प्रस्तुत की गई हैं। वह पुस्तक, जो उसके माता-पिता ने उसकी कहानी के संबंध में लिखी है, उसने अपनी जीआई गुड़ियों को असामान्य नाम दिए, जिनमें बिली, लीओन और वॉल्टर शामिल थे, वे नाम जिनका उसके माता-पिता ने कभी उल्लेख नहीं किया था, वह नाम जो उसके किसी दोस्त के नहीं थे। उसने ये नाम कैसे चुने, ब्रूस और एंड्रिया सोच में पड़ गए। जब ब्रूस ने पूछा कि उसने अपनी गुड़ियों को ये नाम क्यों दिए, तो जेम्स ने जवाब दिया, "क्योंकि यही लोग मुझे मिले थे, जब मैं स्वर्ग में गया था।"

हालाँकि ब्रूस ये स्वीकार करने में हिचकिचा रहे थे कि उनके बेटे की यादें एक पूर्व जन्म से उपजी हैं, द्वितीय विश्वयुद्ध के बारे में जेम्स के ज्ञान के खजाने ने उन्हें ईमानदारी से इस संभावना पर शोध करने के लिए प्रेरित किया। उन्होंने सैन्य रिकॉर्ड्स और आर्काइव्ज में तलाश किया। ब्रूस को पता चला कि नाटोमा बे क्रू रीयूनियन (पुनर्मिलन समारोह)

आयोजित करते हैं। उसने ऐसी एक सभा में शामिल होने का फैसला किया और ब्रूस सितंबर 11, 2002 को वर्ल्ड ट्रेड सेंटर पर हुए पहले आतंकवादी हमले के एक वर्ष बाद अपनी पहली नाटोमा बे रीयूनियन में शामिल हुआ, जो सैन डियगो में आयोजित हुई थी।

रीयूनियन में ब्रूस को पता चला कि नाटोमा बे से 18 एयरक्राफ्ट कॅरियर पायलट प्रशांत क्षेत्र में सर्विस के दौरान मारे गए थे। उनमें से एक का नाम जेम्स हस्टन, जूनियर था। याद करें कि छोटे जेम्स ने कह था कि उसका नाम भी जेम्स था, जब उसके सपनों में वह विमान के जलते कॉकपिट में फँसा हुआ था। उसने अपने युद्ध के चित्रों में भी जेम्स 3 के नाम से हस्ताक्षर किए, जिनका संदर्भ एक श्रृंखला में तीसरे जेम्स से हो सकता है, यानी जेम्स सीनियर, जेम्स जूनियर और छोटा जेम्स 3। ब्रूस को ये भी पता चला कि इवो जिमा के आक्रमण में मारा जानेवाला एकमात्र पायलट जेम्स हस्टन था। जेम्स हस्टन की मृत्यु 3 मार्च, 1945 को हुई।

छोटा जेम्स अपने जीआई-जो, एक्शन फिगर्स के नाम नाटोमा बे से गिरे हुए पायलटों के नाम पर रखता है, जो जेम्स हस्टन से स्वर्ग में मिले थे

ब्रूस को यह भी पता चला कि बिली, लियोन और वॉल्टर उन तीन नाटोमा बे एविएटर्स के नाम थे, जिनकी मृत्यु जेम्स हस्टन, जूनियर से पहले हुई थी। उनके पूरे नाम बिली पीलर, लियोन कॉनर और वॉल्टर डेवलिन थे। याद करें कि जेम्स ने अपनी जीआई-जो, गुड़ियों के नाम बिली, लियोन और वॉल्टर रखे थे, और कहा था कि जब वह स्वर्ग में गया था तो वे उसका इंतजार कर रहे थे। ब्रूस और एंड्रिया को पता चला कि प्रत्येक गुड़िया के बालों का रंग मृत एविएटर के बालों के रंग से मेल खाता था। बिली पीलर के बाल काले थे, और जेम्स की बिली डॉल के भी; लियोन कॉनर के बाल सुनहरे थे, और लियोन डॉल के भी। उसी प्रकार वॉल्टर डेवलिन और जेम्स की वॉल्टर डॉल, दोनों के बाल लाल थे।

ब्रूस नाटोमा खाड़ी से जैक लार्सन और अन्य जीवित पायलटों को ढूँढ़ निकालते हैं

ब्रूस को पता चला कि जैक लार्सन वास्तव में नाटोमा खाड़ी पर एक और पायलट था। लार्सन अभी भी जीवित था और अरकैनसस में रह रहा था। ब्रूस उससे मिलने वहाँ गए। जैक लार्सन नामक एक दोस्त होने की जेम्स की स्मृति इस प्रकार सत्यापित

हुई। ब्रूस को अंततः वह पायलट भी मिले, जिन्होंने जेम्स हस्टन के विमान को नीचे गिरते देखा था। जैक डरहम, जॉन प्रोवोस्ट और बॉब स्केल्टन ने देखा था कि एक एंटीएयरक्राफ्ट शैल ने हस्टन के विमान के प्रोपेलर को अलग कर दिया था। इससे यह समझ में आया कि क्यों छोटा जेम्स अपने खिलौनों के विमानों से प्रोपेलर्स को तोड़कर अलग कर देता था। उन्होंने यह भी सत्यापित किया कि हस्टन के विमान में आग लग गई थी और हस्टन अपने विमान के साथ नीचे चला गया था।

ब्रूस को घटनाओं के जेम्स के संस्करण में एक विसंगति मिली, और वह यह कि जब विमान के गिरने से हस्टन की मौत हुई, तब वह एक एफएम 2 वाइल्डकैट उड़ा रहा था, न कि एक कोर्सेयर। बाद में ब्रूस को एक अन्य पायलट, बॉब ग्रीनवॉल्ड से पता चला कि हस्टन ने एक कार्यक्रम में हिस्सा लिया था, जिसमें कोर्सेयर विमानों का एयरक्राफ्ट कॅरियर लैंडिंग के लिए परीक्षण हुआ था। तो एक प्रकार से छोटे जेम्स का यह कहना सही था कि उसने एक कोर्सेयर उड़ाया था। ग्रीनवॉल्ड ने इस बात की भी पुष्टि की कि टेकऑफ के समय कोर्सेयर विमान बाईं ओर झुकते हैं और एयरक्राफ्ट कॅरियर लैंडिंग पर टायर उड़ाते हैं, जैसा कि छोटे जेम्स ने कहा था।

अपने बेटे के दुःस्वप्नों को समझने की अपनी खोज में ब्रूस व्यक्तिगत रूप से उन जीवित दिग्गजों को जानने लगे, जिन्होंने नाटोमा बे पर सेवाएँ दी थीं। उन्होंने उन लोगों के बारे में भी जाना, जो जीवित नहीं बचे थे। अपने बेटे की यादों को प्रमाणित करने की प्रक्रिया में ब्रूस के मन में नाटोमा बे के उन दिग्गजों के प्रति अत्यधिक सम्मान उत्पन्न हो गया, जिन्होंने इतनी बहादुरी और निस्स्वार्थ भाव के साथ अपने देश की सेवा की थी। उन्हें वह बलिदान समझ में आ गए, जो उन लोगों ने किए थे।

ब्रूस ने नाटोमा बे से जान गँवानेवालों को सम्मानित करने के लिए एक स्मारक बनाकर अपनी भावनाओं का कार्यान्वयन किया। इस स्मारक का उद्घाटन फ्रेड्रिक्सबर्ग, टेक्सास में निमित्ज संग्रहालय में किया गया था। नाटोमा बे के कई दिग्गज और साथ ही लेंइंगेर परिवार भी, इस उद्घाटन में शामिल हुए थे।

जेम्स ने निमित्ज संग्रहालय में जिन लोगों को देखा, उनमें से एक बॉब ग्रीनवॉल्ड थे, जिन्हें उसने देखते ही पहचान लिया और उनका सही नाम लिया। जब ब्रूस ने जेम्स से पूछा कि वह कैसे जानता था कि यह आदमी बॉब ग्रीनवॉल्ड था, तो जेम्स ने कहा कि उसने उनकी आवाज पहचान ली थी। समारोह में छोटा जेम्स अपने पुराने दोस्त, जैक लार्सन से भी मिला। याद करें कि दुःस्वप्न शुरू होने के कुछ ही समय बाद उसने ब्रूस को बताया था कि नाटोमा में उसके एक दोस्त का नाम जैक लार्सन था। एक प्यारे से नोट पर, स्मारक समारोह में, छोटे जेम्स ने एक पायलट का लघु फ्लाइट सूट पहना।

जेम्स हस्टन के मित्र जेम्स लेंइंगेर और जेम्स हस्टन के बीच एक अजीब सी शारीरिक समानता देखते हैं

महत्त्वपूर्ण बात यह है कि नाटोमा बे स्मारक के उद्घाटन में आए दिग्गज, जो जेम्स हस्टन, जूनियर को जानते थे, टिप्पणी कर रहे थे कि कैसे छोटा जेम्स बिल्कुल मृत जेम्स हस्टन की तरह लग रहा था। इस तरह, यह एक और ऐसे मामले का प्रतिनिधित्व करता है, जो दिखाता है कि शारीरिक स्वरूप एक जन्म से दूसरे में समान रह सकता है।

एक मार्मिक नोट पर, उसके माता-पिता ने देखा कि जेम्स स्मारक के उद्घाटन पर निराश लग रहा था। जब उन्होंने जेम्स से कारण पूछा, तो उसने जवाब दिया कि वो दुःखी था, क्योंकि सब लोग इतने बूढ़े लग रहे थे। छोटे जेम्स को अपने जहाज के साथियों की याद युवा व्यक्तियों के रूप में थी, वरिष्ठ नागरिकों के रूप में नहीं।

एन बैरोन, जेम्स हस्टन की जीवित बहन के साथ पुनर्मिलन

एंड्रिया लेंइंगेर जेम्स हस्टन जूनियर के परिवार को ढूंढ़ने के लिए सेन्सस और अन्य दस्तावेजों का उपयोग करने में सक्षम थी। उसे पता चला कि एक जीवित बहन एन हस्टन बैरोन लॉस गातोस, कैलिफोर्निया में रहती है। जब एंड्रिया ने उन्हें संपर्क किया तो एन 84 वर्ष की थीं। एंड्रिया ने एन और छोटे जेम्स के बीच एक फोन कॉल की व्यवस्था की। इस वार्त्तालाप में एन को पता चला कि जेम्स को जेम्स हस्टन के जीवन के बारे में कई व्यक्तिगत बातें मालूम थीं, जिनके सटीक होने की एन ने पुष्टि की। उदाहरण हैं—

- जेम्स ने एन को बताया कि वह उसे 'आनी' बुलाता था। एन ने पुष्टि की कि केवल जेम्स हस्टन उसे आनी कहता था।
- जेम्स ने एन को बताया कि उनकी रुथ नाम की एक बहन थी, जो सही बात थी।
- जेम्स ने कहा, रुथ एन से चार साल बड़ी थी और एन जेम्स से चार साल बड़ी थी, जो सही था।
- जेम्स ने बताया कि उनके पिता शराबी थे और नशे में चीजें तोड़ते थे, और यह कि उन्हें नशे के इलाज के लिए रीहैब में जाना पड़ा था। एन ने इस बात की पुष्टि की।
- जेम्स ने कहा कि रुथ की, जो एक स्थानीय समचार-पत्र के लिए एक सामाजिक स्तंभकार थी, मृत्यु हो गई थी। जब उनकी माँ ने एक ऐसे अमीर परिवार में नौकरी कर ली थी, जिसके बारे में रुथ लिख रही थी। एन ने इस बात की भी पुष्टि की।

- जेम्स ने कहा कि बचपन में उसके और एन के एक जैसे चित्र थे, जो एक ही कलाकार द्वारा बनाए गए थे और उनकी माँ द्वारा उन्हें उपहार में दिए गए थे। एन ने इन सब बातों की पुष्टि की।

एक पक्के संदेही को भी मानना होगा कि इस तरह की विशिष्ट स्मृतियाँ संयोग नहीं हो सकतीं। मामले के तथ्यों को देखते हुए एन ने जेम्स लेंइंगेर को अपने भाई जेम्स हस्टन जूनियर के पुनर्जन्म के रूप में स्वीकार कर लिया और उसने उसे अपने भाई की बची हुई चीजें भेज दीं। जब जेम्स ने एन द्वारा भेजे गए बॉक्स को खोला, तो उसने अंदर रखे एक मॉडल कोर्सेयर को सूँघा और कहा कि उसकी गंध एक एयरक्राफ्ट कॅरियर की तरह थी। ब्रूस को डिब्बे में से डीजल ऑयल की गंध आ रही थी।

जेम्स हस्टन को भी विमानों के प्रति एक प्रारंभिक आकर्षण था, क्या यह पूर्व जीवनकाल के लिए एक सुराग था?

दिलचस्पी दिखाते हुए एन ने बताया कि उसका भाई जेम्स उड़ना पसंद करता था और किशोरावस्था में भी उसने बाल्सा की लकड़ी से विमानों के मॉडल बनाए थे। जब वह बड़ा हुआ, तो उसने बायप्लेंस में उड़ना शुरू किया। दूसरे शब्दों में, जिस प्रकार जेम्स लेंइंगेर को बचपन में विमानों के प्रति आकर्षण था, वैसे ही जेम्स हस्टन को भी था। इससे यह सवाल उठता है कि क्या हस्टन/लेंइंगेर का कोई पूर्व जन्म था, जिसमें विमानन शामिल था? एक प्रस्तावित पूर्व जन्म www.ReincarnationResearch.com पर पोस्ट किया गया है।

जेम्स लेंइंगेर के पास जेम्स हस्टन की गाने की प्रतिभा है

एक व्यक्तिगत बातचीत में ब्रूस लेंइंगेर ने बताया है कि उनका बेटा जेम्स एक प्रतिभाशाली गायक है, जिसने 12 वर्ष की आयु में अपने स्कूल में एक संगीत कार्यक्रम में प्रदर्शन किया था। ब्रूस ध्यान देते हैं कि न तो वह खुद और न ही उनकी पत्नी गा सकती हैं, लेकिन जेम्स हस्टन की मधुर आवाज थी। ऐसे में प्रतीत होता है कि गाने का कौशल एक जन्म से दूसरे में आया है।

हस्टन/लेंइंगेर मामले से संबंधित आत्मा प्राणियों का साक्ष्य छोटा जेम्स पिंक होटल में अपने माता-पिता को पसंद करता है

पुनर्जन्म का अत्यधिक मजबूत सबूत प्रदान करने के अलावा जेम्स की कहानी

से संबंधित कई घटनाएँ हैं, जो आत्मा प्राणियों के अस्तित्व का साक्ष्य प्रदान करती हैं। इनमें से सबसे नाटकीय में से एक में जेम्स द्वारा दिए गए बयान शामिल हैं, जिसमें उसने कहा कि उन्होंने ब्रूस और एंड्रिया को माता-पिता के रूप में चुना, जबकि छोटे जेम्स की आत्मा अभी भी आत्मा की दुनिया में थी।

जेम्स ने ब्रूस से कहा था कि उसने ब्रूस और एंड्रिया को तब देखा था, जब वे होनोलूलू में रॉयल हवाईयन होटल में छुट्टियाँ मना रहे थे।

छोटे जेम्स ने इसे हवाई में 'बड़ा सा गुलाबी होटल' कहा, जो कि रॉयल हवाईयन है। वास्तव में ब्रूस और एंड्रिया रॉयल हवाईयन में एंड्रिया के जेम्स के साथ गर्भवती होने से पाँच हफ्ते पहले थे। ब्रूस और एंड्रिया ने जेम्स को हवाई की अपनी छुट्टियों के बारे में कभी नहीं बताया था। इस प्रकार, छोटे जेम्स को उनके रॉयल हवाईयन में रहने के बारे में पैरा-नॉर्मल माध्यम से पता था। मेरा सुझाव है कि जेम्स लेंइंगेर की आत्मा वास्तव में आत्मा की दुनिया से अपने भविष्य के माता-पिता का निरीक्षण करने में सक्षम थी, और एंड्रिया, ब्रूस और जेम्स सभी की आत्माओं ने इस परिवार को बनाने के लिए सहमति प्रदान की थी, अर्थात् योजना बनाई थी, जो कि उन्होंने बनाया।

सालगिरह घटनाक्रम

सालगिरह की घटना को भौतिक संसार के साथ आत्मा की बातचीत के रूप में भी देखा जा सकता है। आधार यह है कि जब एक व्यक्ति पृथ्वी पर अवतार लेता है, तो भी आत्मा का अपना अस्तित्व आत्मा की दुनिया में बना रहता है। आत्मा अपने अवतारों में अपने आपको विस्तारित करती है, यानी भौतिक धरातल में होलोग्राफिक अनुमान। जब सालगिरह घटनाएँ होती हैं, तो हम उन्हें आत्मा को अपने अवतार में सालगिरह की जानकारी प्रसारित करने के रूप में देख सकते हैं। वैकल्पिक रूप से, एक आत्मा गाइड, जो व्यक्ति के साथ काम करती है, वह वर्षगाँठ की घटनाओं को भी व्यवस्थित कर सकती है।

शुरुआत में, हो सकता है कि व्यक्ति उस घटना के होने पर उसका मतलब भी न समझ पाए। उदाहरण के रूप में, जॉन गॉर्डन/जेफ कीन के मामले में, जेफ को गॉर्डन के जबड़े में बंदूक की गोली लगने की वर्षगाँठ के दिन जबड़े में तेज दर्द का अनुभव हुआ। जेफ को एक अस्पताल के आपातकालीन कक्ष में ले जाया गया, क्योंकि उसे चिंता हो रही थी कि उसे दिल का दौरा पड़ा है। सालों बाद जेफ को पता चला कि उसके जबड़े के दर्द की व्याख्या जॉन बी. गॉर्डन के उसके जीवनकाल की एक वर्षगाँठ घटना के रूप में की जा सकती है। जेफ को पता चला कि गॉर्डन को जब जबड़े में गोली लगी,

तब वह 30 वर्ष का था, जबकि जेफ को जबड़े में गंभीर दर्द उसकी 30वीं वर्षगाँठ के दिन हुआ था।

हस्टन/लेंइंगेर केस में ब्रूस और एंड्रिया ने अपनी पुस्तक 'सोल सर्वाइवर' में उल्लेख किया कि विमान दुर्घटना में मरने के जेम्स के दुःस्वप्न कई महीनों पहले हल हो गए थे। उन्होंने आशा की थी कि जेम्स के जीवन का वह चरण, जिसमें उसने ये दुःस्वप्न देखे थे, समाप्त हो गया था। फिर भी 3 मार्च, 2003 को जेम्स को विमान दुर्घटना का एक और दुःस्वप्न आया। महत्त्वपूर्ण बात यह है कि उसी दिन 3 मार्च, 1945 को जेम्स हस्टन की इवो ज़िमा की लड़ाई में मृत्यु हो गई थी।

यदि इसे एक वर्षगाँठ घटना के रूप में स्वीकार किया जाता है, तब जेम्स हस्टन/जेम्स लेंइंगेर की आत्मा ने छोटे जेम्स को 3 मार्च के महत्त्व के बारे में जागरूकता उसके सोते समय संचारित की थी। ध्यान दें कि यह वर्षगाँठ घटना ब्रूस के शोध के माध्यम से जेम्स हस्टन की मृत्यु की तारीख निर्धारित करने से पहले घटी थी।

एक और संभावित सिंक्रोनिस्टिक घटना या घटनाओं में ब्रूस शामिल है, जिन्होंने अपने बेटे के पुनर्जन्म मामले पर शोध करने के लिए 11 सितंबर को दो बार विमान से यात्रा की थी। ब्रूस ने सोल सर्वाइवर में इन डरावने संयोगों का उल्लेख किया। हालाँकि 11 सितंबर को दो बार यात्रा करना एक संयोग हो सकता है, लेकिन इस तारीख में कोई अर्थ छुपा हो सकता है, क्योंकि पुनर्जन्म के साक्ष्य भविष्य के 11 सितंबर की तरह के हमलों को रोकने में मदद कर सकते हैं। जैसा कि अगले अध्याय में दिखाया गया है, पुनर्जन्म के शोध से पता चलता है कि एक जीवनकाल से दूसरे जीवनकाल में व्यक्ति का धर्म, राष्ट्रीयता और जातीय संबद्धता बदल सकती है। यह विचार एक शांतिपूर्ण दुनिया बनाने में मदद कर सकता है।

आध्यात्मिक संचार

एक अन्य घटना जो आत्मा प्राणियों द्वारा संचार के साक्ष्य प्रदान करती है, जेम्स हस्टन की बहन एन हस्टन बैरॉन से संबंधित है। एन ने एंड्रिया को बताया कि 3 मार्च, 1945 को जिस दिन जेम्स हस्टन मारा गया था, वह कैलिफोर्निया में अपने घर की सफाई कर रही थी, जब उसे अपने भाई जेम्स की उपस्थिति महसूस हुई। एन ने उससे बात करना भी शुरू कर दिया। उसे वह घटना स्पष्ट रूप से याद थी। एन को कई दिनों बाद पता चला कि उस पल उसके भाई की प्रशांत (पैसिफिक) में मौत हो गई थी। लगता है, जैसे जेम्स हस्टन की आत्मा उसकी मृत्यु के समय उसकी बहन एन के संपर्क में थी।

इसी तरह 3 मार्च, 1945 को हस्टन परिवार की एक मित्र लीडिया ईस्टमैन ने एक

सपना देखा, जिसमें जेम्स उसके पास आया और बोला, "मैं सिर्फ अलविदा कहना चाहता हूँ।" बाद में लीडिया ने जाना कि जेम्स हस्टन की उस दिन मृत्यु हो गई थी। एक बार फिर ऐसा लगता है कि जेम्स हस्टन की आत्मा हस्टन की मृत्यु के दिन लीडिया ईस्टमैन के संपर्क में थी। एक अन्य वृत्तांत में जैक डरहम शामिल हैं, जिन्होंने जेम्स के साथ एक पायलट के रूप में काम किया था। द्वितीय विश्वयुद्ध के दौरान डरहम के विमान को गोलियाँ मारकर गिरा दिया गया था, और जब यह हुआ, तो उसके दाँत टूट गए थे और कंधे की हड्डी सरक गई थी। जैक डरहम के रिश्तेदारों ने लेंइंगेर दंपती को सूचित किया कि जिस दिन डरहम घायल हुआ था, हजारों मील दूर उसके रिश्तेदारों ने जैक को रोते हुए सुना था। इस तरह ऐसा लगता है कि डरहम की आत्मा उसके प्रियजनों के साथ संवाद कर रही थी।

पुनर्जन्म के मुख्य बिंदु और सिद्धांत

शारीरिक समानता : जब जेम्स हस्टन के साथी नाटोमा बे स्मारक उद्घाटन में जेम्स लेंइंगेर से मिले, तो उन्होंने टिप्पणी की कि छोटा जेम्स कितना कुछ जेम्स हस्टन की तरह दिखता है। इस अध्याय के अंत में एक छवि की तुलना दी गई है, जिसमें जेम्स हस्टन और जेम्स लेंइंगेर दोनों की उम्र बहुत कम है, और चेहरे की समानता स्पष्ट दिखाई दे रही है। इस प्रकार यह एक और मामला है, जो दिखाता है कि चेहरे की विशेषताएँ एक जीवनकाल से दूसरे में समान रह सकती हैं।

दिलचस्प रूप से ब्रूस लेंइंगेर ने मुझे अपने बेटे की 12 और 19 साल की उम्र की छवियाँ भेजीं और मुझसे पूछा कि क्या मुझे उनमें जेम्स हस्टन के साथ समानता दिख रही थी। उन्होंने कहा कि उनकी पत्नी को चेहरे की विशेषताओं में समानता दिख रही है, लेकिन ब्रूस को यकीन नहीं था। जब मैंने छवियों का आकार बदलकर उन्हें साथ-साथ रखा, तो एक भौतिक समानता साफ नजर आ रही थी। यह कैरोल बेकविथ/रॉबर्ट स्नो और जॉन इलियटसन/नॉर्म शीली के पुनर्जन्म मामलों की तरह का एक और मामला है, जहाँ एक प्रमुख जाँचकर्ता को शुरू में एक जीवनकाल से दूसरे जीवनकाल में चेहरे की विशेषताओं में समानता नजर नहीं आई थी। शारीरिक समानता की पुष्टि करने के लिए समान आकारों और पोज में तसवीरों को अगल-बगल रखने की आवश्यकता हो सकती है।

पिछले जीवन का ज्ञान और प्रतिभा : एक युवा लड़के के रूप में जेम्स लेंइंगेर के पास द्वितीय विश्वयुद्ध के बारे में ज्ञान की एक प्रभावशाली निधि थी, जो कि अमेरिकी फाइटर पायलट के रूप उसके पिछले जीवनकाल से प्राप्त हुई प्रतीत होती है। इसके अलावा जेम्स लेंइंगेर ने गायन के लिए एक प्राकृतिक प्रतिभा का प्रदर्शन किया है, जैसी

कि जेम्स हस्टन में भी थी। इसके विपरीत, जेम्स लेंइंगेर के माता-पिता के पास गायन प्रतिभा बिल्कुल नहीं है।

आत्मा प्राणियों की भागीदारी : जेम्स ने ब्रूस और एंड्रिया को बताया कि उसने उन्हें अपने माता-पिता के रूप में तब चुना, जब वे हवाई में पिंक होटल में थे। दरअसल, ब्रूस और एंड्रिया रॉयल हवाइयन होटल में एंड्रिया के जेम्स के साथ गर्भवती होने के पाँच सप्ताह पहले थे। ऐसे में लगता है कि जेम्स अपने जन्म से पहले आत्मा दुनिया से ब्रूस और एंड्रिया को देख रहा था। आत्मा प्राणियों के एक और उदाहरण में जेम्स हस्टन की बहन एन हस्टन बैरॉन शामिल है, जिन्होंने बताया कि उन्होंने अपने भाई के उपस्थिति उसी दिन महसूस की थी, जिस दिन उसके मौत हुई थी। ऐसी ही घटनाएँ लीडिया ईस्टमैन और जैक डरहम के साथ भी हुईं। छोटे जेम्स ने अपना अंतिम दुःस्वप्न जेम्स हस्टन की मृत्यु की तारीख को अनुभव किया। जैसा कि ऊपर चर्चा की गई है, वर्षगाँठ की घटना को आत्मा के हस्तक्षेप के माध्यम से भी देखा जा सकता है।

सामाजिक प्रभाव के साथ एक और सैन्य पायलट पुनर्जन्म प्रकरण

एक छोटे से लड़के के रूप में जेम्स लेंइंगेर को अपना पिछला जीवनकाल एक अमेरिकी फाइटर पायलट के रूप में याद था, जो द्वितीय विश्वयुद्ध में हवाई-युद्ध में मारा गया था। इस केस की रॉबर्ट-ए नाजी बॉम्बर पायलट/कार्ल एडोन केस के साथ समानताएँ हैं, जिस पर इयान स्टीवेंसन ने शोध किया था और जो www.ReincarnationResearch.com वेबसाइट पर प्रदर्शित किया गया है। एडोन पुनर्जन्म मामले में, इंग्लैंड में एक छोटे से लड़के को एक जर्मन बॉम्बर पायलट होने की याद थी, जो ब्रिटेन में एक बमबारी में मारा गया था। इन दोनों मामलों में, छोटे बच्चों को द्वितीय विश्वयुद्ध के विमानों का सहज ज्ञान था और वह उनके ईसाई संदिग्ध पिता थे, जिन्होंने प्रारंभिक शोधकर्ताओं के रूप में कार्य किया।

रॉबर्ट नाजी पायलट/कार्ल एडोन पुनर्जन्म मामला शिक्षाप्रद है, क्योंकि इससे पता चलता है कि एक आत्मा एक अवतार से दूसरे अवतार में राष्ट्रीयता और जातीय संबद्धता बदल सकती है। यदि यह मामला स्वीकार किया जाता है तो रॉबर्ट का, जो एक जर्मन वायु सेना पायलट था और जिसकी मृत्यु इंग्लैंड में हुई थी, पुनर्जन्म ब्रिटिश नागरिक के रूप में हुआ। यह अवलोकन दरशाता है कि कैसे अंत में, एक कार्मिक दृष्टिकोण से युद्ध निरर्थक और आत्मघाती है।

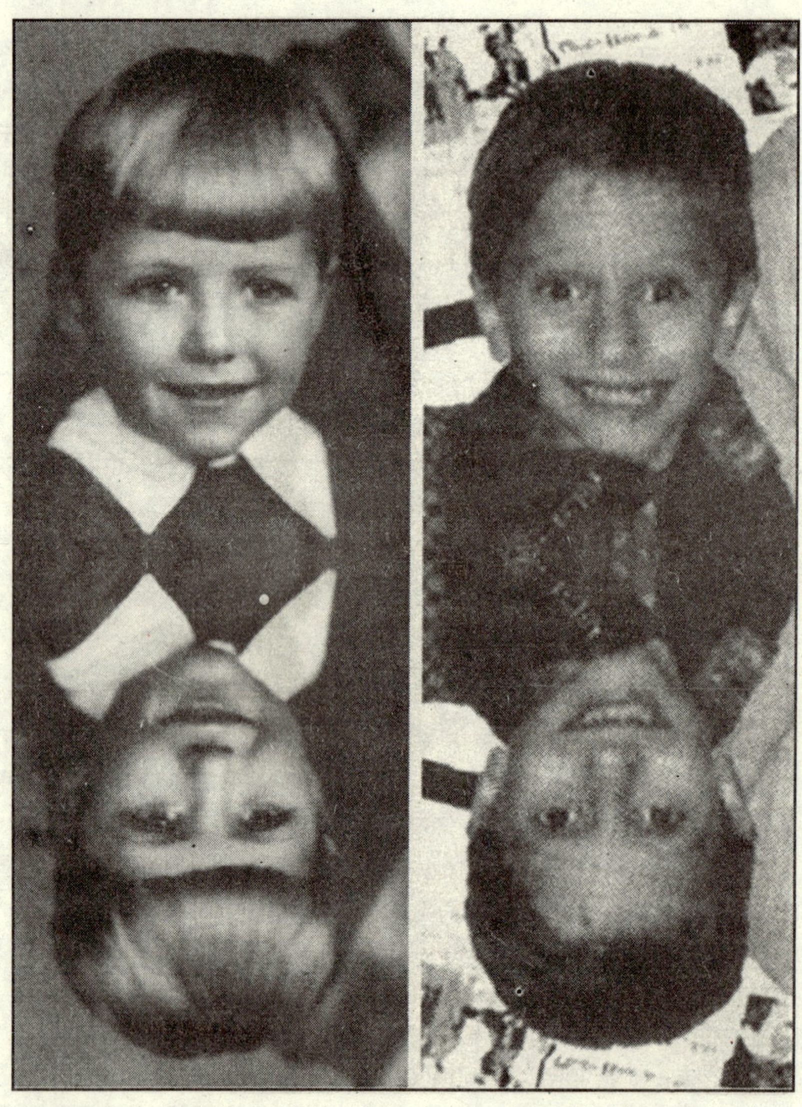

जेम्स हस्टन जूनियर जेम्स लेंइंगेर

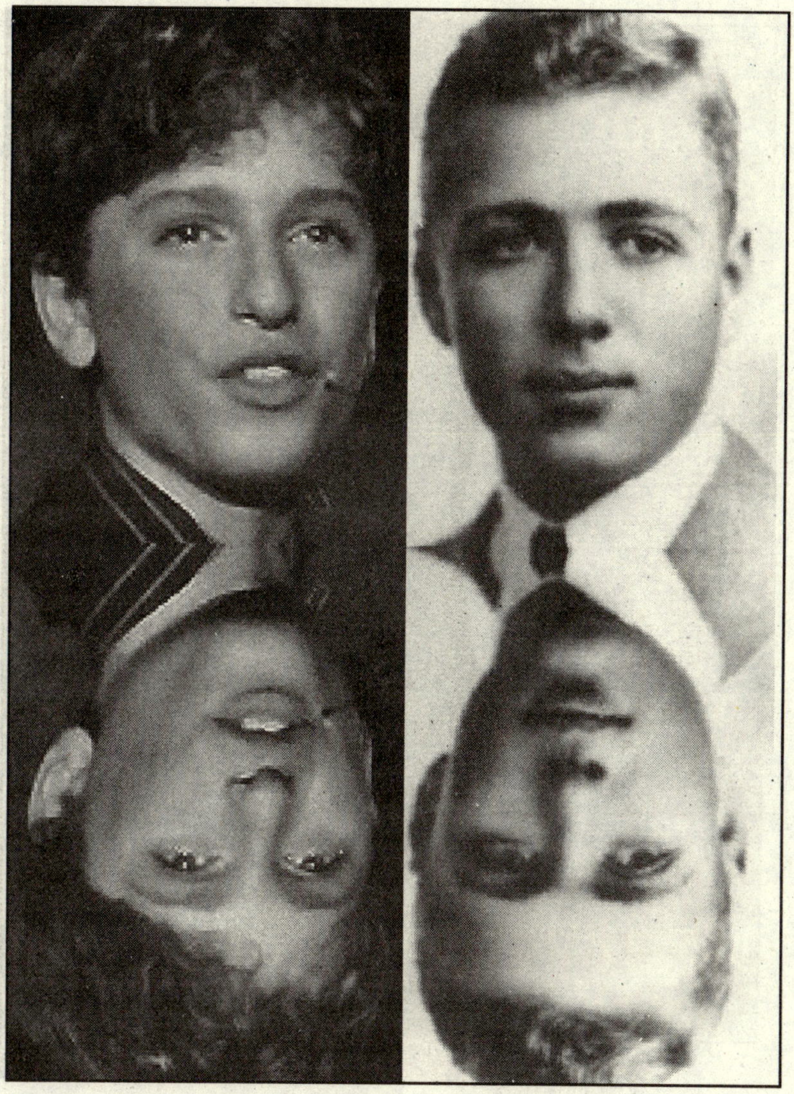

जेम्स लेंइंगेर

जेम्स हस्टन

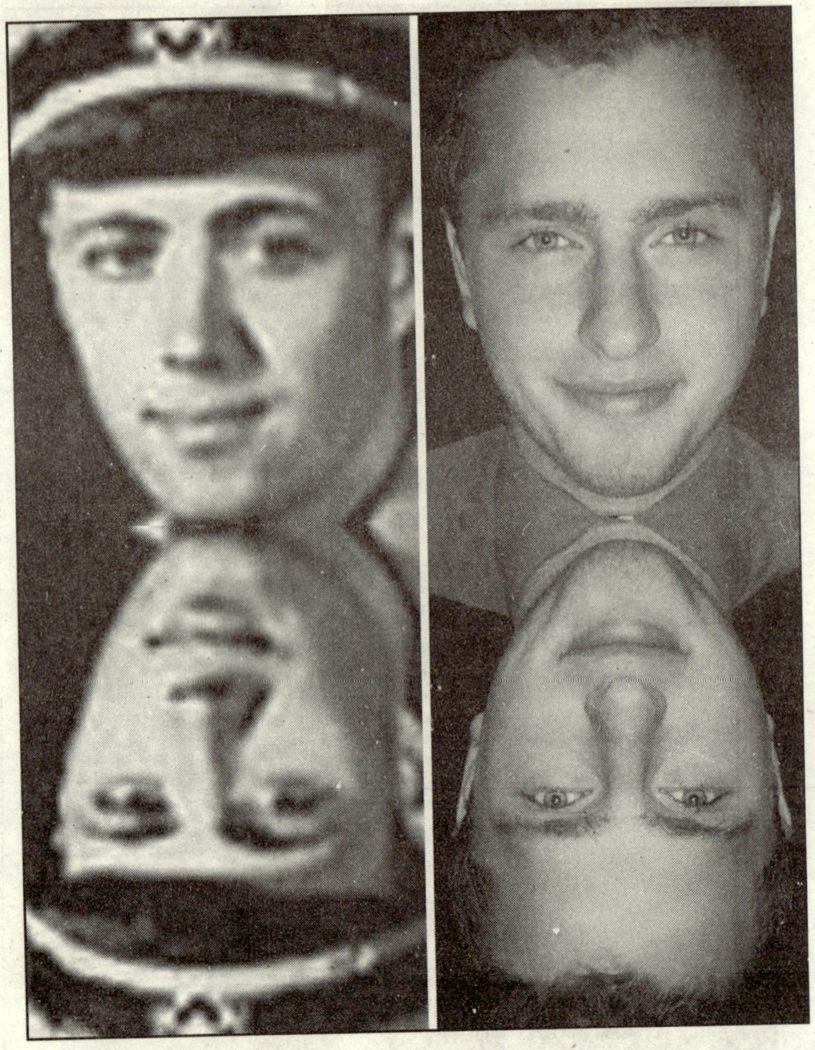

ज़ेम्स हस्टन, जूनियर

जेम्स लेंइंगेर

ध्यान दें कि हड्डी की संरचना समान रहती है,
लेकिन वह मुलायम ऊतक, जैसे कि नाक, बदल सकती है।

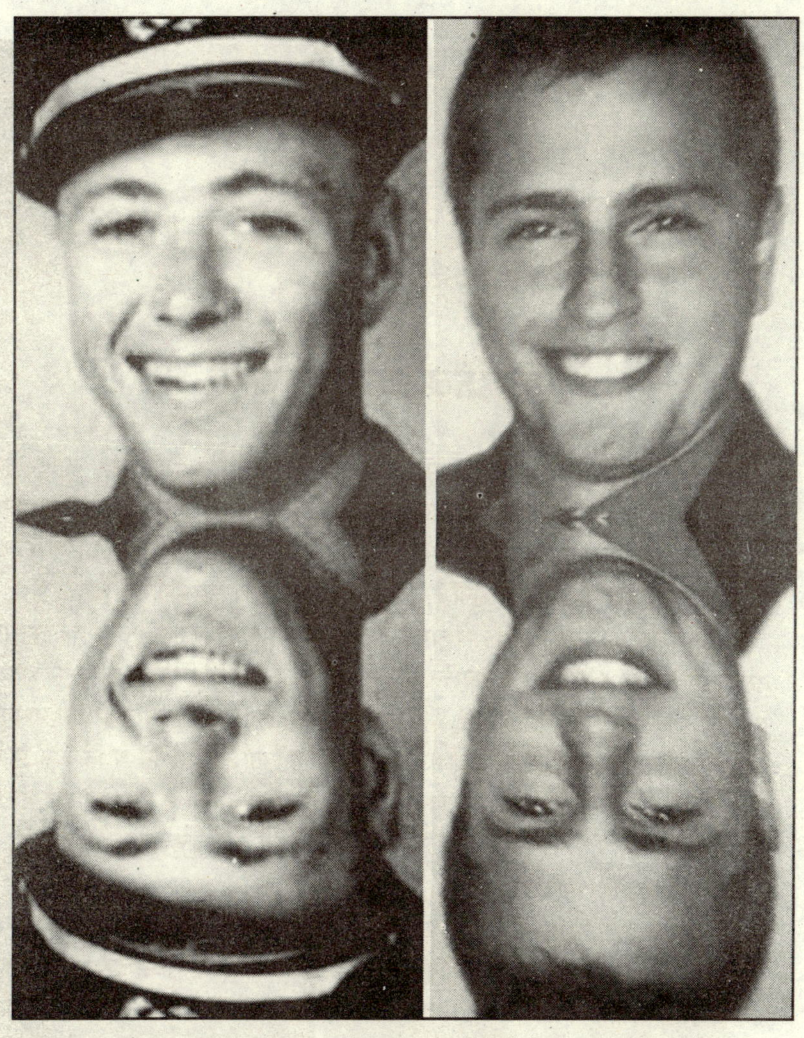

जेम्स हस्टन, जूनियर   जेम्स लेंइंगेर

□

5

एन फ्रैंक का पुनर्जन्म

सांस्कृतिक दृष्टि से सबसे महत्त्वपूर्ण पुनर्जन्म के मामलों में से एक बरब्रो कार्लेन का मामला है, जिनके साथ मुझे पिछले कई वर्षों में प्रस्तुतियाँ करने का सम्मान मिला है। मैं पहली बार बरब्रो से वर्ष 2000 में मिला और अब मैं उन्हें एक अच्छा दोस्त मानता हूँ। मैंने उनकी कहानी कई बार सुनी है, जिसे मैं आपके साथ साझा करना चाहता हूँ।

एन फ्रैंक का निधन 1945 में बर्गन-बेल्सन एकाग्रता शिविर में हुआ था। लगभग दस वर्ष बाद, 1954 में बरब्रो कार्लेन का जन्म ईसाई माता-पिता से स्वीडन में हुआ। जब वह तीन साल की भी नहीं हुई थी, बरब्रो ने अपने माता-पिता से कहा कि उसका नाम बरब्रो नहीं, बल्कि एन फ्रैंक है। बरब्रो के माता-पिता नहीं जानते थे कि एन फ्रैंक कौन थी, क्योंकि उससे संबंधित पुस्तक 'एन फ्रैंक : डायरी ऑफ अ यंग गर्ल' का, जिसे डायरी ऑफ एन फ्रैंक के नाम से भी जाना जाता है, अब तक अनुवाद नहीं हुआ था, न ही वह स्वीडन में प्रकाशित हुई थी।

बरब्रो बताती हैं कि वे चाहते थे कि वह उन्हें 'मा और पा' कहे, लेकिन उसको पता था कि वे उसके असली माता-पिता नहीं हैं। बरब्रो ने अपनी माँ से यह भी कहा कि उसके असली माता-पिता जल्द ही उसे लेने के लिए आएँगे और घर ले जाएँगे। अपने बचपन के दौरान, बरब्रो ने अपने माता-पिता को एन के रूप में अपने जीवन के विवरण बताए थे, जिन्हें उसके माता-पिता ने उसकी कल्पना समझा था। बरब्रो को भी बचपन में बुरे सपने आते थे, जिनमें पुरुष सीढ़ियों पर दौड़ते हुए आते थे और परिवार के छिपने की जगह, अटारी के दरवाजे पर लात मारते थे। बरब्रो को वरदी पहने पुरुषों का डर था, वह केवल स्नान करती थी, शावर नहीं लेती थी, और उसे बीन्स बिल्कुल पसंद नहीं करती थी, जिस पर फ्रैंक परिवार लगभग दो वर्षों तक जीवित रहा था।

बरब्रो की यादें उसके माता-पिता को चिंतित करती थीं। उन्होंने मनोचिकित्सक से उसकी जाँच भी करवाई थी। हालाँकि तब तक बरब्रो जान गई थी कि उस दूसरी दुनिया,

एन फ्रैंक की दुनिया के बारे में बात करना बुद्धिमानी नहीं थी, क्योंकि वह देखती थी कि जब वह अपनी यादों का वर्णन करती थी, तो हर कोई 'तनावग्रस्त' हो जाता था। जब वह मनोचिकित्सक से मिली, तो उसने अपनी यादों का कोई जिक्र नहीं किया, और पूरी तरह से एक सामान्य बच्ची बन गई।

जब बरब्रो बड़ी हुई, तब उसे उलझन होने लगी, जब उसके स्कूल-टीचर ने कक्षा में एन फ्रैंक के बारे में बात करना शुरू किया। उसके टीचर एन फ्रैंक के बारे में कैसे जान सकते हैं? इसके अलावा, बरब्रो को यह एहसास होने लगा कि एन फ्रैंक एक प्रसिद्ध महिला थी। ऐसा कैसे हो सकता था? जैसा कि बरब्रो ने जीवन में आगे चलकर बताया कि एक बच्चे के रूप में 'मेरे लिए यह सब काम नहीं करता था।' कल्पना कीजिए कि बरब्रो के लिए कितना मुश्किल होता होगा, पिछले जन्म की यह सहज यादें होना और उनके बारे में बात करने के लिए कोई न होना—कैरोल बोमन जैसा कोई न होना, जो उसकी उलझनों और दु:स्वप्नों को लेकर उसकी मदद कर सकता हो।

बरब्रो को एन फ्रैंक होने की पहली पुष्टि तब मिली, जब वह दस साल की थी और जिसका वर्णन उन्होंने अपनी पुस्तक 'एंड द वूल्व्स हाउल्ड' में किया है। मैं उस दृश्य को पैराफ्रेज करता हूँ। जब वह दस वर्ष की थी, तो बरब्रो के माता-पिता उसे यूरोप के प्रमुख शहरों की यात्रा पर ले गए। उनका एक गंतव्य एम्स्टर्डम था, वह शहर जहाँ फ्रैंक परिवार रहा करता था। द्वितीय विश्वयुद्ध के दौरान ऑटो फ्रैंक और उनके परिवार को इमारत की अटारी में छुपने के लिए जाना पड़ा था, जहाँ ऑटो का व्यापार था, क्योंकि नाजियों ने नीदरलैंड पर हमला कर दिया था और वे यहूदियों पर अत्याचार कर रहे थे। फ्रैंक परिवार इस अटारी में लगभग दो वर्षों तक छुपा रहा, जब तक कि उन्हें नाजियों द्वारा ढूँढ़कर और गिरफ्तार करके कंसंट्रेशन कैंप नहीं भेज दिया गया, एकमात्र उत्तरजीवी उसके पिता ऑटो थे, जिन्हें बाद में वह डायरी मिल गई, जो उनकी बेटी एन ने लिखी थी और जिसे उन्होंने बाद में प्रकाशित करवाया था। युद्ध के बाद, उनके छुपने वाले स्थान को एक आगंतुक केंद्र में परिवर्तित कर दिया गया, जो अब 'एन फ्रैंक म्यूजियम' कहलाता है।

बरब्रो के दस वर्ष की होने तक एन फ्रैंक की डायरी स्वीडन में प्रकाशित हो चुकी थी और अब उसके माता-पिता जान चुके थे कि एन फ्रैंक कौन थी। एम्स्टर्डम की यात्रा के दौरान उसके पिता फ्रैंक हाउस और संग्रहालय में जाना चाहते थे। होटल में उन्होंने फोन उठाया और वहाँ ले जाने के लिए टैक्सी मँगवाई। अचानक बरब्रो बोली, "हमें टैक्सी की जरूरत नहीं है। वह जगह पैदल चलने के लिए दूर नहीं है।" बरब्रो ने इतने यकीन के साथ कहा था कि उसके माता-पिता के मन में विरोध करने का विचार ही नहीं आया, वे चुपचाप उसके पीछे-पीछे चलने लगे।

"हम जल्दी वहाँ पहुँच जाएँगे, वह बस अगले मोड़ के पास है।" बरब्रो ने कहा।

वह खुद बिल्कुल भी हैरान नहीं हुई, जब एम्स्टर्डम की घुमावदार सड़कों पर दस मिनट चलने के बाद वे एन फ्रैंक म्यूजियम पहुँच गए, लेकिन उसके माता-पिता अवाक् होकर एक-दूसरे को देखने लगे।

"अजीब बात है," घर में जानेवाली सीढ़ियों के सामने खड़े होकर बरब्रो बोली, "पहले यह ऐसा नहीं लगता था।" वह आश्चर्य से देख रही थी और उसके माता-पिता को समझ में नहीं आ रहा था कि क्या कहें। उन्होंने घर में प्रवेश किया और लंबी, सँकरी सीढ़ियों से ऊपर चढ़ गए। बरब्रो, जो उन्हें रास्ता दिखाते समय इतनी मस्ती में थी, अचानक सफेद पड़ गई। वह ठंडे पसीने से नहा गई और उसने अपनी माँ का हाथ पकड़ लिया। माँ उसके हाथ का स्पर्श महसूस करके डर गई, क्योंकि वह बर्फ जितना ठंडा था।

जब उन्होंने छिपने की जगह में प्रवेश किया तो वही तर्कहीन भय बरब्रो पर हावी हो गया, जो उसने अपने सपनों में कई बार अनुभव किया था। उसे साँस लेने में मुश्किल होने लगी और उसके पूरे शरीर में घबराहट फैल गई। जब वे एक छोटे कमरे में गए, तो वह अचानक खड़ी हो गई और उसके चेहरे पर थोड़ी चमक आ गई। बरब्रो ने सामने की दीवार को देखा और उत्साहित स्वर में बोली, "देखो, फिल्मी सितारों की तसवीरें अभी भी हैं!" फिल्मी सितारों की उन तसवीरों को देखकर, जो एन फ्रैंक ने काटकर दीवार पर चिपकाई थीं, बरब्रो को खुशी महसूस हो रही थी। कुछ ऐसे, जैसे कि वह घर आ गई हो।

उसकी माँ ने खाली दीवार को देखा और उन्हें कुछ भी समझ में नहीं आया। "कैसी तसवीरें? दीवार तो खाली है!" बरब्रो ने फिर से देखा और पाया कि यह सच है। दीवार खाली थी। उसकी माँ इतनी उलझन में थी कि उन्होंने एक गाइड से पूछ लिया कि क्या उसे पता है कि उस दीवार पर कभी तसवीरें लगी हुई थीं? "ओह हाँ।" गाइड ने जवाब दिया, "उन्हें केवल अस्थायी रूप से काँच के नीचे लगाने के लिया निकाला गया है, ताकि वे नष्ट या चोरी न हो जाएँ।" बरब्रो के माँ को समझ नहीं आया कि वे क्या कहें।

"आखिर तुम पहले यहाँ का रास्ता कैसे ढूँढ़ लेती हो, फिर जोर देकर कहती हो कि बाहर की सीढ़ियाँ अलग थीं, और फिर दीवार पर तसवीरें देखती हो, जो वहाँ नहीं थीं?" बरब्रो की माँ के पास अनगिनत प्रश्न थे और वह वास्तव में बहुत परेशान थीं। लेकिन बरब्रो एक भी शब्द कहने में असमर्थ थी। वह बस वहाँ से बाहर निकलना चाहती थी; अब यह सब उससे बिल्कुल बरदाश्त नहीं हो रहा था।

सीढ़ियाँ उतरते हुए उसे अपने पैर जेली की तरह प्रतीत हो रहे थे। उसने जीवन में पहले कभी इतना दुःखी महसूस नहीं किया था। आँसू उसके चेहरे पर अनियंत्रित होकर बह रहे थे और उसके पैर आगे नहीं बढ़ रहे थे। जब वह अंतिम सीढ़ी पर पहुँची तो उसके पैर मुड़ गए और वह गिर पड़ी।

'एंड द वूल्व्स हाउल्ड' से लिए इन अंशों में बरब्रो ने उन घटनाओं का उल्लेख

किया है, जिन्होंने अंततः उसके माता-पिता को विश्वास दिला दिया कि वह एन फ्रैंक का पुनर्जन्म है। आखिरकार, वह परिवार की पहली एम्स्टर्डम यात्रा पर बिना किसी दिशा निर्देश और कैसे जान सकती थी कि एन फ्रैंक हाउस कैसे पहुँचना है? वह कैसे जान सकती थी कि सीढ़ियों में फेरबदल किया गया था या फिल्मी सितारों की तसवीरें, जो कि एन फ्रैंक ने पत्रिकाओं से काटी थीं, दीवारों पर लगी होनी चाहिए, जबकि उन्हें फ्रेम करने के लिए हटा दिया गया था?

बरब्रो की माँ ने बहुत आध्यात्मिक और पुनर्जन्म में विश्वासी बनकर इन बातों का जवाब दिया। दूसरी ओर, बरब्रो के पिता नाराज लग रहे थे। बरब्रो बताती है कि उसके पिता ने यह कहते हुए प्रतिक्रिया व्यक्त की—"मैं इनकार नहीं कर सकता कि तुम किसी-न-किसी तरह यहाँ पहले रह चुकी हो। शायद तुम पहले जी चुकी हो और तुमने पुनर्जन्म लिया है, लेकिन तुम केवल एक ही हो!" बरब्रो समझ गई कि दिन की घटनाओं के माध्यम से पुनर्जन्म की वास्तविकता का सामना करके उसके पिता की ईसाई दुनिया के दृष्टिकोण को जहाँ 'सबकुछ सही कर दिया जाता था' धमकी दी गई थी। हालाँकि बरब्रो बहुत खुश थी, क्योंकि अब से वह अपनी माँ से एन फ्रैंक के रूप में अपने जीवन के बारे में बात कर सकती थी और उसके पास उसकी माँ का समर्थन था।

एन फ्रैंक की तरह बरब्रो कार्लेन भी बचपन से लेखन में प्रवीण थी। बरब्रो बताती है कि लिखना सीख लेना एक बहुत बड़ा उपहार है, क्योंकि जब वह अपने पिछली जीवन की यादों के बारे में किसी से बात नहीं कर सकती थी, तो एक बार लिखना सीख लेने के बाद वह अपनी लिखने की टैबलेट के साथ व्याख्यायित कर सकती थी। जब वह ग्यारह वर्ष की थी, तो एक दिन एक पारिवारिक मित्र ने उसकी रचनाएँ पढ़ीं और महसूस किया कि वह बहुत अच्छा गद्य लिखती है। बरब्रो से पूछा गया कि क्या उसके आकस्मिक लेखन को संकलित किया जा सकता है, जिसके लिए उसने सहमति दे दी, और बारह वर्ष की आयु में गद्य की उसकी पहली पुस्तक प्रकाशित हो गई। यह पुस्तक 'मैन ऑन अर्थ' स्वीडिश इतिहास में सबसे अधिक बिकने वाली गद्य/कविता की पुस्तक बन गई। बाद में टेलीविजन कार्यक्रमों में मिनिस्टरों के साथ धर्मशास्त्र पर बहस करते हुए बरब्रो को थोड़ी-बहुत प्रसिद्धि भी मिल गई।

किशोरावस्था बीतने के साथ उसके पिछले जीवन की यादें फीकी पड़नी शुरू हो गईं, जो बरब्रो के लिए राहत की बात थी, क्योंकि अब वह एक सामान्य जीवन जी सकती थी। लेकिन जीवन के चौथे दशक में आने के बाद फ्रैंक जीवनकाल की यादें फिर उभरने लगीं, जैसा कि उसकी पुस्तक में वर्णित है। बरब्रो ने अब तक कभी नहीं सोचा था कि वह एन फ्रैंक होने की अपनी यादों के बारे में लिखेगी, लेकिन जैसी कि बरब्रो ने एक बार एक साक्षात्कार में टिप्पणी की थी—"कभी नहीं, कभी न कहें।"

1996 में उनकी पुस्तक आने के बाद उन्होंने यूरोप में काफी ध्यान आकर्षित किया। कुछ साल बाद एक अंतर्ज्ञान के आधार पर उन्होंने कैलिफोर्निया जाने का फैसला किया, जहाँ मुझे उनसे मिलने का सौभाग्य प्राप्त हुआ। जब मेरे पास पहली बार 2000 में फोन कॉल आया, जिसमें मुझे इस महिला के बारे में बताया गया था, जो एन फ्रैंक का पुनर्जन्म होने का दावा करती थी, तो मैं संदिग्ध था। फिर भी मैंने उनसे मुलाकात की, और जब मैंने उनकी कहानी सुनी, तो मुझे विश्वास हो गया कि मैं वास्तव में एन फ्रैंक के पुनर्जन्म से मिला था।

अपनी पुस्तक 'एंड द वूल्व्स हाउल्ड' में बरब्रो इस बात का कभी उल्लेख नहीं करतीं कि वे एन फ्रैंक जैसी ही दिखती हैं, क्योंकि उनकी यादें ही उनके लिए सबसे ज्यादा सार्थक हैं। उससे मिलने पर मुझे एहसास हुआ कि बरब्रो का चेहरा एन के समान ही है, और इस पुस्तक में दी गई छवियाँ पहली बार बरब्रो कार्लेन और एन फ्रैंक के चेहरे की विशेषताओं की तुलना कर रही हैं।

चेहरे की विशेषताओं के अलावा बरब्रो और एन फ्रैंक के बीच व्यक्तित्व की कई और समानताएँ हैं। इनमें शामिल हैं—

आध्यात्मिकता और प्रकृति का प्यार

'एन फ्रैंक, रिफ्लेक्शंस ऑन हर लाइफ एंड लीगेसी' में लॉरेंस एल. लैंगर एन के बारे में निम्नलिखित लिखते हैं—"आध्यात्मिक अंतर्दृष्टि शायद ही एक तेरह या चौदह वर्ष की लड़की के होंठों से निकलती है। वास्तव में डायरी में कई नई प्रविष्टियाँ दिखाएँगी कि एन फ्रैंक अनिवार्य रूप से एक भौतिक जीव, प्रकृति की प्रेमी थी, जो अपनी ही कामुकता को लेकर कुतूहल में थी।"

ये लक्षण बरब्रो कार्लेन में दिखाई देते हैं, जो सोलह वर्ष की आयु में अपने घोड़े, दो कुत्तों, दो बिल्लियों, एक भेड़ और मुरगियों व चूजों के एक झुंड के साथ जंगल में एक कॉटेज में चली गई थी। उसके नए घर को उसकी पुस्तक की बिक्री ने वित्तपोषित किया था। बरब्रो को अपने घोड़े और घुड़सवारी से विशेष रूप से प्यार था, जो अंततः उसे घुड़सवार महिला पुलिसकर्मी के कॅरियर की ओर ले गया। वास्तव में बरब्रो ने 15 वर्षों से अधिक अवधि के लिए स्वीडिश राष्ट्रीय पुलिस प्राधिकरण में सेवाएँ दीं, जिससे साबित होता है कि वह एक आधारभूत और अत्यधिक जिम्मेदार व्यक्ति थीं।

बरब्रो की कामुकता कम आयु में विवाह और 18 वर्ष की आयु में गर्भावस्था से प्रमाणित होती है। वास्तव में एन की कई इच्छाएँ बरब्रो कार्लेन के जीवन में शुरुआती दौर में फलीभूत होती प्रतीत होती हैं।

बरब्रो की आध्यात्मिकता प्रकृति से जुड़ी हुई है। 'एंड द वूल्व्स हाउल्ड' में बरब्रो बचपन में रेतीले समुद्रतट पर पैरों के निशान देखते हुए भगवान् के साथ मुलाकात का वर्णन करती हैं। उस पल उन्होंने भगवान् को जो नाम दिया, वह था 'वंडरर' (घुमक्कड़)। बरब्रो एन की ही तरह छोटी उम्र में एक बूढ़ी आत्मा के जैसे गुण प्रदर्शित करती हैं।

प्राकृतिक साहित्यिक कौशल

प्रशिक्षण की कमी के बावजूद एन फ्रैंक को एक प्रतिभाशाली लेखिका के रूप में मान्यता मिली है। वास्तव में, एन फ्रैंक महाविनाश की सबसे प्रसिद्ध शिकार इसलिए नहीं बनी हैं, क्योंकि वे एकमात्र थीं, जिन्हें इतनी दुःखद मृत्यु मिली, बल्कि वे एक ऐसी डायरी लिखने की अपनी क्षमता के कारण महाविनाश की प्रतीक बन गई हैं, जिसने पाठकों के दिल और दिमाग पर कब्जा कर लिया है।

इसी प्रकार, बरब्रो कार्लेन भी बचपन की साहित्यिक प्रज्ञा थी। जैसा कि बताया गया था, उनकी पहली पुस्तक तब प्रकाशित हुई, जब वे 12 साल की थीं और यह पुस्तक स्वीडन में सबसे अधिक बिकने वाली सर्वकालीन गद्य पुस्तक बन गई। इसके बाद 12 से 17 वर्ष की आयु के बीच बरब्रो द्वारा लिखी नौ पुस्तकें प्रकाशित हुईं। यह ध्यान रखना दिलचस्प है कि एन फ्रैंक को हमेशा से एक प्रकाशित लेखक बनने की उम्मीद थी। 11 मई, 1944 को एन ने लिखा कि उनकी 'सबसे बड़ी इच्छा' एक पत्रकार बनने की थी, 'और बाद में, एक प्रसिद्ध लेखिका'। एक बार फिर प्रतीत होता है कि एन की इच्छाएँ बरब्रो के जीवन में जल्दी ही पूरी हो गई थीं।

फ्रैंक और कार्लेन के लेखन में एक ही तरह की थीम मिलती है। हालाँकि यह तर्क दिया जा सकता है कि यह समानता जानबूझकर पैदा की गई है, लेकिन बरब्रो कार्लेन का कहना है कि उन्होंने एन फ्रैंक के कार्यों का अध्ययन नहीं किया है। एन फ्रैंक नाजियों द्वारा यहूदियों के उत्पीड़न के कारण, व्यापक रूप से अच्छाई और बुराई के मुद्दों पर लिखती थीं। उनमें मानवीय गुणों को व्यक्त करने की प्रवृत्ति भी थी, जैसा कि नीचे दिए 'झूठ' से संबंधित उद्धरण में देखा गया है। एन की विरासत निराशाजनक परिस्थितियों में उम्मीद बनाए रखने की उनकी क्षमता पर आधारित है। उत्पीड़न और पीड़ा सहन करने के बावजूद एन फ्रैंक का सबसे मशहूर उद्धरण मनुष्य की मूल अच्छाई की पुष्टि करता है।

बरब्रो कार्लेन भी अपनी पुस्तक 'एंड द वूल्व्स हाउल्ड' में अच्छाई और बुराई के बारे में लिखती हैं, आंशिक रूप से फ्रैंक के जीवनकाल की यादों के कारण और

आंशिक रूप से इस जीवनकाल में अनुभव किए उत्पीड़न के कारण। आइए, हम फ्रैंक और कार्लेन द्वारा लिखे गए गद्य की तुलना करते हैं—

एन फ्रैंक—बुराई पर

"लोगों में बस नष्ट करने का आग्रह है, मारने का आग्रह है, हत्या करने का और क्रोध करने का आग्रह है।"

"मैं खुद डर जाती हूँ, जब मैं उन करीबी दोस्तों के बारे में सोचती हूँ, जो अब तक पृथ्वी पर आनेवाले सबसे क्रूर राक्षसों की दया पर हैं। और ये सब केवल इसलिए, क्योंकि हम यहूदी हैं।"

"कल शाम, मेरे सोने से पहले अचानक मेरी आँखों के सामने और कोई नहीं बल्कि झूठ आया! मैंने उसे अपने सामने देखा, फटे कपड़े पहने हुए···उसकी आँखें बहुत बड़ी थीं और वह मेरी ओर इतने दुःख और तिरस्कार के साथ देख रहा था कि मैं उसकी आँखों में पढ़ पा रही थी—ओह एन, तुमने मुझे अकेला क्यों छोड़ दिया है ? मदद करो, ओह मेरी मदद करो, मुझे इस नरक से बचा लो।"

बरब्रो कार्लेन—बुराई पर

"काश वह इस बारे में लिख पाती कि कितना महत्त्वपूर्ण, यहाँ तक कि आवश्यक है बुराई के सामने हार न मानना, भले ही सबकुछ कितना ही अँधेरा और मनहूस लगे। पृथ्वी पर बुराई मौजूद है और शायद हमेशा रहेगी। वह हमेशा अच्छाई पर जीत हासिल करने की कोशिश करेगी।"

एन फ्रैंक—अच्छाई पर

"हर चीज के बावजूद मैं अभी भी मानती हूँ कि लोग वास्तव में दिल के अच्छे होते हैं।"

बरब्रो कार्लेन—अच्छाई पर

"लेकिन ईश्वर में, और अपने अंदर के अच्छे बल में विश्वास करनेवाले जितने अधिक लोग होते, बुराई को नियंत्रण में रखने की संभावना उतनी अधिक होती। यदि वे अच्छाई में विश्वास कर पाते, और अंदरूनी शक्ति की उपस्थिति में विश्वास कर पाते, तो कई दुःखी लोग अँधेरे से लड़कर अपना रास्ता खोजने में सक्षम हो जाते।"

"धरती पर अधिकतर लोग इस बात से अवगत नहीं थे कि वे अपने अंदर अच्छाई की शक्ति को ढूँढ़ सकते हैं और यदि वे उसे ढूँढ़ लेते हैं, तो वह उनकी सहायता कर सकती है।"

निष्कर्ष

एन फ्रैंक बुराई और उत्पीड़न के सामने भलाई में विश्वास करती थीं। बरब्रो कार्लेन के व्यक्तित्व में हम एक अधिक समझदार के रूप में एन की आवाज सुनते हैं। बरब्रो को बर्गन-बेल्सन एकाग्रता शिविर में एन की मौत को एकीकृत करना पड़ा है। अगर हम एन के पुनर्जन्म के रूप में बरब्रो को स्वीकार करते हैं, तो एन एक जबरदस्त संदेश है कि बुराई आत्मा को नहीं मार सकती और आत्मा का कोई विशेष धार्मिक, जातीय या नस्लीय संबंध नहीं होता।

इस जीवनकाल में बरब्रो को एक ईसाई के रूप में बड़ा किया गया था, जबकि एन को एक यहूदी के रूप में सताया गया था। सोचिए कि अगर द्वितीय विश्वयुद्ध के समय यह ज्ञात होता कि एक व्यक्ति एक जीवनकाल में यहूदी और दूसरे में ईसाई के रूप में जन्म ले सकता है, तो संभव है महाविनाश कभी नहीं हुआ होता। जो लोग बरब्रो की कहानी पर इसलिए आक्षेप कर सकते हैं, क्योंकि उन्हें लगता है कि यह महाविनाश की भयावहता को कम कर सकती है, एक अधिक महत्त्वपूर्ण बिंदु को वे भूल जाते हैं कि 'आत्मा नहीं मरती और ईश्वर की कृपा से, वह आत्मा, जिसे इतना प्यार किया जाता है और याद किया जाता है, पृथ्वी पर फिर से आ जाती है। हमें इस महिमा को खारिज नहीं करना चाहिए।'

इसके अलावा, यह जान लेना कि एन फ्रैंक ने एक अलग धर्म, राष्ट्रीयता और जाति में पुनर्जन्म लिया है, भविष्य में महाविनाश को आने से रोकने में मदद कर सकता है।

मैं एन फ्रैंक की डायरी से एक अंतिम उद्धरण उद्धृत करता हूँ, जो यहूदी विश्वास और लोगों की दृढता के संदर्भ में है। इसमें पुनर्जन्म के बारे में एक काव्यात्मक सच्चाई का पुट है, जिसे लाना शायद एन का इरादा नहीं था, फिर भी यह बहुत खूबसूरत है।

"यह हमारे ऊपर किसने थोपा है ? किसने हम यहूदियों को अन्य सभी लोगों से अलग बनाया है ? किसने हमें अब तक इतनी बुरी तरह पीड़ित होने की इजाजत दी है ? वह ईश्वर है, जिसने हमें बनाया है, जो हम हैं; लेकिन वह भी ईश्वर ही होगा, जो हमें फिर से ऊपर उठाएगा।"

पुनर्जन्म के मुख्य बिंदु और सिद्धांत

शारीरिक समानता : एन फ्रैंक और बरब्रो के चेहरे की विशेषताएँ लगातार समान बनी रही हैं, जैसा कि इस अध्याय के अंत में छवि तुलना में दिखाया गया है।

पूर्व जन्म की प्रतिभा : बरब्रो कार्लेन बचपन से एक विलक्षण लेखिका थी, जैसी कि एन थी।

पिछले जीवनकाल से प्राप्त एक डर : बरब्रो को पुलिस की वरदी पहने लोगों का एक तर्कहीन डर था, जो एन के नाजी सैनिकों और एकाग्रता शिविर के गार्डों के साथ हुए अनुभवों से उपजा प्रतीत होता है। बरब्रो ने पुलिस ऑफिसर बनने का फैसला कुछ तो इस डर पर काबू पाने के लिए और कुछ माउंटेड पुलिस विभाग में घोड़ों के साथ काम करने के लिए। बरब्रो को शावर भी पसंद नहीं थे, क्योंकि उनका प्रयोग नाजियों द्वारा पानी के बजाय जहरीली गैस भर कर लोगों को खत्म करने के लिए किया जाता था।

बचपन में बरब्रो बीन्स भी नहीं खाना चाहती थी, जिस पर फ्रैंक परिवार लगभग दो वर्ष तक जीवित रहा था।

भौगोलिक स्मृति : दस वर्ष की आयु में एम्स्टर्डम की अपनी पहली यात्रा पर बरब्रो अपने माता-पिता को बहुत सहजता से, बिना किसी निर्देश के, होटल से एन फ्रैंक हाउस ले गई थी।

धर्म, राष्ट्रीयता और जातीय संबद्धता में परिवर्तन : एन फ्रैंक का जन्म जर्मनी में हुआ था, जहाँ महाविनाश के दौरान उसे यहूदी के रूप में सताया गया था। बरब्रो का जन्म स्वीडन में एक ईसाई परिवार में हुआ था। जैसा कि पहले उल्लेख किया गया है, अगर द्वितीय विश्वयुद्ध के दौरान नाजियों को पता होता कि एक व्यक्ति एक जीवनकाल में यहूदी और दूसरे में ईसाई पैदा हो सकता है, तो शायद महाविनाश कभी नहीं होता। इसी प्रकार, जब मुसलिम पेलेस्तीनियन समझ जाएँगे कि वे इजराइली यहूदियों के रूप में पुनर्जन्म ले सकते हैं, जब सुन्नी जान जाएँगे कि उनका पुनर्जन्म शिया के रूप में हो सकता है, ईसाई समझ जाएँगे कि वे इसलामी संस्कृति में पुनर्जन्म ले सकते हैं, या इसके विपरीत भी, तो इन सांस्कृतिक मतभेदों के आधार पर होनेवाला संघर्ष कम हो जाएगा। बरब्रो कार्लेन का मामला नाटकीय रूप से दरशाता है कि कैसे पुनर्जन्म पर शोध और पुनर्जन्म के सबूत दुनिया को एक सकारात्मक तरीके से बदल सकते हैं।

वर्षगाँठ घटना : बरब्रो के प्रकाशक, थॉमस मेयर ने नोट किया कि बरब्रो की पुस्तक पहली बार बेसल, स्विट्जरलैंड उनके घर के आधार और उसी शहर में मुद्रित की गई थी, जहाँ एन फ्रैंक के पिता, ऑटो फ्रैंक उनकी मृत्यु तक रहे और जहाँ उन्होंने अपनी बेटी की डायरी में लिखे संदेश फैलाने के लिए काम किया। इसके अलावा बेसल ही

वह जगह है, जहाँ एन की डायरी के अंतरराष्ट्रीय अधिकारों को प्रशासित किया गया है। आगे यही वह शहर है, जहाँ बरब्रो एन फ्रैंक के अंतिम जीवित रिश्तेदार, बडी एलियास से मिली थी, जो एन को व्यक्तिगत रूप से जानते थे। उनकी मुलाकात के बाद बडी और बरब्रो आजीवन दोस्त बन गए।

पुनर्जन्म के माध्यम से रिश्तों का नवीनीकरण : एन फ्रैंक/बरब्रो कार्लेन का एन के चचेरे भाई बडी एलियास से पुनर्मिलन हो गया, एन और बडी बचपन में एक साथ खेला करते थे। जब ओटो फ्रैंक को एक एकाग्रता शिविर से रिहा किया गया, तो वे बेसल, स्विट्जरलैंड में बडी के साथ रहने आ गए। जब ओटो फ्रैंक की मृत्यु हो गई, तब बडी एन फ्रैंक फाउंडेशन के अध्यक्ष बन गए।

बरब्रो कार्लेन के वीडियो

कृपया ध्यान दें कि अपनी कहानी सुनाते हुए बरब्रो के वीडियो www.ReincarnationResearch वेबसाइट पर उपलब्ध हैं। इस वीडियो में बरब्रो एन फ्रैंक फाउंडेशन के अध्यक्ष बडी एलियास के साथ अपनी भावनात्मक मुलाकात का वर्णन करती हैं। वायरल वीडियो 'एविडेंस ऑफ रीइन्कार्नेशन' में भी बरब्रो को दिखाया गया है।

अन्य महाविनाश पुनर्जन्म मामले

इयान स्टीवेंसन ने महाविनाश पीड़ितों से जुड़े पुनर्जन्म के मामलों को भी प्रकाशित किया है। एक मामले में एक फिनिश लड़का, ट्यूवो कोविस्टो शामिल है और एक अन्य में डेविड लेवेलिन नामक एक अंग्रेजी लड़का। दोनों मामलों में, उन्हें बचपन में सहज रूप से नाजी एकाग्रता शिविरों में स्थितियों की पिछले जीवन की यादें आती थीं, जो ऐतिहासिक रूप से सटीक थीं। इसके अलावा, उनके माता-पिता ने प्रमाणित किया कि लड़कों ने सामान्य साधनों से एकाग्रता शिविरों के बारे में नहीं जाना था।

ट्यूवो और डेविड दोनों ईसाई परिवारों में बड़े हुए थे। यदि उनके पुनर्जन्म के मामलों को स्वीकार किया जाता है और यदि हम मानते हैं कि वे नाजी एकाग्रता शिविरों में थे, क्योंकि वे यहूदी थे, तो एक बार फिर इन मामलों से पता चलता है कि धर्म, राष्ट्रीयता और जातीय संबद्धता एक जीवनकाल से दूसरे जीवनकाल में बदल सकती है।

स्टीवेंसन ने कार्ल एडन नाम के एक युवा ब्रिटिश लड़के का भी एक मामला प्रकाशित किया, जिसे नाजी बॉम्बर पायलट के रूप में अपना पिछला जीवनकाल याद था, फिर से यह दिखाते हुए कि एक व्यक्ति अपने पिछले जीवन के दुश्मन की

संस्कृति में पुनर्जन्म ले सकता है। कोविस्टो, लेवेलीन और एडन के मामले www.ReincarnationResearch.com पर दिए गए हैं।

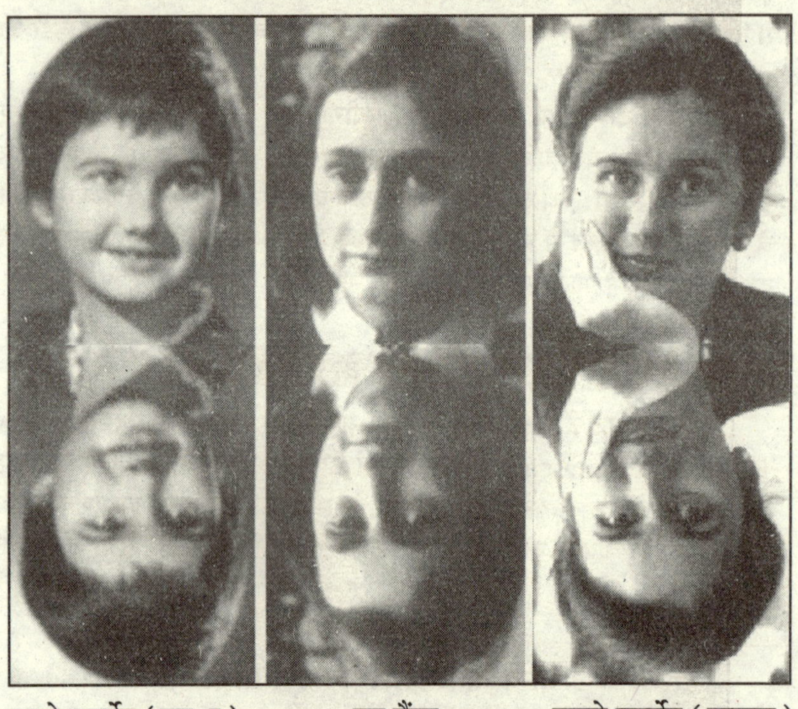

बरब्रो कार्लेन (उम्र-7)   एन फ्रैंक   बरब्रो कार्लेन (वयस्क)

एन फ्रैंक की छवि : कॉपीराइट एनी फ्रैंक, फौंड्स बेसल सीएच/ एन फ्रैंक स्टिचिंग एम्स्टर्डम एनएल

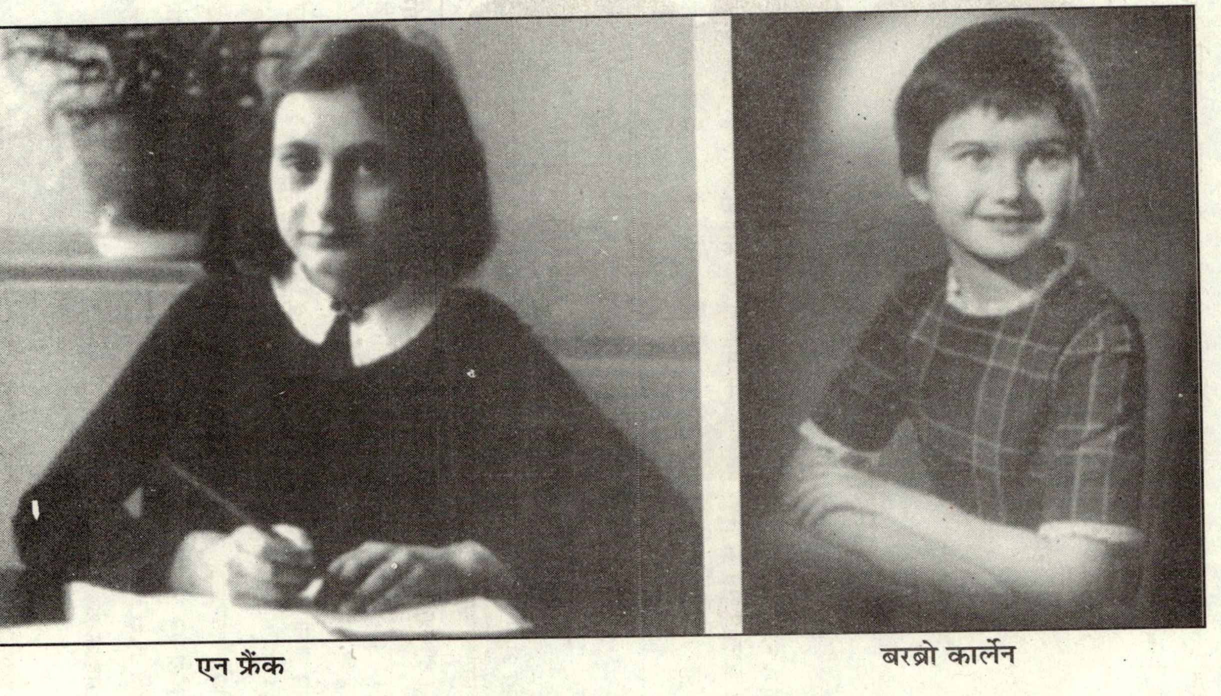

एन फ्रैंक बरब्रो कार्लेन

एक जैसे हावभाव पर ध्यान दें।

एन फ्रैंक की छवि : कॉपीराइट एनी फ्रैंक, फौंड्स बेसल सीएच/एन फ्रैंक स्टिचिंग एमस्टर्डम एनएल

6

पुनर्जन्म में बदले धर्म

एन फ्रैंक/बरब्रो कार्लेन के मामलों में यहूदी और ईसाई धर्म शामिल हैं। आइए, अब हम इसलाम धर्म से जुड़े तीन पुनर्जन्म मामलों की समीक्षा करते हैं, जिन्हें सावंत पसरीचा, पी-एच.डी. ने इयान स्टीवेंसन, एम.डी. के सहयोग से शोध करके प्रकाशित किया।

मुशीर अली/नरेश कुमार का पुनर्जन्म मामला

मुशीर अली भारत के राज्य उत्तर प्रदेश के लखनऊ जिले के एक स्थान काकोरी में अपने परिवार के साथ रहते थे। उनका परिवार सुन्नी मुसलिम था और उसके पिता हैदर अली बहुत धार्मिक थे। उन्होंने खुद को दूसरों के लिए प्रार्थना करने को समर्पित कर दिया था और दान या भिक्षा पर जीवित रहते थे। परिवार उर्दू भाषा बोलता था, जो उस क्षेत्र के मुसलिम लोगों के बीच बोल-चाल की आम भाषा है।

मुशीर अली परिवार के लिए कमाने वाले प्रमुख सदस्य थे, जो उस क्षेत्र के बाजारों में सब्जियाँ और फल बेचते थे। 30 जून, 1980 को सुबह-सुबह मुशीर एक किराए की घोड़ागाड़ी में लखनऊ के बाजार में आम ले जा रहे थे। काकोरी से लगभग दो किमी. दूर घोड़ागाड़ी की एक ट्रैक्टर से भिड़ंत हो गई। मुशीर के शरीर के दाहिने ओर की पसलियाँ टूट गईं और गंभीर चोटों के कारण फौरन ही उनकी मौत हो गई। जब उनकी मृत्यु हुई तो वे 25 वर्ष के थे।

मुशीर अली का पुनर्जन्म एक हिंदू परिवार में होता है, लेकिन वह मुसलमानों की तरह प्रार्थना करता है

नरेश कुमार का जन्म फरवरी 1981 में मुशीर अली की मृत्यु के एक वर्ष से कम

समय बाद बज्बागर गाँव में हुआ था, जो लखनऊ जिले में ही आता है। उसके पिता का नाम गुरुप्रसाद था और माँ का बिश्वना। परिवार निम्न-मध्यमवर्गीय हिंदू था। नरेश एक जन्म-चिह्न के साथ पैदा हुआ था। उसकी छाती के बीच में, थोड़ा दाहिनी ओर एक हल्का दबा हुआ हिस्सा था।

एक वर्ष की आयु में उसने बोलना शुरू किया। नरेश ने जो शब्द कहे, वे थे काकोरी—वह शहर जहाँ मुशीर अली रहता था, और खड़खड़ा—जिसका अर्थ घोड़ागाड़ी है। जब वह दो वर्ष का हुआ, तो नरेश ने एक हिंदू लड़के से इतर असामान्य व्यवहार किया और घुटने के बल बैठकर नमाज पढ़ने लगा, जो मुसलमानों के प्रार्थना करने का तरीका है। नरेश ऐसा अकेले में करता था, और अगर उसे लगता कि कोई उसे देख रहा है, तो वह रुक जाता था।

पिछले जन्म का व्यवहार और क्सेनोग्लॉसी

खेल-खेल में नरेश घोड़ागाड़ी चलाने का नाटक करता था। वह रस्सी को एक पलंग से बाँध लेता, जो गाड़ी का काम करती थी, और फिर ऐसी आवाजें निकालता, जैसे घोड़ों को आगे बढ़ने के लिए निर्देश दे रहा हो।

इसके अलावा, नरेश को उर्दू के कुछ शब्द बोलते भी सुना गया। वह भाषा, जो उसका परिवार नहीं बोलता था। ऐसे में यह क्सेनोग्लॉसी का मामला बनता है, जिसमें व्यक्ति एक पूर्व जीवन की भाषा बोल सकता है, जो उसने वर्तमान जीवन में नहीं सीखी है।

नरेश अपने पिछले जीवन की यादें साझा करता है और अपने पूर्व जन्म के पिता को पहचान लेता है

जब वह 4 वर्ष का था, तो नरेश ने अपने पूर्व जन्म के बारे में विस्तार से बात की, और बताया कि वह अपनी घोड़ागाड़ी में आम ले जा रहा था, जब उसकी एक वाहन से टक्कर हो गई और वह मर गया। उसने आगे बताया कि वह एक मुसलमान था, जो काकोरी में रहता था। नरेश अपने पूर्व जीवनकाल के बारे में बात करने के लिए उत्सुक रहता था और जब भी गाँव वाले उससे उस बारे में पूछते, वह उन्हें बताने लगता था।

मुशीर अली के पिता हैदर अली, ग्रामीणों के लिए प्रार्थना करने और दान या भिक्षा एकत्र करने के लिए हर गुरुवार को बज्बागर आते थे। जब नरेश ने चलना सीख लिया, तो वह हैदर अली के पीछे-पीछे पूरे गाँव में घूमने लगा, यह दावा करते हुए कि वे उसके पिता हैं। नरेश हैदर अली को 'अब्बा' भी कहता था, जिसका अर्थ अरबी या

उर्दू में पिता होता है, लेकिन हिंदी में नहीं। नरेश ने हैदर अली से कहा कि वह उनके साथ घर जाना चाहता है।

नरेश का हिंदू परिवार मुसलिम हैदर अली से सहायता के लिए कहता है

नरेश अपने परिवार पर उसे काकोरी ले चलने के लिए जोर डालता रहा। नरेश की माँ बिश्वना ने हैदर अली से मदद माँगने का फैसला किया, क्योंकि वे काकोरी के थे। हैदर इस मामले में नहीं पड़ना चाहते थे, इसलिए उन्होंने बिश्वना को सलाह दी कि वह नरेश को एक मुसलिम संत की मजार पर ले जाए, ताकि लड़का अपने पिछले जीवन के बारे में बात करना बंद कर दे।

परिवार ने ऐसा ही किया। लेकिन इसका कोई प्रभाव नहीं पड़ा, क्योंकि नरेश ने अपने पिछले जीवनकाल के बारे में उत्साह से बात करना जारी रखा। नरेश अपने पिछले घर में जाने की जिद पर अड़ा रहा, और एक बार, 4 वर्ष की आयु में, उसने वहाँ जाने के लिए सड़क पर अकेले चलना भी शुरू कर दिया।

डॉ. पसरीचा ने अनुमान लगाया कि इस समय तक शायद हैदर अली जान चुके थे कि नरेश उनका पुत्र मुशीर अली होने का दावा कर रहा है, लेकिन अपने मुसलिम समुदाय द्वारा आलोचना की चिंता से कुछ कहने से डर रहे थे, जिसका पुनर्जन्म में विश्वास नहीं है।

नरेश को उसका पिछले जीवन का घर मिल जाता है और वह पिछले जीवन के संबंधियों और दोस्तों की पहचान करता है

आखिरकार नरेश के पिता गुरुप्रसाद ने उसे काकोरी ले जाने का फैसला किया। उनके साथ उनके कुछ दोस्त थे। काकोरी पहुँचने पर नरेश सबको सीधे हैदर अली के घर ले गया, जहाँ मुशीर अली रहता था। घर के अंदर उसने मुशीर की टोपी और उसके सूटकेस के सामान सहित उसकी कई चीजों की पहचान की।

नरेश ने मुशीर के परिवार के सदस्यों, रिश्तेदारों और दोस्तों को पहचानकर उनके नाम बताए। उसने अली के परिवार को सटीक रूप से एक बैंक खाते के बारे में भी बताया, जो मुशीर की मृत्यु के समय परिवार के पास था। इसके अलावा नरेश ने उस व्यक्ति के नाम का जिक्र किया, जिसे मुशीर को पैसे देने थे, जिसकी परिवार ने पुष्टि की। अली के परिवार ने यह भी बताया कि मुशीर की मौत के बाद उस व्यक्ति ने पैसों का भुगतान कर दिया था।

पुनर्जन्म, पिछले जीवनकाल और जन्म-दोष

नरेश द्वारा की गई सटीक पहचान और बयान के आधार पर हैदर अली समेत पूरे अली परिवार ने नरेश को मुशीर अली के पुनर्जन्म के रूप में स्वीकार कर लिया। पूर्व-निरीक्षण में डॉ. पसरीचा ने अनुमान लगाया कि छाती की दाईं ओर जिस जन्म-दोष के साथ नरेश का जन्म हुआ था, वह उस आघात और पसलियों के फ्रैक्चर को परिलक्षित करता है, जो मुशीर अली को उस ट्रैक्टर दुर्घटना के दौरान हुआ था, जिसने उसकी जान ले ली।

पुनर्जन्म के मुख्य बिंदु और सिद्धांत

धर्म में परिवर्तन : मुशीर अली मुसलिम था, लेकिन उसका पुनर्जन्म एक हिंदू परिवार में हुआ।

पिछले जीवन की प्रतिभा और व्यवहार : एक बच्चे के रूप में नरेश ऐसा अभिनय करता था, जैसे वह घोड़ागाड़ी चला रहा हो। इसके अलावा वह मुसलिम शैली में प्रार्थना करता था।

भौगोलिक स्मृति : काकोरी लाए जाने पर नरेश अपने पिता और साथ आए लोगों को सीधे अपने पिछले जीवन के घर और हैदर अली के परिवार तक ले जाने में सफल रहा।

क्सेनोग्लॉसी : नरेश को उर्दू बोलते हुए सुना गया था, वह भाषा जो मुसलिम समुदाय द्वारा बोली जाती थी, लेकिन नरेश के परिवार में नहीं बोली जाती थी। इस प्रकार यह क्सेनोग्लॉसी के मामले का प्रतिनिधित्व करता है, जहाँ पिछले जीवनकाल से एक भाषा आगे के जीवनकाल में बरकरार रहती है।

पुनर्जन्म और जन्म-दोष : नरेश की छाती की दाहिनी ओर एक दबा हुआ हिस्सा था, जो उन पसलियों की चोट को प्रतिबिंबित करता था, जो ट्रैक्टर से हुई टक्कर के दौरान टूटी थीं, जब वह आघात से मारा गया था।

पुनर्जन्म के माध्यम से नवीनीकृत रिश्ते : नरेश का उसके पिछले जीवन के परिवार हैदर अली के परिवार से पुनर्मिलन हुआ, जिन्होंने उसे अपने मृत बेटे मुशीर अली के पुनर्जन्म के रूप में स्वीकार कर लिया।

हरदेवबख्श सिंह/नसरुद्दीन शाह का मामला

हरदेवबख्श सिंह उत्तर भारत के जिला शाहजहाँपुर के एक स्थान फरगना में रहते थे। वे हिंदू थे और ठाकुर जाति से थे, जो भारत की ऊँची जातियों या वर्गों में से एक

है। हरदेवबख्श एक जमींदार थे और मवेशी पालते थे। उनके चचेरे भाई के पास एक हाथी था।

जब वे लगभग 70 वर्ष के थे, तब एक लड़ाई छिड़ गई, जब उनके दूर के रिश्ते के भाइयों ने आरोप लगाया कि हरदेवबख्श के मवेशी उनके खेतों में घुस गए थे। विश्वासघात करते हुए हरदेवबख्श का एक बेटा इस विवाद में उनके भाइयों से मिल गया। सबने मिलकर हरदेवबख्श पर हमला किया और उन्हें मार डाला। उनकी मृत्यु 21 मार्च, 1961 को हुई।

हरदेवबख्श, एक हिंदू का पुनर्जन्म एक मुसलिम के रूप में होता है

नसरुद्दीन शाह का जन्म लगभग एक वर्ष बाद अप्रैल 1962 में अल्लाहगंज में एक गरीब सुन्नी मुसलिम परिवार में हुआ, जो फरगना से लगभग 10 किमी या 6 मील की दूरी पर है। दो वर्ष की आयु में नसरुद्दीन ने अपने पूर्व जन्म के बारे में बात करना शुरू किया, जिसमें वह ठाकुर था। उसने कहा कि वह एक लड़ाई में मारा गया था और हत्यारों में उसका एक बेटा भी शामिल था। एक दिन अल्लाहगंज में एक हाथी आया, जिसका सवार फरगना से था। नसरुद्दीन ने दावा किया कि वह हाथी उसका है। नसरुद्दीन की कहानी कि वह अपने खुद के बेटे द्वारा एक लड़ाई में मारा गया था, और उसका दावा कि हाथी उसका है, इस तरह इस सवार के माध्यम से फरगना में उनके समुदाय तक यह बात पहुँच गई। हरदेवबख्श की विधवा ने नसरुद्दीन के वक्तव्यों के बारे में सुना और वह अपने एक बेटे के साथ नसरुद्दीन से मिलने चली आई।

नसरुद्दीन अपनी पूर्व जन्म की पत्नी और पूर्व जन्म के बेटे को पहचान लेता है

उनके अल्लाहगंज पहुँचने पर नसरुद्दीन ने सहजता से आगंतुकों को अपनी पूर्व जन्म की पत्नी और बेटे के रूप में पहचान लिया।

पिछले जीवन का व्यवहार : एक मुसलमान नसरुद्दीन में एक हिंदू मानसिकता है।

इन पहचानों को बनाने के अलावा नसरुद्दीन ने हिंदू ठाकुर जाति के एक सदस्य कई व्यवहारों का प्रदर्शन किया, जो एक गरीब मुसलिम परिवार में पैदा हुए लड़के के लिए बहुत असामान्य था। इनमें शामिल था—

- गोमांस खाने के लिए, कम उम्र से मना कर देना।
- किसी की जूठी प्लेट में से खाने के लिए इनकार कर देना।

- किसी और के गिलास से पानी पीने से मना कर देना।
- गरमी लाने और खाना पकाने के लिए ईंधन के रूप में इस्तेमाल होनेवाला गाय का गोबर इकट्ठा करने से इनकार कर देना।

नसरुद्दीन के परिवार ने नोट किया कि यह ठाकुर व्यवहार, जिसे वे 'दंभ' के रूप में देखते थे, उसके 13-14 वर्ष के होने तक चला। इसके अलावा वह अपने पिता के साथ मसजिद जाने से इनकार कर देता था, नमाज पढ़ने से मना कर देता था और रमजान के रोजों में भी परिवार के साथ शामिल नहीं होता था। यहाँ तक कि नसरुद्दीन इन मुसलिम रीति-रिवाजों का पालन करने के लिए, जैसे रमजान के महीने में उपवास रखना, अपने परिवार का मजाक भी उड़ाता था।

पिछले जीवन के जन्म-चिह्न

देखा गया था कि नसरुद्दीन के शरीर पर जन्म-चिह्न थे, जो हरदेवबख्श सिंह के शरीर पर लगी चोटों से मेल खाते थे।

पुनर्जन्म के मुख्य बिंदु और सिद्धांत

धर्म और जाति में परिवर्तन : हरदेवबख्श हिंदू थे, लेकिन उनका पुनर्जन्म नसरुद्दीन के रूप में एक मुसलिम परिवार में हुआ था। नसरुद्दीन अभी भी हिंदू धर्म और ठाकुर के रूप में पिछले जन्म की जाति के साथ अपनी पहचान बनाए रखता था और मुसलिम रीति-रिवाजों का पालन करने पर अपने परिवार की आलोचना करता था।

पिछले जीवन के जन्म-चिह्न : इयान स्टीवेंसन, एम.डी. ने विस्तार से लिखा है कि कैसे पिछले जन्म के घाव, जैसे गोली या चाकू के निशान, आगे के जन्म में उन्हीं स्थानों पर जन्म-चिह्नों के रूप में बने रह सकते हैं। देखा गया था कि नसरुद्दीन के शरीर पर जन्म-चिह्न थे, जो हरदेवबख्श सिंह को घातक पिटाई से लगे घावों से मेल खाते थे।

उमा देवी/नगीना का पुनर्जन्म मामला

उमा देवी एक स्कूल अध्यापिका थीं, जो भारत के राज्य उत्तर प्रदेश के फर्रुखाबाद जिले में रहती थीं। उनका पति एक व्यापारी था, जो मोहम्मदाबाद में किताबें और स्टेशनरी बेचता था। यह जोड़ा हिंदू था और इनके चार बच्चे थे—दो लड़के और दो लड़कियाँ।

दुर्भाग्य से, उमा देवी और इनके पति का वैवाहिक जीवन सुखी नहीं था। 19 मई, 1987 को पति-पत्नी में गंभीर झगड़ा हुआ, जिसकी प्रतिक्रिया में उमा देवी ने अपने ऊपर

केरोसिन डाल लिया और खुद को आग लगा ली, जिससे उनकी मौत हो गई। जब उनकी मृत्यु हुई, तब वे 47 वर्ष की थीं।

हिंदू उमा देवी का पुनर्जन्म एक सुन्नी मुसलिम परिवार में होता है

अक्तूबर 1990 में उमा देवी की मृत्यु के लगभग साढ़े तीन वर्ष बाद नगीना नाम की लड़की का एक सुन्नी मुसलिम परिवार में जन्म हुआ, जो पुनर्जन्म में विश्वास नहीं करता था। यह परिवार भी फर्रुखाबाद जिले में रहता था, और इनका घर उमा देवी के घर से ज्यादा दूर नहीं था। नगीना के पिता अमरुद्दीन जीविकोपार्जन के लिए ताँगा चलाते थे।

पिछले जन्म का व्यवहार : नगीना आत्महत्या करने का अभिनय करती

जब नगीना एक वर्ष से कुछ अधिक आयु की थी, और उसने बोलना नहीं सीखा था, अमरुद्दीन की एक चाची परिवार से मिलने आईं। चाची ने बालों में लगाने के लिए थोड़ा सरसों का तेल माँगा। तब नगीना केरोसिन की बोतल ले आई। चाची ने आश्चर्य से पूछा कि वह केरोसिन का क्या करेगी? नगीना ने पहले केरोसिन की बोतल सिर पर उड़ेलने का इशारा किया, और फिर माचिस की तीली जलाकर खुद को आग लगाने का अभिनय किया। तीली जलाने और जली हुई तीली को अपने सिर तक लाने के इशारे, एक दोहराव वाला व्यवहार बन गए।

पिछले जन्म की यादें : नगीना बताती है कि वह उमा थी, जिसने आत्मत्या की थी

जब नगीना 3 वर्ष की हुई और बोलने लगी, तो उसने बताया कि पूर्व जन्म में वह उमा नाम की एक स्कूल अध्यापिका थी और उसकी दो बेटियाँ तथा दो बेटे थे। नगीना ने बताया कि पति के साथ एक बहस के बाद उसने अपने शरीर पर केरोसिन डालकर आग लगा ली थी।

जैसा कि बताया गया है, नगीना के मुसलिम पिता और उनका परिवार पुनर्जन्म में विश्वास नहीं करते थे। उन्होंने नगीना के सिर पर मार-मारकर उसके पिछले जीवन की यादों को दबाने की कोशिश की। यह उपाय असफल रहा, क्योंकि नगीना का पूर्व जन्म की बातें करना जारी रहा।

नगीना परिवार के रहस्यों को जानती है और अपने पिछले जीवन के पति की मौत का शोक मनाती है

जब उमा देवी के दोनों बेटों ने नगीना के पूर्व अवतार के दावों के बारे में सुना, जिसमें उन्होंने खुद को आग लगा ली थी, तो वे उससे मिलने आए। नगीना ने उनके साथ उमा के जीवन की वे बातें साझा कीं, जो परिवार के बाहर कोई नहीं जानता था। इस गवाही के आधार पर उमा देवी के बड़े बेटे को विश्वास हो गया कि नगीना उनकी माँ का पुनर्जन्म है। छोटे बेटे को समझ में नहीं आया कि इस स्थिति में क्या करे।

दोनों परिवारों ने संपर्क बनाए रखा। अप्रैल 1996 में, जब नगीना साढ़े पाँच वर्ष की थी, उमा देवी के पति की मृत्यु हो गई। उमा और उसके पति के बीच तमाम संघर्षों के बावजूद नगीना अपने पिछले जीवन के पति की मौत से बहुत परेशान थी।

पिछले जीवन के जन्म-चिह्न

डॉ. पसरीचा ने नोट किया कि नगीना के अपने ठोड़ी और पेट के निचले हिस्से पर अतिरंजित या काले रंग के जन्म-चिह्न थे, जो उमा देवी के जलने के निशानों से संबंधित हो सकते थे।

नगीना के पिछले जीवन की कहानी की वैधता

मामले की विश्वसनीयता पर टिप्पणी करते हुए डॉ. पसरीचा ने ध्यान दिया कि नगीना के परिवार के लिए पुनर्जन्म का मामला बनाना, जो उनके धर्म के खिलाफ जाता था, लगभग असंभव था। खासतौर पर ऐसा, जिसमें आत्महत्या शामिल थी। यद्यपि शिया मुसलिम पुनर्जन्म के विचार के प्रति खुले हैं। सुन्नी मुसलिम इसलाम की वह शाखा, जिससे नगीना का पारिवारिक संबंध था, पुनर्जन्म को स्वीकार नहीं करते हैं। याद करें कि नगीना के परिवार ने उसे शारीरिक सजा देकर पिछले जीवनकाल की उसकी यादों को दबाने की कोशिश की थी।

डॉ. पसरीचा ने यह टिप्पणी भी की कि यह असंभव था कि एक वर्ष की नगीना उमा देवी की मृत्यु के बारे में जानती थी और यह तो और भी असंभव था कि एक परिवार एक बच्चे को आत्महत्या का अभिनय करना सिखाए।

मुख्य बिंदु और पुनर्जन्म के सिद्धांत

धर्म में परिवर्तन : उमा देवी हिंदू थीं, लेकिन उनका पुनर्जन्म एक सुन्नी मुसलमान

परिवार में हुआ, जो पुनर्जन्म में विश्वास नहीं करता था।

पूर्व जीवन के जन्म चिह्न या निशान : नगीना की ठुड्डी और पेट के निचले हिस्से पर अतिरंजित या काले रंग के जन्म चिह्न थे, जो डॉ. पसरीचा के अनुसार उमा देवी के जलने के निशानों से संबंधित हो सकते थे।

पुनर्जन्म के माध्यम से रिश्तों का नवीनीकरण : उमा देवी ने अपने पिछले जीवन के घर के निकट पुनर्जन्म प्राप्त किया, जिससे वे अपने पिछले जीवन के परिवार के साथ फिर से मिल पाईं। यद्यपि उमा देवी ने अपने पति के साथ बहस के बाद आत्महत्या की, फिर भी नगीना ने अपने पिछले जीवन के पति की मृत्यु पर दुःख व्यक्त किया था।

पुनर्जन्म और आत्महत्या : उमा देवी ने आत्महत्या की थी, लेकिन उनकी मृत्यु के 3 वर्ष बाद उनका पुनर्जन्म हुआ, जो यह दरशाता है कि आत्महत्या आत्मा के विकास को समाप्त नहीं करती है। संभवतः उमा देवी ने उस दर्द से कर्म उत्पन्न किया, जो उन्होंने दूसरों को दिया था, जिसे उन्हें समय आने पर खुद भी अनुभव करना पड़ सकता है। इसके अलावा, नगीना को उमा देवी के समान परिस्थितियों का सामना करना पड़ सकता है, लेकिन उसे अधिक उत्पादक तरीकों से प्रतिक्रिया करने की आवश्यकता होगी।

हेलमुट कोहलर/रुप्रेक्ट शुल्ज का एक व्यापक रूप से शोध किया गया, आत्महत्या का मामला आगे के अध्याय में प्रस्तुत किया गया है।

□

7

रॉबर्ट स्नो का मामला

रॉबर्ट स्नो इंडियानापोलिस पुलिस विभाग के एक सेवानिवृत्त कप्तान हैं, जो अपने कॅरियर के दौरान होमिसाइड और रॉबरी विभाग के साथ-साथ संगठित अपराध विभाग के भी प्रभारी थे। वे पुलिस कार्य के क्षेत्र में एक शानदार प्रकाशित लेखक हैं और उन्होंने स्वैट (SWAT) टीमों, जाँच के तरीकों और कई अन्य विषयों पर पुस्तकें लिखी हैं। इसके अलावा कैप्टन स्नो ने 'पोर्ट्रेट ऑफ अ पास्ट लाइफ स्केप्टिक : द ट्रू स्टोरी ऑफ ए पुलिस डिटेक्टटिव्स रीइन्कार्नेशन' नाम की एक पुस्तक भी लिखी है, जिसका पूर्व शीर्षक था 'लुकिंग फॉर कैरोल बेकविथ' और जो उनके पुनर्जन्म मामले को विस्तार से दस्तावेज करती है। इस अध्याय में मैं उसका एक सारांश प्रदान करूँगा।

कहानी एक पार्टी में शुरू होती है, जहाँ एक पुलिस मनोवैज्ञानिक, जो पिछले जीवन में यात्रा (प्रतिगमन) को एक धंधे के रूप में भी आयोजित करती थी, वर्णन कर रही थी कि कैसे वह ग्राहकों को एक आराम की स्थिति में ले जाती थी, ताकि पूर्व जन्म की यादें बाहर आ सकें। कैप्टन स्नो ने सोचा कि ये तथाकथित यादें गढ़ी हुई होंगी और उन्होंने पिछले जन्म की यादों को कल्पनाएँ समझकर खारिज कर दिया तथा प्रतिगमन थेरैपिस्ट से ऐसा कह भी दिया। नाराज मनोविज्ञानी ने कैप्टन स्नो को पिछले जीवन में वापस जाने के लिए ललकारा, जिस पर स्नो ने कहा, "निश्चित रूप से मैं यह करूँगा।" हालाँकि उनका वास्तव में ऐसा करने का कोई इरादा नहीं था।

मनोवैज्ञानिक ने स्नो का पीछा नहीं छोड़ा, यहाँ तक कि उस पर 'डर जाने' का आरोप भी लगाया। इसने काम कर दिया और कैप्टन स्नो ने अनिच्छा से एक मुलाकात निर्धारित कर ली, केवल इसलिए कि उन पर 'चुनौती से पीछे हटने' का आरोप न लगे। कैप्टन स्नो को पिछले जीवन में विश्वास नहीं था और उन्हें सत्र के दौरान एक सार्थक अनुभव होने की उम्मीद नहीं थी।

कैप्टन स्नो की पुस्तक का एक रमणीय पहलू संदेह का उच्च स्तर और हास्य की

शरारती भावना है, जो कथाओं को प्रेरित करती है। आइए, हम कैप्टन स्नो के अनुभवों को 'पोर्ट्रेट ऑफ पास्ट-लाइफ स्केप्टिक' के निम्नलिखित अंशों के माध्यम से साझा करें। हम मनोवैज्ञानिक डॉ. मारिएलेन ग्रिफिथ के प्रतिगमन का मार्गदर्शन करने के साथ शुरू करते हैं। डॉ. ग्रिफिथ कैप्टन स्नो को यह कल्पना करने का निर्देश देते हुए शुरुआत करती हैं कि वे अपने घर में अपने कमरे में आराम कर रहे हैं। कैप्टन स्नो की पुस्तक से ली गई व्याख्या निम्नलिखित हैं—

"अब कल्पना करिए कि आपका पिछले जन्म का स्वरुप कमरे में आपका अभिवादन करने के लिए आ रहा है।" डॉ. ग्रिफिथ ने कहा।

मैंने यह भी किया, हालाँकि जब मैं अपनी आँखें बंद करके सोफे पर बैठा था, तो मैं खुद को यह सोचने से नहीं रोक पा रहा था कि आखिर मैं वहाँ क्या कर रहा था, विशेष रूप से तब, जब उसने मुझसे पूछा कि मेरे उच्च स्व ने क्या पहना हुआ था?

मुझे कैसे पता होता। यह तो उसका दिवास्वप्न था। लेकिन मैंने इसे एक मौका देने का फैसला किया।

"सफेद", मैंने जवाब दिया, "एक लंबा सफेद गाउन। क्या सभी आत्माएँ वही नहीं पहनती थीं?"

"आपका उच्च आत्म वहाँ खड़ा है और पूछ रहा है कि क्या आप यात्रा पर जाने के लिए तैयार हैं? यह आपको बता रहा है कि यह आपका मार्गदर्शन करेगा और आपकी यात्रा में आपकी रक्षा करेगा?"

हे भगवान्! चेहरे पर गंभीरता के भाव बनाए रखने की कोशिश करते हुए मैंने सोचा, मुझे विश्वास नहीं हो रहा है कि मैं यह कर रहा हूँ।

आखिरकार, और खुद को सदमे में डालते हुए कैप्टन स्नो ने प्रतिगमन के दौरान पूर्वजन्म की शक्तिशाली और बहुत स्पष्ट यादों का अनुभव किया। कैप्टन स्नो ने बताया कि पिछले जीवन की घटनाओं की उनकी धारणा जाग्रत् चेतना से ज्यादा स्पष्ट थी। उन्होंने कई अलग-अलग जन्मों को याद किया, लेकिन उनमें से सबसे प्रमुख जीवनकाल एक चित्रकार के रूप में था, जो उन्नीसवीं सदी का प्रतीत हो रहा था। कैप्टन स्नो को इस जीवनकाल के बारे में 30 विशिष्ट विवरण याद थे।

एक बहुत स्पष्ट याद में वे एक कुबड़ी औरत का चित्र बना रहे थे। कैप्टन स्नो को स्पष्ट रूप से वह अनुभव याद था—वो पेंट स्ट्रोक, जिनका उपयोग चित्र बनाने में हुआ था, और उनका यह प्रश्न करना भी कि कोई इतनी स्पष्ट कुरूपता के साथ अपना चित्र क्यों बनवाना चाहेगा? स्नो की सबसे विशिष्ट प्रतिगमन स्मृतियों का सारांश नीचे दिया गया है—

1. उन्होंने एक कुबड़ी औरत का चित्र बनाया था।
2. वे पैसे कमाने के लिए चित्र बनाते थे, लेकिन उन्हें चित्र बनाना बिल्कुल पसंद नहीं था।
3. 'वे 'जैक' नाम का प्रयोग करते थे।
4. वे चलने के लिए छड़ी का प्रयोग करते थे।
5. उन्होंने अपनी पत्नी के साथ फ्रांस में समय बिताया था।
6. उनकी पत्नी को बच्चे नहीं हो सकते थे।
7. पति-पत्नी पैसों के लिए बहुत हताश थे और उनकी पैसों को लेकर पत्नी से बहस होती थी।
8. पैसों की समस्या और बच्चे न हो पाने के बावजूद उनका वैवाहिक जीवन खुशहाल था।
9. उनका एक आर्ट स्टूडियो था, जिसमें स्काईलाइट्स का बैंक और खिड़कियों की कतार थी।
10. वे एक बार बड़े-बड़े बगीचों वाले एस्टेट में रहे थे।
11. उनकी एक महिला रिश्तेदार ब्लड क्लॉट से मर गई थी।
12. उनकी मृत्यु ऊँची इमारतों वाले एक बड़े शहर में 1917 के पतझड़ में हुई थी।

कैप्टन स्नो पर प्रतिगमन का इतना गहरा असर हुआ कि उन पर यह जानने का जुनून सवार हो गया कि वह विश्वसनीय था या नहीं। कैप्टन स्नो खुद अभी तक पुनर्जन्म में विश्वास नहीं करते थे और इस कल्पना के अंतर्गत काम कर रहे थे कि उन्हें उस पोर्ट्रेट चित्रकार के बारे में अतीत में किसी पुस्तक द्वारा स्कूल में या म्यूजियम में जानकारी मिली होगी, और प्रतिगमन का अनुभव किसी भूली हुई स्मृति का प्रतिनिधित्व करता था, जो उभरकर सामने आ गई थी। स्नो ने प्रतिगमन अनुभव की जाँच ऐसे की, जैसे वे किसी पुलिस केस की करते। प्रतिगमन के दौरान देखी कुबड़ी औरत के चित्र की तलाश या कोई अन्य सुराग मिलने की संभावना में उन्होंने व्यवस्थित रूप से कला की पुस्तकें देखीं, कला दीर्घाओं में गए और आर्ट डीलर्स से मिले। हालाँकि कैप्टन स्नो प्रतिगमन व्यक्तित्व से मेल खाते किसी ऐतिहासिक कलाकार की पहचान नहीं कर पाए।

स्नो एक अनुभवी जाँचकर्ता होने के साथ अत्यधिक बुद्धिमान भी हैं। उन्हें कॉलेज में सीधे 'ए ग्रेड' मिला था और उन्होंने मनोविज्ञान में डॉक्टरेट प्रोग्राम के लिए पूरी छात्रवृत्ति अर्जित की थी। फिर भी कुबड़ी औरत के चित्र पर एक साल तक शोध करने के बाद वे एक मृत अंत पर पहुँच गए। उन्होंने निष्कर्ष निकाल लिया कि इस बात की संभावना नहीं के बराबर थी कि वे कभी भी प्रतिगमन के दौरान देखे कलाकार की पहचान कर पाएँगे।

ऐसे समय पर कैप्टन स्नो की पत्नी मिलेनी ने सुझाव दिया कि वे छुट्टियाँ मनाने के लिए न्यू ओरलियंस जाएँ। उसने सोचा कि उनकी शादी की सालगिरह पास आ रही थी, वे न्यू ओरलियंस पहले कभी नहीं गए थे और उसे महसूस हुआ कि ये यात्रा उनके रिश्ते का जश्न मनाने के लिए अच्छी रहेगी।

वहाँ पहुँचने के बाद न्यू ओरलियंस में उनके पाँचवें और अंतिम दिन कैप्टन स्नो ने मिलेनी को फ्रेंच क्वार्टर में विंडो शॉपिंग का सुझाव दिया। वहाँ पर घूमते-घूमते वे एक आर्ट गैलरी में पहुँच गए, जहाँ कैप्टन स्नो को एक और गहरा अनुभव हुआ। यह घटना दरशाती है कि कैसे लोगों का पुनर्जन्म शोध में मार्गदर्शन किया जाता है—वो भी स्पष्ट रूप से आध्यात्मिक स्रोतों द्वारा। इस आर्ट गैलरी में जहाँ कैप्टन स्नो घूमते-घूमते स्पष्ट रूप से 'संयोगवश' पहुँच गए थे, उनकी नजर उनके पूर्व जन्म के प्रतिगमन में देखी कुबड़ी औरत की पोर्ट्रेट पर पड़ी। कैप्टन स्नो उस दृश्य का वर्णन करते हैं—

घूमकर मैं खुले मुँह से उस पोर्ट्रेट को घूरने लगा, एक बार फिर उस अनुभव को जीते हुए, जो मुझे तब हुआ था, जब मैंने अनजाने में एक नंगे तार को पकड़ लिया था, और मैं वहीं खड़ा रह गया था, जबकि उच्च वॉल्टेज मेरे हाथों और पैरों में ऊपर नीचे घूम रहा था।

आँखें बंद करके मैं बिना हिले अभी भी सदमे से भरा पोर्ट्रेट के सामने खड़ा था, और मेरे शरीर में बिजली दौड़ती महसूस हो रही थी। मैं एक बार फिर अपने आप को स्टूडियो में वह चित्र बनाते देख सकता था, मैं एक बार फिर उस कुबड़ी औरत को देख सकता था, जिसके चित्र के सामने मैं अभी खड़ा था। मैं उसे स्टूडियो में पोज करते देख सकता था—बहुत सीधी खड़ी हुई, अकड़ी हुई, उठे हुए कंधों के साथ। जहाँ यह सब तर्कपूर्ण स्पष्टीकरण की उपेक्षा कर रहा था, मैं अपने जीवन में किसी बात को लेकर इससे ज्यादा निश्चित कभी नहीं था। यही वह पोर्ट्रेट थी, जिसे मैंने खुद को बनाते देखा था।

अगले कुछ मिनटों तक मैं पोर्ट्रेट के सामने से नहीं हटा, बल्कि मैं आँखें बंद करके बार-बार खुद को अपने स्टूडियो में यही पोर्ट्रेट बनाते देख रहा था और फिर आँखें खोलकर वास्तविक पूरी हो चुकी पोर्ट्रेट को देख रहा था। स्थिति अवास्तविक लगने लगी थी, एक ज्वलंत सपने की तरह जिसे देखकर आप पसीने से भरे हुए उठते हैं; एक ऐसा सपना, जिसके बारे में आपको बार-बार खुद से कहना पड़ता है कि वह केवल एक सपना था। वह सच नहीं था।

अंत में, हालाँकि मैं पूरी निश्चिंतता के साथ जानता था कि यह वही चित्र था, जिसे मैंने सम्मोहन के दौरान देखा था, मैंने खुद को विश्वास दिलाया कि अचानक इस प्रकार उसका मेरे सामने आना सच होने के लिए बहुत अजीब था। कुछ पल मैं इस विचार के

साथ खेलता रहा कि शायद मुझे किसी प्रकार का स्ट्रोक हुआ था और मुझे सिर्फ लग रहा था कि मैं इस पोर्ट्रेट के सामने खड़ा हूँ, जबकि वास्तविकता में मैं कहीं किसी अस्पताल के बिस्तर पर था या शायद किसी नर्सिंग होम में। इस संभावना पर कुछ देर विचार करने के बाद मुझे एहसास हुआ कि जो हो रहा था, उसका एक तर्कपूर्ण जवाब ढूँढ़ने के लिए मैं कितना बेचैन हो गया था। लेकिन मैं बेचैन था नहीं, इस तरह की चीजें असल जीवन में बिल्कुल नहीं होती थीं। इतने महीनों की व्यवस्थित खोज के बाद क्या संभावना थी कि मुझे इस तरह अचानक यह चित्र मिल जाएगा? क्या संभावना थी कि मिलेनी का अचानक न्यू ओरलियंस जाने का मन हो जाएगा, और हम घूमते-घूमते इस गैलरी में आ जाएँगे, ठीक उस समय जब इन लोगों ने इसे बिक्री के लिए लगाया है? नहीं, ये संयोग होने के लिए एक बहुत बड़ा संयोग है।

एक पुलिस अधिकारी के रूप में अपने 30 वर्षों के दौरान मैंने हमेशा सत्य की खोज की है। कभी-कभी सच्चाई मेरी अपेक्षाओं के अनुरूप नहीं होती थी, लेकिन फिर भी मैंने हमेशा सच्चाई को ही खोजा था। और अब मैं शायद उस सच्चाई का सामना कर रहा था, जिसे मैं खोज रहा था, लेकिन साथ ही इसे अस्वीकार करने की कोशिश भी कर रहा था। कोशिश कर रहा था, जो मुझे मिला था, उसकी सच्चाई से इनकार करने का कोई तरीका ढूँढ़ने की···वास्तविक लोगों के साथ अलौकिक चीजें नहीं होती थीं। शायद फिल्मों में होती होंगी, लेकिन वास्तविक जीवन में नहीं।

एक गैलरी कार्यकर्ता ने पेंटिंग के प्रति कैप्टन स्नो के आकर्षण को देखा और उसे बेचने की कोशिश करने लगा। जब स्नो ने पूछा कि कलाकार कौन था, तो विक्रेता ने उन्हें एक पृष्ठ की जीवनी दी, जो दरशा रही थी कि चित्रकार जे. कैरोल बेकविथ थे। उनकी मृत्यु का वर्ष 1917 अंकित था, वह तारीख जो प्रतिगमन में स्नो को अपनी मृत्यु के दिन के रूप में याद आई थी। जीवनी में यह भी कहा गया था कि बेकविथ ने फ्रांस में कला का अध्ययन किया था, और ये बात भी स्नो की प्रतिगमन की यादों के अनुरूप थी।

तब स्नो का तर्कसंगत पक्ष फिर से हावी हो गया। उसने तर्क दिया कि उसने फिर भी कुबड़ी महिला के इस चित्र को किसी संग्रहालय या प्रदर्शनी में देखा हो सकता है। उन्होंने गैलरी कार्यकर्ता से पूछा कि क्या यह मुमकिन है? स्नो प्रतिक्रिया का वर्णन करते हैं—"नहीं।" आदमी ने अपने सिर को हल्के से हिलाते हुए कहा, "आपने पहले यह काम नहीं देखा है। यह चित्र वर्षों से निजी हाथों में रहा है। इसके अलावा मैं ईमानदारी से कहूँ तो मुझे नहीं लगता कि पिछले 75 वर्षों में बेक्विथ के काम की एक प्रदर्शनी आयोजित हुई है। वे इतने प्रसिद्ध नहीं थे।"

बाद में स्नो को पता चला कि बेकविथ की अंतिम प्रदर्शनी 1911 में लगी थी, स्नो के पैदा होने से काफी पहले। स्नो को यह भी पता चला कि हालाँकि बेकविथ एक

प्रसिद्ध कलाकार नहीं थे, वे एक अच्छे प्रशासक थे, जैसे कि बॉब हैं। बेकविथ न्यूयॉर्क में नेशनल एकेडमी ऑफ डिजाइन के अध्यक्ष बन गए थे। एकेडमी ने ही बेकविथ की डायरियाँ और एक अप्रकाशित आत्मकथा अपने पास रखी थीं। बेकविथ की डायरी और आत्मकथा से, स्नो अंततः अपने प्रतिगमन से सभी तीस विशिष्ट यादों को को मान्य करने में सफल रहे, जिनमें ऊपर बताई गई 12 विशिष्ट यादें शामिल हैं।

हालाँकि शुरुआत में कैप्टन स्नो पुनर्जन्म को अपने प्रतिगमन के अनुभव के रूप में स्वीकार करने के लिए अनिच्छुक थे, लेकिन आखिरकार वे इस निष्कर्ष पर पहुँचे कि वह कैरोल बेकविथ था, जिसने वास्तव में जैक नाम का इस्तेमाल किया था। एक सम्मेलन में स्नो ने कहा कि उन्होंने पुनर्जन्म को साबित कर दिया था और यदि यह एक पुलिस का मामला होता, तो जो सबूत उन्होंने संकलित किए थे, वे अदालत में मान्य होते और किसी दया याचिका का परिपालन नहीं किया जाता।

दिलचस्प रूप से, कैप्टन स्नो को अपने और कैरोल बेकविथ के बीच शारीरिक समानता की जानकारी नहीं थी। जब सितंबर 2000 में इंटरनेशनल एसोसिएशन ऑफ रीग्रेशन रिसर्च एंड थैरेपीज (IARRT) की एक बैठक में कैप्टन स्नो से मेरी मुलाकात हुई, तो मैंने उनकी तसवीर लेने और बेकविथ के साथ उसकी तुलना करने की पेशकश की। मैं अनुभव से जानता था कि ऐसी तुलनाएँ एक ही पोज में तसवीरों को अगल-बगल रखकर सबसे अच्छी तरह की जाती हैं। इस अध्याय के अंत में दी गई बेकविथ और स्नो की तुलना में आप देखेंगे कि हालाँकि तसवीर में कैप्टन स्नो पोर्ट्रेट के समय के बेकविथ की तुलना में बड़े और भारी हैं, लेकिन दोनों के चेहरे की विशेषताओं में काफी समानता है। यहाँ तक कि चेहरे के बाल भी मेल खाते हैं।

कप्तान स्नो का मामला एक विशेष घटना का प्रदर्शन करता है, जो तब होती है, जब कोई किसी विशेष पूर्व जीवनकाल के बारे में जागरूक हो जाता है। पिछली जिंदगी की जानकारी अकसर व्यक्ति में एक दर्दनाक प्रतिक्रिया उत्पन्न करती है, जिसके बाद एकीकरण की अवधि होती है। जब एक व्यक्ति पुनर्जन्म की वास्तविकता का सामना करता है, तो दुनिया के बारे में उसके विचार का पुनर्मूल्यांकन करने की आवश्यकता होती है। एक पूरे जीवनकाल में हम सभी दुनिया को समझने का एक अनोखा तरीका विकसित करते हैं। वह विश्वास प्रणाली जीवन के लिए एक आध्यात्मिक पहलू को जन्म दे सकती है या एक नास्तिक दृष्टिकोण रखा जा सकता है। किसी की विश्वास प्रणाली चाहे कोई भी हो, पुनर्जन्म के ठोस सबूत उस विश्वास प्रणाली में बदलाव की माँग करते हैं। और अगर कोई पुनर्जन्म में विश्वास करता है, तो भी पुनर्जन्म के वस्तुनिष्ठ प्रमाण को देखने के लिए पिछले जीवन के विश्वास से बदलाव एक सदमे की तरह हो सकता है।

याद करें कि कैप्टन स्नो अपने प्रतिगमन के समय पुनर्जन्म में विश्वास नहीं करते

थे और अपने पिछले जीवन के अनुभव का पीछा करते हुए उन्होंने अपनी यादों के लिए एक तार्किक स्पष्टीकरण खोजने की कोशिश की। न्यू ऑरलियन्स आर्ट गैलरी में कुबड़ी महिला का चित्र अचानक सामने आ जाने के बाद भी कैप्टन स्नो इस संभावना की खोज करते रहे कि बेकविथ का काम किसी संग्रहालय में प्रदर्शित किया गया होगा और अपने जीवनकाल में किसी बिंदु पर उन्होंने उसे देखा होगा। स्नो इस सिद्धांत पर चल रहे थे कि उनके प्रतिगमन अनुभव उनके वर्तमान जीवनकाल में से दमित यादों का प्रतिनिधित्व कर रहे थे।

आइए, हम कैप्टन स्नो और गैलरी कार्यकर्ता की बातचीत पर पुन: लौटते हैं, जो स्नो को बेकविथ पेंटिंग बेचने की कोशिश कर रहा था, और घटनाओं के मोड़ पर कैप्टन स्नो की प्रतिक्रिया साझा करते हैं। इस कथा में स्नो कुबड़ी महिला के चित्र को देखने के अनुभव की तुलना उस आघात से करते हैं, जिसे उन्होंने तब अनुभव किया, जब उन्होंने 1978 में अपनी पहली पत्नी को अपने अपार्टमेंट में मृत पाया था।

"नहीं," आदमी ने अपने सिर को हल्के से हिलाते हुए कहा, "आपने यह काम पहले नहीं देखा है। यह चित्र वर्षों से एक निजी संग्रह में रहा है। इसके अलावा मैं ईमानदारी से कहूँ तो मुझे नहीं लगता कि पिछले पचहत्तर वर्षों में बेकविथ के काम की एक भी प्रदर्शनी लगी है। वे इतने प्रसिद्ध नहीं थे। इसलिए मैं इसे बहुत ही उचित दाम में जाने दे सकता हूँ।"

जैसे ही गैलरी कार्यकर्ता के जवाब ने मेरे तर्कसंगत प्रतीत हो रहे स्पष्टीकरण को धराशायी किया, मेरा वर्टिगो लौट आया। मेरी पूरी विश्वास प्रणाली न केवल डगमगा रही थी, बल्कि गिर रही थी। मेरे आसपास की हर चीज में इतनी अवास्तविक सी भावना थी कि मैं काफ्का के उपन्यास में रह रहा हो सकता था। और इसलिए मैं वहाँ खुले मुँह, सुन्न महसूस करते हुए, और वास्तविकता से अलग होकर खड़ा रहा। जैसा कि मैंने 1978 में देखा था, जब चीजें जो नहीं हो सकती हो जाती हैं, जब असंभव सच्चाई बन जाता है, तो आपका दिमाग अपने आपको आपके शरीर से अलग कर लेता है।

अपनी खुद की कब्र पर जाकर कैप्टन स्नो के घुटने काँपने लगते हैं

अंततः रॉबर्ट स्नो कैरोल बेकविथ की कब्र पर गए, यानी स्नो पिछले जन्म की अपनी कब्र को देखने गए। स्नो अपनी पुस्तक में लिखते हैं कि बेकविथ की कब्र पर उनका बायाँ घुटना अनियंत्रित रूप से हिलना शुरू हो गया और वह पसीने से नहा गए, जैसे कि वह जीवन को खतरे में डालनेवाली एक खतरनाक परिस्थिति में अपनी पुलिस की नौकरी के दौरान पड़े थे। स्नो कहते हैं कि कर्तव्य निभाते हुए उन्हें गोली मारी गई है

और संदिग्धों ने उसे छुरा मारने की कोशिश भी की है, लेकिन किसी बात ने उन्हें इतना परेशान नहीं किया है, जितना एक पूर्व जन्म के बारे में जानकारी ने किया है।

जिस प्रकार पुनर्जन्म के सबूत का सामना होने पर कैप्टन स्नो सदमे और अविश्वास की अवधि से गुजरे थे, उसी प्रकार पूरा समाज ऐसी प्रतिक्रिया से गुजरेगा। यह विशेष रूप से उन संस्कृतियों के लिए सच है, जहाँ पुनर्जन्म मानक नहीं है। हमें सामूहिक रूप से अपनी विश्वास प्रणालियों को समायोजित करने की आवश्यकता होगी, जब पुनर्जन्म के वस्तुनिष्ठ सबूत दुनिया में आएँगे। कुल मिलाकर खबर अच्छी है, लेकिन इसकी आदत पड़ने में कुछ समय लगेगा।

पुनर्जन्म के मुख्य बिंदु और सिद्धांत

शारीरिक समानता : भले ही रॉबर्ट स्नो को पहले एहसास नहीं हुआ कि उसके और बेकविथ के बीच समानता थी, लेकिन वास्तव में शारीरिक समानता मौजूद है। इयान स्टीवेंसन ने नोट किया कि पुनर्जन्म मामलों में एक जीवनकाल से दूसरे में शारीरिक समानता को लेकर गवाह कभी-कभी असहमत होते थे। रॉबर्ट स्नो का मामला दिखाता है कि पुनर्जन्म मामलों में शारीरिक समानता की पहचान के लिए छवियों की तुलना एक जैसे पोज में की जानी चाहिए।

आत्मा की भागीदारी : इस पुनर्जन्म के मामले को सत्यापित करने में सफलता तब मिली, जब कैप्टन स्नो को न्यू ऑरलियंस में कुबड़ी महिला का चित्र मिला। मेरी दलील यह है कि ऐसा संयोग से नहीं हुआ, बल्कि बॉब आत्माओं के मार्गदर्शन द्वारा चित्र तक पहुँचाया गया था। जैसा कि बताया गया है, मैं इस घटना को भौगोलिक मार्गदर्शन का नाम देता हूँ।

यह संभावना है कि किसी आत्मा ने या रॉबर्ट स्नो की अपनी आत्मा ने टेलीपैथिक रूप से इस विचार को उसकी पत्नी के दिमाग में डाला कि उन्हें उनकी वैवाहिक वर्षगाँठ के लिए न्यू ओरलियंस जाना चाहिए। न्यू ऑरलियंस पहुँचकर बॉब को सहजता से कला गैलरी की ओर निर्देशित किया गया, जहाँ उन्हें कुबड़ी महिला का चित्र मिला। चित्र से उन्हें चित्रकार का नाम, कैरोल बेकवेथ मिला और फिर वे बेकवेथ की डायरी को ढूँढ़ पाए, जिससे उन्हें बेकवेथ के रूप में अपने अतीत को प्रमाणित करने में सफलता मिली। कई पुनर्जन्म मामलों में आत्माओं द्वारा ऐसा स्पष्ट मार्गदर्शन देखा जाता है। ये मामले www.ReincarnationResearch.com वेबसाइट पर 'स्पिरिट बींग्स इन रीइन्कार्नेशन केसेज' (पुनर्जन्म मामलों में आत्मा तत्व) शीर्षक के तहत संकलित है।

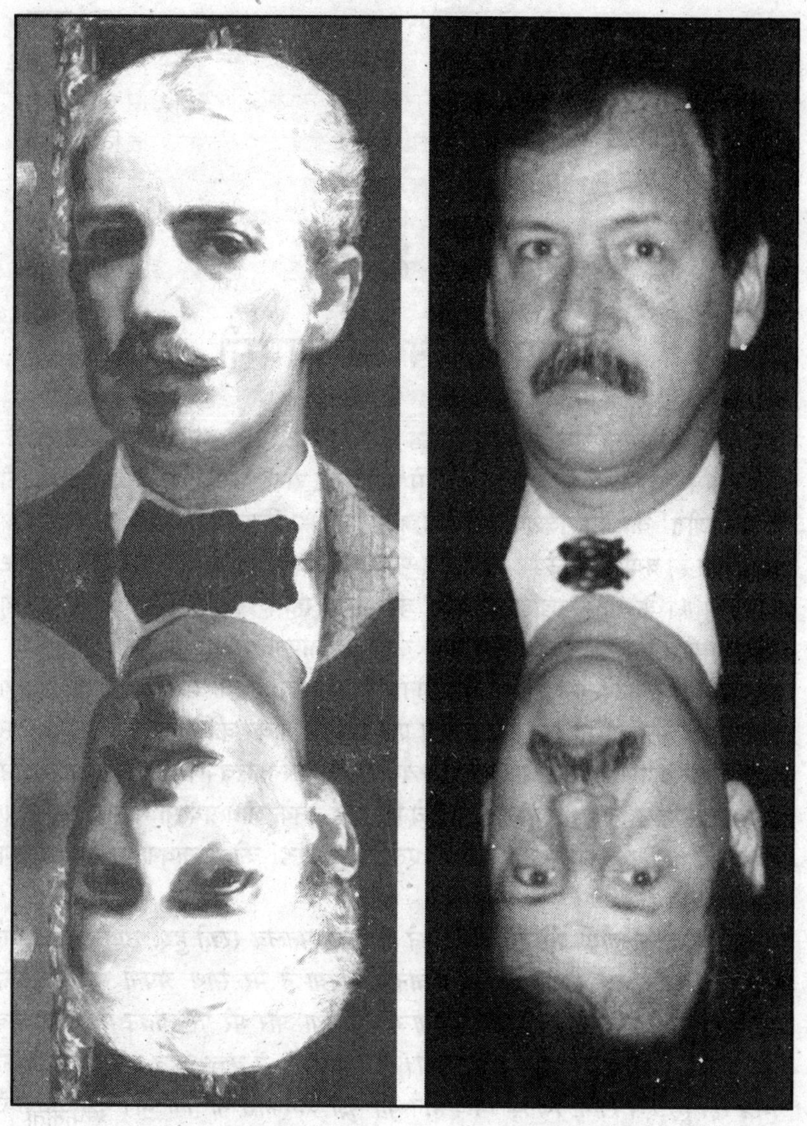

कैरोल बेकविथ रॉबर्ट स्नो

8

जेफ कीन की वापसी

जेफरी कीन एक सेवानिवृत्त डेकोरेटेड फायर फाइटर और वेस्टपोर्ट, कनेक्टिकट के असिस्टेंट फायर चीफ हैं। 2001 में वर्ल्ड ट्रेड सेंटर के विनाश के बाद कीन को 'ग्राउंड जीरो' का एक विशेष टूर प्राप्त हुआ। दोनों अग्निशमन विभागों के बीच एक संबंध रहा है, क्योंकि वेस्टपोर्ट के फायर फाइटर्स की न्यूयॉर्क शहर के फायर डिपार्टमेंट के रेस्क्यू #1 के साथ 'राइडिंग अलांग' की परंपरा रही है। इस अभिजात यूनिट, रेस्क्यू 31 के ग्यारह सदस्य सितंबर 11, 2001 की सुबह अपना जीवन गँवा बैठे।

कैप्टन रॉबर्ट स्नो की तरह श्री कीन भी अपने विभाग के बेहद जिम्मेदार सदस्य हैं, जिन्होंने अप्रत्याशित रूप से खुद को एक भूतपूर्व जीवन की खोज करते पाया। इस प्रयास में सिंक्रोनिस्टिक घटनाओं के माध्यम उनके पास महत्त्वपूर्ण जानकारी आई, और समय के साथ कीन इस निष्कर्ष पर पहुँचे कि उन्हें उनके शोध प्रयासों में निर्देशित किया जा रहा है। मैं उनकी पुस्तक 'समवन एल्सेस यस्टरडे' की प्रस्तावना से यह उद्धरण प्रस्तुत करता हूँ—

अधिकतर लोगों की तरह मैं अपने काम से मतलब रखते हुए, ठोकरें खाते हुए जीवन में आगे बढ़ रहा था, जब अचानक दुनिया ने मेरे साथ अपनी मर्जी चलानी शुरू कर दी। अचानक असाधारण सामान्य बन गया और मेरे पूरे जीवन में हुई अजीब घटनाओं के मतलब समझ में आने लगे। मैंने पाया कि मैं कुछ बहुत प्रसिद्ध लोगों का मित्र रहा हूँ, ऐसे लोग, जिनसे मिले होने की मुझे जानकारी भी नहीं थी। मुझे अंतर्दृष्टि मिल रही थी, जिसने जीवन के कुछ बड़े प्रश्नों के उत्तर दिए। कुछ ही समय बाद मैंने खुद को एक राज्यव्यापी समाचार-पत्र के मुख पृष्ठ पर और एक आर्ट्स एंड एंटरटेनमेंट नेटवर्क डाक्यूमेंट्री में चित्रित पाया, जिसका शीर्षक था 'बियॉण्ड डेथ' (मृत्यु से परे)।

उस बिंदु पर पहुँचने पर जहाँ 'संयोग' शब्द बहुत हलका हो जाता है, मैंने इस

तथ्य को स्वीकार किया कि मुझे निर्देशित किया जा रहा था और जीवन मुझे जो दिखाना चाहता था, उसके लिए खुद को तैयार किया। पिछले जीवन के बारे में विश्वास हो जाने के काफी समय बाद असामान्य घटनाएँ मेरे निष्कर्षों को मजबूत करती रहीं, इतना कि इस तरह के खुलासों के लिए जो एकमात्र कारण मैं सोच सकता था, वह था कि मुझे उन्हें दूसरों के साथ साझा करना था।

श्री कीन ने मुझे बताया कि उनके पूर्व जन्म अनुसंधान में मार्गदर्शन का तत्त्व इतना मजबूत रहा है कि उन्होंने महसूस किया है कि आध्यात्मिक दुनिया उन्हें 'शॉपिंग कार्ट की तरह' धकेलती रही है। जेफ की कहानी मई 1991 में शुरू होती है, जब वे अपनी पत्नी एना के साथ छुट्टियाँ बिताने गए थे। वे प्राचीन वस्तुओं की तलाश में थे और इसी सिलसिले में शार्प्सबर्ग, मैरीलैंड में रुके, जहाँ ऐंटिएटम का गृहयुद्ध लड़ा गया था। यद्यपि जेफ ने गृहयुद्ध पर कभी कोई पुस्तक नहीं पढ़ी थी, न ही उस युग के लिए उनके मन में कोई आत्मीयता थी, फिर भी वे युद्ध के मैदान पर जाने के लिए मजबूर सा महसूस कर रहे थे।

मैदान के संकेन रोड नामक एक हिस्से में जेफ ने 1862 में हुई घटनाओं का वर्णन करनेवाला एक ऑडियो टेप सुना। युद्ध में सिक्स्थ अल्बामा नाम का एक संघीय रेजिमेंट शामिल था, जिसके कमांडर कर्नल जॉन बी. गॉर्डन थे। टेप को सुनने के बाद जब वह ओल्ड फार्म लेंसे जा रहे थे तो जेफ अनजाने में उस क्षेत्र में चले गए, जिस पर गॉर्डन और उसके आदमियों द्वारा कब्जा कर लिया गया था। इस स्थान पर जेफ कीन ने निम्नलिखित प्रतिक्रिया दी थी—

मेरे ऊपर दुःख, उदासी और क्रोध की लहर दौड़ गई। बिना किसी पूर्वाभास के मेरे अंदर सनसनी फैल गई। गरम आँसू मेरे गालों पर बह रहे थे। साँस लेना मुश्किल हो रहा था। मैं उस पुराने रोड-बेड पर स्थिर खड़ा हवा के लिए हाँफ रहा था। मैं आपको आज भी नहीं बता सकता कि कितना समय बीत गया था, लेकिन जब ये भावनाएँ, ये भावनात्मक दौर बीत गया, तो मैंने खुद को इतना थका हुआ पाया, जैसे मैंने कोई मैराथन दौड़ी हो।

सड़क से बाहर निकलने के लिए खड़े तटबंध पर धीरे-धीरे चढ़ते हुए मैंने मुड़कर पीछे देखा। कहना अधिक नहीं होगा कि मैं थोड़ा हिल गया था और अभी-अभी जो हुआ था, उससे आश्चर्यचकित था। कार तक पहुँचना मुश्किल था, क्योंकि मैं बहुत कमजोर महसूस कर रहा था। वापस पहुँचने तक मैं लगभग सामान्य हो चुका था और मेरे साथ जो हुआ था, उसके बारे में मैंने एना को कुछ नहीं बताया। मैं क्या कह सकता था? मेरे पास कोई जवाब नहीं थे, केवल प्रश्न थे।

शर्प्सबर्ग छोड़ने से पहले जेफ और एना एक गिफ्ट शॉप में गए। जेफ की दृष्टि एक पत्रिका सिविल वॉर क्वार्टरली (गृहयुद्ध त्रैमासिक) (विशेष संस्करण, ऐंटिएटम) पर पड़ी और उसने वह पत्रिका और साथ में उस क्षेत्र में मिलने वाली एक स्मारिका बुलेट खरीद ली। घर पहुँचकर जेफ ने पत्रिका एक दराज में रख दी, जिसमें परिवार की फोन बुक्स रहती थीं, हालाँकि फिर उन्होंने डेढ़ साल तक उस पत्रिका को नहीं देखा।

अक्तूबर 1992 में जेफ और एना एक हेलोवीन पार्टी में गए। बारबरा कैमवेल नाम की एक दिव्यदृष्टा (clairvoyant) को पार्टी में रीडिंग्स देने के लिए नियुक्त किया गया था। जब जेफ की बारी आई, तो उनका संकेन रोड का अनुभव सामने आ गया। बारबरा ने जेफ को बताया कि वह उस समय एक सैनिक था और उस युद्ध के मैदान में गोलियों से पूरी तरह छलनी हो गया था। उसके बाद वह अपने शरीर से ऊपर तैर रहा था, जो खून से भरे मैदान में स्पष्ट रूप से निर्जीव पड़ा था। फिर बारबरा ने कहा, "जब आप नीचे देखते हुए अपने शरीर के ऊपर मँडरा रहे थे, तब आप बहुत गुस्से में थे और चिल्ला रहे थे, 'नहीं!' जेफ बताते हैं कि उस पल में एक विराम आया था। जेफ ने बारबरा को सही करार दिया, किन्हीं अज्ञात कारणों से और चिल्लाए, 'अभी नहीं!'"

अगले दिन जेफ ने फैसला किया कि अब ऐंटिएटम में हुए युद्ध के बारे में स्मारिका पत्रिका को पढ़ने का समय आ गया है, जिसे उसने मई 1991 में खरीदा था। जेफ ने फिर से विचार किया कि वह उसकी खरीदी हुई पहली गृहयुद्ध पत्रिका थी। जेफ ने जनरल के उस पृष्ठ को खोला, जिसमें संकेन रोड की एक तसवीर थी; उस स्थान की, जहाँ जेफ ने भावनाओं की अजीब सी बाढ़ का अनुभव किया था। पृष्ठ को पढ़ते हुए उन्होंने एक उद्धरण देखा—"अभी नहीं।" उनकी गरदन के पीछे के बाल खड़े हो गए।

आगे पढ़ते हुए जेफ ने जाना कि "अभी नहीं" कर्नल जॉन बी. गॉर्डन द्वारा छठी अलबामा को दिया गया आदेश था। यैंकी सैनिक पास आ रहे थे और छठी अलबामा के सैनिक गोलियाँ बरसाने के लिए चिंतित थे।

गोली चलने का आदेश तब तक नहीं दिया गया, जब तक कि यूनियन सेना एक सौ गज से कम की दूरी पर नहीं आ गई। मुठभेड़ के बारे में स्वयं गॉर्डन को उद्धृत किया गया था—

'संकेन रोड से भारी मात्रा में बंदूकबाजी हो रही थी। मेरी बंदूक फेडरल सेना के चेहरों पर बिजली सी अंधा कर देने वाली चमक जैसे गरज रही थी और आग उगल रही थी। उसका प्रभाव भयावह था।'

गॉर्डन का उद्धरण पढ़ते हुए जेफ फिर से उन्हीं भावनाओं का अनुभव करने लगे, जो उन्होंने संकेन रोड पर की थीं, उनकी आँखों में आँसू आ गए। लेख में आगे गॉर्डन की चोटों के बारे में लिखा था।

'छठी अलबामा के जॉन बी. गॉर्डन को बाएँ हाथ में, दाहिने कंधे में और दो बार दाहिने पैर में गोलियाँ लगीं, और फिर चेहरे पर चोट लगने के बाद अत्यधिक खून बहने से वे बेहोश हो गए।'

आगे जो हुआ, उसके बारे में जेफ खुद लिखते हैं—

'मैंने संकेन रोड की तसवीर वाला पृष्ठ फिर से खोला और उसके बगल के पृष्ठ पर एक और तसवीर थी। इस बार मेरे अंदर एक सर्द सी लहर दौड़ गई और मेरी गरदन के बाल एक बार फिर खड़े हो गए। तसवीर ब्रिगेडियर जनरल जॉन बी. गॉर्डन की थी। चेहरा मेरे लिए अनजान नहीं था। मैं उसे अच्छी तरह जानता था। मैं रोज सुबह उसे शेव करता हूँ।'

जेफ ने नोट किया कि शीर्षक में गॉर्डन को एक जनरल के रूप में पहचाना गया था, जबकि लेख में घायल होने के समय गॉर्डन को कर्नल के रूप में पहचाना गया था। गॉर्डन स्पष्ट रूप से एंटिएटम के युद्ध में जीवित बच गए थे।

अपनी पुस्तक में जेफ वर्णन करते हैं कि बाद में कैसे उन्होंने जॉन बी. गॉर्डन के रूप में जीवनकाल की यादों को पुनः प्राप्त किया था। जेफ उन आदतों और प्रवृत्तियों का वर्णन भी करते हैं, जो उनमें और गॉर्डन में समान थीं। इनमें दोनों बाँहें मोड़कर खड़े होने को वरीयता देना, कपड़ों के मामले में एक जैसी पसंद होना, और चेहरे व शरीर पर निशान शामिल हैं, जो गॉर्डन को युद्ध में लगी चोटों को प्रतिबिंबित करते हैं।

वे दो प्रतीकात्मक घटनाओं को याद करते हैं। एक में 9 सितंबर, 1862 को जनरल ली द्वारा लिखे गए आदेश शामिल थे, जिन्होंने उत्तर में आक्रमण करने के लिए संघीय सेना की योजनाओं को परिभाषित किया था। आदेश की नौ प्रतियाँ बनाई गई थीं; एक प्रति पारगमन में खो गई थी और संघ के सैनिकों द्वारा बरामद कर ली गई थी। इस जानकारी ने संघ सेना को संघीय सैनिकों की स्थिति के बारे में विस्तृत जानकारी दी और एंटीएटम के युद्ध का नेतृत्व किया। कुल मिलाकर 9 सितंबर को लिखे गए आदेशों के परिणामस्वरूप गृहयुद्ध हुआ, जिसमें जॉन बी. गॉर्डन घायल हो गए थे और अपनी जान गँवा बैठे थे। समकालीन समय में प्रतीकात्मक घटना जेफ कीन का जन्मदिन है, जो 9 सितंबर को होता है।

9 सितंबर की तारीख से जुड़ी एक और प्रतीकात्मक घटना जेफ कीन के 30वें जन्मदिन पर हुई। उस दिन जेफ को चेहरे और गरदन के दर्द के इलाज के लिए आपातकालीन कक्ष में ले जाया गया था। जेफ के दर्द सिंड्रोम के लिए डॉक्टरों को कोई शारीरिक कारण नहीं मिला। हालाँकि, उनके दर्द का स्थान एंटिएटम में जॉन बी. गॉर्डन को लगे चेहरे और गरदन के घावों से मेल खाता था। गॉर्डन अपनी चोटों के समय 30 वर्ष के थे। जेफ को चेहरे का दर्द 9 सितंबर, 1977 को उनके तीसवें जन्मदिन पर हुआ।

यह घटना गॉर्डन के घाव से संबंधित एक सालगिरह घटना का प्रतिनिधित्व करती प्रतीत होती है। ध्यान रखें कि जेफ आपातकालीन कक्ष में 1977 में गए थे, जो जेफ को गॉर्डन से उनके संबंध के बारे में पता चलने से 15 साल पहले का समय था।

गॉर्डन और कीन के बीच भाषाई लेखन शैली में समानताएँ

अपनी पुस्तक में जेफ ऐसे दस्तावेजों का हवाला देते हैं, जो लेखन शैली में समानताएँ दिखाते हैं। अपने आगे के वर्षों में जनरल गॉर्डन ने 'रेमिनिसेंसेस ऑफ द सिविल वॉर' (गृहयुद्ध की यादें) नाम की एक पुस्तक लिखी, जिसने जेफ के विश्लेषण के लिए सामग्री प्रदान की। आइए, हम दो गद्यों की तुलना करें, जिनमें से एक गॉर्डन की पुस्तक से लिया गया है, जिसमें वे राइट्स विले पेनसिलवेनिया में लगी आग को बुझाने के अपने आदमियों के प्रयासों का वर्णन करते हैं, और एक कीन की पुस्तक से है, जिसमें एक आपातकालीन घटना पर उनके अग्नि विभाग की प्रतिक्रिया का वर्णन है। मेरा अवलोकन यह है कि दोनों दस्तावेज एक ही 'आवाज' में लिखे गए हैं। मेरे अनुरोध पर मिरियम पेट्रुक, पी-एच.डी. ने जो कैलिफोर्निया विश्वविद्यालय, बर्कले में भाषाविज्ञान की प्रोफेसर हैं, इन दस्तावेजों का एक औपचारिक भाषाई विश्लेषण किया, जो इस अध्याय के एक परिशिष्ट के रूप में दिया गया है। यह विश्लेषण पुष्टि करता है कि दोनों गद्यों में संरचनात्मक समानताएँ हैं।

जॉन गॉर्डन (रेमिनिसेंसेस ऑफ द सिविल वार से)

मेरे आदमियों ने पुल को बचाने के लिए बड़ी मेहनत से काम किया। मैंने राइट्स विले के नागरिकों से बाल्टियाँ और लोटे जुटाने के लिए कहा, लेकिन एक भी उपलब्ध नहीं हुआ। लेकिन कुछ देर बाद, जब शहर में आग लगी, तब बाल्टियों और लोटों की कोई कमी नहीं थी···मेरे आदमियों ने शहर को बचाने के लिए भी उतनी ही ईमानदारी और बहादुरी से काम किया, जितना कि पुल को बचाने के लिए किया था। फायर इंजन या अन्य उपकरणों की अनुपस्थिति में आग की लपटों को बढ़ने से रोकने का एकमात्र तरीका था—जलते हुए शहर के चारों ओर, नदी के किनारे-किनारे अपने आदमियों को खड़ा करना और पानी की बाल्टियों को एक हाथ से दूसरे में तेजी से पास करना। इसी प्रकार से आगे बढ़ रही उग्र आग को रोका गया, और रात के अंतिम पहर में पूरी तरह बुझाकर इसको जीत लिया गया।

असिस्टेंट चीफ जेफरी कीन (उनके प्रमुख को लिखे एक पत्र से)

मेरा रेडियो बहाल होने के साथ मानव शक्ति और उपकरण लाए गए और कार्यकारी लेफ्टिनेंट क्रिस्टोफर एक्ले के मार्गदर्शन में रख दिए गए। कारररवाई की योजना तैयार करते समय लेफ्टिनेंट एक्ले ने अपने आदेश के तहत अच्छी व्यावहारिक बुद्धि, ज्ञान, प्रशिक्षण और फायर फाइटर्स की सुरक्षा के लिए गहरी चिंता का प्रदर्शन किया। एक खुली खिड़की के माध्यम से बड़ी मात्रा में गैस ने संरचना में प्रवेश कर लिया था। हालाँकि हमने इग्निशन के सभी संभावित स्रोतों को हटाने की कोशिश की, हम दो के अलावा सभी को हटाने में सफल रहे। मालिक ने हमें बताया कि घर में तेल से भरी एक भट्ठी और गरम पानी का एक हीटर था। अंदर या बाहर से उन्हें बंद करने का कोई रास्ता नहीं था। मीटरिंग उपकरणों, एक सकारात्मक प्रेशर फैन के उपयोग और खिड़कियों को खोलने तथा बंद करके खतरे को टाल दिया गया।

कार्मिक आत्मा समूह

मैंने पहले कहा था कि लोग साझा कर्म, भावनात्मक लगाव और संयुक्त परियोजनाओं के आधार पर समूहों में पुनर्जन्म प्राप्त करते हैं। समूह अवतारों के आधार पर जेफ और मुझे, दोनों को संदेह था कि वेस्टपोर्ट, कनेक्टिकट के अग्नि विभाग में उनके साथी अग्निशामकों गृहयुद्ध के दौरान जॉन बी. गॉर्डन के संभावित सैन्य परिचित हो सकते थे।

इसके बाद जेफ ने अपने फायरहाउस के साथियों और गॉर्डन के साथ लड़े अधिकारियों के बीच कई समानताओं की स्थापना की है। इन प्रस्तावित पूर्व जन्म के युग्मों में से एक, जो भौतिक समानता में एक अद्भुत समानता का प्रदर्शन करता है, कन्फेडरेट जनरल कैडमस विल्कॉक्स और फायर फाइटर वेन आर. जलेटा की जोड़ी है। जनरल विल्कॉक्स और जलेटा की तुलनात्मक छवियाँ इस अध्याय के अंत में देखी जा सकती हैं।

पिछले जीवन की यादों के संदर्भ में जेफ तीन तरह का वर्णन करते हैं। सबसे पहले, ध्यान की एक श्रृंखला के माध्यम से, जेफ गॉर्डन के रूप में अपने जीवन के विवरण को देखने या याद करने में सफल रहे। जेफ ने जानबूझकर रेमिनिसेंसेस ऑफ द सिविल वॉर पढ़ने से पहले इन ध्यान का आयोजन किया। उन्होंने इन अनुभवों का दस्तावेज किया और बाद में वे गॉर्डन की पुस्तक तथा अन्य स्रोतों के माध्यम से कई विवरणों की पुष्टि करने में सफल रहे।

एक दूसरी प्रकार की स्मृति में किसी अन्य स्रोत से जानकारी प्राप्त किए बिना

सहज रूप से गॉर्डन के जीवन के विवरण पता चलना शामिल है। उदाहरण के लिए जेफ एक विजिटर सेंटर में गए, जहाँ कॉन्फेडरेट सरेंडर सेरेमनी की कलाकृतियाँ रखी हुई थीं। गॉर्डन इस विशेष समारोह में शामिल हुए थे। एक तसवीर में समारोह की सेटिंग दरशाई गई थी, गॉर्डन और उनके साथी कॉन्फेडरेट अधिकारियों द्वारा सरेंडरिंग में इस्तेमाल हुए झंडों सहित। जेफ जानते थे कि प्रदर्शनी में रखा झंडा वह नहीं था, जो समारोह में वास्तव में इस्तेमाल हुआ था। जेफ ने विजिटर सेंटर में प्रदर्शित विभिन्न प्रकार के झंडों में से सही झंडा पहचान लिया। स्टाफ से पूछने पर उसने पुष्टि की कि प्रदर्शित किया हुआ झंडा वास्तव में बाद के युग का है और जेफ ने समारोह में इस्तेमाल हुआ असली झंडा पहचान लिया था।

जेफ द्वारा अनुभव की गई तीसरे प्रकार की स्मृति को हम भावनात्मक स्मृति या भौगोलिक स्मृति कह सकते हैं, जैसा कि संकेन रोड की घटना में वर्णित है, जिसमें जेफ ने एक पूर्व जन्म के आघात को याद करके गहरी भावनात्मक प्रतिक्रिया व्यक्त की थी।

राजनीतिक संबद्धता बदल सकती है

जेफ कीन ने बताया था कि गृहयुद्ध के समय वे दक्षिण की कॉन्फेडरेट आर्मी में जनरल थे, फिर भी इस जीवनकाल में वे उत्तर में रहते हैं। जेफ ने कहा कि उनके एक पूर्वज ने यूनियन के साथ युद्ध किया था और इस प्रकार, जब वे जॉन बी. गॉर्डन थे तो हो सकता है, अपने कनेक्टिकट के वर्तमान जीवनकाल में उन्होंने अपने ही रिश्तेदार के खिलाफ युद्ध किया हो। पुनर्जन्म हमें युद्ध पर एक अलग परिप्रेक्ष्य देता है। ऐसा जिसमें हम देखते हैं कि जीवन और संसाधनों के मायने में युद्ध कितना निरर्थक है।

मैंने इस अध्याय को जेफ कीन की पुस्तक 'समवन एल्सेस यस्टरडे' से लिये गए एक अंश के साथ समाप्त करना चाहूँगा। इसका हमारे समय के लिए बहुत महत्त्व है, यह देखते हुए कि आज हम अपनी धरती पर कितनी बड़ी मात्रा में संघर्षों का सामना कर रहे हैं। ध्यान दें कि यह अंश एक ऐसे व्यक्ति से आ रहा है, जो एक पूर्व जन्म में, संयुक्त राष्ट्र द्वारा उत्पन्न युद्ध के मैदान के सर्वकालीन महानतम जनरलों में से एक था। विचार करें कि कैसे पुनर्जन्म की समझ युद्ध के नायकों के चरित्रों का भी शमन कर देती है।

एक पल के लिए रुककर सोचें कि अगर पुनर्जन्म जीवन की एक सच्चाई के रूप में स्थापित हो जाता, तो दुनिया कैसी होती? तब हम दूसरों के साथ कैसा व्यवहार करते? परिवार, मित्रों या परिचितों के साथ व्यवहार निभाते हुए हमें खुद से कुछ ऐसे प्रश्न पूछने की आवश्यकता होती कि 'ये आत्माएँ कौन हैं? इनका मुझसे क्या रिश्ता है? क्या मुझे

इनसे कुछ सीखना है, या फिर मुझे इनका शिक्षक बनना है?' संभावनाएँ अंतहीन हैं। हम सब एक ही घर में रहते हैं और वह घर प्रतिदिन छोटा होता जा रहा है। यह ग्रह एक 'वैश्विक गाँव' बन गया है। अब दुनिया के दूसरे हिस्से में हो रही घटनाओं की जानकारी के लिए लिखित शब्दों की आवश्यकता नहीं होती। एक बटन दबाने के साथ हम आराम से बैठकर घटनाओं को देख सकते हैं। प्रत्येक देश बाकी सभी देशों को अपनी वित्तीय और प्रदूषण की समस्याओं एवं छोटी-छोटी क्रूरताओं से प्रभावित करता है। अब सबको अपने सोचने का तरीका बदलने की आवश्यकता पहले से कहीं ज्यादा है। अब और मैं नहीं, बल्कि हम। हम खुद पर और अपने आसपास के लोगों पर प्रभाव छोड़कर जाते हैं, इसलिए आइए, हम एक कोमल स्पर्श का प्रयोग करने की कोशिश करें।

पुनर्जन्म के मुख्य बिंदु और सिद्धांत

शारीरिक समानता : पुनर्जन्म के मामलों में चेहरे की विशेषताएँ कैसे समान रह सकती हैं, जेफ का केस इसके सबसे नाटकीय उदाहरणों में से एक है।

भाषाई लेखन शैली समान रह सकती है : जॉन बी. गॉर्डन और जेफ कीन द्वारा लिखे पत्रों की तुलना करते हुए, हम देखते हैं कि हमारे बात करने का तरीका, हमारे मस्तिष्क के काम करने का तरीका पुनर्जन्म मामलों में एक जैसा बना रह सकता है। हम एक जीवनकाल से दूसरे में मुख्यत: एक जैसे बने रहते हैं; केवल परिस्थितियाँ, पाठ और कार्य एक जन्म से दूसरे में बदल जाते हैं। गॉर्डन और कीन के गद्यों की तुलना करता औपचारिक भाषाई विश्लेषण नीचे दिया गया है।

मार्गदर्शक आत्मा की भागीदारी : यह मेरा तर्क है कि यह दुर्घटनावश नहीं हुआ था कि जेफ कीन संकेन रोड पर उसी स्थान पर गए, जहाँ वे जॉन बी. गॉर्डन के रूप में गृहयुद्ध में लगभग मारे गए थे। बहुत संभावना है कि वे अपनी आत्मा या एक मार्गदर्शक आत्मा के सहज नेतृत्व में वहाँ ले जाए गए, ताकि वे अपने पिछले जीवनकाल से संबंधित भावनाओं का अनुभव कर सकें। इस प्रकार, भौगोलिक मार्गदर्शन और भौगोलिक स्मृति, दोनों देखी जा सकती हैं। यह घटना विशेष रूप से कैप्टन रॉबर्ट स्नो के केस से मिलती है, जिन्हें न्यू ऑरलियंस में कुबड़ी महिला के चित्र तक पहुँचने के लिए प्रेरित किया गया था, जिसने बॉब को अपने पुनर्जन्म के मामले को हल करने में मदद की। ऐसे पुनर्जन्म मामलों से, जहाँ मार्गदर्शक आत्मा की भागीदारी देखी जाती है, ऐसा लगता है कि आत्मा की दुनिया के जीव चाहते हैं कि हम अपने पिछले जन्मों से अवगत हो जाएँ।

आत्मा समूह और पुनर्जन्म के माध्यम से रिश्तों का नवीनीकरण : जेफ ने अपने फायरहाउस के कई सदस्यों की पहचान की है, जो वे मानते हैं कि उनके साथ

गृहयुद्ध में शामिल थे। एक उदाहरण वेन जलेटा का है, जेफ का मानना है कि वह कैडमस विल्कॉक्स का पुनर्जन्म है।

राजनीतिक संबद्धता में परिवर्तन : जेफ ने नोट किया कि समकालीन समय में वह संयुक्त राज्य अमेरिका के उत्तर में पैदा हुए थे और वह खुद को कनेक्टिकट यैंकी के रूप में वर्णित करते हैं। जॉन बी. गॉर्डन के रूप में वे एक दक्षिणवासी थे, जिन्होंने गृहयुद्ध में कॉन्फेडरेट पक्ष से युद्ध लड़ा था। जेफ को लगता है कि उनके पूर्वजों ने उनके समकालीन जीवनकाल में उनके खिलाफ गृहयुद्ध लड़ा हो सकता है।

जॉन बी. गॉर्डन | जेफ कीन

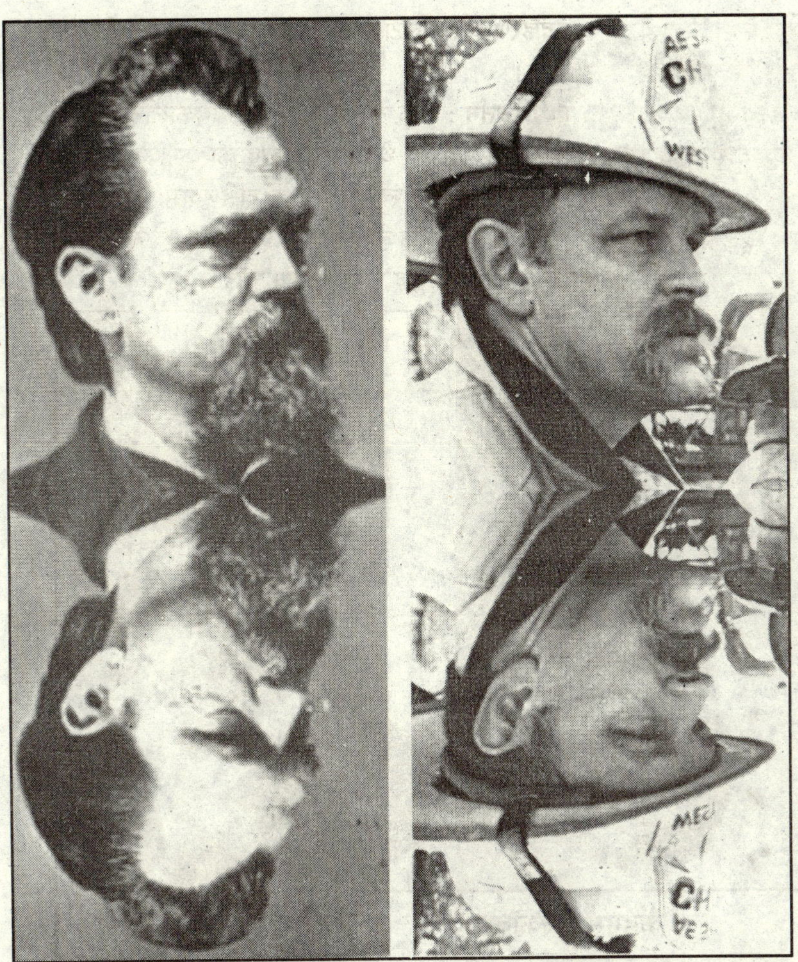

जॉन बी. गॉर्डन   जेफ कीन

कैडमस विल्कॉक्स वेन आर. जलेटा

गॉर्डन और विल्कॉक्स ने कॉन्फेडरेट आर्मी में एक साथ युद्ध लड़े थे। उन्हें कीन और जलेटा के रूप में पुनर्जन्म प्राप्त हुए, जो वेस्टपोर्ट, कनेक्टिकट फायर विभाग में एक ही फायरहाउस में काम करते थे।

परिशिष्ट

जॉन बी. गॉर्डन/जेफरी कीन मामले में भाषाई विश्लेषण : मिरियम पेटुक, पी-एच.डी. द्वारा

जॉन गॉर्डन (रेमिनिसेंसेस ऑफ द सिविल वॉर से)

मेरे आदमियों ने पुल को बचाने के लिए कड़ी मेहनत से काम किया। मैंने राइट्सविले के नागरिकों से बाल्टियाँ और लोटे लाने के लिए कहा, लेकिन एक भी नहीं लाया। लेकिन कुछ देर बाद, जब शहर में आग लगी, तब बाल्टियों और लोटों की कोई कमी नहीं थी...मेरे आदमियों ने शहर को बचाने के लिए भी उतनी ही ईमानदारी और बहादुरी से काम किया, जितना कि पुल को बचाने के लिए किया था। फायर इंजन या अन्य उपकरणों की अनुपस्थिति में, आग की लपटों को बढ़ने से रोकने का एकमात्र तरीका था—जलते हुए शहर के चारों ओर नदी के किनारे-किनारे अपने आदमियों को खड़ा करना और पानी की बाल्टियों को एक हाथ से दूसरे में तेजी से पास करना। इस प्रकार, और केवल इसी प्रकार, आगे बढ़ रही उग्र आग को रोका गया, और रात के अंतिम प्रहर में पूरी तरह बुझाकर उसको जीत लिया गया।

असिस्टेंट चीफ जेफरी कीन (उनके प्रमुख को लिखे एक पत्र से)

मेरा रेडियो बहाल होने के साथ, मानव शक्ति और उपकरण लाए गए और कार्यकारी लेफ्टिनेंट क्रिस्टोफर एक्ले के मार्गदर्शन में रख दिए गए। काररवाई की योजना तैयार करते समय लेफ्टिनेंट एक्ले ने अपने आदेश के तहत अच्छी व्यावहारिक बुद्धि, ज्ञान, प्रशिक्षण और फायर फाइटर्स की सुरक्षा के लिए गहरी चिंता का प्रदर्शन किया। एक खुली खिड़की के माध्यम से बड़ी मात्रा में गैस ने संरचना में प्रवेश कर लिया था। हालाँकि हमने इग्निशन के सभी संभावित स्रोतों को हटाने की कोशिश की, हम दो के

अलावा सभी को हटाने में सफल रहे। मालिक ने हमें बताया कि घर में तेल से भरी एक भट्ठी और गरम पानी का एक हीटर था। अंदर से या बाहर से उन्हें बंद करने का कोई रास्ता नहीं था। मीटरिंग उपकरणों, एक सकारात्मक प्रेशर फैन के उपयोग और खिड़कियों को खोलने तथा बंद करने के द्वारा खतरे को हटा दिया गया।

मिरियन पेटुक, पीएचडी, भाषाई प्रोफेसर, यूनिवर्सिटी ऑफ कैलिफोर्निया, बर्कले द्वारा किए भाषाई विश्लेषण का सारांश :

- प्रति वाक्य शब्दों की औसत संख्या में बंद : गॉर्डन-21; कीन-18
- **यौगिक वाक्य का उपयोग :** गॉर्डन— "आग की लपटों को बढ़ने से रोकने का एकमात्र तरीका था, जलते हुए शहर के चारों ओर नदी के किनारे-किनारे अपने आदमियों को खड़ा करना और पानी की बाल्टियों को एक हाथ से दूसरे में तेजी से पास करना।" कीन—"काररवाई की योजना तैयार करते समय लेफ्टिनेंट एक्ले ने अपने आदेश के तहत अच्छी व्यावहारिक बुद्धि, ज्ञान, प्रशिक्षण और फायर फाइटर्स की सुरक्षा के लिए गहरी चिंता का प्रदर्शन किया।"
- **जटिल वाक्य में प्रक्षेपित खंडों का उपयोग :** गॉर्डन—"फायर इंजन की अनुपस्थिति में।" कीन—"काररवाई की योजना तैयार करते समय।"
- **अस्वीकृति के साथ अस्तित्व वाक्यों का उपयोग :** गॉर्डन—"बाल्टियों की कोई कमी नहीं थी।" कीन—"उन्हें बंद करने का कोई रास्ता नहीं था।"
- **वाक्य की शुरुआत में क्रिया-विशेषण खंड :** गॉर्डन—"महान् ऊर्जा के साथ", "फायर इंजन की अनुपस्थिति में।" कीन—"मेरा रेडियो बहाल होने के साथ।"
- अंत को छोड़कर अधिकांश पाठ सक्रिय आवाज में हैं। दोनों गद्यों में, पैराग्राफ निष्क्रिय आवाज में समाप्त होते हैं, जैसे कि सफलता कार्य में शामिल लोगों के हस्तक्षेप के बिना आई थी। उत्साह क्रिया के दो हिस्सों को अलग करके, अपेक्षित शब्द आदेश को बदलकर प्राप्त किया गया है। गॉर्डन—"आगे बढ़ रही उग्र आग को रोका गया, और रात के अंतिम घंटों में पूरी तरह बुझाकर जीत लिया गया।" कीन—"मीटरिंग उपकरणों का उपयोग करके ... खतरा हटा दिया गया।"

डॉ. पेट्रुक के नोट

पहले ही नोट की गई समानताओं को देखते हुए हमें लेखक के बारे में अस्वीकरण शामिल करना होगा। विशेष रूप से इसलिए, क्योंकि ग्रंथ बहुत छोटे हैं और विश्लेषण (आवश्यक रूप से) प्रमुख संरचनात्मक विशेषताओं तक सीमित है, लेखकत्व के बारे में कोई भी दावा अधिक-से-अधिक प्रयोगात्मक हो सकता है। इस संबंध में एक मजबूत दावा करने के लिए और विश्लेषण की आवश्यकता है। ग्रंथों के बड़े नमूने, जिनका पूर्व चयन नहीं किया गया है, शब्दों के विभिन्न सबसेट पर विभिन्न आवृत्ति परीक्षणों की सुविधा प्रदान करेंगे। इसके अलावा, ग्रंथों की सबस्टाइलिस्टिक सुविधाओं के बारे में अन्य सवालों के जवाब देने के लिए इस तरह के पाठ की जाँच करना शिक्षाप्रद होगा। उदाहरण के लिए, क्या वे विशिष्ट शब्दावली का उपयोग करते हैं? क्या ग्रंथ सामान्य शब्दों के दुर्लभ संयोजन नियोजित करते हैं? क्या शब्दों की कोई अनियमित वर्तनी या अति संवेदनशीलता है या आमतौर पर वाक्यों का विराम-चिह्न?

□

9

डॉ. जॉन इलियटसन का पुनर्जन्म

नॉर्म शैली पीड़ा प्रबंधन में एक विश्व प्रसिद्ध न्यूरोसर्जन, आविष्कारक, लेखक और विशेषज्ञ हैं। डॉ. शैली टेन्स (TENS) यूनिट के आविष्कारक हैं, जो एक ऐसा उपकरण है, जो त्वचा के माध्यम से विद्युत् प्रवाह का निर्वहन करता है, जिससे पीड़ा रुक जाता है। वह डॉर्सल कॉलम स्टीमुलेटर यंत्र के आविष्कारक भी हैं, जो त्वचा के नीचे रखा जाने वाला एक उपकरण है, जिसमें रीढ़ की हड्डी के बगल में तार लगाए जाते हैं, जो गंभीर और अचूक पीठ दर्द के मामलों में दर्द आवेगों को अवरुद्ध करने के लिए एक विद्युत् प्रवाह का निर्वहन करते हैं। वह फैसेट राइजोटोमी के आविष्कारक भी हैं—एक शल्य चिकित्सा प्रक्रिया, जिसमें पीछे के जोड़ों से आनेवाले दर्द को कम करने के लिए तंत्रिका फाइबर काटे जाते हैं। डॉ. शैली को आधुनिक व्यापक पीड़ा प्रबंधन कार्यक्रम का जनक भी माना जाता है, जिसमें मनोवैज्ञानिकों और चिकित्सकों का उपयोग करते हुए एक बहुआयामी दृष्टिकोण शामिल है। इन सभी कारणों से नॉर्म शैली दुनिया भर के चिकित्सकों में जाने जाते हैं।

नॉर्म को अपने एक पिछले जीवनकाल के बारे में पता चला है, जिसमें वे ब्रिटेन के 19वीं शताब्दी के चिकित्सक जॉन इलियटसन थे, जो एक चिकित्सा नवप्रवर्तनक (मेडिकल इनोवेटर) और पीड़ा विशेषज्ञ भी थे। अपने ही शब्दों में, डॉ. शैली बताते हैं कि उन्हें इस पिछले अवतार के बारे में कैसे पता चला। नीचे दिए गए अनुच्छेद में, स्नोमास कोलोराडो में स्की रिजॉर्ट का संदर्भ देते हैं।

जनवरी 1972 में मैं ऐस्पेन में स्नोमास में न्यूरोइलेक्ट्रिक सोसाइटी में एक व्याख्यान में बैठा था और डॉ. विलियम क्रोगर का व्याख्यान समाप्त होने का इंतजार कर रहा था। मैं थोड़ा नाराज था, क्योंकि वे हमें यह समझाने की कोशिश कर रहे थे कि एक्यूपंक्चर सम्मोहन था और उन्होंने अचानक कहा, "पिछली शताब्दी में एक ब्रिटिश चिकित्सक ने दिखाया कि आप उन मरीजों के ऑपरेशन कर सकते थे, जो सम्मोहन की अवस्था

में हों। उनका नाम जॉन इलियटसन था।" जब उसने यह कहा तो मुझे लगा, जैसे किसी ने मेरी पीठ के नीचे एक आइसबर्ग लगा दिया हो और मैंने खुद से कहा, "हे भगवान्, वो तो मैं हूँ।"

मैं उस समय पुनर्जन्म के बारे में तटस्थ था। मैंने अपनी मेडिकल लाइब्रेरियन से पूछा कि क्या वह मुझे जॉन इलियटसन पर कोई जानकारी दे सकती है; पर वह कोई जानकारी नहीं दे सकी, इसलिए उस वर्ष के जून में मैं लंदन गया। मैं एक टैक्सी में बैठा और कैब चालक से रॉयल कॉलेज ऑफ सर्जन्स में ले जाने के लिए कहा, यह मानते हुए कि जॉन इलियटसन एक सर्जन रहे होंगे। जैसे ही हम दाहिनी ओर एक कोने में मुड़े, मैं कैब में पीछे बैठा था और अचानक शारीरिक रूप से उठकर विपरीत दिशा में बैठ गया, और एक बार मुझे महसूस हुआ कि मेरी पीठ पर किसी ने आइसबर्ग रख दिया हो। दाईं तरफ के बजाय बाईं तरफ एक ब्लॉक छोड़कर यूनिवर्सिटी कॉलेज हॉस्पिटल ऑफ लंदन था, जहाँ जॉन इलियटसन के रूप में मेरा कार्यालय था। मैंने इमारत में प्रवेश किया और मुझे घर जैसा महसूस हुआ।

पता चला कि जॉन इलियटसन यूनिवर्सिटी कॉलेज अस्पताल में चिकित्सा के पहले प्रोफेसर थे। उन्होंने 1830 के दशक में दवा के विभिन्न पहलुओं पर सार्वजनिक व्याख्यान देकर अपनी प्रतिष्ठा बनाई। जेम्स वेकली, जो उस समय लांसेट के संपादक थे, अकसर उनके व्याख्यान प्रकाशित करते थे। एक इंटर्निस्ट के रूप में अपने कॅरियर के दौरान जॉन ने इंग्लैंड में स्टेथोस्कोप और नशीले पदार्थों का उपयोग पेश किया, दोनों फ्रांस से, जहाँ उन्होंने अध्ययन किया था। उन्होंने मस्तिष्कवाद भी पेश किया, जो सम्मोहन के लिए पुराना शब्द है, और एंफीथिएटर में मस्तिष्कवाद के सार्वजनिक प्रदर्शन प्रस्तुत करने शुरू कर दिए। वे चार्ल्स डिकेंस और विलियम ठाकरे के बहुत करीबी मित्र थे। उन्होंने डिकेंस को उनकी हाइपोकॉण्ड्रियल पत्नी पर मस्तिष्कवाद का उपयोग करने का तरीका सिखाया। एलियटसन लंदन में पहले चिकित्सक थे, जिन्होंने दस्ताने पहनना छोड़ा था। उनके आकर्षक काले घुँघराले बाल थे और जन्मजात लँगड़ाकर चलते थे।

उन्होंने यह भी दिखाया कि उनके कुछ रोगी, जिन्हें एक कृत्रिम निद्रावस्था में रखा गया था, दिव्यदृष्टा बन गए और उनका आसानी से निदान कर दिया गया। इलियटसन ने जेम्स एस्डाइल को सम्मोहित मरीजों पर बड़ी संख्या में संचालन करने के लिए भी प्रेरित किया। एस्डाइल ने बाद में Natural and Mesmeric Clairvoyance नामक एक पुस्तक लिखी और दिव्यदृष्टि उत्प्रेरित करने के लिए इलियटसन के कृत्रिम निद्रावस्था के उपयोग का उल्लेख किया। अंततः इलियटसन को ट्रस्टी बोर्ड ने मस्तिष्कवाद के सार्वजनिक प्रदर्शनों को रोकने के लिए कहा। इलियटसन ने नाराज होकर इस्तीफा दे दिया।

बारह वर्षों तक उन्होंने अपनी पत्रिका जोइस्ट का प्रकाशन करना जारी रखा, जिसमें उन्होंने मस्तिष्कवाद के कई पहलू बताए, जिसमें 300 से अधिक ऐसे रोगी शामिल थे, जिनकी शल्य चिकित्सा इलियटसन द्वारा रोगी को कृत्रिम निद्रावस्था में लाने के बाद अन्य चिकित्सकों द्वारा की गई। आखिरकार उन्हें रॉयल कॉलेज ऑफ फिजीशियंस ने चिकित्सा में उनके योगदान के कारण वार्षिक हैवेरियन व्याख्यान देने के लिए आमंत्रित किया। उन्होंने नए विचारों को स्वीकार करने में विज्ञान के पाखंड पर अपना व्याख्यान दिया।

अब मेरे अपने जीवन की समानताएँ : बचपन में जब मैं शायद 4 या 5 वर्ष का था, मैं काले, घुँघराले बाल इतनी बुरी तरह चाहता था कि एक बार मैं अपनी एक आंटी के पास गया और उनके काले बालों की एक लट काट ली। इसके लिए मेरी माँ ने मेरी अच्छी पिटाई की। जब मैं सोलह वर्ष का था और कॉलेज जाने की तैयारी में था, मैंने अपने बालों को काला रंग दिया, लेकिन ऐसा मैंने एक से अधिक बार नहीं किया। यह बहुत अधिक परेशानी वाला काम था।

नौ वर्ष की आयु में, हर कोई निकर पहनता था, सिवाय मेरे। मेरी माँ ने मुझे निकर पहनाने की कोशिश की, लेकिन मैं गुस्सा दिखाकर उन्हें फाड़ देता था। 9 वर्ष की आयु में ही मुझे दाहिने टिबिअल प्लैट्यू का एक छोटा सा स्ट्रेस फ्रैक्चर हो गया। वह एक फोड़े से संक्रमित हो गया, वह एंटीबायोटिक दवाओं के आने से पहले का समय था, और मुझे बताया गया था कि मुझे हमेशा लँगड़ाकर चलना होगा।

जॉन भी एक लैटिन विद्वान् थे और मैंने हाई स्कूल में दो वर्ष लैटिन पदक जीता था। हालाँकि चार साल की उम्र में मैंने कहना शुरू कर दिया था कि मैं एक चिकित्सक बनूँगा, सोलह वर्ष का होने तक मैं सोचने लगा था कि मैं एक न्यूरोसर्जन बनूँगा। मेडिकल स्कूल में मेरे जूनियर और वरिष्ठ वर्षों के बीच मैंने विभिन्न शल्य चिकित्सा इंटर्नशिप संभावनाओं पर जाने के लिए तीन महीने यात्रा की। मैं ड्यूक वापस गया और सर्जरी के बजाय आंतरिक चिकित्सा में इंटर्नशिप लेने का फैसला किया, हालाँकि इंटर्नशिप के बाद भी मैंने न्यूरोसर्जरी का विचार नहीं छोड़ा।

बचपन में चार्ल्स डिकेंस मेरे पसंदीदा लेखकों में से एक थे। 1974 में मैं महान् चिकित्सक ओल्गा वोराल से मिलने गया। एक कृत्रिम निद्रावस्था की स्थिति में मैंने उन्हें उनके लिविंग रूम में घूमते, टेबल पर से एक किताब उठाते और फिर वापस टेबल पर रखते देखा। बाद में मैंने ओल्गा को फोन किया और पूछा कि उनके लिविंग रूम में टेबल पर कौन सी किताब रखी हुई थी। उन्होंने कहा कि वो विलियम ठाकरे द्वारा लिखी पुस्तक 'पेंडेनिस' थी। ठाकरे ने अपना उपन्यास पेंडेनिस (1850) डॉ. इलियटसन को समर्पित किया था और उस उपन्यास का चरित्र डॉ. गुडएनफ भी डॉ. इलियटसन से प्रेरित था।

मैंने अपनी जिंदगी का अधिकांश हिस्सा लोगों को नशे की लत से दूर रखने में व्यतीत किया है, न कि उससे उनका इलाज करने में। इलियटसन का नाम सुनने से छह महीने पहले मैंने नए विचारों को स्वीकार करने में चिकित्सा के पाखंड के आधार पर गुमनाम रूप से एक उपन्यास प्रकाशित किया। मैंने इलियटसन द्वारा उनके हार्वेरियन व्याख्यान में प्रयुक्त कई उदाहरणों का उपयोग किया। 1973 में एक बार फिर जॉन इलियटसन का नाम सुनने से एक महीने पहले मुझे फार्च्यून 500 कंपनी से अज्ञात रहने की शर्त पर मानसिक निदान का अध्ययन करने के लिए 50,000 डॉलर का अनुदान मिला।

1973 में मैं पचहत्तर व्यक्तियों से मिला, जिन्हें उत्कृष्ट दिव्यदृष्टा माना जाता था, और मैंने चिकित्सा अंतर्ज्ञान या वास्तव में अनियंत्रित मनोविज्ञान या चिकित्सा निदान करने के लिए अंतर्दृष्टि की क्षमता का परीक्षण किया। हमें पाँच ऐसे लोग मिले, जो 70 से 75 प्रतिशत के बीच सटीक थे। जब मैंने उन पचहत्तर सहज ज्ञान युक्त व्यक्तियों को बताया कि मुझे व्यक्तिगत रूप से महसूस होता था कि मैं जॉन इलियटसन था, तो सभी पचहत्तर लोग सहमत हो गए। अपने जीवन में लगभग सात सालों तक, मैंने चिकित्सा के वैकल्पिक दृष्टिकोण पर एक न्यूजलेटर 'होलोस प्रैक्टिस रिपोर्ट' प्रकाशित किया।

संक्षेप में, मेरे मन में कभी भी इस बात को लेकर सवाल नहीं रहा है कि मैं अपने पिछले जीवन में जॉन इलियटसन था। जॉन इलियटसन का जन्म 24 अक्तूबर, 1791 को हुआ था। 19 साल की उम्र में उन्होंने मेडिकल स्कूल से स्नातक की उपाधि प्राप्त की। दिलचस्प बात यह है कि मैंने 19 साल की उम्र में मेडिकल स्कूल में प्रवेश किया। उनकी मृत्यु 29 जुलाई, 1868 को हुई। संयोग से, जॉन ने लंदन में फ्रेनोलॉजी सोसाइटी की स्थापना की और यह भी दिलचस्प है कि मैं न्यूरोसर्जरी में गया, जिसमें निश्चित रूप से खोपड़ी के साथ बहुत कुछ करने के लिए है।

आइए, हम इलियटसन/शीली मामले की मुख्य विशेषताओं की संक्षेप में समीक्षा करें। जब डॉ. शीली ने पहली बार जॉन इलियटसन का नाम सुना, तो उन्हें अंदर से महसूस हो गया कि वे पिछले जीवनकाल में इलियटसन थे। ऐसा इसके बादजूद हुआ कि डॉ. शीली उस समय पुनर्जन्म के बारे में तटस्थ थे। डॉ. शीली को यह आंतरिक बोध हुआ था, जिसके साथ उन्हें अपनी पीठ में 'भयंकर ठंड' जैसी नाटकीय सनसनी महसूस होती थी। ऐसा इलियटसन के जीवन का अध्ययन करने और इलियटसन की किसी तसवीर को देखे बिना हुआ। जब डॉ. शीली इलियटसन पर शोध करने के लिए लंदन गए, तो उन्हें इलियटसन का कार्यालय आसानी से मिल गया, इस घटना के साथ भी 'बर्फबारी' की संवेदना जुड़ी हैं। तब डॉ. शीली ने तब जाना कि उनमें और इलियटसन में काफी समानताएँ थीं। दोनों मेडिकल इनोवेटर्स (चिकित्सा में नए आविष्कार करने की)

होने की विशेषता साझा करते हैं, जैसे कि इलियटसन ने इंग्लैंड में स्टेथोस्कोप के उपयोग की शुरुआत की और नॉर्म शीली ने टेन्स यूनिट और पृष्ठीय कॉलम उत्तेजक (डोर्सल कॉलम स्टीमुलेटर) का आविष्कार किया है।

दोनों ने पीड़ा के प्रबंधन में रुचि दिखाई। इलियटसन ने इंग्लैंड में नशीले पदार्थों का उपयोग शुरू किया, जबकि डॉ. शीली पीड़ा प्रबंधन पर विश्व विशेषज्ञ बन चुके हैं। अपने समकालीन कॅरियर में डॉ. शीली ने पीड़ा का प्रबंधन करने के तरीकों को खोजने के लिए काम किया है, ताकि लोग नशीले पदार्थों से दूर हो सकें। इलियटसन एक इंटर्निस्ट थे, जिसने बाद में फ्रेनोलॉजी की स्थापना की, जिसमें खोपड़ी का अध्ययन शामिल है। डॉ. शीली ने पहले आंतरिक चिकित्सा में जाने का चुनाव किया, फिर क्षेत्र बदल लिया और न्यूरोसर्जन बन गए।

इलियटसन को वशीकरण या सम्मोहन में दिलचस्पी थी, जो कि डॉ. शीली को भी थी। इलियटसन इस अवलोकन में रुचि रखते थे कि सम्मोहन भेदन को उत्तेजित कर सकता है। डॉ. शीली ने कैरोलिन मिस समेत कई भेदकों और चिकित्सा अंतर्ज्ञानियों के साथ काम किया है। दोनों को अपने अभिनव दृष्टिकोण के लिए चिकित्सा समुदाय में रूढ़िवादी तत्त्वों द्वारा उपहासित किया गया है। इलियटसन ने अपने विरोधियों को अच्छा जवाब दिया, जब हार्वेरियन व्याख्यान में उन्होंने नए विचारों को स्वीकार करने में विज्ञान के पाखंड पर एक भाषण दिया।

डॉ. शीली ने एक समान संदेश के साथ एक उपन्यास प्रकाशित किया और उन्हीं ऐतिहासिक उदाहरणों का उपयोग किया, जिनका इलियटसन ने अपने हार्वेरियन व्याख्यान में किया था।

इलियटसन के आकर्षक काले बाल थे, जिन्हें डॉ. शीली ने अपनी युवावस्था में पुनः दोहराने की कोशिश की थी। इलियटसन ने निकर्स, जो घुटनों से बस थोड़ा नीचे आनेवाली पैंट होती है, पहनना छोड़ दिया था। डॉ. शीली को भी जब उनकी माँ ने वैसी पैंट पहनाने की कोशिश की तो उन्होंने गुस्सा दिखाते हुए उसे फाड़ दिया था।

यह महत्त्वपूर्ण है कि 2002 में जब मैंने पहली बार डॉ. शीली से संपर्क किया, तो वे इस बात से अनजान थे कि चेहरे की विशेषताएँ एक जीवनकाल से दूसरे जीवनकाल में सुसंगत रह सकती हैं। जब मैंने उनसे पूछा कि क्या वे जॉन इलियटसन की तरह दिखते थे, तो नॉर्म ने जवाब दिया, "मुझे नहीं पता!" नॉर्म ने मुझे मेडिकल छात्रों के रूप में अपनी और इलियटसन की तसवीरें भेजने के लिए सहमति व्यक्त की, जिनमें उन्हें लग रहा था कि कुछ समानता हो सकती है। वे तसवीरें, जो इस अध्याय के अंत में प्रस्तुत की गई हैं, स्पष्ट रूप से चेहरे की वास्तुकला में समानता का प्रदर्शन करती हैं। काफी कुछ रॉबर्ट हिम के मामले की तरह, यह तथ्य कि नॉर्म शैली ने अपने पिछले जीवन के मामले

को एक आकर्षक तरीके से लिया और बिना संदेह के विश्वास किया कि वे इलियटसन का पुनर्जन्म है। फिर भी उन्हें यह नहीं पता था कि उन दोनों में शारीरिक समानता है, इस आधार का समर्थन करता है कि चेहरे की विशेषताएँ एक जन्म से दूसरे में समान रहती हैं।

नॉर्मन शीली के मामले से पिछले जीवन की तीन दिलचस्प अतिरिक्त समानताएँ प्रकट हुई हैं। इनमें से एक में ऐंटोन मेस्मर शामिल हैं, जिन्होंने जॉन इलियटसन को काफी प्रभावित किया। मेस्मर एक ऑस्ट्रियाई चिकित्सक थे, जिनका जीवनकाल 1734 से 1815 तक था। उन्होंने सम्मोहन का एक रूप विकसित किया, जो 'मस्तिष्कवाद' कहलाया। मेस्मर ने पाया कि कुछ रोगियों को इस ध्यान की, कृत्रिम निद्रावस्था की स्थिति से लाभकारी प्रभाव प्राप्त हुए। चिकित्सा समुदाय में अन्य चिकित्सकों ने, जैसे जॉन इलियटसन ने, मेस्मर के काम का समर्थन किया। 1785 में, फ्रांसीसी सरकार ने मेस्मर की जाँच करने के लिए एक समिति बनाई, जिसमें बेंजामिन फ्रेंकलिन शामिल थे। समिति की रिपोर्ट मेस्मर के लिए प्रतिकूल थी, जिसके परिणामस्वरूप वे एक मायावी बताकर निर्वासित कर दिए गए। हालाँकि, भावी पीढ़ी ने मेस्मर को सही साबित कर दिया है, क्योंकि सम्मोहन और ध्यान (मेडीटेशन), बाद में कई चिकित्सा स्थितियों के लिए उपयोगी साबित हुए।

समकालीन समय में ऐंटोन मेस्मेर को जॉन कबाट-जिन, पी-एच.डी. के रूप में पहचाना गया है, जो संयुक्त राज्य अमेरिका के चिकित्सा समुदाय में 'माइंडफुलनेस मेडिटेशन' लेकर आए हैं। इसका प्रयोग तनाव से बढ़ी स्थितियों को कम करने के लिए किया जाता है, और इसे मस्तिष्कवाद के समकालीन संस्करण के रूप में देखा जा सकता है। इस कहानी का एक अद्‌भुत पहलू यह है कि आज की दुनिया में ऐंटोन मेस्मर के पुनर्जन्म को उपहास के बजाय अपने काम के लिए प्रशंसित किया गया है। मेस्मेर और कबाट—जिनके बीच की समानता ट्रांस माध्यम केविन रायर्सन और अह्तुन रे नाम के एक आत्मा गाइड, जिसे वे संचालित करते हैं, के साथ मेरे काम के माध्यम से व्युत्पन्न हुई थी। अह्तुन रे का परिचय इस पुस्तक के दूसरे हिस्से में पेश किया जाएगा।

माइंडफुलनेस मेडिटेशन कई चिकित्सा संस्थानों में पढ़ाया जाता है। इस जीवनकाल में डॉ. कबाट जिन मेडिकल एकेडेमियों के सदस्य रहे हैं, क्योंकि वे मैसाचुसेट्स विश्वविद्यालय के मेडिकल स्कूल में मेडिसिन के सेवानिवृत्त प्रोफेसर हैं। मुझे इस कहानी से प्यार है, क्योंकि यह दरशाती है कि उन व्यक्तियों को, जिनकी एक जीवनकाल में बंद दिमाग वाले लोगों द्वारा निंदा की जाती है, अंत में अपने न्यायोचित पुरस्कार मिल जाते हैं।

नॉर्म शीली के संबंध में उभरे एक और पिछले जीवन के मामले में चार्ल्स डिकेंस शामिल हैं, जो जॉन इलियटसन के अच्छे मित्र माने जाते थे। केविन रायर्सन के साथ मेरे काम के माध्यम से यह निर्धारित किया गया था कि चार्ल्स डिकेंस ने हैरी पॉटर श्रृंखला की लेखक जे.के. रोलिंग के रूप में पुनर्जन्म लिया है। अह्तुन रे ने बताया कि इस

जीवनकाल में, पिछले जीवन की तरह डिकेंस/रोलिंग लिखित कार्यों के माध्यम से बच्चों के जीवन में रोमांच जगा रहे हैं। जैसा कि इस अध्याय के अंत में दी गई छवि तुलना दिखाती है, डिकेंस और रोलिंग के बीच शारीरिक समानता प्रभावशाली है।

केविन के साथ मेरे काम के माध्यम से इलियटसन के एक अन्य साहित्यिक मित्र, सामाजिक व्यंग्यकार विलियम ठाकरे, समकालीन समय में व्यंग्यात्मक कार्टूनिस्ट, पैट्रिक 'पैट' ओलिफैंत के रूप में पहचाने गए हैं।

पुनर्जन्म के मुख्य बिंदु और सिद्धांत

शारीरिक समानता : नॉर्म और जॉन इलियटसन में चेहरे की एक जैसी विशेषताएँ हैं। एक ऐसा तथ्य, जिसकी वर्ष 2002 तक नॉर्म ने सराहना नहीं की थी, हालाँकि वे 1970 के दशक से ही आश्वस्त हो चुके थे कि वे इलियटसन थे।

अभिनव प्रतिभा : नार्म जन्म से ही विलक्षण प्रतिभासंपन्न थे, जिन्होंने केवल 19 वर्ष की आयु में मेडिकल स्कूल में प्रवेश प्राप्त कर लिया था। वे एक मेडिकल आविष्कारक और नव-प्रवर्तनक बन गए थे, जैसे कि इलियटसन थे। इलियटसन की तरह नॉर्म ने पीड़ा प्रबंधन के क्षेत्र में प्रमुख योगदान दिया है; हालाँकि वे देखते हैं कि इस जीवनकाल में उन्होंने रोगियों को नशीले पदार्थों से दूर करने की कोशिश की है, जबकि इलियटसन के रूप में उन्होंने इंग्लैंड में इलाज में नशीले पदार्थों के उपयोग की शुरुआत की थी।

वास्तविक रूप में नॉर्म और इलियटसन दोनों मेडिकल विद्रोही रहे हैं, और दोनों ने नए विचारों को स्वीकार करने में मुख्यधारा की चिकित्सा के पाखंड पर लिखा था। यहाँ तक कि दोनों ने अपनी बात साबित करने के लिए इतिहास से समान उदाहरणों का उपयोग किया; हालाँकि नॉर्म अपना खुद का ग्रंथ लिखने से पहले इस विषय पर इलियटसन के लेखन से अनजान थे। ऐसे में यह एक ऐसा मामला प्रतीत होता है, जहाँ एक व्यक्ति ने अनजाने में पिछले जीवन के अनुभव और ज्ञान से लाभ उठाया।

भौगोलिक स्मृति : जब नॉर्म इंग्लैंड में थे, तो वे सहज रूप से टैक्सी ड्राइवर को जॉन इलियटसन के पूर्व चिकित्सा कार्यालय में ले गए थे। यह हमें एन फ्रैंक/बरब्रो कार्लेन के मामले की याद दिलाता है, क्योंकि बरब्रो दस वर्ष की आयु में अपनी पहली एम्स्टर्डम यात्रा के दौरान अपने माता-पिता को बिना किसी निर्देश के उनके होटल से एन फ्रैंक हाउस ले गई थी।

आत्मा तत्व की भागीदारी : ऐसा प्रतीत होता है कि नॉर्म की अपनी आत्मा ने या शायद किसी आत्मा गाइड ने नॉर्म की पीठ में भयंकर ठंड की अनुभूति जैसी सनसनी उत्पन्न करके इस पुनर्जन्म मामले के विकास को आसान बना दिया था; जब उन्होंने

स्नोमास में जॉन इलियटसन का नाम सुना था, साथ ही जब नॉर्म लंदन में इलियटसन के बारे में जानकारी प्राप्त करने के उद्देश्य से टैक्सी में घूम रहे थे।

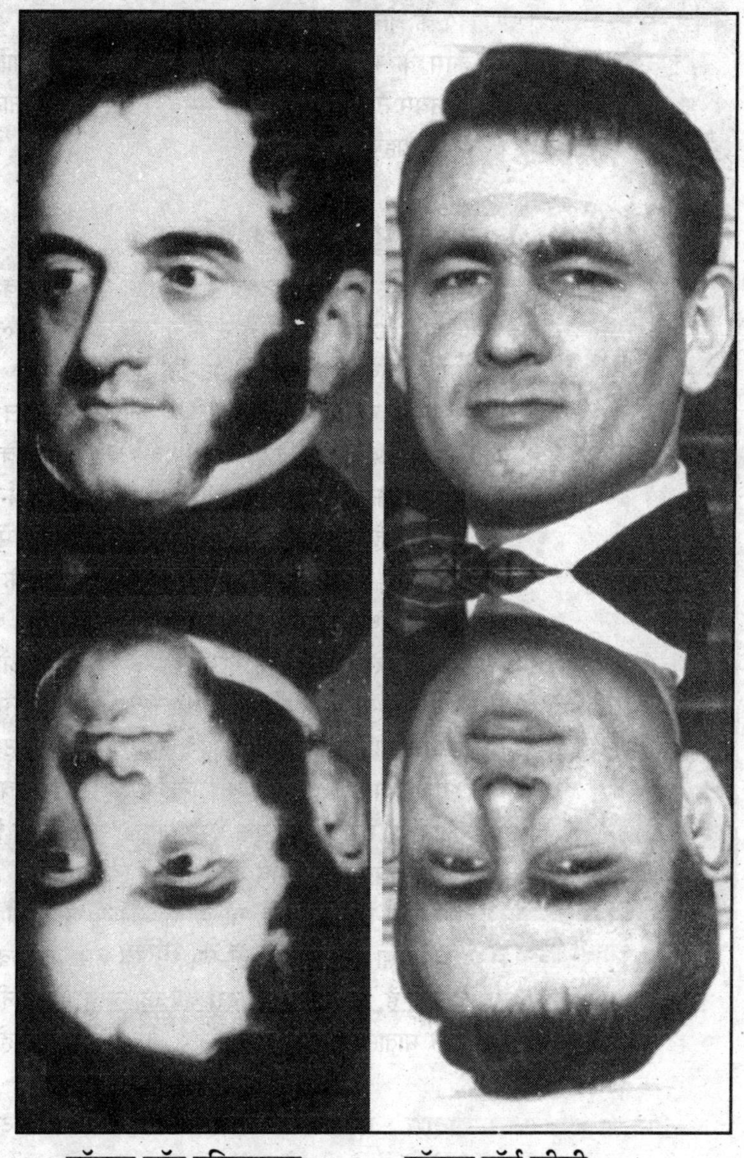

डॉक्टर जॉन इलियटसन डॉक्टर नॉर्म शीली

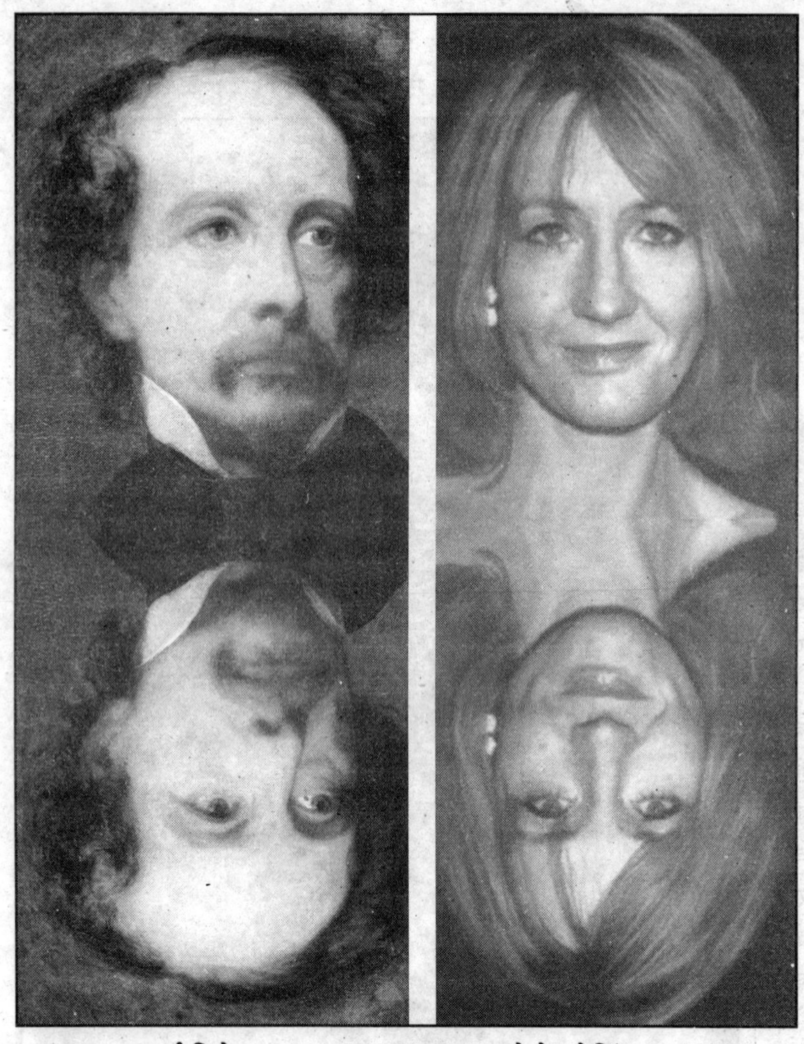

चार्ल्स डिकेन्स जे.के. रोलिंग

जे.के. रोलिंग हैरी पॉटर पुस्तक श्रृंखला की लेखिका हैं।

□

10

राजनयिक पीटरसन

वेन पीटरसन एक सेवानिवृत्त कॅरियर अमेरिकी राजनयिक हैं, जिन्होंने 32 वर्षों तक संयुक्त राज्य अमेरिका को सेवाएँ दी थीं। अपने कॅरियर के अंतिम 17 वर्षों में श्री पीटरसन ने वाशिंगटन, डी.सी. में स्थित फुलब्राइट छात्रवृत्ति कार्यक्रम का निर्देशन किया। जिसे दुनिया भर में अमेरिकी दूतावासों के द्वारा प्रशासित किया जाता है। फुलब्राइट कार्यक्रम में उनके काम के हिस्से के रूप में श्री पीटरसन ने वियतनाम में मानवतावादी परियोजना पर तत्कालीन अमेरिकी सीनेटर जॉन केरी के साथ सीधे काम किया था।

श्री पीटरसन ने पीस कॉर्प्स में अपनी अंतरराष्ट्रीय सेवा शुरू की, जहाँ उन्होंने ब्राजील में सफल एसओएस कार्यक्रम की स्थापना की—एक निजी वित्त पोषित उद्यम, जिसने उस देश के सबसे गरीब नागरिकों को सहायता प्रदान की। मेलविन लेयर्ड, जो बाद में रिचर्ड एम. निक्सन के कार्यकाल में रक्षा सचिव बने, श्री पीटरसन की परियोजना के प्रत्यक्ष समर्थक थे। पीस कॉर्प्स कर्तव्य के अपने दौरे के अंत में ब्राजील के अमेरिकी राजदूत ने पीटरसन से संपर्क किया, जिन्होंने उन्हें कॅरियर राजनयिक बनने और रियो डी जेनेरो में दूतावास में सेवाएँ देने के लिए कहा। श्री पीटरसन ने क्वालीफाइंग परीक्षा उत्तीर्ण कर ली और उन्हें उनकी पीस कॉर्प्स की अवधि पूरी होने से पहले ही अमेरिकी विदेश सेवा में स्वीकार कर लिया गया। अगले 13 वर्षों तक उन्होंने लैटिन अमेरिका, दक्षिण-पूर्व एशिया और अंतत: अफ्रीका में विभिन्न राजनयिक क्षेत्रों में कार्य किया।

फिर श्री पीटरसन वाशिंगटन लौट आए, जहाँ उन्हें फुलब्राइट छात्रवृत्ति कार्यक्रम के निदेशक पद से सम्मानित किया गया। अपने कॅरियर के दौरान श्री पीटरसन ने रॉबर्ट एफ. कैनेडी और उनकी पत्नी एथिल के साथ थैंक्सगिविंग डिनर किया था, राष्ट्रपति रिचर्ड एम. निक्सन के साथ एक निजी बैठक की थी, और राष्ट्रपति जॉन एफ. कैनेडी और लिंडन बैंस जॉनसन से मुलाकात की थी।

एक विशिष्ट सेवानिवृत्त अमेरिकी राजनयिक होने के अलावा श्री पीटरसन एक बहुत

ही आध्यात्मिक रूप से विकसित मानव भी हैं। उन्होंने कई वर्षों तक ट्रांसमिशन ध्यान समूह का नेतृत्व किया है, साथ ही वे पुस्तक 'एक्स्ट्राआर्डिनरी टाइम्स, एक्स्ट्राआर्डिनरी बीइंग्स' के लेखक हैं, जिसमें श्री पीटरसन ने मैत्रेय के साथ अपनी सीधी मुलाकात का वर्णन किया है। मैत्रेय एक आत्मा तत्व है, जो श्री पीटरसन कहते हैं कि मानवता को विकसित होने में मदद करने के लिए काम कर रहे हैं। वैसे मैत्रेय के पास एक भौतिक शरीर नहीं है, जैसे कि हमारे-आपके पास है। बल्कि मैत्रेय अह्तुन रे की तरह एक आत्मा तत्व है। वेन बताते हैं कि मैत्रेय खुद को 'सूक्ष्म शरीर' में प्रकट करने में सक्षम हैं, जो उन्हें देखने वालों के लिए बहुत वास्तविक प्रतीत होता है। वेन का कहना है कि मैत्रेय वही मार्गदर्शक आत्मा है, जिसके विषय में ब्रिटिश लेखक और कलाकार बेंजामिन क्रेमे ने लिखा है।

दिलचस्प रूप से अह्तुन रे वह मार्गदर्शक आत्मा, जो केविन रायर्सन के माध्यम से चलाया जा रहा है, और जिसने पुनर्जन्म और रिटर्न ऑफ द रिवोल्यूशनरीज में प्रस्तुत कई पुनर्जन्म के मामलों को हल किया है, मैत्रेय से परिचित है और उसका सम्मान करता है। अह्तुन रे ने समझाया है कि मोहम्मद, बुद्ध, मूसा, यीशु, हिंदू स्वामियों और मैत्रेय जैसे सभी महान् आध्यात्मिक प्राणी, सभी एक आम उद्देश्य के लिए साथ मिलकर काम करते हैं, यानी मानवता को आध्यात्मिक रूप से विकसित करने में मदद करने के लिए। अब हम श्री पीटरसन के तीन पिछले जन्मों की जाँच करेंगे, जिन्हें हमारे आत्मा मित्रों, मैत्रेय और अह्तुन रे की मदद से खोजा गया था।

फ्रांसेस्को फोस्कैरी वेन पीटरसन का पुनर्जन्म मामला

वेन 1940 के दशक में ग्रामीण विस्कॉन्सिन में ग्रीन बे के बाहर बड़े हुए। बचपन में उन्हें पिछले जीवन की सूक्ष्म यादें आने लगीं। इतनी सूक्ष्म कि उन्हें एहसास नहीं हुआ कि इन यादों का आधार पुनर्जन्म था। उदाहरण के लिए, एक छोटे से लड़के के रूप में, जब लोग उनसे पूछते थे कि उनका नाम क्या था, वेन उन्हें बताने से इनकार कर देते थे, क्योंकि उन्हें दृढ विश्वास था कि उनके पास एक बेहतर नाम था, जो 'मेरे वास्तविक रूप' को पहचान देता था। इस स्थिति के संबंध में, वे बताते हैं—

यह मेरे माता-पिता और मेरे बीच की इच्छा की लड़ाई थी, जो वर्षों से चल रही थीं। जब वे कहते, 'इसका नाम वेन है', मैं तुरंत कहता कि नहीं है। मेरी माँ अकसर मुझे एक और नाम प्रदान करने की चुनौती देती, लेकिन मुझे कभी याद नहीं आया कि मेरा नाम क्या होना चाहिए था, हालाँकि मुझे पता था कि मेरा दूसरा नाम था। बारह वर्ष का होने पर मैंने फैसला किया कि मेरा असली नाम फ्रांसेस्को फोस्कैरी है। यह नाम हवा में

उड़कर नहीं आया था। कई वर्षों से यह नाम 'फोस्कारी' मेरे सिर में एक शब्द के रूप में तैर रहा था। आखिरकार मैंने इसे फ्रांसेस्को के साथ जोड़ लिया, क्योंकि यह सही लग रहा था। मेरा इस नाम के साथ गहरा भावनात्मक लगाव था। एक किशोर के रूप में, मैंने निश्चित कर लिया था कि जब मैं वयस्क हो जाऊँगा, तो आधिकारिक रूप से अपना नाम बदलकर फ्रांसेस्को फॉस्कारी रख लूँगा।

शायद एक समय पर सभी किशोर किसी फिल्म स्टार की नकल करने के लिए या अधिक रोमांटिक ध्वनि के नाम की चाह में अपना नाम बदलने के बारे में सोचते हैं। मेरे मामले में, हालाँकि यह एक ऐसा नाम था, जिसे मैंने न तो कहीं सुना था, न देखा था। वास्तव में विस्कॉन्सिन में हमारे समुदाय में इतालवी नाम होते ही नहीं थे; इसलिए यह अजीब था कि मुझे एक इतालवी नाम इतना चुंबकीय लगता था।

ध्यान दें कि युवा वेन का अनुभव बरब्रो कार्लेन के अनुभव से कितना मिलता-जुलता था, जिसने एक बच्ची के रूप में अपने माता-पिता से कहा था कि उसका नाम बरब्रो नहीं, बल्कि एन फ्रैंक है। अंतर यह है कि वेन को यह एहसास नहीं हुआ कि फ्रांसेस्को फोस्कैरी नाम के प्रति उनका आकर्षण पिछले अवतार से संबंधित था, क्योंकि वेन के पास उस जीवनकाल की दृश्य यादें नहीं थीं। इसके विपरीत, बरब्रो कार्लेन के पास एन फ्रैंक के रूप में अपने पिछले जीवनकाल की स्पष्ट यादें थीं।

वेन बताते हैं कि साल बीतते गए और अमेरिकी राजनयिक सेवा में शामिल होने के बाद वे वेनिस गए, जहाँ उन्हें डेजा वू की विशिष्ट भावनाएँ महसूस हुईं, भावनाएँ कि वे पहले वहाँ जा चुके थे। यद्यपि उन्होंने पहले कभी कला कक्षाएँ नहीं ली थीं, वयस्कता में उन्होंने पाया कि वह महान् कौशल के साथ पेंट कर सकते थे। उन्होंने पाया कि वे क्लासिक इमारतों की वास्तुकला को चित्रित करने में विशेष रूप से अच्छे थे; हालाँकि किसी कारण से वे केवल वेनिस के दृश्य पेंट करना पसंद करते थे। जब दोस्तों ने पूछा कि उनकी सभी कलाकृतियों में वेनिस के दृश्य क्यों शामिल होते थे, तो वेन कोई स्पष्टीकरण नहीं दे सके।

1990 में एक सफलता आई, जब वेन ने इतालवी नाम फोस्कारी के प्रति प्रारंभिक आकर्षण के 40 साल बाद, मैत्रेय नाम के आत्मा तत्व से टेलीपैथिक संचार प्राप्त किया। वेन को 1980 के दशक से इस भावना के साथ अनुभव प्राप्त होते रहे हैं, जैसा कि उनकी पुस्तक 'एक्स्ट्राआर्डिनरी टाइम्स, एक्स्ट्राआर्डिनरी बीइंग्स' में वर्णित हैं। मैत्रेय ने वेन से पूछा कि क्या वे वेनिस में अपने पिछले जीवनकाल को देखना चाहते हैं? वेन ने कहा कि वे अवश्य देखना चाहेंगे।

तब वेन ने अपने मन में अपने पिछले जन्म के दृश्यों को ऐसे देखा, जैसे कि वे एक फिल्म देख रहे हों। वेन ने कहा कि वे खुद को पुराने घर में घूमते हुए देख सकते

थे, लेकिन उनके पास उस घर में अपना रास्ता निर्देशित करने के लिए अपनी इच्छा का उपयोग करने की क्षमता नहीं थी। ऐसा लग रहा था कि वे किसी सवारी पर थे, और अपने इस पिछले अवतार की छवियों को देख रहे थे।

वेन बताते हैं कि उन्होंने स्पष्ट रूप से उस घर के इंटीरियर को देखा, जहाँ वे रहते थे। वेन को एहसास हुआ कि वही वह व्यक्ति थे, जिसका उस घर पर स्वामित्व था और उन्होंने उन भावनाओं का अनुभव करना शुरू कर दिया, जो वह व्यक्ति महसूस कर रहा था। उन्होंने खुद को एक लंबा, लाल ब्रोकेड का चोगा पहने हुए देखा, जो उन्हें बाद में पता चला कि एक वेनिशियन सीनेटर की आधिकारिक पोशाक थी।

फिर वेन ने इमारत की एक खिड़की से बाहर झाँका और देखा कि वे एक विशाल घर की दूसरी मंजिल पर थे, जो एक छोटे, फनेल के आकार की नहर के साथ लगा हुआ था, जो कि वेनिस के बहुत बड़े जलमार्ग में खाली हो रही थी, शायद वेनिस के ग्रैंड कैनाल में। फिर वेन नीचे एक हॉलवे में चले गए और एक खिड़की को देखा तो उन्हें संपत्ति के पीछे का दृश्य दिखाई दिया। उन्होंने देखा कि एक दीवार उनके घर को एक छोटी सड़क से अलग कर रही थी, जो एक विशिष्ट सफेद मेहराबदार पुल से जुड़ी हुई थी, जो एक और छोटी नहर को पार कर रही थी। वेन ने घर के निचले स्तर से एक महिला को उनसे बात करते भी सुना। उन्हें एहसास हुआ कि वह इतालवी बोल रही थी और वे उसे समझ रहे थे, हालाँकि अपने समकालीन जीवनकाल में वेन इतालवी नहीं जानते हैं।

वेनिस में उनके पिछले जीवनकाल के प्रतीत हो रहे अनुभव के बाद वेन ने वेनिस के घरों पर किताबें खरीदीं, और विशेष रूप से ग्रांड नहर पर स्थित इमारतों पर ध्यान केंद्रित किया। बहुत खोजने के बाद उन्हें एक फनेल के आकार की नहर के बगल में घर मिला, जो ग्रैंड कैनाल में खुलता था, और जिसके पीछे एक सफेद मेहराबदार पुल था। घर ठीक वैसा ही था, जैसा कि वेन ने अपने पिछले जीवन की स्मृति में देखा था। वे और अधिक आश्चर्यचकित हो गए, जब उन्होंने पाया कि वह घर फ्रांसेस्को फोस्कैरी—एक राजनेता और वेनिस गणराज्य के नेता द्वारा बनवाया गया था, जिनका जीवनकाल 1373 से 1457 तक था।

वेनिस की बाद की यात्रा में वेन ने फ्रांसेस्को फोस्कैरी के दफन की जगह खोजने की कोशिश की। चूँकि फोस्कारी राज्य के एक नेता, एक डोगे थे, इसलिए वेन ने तर्क दिया कि फोस्कारी बेसिलिका डी. सैन जियोवानी ई पाओलो में दफनाए गए होंगे, जहाँ अधिकांश नेताओं को दफनाया जाता है। हालाँकि वेन को पता चला कि फोस्कारी का मकबरा वहाँ नहीं था।

बाद में जब वे वेनिस की सड़कों से घूम रहे थे, वेन को फ्रांसिसकन बेसिलिका डी सांता मारिया ग्लोरियोसा देई फ्रारी, जिसे अकसर केवल फ्रारी कहा जाता है, में प्रवेश

करने का अंतर्ज्ञान हुआ। वेन वेदी तक गए, जहाँ एक लाल कार्ड और संकेत आगंतुकों को आगे बढ़ने से रोक रहा था। बाधा के बावजूद वेन को अंतर्ज्ञान हो रहा था कि उन्हें वेदी के पीछे फ्रांसेस्को फोस्कैरी का मकबरा मिल जाएगा। वेन बाधा पार करके वेदी के पीछे गए, जहाँ उन्हें वास्तव में फोस्कारी का मकबरा मिल गया।

पुनर्जन्म के मुख्य बिंदु और सिद्धांत

शारीरिक समानता : वेन की चेहरे की विशेषताएँ फ्रांसेस्को फोस्कैरी के साथ सुसंगत हैं।

अभिनव प्रतिभा : फोस्कारी वेनिस में एक राजनीतिक और राजनयिक नेता थे। वेन के पास कूटनीति के लिए स्वाभाविक आत्मीयता थी, जैसा कि उनके पीस कॉर्प्स में शामिल होने और गरीबों की सहायता के लिए एस.ओ.एस. कार्यक्रम बनाने के लिए ब्राजील के अभिजात वर्ग के साथ कुशलतापूर्वक काम करने से प्रमाणित होता है। पीस कॉर्प्स के साथ अपना दौरा पूरा करने से पहले ही वेन को अमेरिकी राजनयिक बनने के लिए आमंत्रित किया गया था। अमेरिकी विदेश विभाग में उन्होंने अमेरिकी सीनेटरों के साथ काम करते हुए एक लंबे और प्रतिष्ठित कॅरियर का आनंद लिया। ठीक वैसे, जैसे फोस्कारी ने वेनिशियन सीनेटरों के साथ काम किया था।

भौगोलिक स्मृति : वेनिस पहुँचकर वेन ने सहजता से फ्रारी बेसिलिका में अपने पिछले जीवन की कब्र को ढूँढ़ लिया।

मार्गदर्शक आत्मा की भागीदारी : वेन का पुनर्जन्म मामला एक आत्मा के हस्तक्षेप द्वारा हल किया गया था, जिसे वेन मैत्रेय के रूप में पहचानते हैं, और जिसने वेनिस में वेन के पिछले जीवनकाल के दृश्य टेलीपैथिक रूप से प्रदान किए। मैत्रेय के हस्तक्षेप के माध्यम से वेनिस में अपने पिछले जीवन के घर को देखने के बाद वेन इस घर को वेनिस की ग्रैंड कैनाल पर स्थित घरों पर एक किताब में ढूँढ़ने में सफल रहे। वह घर फ्रांसेस्को फोस्कैरी का था। यह वही नाम था, जिसे बचपन में वेन ने अपने माता-पिता को अपना असली नाम बताया था।

लुईस वेंडरबिल्ट/वेन पीटरसन का पुनर्जन्म मामला

बचपन में वेन ने पिछले जीवनकाल की उन यादों का भी अनुभव किया, जिसमें वे अमेरिकन वेंडरबिल्ट राजवंश के सदस्य फ्रेडरिक वेंडरजिल्ट की पत्नी लुईस वेंडरबिल्ट थे। फोस्कारी जीवनकाल के बारे में उनकी बचपन की यादों के विपरीत, जो उनके पिछले जीवन के नाम से जुड़ी हुई थीं, वेंडरबिल्ट जीवनकाल की उनकी यादें अधिक

प्रत्यक्ष और स्पष्ट थीं। आइए, वेन को घटनाओं के मोड़ का वर्णन करने दें—

बचपन में मेरी शुरुआती यादों में उस समय की विस्तृत छवियाँ शामिल थीं, जब महिलाएँ लंबे, लहराते गाउन पहनती थीं और लोग अभी भी घोड़ा गाड़ियों का इस्तेमाल करते थे। मुझे विशेष रूप से एक बड़ा सा बलुआ पत्थर का घर, फ्रेड नाम का एक आदमी, सामाजिक सभाओं के लिए आनेवाले दोस्त, एक ऊँची छत वाला स्वागत क्षेत्र और सफेद पत्थर के फर्श याद आते थे। इन सबके केंद्र में मुझे सबसे अधिक एक महिला याद आती थी, जो सभी संबंधित गतिविधियों का केंद्र थी। यह रहस्यमयी महिला कई दृश्यों का केंद्र थी, जो मेरे शुरुआती सालों के दौरान बार-बार दोहराए गए थे और आज तक भी जारी हैं। मैं सोचा करता था कि ये लोग कौन थे और मुझे इतने वास्तविक क्यों लगते हैं।

एक छोटे बच्चे के रूप में मेरा मानना था कि ये लोग मेरे वर्तमान जीवन के हिस्से थे। वे कभी हमारे घर क्यों नहीं गए, मैं कभी समझ़ा नहीं पाता था। मुझे वास्तव में विश्वास था कि एक दिन वे आएँगे और उन्हें मैं याद आ जाऊँगा तथा पता नहीं क्यों, मैं बहुत खुश हो जाऊँगा। मैंने सोचा कि शायद एक शिशु के रूप में मैंने अपने माता-पिता के साथ इन लोगों का अनुभव किया होगा और अब मैं उनमें से अधिकांश अंतरंग अनुभवों को भूल गया हूँ। एक बच्चे के रूप में मेरे पास यह एकमात्र तरीका था, जिससे मैं सपने में दिखने वाले इन लोगों की ज्वलंतता को समझा सकता था। तथापि ये लोग इस वर्तमान जीवन में मुझे कभी दिखाई नहीं दिए और मैं अपने दिमाग में उनकी उपस्थिति को समझाने में असमर्थ बना रहा। अपने जीवन के उस शुरुआती स्कूल पूर्व चरण में मुझे पुनर्जन्म की कोई जानकारी नहीं थी।

वेन बताते हैं कि ये यादें विशेष रूप से अजीब थीं, क्योंकि 1940 के दशक में उनके ग्रामीण शहर में न तो टेलीविजन था, न ही उनकी कल्पना को बढ़ावा देने के लिए वहाँ बड़ी फिल्में थीं। वे बताते हैं कि केंद्रीय विस्कॉन्सिन में एक छोटे से शहर के उनके वास्तविक समय के अनुभव में कुछ भी नहीं था, जो उनकी यादों से संबंधित हो। विस्कॉन्सिन में वस्त्र, घर और सामाजिक शिष्टाचार उससे पूरी तरह से अलग थे, जो उन्होंने अपनी यादों में अनुभव किया था। फिर भी फ्रेड नामक एक आदमी घोड़ा गाड़ियों में आने-जाने वाली लहराते गाउनों में महिलाएँ और बड़ा सा बलुआ पत्थर का घर छोटे से वेन के लिए बहुत वास्तविक थे। परेशान होकर वेन ने अपनी माँ से इन लोगों के और उस घर के बारे में पूछा, जो उसे याद आते थे। उन्होंने पूछा कि क्या उन्हें शिशु के रूप में कभी इस तरह के स्थान पर ले जाया गया है? जवाब हमेशा 'नहीं' में होता था। हालाँकि वे अपनी यादों का स्रोत नहीं समझा सकते थे, लेकिन ये यादें उनके लिए हमेशा एक आराम का स्रोत बनी रहीं, और उनके मन में फ्रेड नाम के आदमी के लिए

एक विशेष भावना बनी रही।

एक युवा वयस्क के रूप में, जैसा कि ऊपर वर्णित है, वेन पीटरसन पीस कॉर्प्स में शामिल हो गए और शुरुआत में उन्हें ब्राजील भेजा गया। रियो डी जेनेरो की उनकी उड़ान न्यूयॉर्क शहर होकर जानी थी। चूँकि वेन पहले कभी इस मेट्रोपोलिस में नहीं गए थे, इसलिए उन्होंने बिग ऐप्पल घूमने की दृष्टि से कुछ दिन न्यूयॉर्क शहर में रहने की व्यवस्था की। दूसरे दिन दोपहर में वेन फिफ्थ एवेन्यू में टहल रहे थे। वह लोगों की भीड़ से प्रभावित थे। आइए, अब वेन को उस समय के दृश्य का वर्णन करने दें, जब वे फिफ्थ एवेन्यू के फुटपाथ पर खड़े थे—

अचानक चौड़े फुटपाथ के सामने से हैट और सफेद दस्ताने पहने एक महिला ने मेरी दिशा में हाथ हिलाया और चिल्लाई, "लुइस, लुइस, यहाँ देखो, मैं हूँ।" उसने लुइस-लुइस चिल्लाना जारी रखा और मैं जैसे जम गया। मैंने तुरंत मान लिया कि वह मुझे बुला रही है। कारण जो भी हो, मुझे अचानक विश्वास हो गया कि मैं लुइस था।

मेरा पूरा ध्यान इस अजीब औरत पर केंद्रित हो गया, जो भीड़ के बीच से मेरी दिशा में आ रही थी। मेरे दिमाग में मैं कोई और था, जिसका नाम लुइस था। मुझे लगा कि मेरी ओर बढ़ने वाली महिला कोई पुरानी दोस्त है, लेकिन उसका चेहरा परिचित नहीं लग रहा था। फिर भी मेरे दिमाग में एक बड़ी राहत थी, मैंने सोचा कि अंतत: किसी ने मेरे असली रूप को पहचान लिया। मैं विस्कॉन्सिन से आया एक जवान आदमी नहीं, बल्कि लुइस नाम की एक महिला हूँ। ऐसा लग रहा था, जैसे मैं याददाश्त खोने का शिकार हो गया था और अचानक कोई झटके से मुझे वास्तविकता में ले आया था।

दुर्भाग्यवश, तीव्र उत्तेजना का पल बीत गया, जब हैट और दस्ताने वाली महिला ने मेरे बगल से निकलकर मेरे ठीक पीछे खड़ी बुजुर्ग महिला को पकड़ लिया।

मेरा दिमाग तुरंत अधिभार पर हो गया और मैं न हिल पाया, न कुछ सोच पाया। मैं अभी भी लुइस के रूप में एक पल बिता रहा था। मैंने इन दो महिलाओं को देखा और सोचा, 'मूर्खो, मैं तुम्हें याद क्यों नहीं हूँ? मैं असली लुइस हूँ।' मैं इन दो महिलाओं में उनके पुन: परिचय का आनंद लेते कितनी देर खड़ा देखता रहा, मैं नहीं जानता। लेकिन आखिरकार मेरा तार्किक दिमाग लौट आया और मुझे अपने कार्यों और सोच पर सवाल उठाने के लिए मजबूर होना पड़ा। शर्मिंदा और परेशान, मैं अपने होटल के कमरे में लौट आया।

होटल में मैंने बिस्तर पर आराम किया और कुछ घंटे सोचता रहा कि अभी क्या हुआ था। क्यों, मैं सोचता रहा, मुझे ऐसा लगा कि मैं लुइस था? यह मेरे लिए इतना वास्तविक क्यों था और ये इतना महत्त्वपूर्ण क्यों है कि मुझे लुइस होना चाहिए? मैंने न्यूयॉर्क में अपने पूरे प्रवास के दौरान इस अजीब अनुभव पर विचार किया, लेकिन सालों

बाद तक इसका कोई जवाब नहीं मिला। फिर भी, मैं संतुष्ट था कि मैं पिछले जीवनकाल में लुइस था, जो सदी के अंत में था, और फ्रेड मेरा पति था।

लुइस और फ्रेड के बारे में मुझे जो पता था, वो पिछले जीवन के कुछ ही दृश्यों से ही था, लेकिन मैं वे भावनाएँ महसूस कर सकता था, जो लुइस की थीं।

मैं अंतर्ज्ञान से जान गया था कि वह सामाजिक मौकों पर फ्रेडरिक से निराश रहती थी। लुइस घर के विशाल स्वागत क्षेत्र में मेहमानों का स्वागत कर रही होती। उसने कई ऐसी पोशाकें पहनी थीं, जो मुझे विस्तार से याद थीं। मैं फ्रेड को हमेशा सफेद टाई और टेल वाली जैकेट में देखता था। वह उन कपड़ों में बिल्कुल आरामदेह प्रतीत होता था, लेकिन जब भी संभव होता था, वह अपने छोटे से ऑफिस और लाइब्रेरी में चला जाता। मुझे लाइब्रेरी का दरवाजा अस्पष्ट रूप से याद है; वहाँ बहुत शांति होती थी और फ्रेड ऊँची पीठ वाले सोफे पर बैठा होता, जहाँ वो दरवाजे पर खड़े किसी भी व्यक्ति की नजरों से छुपा होता था। अंत में, लुइस मेहमानों के सामने फ्रेड की अनुपस्थिति को लेकर बहाने बना-बनाकर थक गई।

पिछले जीवन की इन यादों में, जिनका अनुभव वेन ने युवावस्था में किया था, उन्हें विशेष रूप से नहीं पता था कि फ्रेड और लुइस कौन थे? कई दशकों बाद 1990 के दशक में एक संकेत मिला, जब वो न्यूयॉर्क शहर में एक उच्च वर्ग की दोस्त मैरी से मिलने गए। दोस्त ने जोर दिया कि वेन उसके साथ आयरलैंड के दक्षिणी तट पर उसके घर में छुट्टियाँ मनाने जाए। मैरी ने कहा कि वे बहुत अच्छा समय बिताएँगे और यह भी कहा कि उनके साथ उसकी एक दोस्त ग्लोरिया भी होगी। वेन ने पूछा, "कौन ग्लोरिया?" मैरी ने जवाब दिया, "वो मेरी दोस्त ग्लोरिया वैंडरबिल्ट है।" वेन वैंडरबिल्ट के संबंध में इस वाक्य पर अपनी प्रतिक्रिया का वर्णन करते हैं—

तुरंत ही मेरा तार्किक दिमाग पंगु हो गया, जैसे कई साल पहले न्यूयॉर्क में तब हुआ था, जब उस बुजुर्ग महिला ने लुइस नाम पुकारा था। एक दूसरा व्यक्तित्व या दूसरी पहचान मेरी चेतना पर हावी हो गई और मैंने कहा, 'बहुत बढ़िया—ग्लोरिया और मैं हमारे पारिवारिक रिश्तेदारों के बारे में बातें कर सकते हैं।'

मेरी दोस्त मैरी चुप हो गई और मुझे महसूस होने लगा कि मैंने क्या कहा था। मैरी ने पूछा कि मेरा परिवार के रिश्तेदारों से क्या मतलब है, और मैं अपने हास्यास्पद बयान के लिए कोई अच्छा बहाना सोचने की कोशिश करते हुए घबराहट में बड़बड़ाने लगा। आखिरकार, मैंने उसे समझाया कि मुझे लगा था, ग्लोरिया का एक दिलचस्प फैमिली ट्री होगा। बातचीत समाप्त करने के बाद मुझे एहसास हुआ कि कुछ क्षणों के लिए मैं दूसरे जीवन में पहुँच गया था। वह अनुभव इतना पूर्ण था कि मैंने सच में

मान लिया था कि मैं ग्लोरिया वेंडरबिल्ट का रिश्तेदार था और हम वास्तव में परिवार के सदस्यों के बारे में गपशप कर सकते थे। क्यों, मैं फिर से सोचने लगा, मैंने इतनी बेवकूफी भरी बात इतने दृढ विश्वास के साथ कही?

मैरी के साथ मेरी बातचीत के बाद के दिनों में मैं सोचने लगा था कि क्या कभी कोई फ्रेडरिक और लुइस वेंडरबिल्ट सच में हो सकते थे। नहीं, मैंने तर्क दिया कि इसकी संभावना इतनी कम थी कि उनकी खोज करना भी व्यर्थ था। फिर भी कुछ हफ्तों बाद अपने पसंदीदा बुकस्टोर में घूमते हुए मेरा ध्यान 1800 के दशक के, और 1900 के प्रारंभिक वर्षों के अमीर परिवारों पर एक पुस्तक की ओर आकर्षित हुआ। मैंने किताब केवल इसलिए देखी, क्योंकि यह सबसे नीचे वाले शेल्फ में थी और गलियारे में कुछ 4 से 5 इंच बाहर निकली हुई थी।

हालाँकि मैंने किताब को कई बार अपने पैर से धक्का देकर उसके सही स्थान पर पहुँचाने की कोशिश की, लेकिन किताब बार-बार उछलकर आगे जाती थी। अंत में मैंने उसे उठा लिया और उसका कवर पढ़ा। मैंने अपने हाथों और घुटनों से शेल्फ में टटोलकर भी देखा कि उसमें क्या था, जो किताब को बार-बार बाहर कर रहा था। स्वाभाविक रूप से किताब के पीछे केवल एक खाली स्थान था।

उत्सुकतावश, मैंने पुस्तक की कीमत पर एक सरसरी निगाह डाली और फिर मैं तुरंत उसे शेल्फ में वापस रखना चाहता था। कारण जो भी रहा हो, मैं पुस्तक को त्याग नहीं सका, हालाँकि मेरा दिमाग उसे वापस शेल्फ में रखना चाहता था। पुस्तक के पैसे देने के बाद भी मैं खुद से नाराज था, क्योंकि मैं एक ऐसी पुस्तक खरीदने में खुद पर कोई आत्म-नियंत्रण नहीं रख पाया था, जो मुझे नहीं चाहिए थी। मैं पुस्तक को घर ले गया और उसे अपने स्वयं के बुकशेल्फ में रख दिया, यह सोचकर कि यह एक ऐसी किताब है, जिसे मैं शायद कभी नहीं पढ़ूँगा और इसलिए यह पैसे की पूरी बरबादी थी।

हालाँकि, उसी दिन देर रात मुझे एक सपना आया कि मुझे यह नई किताब पढ़नी चाहिए। इस खयाल के कारण सोने में असमर्थ मैं नीचे चला गया और उसे खोल लिया। पहले तो कोई चीज मेरी कल्पना को आकर्षित नहीं कर पाई, लेकिन जल्द ही मैंने एक पृष्ठ खोला, जिसने मुझे पूरी तरह आश्चर्य से भर दिया। उस पृष्ठ पर पूरे रंग में उसी कमरे की तसवीर थी, जिसे मैं बचपन में यादों में देखा करता था। वही विशिष्ट छत, फायरप्लेस और सफेद संगमरमर का फर्श, और वही सोफे, जो मुझे स्पष्ट रूप से याद थे। वे सब वहाँ था—ऐसे जैसे मैं कल ही उस कमरे से बाहर निकला था।

अगला पृष्ठ और अधिक खुलासा कर रहा था। एक बार फिर एक रंगीन तसवीर में वह लाइब्रेरी और कार्यालय था, जिसे मैं बहुत अच्छी तरह से जानता था। वह फीके रंग

का सोफा, जिसमें फ्रेड सामाजिक घटनाओं के दौरान छुप जाता था, और दो खूबसूरत डेस्क 'हिज एंड हर्ज' व्यवस्था का हिस्सा थे। हैरत से जड़ हुआ, मैं इस दृश्य के प्रति अपने अजीब लगाव के बारे में सोचने लगा, और यह भी कि मैं इस असाधारण अनुभव से क्या सीख सकता हूँ?

मैंने उस लेख को पढ़ना शुरू किया, जो तसवीरों के साथ था। उसमें लिखा था कि यह घर, 1800 के उत्तरार्ध में न्यूयॉर्क के हाइड पार्क में फ्रेडरिक वेंडरबिल्ट द्वारा बनाया गया था। क्या यह एक अजीब संयोग नहीं होगा, मैंने सोचा, अगर फ्रेड वेंडरबिल्ट की पत्नी का नाम लुइस हुआ? और जब मैंने पृष्ठ को आगे पढ़ा, तो मैं यह पढ़कर अभिभूत हो गया कि फ्रेडरिक का विवाह लुइस एच. एंथनी से हुआ था। आगे के पृष्ठ सबसे अधिक खुलासा कर रहे थे, खासकर जब मैंने आगे दी गई रंगीन तसवीरें देखीं'' तसवीरों ने उस कमरे को जीवंत कर दिया, जो मुझे बचपन की प्रारंभिक स्मृतियों से याद था। मुझे एहसास हुआ कि मैंने एक ऐसी किताब खोल ली थी, जो एक पिछले जीवनकाल के सभी रहस्यों को प्रकट कर रही थी।

वेन ने यह भी पढ़ा कि यद्यपि उनका हाइड पार्क का घर उनका पसंदीदा था, लेकिन उनका मुख्य घर न्यूयॉर्क शहर में फिफ्थ एवेन्यू पर था। यह तथ्य कि लुइस वेंडरबिल्ट फिफ्थ एवेन्यू में रहती थीं, युवा वेन के फिफ्थ एवेन्यू के अनुभव पर और अधिक प्रकाश डालता है, जब सफेद दस्ताने पहनी बुजुर्ग महिला ने 'लुइस' का नाम पुकारा था, और वेन लुइस के रूप में अपने पिछले जन्म में चला गया था। न केवल 'लुइस' नाम ने उसके पिछले जीवन की याद को छेड़ दिया था, बल्कि बाद में वेन ने जाना कि इस घटना के दौरान वह वास्तव में उस स्थान के ठीक सामने खड़ा था, जहाँ फ्रेड और लुईस वेंडरबिल्ट का न्यूयॉर्क शहर में फिफ्थ एवेन्यू वाला घर था। पिछले जीवन के अनुभवों को ताजा करनेवाली भौगोलिक सेटिंग की यह घटना जॉन बी. गॉर्डन/जेफ कीन के मामले में भी देखी गई थी।

उन्होंने यह भी जाना कि लुईस और फ्रेडरिक मेटाफिजिक्स में बहुत रुचि रखते थे, जैसे वेन समकालीन समय में रखते हैं। लुईस 18वीं शताब्दी फ्रांस की ग्रैंड लेडीज की प्रशंसक थीं, विशेष रूप से मैरी एंटोइनेट की। लुईस वेंडरबिल्ट ने फ्रांसीसी प्रतिकृति फर्नीचर से अपना शयनकक्ष भर रखा था। वेन ने यह भी जाना कि फ्रेडरिक ने, लुईस से मिले प्रोत्साहन के साथ, वेंडरबिल्ट विश्वविद्यालय की स्थापना के लिए अपने पैसे का इस्तेमाल किया था, और येल और कोलंबिया को भी बड़ी रकम दी गई थी। 1926 में पेरिस में लुईस की मृत्यु हो गई, जो उनके पसंदीदा शहरों में से एक था। फ्रेडरिक ने अपने शेष वर्ष काफी हद तक एकांत में बिताए, और 1938 में उनकी मृत्यु हो गई।

वैसे फ्रेडरिक को समकालीन समय में भी पहचाना गया है। फ्रेड वह दोस्त निकला,

जिसे वेन पीटरसन सालों से जानते हैं, जो वेन के साथ आध्यात्मिकता में रुचि रखता है। यद्यपि वेन इस व्यक्ति को काफी समय से जानते हैं, लेकिन फ्रेडरिक वेंडरबिल्ट के रूप में उनकी पहचान वर्ष 2004 तक निर्धारित नहीं हुई थी। उस समय, फ्रेडरिक और लुईस वेंडरबिल्ट मृत्यु से अलग होने के 78 साल बाद चेतनावस्था में फिर से मिल गए थे।

पुनर्जन्म के मुख्य बिंदु और सिद्धांत

शारीरिक समानता : लिंग में परिवर्तन के बावजूद वेन के चेहरे की विशेषताएँ लुइस वेंडरबिल्ट के साथ सुसंगत हैं।

लिंग का परिवर्तन : लुइस एक औरत थी, जिसने एक पुरुष, वेन के रूप में पुनर्जन्म प्राप्त किया।

भौगोलिक स्मृति : वेन को उस स्थान पर एक पिछले जीवन की याद आई थी, जहाँ फ्रेड और लुईस वेंडरबिल्ट का फिफ्थ एवेन्यू, न्यूयॉर्क शहर में घर था। हम समझ सकते हैं कि भौगोलिक मार्गदर्शन ने उन्हें उस स्थान पर पहुँचाया, जहाँ वे न्यूयॉर्क शहर में लुइस के रूप में रहते थे। वहाँ पहुँचने पर भौगोलिक स्मृति ने उन्हें लुइस के रूप में पिछले जीवन की यादों और भावनाओं का अनुभव कराया।

मार्गदर्शक आत्मा की भागीदारी : वास्तुकला पर पुस्तक, जिसमें वेंडरबिल्ट का हाइड पार्क का घर शामिल था, और जिसने वेन को इस पुनर्जन्म के मामले को हल करने में मदद की, जादुई रूप से एक बुकशेल्फ से खिसक गई और फिर वेन के हाथ में आ गई, जिससे वेन उसे खरीदने पर मजबूर हो गए। फिर एक सपने ने वेन को आधी रात को वह पुस्तक पढ़ने के लिए प्रेरित किया।

इसके अलावा फिफ्थ एवेन्यू पर हुई घटना, जहाँ वेन को पिछले जीवन की याद आई थी, संभवत: एक आत्मा द्वारा या शायद वेन की अपनी आत्मा द्वारा करवाई गई थी।

अभिनव प्रतिभा : लुइस वेंडरबिल्ट ने ज्योतिष और थियोसोफिकल साहित्य का अध्ययन किया था। वेन ने थियोसॉफी के साथ-साथ ऐलिस बेली की सामग्री का अध्ययन करके इस दिलचस्पी को जारी रखा है। इसके अलावा वेन अपनी पुस्तक 'एक्स्ट्राआर्डिनरी टाइम्स, एक्स्ट्राआर्डिनरी बीइंग्स' के साथ आत्मा-तत्वों पर एक प्रकाशित लेखक है।

पुनर्जन्म के माध्यम से रिश्तों का नवीनीकरण : लुइस और फ्रेडरिक वेंडरबिल्ट पुनर्जन्म के माध्यम से दोबारा मिले प्रतीत होते हैं। समकालीन समय में वे दोनों विषम लैंगिक पुरुष हैं, जो बिना किसी रोमांटिक भागीदारी के अच्छे दोस्त हैं।

क्लाउड लेडॉक्स/वेन पीटरसन का पुनर्जन्म मामला

लुइस वेंडरबिल्ट के मैरी एंटोइनेट और फ्रांसीसी फर्नीचर के प्रति आकर्षण का एक कारण था, क्योंकि वेन पीटरसन का उस युग में भी एक पूर्व जीवनकाल था। यह पुनर्जन्म अनोखा मामला है, क्योंकि इसे दो मार्गदर्शक आत्माओं अह्तुन रे और मैत्रेय के संयुक्त प्रयासों के माध्यम से हल किया गया था। चूँकि वेन मेरा एक अच्छा दोस्त बन गया था, इसलिए मैंने मान लिया कि काफी संभावना थी कि मैं उसे एक पिछले जीवनकाल में जानता था। केविन रायर्सन के साथ एक सत्र में मैंने पूछा कि क्या वेन अमेरिकी क्रांति के दौरान अवतार में थे। अह्तुन रे, वह आत्मा गाइड जिसके साथ मैं केविन रायर्सन के माध्यम से काम करता रहा हूँ, जिन्होंने उच्च स्तर की सटीकता के साथ पिछले जीवन के मेल बनाने की क्षमता का प्रदर्शन किया है, ने मुझे बताया कि वेन उस युग के दौरान अस्तित्व में थे, लेकिन वह फ्रांस में थे और फ्रेंच कोर्ट से संबद्ध थे। पूछताछ करने पर अह्तुन रे ने मुझे बताया कि उस जीवनकाल में वेन का नाम 'लेडॉक्स' था।

उस जानकारी के साथ मैंने ऐतिहासिक रूप से इस लेडॉक्स को खोजने की कोशिश की, लेकिन असफल रहा। मैंने यह जानकारी वेन को सौंप दी और इस मुद्दे को छोड़ दिया। वेन ने मुझे छह महीने या एक साल बाद नई जानकारी के साथ संपर्क किया। सौभाग्य से, मार्गदर्शक आत्मा मैत्रेय लेडॉक्स के संबंध में हमारी सहायता के लिए आया, जिसने वेन को टेलीपैथिक रूप से सुराग दिए। मनोरंजक रूप से वेन इन टेलीपैथिक संदेशों को सुबह की शेव करते समय प्राप्त करते हैं। एक नियमित दिन जबकि वेन अपनी मूँछों पर काम कर रहे थे, उन्हें टेलीपैथिक संदेश मिला, "यदि आप लेडॉक्स को ढूँढ़ना चाहते हैं, तो इस पत्रिका को देखें।" अपने दिमाग में वेन ने आर्किटेक्चरल डायजेस्ट पत्रिका की एक विशिष्ट प्रति के कवर की एक स्पष्ट छवि देखी, वॉल्यूम और संख्या के साथ। बाद में वेन ने इस पुरानी प्रति का आदेश दिया और जब उन्हें वह पत्रिका मिल गई, तो उन्होंने उसे कवर से कवर तक पढ़ा, लेकिन लेडॉक्स पर कुछ नहीं मिला।

कुछ समय बीत गया, और एक बार फिर शेव करते समय वेन को एक टेलीपैथिक संदेश मिला, "यदि आप लेडौक्स को ढूँढ़ना चाहते हैं, तो इस अध्याय में देखें।" वेन ने फिर स्पष्ट रूप से आर्किटेक्चरल डायजेस्ट पत्रिका में एक विशिष्ट लेख देखा, जो केवल कुछ पृष्ठों का था। वेन ने कई बार और बार-बार लेख को पढ़ा, लेकिन लेडॉक्स कहीं नहीं मिला। जब उसने लेडॉक्स को न खोज पाने की निराशा अपने एक दोस्त से बताई तो उसने कहा, "शायद तुम्हें करीब से देखने की जरूरत है। मैंने तुम्हें उपहार के रूप में एक मैग्नीफाइंग ग्लास दिया था, तुम उसका उपयोग क्यों नहीं करते?"

पहले वेन ने सोचा कि यह एक मूर्खतापूर्ण विचार था, लेकिन फिर उन्होंने सुझाव का पालन किया। उन्होंने एक आदमी की तसवीर पर ध्यान केंद्रित किया, जो लेख का विषय था और एक बुककेस के सामने बैठा था। उनका उत्साह बढ़ गया, जब आवर्धन के तहत बुककेस में रखी पुस्तकों का अध्ययन करते हुए उन्होंने स्पष्ट रूप से सुनहरे अक्षरों के साथ एक काली किताब देखी, जिसका शीर्षक लेडॉक्स था। वेन इंटरनेट पर गए और देखा कि वह पुस्तक उपलब्ध थी और उन्होंने पुस्तक मँगवा ली। जब उन्हें वह मिली, तो वेन ने पाया कि वे इस कलाकार और वास्तुकार क्लाउड निकोलस लेडॉक्स से पूरी तरह से संबंधित हैं, क्योंकि उनकी कला और वास्तुकला उन चित्रों के साथ सुसंगत थी, जो वेन वर्षों से बना रहे थे। वेन अब समझ गए कि आर्किटेक्चरल पेंटिंग के लिए उनकी प्रतिभा लेडॉक्स जीवनकाल से आई थी, हालाँकि वेनिस के दृश्य जिन्हें बनाना वे पसंद करते थे, फ्रांसेस्को फोस्कैरी के रूप में उनके अवतार से प्रेरित थे।

वेन ने इस बात पर भी ध्यान दिया कि उन्होंने लेडॉक्स जीवनकाल से समकालीन समय में विशिष्ट डिजाइनों को दोहराया था। उदाहरण के लिए, लेडॉक्स को फ्रांस के राजा ने एक गाँव डिजाइन करने का काम सौंपा था। लेडॉक्स ने एक एकीकृत समुदाय बनाया। इस बात पर बल देते हुए कि सुंदरता सभी निवासियों के लिए पर्यावरण का हिस्सा होनी चाहिए, और केवल अभिजात वर्ग के लिए ही नहीं, बल्कि किसानों के लिए भी होनी चाहिए। वेन को याद आया कि एक बच्चे के रूप में वे उसी यूटोपियन गाँव को अपने घर के पिछवाड़े मिट्टी से बनाते थे।

इसके अलावा वेन ने अपने गैराज की दीवार पर एक भित्ति चित्र बनाया, जो लेडॉक्स द्वारा बनाए एक चित्र की प्रतिकृति थी। वेन ने अपने लेडॉक्स जीवनकाल के बारे में जानने से वर्षों पहले यह भित्तिचित्र बनाया था। इस भित्तिचित्र में वेन ने अग्रभूमि में पत्थर का धनुषाकार द्वार चित्रित किया था, जिसका उपयोग परिदृश्य को फ्रेम करने के लिए किया गया था। कमाना पत्थर के द्वार के नीचे एक घुमावदार नीलगिरी का पेड़ है और कुछ दूरी पर, एक बस्ती की इमारतों को चित्रित किया गया है। लेडॉक्स ने अग्रभूमि में पत्थर पुल के कमान का उपयोग करते हुए 200 साल पहले एक परिदृश्य को फ्रेम करने के लिए इसी तरह के डिजाइन का निर्माण किया था। पत्थर पुल के कमान के नीचे वही घुमावदार नीलगिरी का पेड़ दिखाई देता है और दूर एक शहर की इमारतें देखी जा सकती हैं। वेन के भित्तिचित्र और लेडॉक्स के चित्र, साथ ही वेन द्वारा बनाई गई वेनिस की पेंटिंग्स की तुलना www.ReincarnationResearch.com पर देखी जा सकती है।

इस उदाहरण के अलावा गौगिन और पिकासो के पुनर्जन्म मामलों में हम ये नाटकीय उदाहरण भी देखेंगे कि कैसे रचनात्मक विकास एक जीवनकाल से दूसरे में अनजाने में दोहराया जाता है।

पुनर्जन्म के मुख्य बिंदु और सिद्धांत

शारीरिक समानता : वेन की चेहरे की विशेषताएँ क्लाउड लेडॉक्स के साथ सुसंगत हैं।

अभिनव प्रतिभा : लेडॉक्स एक पेशेवर वास्तुकार और कलाकार थे। वेन ने कभी भी कला की कक्षाएँ नहीं लीं, फिर भी वास्तुकला चित्रों को बनाने की महान् क्षमता का प्रदर्शन किया। वेन ने अपने गैराज में एक भित्तिचित्र बनाया, जो एक परिदृश्य को प्रतिबिंबित करता था, और जो लेडॉक्स ने संरचना की बहुत ही समान विशेषताओं के साथ बनाया था। यद्यपि कला के लिए वेन की प्रतिभा लेडॉक्स जीवनकाल से निकलती प्रतीत होती है, लेकिन उनके पसंदीदा विषय वेनिस के रहे हैं, जो फ्रांसेस्को फोस्कैरी के रूप में उनके जीवनकाल की यादों का प्रदर्शन करते हैं। वेन की कला www.ReincarnationResearch.com पर देखी जा सकती है।

मार्गदर्शक आत्मा की भागीदारी : अह्तुन रे, वो मार्गदर्शक आत्मा, जिसके साथ मैं काम करता हूँ और जो केविन रायर्सन के माध्यम से काम करती है, ने वेन के फ्रांसीसी जीवनकाल की पहचान करने में सटीक वर्तनी के साथ 'लेडॉक्स' का विशिष्ट नाम दिया। मैत्रेय वो मार्गदर्शक आत्मा जिसके साथ वेन के वर्षों से टेलीपैथिक रिश्ते हैं, ने फिर वेन को आर्किटेक्चरल डाइजेस्ट का एक विशिष्ट अंक दिखाकर ऐतिहासिक दृष्टि से लेडॉक्स का पता लगाने के साधन प्रदान किए।

साईं बाबा

मैं साईं बाबा के साथ वेन पीटरसन के रिश्ते के बारे में दो रोचक कहानियों के साथ ये अध्याय समाप्त करना चाहता हूँ, जिनकी मृत्यु 2011 में भारत में हुई और जिन्हें कुछ लोगों द्वारा आध्यात्मिक अवतार माना जाता था। वेन का पहला अनुभव 1970 के दशक में हुआ, जब वेन पहली बार बेंजामिन क्रेमे से मिलने गए, जो पास में एक स्थान पर मैत्रेय के विषय में व्याख्यान दे रहे थे। वेन आध्यात्मिक मामलों के लिए नए थे और जब क्रेमे ने कहा कि वह साईं बाबा से ऊर्जा लेने जा रहे थे, तो वेन ने सोचा कि यह एक मूर्खतापूर्ण दावा था और उन्होंने इसे गंभीरता से नहीं लिया।

वेन ऑडिटोरियम में पीछे बैठे थे और पता नहीं क्यों, क्रेमे ने वेन पर अपनी नजर टिका दी और अपनी हथेलियों को ऊपर उठा दिया। तब वेन ने गरमी की एक जबरदस्त सनसनी महसूस की और अचानक एक अदृश्य शक्ति उन्हें उनकी कुरसी सहित पाँच फीट पीछे ले गई। ऊर्जा बहुत मजबूत थी और वेन उल्टी जैसा महसूस करने लगे। उन्होंने मानसिक रूप से संदेश तैयार किया। "साईं बाबा, यदि यह आप हैं, तो कृपया इसे रोक

दें।" तब ऊर्जा प्रवाह समाप्त हो गया। अवाक् वेन सभागार से बाहर निकल गए और वॉशरूम की ओर दौड़े, क्योंकि उनका जी बहुत खराब हो गया था और उन्हें उल्टी करनी पड़ी। उस प्रस्तुति के बाद वेन की मैत्रेय, साईं बाबा और आध्यात्मिक मामलों में गहरी रुचि उत्पन्न हो गई।

यद्यपि वेन कभी साईं बाबा से मिले नहीं थे, लेकिन उनके बीच किसी प्रकार के आध्यात्मिक संबंध निश्चित रूप से मौजूद हैं। निम्नलिखित कथा में अमेरिकी अभिनेत्री जूडिथ लाइट शामिल है, जिसने वेन की पुस्तक पढ़ी और उनकी प्रशंसक बन गईं। कहानी इस प्रकार है—

वेन की एक दोस्त है, जो 1990 के दशक में भारत में साईं बाबा के आश्रम में उनसे मिलने के लिए गई थी। यह दोस्त साईं बाबा की भक्त नहीं थी, लेकिन अन्य भक्तों के साथ गई थी। विरोधाभासी रूप से, जब साईं बाबा ने इस महिला पर, जो उनके भक्त नहीं थी, अपना ध्यान केंद्रित किया, तो उसे एक गहन आध्यात्मिक अनुभव हुआ और अप्रत्याशित रूप से उसने छह महीने उनके आश्रम में रहने का फैसला कर लिया। जब वह अमेरिका लौटी, तो इस महिला ने वेन को साईं बाबा की एक तसवीर दी, जिसमें उनका आशीर्वाद था, और जिसे एक महान् उपहार माना जाता है। उन्होंने इस तसवीर को लगभग दस वर्षों तक रखा।

जब 2003 में थैंक्सगिविंग अवकाश पर वेन जूडिथ लाइट से मिले, तो उन्हें एक टेलीपैथिक संदेश मिला कि उन्हें साईं बाबा की वह तसवीर सुश्री लाइट को दे देनी चाहिए। जब उन्होंने तसवीर जूडिथ को दी, तो उसने कहा, "यह आपके लिए मूल्यवान है। वेन, क्या आप वाकई मुझे यह देना चाहते हैं?" वेन ने कहा, "मेरा आग्रह है।" जूडिथ ने जवाब दिया, "शायद साईं बाबा आपको एक और भेज देंगे।" वेन ने 21 नवंबर, 2003 को वह तसवीर जूडिथ को दी।

जनवरी 2004 में साईं बाबा तसवीर जूडिथ लाइट को देने के लगभग दो महीने बाद, वेन को अप्रत्याशित रूप से भारत में साईं बाबा के आश्रम से एक पत्र प्राप्त हुआ। इस पत्र में साईं बाबा की तसवीर थी, जिसके पीछे एक नोट लिखा था। नोट 21 नवंबर, 2003 को लिखा गया था, वही तारीख जिस दिन वेन ने साईं बाबा की तसवीर जूडिथ लाइट को दी थी।

इस नई तसवीर के पीछे लिखा था—"आत्मा का रहस्य आकार से देखने में है।" वेन को भेजी गई साईं बाबा की इस नई तसवीर में साईं बाबा के कंधे पर एक तोता दिखाया गया था। उल्लेखनीय बात यह है कि तोते के रूप में साईं बाबा की आँखें और भौहें देखी जा सकती हैं। साईं बाबा की यह तसवीर दुनिया के दूसरे छोर से वेन को कैसे

भेजी गई, वो भी उसी दिन जब वेन ने उनकी एक समान तसवीर जूडिथ को दी थी, यह एक रहस्य बना हुआ है।

दिलचस्प बात यह है कि 1968 में चार जुलाई की छुट्टी पर साईं बाबा ने इस समय अवतार लेने के पीछे अपना उद्देश्य बताते हुए एक घोषणा की। यह मेरी आशा है कि पुनर्जन्म के सबूत, जो इस पुस्तक में और www.ReincarnationResearch.com वेबसाइट पर प्रस्तुत किए जा रहे हैं, उस दिन साईं बाबा द्वारा व्यक्त की गई भावनाओं को ठोस अस्तित्व में लाने में मदद करेंगे। 4 जुलाई 1968 को साईं बाबा ने खुलासा किया—

'मैं आपके दिलों में प्यार का दीपक जलाने आया हूँ, यह देखने के लिए आया हूँ कि यह दिन पर दिन और अधिक चमक के साथ रोशन होता है। मैं किसी विशेष धर्म की ओर से नहीं आया हूँ। मैं किसी एक संप्रदाय या पंथ या कारण के प्रचार के मिशन पर नहीं आया हूँ, न ही मैं एक सिद्धांत के लिए अनुयायियों को इकट्ठा करने आया हूँ। मेरी अपने पंथ या किसी और पंथ में भक्तों या शिष्यों को आकर्षित करने की कोई योजना नहीं है। मैं आपको इस एकतापूर्ण विश्वास, इस आध्यात्मिक सिद्धांत, प्यार के इस मार्ग, प्यार के इस कर्तव्य, प्यार के दायित्व के बारे में बताने आया हूँ।'

पुनर्जन्म के सबूतों के माध्यम से हम समझ सकते हैं कि हम सब यहाँ इस धरती पर आध्यात्मिक जीव हैं, जो खुद को विकसित और अभिव्यक्त करने के उद्देश्य से आए हैं। आइए, हम बिना संघर्ष या विभाजन के अपने विभिन्न मिशन और लक्ष्य पूरे करें, बल्कि आइए, हम जैसा कि साईं बाबा कहते हैं, एक 'प्रेम के पथ' पर आगे बढ़ें।

डोगे फ्रांसेस्को फोस्कैरी

यू एस डिप्लोमेट वेन पीटरसन

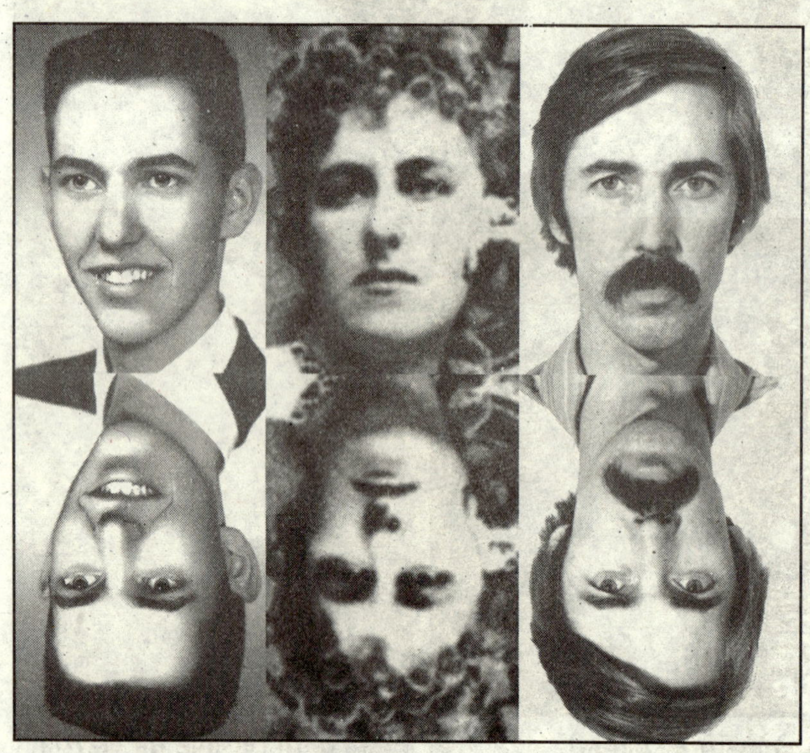

वेन पीटरसन लुइस वेंडरबिल्ट वेन पीटरसन

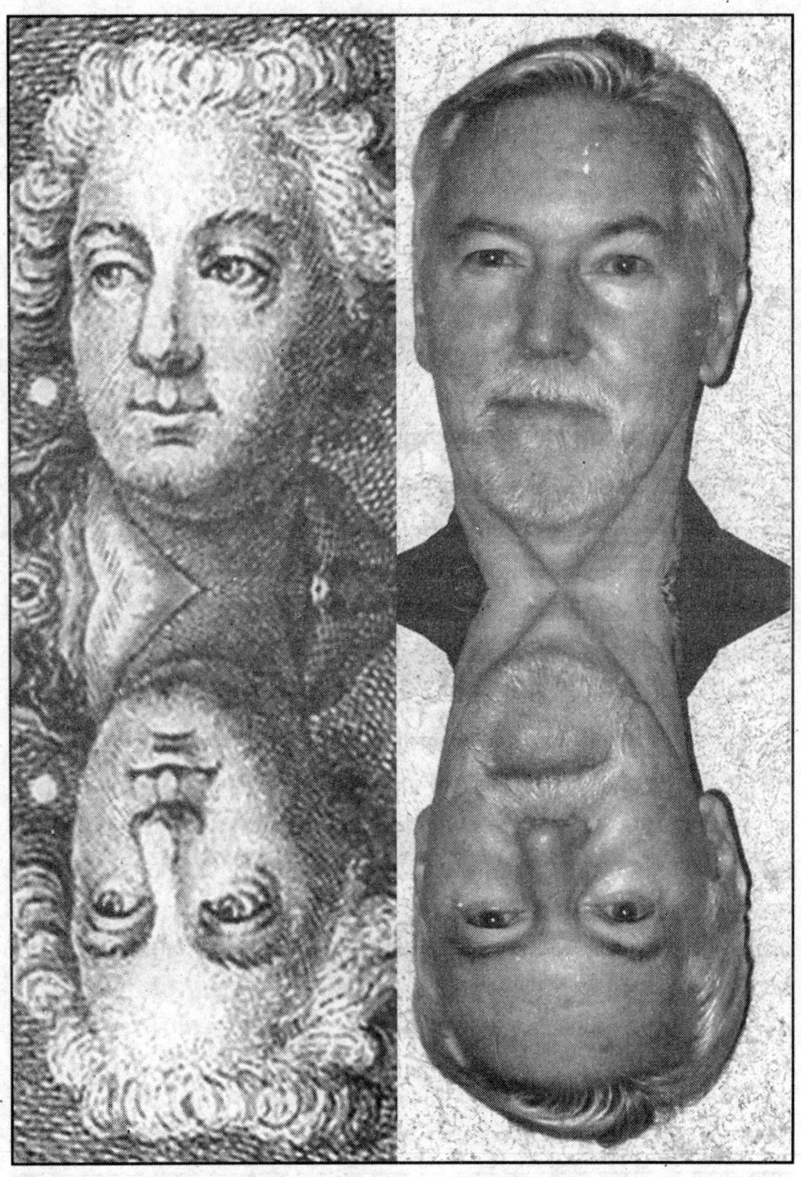

क्लाउड लेडॉक्स वेन पीटरसन

□

11

पॉल गौगिन और पाब्लो पिकासो

पॉल गौगिन के पुनर्जन्म के रूप में पीटर टीकंप

पीटर टीकंप की कहानी उनके बचपन के वर्षों से शुरू होती है, जब शब्द 'गो-गॉन, गो-गॉन' बार-बार उनके दिमाग में आते रहते थे। इन शब्दों का संबंध कलाकार पॉल गौगिन से जोड़ने में पीटर को कई दशकों का समय लग गया, और ये विचार करने में और भी अधिक समय लग गया कि वे गौगिन का पुनर्जन्म हो सकते थे। चेहरे की विशेषताएँ और व्यक्तित्व के लक्षण सुसंगत हैं। वास्तव में, आश्चर्यजनक बात यह है कि पीटर के उनकी युवावस्था में और युवा वयस्क के रूप में बनाए स्केच दरशाते हैं कि पीटर ने अनजाने में गौगिन के कलात्मक विकास को दोहराया था; हालाँकि उनसे छोटी उम्र में, यह दिखाते हुए कि हम वास्तव में पिछले जीवन की उपलब्धियों पर अपना निर्माण करते हैं। जैसे ही वे एक कलाकार के रूप में परिपक्व हुए, पीटर ने एक ऐसी शैली विकसित की, जो अधिक यथार्थवादी थी और कभी-कभी अवास्तविक बन जाती थी। 2005 में पीटर ने गौगिन द्वारा प्रेरित चित्रों की एक श्रृंखला पर काम करने का फैसला किया; हम देखते हैं कि इन दो कलाकारों का काम लगभग अविभेद्य है।

पॉल गौगिन का जीवन और मृत्यु

पॉल गौगिन का जन्म 7 जून, 1848 को पेरिस में हुआ था। उनके पिता एक पत्रकार थे और उनकी माँ मूल रूप से पेरू की थीं। 1849 में दक्षिण अमेरिका की समुद्र-यात्रा के दौरान गौगिन के पिता की मृत्यु हो गई। गौगिन ने अपने बचपन के वर्ष पेरू में बिताए और बाद में फ्रांस लौट आए, जहाँ उन्होंने बोर्डिंग स्कूलों में पढ़ाई की। 1867 में जब पॉल 19 वर्ष के थे, तब उनकी माँ की मृत्यु हो गई। एक युवा आदमी के रूप में गौगिन एक नाविक बन गए, फ्रांसीसी मर्चेंट मरीन के साथ दुनिया भर में यात्रा

की, और बाद में फ्रांसीसी नौसेना को सेवाएँ दीं। 1872 में जब वे 24 वर्ष के थे, तो गौगिन ने स्टॉक ब्रोकर के रूप में व्यापारिक दुनिया में प्रवेश किया। इस अवधि के दौरान गौगिन ने अपने खाली समय में पेंटिंग शुरू कर दी। हालाँकि अपना पूरा समय पेंटिंग को समर्पित करने से पहले उन्होंने दस वर्ष से अधिक समय तक अपने व्यवसाय में काम करना जारी रखा।

1873 में 25 साल की उम्र में पॉल ने मैट गड से शादी की और इस दंपती के कुल पाँच बच्चे हुए। गौगिन को जल्द ही कलाकार पिसारो और सीजेन ने मित्र बना लिया। 28 साल की उम्र में गौगिन की बनाई एक पेंटिंग को पेरिस में एक प्रतिष्ठित आर्ट प्रदर्शनी सैलों डी' ऑटोमने के लिए स्वीकार कर लिया गया। 1884 में गौगिन अपने परिवार को कोपेनहेगन, डेनमार्क ले गए, जो उनकी पत्नी का मूल देश था। एक साल बाद 1885 में 37 साल की उम्र में गौगिन अपनी पत्नी से अलग हो गए और पूर्णकालिक कलाकार बनने के लिए पेरिस लौट आए। उसकी फ्रांस वापसी के बाद उनकी पहली पेंटिंग्स में से एक पेरिस के ठीक बाहर स्थित सेंट क्लाउड शहर का एक दृश्य था, जिसका शीर्षक था 'पेसेज ए सेंट-क्लाउड', जो 1885 में बनी थी।

1887 में गौगिन ने कुछ समय के लिए पनामा नहर परियोजना में नहर खोदनेवाले का काम किया और फिर वह मार्टिनिक चले गए। फ्रांस लौटकर गौगिन ने विन्सेंट वैन गॉग से दोस्ती कर ली, जिनके साथ में फ्रांस के दक्षिण आर्लेस में पेंटिंग करते थे। वैन गॉग और गौगिन एक ही घर साझा करके रहते थे, और यही वो सेटिंग थी, जिसमें 23 दिसंबर, 1888 को वैन गॉग ने अपना कान काट लिया, जिसे बाद में उन्होंने एक वेश्या को भेंट कर दिया। वैन गॉग ने अपने कान क्यों काटे? अंत तक, इसके कारण अनजान हैं, सिवाय इसके कि यह कार्य वैन गॉग की बढ़ती मानसिक बीमारी को प्रतिबिंबित करता है। गौगिन ने बताया कि वैन गॉग ने उन्हें कान काटने की घटना से एक दिन पहले एक रेजर के साथ धमकाया था। वैन गॉग के अपना कान काटने के एक दिन बाद गौगिन ने आर्ल्स छोड़ दिया।

फरवरी से दिसंबर 1888 तक आर्ल्स में अपने समय के दौरान गौगिन ने वह शैली विकसित की, जिसके लिए वे जाने जाते हैं—काली रूपरेखाओं के साथ सीधे, शुद्ध रंगों का उपयोग। उनके विषयों में अकसर ईसाई धार्मिक थीम शामिल होती थी। हालाँकि भविष्य में कला की दुनिया गौगिन का सम्मान करनेवाली थी, लेकिन इस समय वे अपरिचित और गरीब थे। 1891 में 43 वर्ष की आयु में गौगिन ने दक्षिण प्रशांत की अपनी यात्रा को वित्त पोषित करने के लिए अपने करीब 30 चित्र बेच दिए। वहाँ वे ताहिती में बस गए। गौगिन पश्चिमी सभ्यता से निराश थे और इस कदम के साथ वे जीने का एक अधिक आसान तरीका अपनाना चाहते थे। अगले दो वर्षों तक गौगिन ने अपने

चित्रों में दक्षिण प्रशांत के दृश्य कैद किए। उनकी सबसे प्रसिद्ध कलाकृतियों का उत्पादन ताहिती में ही होनेवाला था।

हालाँकि ताहिती में गौगिन को धन का अभाव हो गया और 1893 में उन्हें वापस फ्रांस लौटना पड़ा। गौगिन 1895 में 47 वर्ष की आयु में फिर ताहिती लौट आए, इस बार यूरोप कभी न लौटने के लिए। गौगिन के अंतिम पाँच वर्ष निरंतर गरीबी और बिगड़ते स्वास्थ्य में बीते। गौगिन जब 49 वर्ष के थे, तो वे गंभीर नैराश्य की स्थिति में चले गए, यहाँ तक कि उन्होंने आत्महत्या करने की भी कोशिश की, लेकिन वे बच गए। 1901 में दुर्बल और ताहिती में फ्रांसीसी अधिकारियों के साथ मतभेदों के चलते गौगिन मार्केसस द्वीपसमूह चले गए। 8 मई, 1903 को 55 वर्ष की उम्र में गौगिन की मृत्यु हो गई, और उन्हें कैलवरी सिमेट्री (कब्रिस्तान) में दफनाया गया।

अपने कमजोर वर्षों में गौगिन ने लिखा, "अधिकांश लोगों के लिए मैं हमेशा एक पहेली बना रहूँगा, मुझे एहसास है कि लोग मुझे कम-से-कम समझेंगे...चाहे कुछ भी हो जाए, मैं आपको आश्वासन देता हूँ कि मैं सबसे श्रेष्ठ चीजें प्राप्त करूँगा। मैं यह महसूस कर सकता हूँ और हम वे दिन देखेंगे।" गौगिन की भविष्यवाणी सटीक निकली। 1906 में उनकी मृत्यु के तीन साल बाद उनकी कलाकृतियाँ सैलों डी' ऑटोमने में प्रदर्शित की गईं, जहाँ से उनकी प्रसिद्धि और लोकप्रियता शुरू हुई।

पीटर टीकैंप की एक पूर्व जन्म में यात्रा

पीटर टीकैंप का जन्म गौगिन की मृत्यु के 47 साल बाद हॉलैंड, नीदरलैंड में हुआ था। पीटर के पिता कैथोलिक थे, जबकि उनकी माँ यहूदी थीं। उनके माता-पिता को वैवाहिक समस्याएँ थीं और जब पीटर चार वर्ष के थे तो वे अलग हो गए। पीटर को एक कैथोलिक अनाथालय में रखा गया, जहाँ वह आल्टर बॉय बन गया और चर्च क्वायर में गाना गाने लगा। ज़ब वह 9 वर्ष का हुआ, तो पीटर की माँ ने दोबारा शादी कर ली, और पीटर अपनी माँ और सौतेले पिता के साथ रहने लगा।

जब वह दस साल का था, तो दो अक्षर उसके दिमाग बार-बार आते थे, "गो-गॉन, गो-गॉन।" बालक पीटर ने इन शब्दों से कोई विशेष अर्थ नहीं जोड़ा, लेकिन ये उसे उत्साहित करते थे। जब पीटर खेलता था, तो चीयर करने (उत्साह बढ़ाने) के लिए 'गो-गॉन', 'गो-गॉन' चिल्लाता था। जब वह पंद्रह वर्ष का हुआ, तब उसने सोचना शुरू किया कि 'गो-गॉन' का क्या मतलब था। उसने अपने स्कूल के शिक्षकों से पूछा, "गो-गॉन का क्या मतलब होता है?" उसके शिक्षकों ने सोचा कि वह किसी डच शब्द के बारे में पूछ रहा था और कहा कि उन्हें उसका अर्थ नहीं मालूम था।

यह प्रस्तावित किया गया है कि पीटर वास्तव में अपने पिछले जीवनकाल का नाम याद कर रहा था कि 'गो-गॉन' गौगिन का एक ध्वन्यात्मक उच्चारण था। इस प्रकार की स्मृति अमेरिकी राजनयिक वेन पीटरसन के मामले में भी देखी गई थी। याद रखें कि एक छोटे लड़के के रूप में वेन अपने माता-पिता के उसके नाम से बुलाने पर जवाब नहीं देते थे। निराशा में उन्होंने पूछा, "तो तुम किस नाम से बुलाए जाना चाहते हो?" वेन ने घोषणा की, "मेरा नाम फ्रांसेस्को फोस्कैरी है," हालाँकि वो नहीं जानता था कि वो उसी नाम से क्यों बुलाया जाना चाहता था। एक किशोर के रूप में वेन उस नाम से भावनात्मक रूप से इतना जुड़ा हुआ था कि कानूनी रूप से अपना नाम बदलने पर विचार कर रहा था। कई दशक बीत गए और तब वेन ने जाना कि एक पूर्व जीवनकाल में, फ्रांसेस्को फोस्कैरी, एक वेनिशियन सीनेटर और डोगे था। ये भी याद करें कि बचपन में, बरब्रो कार्लेन ने अपने माता-पिता से कहा था कि उसक असली नाम एन फ्रैंक था, और डैनियल जुर्दी और सुजन खानम के मामलों में बचपन में पिछले जन्म के नाम भी याद किए गए थे।

एक किशोर के रूप में पीटर ने चित्र बनाना शुरू कर दिया। उल्लेखनीय बात यह है कि पीटर के शुरुआती चित्रों में गौगिन द्वारा 100 साल पहले बनाए स्केच दोहराए गए थे, हालाँकि पीटर को चित्र बनाते समय गौगिन के इन चित्रों की कोई जानकारी नहीं थी। वास्तव में पीटर 2003 तक, जब वे 53 वर्ष के थे, गौगिन के बनाए स्केचों के, जो इस अध्याय के अंत में दिए गए हैं, संपर्क में नहीं आए थे। इन पेंसिल से बनाए चित्रों से ऐसा लगता है कि पीटर वास्तव में पिछले जीवनकाल से अपनी कलाकृतियों की यादों को, पॉल गौगिन के जीवनकाल को पुनः प्राप्त करना चाहते थे। उल्लेखनीय है कि गौगिन ने जिस उम्र में ये स्केच बनाए थे, उससे बहुत कम उम्र में पीटर ने अचेतन रूप से उनकी कलाकृतियों को दोहराया था। इस प्रकार, ये तुलनाएँ दरशाती हैं कि कैसे प्रत्येक जीवनकाल में हम एक पूर्व जन्म की उपलब्धियों पर निर्माण कर सकते हैं।

पीटर ने व्यवसाय में डिग्री हासिल की और गौगिन की तरह व्यावसायिक दुनिया में कॅरियर के रूप में प्रवेश किया। पीटर ने पिछले कुछ वर्षों में विभिन्न खुदरा संचालनों के प्रबंधक के रूप में काम किया है। गौगिन की तरह ही पीटर एक विश्व यात्री बन गए और भारत में वाराणसी, तेल अवीव, पुर्तगाल और मिस्र जैसे स्थानों की यात्रा की। कुछ समय इन स्थानों पर रहे, और भित्ति चित्र बनाकर यात्राओं के खर्च निकाले।

अंत में पीटर संयुक्त राज्य अमेरिका में आ गए। 1972 में पीटर सभी स्थानों को छोड़कर सेंट क्लाउड, मिनेसोटा में बस गए, जहाँ 22 वर्ष की उम्र में उन्होंने गंभीरता से पेंट करना शुरू कर दिया। यह हमें गौगिन का पूर्णकालिक कलाकार बनने के लिए कोपेनहेगन से फ्रांस वापस जाना याद दिलाता है। याद करें कि फ्रांस लौटने के बाद गौगिन की शुरुआती पेंटिंग्स में से एक 'पेसेज ए सेंट-क्लाउड' थी। सेंट क्लाउड, फ्रांस

और सेंट क्लाउड, मिनेसोटा के बीच क्या संबंध है? मेरा मानना है कि होता यह है कि एक व्यक्ति अवचेतन रूप से पहचान सकता है कि एक स्थान का एक पूर्व जीवनकाल से प्रतीकात्मक अर्थ है। यद्यपि पीटर चेतन रूप से नहीं जानते थे कि सेंट क्लाउड का उनके लिए गौगिन जीवनकाल से प्रतीकात्मक अर्थ था, लेकिन मुझे विश्वास है कि उनकी आत्मा से प्राप्त एक अवचेतन पहचान और आकर्षण था, जिसने सेंट क्लाउड में रहने के पीटर के निर्णय को प्रभावित किया।

मिनेसोटा में पीटर ने एंजेला नाम की एक महिला से विवाह किया और उनके दो बच्चे हुए। पीटर ने खुदरा स्टोर का प्रबंधन करते रहे, साथ ही उन्होंने एक चित्रकार के रूप में अपने कॅरियर की शुरुआत की। वे कला मेलों में हिस्सा लेते, जहाँ वे अपनी कलाकृतियाँ बेचते थे। कई बार लोग सहज रूप से उनके पास आते थे और उन्हें उनके पिछले जीवन के बारे में बताते थे। एक ने उन्हें बताया कि वे फ्रांस में रहते थे, और दूसरे ने बताया कि एक पूर्व जन्म में उनका नाम पॉल था।

पीटर समझ नहीं पाते थे कि इन टिप्पणियों का क्या करें, हालाँकि वे पुनर्जन्म को लेकर खुले थे। पीटर ने मुझे बताया है कि जब वे 19 वर्ष के थे, तो उन्होंने हरमन हेस की लिखी पुस्तक 'सिद्धार्थ' पढ़ी। उस समय पीटर इस निष्कर्ष पर पहुँचे कि पुनर्जन्म ही एकमात्र आध्यात्मिक दर्शन है, जो 'न्याय और निष्पक्षता' का प्रतीक है, जो 'हर किसी के लिए समान अवसर' प्रदान करता है। फिर भी 1970 के दशक के आरंभ में पीटर को यह नहीं पता था कि वे पिछले जीवनकाल में कौन हो सकते थे, और फुटपाथ पर चलते मनोविज्ञानियों द्वारा की गई उनके फ्रांस के पूर्व जीवनकाल के बारे में टिप्पणियाँ, जिसमें उनका नाम पॉल था, केवल उनका मनोरंजन करती थीं, उससे अधिक कुछ नहीं।

चीजें 1979 में बदलीं, जब पीटर 29 वर्ष के थे। उनकी पत्नी एंजेला के व्यक्तित्व में एक कठोर परिवर्तन आने लगा, जिसमें वह कट्टर धार्मिक हो गई। हालाँकि पीटर ने शुरुआत में उनके ज्यादा आध्यात्मिक होने की आवश्यकता का सम्मान किया, लेकिन वे इस बात से चिंतित हो गए कि एंजेला की नई भक्तिपूर्ण जीवनशैली अति की ओर जा रही थी। एक दिन पीटर अपने घर के एक कमरे में गए तो देखा कि उसकी पत्नी जलती मोमबत्तियों के बीच प्रार्थना कर रही है। एंजेला खड़ी हो गई और उसने पीटर को एक किताब दी, जिसमें पॉल गौगिन की एक तसवीर खुली हुई थी, और जिसमें वे लाल रंग से घिरे हुए थे। एंजेला ने पीटर को दृढ विश्वास के साथ बताया, "तुम पॉल गौगिन का पुनर्जन्म हो," और उसके बाद वह ऐसा बार-बार कहती रही।

एंजेला के आग्रह ने कि वह गौगिन का पुनर्जन्म है, पीटर को 'गो-गॉन, गो-गॉन' शब्दों पर सोचने के लिए प्रेरित किया, जो उनके बचपन के दौरान उसके दिमाग में गूँजता रहा था। पीटर का ध्यान इस बात पर भी गया कि उनके चेहरे की विशेषताएँ गौगिन से

मिलती थीं। बाद में उन्होंने पाया कि गौगिन को अपनी पेंटिंग्स की पृष्ठभूमि में चेहरे बनाना पसंद था, कभी खुलकर, कभी छुपे हुए—एक ऐसा अभ्यास, जो पीटर ने भी खुद में सहजता से विकसित किया था। फिर भी, उसके लिए यह सोचना बहुत विचित्र था कि वह गौगिन हो सकता था।

साल बीतने के साथ पीटर और एंजेला के बीच दूरी आने लगी, और अपने विवाह को बचाने के तमाम प्रयासों के बावजूद दंपत्ति अंततः अलग हो गए। पीटर अपाचे जंक्शन एरिजोना में स्थानांतरित हो गए, जहाँ उन्होंने एक आर्ट गैलरी खोली। पीटर दक्षिण-पश्चिम की मूल अमेरिकी संस्कृति से आकर्षित थे, जैसे गौगिन को ताहिती का जीवन आकर्षित करता था। इस अवधि के दौरान पीटर की पेंटिंग्स में मूल अमेरिकी विषय दरशाए गए थे।

अपाचे जंक्शन में जाने के कुछ ही समय बाद पीटर की मुलाकात एक ऐसी महिला से हुई, जो पिछले जीवन के प्रतिगमन करती थी और पीटर ने इसे आजमाने का फैसला किया। उन्होंने यह प्रतिगमन 1980 में 30 साल की उम्र में लिया। पीटर ने एक जीवनकाल से यादों को प्राप्त किया, जिसमें वे वास्तव में एक चित्रकार थे। उन्होंने एक गाँव या शायद पेरिस में पत्थर की सड़कें देखीं। उन्होंने खुद को अँधेरी सीढ़ियों से चढ़कर एक स्टूडियो में जाते देखा, जो अँधेरा और गंदा था; ऐसा लग रहा था कि कमरे में वर्षों से सफाई नहीं की गई थी। पीटर ने गंदे, उपेक्षित पेंट ब्रश देखे और उन्होंने अवसाद की ऐसी भयानक भावना का अनुभव किया, जैसे पहले कभी नहीं किया था। उन्होंने अकेलेपन की, अस्वीकार किए जाने की, और एक ऐसी भावना महसूस हो रही थी कि उन्हें गलत समझा गया था।

उन्होंने गौगिन के जीवनकाल में दस्तक दी थी या नहीं, पीटर यकीन से नहीं कह सकते थे। लेकिन प्रतिगमन का अनुभव शक्तिशाली था और उसने उन्हें गौगिन का अध्ययन और अधिक ईमानदारी से करने को प्रेरित किया। हालाँकि जो उन्हें मिला, वह पसंद नहीं आया। सबसे पहले, पीटर को गौगिन की पेंटिंग की शैली पसंद नहीं आई, जो उन्हें 'कार्टूनिश, आदिम और अधूरी' लगी।" जैसा कि बताया गया है, अपने समकालीन जीवनकाल में पीटर ने एक ऐसी शैली विकसित की है, जो अधिक यथार्थवादी है। वास्तव में पीटर ने जो गौगिन प्रेरित कला रची है, उसमें रंग और भावना गौगिन के समान ही हैं, लेकिन पीटर की प्रस्तुतियों में अधिक स्पष्टता है।

अगर पीटर गौगिन का पुनर्जन्म है, तो जिन चित्रों ने पीटर की शैली का प्रदर्शन गौगिन के संबंध में किया है, उनमें गौगिन द्वारा बनाई उनकी बेटी, ऐलीन की पोर्ट्रेट और पीटर द्वारा बनाया प्रसव में मर गई एक लड़की अमांडा का चित्र शामिल है। अमांडा का पोर्ट्रेट वास्तव में एक कलाकार का चित्रण है। क्योंकि वह नवजात शिशु के रूप में मर

गई थी, इसलिए एलीन और अमांडा के बीच उपस्थिति में समानताओं को ध्यान में रखना दिलचस्प है। हालाँकि, अमांडा की पेंटिंग पृष्ठभूमि में रखी गई, कई विस्तृत वस्तुओं के साथ और अधिक वास्तविक लगती है। एलीन और अमांडा के इन चित्रों को www.ReincarnationResearch.com पर देखा जा सकता है।

इस तथ्य के अलावा कि पीटर वास्तव में गौगिन की कला को पसंद नहीं करते थे। कई अन्य चीजें थीं, जिनसे पीटर को चिढ़ हो रही थी। उदाहरण के लिए, पीटर को यह माना जाना पसंद नहीं आया कि गौगिन ने अपनी पत्नी और बच्चों को कला में कॅरियर बनाने के लिए छोड़ दिया था। अंत में, यह कहा गया है कि गौगिन की मृत्यु एक यौन रोग सिफलिस से हुई थी, जिसे पीटर ने प्रशंसनीय नहीं माना। संक्षेप में, पीटर को यह व्यक्ति, गौगिन पसंद नहीं आया।

आठ साल बाद पुनर्जन्म का यह मुद्दा एक बार फिर उठाया गया, जब पीटर 38 वर्ष के थे। अपाचे जंक्शन में, 1988 में पीटर की दोस्ती एक फिजियोथेरैपिस्ट से हुई, जो करीब पचपन वर्ष का भारी एवं बलवान आदमी था। दो महीने की अवधि में ये फिजियोथेरैपिस्ट पीटर को सप्ताह में दो या तीन बार दोपहर या रात के भोजन पर ले गया। उसकी दयालुता के लिए आभारी होने के बावजूद पीटर ने सोचना शुरू कर दिया कि उस आदमी की उदारता के पीछे क्या उद्देश्य था? पीटर विषमलैंगिक है, इसलिए वह नहीं चाहता था कि फिजियोथेरैपिस्ट की रोमांटिक उम्मीदें बढ़ें। पीटर ने अपनी एक मुलाकात में इस मुद्दे पर बात करने का फ़ैसला किया।

जब पीटर ने भारी शरीर वाले आदमी से उसकी उदारता का कारण पूछा, तो फिजियोथेरैपिस्ट का चेहरा लाल हो गया। वह खड़ा हो गया और पीटर को उसकी शर्ट से पकड़कर उठा दिया। उसने पीटर के चेहरे को अपने चेहरे से पाँच इंच की दूरी पर खींचा और घोषणा की, "तुम पॉल गौगिन का पुनर्जन्म हो।" पीटर चौंक गया, क्योंकि उसने गौगिन के बारे में फिजियोथेरैपिस्ट से एक शब्द भी नहीं कहा था—फिजियोथेरैपिस्ट के पास गौगिन के बारे में पीटर के पिछले अनुभवों को जानने का कोई तरीका नहीं था। फिर उसने पीटर को छोड़ दिया और चला गया। पीटर ने उसे फिर कभी नहीं देखा। अब पीटर को दो लोग बता चुके थे—उनकी पूर्व पत्नी और वो फिजियोथेरैपिस्ट, जो लगभग अजनबी था कि वह गौगिन का पुनर्जन्म था। परेशानी की बात यह थी कि पीटर अभी भी गौगिन नहीं होना चाहता था।

वाटरशेड घटनाएँ एक वर्ष बाद 1989 में हुईं, जब पीटर 39 वर्ष के थे। पीटर की कला गैलरी के मकान मालिक ने अप्रत्याशित रूप से आकर कहा कि उसे निकाला जा रहा था। मकान मालिक ने बताया कि पीटर ने एक पट्टे पर हस्ताक्षर किए थे, जिसमें एक क्लॉज था, जो उन्हें बिना किसी सूचना के पीटर को बेदखल करने की इजाजत देता

था, और मकान मालिक उन्हें तुरंत बेदखल कर रहा था, क्योंकि उसे बेहतर प्रस्ताव मिला था। सो पीटर का कारोबार बंद होनेवाला था। उसी सप्ताह उस महिला ने, जिसके साथ वे डेटिंग कर रहे थे, उन्हें छोड़ दिया और पीटर एक गंभीर ऑटो दुर्घटना का शिकार हो गए, जिसमें उनकी कार पूरी तरह नष्ट हो गई।

अचानक पीटर ने महसूस किया कि वे सबकुछ खो चुके हैं और वे तीव्र आत्मघाती बन गए। पीटर ने खुद को रेगिस्तान में मारने का फैसला किया। उन्होंने एक पिस्तौल और व्हिस्की की एक बोतल खरीदी और बंजर पहाड़ों की ओर निकल गए। सौभाग्य से, पीटर शराबी नहीं है और हालाँकि उन्होंने रेगिस्तान की हवा में कुछ गोलियाँ चला दीं, लेकिन इससे पहले कि वे खुद को मार पाते, शराब के नशे में बेहोश हो गए।

ध्यान दें कि गौगिन ने भी आत्महत्या करने की भी कोशिश की थी। इस प्रकार का पैटर्न दोहराया क्यों जाता है ? मेरे अवलोकन में हमारे पास एक जैसी ऊर्जाएँ, एक जीवन से दूसरे जीवन में जीवन के प्रति एक ही दृष्टिकोण है। इसी प्रकार हमारे पास एक ही प्रकार की समस्याओं और संघर्षों में पड़ने की प्रवृत्ति भी है। हम चुनौतियों पर प्रतिक्रिया भी एक जैसी करते हैं। गौगिन और टीकैंप जब पारंपरिक व्यवसाय में संलग्न थे तो स्थिर जीवन जी रहे थे और वित्तीय सफलता का आनंद उठा रहे थे। लेकिन दोनों ने कलाकार बनने के सपने को आगे बढ़ाने के लिए सुरक्षा छोड़ दी, और दोनों हानि और वित्तीय संकट के जवाब में अत्यधिक निराश हो गए और आत्मघाती बन गए, हालाँकि दोनों अपने प्रयासों में असफल रहे।

हम सभी की मोडस ऑपरेंडी होती है, जो हमारी विशेषता होती है, सकारात्मक भी और दोषपूर्ण भी, और यह विभिन्न जीवनकालों में समान रहती है। दोषपूर्ण प्रतिक्रिया हमें परेशानी में डालती है, हालाँकि उम्मीद की जा सकती है कि विभिन्न जीवनकालों के दौरान हम इन लक्षणों को अपने लाभ के लिए संशोधित कर लेते हैं। पुनर्जन्म को समझने का बड़ा लाभ यह है कि जब हम एक पूर्व जीवनकाल के बारे में जान लेते हैं और अतीत से अपने व्यक्तित्व का अध्ययन करने में सक्षम हो जाते हैं, तो अपने वर्तमान अवतार में और चैतन्य व प्रभावी ढंग से बढ़ सकते हैं।

एक आखिरी अवलोकन, जो मैं करना चाहता हूँ, वो यह है कि जैविक मानसिक विकार, जैसे शिजोफ्रेनिया एक जीवनकाल से दूसरे में जारी नहीं रहते। ये गंभीर विकार उस शरीर के साथ आते हैं, जिसमें व्यक्ति जन्म लेता है, ठीक वैसे जैसे डायबिटीज या थाइरायड, और वे एक जीवन से दूसरे में आत्माओं द्वारा ग्रहण नहीं किए जाते। दूसरे शब्दों में, व्यक्ति एक जीवन में शिजोफ्रेनिक और दूसरे में सामान्य हो सकता है।

अगली सुबह जब पीटर रेगिस्तान की धरती पर जागा, तो उस पर शराब का असर था और उसे भयानक सिरदर्द हो रहा था। पीटर ने महसूस किया कि उसे एक नई

शुरुआत करने की आवश्यकता है और फैसला किया कि उसे कैलिफोर्निया चले जाना चाहिए। पीटर ने इस पर भी विचार किया कि गौगिन जीवनकाल के संबंध में इनकार कर रहा था और अब वह अधिक खुलेपन के साथ इस संभावित भूतपूर्व जीवन संबंध की जाँच करेगा। जब पीटर शहर में वापस लौटा, तो उसने अपने पूर्व सुपरवाइजर, एक रिटेल चेन के मालिक को फोन किया, और उसे यह सुनकर प्रसन्नता हुई कि उसके पुराने मालिक के पास न केवल कैलिफोर्निया के एटास्केडेरो में उसके लिए नौकरी थी, बल्कि ये मालिक उसे लेने के लिए एक ट्रक भी भेज रहा था। पीटर बताते हैं कि 39 वर्ष की उम्र में, जबसे उन्होंने अपने गौगिन जीवनकाल का ईमानदारी से अवलोकन करने का फैसला किया, उनके लिए चीजें और आसानी से तथा आराम से होने लगीं। पीटर कहते हैं कि जीवन उनके लिए 'खिल' गया था।

पीटर ने एटास्केडेरो में खुदरा स्टोर का प्रबंधन कुशलतापूर्वक किया और उसे एक संपूर्ण शॉपिंग सेंटर के प्रबंधन के साथ-साथ कैलिफोर्निया के होलीस्टर में एक और स्टोर के प्रबंधन के लिए पदोन्नत कर दिया गया। वहाँ 1991 में, वह मिशेल मोशे से मिले, जो एक स्थानीय समाचार-पत्र के लिए विज्ञापन का स्थान बेचने का काम करती थीं। स्टोर और शॉपिंग सेंटर का प्रतिनिधित्व करनेवाले पीटर मिशेल के ग्राहक बन गए, और उनके समाचार-पत्र में विज्ञापन देने लगे। 1997 में पीटर ने अपने व्यवसाय और पेशे को बेहतर तरीके से एकीकृत करने के प्रयास में खुद अखबार लेआउट कलाकार बनने का फैसला किया। इस क्षमता में मिशेल समाचार-पत्र व्यापार के संबंध में उनके सलाहकार बन गई। यही समय था, जब पीटर और मिशेल ने एक-दूसरे के प्रति गहरा अनुनाद महसूस किया और वे करीबी दोस्त बन गए।

पीटर ने गौगिन के बारे में कहानियों सहित अपने जीवन के विवरण साझा करना शुरू किया। मिशेल उस समय पुनर्जन्म में विश्वास नहीं करती थीं, लेकिन उसके प्रति खुली थी। फिर मिशेल ने पीटर के साथ समकालिक घटनाओं की खुद के साथ घटी एक श्रृंखला साझा की, जिसमें गौगिन शामिल थे। 1978 में, एक उपहार के रूप में मिशेल के पिता ने उसके लिए एक यात्रा का खर्च उठाने की पेशकश की, जिसमें वह दुनिया में जहाँ भी जाना चाहती थी, जा सकती थी। मिशेल ने ताहिती जाने का फैसला किया और वहाँ पहुँचने पर वह गौगिन संग्रहालय देखने गई। अगले वर्ष अपने तेईसवें जन्मदिन पर मिशेल पेरिस गई। मिशेल ने वंडरिंग वॉस्प (लेस गुएप्स बुइसोनियर) नामक एक बार्ज क्रूजर पर सीन के दर्शनीय स्थलों की यात्रा की। दिलचस्प रूप से गौगिन ने ताहिती में 'द वॉस्प' नाम पर एक प्रकाशन संपादित किया था। जब मिशेल पेरिस गई, तो वह 23 वर्ष की थी। मेट की भी यही उम्र थी, जब वो पॉल गौगिन से मिली और फिर उनसे शादी कर ली।

पीटर एक जर्नल पर काम कर रहे थे, जिसमें गौगिन पर उनके विचार थे, और

मिशेल ने उस जर्नल के संपादन में मदद करने की पेशकश की। इस प्रकार, 1997 में वे गौगिन पर शोध करने और पीटर की कहानी का वृत्तांत लिखने में पार्टनर बन गए।

इसके कुछ ही समय बाद उन्होंने मिशेल की गौगिन पर लाई किताबों में से एक खोली। उसके पृष्ठ पलटते हुए पीटर का ध्यान एक विशेष तसवीर पर गया। उन्होंने मिशेल से कहा, "देखो, यह तुम हो!" पीटर गौगिन की पत्नी, मेट की एक तसवीर देख रहा था, और मिशेल से उसकी समानता निर्विवाद थी।

पीटर और मिशेल चुपचाप इस संभावना पर विचार करते रहे कि वे पॉल और मेट गौगिन थे और साल बीतते गए। 1999 में पीटर ने एक यात्रा पर प्रस्थान किया, जो दुनिया का चार साल का दौरा होनेवाला था। यात्रा के दौरान वे भित्तिचित्र बनाते रहे। पीटर ने मिशेल के साथ संपर्क बनाए रखा, उससे पत्र-व्यवहार करते रहे, जैसे पॉल ने मेट से बनाए रखा था, जब वे ताहिती में थे। इस बीच मिशेल अपने परिवार और बचपन के प्यार के करीब रहने के लिए वाशिंगटन स्टेट चली गई।

जबकि पीटर यात्रा कर रहे थे, तो वह मिशेल थी, जिसने गौगिन पर व्यापक रूप से शोध करने की जिम्मेदारी खुद पर ले ली, और ये वही थी, जिसने पेंसिल स्केच ढूँढ़े थे। वे मिशेल थी, जिसने पहली बार महसूस किया कि पीटर ने अपनी युवावस्था में अनजाने में गौगिन के चित्रों को दोहराया था। जब पीटर 2003 में संयुक्त राज्य अमेरिका लौटे, तो मिशेल की माँ ने उनके लिए पास ही ब्रेमेरटन, वाशिंगटन में एक कॉटेज अपार्टमेंट खोजा और पीटर उसमें रहने लगे। उसी समय मिशेल ने उन्हें स्केच की तुलना दिखाई, जो पीटर को अद्भुत लगी। पीटर इस बात पर अड़े रहे कि उन्होंने 2003 से पहले इन गौगिन स्केचों को कभी नहीं देखा था। पीटर और गौगिन के चित्रों की यह तुलना उन अनुभवों की बढ़ती सूची में जुड़ गई, जो पीटर को विश्वास दिलाने लगे थे कि वे वास्तव में पॉल गौगिन का पुनर्जन्म थे।

एक दिन जब वे ब्रेमर्टन में घूम रहे थे, तो उनकी नजर दीवार पर बने एक भित्तिचित्र पर पड़ी। भित्ति के बगल में एक रेस्तराँ, कैमोरोज था। पीटर वहाँ कॉफी पीने चले गए। जब उन्होंने वहाँ के इंटीरियर पर नजर डाली, तो पीटर को समुद्र तट पर दो महिलाओं का गौगिन चारकोल का प्रिंट दिखाई दिया। पीटर ने मालिक से पूछा कि स्केच कहाँ से आया था। मालिक ने बताया कि वो स्केच मूल रूप से गुआम में उनकी पड़दादी के पास था, जिन्हें यह उपहार के रूप में मिला था। उसने बताया कि द्वितीय विश्वयुद्ध के दौरान जापानियों द्वारा कैमोरोज को, जो गुआम के मूल निवासी थे, विस्थापित कर दिया गया था। काररवाई समाप्त होने तक उनकी पड़दादी और उनका परिवार गुफाओं में छुपे रहे। अपने छिपने की अवधि के दौरान वे स्केच अपने साथ ले गई थीं।

युद्ध के बाद उसकी पड़दादी ने 33 साल तक स्केच अपनी अटारी में सँभालकर

रखा, और फिर 1978 में अपनी बेटी, रेस्तराँ मालिक की माँ को दे दिया। तब वो स्केच रेस्तराँ मालिक को अपने माँ से प्राप्त हुआ। 1999 में जब वो संयुक्त राज्य अमेरिका आया, तो स्केच अपने साथ ले आया और बाद में अपने रेस्तराँ की दीवार पर टाँग दिया। मालिक ने पीटर से कहा कि जब उसने स्केच को उसके सुरक्षात्मक कंटेनर से हटाया था, तो उसके हाथ में कोयला लग गया था। इससे पीटर को एहसास हुआ कि स्केच एक प्रतिलिपि नहीं था, बल्कि मूल चारकोल (लकड़ी का कोयला) स्केच था। अगर यह वास्तव में एक मूल गौगिन था, जो पीटर का मानना है कि यह है तो स्केच की कीमत लाखों में होगी।

तब रेस्तराँ मालिक ने साझा किया कि वह वित्तीय परेशानियों में था और अपने व्यापार को चालू रखने के लिए धनराशि की आवश्यकता थी। स्केच को प्रमाणित करवाने की प्रतीक्षा करने के बजाय, मालिक ने कहा कि वह उस पहले व्यक्ति को $ 5000 में स्केच बेच देगा, जो उस राशि का भुगतान करेगा। पीटर स्केच खरीदने के लिए तैयार हो गए और रेस्तराँ मालिक को $ 5000 दे दिए। पीटर ने बिक्री समझौते में एक खंड जोड़ा कि 'अगर और जब भी' स्केच को फिर से बेचा जाएगा, तो पीटर आय को रेस्तराँ मालिक के साथ बाँटेगा। स्केच का प्रमाणीकरण लंबित है। इस प्रकार पीटर टीकैंप के कब्जे में एक मूल प्रतीत हो रहा गौगिन स्केच आया। इसके अलावा यह दिलचस्प है कि पीटर को 2003 में गौगिन स्केच प्राप्त हुआ, जो गौगिन की मृत्यु की 100वीं पुण्यतिथि है।

सिंक्रोनिसिटीज और सालगिरह घटनाएँ वे तरीके हैं, जिनसे आत्माओं की दुनिया, हमारी आत्माओं सहित, हमारे साथ संवाद कर सकती हैं। याद करें कि मिशेल के पास दुनिया में कहीं भी यात्रा करने का विकल्प था और उसने ताहिती और गौगिन संग्रहालय जाने का चुनाव किया, और बाद में वह उसी उम्र में पेरिस गई, जिसमें मेट पॉल गौगिन से मिली थी। कहा जाता है कि ये सिंक्रोनिस्टिक घटनाएँ आकस्मिक नहीं होतीं, बल्कि वे हमारे आत्मा गाइड और हमारी आत्माओं द्वारा गुप्त रूप से आयोजित करवाई जाती हैं—टेलीपैथिक संदेशों के माध्यम से, जो अंतर्ज्ञान और इच्छाओं के रूप में अनुभव किए जाते हैं। वास्तव में, कैलिफोर्निया में मिशेल के साथ पीटर का मिलना-जुलना भी आकस्मिक नहीं था, बल्कि पूर्व निर्धारित था। हम उन लोगों से मिलने के लिए समझौते या आध्यात्मिक अनुबंध करते हैं, जिन्हें हम पूर्व जीवन में जानते हैं। ये समझौते हम जन्म लेने से पहले बना लेते हैं।

इसी तरह गौगिन की मृत्यु की 100वीं सालगिरह पर पीटर की मूल गौगिन प्रतीत हो रही स्केच की खोज एक आकस्मिक घटना नहीं है। बल्कि मैं जोर देकर कहता हूँ कि यह आत्मा दुनिया के प्राणियों द्वारा आयोजित एक घटना थी। इस घटना का उद्देश्य

पीटर को मजबूती से विश्वास दिलाना था कि वह गौगिन का पुनर्जन्म है। मेरी पुस्तक, 'रिटर्न ऑफ द रिवोल्यूशनरीज' में, समकालिक घटनाओं और सालगिरह घटनाओं की बहुतायत है। इनमें से कुछ का उल्लेख अध्याय 'पुनर्जन्म के सिद्धांत' में किया गया था। संक्षेप में, प्रतीकात्मक संयोगों के माध्यम से आत्मा दुनिया हमें संदेश भेज सकती है।

इस बिंदु पर जैसी कि आप कल्पना कर सकते हैं, पीटर और मिशेल खुशी से उन्मादी हो रहे थे; न केवल इसलिए कि उनके पास एक ऐसा स्केच था, जिसकी कीमत लाखों में हो सकती थी, बल्कि इसलिए भी क्योंकि पीटर के पॉल का पुनर्जन्म होने की संभावना और वास्तविक लग रही थी। मिशेल ने इंटरनेट पर पुनर्जन्म के बारे में शोध करना शुरू किया और उसे एक ऐसी वेबसाइट मिली, जो मैंने बनाई थी, www.ReincarnationResearch.com से पहले चली आ रही मेरी वेब साईट मिली, जिसमें इस पुस्तक में दिए कई पुनर्जन्म मामले प्रस्तुत किए गए थे। अचानक पीटर और मिशेल अपने पुनर्जन्म के अनुभवों को लेकर अकेले नहीं थे; ऐसे और लोग भी थे, जिन्होंने अपने पिछले जीवन की खोज की थी।

मिशेल ने मुझसे संपर्क किया और कहा, "डॉ. सेम्किव, हमारे पास कुछ है, जिसमें हमें लगता है, आपको दिलचस्पी हो सकती है। मुझे लगता है कि मेरा दोस्त पीटर टीकैंप पॉल गौगिन का पुनर्जन्म हो सकता है।" हालाँकि ये विडंबनापूर्ण प्रतीत हो सकता है, लेकिन जब कोई दावा करता है कि वह एक प्रसिद्ध व्यक्ति का पुनर्जन्म है, तो मैं हमेशा संदेह करता हूँ। फिर भी मैंने उनकी कहानी सुनी और नोट्स बनाए। फिर केविन रायर्सन के साथ बाद के सत्र में अहतुन रे ने—वो आत्मा गाइड, जिसे केविन संचालित करते हैं, और जिन्होंने उच्च स्तर की सटीकता के साथ पिछले जीवन के मेल बनाने की क्षमता का प्रदर्शन किया है—पुष्टि की कि पीटर टीकैंप और मिशेल मोशे वास्तव में पॉल गौगिन और उनकी पत्नी मेट के पुनर्जन्म हैं। 2004 के पतझड़ में, पीटर, मिशेल, केविन रायर्सन और मैं व्यक्तिगत रूप से मिले और उन्होंने हमें अपनी कहानी सुनाई। उस बैठक में उनकी कहानी और साथ-साथ उनकी ईमानदारी को देखते हुए केविन और मैं आश्वस्त हो गए कि पीटर टीकैंप/पॉल गौगिन और मिशेल मोशे/मेट गौगिन के पुनर्जन्म मामले वैध थे।

मेरे अवलोकन से, पीटर टीकैंप ने जुलाई 4, 2005 के सप्ताहांत तक पूरी तरह से पॉल गौगिन के जूतों में कदम नहीं रखा था, जब वे उन व्यक्तियों की एक सभा में शामिल हुए, जिन्हें अपने खुद के पिछले जीवन की जानकारी थी। इस कार्यक्रम की मेजबानी नॉर्म शीली ने, जिनका पुनर्जन्म मामला पिछले अध्याय में दिया गया है, मिसौरी में अपने फार्म पर की थी। प्रत्येक व्यक्ति द्वारा उनकी कहानी सुनाए जाने के साथ, पुनर्जन्म पीटर और मिशेल के लिए एक वास्तविकता बनता जा रहा था, और तभी उन्होंने

पॉल और मेट गौगिन होने का सच्चा स्वामित्व स्वीकार किया।

वास्तव में 4 जुलाई, 2005 से पहले, पीटर टीकैंप ने गौगिन की शैली में कलाकृतियाँ कभी नहीं बनाई थीं और सच यह है कि यह बात मुझे परेशान करती थी कि गौगिन का अवतार गौगिन की तरह कभी पेंट नहीं करता था। 4 जुलाई की बैठक के बाद मैंने पीटर को सुझाव दिया कि अगर वह गौगिन की याद को ताजा करती कुछ कलाकृतियाँ बनाएगा, तो उसे कोई नुकसान नहीं पहुँचेगा। कुछ कलाकृतियाँ जल्द ही एक बाढ़ में बदल गईं, जिससे मेरी खुशी का ठिकाना नहीं रहा। तदनुसार इस अध्याय के अंत में प्रस्तुत सभी छवियाँ, जिसमें पीटर ने गौगिन की कला को दोहराया है, 4 जुलाई, 2005 और दिसंबर 2005 के बीच बनाई गई हैं। गौगिन से प्रेरित पीटर की पेंटिंग्स का एक बड़े संग्रह की समीक्षा www.ReincarnationResearch.com पर की जा सकती है।

1903 में और 55 वर्ष की उम्र में पॉल गौगिन की दु:खद परिस्थितियों में मृत्यु हो गई। 2003 में गौगिन की मृत्यु के सौ वर्ष बाद पीटर टीकैंप के हाथ वह स्केच आया, जो एक मूल गौगिन चारकोल स्केच प्रतीत होता है। 4 जुलाई, 2005 के सप्ताहांत में आयोजित सभा में पीटर टीकैंप 55 वर्ष के थे। इस प्रकार पीटर ने पॉल गौगिन के रूप में अपनी पहचान उसी उम्र में पुन: प्राप्त की, जिस उम्र में गौगिन इस धरती से विदा हुए थे।

अलेक्सांद्रा नेशिता के रूप में पाब्लो पिकासो का पुनर्जन्म

पॉल गौगिन के अलावा मैं प्रस्ताव रखता हूँ कि एक और कलाकार, जिसे कुछ लोग 20वीं शताब्दी का सबसे महान् कलाकार मानते हैं, पुनर्जन्म प्राप्त कर चुका है और एक बार फिर उत्कृष्ट कृतियों का उत्पादन कर रहा है। यह मामला एक अनौपचारिक तरीके से मेरे ध्यान में लाया गया था। दरअसल, पाब्लो पिकासो का पुनर्जन्म मामला इतना स्पष्ट है कि इसने लगभग खुद ही इसे हल कर लिया। अह्तुन रे, केविन के माध्यम से संचालित आत्मा गाइड ने पुष्टि की है कि अलेक्सांद्रा नेशिता पाब्लो पिकासो का पुनर्जन्म हैं। हालाँकि केविन रायर्सन के माध्यम से हल किए गए मामलों को इस पुस्तक के खंड 2 में प्रस्तुत किया गया है, लेकिन मैं इस मामले को यहाँ शामिल कर रहा हूँ, क्योंकि यह इस बात का एक और अद्भुत उदाहरण है कि कलात्मक प्रतिभा को एक जीवनकाल से दूसरे जीवनकाल में कैसे व्यक्त किया जा सकता है। मैं आपको बताता हूँ कि पिकासो/नेशिता केस कैसे उभरा।

2004 की गरमियों में मैंने बोल्डर, कोलोराडो में एक पुनर्जन्म प्रस्तुति की। दर्शकों में से एक व्यक्ति वेन पीटरसन, सेवानिवृत्त अमेरिकी राजनयिक और फुलब्राइट छात्रवृत्ति कार्यक्रम के पूर्व निदेशक का मित्र था, जिनका पुनर्जन्म मामला इस पुस्तक में पहले

प्रस्तुत किया जा चुका है। इस व्यक्ति ने मुझे बताया कि मुझे अलेक्सांद्रा नेशिता नामक एक युवा कलाकार की जाँच करनी चाहिए, क्योंकि उसका काम अद्‌भुत रूप से पिकासो के काम जैसा है, और यह अनुमान लगाया गया है कि वह पिकासो का पुनर्जन्म हो सकता है। मुझे बताया गया कि अलेक्सांद्रा का काम उस समय डेनवर में, गैलेक्सी एम. में प्रदर्शित किया जा रहा था।

अगले दिन मैं ड्राइव करके अलेक्सांद्रा का काम देखने के लिए गया और खुद को एक अभियान की तरह लिया। मैं अवाक् रह गया। हालाँकि मैंने देखा था कि कैसे भाषाई लेखन पैटर्न विभिन्न अवतारों में समान रह सकते हैं, जैसे कि जेफ कीन के मामले में था, लेकिन मुझे यह देखने का अवसर पहली बार मिला कि कैसे एक नाटकीय तरीके से एक चित्रकार द्वारा प्रतिभा को दोहराया जा सकता है (ध्यान रखें कि मैं अभी तक पीटर टीकैंप और मिशेल मोश से नहीं मिला था)। हालाँकि मैं कला का कोई विशेषज्ञ नहीं हूँ, लेकिन अलेक्सांद्रा के काम में पिकासो के काम से इतनी समानता थी कि वह किसी को भी हैरान कर सकती थी।

मैंने गैलरी एम. के निदेशक से पूछा कि क्या अलेक्सांद्रा की कोई तसवीर उपलब्ध है, शायद किसी ब्रोशर या बिजनेस कार्ड पर, और क्या मुझे अलेक्सांद्रा से संपर्क करने के लिए आवश्यक जानकारी मिल सकती है? गैलरी निर्देशक ने मुझे बताया कि अलेक्सांद्रा की कोई तसवीर उस समय उपलब्ध नहीं है और यह कि कलाकार एक निजी व्यक्ति था, इसलिए व्यक्तिगत जानकारी नहीं दी जा सकती थी। हालाँकि, केविन रायर्सन के साथ अपने अगले सत्र में मैंने अहतुन रे से पूछा कि क्या अलेक्सांद्रा वास्तव में पिकासो का पुनर्जन्म था, जिसकी उन्होंने पुष्टि की थी।

पीटर टीकैंप, मिशेल मोशे, केविन रायर्सन के साथ पोर्टलैंड में मेरी बैठक, जिसका इस अध्याय में पहले वर्णन किया गया है, इसके कई महीने बाद हुई। पीटर अलेक्सांद्रा के बारे में जानते थे और उन्होंने कहा कि वे उनकी प्रतिभा से हैरान थे। पीटर को, जिन्होंने उसे एक टेलीविजन टॉक शो में देखा था, लगता था कि अलेक्सांद्रा पिकासो हो सकती थी। मैंने पीटर से पूछा कि क्या अलेक्सांद्रा पिकासो की तरह दिखती है तो उसने समानता के संबंध में जवाब दिया, “मुझे नहीं दिखाई देती।” जो मुझे असंगत लगा।

पाब्लो पिकासो/अलेक्सांद्रा नेशिता का मामला लगभग दो वर्षों तक निष्क्रिय रहा। जनवरी 2006 में वैंकूवर, ब्रिटिश कोलंबिया की यात्रा के दौरान हालात बदल गए। वहाँ न्यूरोसर्जन पीटर हुडोबा, एम.डी. ने एक पुनर्जन्म प्रस्तुति प्रायोजित की थी, जहाँ मुझे पीटर टीकैंप को गौगिन के पुनर्जन्म के रूप में पेश करना था। हमारे मेजबान डॉ. हुडोबा जब सोवियत यूनियन में रहते थे तो उन्होंने चिकित्सा में कई स्वर्ण पदक जीते थे। फिर वे कनाडा चले गए, जहाँ उन्होंने सास्काचेवान विश्वविद्यालय में न्यूरोसर्जरी में रेजीडेंसी

ट्रेनिंग निदेशक के रूप में कार्य किया। विषय-वस्तु को देखते हुए मुझे यह संतुष्टि है कि मेरे पास दो अकादमिक न्यूरोसर्जन, डॉ. हुडोबा और डॉ. नॉर्म शीली हैं, जो पुनर्जन्म अनुसंधान का दृढ समर्थन करते हैं।

पीटर टीकैंप, मिशेल मोशे और मैं हमारे होटल के कमरे में अपनी प्रस्तुति की तैयारी कर रहे थे। तभी अलेक्सांद्रा नेशिता का विषय उठा और मैंने उसकी तसवीर खोजने के लिए एक और कोशिश करने का फैसला किया। इंटरनेट पर मैंने पाया कि अब अलेक्सांद्रा की अपनी तसवीरों के साथ खुद की वेबसाइट थी। मैंने जल्दी से पिकासो के चेहरे के साथ उसके चेहरे की विशेषताओं की तुलना की और हालाँकि वे कुछ पुनर्जन्म मामलों की तरह सुसंगत नहीं थीं, लेकिन मुझे लगा कि उसके चेहरे की संरचना पिकासो के चेहरे के अनुरूप थी। हालाँकि अलेक्सांद्रा अच्छे नैन-नक्श वाली एक खूबसूरत जवान महिला है और परिपक्व पिकासो एक बदसूरत से दिखने वाले आदमी थे। लेकिन हड्डी की संरचना, चेहरे और सिर की समग्र बनावट, एक जैसी थी। बाद में मुझे अलेक्सांद्रा और पिकासो की बचपन की तसवीरें मिलीं, जहाँ चेहरे की विशेषताओं में समानता काफी स्पष्ट है। इस बिंदु पर मैंने इस पुस्तक में शामिल करने के लिए अलेक्सांद्रा से संपर्क करने की कोशिश करने का फैसला किया। मुझे नहीं मालूम था कि पुनर्जन्म का विषय पहले ही उनके दिमाग में जन्म ले चुका था।

आइए, हम पाब्लो पिकासो और अलेक्सांद्रा नेशिता के इतिहास की संक्षेप में समीक्षा करें। पिकासो का जन्म 25 अक्तूबर, 1881 को स्पेन के मलागा में हुआ था। पिकासो ने अपने बचपन में ही कलात्मक प्रतिभाओं का प्रदर्शन किया और 15 साल की उम्र में उन्हें बार्सिलोना स्कूल ऑफ द फाइन आर्ट्स में दाखिला मिल गया। जब वे 16 वर्ष के थे, तो उनकी पेंटिंग, साइंस एंड चैरिटी ने मलागा में एक प्रदर्शनी में स्वर्ण पदक जीता था, और इस समय तक, पिकासो का बार्सिलोना में अपना स्टूडियो था।

वर्ष 1900 में पिकासो पेरिस की एक संक्षिप्त यात्रा पर गए, जहाँ उन्होंने एडगर डेगास और हेनरी टूलूज-लॉट्रेक जैसे आधुनिक कलाकारों के काम की प्रशंसा की। बाद में 1904 में पिकासो पेरिस चले गए और गर्ट्रूड स्टीन और मैक्स जैकब जैसे लेखकों से दोस्ती की। पेरिस में रहते हुए पिकासो ने पॉल गौगिन की उभरती लोकप्रियता को भी देखा और उनके काम से प्रभावित हुए।

जॉर्जेस ब्राक के साथ पिकासो ने पेंटिंग की 'क्यूबिस्ट' शैली का नेतृत्व किया, जिसमें परिदृश्य छवियाँ छोटे-छोटे क्यूब्स के रूप में दिखाई देती थीं। पिकासो ने अमूर्त निर्माण बनाने के लिए विभिन्न सामान्य वस्तुओं का उपयोग करके अभिनव तरीकों से मूर्तिकला पर काम किया। पिकासो रोम में बैलेट्स रसेल के लिए काम करते हुए सेट डिजाइनिंग में भी शामिल हो गए। पिकासो का शानदार कॅरियर पेरिस में लौवर में एक प्रदर्शनी में

समाप्त हुआ, जो 1971 में उनके 90वें जन्मदिन के सम्मान में आयोजित की गई थी। इस आयोजन के साथ पिकासो पहले जीवित कलाकार बन गए, जिनकी कलाकृतियों का लौवर में प्रदर्शन हुआ था। पिकासो की मृत्यु 8 अप्रैल, 1973 को फ्रांस में हुई।

पिकासो की मृत्यु के आठ साल बाद 27 अगस्त, 1985 को रोमानिया में अलेक्सांद्रा नेशिता का जन्म हुआ। अलेक्सांद्रा के पिता निको दुर्भाग्य से अपनी बेटी के जन्म के समय मौजूद नहीं थे। अपने परिवार के लिए बेहतर भविष्य की तलाश में निको कम्युनिस्ट रोमानिया छोड़कर अमेरिका चले गए थे, जब उनकी पत्नी विओरिका एलेक्सांद्रिया के साथ छह महीने की गर्भवती थीं। निको अपनी पत्नी और नई बेटी को 1987 तक नहीं देख पाए, जब लॉस एंजेल्स में उनका पुनर्मिलन हुआ।

पिकासो की तरह अलेक्सांद्रा ने भी बहुत छोटी आयु में कलात्मक प्रतिभा का प्रदर्शन किया। वास्तव में जैसे ही उसके विकासशील तंत्रिका तंत्र ने उसे ऐसा करने की अनुमति दी, अलेक्सांद्रा ने चित्र बनाने शुरू कर दिए। उस पर अपनी रंग भरने की किताबों का जुनून सवार हो गया, जो उसके माता-पिता के लिए चिंता का विषय था, क्योंकि वह उन सामान्य चीजों में दिलचस्पी नहीं लेती थी, जिनमें अन्य छोटी बच्चियों को रुचि होती थी, जैसे रस्सी कूदना और खेलना। उसने अपना पहला कलम और स्याही से चित्र दो वर्ष की उम्र में बनाया।

अलेक्सांद्रा चार साल की थी, जब उसके माता-पिता द्वारा वास्तव में चौंकाने वाला अवलोकन किया गया। अलेक्सांद्रा दो चेहरों और चार आँखों वाले अमूर्त आकार बना रही थी, जैसे पिकासो की कला में देखे गए हैं। अलेक्सांद्रा ने तेजी से अपने मूल कार्यों का एक संग्रह बना लिया। आठ साल की उम्र में, 1 अप्रैल, 1994 को लॉस एंजिल्स सार्वजनिक पुस्तकालय में अलेक्सांद्रा का पहला कला प्रदर्शन आयोजित किया गया। एक प्रतीकात्मक सिंक्रोनिस्टिक घटना में, उसी दिन जब उसने अपना पहला प्रदर्शन किया, उसने लॉस एंजेल्स काउंटी कला संग्रहालय में पहली बार पिकासो की कला भी देखी। अलेक्सांद्रा को उस अभिव्यक्ति की स्वतंत्रता से प्यार हो गया, जो उसने पिकासो की कला में देखी—नियमों से भारमुक्त।

उस बिंदु से अलेक्सांद्रा का कॅरियर तेजी से बढ़ने लगा। जैसा कि उनकी वेबसाइट पर उद्धृत किया गया है, "उन्होंने कला आलोचकों और मीडिया का ध्यान आकर्षित किया, जिन्होंने इस दुर्लभ चाइल्ड प्रोडिजी के बारे में दुनिया को बताना शुरू किया—एक कलाकार, जिसने चित्रकला और रंग में महारत हासिल कर ली थी। एक कलाकार, जिसने अपनी खुद की एक दृश्य भाषा बनाई थी। एक अद्वितीय, गीतात्मक, रूप-रेखा, अमूर्त क्यूबिस्ट तरीके से। एक कलाकार जो हाल ही में नौ वर्ष की हुई थी।" वास्तव में प्रेस ने उसका एक नाम रख दिया था—'द पेटीट पिकासो।'

सन् 1999 में चौदह वर्ष की उम्र में अलेक्सांद्रा को ग्लोबल आर्ट इनिशिएटिव का नेतृत्व करने के लिए चुना गया, जिसमें संयुक्त राष्ट्र संघ द्वारा प्रायोजित सौ से अधिक देश शामिल थे। अपनी अभी की यात्रा में अलेक्सांद्रा संयुक्त राज्य अमेरिका में कई राष्ट्रीय टेलीविजन कार्यक्रमों में अतिथि रही हैं, जिनमें सी.बी.एस. संडे मॉर्निंग, एन.बी. सी'ज टुडे, द रोजी ओ'डोनेल शो, एन.बी.सी. नाइटली न्यूज विद टॉम ब्रोकॉ और द ओपराह विनफ्रे शो शामिल हैं।

पिकासो की ग्वेर्निका और अलेक्सांद्रा का पूर्व जन्म सिद्धांत

सन् 2006 की शुरुआत में मैंने उसकी वेबसाइट पर दी गई जानकारी का उपयोग करके अलेक्सांद्रा से संपर्क करने की कोशिश की। वह अभी भी केवल 20 वर्ष की थी। मेरा संपर्क उसकी माँ विओरिका से करवाया गया, जो पुनर्जन्म के प्रति खुली थीं। विओरिका ने बताया कि वह और उसके पति अलेक्सांद्रा से हैरान थे, क्योंकि परिवार में और कोई भी कलात्मक नहीं था। वे अकसर सोचते थे कि एक प्रोडिजी के रूप में उसके उपहार कहाँ से आए थे ?

मैंने उन्हें वह काम समझाया, जो मैं पुनर्जन्म पर कर रहा था, जिसमें स्वतंत्र रूप से व्युत्पन्न मामलों के साथ ही केविन रायर्सन के माध्यम से हल किए गए मामले शामिल थे। मैंने साझा किया कि केविन के माध्यम से अलेक्सांद्रा को पिकासो का पुनर्जन्म मान लिया गया था। मैंने पूछा कि क्या मैं अपनी आगामी पुस्तक 'बोर्न अगेन' में अलेक्सांद्रा को शामिल कर सकता हूँ। विओरिका ने कहा कि वह इस मुद्दे पर अलेक्सांद्रा से चर्चा करने के बाद मुझे जवाब देंगी। कुछ दिनों बाद विओरिका ने मुझे बताया कि मुझे इस शर्त पर ऐसा करने की अनुमति दी कि वो मैं था जो ये दावा कर रहा था, खुद वो नहीं।

सन् 2006 में पुनर्जन्म के प्रकाशित होने के बाद मैं एक कला प्रदर्शनी में विओरिका और उनकी बेटी से मिला, जो अलेक्सांद्रा ने लास वेगास में आयोजित करवाई थी। उनके कई तैल चित्रों की कीमत 1,00,000 डॉलर के करीब थी। अलेक्सांद्रा ने ग्लास और अन्य मीडिया में बनाई कलाकृतियाँ भी प्रदर्शित की थीं। प्रदर्शनी की केंद्रबिंदु 20 फीट लंबी धातु की मूर्ति थी, जिसका शीर्षक था 'हैंड्स एंड डव'। पिकासो अलग-अलग मीडिया में काम करते थे और विशाल मूर्तियाँ बनाते थे, जैसे कि शिकागो के डेले प्लाज़ा में रखी शीर्षकहीन मूर्ति।

इस आयोजन में अलेक्सांद्रा के मैनेजर बेन वैलेंटी, जिन्होंने बचपन से उसका प्रतिनिधित्व किया है, पुनर्जन्म की प्रति पाकर बहुत उत्साहित थे, जिसमें पाब्लो पिकासो/ अलेक्सांद्रा नेशिता का केस शामिल था। उन्होंने मुझे बताया कि अपनी मृत्यु-शय्या

पर पिकासो ने कहा था कि एक छोटा बच्चा उनकी प्रतिभा के साथ जन्म लेगा। मुझे लगा कि बेन खुद भी सोच रहे थे कि क्या वह बच्ची अलेक्सांद्रा है? फिर उन्होंने मुझे अलेक्सांद्रा की हाल ही जारी पुस्तक की एक प्रति दी, जिसका शीर्षक भी 'हैंड्स एंड डव' था। जब मैंने वह पुस्तक पढ़ी, जिसमें अलेक्सांद्रा की कला प्रस्तुत की गई है, तो मुझे इस सिद्धांत की और जानकारी प्राप्त हुई।

इस पुस्तक में मुझे उनकी कलाकृति का एक चित्र मिला, जिसका शीर्षक था, '11 सितंबर का दिन'। यह दीवार के आकार की एक विशाल पेंटिंग है। न केवल आकार में, बल्कि सामग्री में, यह पेंटिंग पिकासो की गुएर्निका का अद्यतन संस्करण प्रतीत होती है। जिस प्रकार गुएर्निका में स्पेनिश शहर पर हो रही हवाई बमबारी का खौफनाक चित्रण किया गया है, वैसे ही '11 सितंबर का दिन' वर्ल्ड ट्रेड सेंटर के विनाश के आतंक को दरशाता है। दोनों पेंटिंग्स में आसमान की ओर बाँहें फैलाए मनुष्य दिखाए गए हैं। पिकासो ने अपनी पेंटिंग में खेत के पशु बनाए हैं और उनका विनाश दरशाया है, जबकि अलेक्सांद्रा ने टावरों के पीड़ितों का प्रतिनिधित्व करने के लिए कबूतरों का इस्तेमाल किया है, जो स्वर्ग की ओर जा रहे थे। बेशक, कोई कह सकता है कि अलेक्सांद्रा बस गुएर्निका से प्रेरित भर थी, लेकिन याद करें कि उसने चार वर्ष की आयु से पिकासो जैसे चित्र बनाने शुरू कर दिए थे, जबकि वह कला की दुनिया के संपर्क में भी नहीं आई थी।

नेशिता की और अधिक खुलासा करती एक पेंटिंग का शीर्षक 'पास्ट लाइफ थ्योरी' है, जिसमें गुएर्निका में देखा गया घोड़े का सिर बनाया गया है, जो गुएर्निका में सबसे प्रसिद्ध और पहचानने योग्य वस्तु है। अपनी पेंटिंग में अलेक्सांद्रा ने इस घोड़े को मादा के स्तन दिए हैं और पेंटिंग के दाएँ कोने में, एक लाल प्रश्नचिह्न प्रमुखता से दिख रहा है। पिकासो के सबसे प्रसिद्ध प्रतीक चिह्नों में से एक का उपयोग करके और पेंटिंग का शीर्षक 'पास्ट लाइफ थ्योरी' होने से यह स्पष्ट हो जाता है कि अलेक्सांद्रा इस सवाल पर विचार कर रही है कि क्या वास्तव में पिकासो ने उनमें पुनर्जन्म लिया है? इस अध्याय में वर्णित पेंटिंग्स और मूर्तियाँ www.ReincarnationResearch.com पर देखी जा सकती हैं।

जीवन पैटर्न का दोहराव

यदि गौगिन और पिकासो के पुनर्जन्म मामलों को स्वीकार किया जाता है, तो विचार करें कि इन आत्माओं ने दो जीवनकालों में अपने विकास में इस तरह के विशिष्ट पैटर्न का प्रदर्शन कैसे किया है?

पिकासो और अलेक्सांद्रा दोनों ने लगभग शिशु अवस्था में ही कला में रुचि दिखाई, किशोरावस्था तक दोनों ने अपनी विलक्षण प्रतिभा का प्रदर्शन भी कर दिया, और

दोनों ही बहुत छोटी आयु में विश्व प्रसिद्ध कलाकार बन गए थे।

दूसरी ओर, पॉल गौगिन और पीटर टीकैंप हैं। युवा पुरुषों के रूप में, दोनों लापरवाह विश्व यात्री बन गए। फिर अपनी जीविका के लिए दोनों ने व्यवसाय में कॅरियर शुरू किए। गौगिन और टीकैंप दोनों ने वयस्क होने के बाद शौक के रूप में पेंटिंग करना शुरू किया। दोनों ने परिपक्वता हासिल करने के बाद पूर्णकालिक पेशे के रूप में कला को आगे बढ़ाने का फैसला किया। गौगिन की मृत्यु गरीबी में बिना पहचान बनाए हो गई और पीटर, एक अनुभवी कलाकार होने के बावजूद इस समय तक भी अपेक्षाकृत अज्ञात हैं।

आइए हम यह भी देखें कि इन दोनों मामलों में कैसे पता चलता है कि हम वास्तव में पिछले जन्म के उपलब्धियों पर निर्माण करते हैं? इस अध्याय के अंत में प्रस्तुत गौगिन/टीकैंप के स्केच—घोड़े के सिर, मंडलियों में महिलाओं, बेरेट में पुरुषों और ऊपर से खींचे गए क्रूस पर यीशु, दरशाते हैं कि पीटर टीकैंप ने अचेतन रूप से गौगिन के कलाकार विकास को दोहराया था, लेकिन उनसे छोटी उम्र में।

इसी प्रकार अलेक्सांद्रा ने चार साल की उम्र में दो चेहरे और चार आँखों के साथ अमूर्त आकार बनाकर पिकासो के विकास को दोहराया। 1907 में जब वे 26 वर्ष के थे, पिकासो पेंटिंग की क्यूबिस्ट शैली के अग्रणी बन गए थे। मीडिया ने नोट किया है कि अलेक्सांद्रा नेशिता नौ वर्ष की आयु में 'अमूर्त क्यूबिस्ट तरीके' में पेंट करती थीं।

समापन में, यदि इन मामलों को स्वीकार किया जाता है, तो हमें कला की दुनिया के दो महानतम नायकों, पॉल गौगिन और पाब्लो पिकासो के पीटर टीकैंप और अलेक्सांद्रा नेशिता के व्यक्तित्व में पुनर्जन्म का जश्न मनाना चाहिए। आइए, इन मामलों के माध्यम से पहचानें कि पृथ्वी पर जीवन अभिव्यक्ति और व्यक्तिगत विकास के लिए है। इस ज्ञान के साथ आइए, हम ऐसी दुनिया बनाएँ, जिसमें हम वापस लौटना चाहते हों, जहाँ हम सब कला के इन दो मास्टर्स सहित विकास कर सकें और प्रकट हो सकें, अनावश्यक युद्ध, संघर्ष और विवादों से अनजान। जैसा कि बताया गया है, इन दो मामलों के संबंध में तुलनाएँ www.ReincarnationResearch.com पर देखी जा सकती हैं।

पुनर्जन्म के मुख्य बिंदु और सिद्धांत

शारीरिक समानता : पीटर टीकैंप और पॉल गौगिन में एक मजबूत शारीरिक समानता है, मिशेल मोशे मेट गौगिन जैसी दिखती हैं और अलेक्सांद्रा नेशिता के चेहरे की बनावट पिकासो के समरूप है।

अभिनव प्रतिभा : पीटर ने एक युवा लड़के के रूप में कला के लिए प्रतिभा का प्रदर्शन किया और अपने प्रारंभिक वर्षों में उन्होंने अचेतन रूप से पॉल गौगिन के

कलात्मक विकास को दोहराया, जैसा कि समानांतर स्केच में दिखाया गया है। यद्यपि पीटर ने 16 से 26 वर्ष की आयु तक ये स्केच बनाए थे, लेकिन 2003 तक, जब पीटर 53 वर्ष के थे, उन्होंने गौगिन के स्केच नहीं देखे थे। जैसा कि बताया गया है, पीटर ने गौगिन की तुलना में छोटी उम्र में ये स्केच बनाए थे, क्योंकि गौगिन ने अपने जीवन के चौथे दशक में स्केच बनाए थे। इससे पता चलता है कि हम पूर्व अवतारों की उपलब्धियों पर निर्माण करते हुए एक जीवनकाल से दूसरे जीवनकाल में बढ़ते रहते हैं।

एक और उदाहरण के रूप में अलेक्सांद्रा नेशिता एक चाइल्ड प्रोडिजी (बाल्यकाल से विलक्ष्ण प्रतिभासंपन्न) कलाकार थीं, जैसे कि पिकासो थे।

पुनर्जन्म के माध्यम से रिश्तों का नवीनीकरण : पीटर का मिशेल मोशे के साथ पुनर्मिलन हुआ, जो पॉल गौगिन की पत्नी मेट गौगिन का पुनर्जन्म प्रतीत होती हैं। हालाँकि वे अपने समकालीन जीवन में रोमांटिक नहीं हैं, फिर भी पीटर और मिशेल अपने पुनर्जन्म के मामलों की खोज में बहुत करीबी दोस्त और सहयोगी बन गए हैं।

मार्गदर्शक आत्मा की भागीदारी : ऐसी संभावना है कि आत्माएँ ऐसी परिस्थितियों को बनाने में शामिल थीं, जो पीटर को ये समझने में मदद कर रही थीं कि वह पॉल गौगिन का पुनर्जन्म है। इनमें पीटर की पूर्व पत्नी एंजेला और एरिजोना में बलवान फिजियोथैरेपिस्ट शामिल हैं, जिन्होंने पीटर को बताया कि वे गौगिन का पुनर्जन्म है। आत्माओं ने संभवत: इन विचारों को एंजेला और कैरोप्रक्टर के दिमाग में टेलीपैथिक रूप से डाला। याद करें कि ये घटनाएँ पूरी तरह से स्वतंत्र रूप से हुईं और पीटर ने कभी भी फिजियोथैरेपिस्ट को गौगिन के साथ अपने संभावित पिछले जीवन संबंध के बारे में कुछ भी नहीं बताया था।

एरिजोना से कैलिफोर्निया तक पीटर की यात्रा, जहाँ वे मेट गौगिन के प्रस्तावित पुनर्जन्म मिशेल मोशे से मिले, एक नियत घटना का एक और उदाहरण है, जिसे संभवत: आत्मा मार्गदर्शन द्वारा आसान बना दिया गया था।

इसी तरह, शायद पीटर का वाशिंगटन के ब्रेमर्टन में कॉफी हाउस में जाना भी आत्माओं के नेतृत्व में हुआ था, जहाँ उन्हें गौगिन चारकोल मिला, जिसके पॉल गौगिन द्वारा बनाया मूल स्केच होने की संभावना है। पीटर को गौगिन की मौत की 100वीं सालगिरह पर ये चारकोल स्केच मिला था।

इसी तरह का मार्गदर्शन विशेष रूप से कैरोल बेकविथ/रॉबर्ट स्नो के पुनर्जन्म मामले में देखा गया था, जब कैप्टन स्नो न्यू ऑरलियन्स में कुबड़ी महिला की पेंटिंग के सामने पहुँच गए थे, जिसने उन्हें उनके पुनर्जन्म के मामले को हल करने में सहायता की।

इसके अलावा पीटर ने 55 साल की उम्र में गौगिन की शैली में पेंट करना शुरू

किया, उसी उम्र में जिसमें गौगिन की मृत्यु हुई थी। ऐसी सिंक्रोनिस्टिक घटनाओं को हमारी आत्माओं द्वारा या मार्गदर्शक आत्माओं द्वारा आयोजित किये जाते देखा जा सकता है।

संबंधित वेबसाइट्स

www.peterteekamp.com
www.nechita.info
www.alexandranechitagalleries.com

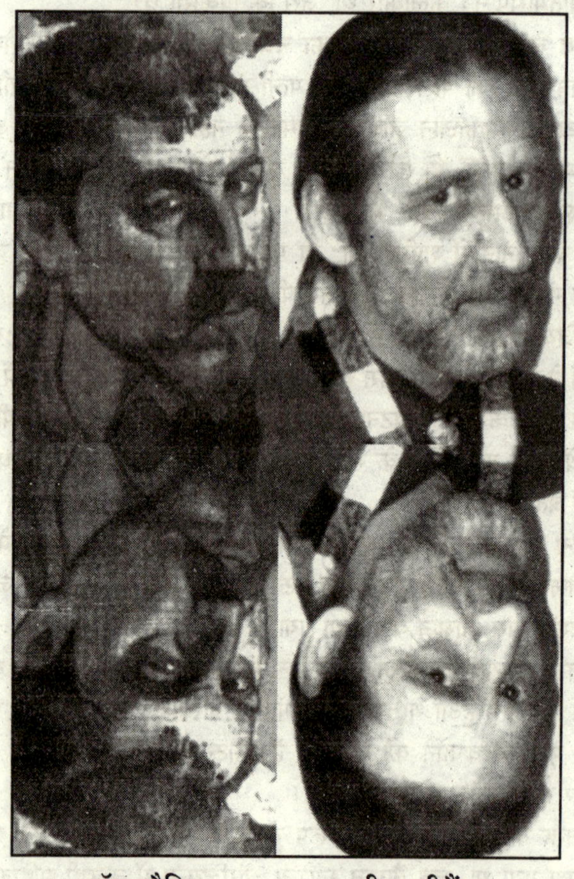

पॉल गौगिन पीटर टीकैंप

हालाँकि इस छवि में अच्छी तरह चित्रित नहीं है, लेकिन पीटर टीकैंप के पास वैसी ही 'इंका नाक' है, जैसी गौगिन की थी।

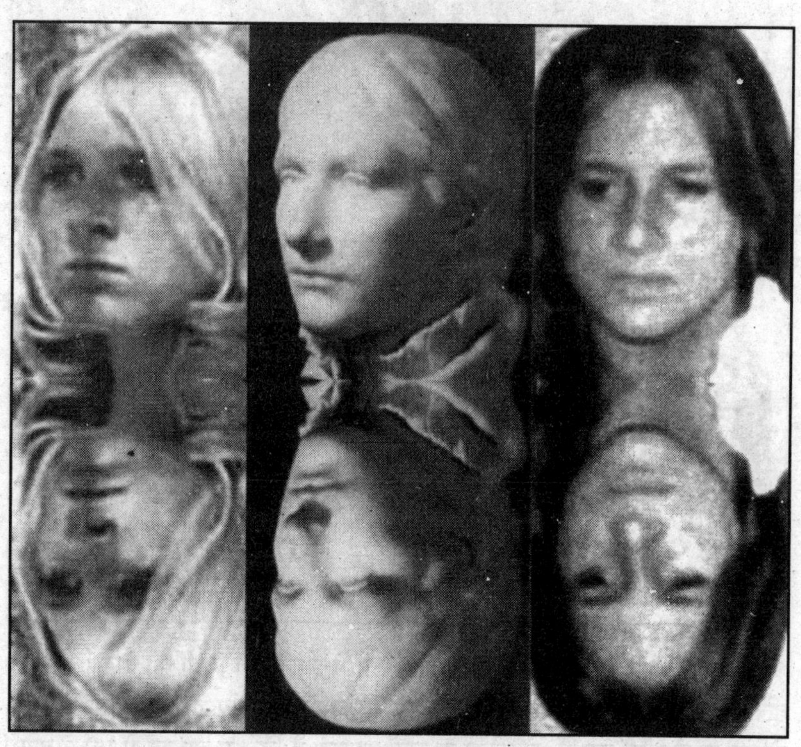

मिशेल मोशे मेट नेचिता मिशेल मोशे

पीटर टीकैंप ने पहली बार 53 वर्ष की उम्र में इन नेचिता चित्रों को देखा। ये स्केच तुलनाएँ दरशाती हैं कि नेचिता के कलात्मक विकास को टीकैंप द्वारा दोहराया गया था, लेकिन उनसे छोटी उम्र में। ये स्केच तुलनाएँ दरशाती हैं कि हम वास्तव में पूर्व अवतारों की उपलब्धियों पर निर्माण करते हैं।

नेचिता टीकैंप

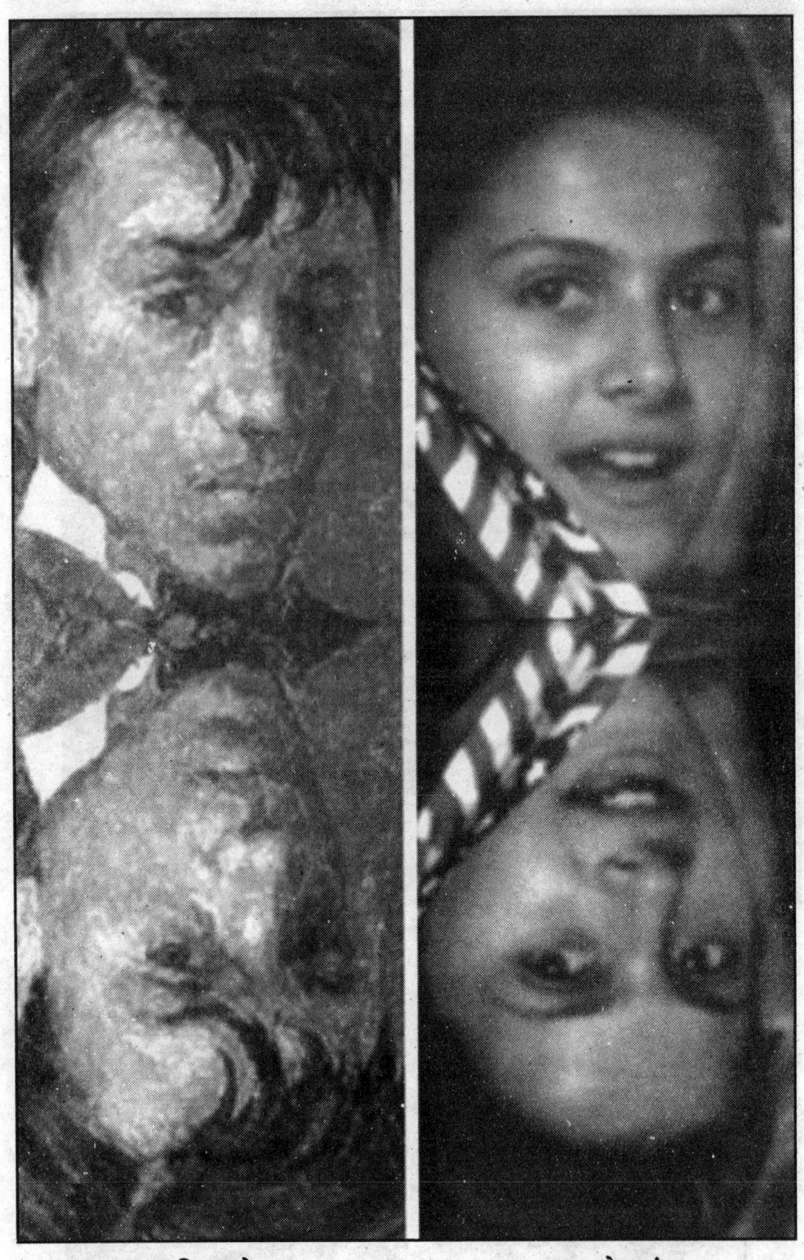

पिकासो — अलेक्सांद्रा

पाब्लो पिकासो अलेक्सांद्रा नेशिता

चार साल की उम्र में अलेक्सांद्रा ने पिकासो की तरह दो चेहरों और चार आँखों के साथ चित्र बनाने शुरू कर दिए। वह बचपन में ही एक कुशल क्यूबिस्ट चित्रकार बन गई थी और मीडिया ने उसे 'पेटीट पिकासो' नाम दे दिया। अलेक्सांद्रा की पहली चित्रकला प्रदर्शनी आठ साल की उम्र में हुई और उसी दिन वह पहली बार एक पिकासो प्रदर्शनी देखने गई।

'द वाइन टेस्टर', अलेक्सांद्रा नेशिता द्वारा, जिन्हें पाब्लो पिकासो के पुनर्जन्म के रूप में पहचाना गया है।

□

12

क्सेनोग्लॉसी (पारा भाषा) क्या है ?

परिचय और परिभाषाएँ

क्सेनोग्लॉसी एक ग्रीक शब्द है, जिसका अर्थ है 'विदेशी जुबान' या 'विदेशी भाषा'। पुनर्जन्म शोध में क्सेनोग्लॉसी एक व्यक्ति की ऐसी भाषा बोलने की क्षमता को संदर्भित करता है, जो सामान्य मध्यम से नहीं सीखी गई है। क्सेनोग्लॉसी को पुनर्जन्म का मजबूत सबूत प्रदान करने के लिए माना जाता है, क्योंकि समय के किसी बिंदु पर भाषा सीखी जानी चाहिए। अगर किसी व्यक्ति ने समकालीन अवतार में विदेशी भाषा नहीं सीखी थी, तब वह भाषा एक पिछले जीवनकाल में सीखी गई होगी।

इयान स्टीवेंसन, एम.डी. ने क्सेनोग्लॉसी की दो श्रेणियों का वर्णन किया—पुनरावृत्त और उत्तरदायी (रेसिटेटिव और रेस्पोंसिव)। पुनरावृत्त क्सेनोग्लॉसी में, एक व्यक्ति एक ऐसी भाषा बोल सकता है, जो सीखी नहीं गई है, लेकिन उस भाषा में प्रतिक्रिया नहीं दे सकता, न ही बातचीत कर सकता है। उत्तरदायी क्सेनोग्लॉसी में व्यक्ति न केवल एक विदेशी भाषा बोल सकता है, जो सीखी नहीं गई है, बल्कि दूसरे के उस भाषा को बोलने पर समझ सकता है, जवाब दे सकता है और उस भाषा में हो रही बातचीत में हिस्सा भी ले सकता है।

इयान स्टीवेंसन ने दावा किया कि उत्तरदायी क्सेनोग्लॉसी के साथ व्यक्ति ने किसी समय पर भाषा सीखी होगी और उसका अभ्यास किया होगा। स्टीवेंसन कहते हैं कि किसी भाषा में बातचीत करने के लिए उसके अभ्यास की आवश्यकता होती है। अगर यह अभ्यास समकालीन जन्म में नहीं किया गया था, तो भाषा एक पिछले जन्म में सीखी और अभ्यास में लाई गई होगी।

इसमें और अगले दो अध्यायों में हम स्टीवेंसन द्वारा अध्ययन किए गए तीन उत्तरदायी क्सेनोग्लॉसी मामलों की समीक्षा करेंगे। पिछले जीवन की पहचान शारदा/उत्तरा हुद्दर मामले में निष्पक्ष रूप से मान्य की गई थी, हालाँकि विषयों की तसवीरें उपलब्ध

नहीं हैं। अन्य दो मामलों में, जो जेंसन जैकोबी/टीई और ग्रेटचेन गॉटलिब/डॉलोरस जे के हैं, पिछले जीवन की पहचान ऐतिहासिक रूप से मान्य नहीं हो सकी थी। फिर भी, पुनर्जन्म के सबूत प्रदान करने में इन मामलों की मजबूती केस स्टडीज में पाए गए क्सेनोग्लॉसी के व्यापक दस्तावेजों में है।

पिछले जीवन व्यक्तित्व को बनाए रखने की आत्मा की क्षमता

सबसे महत्त्वपूर्ण बात यह है कि क्सेनोग्लॉसी के तीनों मामले जो प्रस्तुत किए जाएँगे, सबूत प्रदान करते हैं कि पिछले जीवन के व्यक्तित्व को आत्मा के भीतर बनाए रखा जा सकता है और यह कि पिछले जीवन के ये व्यक्तित्व चेतना की विशेष अवस्थाओं में उभर सकते हैं। इन मामलों में, ऐसा प्रतीत होता है कि पिछले जीवन का व्यक्तित्व समय आने पर पूर्व अवतार से वर्तमान अवतार में ले जाया जाता है। हो सकता है, पिछले जीवन के व्यक्तित्व को यह पता भी नहीं चले कि वो मर चुका है।

जैसा कि इस खंड में पुनर्जन्म के सिद्धांत में उल्लेख किया गया है, हम एक विशेष अवतार में व्यक्ति के व्यक्तित्व की कल्पना एक बुलबुले के रूप में कर सकते हैं, जो आत्मा के द्वारा व्यक्त किया जाता है, और जो मृत्यु के बाद वापस आत्मा में समा जाता है। प्रस्तुत किए जाने वाले क्सेनोग्लॉसी मामले दिखाते हैं कि किसी के पिछले जीवन का व्यक्तित्व या बुलबुला बाद के अवतार में बरकरार रहकर उभर सकता है। ये तीन मामले एक जीवनकाल से दूसरे जीवन काल में राष्ट्रीयता, जातीय संबद्धता और धार्मिक मान्यताओं में बदलाव का प्रदर्शन भी करते हैं।

विभिन्न भाषाएँ बोलना

आइए, हम ग्लॉसोलेलिया के तथ्य को छुएँ, जो कि जुबानों में बोलने के लिए वैज्ञानिक शब्द है। ग्लॉसोलेलिया का अभ्यास ईसाई धर्म की कुछ शाखाओं द्वारा किया जाता है। विभिन्न भाषाएँ बोलना क्सेनोग्लॉसी से इस मायने में भिन्न होता है कि क्सेनोग्लॉसी में एक ज्ञात विदेशी भाषा बोलने की क्षमता शामिल होती है, जो अन्य लोग भी समझते हैं। इसके विपरीत विभिन्न भाषाएँ बोलना या ग्लॉसोलेलिया ऐसी भाषाओं को शामिल करता है, जो ज्ञात नहीं है और जिन्हें अन्य लोग नहीं समझ सकते। यह संभव है कि ग्लॉसोलेलिया या जुबानों में बोलने को एक आत्म-सम्मोहन की अवस्था प्राप्त करने के तरीके के रूप में देखा जा सकता है, जो व्यक्तियों को आध्यात्मिक क्षेत्र तक पहुँचने की अनुमति देता है।

शारदा/उत्तरा हुद्दर के क्सेनोग्लॉसी पुनर्जन्म प्रकरण

उत्तरा हुद्दर से जुड़ा यह मामला विशेष रूप से आकर्षक है, क्योंकि पिछले जीवन का व्यक्तित्व, जिसका नाम शारदा है, स्वचालित रूप से उत्तरा के शरीर पर हावी हो जाएगा और अलग-अलग समयावधि के लिए रहेगा। अधिकांश पुनर्जन्म मामलों में समकालीन व्यक्ति पिछले अवतार को स्मृति के रूप में देखता है और चेतना के नियंत्रण को बरकरार रखता है।

इसके विपरीत इस मामले में शारदा, जो पिछले जीवन का व्यक्तित्व है, उत्तरा के शरीर की चेतना को पूरी तरह से कब्जे में ले लेगी, इस हद तक कि उत्तरा के पास शारदा के प्रकट होने के दौरान घटनाओं की कोई स्मृति नहीं होगी। शारदा की उपस्थिति कम-से-कम नौ साल की अवधि तक प्रकट होती रही।

यह मामला यह भी दिखाता है कि राष्ट्रीयता और नैतिक संबद्धता एक जीवनकाल से दूसरे जीवनकाल में बदल सकती है। एक मनोरंजक पहलू यह है कि पिछले जीवन के व्यक्तित्व, शारदा ने उस जातीय समूह के प्रति पूर्वग्रह और अपमान का प्रदर्शन किया जिससे कि समकालीन व्यक्तित्व, उत्तरा जुड़ी थी। यह दिखाता है कि किसी की पहचान को राष्ट्रीय या जातीय संबंधों पर दृढता से स्थापित करने का कोई अर्थ नहीं है, क्योंकि ये एक जन्म से दूसरे में बदल सकते हैं।

भारत के संबंध में बंगाल का इतिहास

उत्तरा और उनका परिवार पश्चिम मध्य भारत में 10 लाख की आबादी वाले शहर नागपुर में रहता था। शारदा ने कहा था कि वह बंगाल में रहती हैं, जो नागपुर से 1200 किलोमीटर या 750 मील की दूरी पर है। दुनिया के इस क्षेत्र का इतिहास जटिल है। बंगाल भारत और म्याँमार के बीच स्थित एक क्षेत्र है, जिसे पहले बर्मा कहा जाता था। 1947 में जब भारत ने आजादी हासिल की, तब बंगाल को धार्मिक आधार पर दो देशों में विभाजित कर दिया गया। पश्चिमी खंड भारत का हिस्सा बन गया, जिसे पश्चिम बंगाल कहा जाने लगा। कोलकाता, जिसे पहले कलकत्ता के नाम से जाना जाता था, पश्चिम बंगाल का प्रमुख शहर है। अंततः बंगाल का पूर्वी हिस्सा बँगलादेश बन गया। पश्चिम बंगाल और बँगलादेश अभी भी आम बंगाली भाषा साझा करते हैं।

भारत में कई अलग-अलग भाषाएँ बोली जाती हैं। प्रमुख भारतीय भाषाएँ हिंदी, बंगाली और मराठी हैं। हालाँकि तीनों भाषाएँ एक आम प्राचीन मूल भाषा से निकली हैं, लेकिन समकालीन समय में वे उतनी ही अलग हैं, जैसे स्पेनिश और इतालवी। न तो बंगाली वक्ता हिंदी या मराठी समझते हैं, न ही मराठी बोलने वाले बंगाली या हिंदी समझते हैं।

क्सेनोग्लॉसी

उत्तरा, जो समकालीन व्यक्तित्व है, केवल अपने माता-पिता की भाषा मराठी बोल सकती थी, जबकि शारदा, जो पिछले जीवन का व्यक्तित्व थी, केवल बांग्ला बोल सकती थी, एक ऐसी भाषा, जो उत्तरा और उसके परिवार के सदस्य नहीं समझते थे। इस प्रकार यह मामला क्सेनोग्लॉसी के एक असाधारण मामले का प्रतिनिधित्व करता है। उत्तरा ने बांग्ला कभी नहीं सीखी थी, न ही वह अपनी सामान्य सचेत अवस्था में उसे समझ पाती थी। फिर भी जब शारदा उत्तरा के शरीर पर कब्जा करती थी, तो वह धाराप्रवाह बांग्ला बोल पाती थी। शारदा ने जाँचकर्ताओं को बंगाल के अपने परिवार के सदस्यों के नाम बताए, जिन्हें वास्तव में बंगाली वंशावली के रिकॉर्ड के माध्यम से सत्यापित किया गया था। समकालीन व्यक्तित्व, उत्तरा को पिछले जन्म से इन परिवार के सदस्यों की कोई जानकारी नहीं थी।

और आश्चर्यजनक बात यह है कि शारदा को, जो पिछले जीवन व्यक्तित्व थी, पता नहीं था कि वह मर चुकी थी। बल्कि वह ऐसा बरताव कर रही थी, जैसे वह अभी भी जीवित थी, और समय के माध्यम से उन्नीसवीं शताब्दी से लेकर वर्तमान में पहुँची थी। शारदा ने यह अवश्य कहा था कि उसके दाहिने पैर की उँगली में कोबरा ने काट लिया था, जो कि उसके जीवनकाल की वर्णित आखिरी घटना थी, लेकिन वो ये नहीं समझ पा रही थी कि साँप के काटने से उसकी मृत्यु हो गई थी। शारदा को आधुनिक आविष्कारों की कोई समझ नहीं थी, जैसे कि रसोई के उपकरण, टेप रिकॉर्डर और मोटरकार, जिससे उसे समझ जाना चाहिए था कि वह एक अलग युग में प्रकट हुई थी। फिर भी शारदा इस बात पर टिकी रही कि वह और उसका बंगाली परिवार अभी भी जिंदा और अच्छा-भला था।

उत्तरा हुद्दर और उसका परिवार

आइए, हम इस दिलचस्प कहानी के चरित्रों को जानें। इस केस की विषय उत्तरा जी.एम. और मनोरमा हुद्दर की बेटी है। जैसा कि बताया गया है, परिवार नागपुर में रहता था, जो दस लाख की आबादी वाला शहर है, और जहाँ मुख्य रूप से हिंदी और मराठी भाषाएँ बोली जाती हैं, हालाँकि उस क्षेत्र में 10,000 बंगाली भी रहते हैं। जी.एम. हुद्दर का परिवार कई पीढ़ियों से नागपुर क्षेत्र में रहता आया है।

जी.एम. हुद्दर ने भारत की स्वतंत्रता की लड़ाई लड़ी थी। उन्होंने नागपुर विश्वविद्यालय से स्नातक की परीक्षा उत्तीर्ण की और बाद में जमींदार और किसान बन गए। श्री हुद्दर मराठी बोलते थे। उन्हें बांग्ला नहीं आती थी। उनकी पत्नी मनोरमा मराठी और हिंदी बोलती थीं, लेकिन बांग्ला नहीं बोलती थीं। परिवार के सदस्य कभी बंगाल

नहीं गए थे और उनके कोई बंगाली पड़ोसी नहीं थे। हुद्दर परिवार हिंदू देवता गणेश की पूजा करता था।

पुनर्जन्म मामलों में घोषणा करते स्वप्न

जब मनोरमा उत्तरा के गर्भवती में थी, तो उसे अकसर सपना आता था कि एक कोबरा उसके दाएँ पैर के अँगूठे को काटने वाला है। मनोरमा साँप को लात मार देती थी और फिर उसकी नींद खुल जाती थी। ऐसा लगता है, जैसे इन सपनों में मनोरमा उत्तरा के पिछले जीवनकाल, शारदा के व्यक्तित्व का अनुभव कर रही थी। ऐसा लगता है कि शारदा मनोरमा को बताने की कोशिश कर रही थी कि वह उसके गर्भ से जन्म लेगी।

यह हनान मोंसौर/सुजन खानम के पुनर्जन्म मामले में देखे गए सपने की याद दिलाता है, जिस पर इयान स्टीवेंसन, एम.डी. ने ही शोध किया था। उस मामले में सुजन खानम की माँ ने इयान स्टीवेंसन को एक सपने के बारे में बताया, जो उसने सुजन के जन्म से कुछ ही समय पहले देखा था। सपने में सुजन खानम ने देखा कि वह एक बच्ची को जन्म देगी। फिर उसने एक औरत को देखा, जो लगभग 40 वर्ष की लग रही थी, और उसने बाद में महसूस किया कि वह सुजन की तरह दिख रही थी। सपने में महिला ने कहा, "मैं तुम्हारे पास आनेवाली हूँ।" दूसरे शब्दों में, सुजन सपने में अपनी खुद की घोषणा करती प्रतीत हो रही थी। ठीक वैसे, जैसे शारदा अपनी भावी माँ को दाहिने पैर में साँप द्वारा काटे जाने के सपने के माध्यम से अपने आने की घोषणा कर रही थी।

जैसा कि बताया गया है, इयान स्टीवेंसन इन सपनों को, जिनमें एक आत्मा अपने आनेवाले अवतार का संकेत अपने भावी रिश्तेदारों को देती प्रतीत होती है, 'अनाउनसिंग ड्रीम्स' या घोषणा करते सपने कहते हैं। स्टीवेंसन को उनके शोध किए मामलों में से 22 प्रतिशत में विषयों के रिश्तेदारों ने अनाउनसिंग ड्रीम्स के बारे में बताया।

किसी भय में, साथ ही सपनों और साहित्य में पिछले जीवनकाल के प्रतिबिंब

उत्तरा का जन्म 14 मार्च, 1941 में हुआ था। उत्तरा का बचपन सामान्य था, हालाँकि उसे साँपों से डर अवश्य लगता था। साँप का यह डर छह से आठ वर्ष की उम्र में गंभीर था, जैसा कि उसके पिता ने महसूस किया था। आठ साल की उम्र तक उत्तरा को एक पुनरावर्ती सपना आता था, जिसमें वह अपने पति को एक टट्टू पर बैठकर अपने

पास आते देखती थी। जब वह आ जाता था, तो उसे सुखद तरीके से सहलाता था। ये सपने हम देखेंगे कि पिछले जीवन व्यक्तित्व, शारदा के जीवनकाल को दरशाते हैं।

एक बच्ची के रूप में उत्तरा को बंगाल और बंगालियों में विशेष रुचि थी और वह बंगाली साहित्य के अनुवाद पढ़ती थी। यह दिलचस्पी शारदा के रूप में उसके पिछले जीवनकाल से संबंधित प्रतीत होती है, जो बंगाल में रहती थी। ध्यान दें कि उत्तरा ने बांग्ला साहित्य के मराठी अनुवाद पढ़ती थी; उसने बंगाली भाषा नहीं सीखी थी।

एक युवा वयस्क के रूप में उत्तरा नागपुर विश्वविद्यालय गई, जहाँ उसने अंग्रेजी में और फिर लोक प्रशासन में स्नातकोत्तर डिग्री प्राप्त की। उन्हें नागपुर विश्वविद्यालय में लोक प्रशासन विभाग में अंशकालिक व्याख्याता के रूप में नियुक्त किया गया। उनकी शिक्षा और कार्य इतिहास से संकेत मिलता है कि उत्तरा एक बुद्धिमान और आधार वाली महिला है।

पूर्व जन्म के व्यक्तित्व का उभरना

वर्ष 1973 में जब उत्तरा 32 वर्ष की थी, वह दमा और एक स्त्री रोग के इलाज के लिए नागपुर के अस्पताल में भर्ती हुई। वह डॉ. जे.आर. जोशी की देखभाल में थी, जो बंगाली थे। अस्पताल में ध्यान पर व्याख्यान और निर्देश देने एक योगी आए। उत्तरा ने अस्पताल में ध्यान का अभ्यास शुरू कर दिया।

फिर उत्तरा का व्यवहार बदलने लगा और वह एक अलग भाषा बोलने लगी, जिसका बांग्ला होना निर्धारित किया गया। वह कपड़े भी अलग तरीके से पहनने लगी, जैसे बांग्ला शैली में साड़ी पहनना और साड़ी का एक छोर सिर पर रखकर घूँघट निकालना। उत्तरा जैसी मराठा महिलाएँ इस तरह साड़ी नहीं पहनती थीं। उत्तरा यह कहते हुए अस्पताल से निकल जाती थी कि 'वो ऐसी जगह जाना चाहती थी, जो उसे अपनी लगती थी।'

उत्तरा के माता-पिता घटनाओं के इस मोड़ से बेहद परेशान थे, क्योंकि उनका बंगाल से कोई संबंध नहीं था। वे इस बात से उलझन में थे कि उनकी बेटी अचानक बांग्ला कैसे बोलने लगी—एक ऐसी भाषा, जो न तो वे, और न ही पहले वह बोल सकती थी। इसके अलावा, क्योंकि उनकी बेटी अब केवल बांग्ला बोलती थी, वे उसके साथ बातचीत नहीं कर सकते थे।

शारदा पश्चिम बंगाल में एक जीवनकाल का वर्णन करती है

बंगाली दुभाषियों के माध्यम से उत्तरा ने पिछले जीवनकाल के बारे में ब्योरा

दिया। उसने कहा कि उसका नाम शारदा था, न कि उत्तरा। उसने कहा कि उसके पिता का नाम ब्रजनाथ चट्टोपाध्याय था और वह बर्धमान के पास, जिसे बर्दवान भी कहते हैं—कंकालिनी मंदिर में एक पुजारी थे। इस छोटे से कम ज्ञात मंदिर का अस्तित्व बाद में सत्यापित किया गया था।

शारदा ने कहा कि उसकी माँ का नाम रेणुका देवी था। उसने बताया कि जब वह दो वर्ष की थी, तब उसकी माँ की मृत्यु हो गई थी। उसके पिता ने फिर आनंदमयी नाम की एक महिला से पुनर्विवाह कर लिया। शारदा ने कहा कि सप्तग्राम में रहनेवाले जगधात्री मुखोपाध्याय नाम की एक मौसी ने उसकी माँ की मृत्यु के बाद उसका पालन-पोषण किया। इस प्रकार शारदा ने अपना अधिकांश बचपन सप्तग्राम में बिताया, जो अब पश्चिम बंगाल में है।

शारदा ने बताया कि जब वह सात वर्ष की थी, तो उसकी शादी विश्वनाथ मुखोपाध्याय से तय कर दी गई, जो शिवपुर शहर में एक आयुर्वेद चिकित्सक थे। उसके पति टट्टू पर बैठकर एक गाँव से दूसरे गाँव मरीज देखने जाते थे। बाद में, जब बंगाली प्रश्नकर्ताओं ने शारदा से दोबारा पूछा कि उसके पति का नाम क्या था, उसने ठेठ बंगाली महिलाओं के अंदाज में सम्मान जताते हुए अपने पति का नाम नहीं लिया, बल्कि बांग्ला में लिख दिया। शारदा बांग्ला में लिख भी सकती थी और बोल भी सकती थी, जबकि उत्तरा ऐसा नहीं कर सकती थी।

दिलचस्प बात है, जब डॉ. जोशी द्वारा उत्तरा के इलाज के दौरान शारदा पहली बार अस्पताल में प्रकट हुई, तो शारदा उनके साथ ऐसा बरताव करने लगी, जैसे वह उनकी पत्नी हो, जिससे डॉ. जोशी असहज हो गए। वह उनकी ओर काफी आकर्षित लग रही थी। जब उत्तरा ने डॉ. जोशी को अस्पताल की एक महिला कर्मचारी के साथ भोजन करते देखा, तो वह शारदा में बदल गई और ईर्ष्या से भरकर डॉ. जोशी को डाँटने लगी।

चूँकि डॉ. जोशी एक बंगाली चिकित्सक थे, जैसे कि शारदा के पति भी थे, इयान स्टीवेंसन के मन में विचार आया कि क्या जोशी शारदा की उपस्थिति को उत्तेजित करते थे? एक बिंदु पर शारदा ने कहा कि डॉ. जोशी उनके पति थे। यह संभव है कि डॉ. जोशी एक पूर्व जन्म में शारदा के पति, विश्वनाथ मुखोपाध्याय रहे हों। दुर्भाग्य से, इस परिकल्पना को न सत्यापित किया जा सका, न ही इसका खंडन किया गया।

शारदा ने बताया कि उसका दो बार गर्भपात हुआ था और वह तीसरी बार फिर गर्भवती हो गई थी। जब वह पाँच महीने की गर्भवती थी, तो उसने शिवपुर से, जहाँ वह और उसका पति रहते थे, ताँगे में सप्तग्राम की यात्रा की, जहाँ वह अपनी उस मौसी से

मिलने गई थी, जिन्होंने उसे पाला-पोसा था। उसने एक हीरे का नाक का काँटा और 125 रुपए घर में छोड़ दिए थे, इस डर से कि कहीं रास्ते में डाकू उसका कीमती सामान लूट न लें।

शारदा ने बताया कि सप्तग्राम पहुँचने के दो महीने से भी कम समय बाद वह बगीचे में फूल चुन रही थी, जब उसके दाएँ पैर के अँगूठे में साँप ने काट लिया। यह शारदा द्वारा उसके पिछले जीवनकाल की वर्णित अंतिम घटना है।

एकाधिक शोधकर्ताओं द्वारा इस क्सेनोग्लॉसी पुनर्जन्म प्रकरण की जाँच

इस बिंदु पर मैं साझा करना चाहता हूँ कि शारदा/उत्तरा हुद्दर पुनर्जन्म मामले का अध्ययन कई वर्षों तक कई विशेषज्ञों द्वारा विस्तृत रूप से किया गया था। 1975 में इस केस की कहानी एक समाचार-पत्र में छपी थी, जिसने इयान स्टीवेंसन का ध्यान आकर्षित किया, और फिर उन्होंने भारत में प्रोफेसरों के साथ मिलकर इस पर काम किया।

उदाहरण के तौर पर, एक पुनर्जन्म जाँचकर्ता और बंगाल के मूल निवासी प्रोफेसर पी.पाल, और डॉ. आर.के. सिन्हा, जो खुद भी बंगाल के मूल निवासी थे, इस केस में गहराई से शामिल थे। डॉ. एस.के. दास, जो बांग्ला के प्रोफेसर थे, ने भी प्रमाणित किया कि शारदा वास्तव में बांग्ला बोल रही थी। शारदा की बोली की टेप रिकॉर्डिंग करके अध्ययन किया गया। इयान स्टीवेंसन ने इन विभिन्न शोधकर्ताओं के साथ काम किया और उनके निष्कर्षों को अपनी पुस्तक 'अनलर्न्ड लैंग्वेज' में संकलित किया।

पिछले जीवन के व्यक्तित्व, शारदा द्वारा दिए वक्तव्यों का सत्यापन

मई 1975 में इस मामले में शामिल शोधकर्ताओं में से एक, डॉ. सिन्हा ने पश्चिम बंगाल में सप्ताराम का दौरा किया और शारदा द्वारा वर्णित परिवार के बारे में पूछताछ की। बहुत प्रयास के बाद उन्हें सतिनाथ चट्टोपाध्याय मिले, जिन्होंने पीछे उन्नीसवीं शताब्दी तक जाने वाली पूर्वजों की वंशावली दिखाई। ब्रजनाथ चट्टोपाध्याय, जो नाम शारदा ने अपने पिता का बताया था, वंशावली में मौजूद था। डॉ. सिन्हा वंशावली नागपुर लेकर आए और शारदा से उसके रिश्तेदारों का नाम बताने को कहा। शारदा ने सटीक रूप से निम्नलिखित नाम बता दिए—

पिता : ब्रजनाथ

माँ : रेणुका देवी; सौतेली माँ : आनंदमयी

भाई : कैलाशनाथ, श्रीनाथ और सतीनाथ

दादा : रामनाथ

चाचा देवदास : जो देवनाथ के रूप में सही किए गए

इन रिश्तेदारों के सटीक नाम बताने की शारदा की क्षमता के आधार पर, जिसकी वंशावली द्वारा पुष्टि भी हो गई थी, इयान स्टीवेंसन को विश्वास हो गया कि चट्टोपाध्याय परिवार ही शारदा के पिछले जीवन का परिवार था। अगर यह सही है तो उसकी यादें या बयान निष्पक्ष रूप से मान्य किए गए थे। दुर्भाग्य से उसके पति और ससुर के नाम वंशावली से सत्यापित नहीं किए जा सकते थे, क्योंकि वे एक अलग परिवार/वंश से संबंधित थे।

ध्यान दें, शारदा ने बताया था कि एक साधु परिवार में से एक पुरुष सदस्य को नाथ पंथ में शामिल होने के लिए ले गया था। उसने कहा कि बाद में ग्रामीणों ने परिवार को नाथ परिवार कहना शुरू कर दिया और परिवार प्रत्यय के रूप में नाम के आगे 'नाथ' लगाने लगा। वंशावली ने भी पुष्टि की कि परिवार के सभी पुरुष सदस्य आज तक भी नाम के आगे 'नाथ' लगाते हैं। एक बार फिर शारदा के बयान निष्पक्ष रूप से सत्यापित हो गए थे।

इयान स्टीवेंसन इस बात को इंगित करते हैं कि यह असंभव था कि हुद्दर परिवार ने मामले की जाँच से पहले ही वंशावली पढ़ ली हो, क्योंकि वह बांग्ला में लिखी हुई थी, जो हुद्दर परिवार की समझ में नहीं आती थी।

शारदा का बांग्ला भाषा का कौशल

जहाँ कुछ क्सेनोग्लॉसी मामलों में शब्दावली सीमित हो सकती है, शारदा बड़े पैमाने पर बांग्ला बोल सकती थी। प्रोफेसर पाल ने बताया—"मैंने शारदा से लगभग दस घंटे तक बात की। हममें से किसी को दूसरे की बात का एक शब्द भी समझने में कोई कठिनाई नहीं हुई। हम सामान्य प्रवाह के साथ बात कर रहे थे।" प्रोफेसर पाल ने यह भी कहा कि "पूरे समय वह एक सामान्य बंगाली लड़की की तरह बांग्ला में धाराप्रवाह बात कर रही थी, और मुझे उसकी स्वर-शैली में एक बंगाली महिला की शैली से कोई अंतर नजर नहीं आया।"

डॉ. रॉय ने एक दस्तावेज पर हस्ताक्षर किए कि उन्होंने और शारदा ने दो घंटे

केवल बांग्ला में बात की। उसके जवाब विवेकपूर्ण थे और उसने बांग्ला भाषा पर पूर्ण महारत का प्रदर्शन किया।

इस प्रकार, शारदा ने उसका प्रदर्शन किया, जिसे इयान स्टीवेंसन उत्तरदायी क्सेनोग्लॉसी कहते हैं, जिसमें विषय न केवल एक ऐसी भाषा बोल सकता है, जो उसने सीखी नहीं है, बल्कि संवादात्मक तरीके से उस भाषा में पूछे गए प्रश्नों के उत्तर भी दे सकता है। शारदा बांग्ला में लिख और पढ़ भी सकती थी। इसके विपरीत, जैसा कि बताया गया है, उत्तरा बांग्ला बिल्कुल नहीं समझती थी।

शारदा का बंगाल के भूगोल और स्थान का ज्ञान

बांग्ला समझने, बोलने और लिखने में सक्षम होने के अलावा, शारदा ने बंगाल के भूगोल और स्थानों, यहाँ तक कि दूरस्थ और अपेक्षाकृत अज्ञात स्थानों के व्यापक ज्ञान का प्रदर्शन किया। याद करें कि शारदा ने कहा था कि उनके पिता कांचानगर के कंकालिनी मंदिर में पुजारी थे और यह पश्चिम बंगाल में वर्धमान (अब बर्दवान) नामक एक शहर से छह किलोमीटर दूर था। इस मंदिर का अस्तित्व और स्थान सत्यापित किया गया था, जो विशेष रूप से प्रभावशाली था, क्योंकि मंदिर बहुत प्रसिद्ध नहीं है। दरअसल, कांचानगर का गाँव संभवतः एक महामारी के बाद खाली कर दिया गया था और 50 वर्षों तक जंगल की तरह बढ़ता रहा था।

एक और उदाहरण में, जब एक जाँचकर्ता ने शारदा को बंबेरिया के बंगाली हंसेश्वर मंदिर की तसवीर दिखाई, तो शारदा ने तुरंत उसे नाम से पहचान लिया। जब उससे पूछा गया कि मंदिर के कितने शिखर थे, तो शारदा ने सही-सही बताया कि उसमें 13 शिखर थे, जबकि फोटो में मंदिर का केवल एक हिस्सा दिया गया था, जिसमें सात शिखर दिखाई दे रहे थे। उसे पता था कि उस मंदिर की देवी काली थीं कि माँ काली की मूर्ति के चार हाथ थे, कि मूर्ति नीम की लकड़ी से बनी थी और नीले रंग में रँगी गई थी, और बंबेरिया के राजा मूर्ति बनारस से लाए थे। ये सभी बातें सही थीं।

शारदा ने भी शिवपुर से शिकारपुर तक की नाव यात्रा में सामने आनेवाले भूगोल और यात्रा के समय का बिल्कुल सही वर्णन किया। उसने कलकत्ता से शिवपुर की यात्रा में सामने आए भौगोलिक विवरणों का भी सही ढंग से वर्णन किया।

उत्तरा और हुद्दर परिवार को कंकालिनी या हंसेश्वर मंदिरों या बंगाल में यात्रा संबंधित भौगोलिक विवरणों का कोई ज्ञान नहीं था। इसके अलावा जानकारी अस्पष्ट थी और उस बांग्ला साहित्य में नहीं पाई जा सकती थी, जो उत्तर अपनी युवावस्था में पढ़ती थी।

शारदा का बंगाली भोजन का ज्ञान

शारदा के पास बंगाल की खाद्य विशेषताओं का उल्लेखनीय ज्ञान था, जिसे वह नागपुर (भारत) के भोजन की बजाय प्राथमिकता देती थी। जहाँ उत्तरा को मिठाई पसंद नहीं थी, शारदा को बंगाली मिठाई बेहद पसंद थी। जब उससे पूछा गया कि उसकी पसंदीदा मिठाई कौन सी है तो उसने कहा, सीताभोग, जो केवल बर्दवान (बंगाल) में ही बनती है। जब सीताभोग उसके सामने लाया गया, तो उसने अपनी पसंदीदा मिठाई को पहचान लिया। इसके अलावा शारदा बंगाल से लाई गई मिठाई और नागपुर में बनी उसकी नकल में अंतर कर सकती थी।

जब शारदा उपवास करती थी, तो नारियल पानी की माँग करती थी। बंगाल में नारियल में पानी होता है, जबकि उस क्षेत्र में, जहाँ हुद्दर परिवार रहता था, नहीं होता है। शारदा को चावल खाना पसंद था, और वह अपने चावल में दही मिलाती थी, जो एक बंगाली परंपरा है। इसके विपरीत, शारदा और उसका परिवार गेहूँ के आटे से बनी रोटी खाना पसंद करते थे, जो मराठी लोग आमतौर पर खाते हैं। शारदा ने जाँचकर्ताओं को खाद्य पदार्थों की एक लंबी सूची दी, जो केवल बंगाल में खाए जाते थे।

शारदा का प्रौद्योगिकी के प्रति अज्ञान

शारदा को ट्रेनों, कारों, बिजली, बिजली की रोशनी, बिजली के पंखों या फोन की बिल्कुल समझ नहीं थी। इयान स्टीवेंसन ने लिखा था कि काँच की बोतलें उसे परेशान करती थीं। उन्नीसवीं शताब्दी के बंगाल में, भोजन और पानी मिट्टी या धातु के बरतनों में रखा जाता था। जब उससे पूछा गया कि क्या वह बंगाली भोजन पकाएगी तो उसने कहा, "मैं कैसे पका सकती हूँ? यहाँ न तो लकड़ी है और न चूल्हा।" हुद्दर परिवार के गैस स्टोव पर पकाना उसकी समझ से बाहर था।

जब उसने एक टेप रिकॉर्डर में वे गाने सुने, जो वह गाया करती थी, तो उसे लगा कि टेप रिकॉर्डर के अंदर एक बुरी आत्मा है।

शारदा द्वारा मराठी लोगों का तिरस्कार

उत्तरा के मराठी तरीकों के विपरीत शारदा बहुत हद तक एक बंगाली महिला जैसा व्यवहार करती थी। इसके अलावा एक मनोरंजक और विडंबनापूर्ण मोड़ में शारदा मराठियों के प्रति पूर्वग्रह और आलोचनात्मक दृष्टिकोण रखती थीं।

शारदा मराठी लोगों को 'दस्यु' कहती थी, जिसका बांग्ला में अर्थ 'लुटेरे' होता है। इस कथन के साथ, वह मराठी लोगों के प्रति एक विशिष्ट बंगाली रवैये का प्रदर्शन

कर रही थी, जो मराठियों को अपने से हीन समझते हैं। शारदा ने मराठी भाषा सीखने से इनकार कर दिया, जिसे वह एक कठोर भाषा मानती थी। चूँकि वह मराठी भाषा सीखने को तैयार नहीं थी, अतः शारदा हुद्दर परिवार के साथ संवाद नहीं कर पाती थी।

वह अपना अधिकांश समय अकेले बिताती थी। बांग्ला किताबें और बांग्ला भाषा में महाकाव्य पढ़ती थी, जिन्हें उत्तरा नहीं समझ पाती थी।

यह मनोरंजक और विडंबनापूर्ण है कि शारदा मराठियों के प्रति आलोचनात्मक और पूर्वग्रही हो रही थी, जो उत्तरा के रूप में उसके भावी जन्म में उसका अपना जातीय समूह बननेवाला था। जैसा कि उल्लेख किया गया है, यह मामला दरशाता है कि राष्ट्रीयता या जातीय समूह के आधार पर किसी के बारे में पहचान स्थापित करना बुद्धिमानी नहीं है, क्योंकि ये एक जीवनकाल से दूसरे में बदल सकते हैं।

शारदा का बंगाली व्यवहार

शारदा के रीति-रिवाजों और व्यवहार से उसकी बंगाली संस्कृति परिलक्षित होती थी। जैसा कि बताया गया है, शारदा साड़ी के पल्ले से अपना सिर ढककर घूँघट लेती थी, जो बंगाली महिलाओं का एक रिवाज है। उत्तरा इस तरह से साड़ी नहीं पहनती थी। शारदा नंगे पैर घर से बाहर निकलती थी, जैसा कि 19वीं शताब्दी में बंगाली महिलाएँ करती थीं, जबकि उत्तरा बाहर निकलते समय सैंडल या जूते पहनती थी। शारदा अपने बालों को खुला रखती थी, जबकि उत्तरा अपने बालों को जूड़े के रूप में बाँधकर रखती थी। शारदा फर्श पर बैठती थी, जबकि उत्तरा कुरसी पर बैठती थी। शारदा ठंडे पानी से नहाती थी, जैसा कि उसने उन्नीसवीं सदी में किया होगा, जबकि उत्तरा गरम पानी से नहाती थी।

शारदा अपनी माँग भरने के लिए सिंदूर या सिंगरिफ का उपयोग करती थी, जो विवाहित बंगाली महिलाओं की परंपरा है। जब वह उत्तरा के परिवार के सदस्यों से सिंदूर लगाने में मदद करने को कहती, तो परेशान हो जाती; जब वे उसके सिर के शीर्ष से माथे तक सिंदूर लगा देते, क्योंकि बंगाली संस्कृति के अनुसार इसका अर्थ होता है कि औरत जल्दी विधवा हो सकती है। सिंदूर लगाने का उचित बंगाली तरीका इसका उलट है, मतलब माथे से शुरू करके सिर के ऊपर तक लगाना। शारदा अपने पैरों में आलता लगाने के लिए भी कहती थी, जो एक और बंगाली रिवाज है।

शारदा अपने से बड़ों को फर्श पर माथा टेककर प्रणाम करती थी, जो एक बंगाली परंपरा है। जहाँ उत्तरा सामाजिक और मित्रवत् थी, शारदा अजनबियों के सामने आना पसंद नहीं करती थी, जब तक वे बंगाली न हों। शारदा उत्तरा के पिता या भाई को खुद को छूने नहीं देती थी, क्योंकि वह खुद को उनसे संबंधित महसूस नहीं करती थी।

धार्मिक पूजा में मतभेद

उत्तरा और उसका परिवार हाथी के सिर वाले हिंदू देवता गणेश की पूजा करते थे। दूसरी ओर, शारदा बंगाल में पूजी जाने वाली देवी दुर्गा की पूजा करती थी, जो दस हाथोंवाली देवी का प्रतिनिधित्व करती थीं। शारदा फर्श पर रंगोली से माँ दुर्गा की तसवीर बनाने की बंगाली परंपरा का पालन करती थी। कुल मिलाकर शारदा उत्तरा से कहीं अधिक धार्मिक थी, एक तथ्य जो शारदा के पारिवारिक जीवन को प्रतिबिंबित करता है, क्योंकि उसके पिता मंदिर के पुजारी थे।

उत्तरा से शारदा में परिवर्तन

जैसा कि बताया गया है, शारदा पहली बार तब प्रकट हुई, जब वह 1973 में डॉ. जोशी की देखभाल में अस्पताल में थी, जब उत्तरा 32 साल की थी। शारदा की उपस्थिति कम-से-कम अक्तूबर 1982 तक, यानी 9 वर्ष की अवधि तक जारी रही। शारदा की उपस्थिति अलग-अलग समयावधियों के लिए रहती थी। उनमें से अधिकांश उपस्थितियाँ 1 से 3 दिनों तक चलीं, हालाँकि कुछ एक हफ्ते या उससे अधिक तक भी रहीं। सबसे लंबी उपस्थिति 41 और 43 दिनों की थी। उपस्थिति की आवृत्ति भिन्न हो सकती है, हालाँकि एक समय के लिए शारदा महीने में लगभग दो बार दिखती थी।

जब उत्तरा वापस लौटती, तो वह शारदा की पसंद के बंगाली कपड़ों को बदलकर वे कपड़े पहन लेती, जो मराठी महिलाएँ पहनती हैं। शारदा केवल बांग्ला बोलती थी, जबकि उत्तरा ने कभी बांग्ला नहीं बोली।

उत्तरा ने जाँचकर्ताओं को बताया कि शारदा की उपस्थिति कैसी होती थी। उत्तरा ने कहा कि जब शारदा आनेवाली होती थी, तो वह अपने सिर के ऊपरी हिस्से में दर्द और कोमलता महसूस करती थी। उसे अपने सिर पर चींटियों के रेंगने जैसी सनसनी भी महसूस होती थी। उसे लगता था कि उसकी जीभ मुँह के अंदर खींची जा रही है और उसकी आँखें उसके सिर के अंदर खींची जा रही हैं। उसे ऐसा महसूस होता था, जैसे वह सिकुड़ रही हो। वह रोना शुरू कर देती थी और फिर बेहोश हो जाती थी। कभी-कभी उसका शारदा में बदलाव नींद के दौरान होता था। बिस्तर में जाते समय उत्तरा अपनी सामान्य स्थिति में होती, और सुबह शारदा के रूप में उठती थी।

जब भी शारदा उभरती, वह फूलों की माँग करती और कभी-कभी स्वयं हुद्दर के बगीचे में फूल चुनने चली जाती। इस व्यवहार से ऐसा प्रतीत होता है कि शारदा साँप के काटने से ठीक पहले की उन घटनाओं को दोहराती थी, जो उसे मृत्यु की ओर ले गई थीं।

शारदा कोबरा द्वारा काटे जाने की घटना को फिर से जीती है

कुछ ऐसी घटनाएँ भी हुई थीं, जहाँ शारदा एक विषैले साँप के काटने के लक्षणों को पुन: अनुभव करती प्रतीत होती थी। उसके पैर का अँगूठा काला हो जाता, साथ ही उसकी जीभ और मुँह का अंदरूनी हिस्सा भी। वह अपनी आँखें बंद कर लेती और पैर के अँगूठे को इंगित करके कहती, 'एक किंग कोबरा ने मुझे काट लिया है।' ऐसा लगता है कि शारदा कभी-कभी उन्नीसवीं शताब्दी में हुई अपनी मृत्यु को पुन: अनुभव कर रही थी।

शारदा सोचती है कि वह अभी भी जीवित है और उत्तरा को पहचानने से इनकार कर देती है

शारदा द्वारा अपनी मृत्यु के दृश्य की पुनरावृत्ति के बावजूद, जिसमें वह फूल लेने के लिए बगीचे में जाती थी, उसे यह जागरूकता नहीं थी कि वह मर चुकी है। हालाँकि वह कहती थी कि उसे कोबरा ने काट लिया था, उसे एक स्ट्रेचर पर रखा गया था और फिर वह बेहोश हो गई थी, लेकिन वह कभी नहीं कहती थी कि वह मर गई थी। जब उससे पूछा गया कि क्या वह एक आत्मा थी, तो शारदा ने जवाब दिया, "मैं आत्मा नहीं हूँ, मैं एक औरत हूँ।"

कभी-कभी जब शारदा प्रकट होती, तो वह बोल नहीं पाती थी। वह अपने गले की ओर इशारा करती और उसके गालों पर आँसू बहने लगते। ऐसा लगता है कि इन घटनाओं में शारदा उत्तरा के शरीर में पूरी तरह से एकीकृत नहीं हुई थी, इसलिए वह बोलने में असमर्थ होती थी। गंभीर चरणों के दौरान, वह खुद का खयाल नहीं रख पाती थी और हुद्दर परिवार को उसकी देखभाल करने के साथ-साथ उसे पानी भी देना पड़ता था। आमतौर पर शारदा खुद ही खाना खा लेती थी, नहा लेती थी और कपड़े पहन लेती थी।

दूसरी तरफ, शारदा कई बार स्वायत्तता से काम कर लेती थी और तीन मौकों पर वह अकेले ही हुद्दर के घर से चली गई थी। एक बार वह डॉ. जोशी को ढूँढ़ने के लिए चली गई थी, जिन्हें वह अपना पति मानती थी।

जब उससे पूछा जाता कि वह हुद्दर के घर में कैसे पहुँची थी, तो वह अलग-अलग स्पष्टीकरण देती, जैसे कि वह खुद नहीं जानती थी। एक बार उसने कहा कि उसके पति ने उसे हुद्दर परिवार के पास छोड़ दिया था, जबकि वह गंगा नदी के आसपास पवित्र स्थानों पर गया था। शारदा हुद्दर परिवार से कहती कि वे उसे शिवपुर में उसके पति के पास या सप्तग्राम में उसकी मौसी के पास ले जाएँ, जिन्होंने उसे पाला था। एक बार उसने अपने पति को एक पत्र लिखा—"मुझे यहाँ अच्छा नहीं लगता। मैं

यहाँ बहुत दिन रह चुकी हूँ। आप मुझे घर कब ले चलेंगे?"

शारदा उत्तरा को पहचानने से लगातार इनकार करती थी। जब उससे पूछा जाता कि उत्तरा कहाँ थी, शारदा कहती कि उसे नहीं पता था।

शारदा मानसिक क्षमताएँ दिखाती है

उत्तरा के विपरीत शारदा ने मानसिक क्षमताओं का प्रदर्शन किया।

एक बार उसने पहली बार हुद्दर के घर आए आगंतुक को बताया कि उसकी पत्नी मर चुकी थी, उसका बेटा उसकी मदद नहीं करता था और उसे दूसरों से मदद माँगनी पड़ती थी। ये सभी बयान सही थे। जब हुद्दर परिवार के लिए काम करनेवाली एक नौकर लड़की को चोरी के संदेह में निकाल दिया गया, तो शारदा ने कहा वह लड़की ठीक उस पल में अपने दादा के सामने क़बूल कर रही थी और पछतावे में रो रही थी। यह बात भी बाद में सच साबित हुई। ऐसा लगता था, जैसे शारदा अभी भी शारदा/उत्तरा की आत्मा से जुड़ी हुई थी, जिससे वह अतिसंवेदनशील तरीकों से देखने में सक्षम थी।

उत्तरा की वापसी

उत्तरा ने बताया कि जब वह शारदा की अवस्था से बाहर आती थी, तो उसे ऐसी सनसनी महसूस होती थी, जैसे 'मेरे शरीर में कुछ गिर रहा है।' सामान्य स्थिति में आने में 15 मिनट से 4 घंटे लग सकते थे। एक लंबी शारदा अवस्था के बाद उत्तरा को मराठी बोलने में कठिनाई होती थी।

शारदा अवस्था के दौरान जो होता था, वह उत्तरा को बिल्कुल याद नहीं रहता था, और इसी तरह, जिस समय उत्तरा अपने खुद के रूप में रहती थी, उस समय के बारे में शारदा को कुछ याद नहीं रहता था।

उदाहरण के लिए, जब 3 जुलाई, 1981 को उत्तरा की माँ, मनोरमा हुद्दर की मृत्यु हुई, तब उत्तरा अपनी चेतना की सामान्य स्थिति में थी। 8 अगस्त, 1981 को जब शारदा प्रकट हुई, तो उसे नहीं पता था कि मनोरमा की मृत्यु हो गई है। जब उसे बताया गया कि मनोरमा की मृत्यु हो गई है, तो शारदा ने रोना शुरू कर दिया।

पुनर्जन्म बनाम कब्जा

शारदा की उपस्थिति की नाटकीय प्रकृति के कारण, जिसमें उत्तरा को पता नहीं चलता था कि शारदा के उसके शरीर में बसे होने के दौरान क्या होता था, यह सोचा

जा सकता है कि ये कब्जे का मामला हो सकता है, जहाँ शरीर से अलग हो चुकी एक आत्मा किसी व्यक्ति के शरीर पर कब्जा कर लेती है।

आगे के एक अध्याय में मैंने केविन रायर्सन के साथ अपने कामकाजी रिश्ते की समीक्षा की है, जो एक पेशेवर माध्यम हैं। केविन कई अलग-अलग आत्माओं को संचालित करते हैं, जिससे इन आत्माओं को मनुष्यों के साथ संवाद करने की इजाजत मिलती है। जब केविन संचालन करते हैं, तो संचालन के दौरान क्या चल रहा है, इसकी उन्हें कोई जानकारी नहीं होती। जब केविन एक चैनलिंग सत्र से बाहर आते हैं, तो सत्र के दौरान हुई कोई बात उन्हें याद नहीं रहती।

हम केविन की चैनल करने की क्षमता को एक नियंत्रित तरीके से उनके शरीर का अस्थायी कब्जा देने की क्षमता के रूप में भी सोच सकते हैं। केविन एक मार्गदर्शक आत्मा को एक समयावधि के लिए अपने शरीर का उपयोग करने की इजाजत देते हैं; हालाँकि केविन नियंत्रण बनाए रखते हैं और इच्छानुसार चैनलिंग के अवस्था से बाहर आ सकते हैं।

वैसे भी, शारदा के प्रकट होने के तरीके और केविन रायर्सन के साथ होनेवाली चैनलिंग घटना के अनुभव में समानताएँ हैं। एक अंतर यह है कि केविन चैनलिंग अनुभव पर नियंत्रण बनाए रखते हैं और यदि वह चाहें तो सामान्य चेतना में वापस आ सकते हैं। इसके विपरीत, उत्तरा का शारदा की उपस्थितियों पर कोई नियंत्रण नहीं था।

इयान स्टीवेंसन ने महसूस किया कि शारदा/उत्तरा हुद्दर मामला कई कारणों से कब्जे के बजाय पुनर्जन्म के मामलों के साथ अधिक संगत है। वे कारण हैं—

मनोरमा का घोषणा करता सपना : जब मनोरमा उत्तरा के रूप में गर्भवती थी, तब उसको एक आवर्ती सपना आता था, जिसमें एक कोबरा उसके दाहिने पैर के अँगूठे को काटने वाला होता था। मनोरमा साँप को लात मार देती और फिर उसकी नींद खुल जाती थी। यह कुछ ऐसा था, जैसे मनोरमा इन सपनों में उत्तरा के पिछले जीवनकाल शारदा के व्यक्तित्व का अनुभव कर रही थी। ऐसा लगता है कि शारदा मनोरमा को बताने की कोशिश कर रही थी कि शारदा उसके गर्भ से जन्म लेगी। इस तरह के घोषणा करते सपने पुनर्जन्म के मामलों में देखे जाते हैं, कब्जे के मामलों में नहीं।

उत्तरा का साँपों का डर : उत्तरा को साँपों का भय था, जो कि चार से आठ साल की उम्र में विशेष रूप से गंभीर था। यह डर उसके शारदा के रूप में पिछले जीवनकाल को प्रतिबिंबित करता प्रतीत होता है, जिसने एक किंग कोबरा द्वारा काटे जाने का वर्णन किया है। पिछले जीवन के आघात से संबंधित डर पुनर्जन्म के मामलों में देखे जाते हैं, जैसा कि राशिद खादेज/डैनियल जुर्दी के मामले में देखा गया था।

पुनर्जन्म के मुख्य बिंदु और सिद्धांत

उत्तरदायी क्सेनोग्लॉसी : शारदा बांग्ला में विस्तार से बातचीत कर सकती थी। प्रोफेसर पाल ने ध्यान दिया कि कुल मिलकर उन्होंने शारदा से दस घंटे बात की थी। इसके विपरीत, समकालीन व्यक्तित्व उत्तरा, और उसका परिवार, बांग्ला बिल्कुल नहीं बोल सकते थे।

आत्मा में सही-सलामत बरकरार व्यक्तित्व : शारदा का व्यक्तित्व आत्मा के अंदर पूरी तरह बरकरार प्रतीत होता है। शारदा तो जानती भी नहीं प्रतीत होती थी कि वह मर चुकी थी। इसके अलावा, शारदा ने इस बात से पूरी तरह इनकार कर दिया कि वह समकालीन व्यक्तित्व उत्तरा को जानती थी।

पिछले जन्म का डर : एक बच्ची के रूप में उत्तरा साँपों से बहुत डरती थी, एक तथ्य जो साँप के काटे जाने से पिछले जन्म में हुई उसकी मृत्यु को प्रतिबिंबित करता है।

राष्ट्रीयता, जातीय संबद्धता और धार्मिक मान्यताओं में बदलाव : शारदा, जो पिछले जन्म का व्यक्तित्व थी, मराठी लोगों के प्रति तिरस्कार दरशाती थी, जिसमें उत्तरा और उसका परिवार शामिल थे। शारदा मराठियों को 'दस्यु'(लुटेरे) तक कह देती थी। हालाँकि दोनों हिंदू थे, लेकिन शारदा देवी दुर्गा की पूजा करती थी, जबकि उत्तरा और उसका परिवार गणेशजी के भक्त थे।

मार्गदर्शक आत्मा की भागीदारी और आध्यात्मिक संपर्क : जब मनोरमा उत्तरा के साथ गर्भवती थी, तो उसे बार-बार सपने आते थे कि एक साँप उसके दाएँ पैर के अँगूठे में काटने वाला है। यह कुछ ऐसा था, जैसे मनोरमा उत्तरा के पिछले जीवन के व्यक्तित्व, शारदा को इन सपनों में अनुभव कर रही हो। प्रतीत होता है कि शारदा आत्मा की दुनिया से मनोरमा से संपर्क करने की कोशिश कर रही थी और उसे संकेत दे रही थी कि वह उसके गर्भ से जन्म लेने वाली है।

□

13

जेन्सन जैकोबी/टीई का मामला

एक चिकित्सक की पत्नी सम्मोहन की अवस्था में स्वीडिश बोलना शुरू कर देती है

इस मामले में फिलाडेल्फिया, पेनसिल्वेनिया में प्रैक्टिस कर रहे एक चिकित्सक और उनकी पत्नी शामिल हैं। चूँकि ये चिकित्सक अपनी पहचान निजी रखना चाहते थे, इसलिए इयान स्टीवेंसन ने, जिन्होंने इस मामले को अपनी पुस्तक क्सेनोग्लॉसी में प्रकाशित किया, इस जोड़े के लिए छद्म शब्दों का इस्तेमाल किया। स्टीवेंसन चिकित्सक को केई और उनकी पत्नी को टीई के रूप में संदर्भित करते हैं। चूँकि आद्याक्षरों का उपयोग करने से यह याद रखना मुश्किल हो जाता है कि कौन कौन है, मैं आसानी के लिए उन्हें पहले नाम प्रदान करूँगा। केई को केन और उनकी पत्नी टीई को तानिया कहा जाएगा। मुख्यधारा की चिकित्सा का अभ्यास करने के अलावा केन ने 1954 में सम्मोहन करना सीखा और वे अपनी पत्नी पर अभ्यास करने लगे। केन ने तानिया को एक अच्छा सम्मोहन विषय पाया।

1955 से 1956 के बीच हुए सत्रों में, जब तानिया सम्मोहन में होती थी, तब एक व्यक्तित्व उभरता था, जो स्वीडिश में बात करता था, एक ऐसी भाषा, जो न तो तानिया बोल सकती थी और न केन। इस प्रकार, यह क्सेनोग्लॉसी के एक मामले का प्रतिनिधित्व करता है, जहाँ एक व्यक्ति ऐसी भाषा बोल सकता है, जिसे उसने सामान्य माध्यमों से नहीं सीखा है। तानिया का जन्म फिलाडेल्फिया में हुआ था और अंग्रेजी उनकी मूल भाषा थी। उसके माता-पिता, जो यहूदी थे, ओडेसा, रूस में पैदा हुए थे। परिवार में कोई भी कभी स्कैंडिनेविया नहीं गया था और वे ऐसे किसी व्यक्ति को नहीं जानते थे, जो स्वीडिश बोलता हो।

तानिया की क्सेनोग्लॉसी का इयान स्टीवेंसन द्वारा सत्यापन

हमेशा की तरह इयान स्टीवेंसन ने इस मामले का सावधानीपूर्वक विस्तार से अध्ययन किया। उन्होंने तीन अलग-अलग स्वीडिश लोगों से इस बात की पुष्टि करते बयानों पर हस्ताक्षर करवाए कि तानिया जो भाषा बोल रही थी, वह वास्तव में स्वीडिश थी। बयान में यह नोट किया गया था कि उच्चारण प्राकृतिक स्वीडिश वक्ता का था। स्टीवेंसन के पास स्वीडिश भाषाई विशेषज्ञों द्वारा विश्लेषण किए गए प्रतिलेख और टेप रिकॉर्डिंग भी थीं, जिन्होंने पुष्टि की थी कि तानिया एक संवादी ढंग से स्वीडिश बोल रही थी। इन विशेषज्ञों ने यह भी प्रमाणित किया कि एक उत्कृष्ट स्वीडिश उच्चारण बोला जा रहा था और यह भाषा स्वीडिश का एक पुराना रूप थी, जिसे मध्य स्वीडिश के रूप में पहचाना जाता था। स्टीवेंसन ने तानिया द्वारा बोले गए 100 से अधिक स्वीडिश शब्दों की शब्दावली की गणना की।

इसके अलावा, इयान स्टीवेंसन ने केन और तानिया को पॉलीग्राफ या लाई डिटेक्टर टेस्ट लेने के लिए कहा, ताकि पता चल जाए कि वे धोखा नहीं दे रहे हैं। दोनों ने वह टेस्ट पास कर लिया। स्टीवेंसन ने निष्कर्ष निकाला कि यह उत्तरदायी क्सेनोग्लॉसी का एक वास्तविक मामला था, जिसमें तानिया स्वीडिश में बातचीत कर सकती थी।

जेन्सन जैकोबी उभरते हैं और पानी में धकेले जाने और सिर पर प्रहार किए जाने का वर्णन करते हैं

तानिया के पहले सम्मोहन या पिछले जीवन के प्रतिगमन सत्र में वह एक ऐसे जीवनकाल में वापस चली गई, जिसमें उसे और वृद्ध लोगों के समूह को पानी के एक स्रोत में धक्का दिया जा रहा था। फिर तानिया ने महसूस किया कि उसे सिर पर मारा जा रहा था और उसने तीव्र सिर दर्द का अनुभव किया। उनकी स्पष्ट पीड़ा के कारण केन तानिया को सम्मोहन की अवस्था से बाहर ले आए। फिर भी तानिया ने अगले दो दिनों तक सिर दर्द का अनुभव किया और वह बार-बार अपने सिर को किसी गूमड़ की तलाश में टटोलती रहती थी!

बाद के सत्र में केन ने तानिया को उस घटना से दस साल पहले के समय में जाने के लिए कहा, जिसमें उसके सिर पर प्रहार किया गया था। तब तानिया ने अंग्रेजी में, और एक भारी मर्दाना आवाज में कहा, "मैं एक आदमी हूँ।" उस भारी आवाज़ वाले व्यक्तित्व ने कहा कि उसका नाम जेन्सन जैकोबी था और वह एक किसान था।

1955 और 1956 के बीच आयोजित आठ सत्रों में जेन्सन जैकोबी दिखाई दिए। पहले पाँच सत्रों में वह अंग्रेजी समझ रहे थे और अंग्रेजी में जवाब भी दे रहे थे, लेकिन उनकी अंग्रेजी अटक रही थी और भारी स्वीडिश उच्चारण के साथ बोली जा रही थी।

जेन्सन नॉर्वेजियन भी बोल और समझ सकते थे। छठवें से आठवें सत्रों के बीच जेन्सन ने केवल स्वीडिश बोली। तानिया को उन सम्मोहन सत्रों की कोई घटना याद नहीं थी, जब जेन्सन दिखाई दिए थे।

स्वीडिश तट पर जेंसन जैकोबी पशुपालन करता, सालमन मछली खाता और भालू का शिकार करता है

जेन्सन ने वर्णन किया कि वह मोर्बी हागर नामक एक छोटे से गाँव में रहते थे, जो हावेरो नामक एक बंदरगाह शहर के पास था। पास में तोरोहेवन नाम का दूसरा शहर था। जेन्सन ने बताया कि वे गाय, घोड़े, बकरियाँ और मुरगियाँ पालते थे। वे डबलरोटी बेक करते थे और बकरी के दूध से पनीर बनाते थे। जेन्सन ने कहा कि वे अपनी बनाई चीजों को बंदरगाह शहर हावेरो में बेचने के लिए ले जाते थे। कभी-कभी उनका परिवार सालमन का भोजन करता था, जो अनुमानतः बंदरगाह शहर से आता था। जैन्सन ने बताया कि वे तीन बेटों में से एक थे। उनकी एक पत्नी थी, जिसका नाम लातविया था। वह खसखस का केक और खसखस का रस बनाती थी। उनके कोई बच्चा नहीं था। जेन्सन ने बताया कि उसने खुद अपना पत्थर का घर बनाया था, क्योंकि वह भालुओं का शिकार करता था और उसे एक शराबखाने (टैवर्न) में शराब पीना पसंद था। उसने बताया कि वह यीशु मसीह की पूजा करता था।

जेन्सन प्रतिरूपण करता है

एक सत्र में स्वीडिश बोलते हुए जेन्सन ने शराबखाने में गाने की कोशिश कर रहे एक शराबी आदमी का हास्यपूर्ण प्रतिरूपण किया। एक घोड़े की तसवीर दिखाई जाने पर भी जेन्सन ने एक मजबूत भावना का प्रदर्शन किया, स्पष्ट रूप से इसलिए, क्योंकि उसने उन्हें उनके घर की याद दिला दी थी।

जेन्सन स्वीडिश शब्दों से परिचित हैं, जिनमें एक स्कुटा भी शामिल है

जेन्सन पूर्व सदियों की स्वीडिश चीजों के बारे में जानते थे। उदाहरण के लिए, जब उन्हें सत्रहवीं शताब्दी के स्वीडिश नौकायन जहाज का एक मॉडल दिखाया गया, तो जेन्सन ने उसे सही ढंग से 'स्कुटा' या 'स्क्यूट' कहा। उन्होंने अनाज को मापने के लिए इस्तेमाल किए जाने वाले स्वीडिश कंटेनर का भी सही नाम लिया। जब उन्हें एक भेड़िए

की तसवीर दिखाई गई, तो उन्होंने उसका सही स्वीडिश नाम बताया। इसके विपरीत, जब उन्हें एक आधुनिक उपकरण दिखाया गया, जैसे कि प्लायर्स की जोड़ी, तो जेन्सन उसका नाम नहीं बता सके।

युद्ध और रूस के लिए एक पिछले जीवन की नफरत

जेन्सन ने युद्ध और रूसियों के डर के लिए अपनी घृणा का वर्णन किया। जब उनसे पूछा गया कि उनके जीवन का अंत कैसे हुआ था, तो जेन्सन ने बताया कि वह दुश्मनों के साथ किसी तरह की लड़ाई में लगे हुए थे, उन्हें पानी के एक स्रोत में धकेल दिया गया और उनके सिर पर एक प्रहार हुआ, जिसने स्पष्ट रूप से उन्हें मार डाला। यह बयान उस स्मृति के अनुरूप है, जिसे तानिया ने तब अनुभव किया था, जब उसे पहली बार सम्मोहन में रखा गया था, साथ ही उसके बाद के सिरदर्द के भी, जिसके बाद वह अपने सिर में कोई गाँठ या गूमड़ ढूँढ़ने लगी थी।

पुनर्जन्म बनाम कब्जा

इयान स्टीवेंसन दृढ़ता से जेन्सन जैकोबी/टीई के मामले की वैधता में विश्वास करते थे। वे कहते हैं कि उस चिकित्सक ने, जिसने अपनी पत्नी टीई पर सम्मोहन सत्र आयोजित किए, और जिन्हें हमने केन नाम दिया है, मामले के लिए कभी प्रचार की इच्छा नहीं की। पॉलीग्राफ परीक्षण और दंपती के साथ परिचय के आधार पर स्टीवेंसन ने किसी धोखाधड़ी की संभावना को खारिज कर दिया। स्टीवेंसन ने निष्कर्ष निकाला कि जैन्सन जैकोबी सत्रहवीं शताब्दी में किसी समय में नॉर्वे के पास स्वीडन के पश्चिमी तट पर रहते थे। गॉथेनबर्ग इस क्षेत्र में सबसे बड़ा शहर है।

चूँकि तानिया या टीई को जैन्सन के दिखाई देने के समय की कोई बात याद नहीं थी, इसलिए स्टीवेंसन ने यह सवाल अवश्य उठाया कि यह पुनर्जन्म का मामला था या किसी देहमुक्त आत्मा द्वारा शरीर पर कब्जे का मामला। दोनों ही तरह से स्टीवेंसन ने टिप्पणी की कि मामला मृत्यु के बाद व्यक्तित्व के अस्तित्व में रहने के मजबूत सबूत का प्रतिनिधित्व करता है। स्टीवेंसन ने महसूस किया कि पुनर्जन्म अधिक व्यावहारिक स्पष्टीकरण हो सकता है। इस स्थिति की रक्षा में उन्होंने निम्नलिखित प्रश्न प्रस्तुत किया, जिसे मैंने समझाया है—यदि जेन्सन एक देहमुक्त आत्मा थे, तो सत्रहवीं शताब्दी से एक ईसाई, स्वीडिश आत्मा, जैन्सन जैकोबी 1955 में फिलाडेल्फिया क्यों आएगी और रूसी मूल की एक यहूदी महिला के माध्यम से क्यों बोलेगी?

पुनर्जन्म के मुख्य बिंदु और सिद्धांत

क्सेनोग्लॉसी : जेन्सन केवल स्वीडिश बोलते थे, एक भाषा जो तानिया ने न सीखी थी और न समझ सकती थी।

धर्म और राष्ट्रीयता में परिवर्तन : जेन्सन एक स्वीडिश ईसाई थे, जो रूसियों से डरते थे, जबकि तानिया यहूदी थी और रूसी विरासत की थी।

आत्मा व्यक्तित्व को बरकरार रखती है : जेन्सन तानिया के माध्यम से आए थे, जैसे कि वह समय में रुक गए थे, इस बात से अनजान था कि वह मर चुके थे या फिर तानिया का एक अलग अस्तित्व था। इस प्रकार, ऐसा प्रतीत होता है कि जेन्सन का व्यक्तित्व आत्मा के भीतर बरकरार रखा गया था।

□

14

ग्रेटचेन गॉटलिब/डॉलोरस जे

ग्रेटचेन प्रकट होती हैं

कैरोल जे एक मेथोडिस्ट ईसाई मिनिस्टर थे, जिन्होंने 1954 में सम्मोहन का अभ्यास करना शुरू किया था। शुरुआत में वे लोगों को पुराने दर्द से राहत दिलाने के लिए यह अभ्यास करते थे। 1960 के दशक में उन्होंने पिछले जीवन के प्रतिगमन के साथ प्रयोग करना शुरू कर दिया। उनकी पत्नी डॉलोरस को पीठ दर्द रहता था और 10 मई, 1970 को उन्होंने अपनी पत्नी को दर्द से राहत दिलाने के उद्देश्य से एक सम्मोहन सत्र आयोजित किया। जब वे सम्मोहन में थीं, तब कैरोल ने डॉलोरस से पूछा, "क्या तुम्हारी पीठ में दर्द है ?" उसने जर्मन में जवाब दिया, "निन", जिसका मतलब है "नहीं।" 13 मई, 1970 को एक और सम्मोहन सत्र में डॉलोरस ने जर्मन में कहा, "इख बिन ग्रेटचेन", जिसका अर्थ है, "मैं ग्रेटचेन हूँ।"

अगले कुछ महीनों में आयोजित सम्मोहन सत्रों में ग्रेटचेन बार-बार आई और केवल जर्मन भाषा बोली। ऐसे 10 सत्रों के बाद एक मूल जर्मन भाषी को एक सत्र में भाग लेने के लिए आमंत्रित किया गया, जिसने जर्मन में ग्रेटचेन के साथ बातचीत की। 23 अप्रैल, 1971 को डॉलोरस ने ग्रेटचेन के प्रकट होने के दौरान जर्मन में 40 शब्द लिखे। दिलचस्प है कि ग्रेटचेन का हस्तलेख डॉलोरस जे के हस्तलेख से अलग था। इससे पता चलता है कि हस्तलेख आवश्यक रूप से एक जन्म से दूसरे में एक जैसा नहीं रहता।

डॉलोरस ने जर्मन कभी नहीं सीखी थी और वह चेतना की अपनी सामान्य स्थिति में जर्मन बोल या समझ नहीं पाती थी। इस प्रकार, यह क्सेनोग्लॉसी का मामला बनता है, जहाँ व्यक्ति एक ऐसी भाषा बोल सकता है, जो सामान्य माध्यमों से नहीं सीखी गई थी।

इयान स्टीवेंसन, एम.डी. द्वारा केस का सत्यापन

जब इयान स्टीवेंसन ने इस क्सेनोग्लॉसी मामले के बारे में सुना तो वे मामले पर शोध करने माउंट ओराब, ओहियो गए; जहाँ जे दंपती रहते थे। 2 सितंबर, 1971 को स्टीवेंसन ने, जो जर्मन जानते थे, एक सत्र में भाग लिया और डॉलोरस से जर्मन में बात की। स्टीवेंसन ने कई अन्य जर्मन भाषी व्यक्तियों को उन सम्मोहन सत्रों में भाग लेने के लिए नामांकित किया, जिनमें ग्रेटचेन प्रकट हुई थी। उन्होंने भी उसके साथ जर्मन में बातचीत की थी।

25 मार्च, 1974 को डॉलोरस वर्जीनिया विश्वविद्यालय में इयान स्टीवेंसन की प्रयोगशाला में आई। डॉ. स्टीवेंसन और एक सहयोगी सुश्री एलिजाबेथ डे ने जर्मन में ग्रेटचेन के साथ बातचीत की। इयान स्टीवेंसन और सुश्री डे ने ग्रेटचेन के साथ 19 सत्रों में फैली बातचीत को टाइप कर लिया था। 6 सत्र टेपरिकॉर्ड किए गए थे। इन प्रतिलेखों में कुल 346 डबल स्पेस में टाइप किए पृष्ठ थे। सत्रों के प्रतिलेख इयान स्टीवेंसन की पुस्तक 'अनलर्न्ड लैंग्वेज' के परिशिष्ट में दिए गए हैं।

स्टीवेंसन ने पाया कि ग्रेटचेन ने इन प्रतिलेखों में 237 विभिन्न जर्मन शब्द बोले थे। उसने 120 विशिष्ट शब्दों का इस्तेमाल किसी और के उन्हें बोलने से पहले किया था, जो इंगित करता है कि वह केवल वार्त्तालाप की नकल नहीं कर रही थी। टेप किए गए एक सत्र में ग्रेटचेन ने 96 जर्मन शब्दों का परिचय दिया, जो पहले साक्षात्कार कर्ताओं द्वारा नहीं बोले गए थे, और जिनमें से 21 न तो ग्रेटचेन, न ही साक्षात्कारकर्ताओं द्वारा पहले कभी बोले गए थे। स्टीवेंसन के तीन अलग-अलग जर्मन वक्ताओं से बयानों पर हस्ताक्षर कराए कि ग्रेटचेन वास्तव में जर्मन बोल रही थी।

इसके अलावा ग्रेटचेन जर्मन में एक सवाल-जवाब के तरीके से बातचीत कर सकती थी; वह जर्मन समझ भी सकती थी और जर्मन में जवाब भी दे सकती थी। जैसा कि उल्लेख किया गया है, स्टीवेंसन ने इस प्रकार के क्सेनोग्लॉसी को 'उत्तरदायी क्सेनोग्लॉसी' नाम दिया था, जो भाषा की दृढ समझ की ओर संकेत करता है। बातचीत में ग्रेटचेन जर्मन और अंग्रेजी समझ सकती थी, लेकिन बोल केवल जर्मन में सकती थी।

इयान स्टीवेंसन ने इस संभावना को खारिज करने के बहुत प्रयास किए कि डॉलोरस ने सामान्य माध्यमों से जर्मन सीखी होगी। स्टीवेंसन ने 5 फरवरी, 1974 को डॉलोरस का पॉलीग्राफ या लाई डिटेक्टर टेस्ट भी करवाया। उसने लाई डिटेक्टर टेस्ट उत्तीर्ण कर लिया। उसने कहा कि ग्रेटचेन के उभरने से पहले उसने न कभी जर्मन सीखी थी, न ही वह यह भाषा जानती थी। स्टीवेंसन ने डॉलोरस के माता-पिता, बॉयड और लौरा स्किडमोर के साथ-साथ उसकी बहन मैरी का भी साक्षात्कार किया। तीनों ने

हस्ताक्षरित बयान दिए कि उनके परिचितों में से कोई भी जर्मन नहीं बोलता था और जिस क्षेत्र में वे रहते थे, वहाँ कोई जर्मन बोलने वाला व्यक्ति नहीं रहता था।

ग्रेटचेन कौन थी ?

सत्रों में ग्रेटचेन शायद ही कभी अनायास बात करती थी, बल्कि वह एक शिष्ट लड़की की तरह विनम्रतापूर्वक प्रश्नों के जवाब देती थी। उसने कहा कि उसका नाम ग्रेटचेन गॉटलिब था और वह अपने पिता के साथ रहती थी, जिनका नाम हरमन था। उसने उनका वर्णन सफेद बालों वाले वृद्ध व्यक्ति के रूप में किया। घोड़े की सवारी करते अपने पिता का वर्णन करते समय ग्रेटचेन हँसने लगती थी। उसने कहा कि जब वह 8 वर्ष की थी तो उसकी माँ एरिका की मृत्यु हो गई थी। उसके कोई भाई-बहन नहीं था।

ग्रेटचेन ने बताया कि उनके पिता जर्मनी में एबर्सवाल्ड, जहाँ वे रहते थे, के महापौर (मेयर) थे। उसने कहा कि वे बर्कैंसत्रास नाम की एक सड़क पर रहते थे। ग्रेटचेन ने एबर्सवाल्ड का वर्णन एक छोटे से शहर के रूप में किया, जिसमें एक बेकरी, एक कसाई की दुकान, चर्च और एक कॉलेज था। शहर के बाहर एक जंगल और नदी थी। उन्होंने वर्म्स और विस्बादेन शहरों के बारे में भी बात की।

ग्रेटचेन ने बताया कि फ्राउ शिलडर नाम की एक हाउसकीपर उनके घर खाना बनाने और सफाई करने आती थी। उसने कहा कि फ्राउ शिलडर अपने चार बच्चों को गॉटलिब के घर लेकर आती थी और वह ग्रेटचेन बच्चों के साथ खेलती थी। वास्तव में उसने कहा कि वह अपना अधिकांश समय अपने रसोईघर में बिताती थी और बच्चों की देखभाल करती थी। उसने उन चारों के नाम बताए और कहा कि सबसे छोटा तीन साल का था।

ग्रेटचेन ने कहा कि वह कभी स्कूल नहीं गई थी, जो उस समय लड़कियों के लिए सामान्य बात थी, और वह लिख या पढ़ नहीं सकती थी।

ग्रेटचेन रोमन कैथोलिक थी और उसे पता था कि पोप चर्च का मुखिया होता था। वह प्रोटेस्टेंट सुधार की विरोधी थी और उसने मार्टिन लूथर को एक परेशानी पैदा करनेवाले के रूप में संदर्भित किया। उसने कई बार वाक्यांश 'मार्टिन लूथर, लोगों का विश्वासघाती' दोहराया था।

बुंदेसरत के बारे में बात करते हुए ग्रेटचेन ने बार-बार डर, यहाँ तक कि पागलपन दिखाया। इयान स्टीवेंसन ने नोट किया कि बुंदेसरत जर्मनी में एक कैबिनेट था, जो 1875 से 1900 तक सक्रिय था, और जो काफी शक्तिशाली था, क्योंकि उसे कानून बनने से पहले सभी बिलों को मंजूरी देनी होती थी। बुंदेसरत के बारे में उनके बयान के कारण

स्टीवेंसन ने अनुमान लगाया कि ग्रेटचेन जर्मनी में उन्नीसवीं शताब्दी के उत्तरार्ध में रहती थी, जब बुंदेसरत अस्तित्व में था।

ग्रेटचेन ने कहा कि वह 16 साल की उम्र में मर गई थी। उसने कहा कि उसे सिरदर्द के प्राथमिक लक्षण के साथ गंभीर बीमारी थी। वह अपना हाथ अपने सिर पर रखकर चेहरे पर ऐसे भाव लाती, जो पीड़ा व्यक्त करता था।

शारदा/उत्तरा हुड्डा मामले की तरह कभी-कभी ग्रेटचेन को यह एहसास नहीं रहता था कि वह मर चुकी है। कुछ सत्रों में ग्रेटचेन ने सोचा कि वह अपने घर के पास सड़क पर साक्षात्कारकर्ताओं से बात कर रही थी। वह स्टीवेंसन, जैसे साक्षात्कारकर्ताओं से अनुरोध करती थी कि उसे घर जाना होगा, क्योंकि अगर उसके पिता को पता चल गया कि वह अजनबियों से बात कर रही है, तो वे परेशान हो जाएँगे। इस प्रकार यह एक और ऐसे मामले का प्रतिनिधित्व करता है, जिसमें प्रतीत होता है कि एक आत्मा ने पिछले जीवन-व्यक्तित्व को बरकरार रखा है।

ग्रेटचेन के वक्तव्य की पुष्टि

इयान स्टीवेंसन ने ग्रेटचेन के बयान की पुष्टि करने की कोशिश की। जैसा कि उल्लेख किया गया है, उसने बुंदेसरत पर चर्चा की थी, जो वास्तव में जर्मनी में एक कैबिनेट थी, जो 1875 से 1900 तक सक्रिय थी। एबर्सवाल्ड शहर का भी अस्तित्व था, लेकिन रिकॉर्ड में गॉटलिब के नाम से कोई महापौर नहीं था। स्टीवेंसन ने तर्क दिया कि उसके पिता एक छोटे अधिकारी हो सकते हैं या ग्रेटचेन एबर्सवाल्ड के किसी मेयर की गैरकानूनी बेटी हो सकती है, जिसे उसके जन्म के बाद गॉटलिब नाम दिया गया हो। यह भी संभव है कि ग्रेटचेन एबर्सवाल्ड नाम के एक अलग, दूसरे शहर की बात कर रही हो, जिसे अंततः एक बड़े शहर में शामिल किया गया था।

कब्जा बनाम पुनर्जन्म

इयान स्टीवेंसन ने इस मुद्दे को उठाया कि ग्रेटचेन गॉटलिब/डॉलोरस जे केस कब्जे के मामले का प्रतिनिधित्व कर सकता है, जहाँ ग्रेटचेन एक देहमुक्त आत्मा थी, जिसने अस्थायी रूप से डॉलोरस जे के शरीर पर कब्जा कर लिया था। पुनर्जन्म बनाम कब्जे के इस मुद्दे पर शारदा/उत्तरा हुद्दर मामले में कुछ विस्तार से चर्चा की गई थी।

डॉलोरस जे की क्सेनोग्लॉसी के स्पष्टीकरण के रूप में दो घटनाएँ पुनर्जन्म का समर्थन करती हैं। सबसे पहले 1968 में डॉलोरस ने एक सपना देखा था, जो ग्रेटचेन के उभरने से एक साल पहले आया था। इस सपने में डॉलोरस ने एक युवा लड़की को एक

घोड़े पर एक काठी पर बैठे देखा था, और उसके साथ एक बड़ी उम्र का आदमी पैदल चल रहा था। वहाँ एक भीड़ इकट्ठा हो गई थी, जिसमें लाठियों और पत्थरों के साथ गुस्से से भरे लोग शामिल थे। एक आदमी भीड़ को चीरते हुए आगे आया और उसके घोड़े की लगाम को पकड़ लिया। उस बिंदु पर डॉलोरस जाग गई।

यह सपना उन दृश्यों की याद दिलाता है, जिनका बाद में ग्रेटचेन ने अपने जीवन के संबंध में वर्णन किया था। ग्रेटचेन ने अपने पिता का वर्णन सफेद बाल वाले एक बुजुर्ग आदमी के रूप में किया था और जब उसने उनका घोड़े की सवारी करते हुए वर्णन किया तो वह हँसने लगी। उसने मार्टिन लूथर को एक परेशानी पैदा करनेवाला और 'लोगों का विश्वासघाती' भी कहा। सपने में भीड़ का क्रोध जर्मनी में प्रोटेस्टेंट सुधार से संबंधित संघर्ष को प्रतिबिंबित कर सकता है, जिसका नेतृत्व मार्टिन लूथर ने किया था। पिछले जीवन की यादें अकसर सपनों की अवस्था में आती हैं और इस प्रकार यह सपना बाद में डॉलोरस द्वारा प्रदर्शित क्सेनोग्लॉसी के लिए स्पष्टीकरण के रूप में पुनर्जन्म का समर्थन करता है।

दूसरे, एक सम्मोहन सत्र के दौरान कैरोल जे ने ग्रेटचेन को एक कल्पना करने का निर्देश दिया, जिसका वर्णन डॉलोरस अंग्रेजी में कर सके। तब डॉलोरस ने अंग्रेजी में कहा कि उसने खुद को दूर किसी शहर में ले जाए जाते देखा था। वहाँ उसने एक आदमी को चर्च में बोलते हुए देखा। फिर घोड़ों पर सवार पुलिसकर्मियों ने भीड़ को तितर-बितर कर दिया। एक जवान लड़की और एक बूढ़ा आदमी, संभवत: ग्रेटचेन और उसके पिता, डर गए और वहाँ से भाग गए। जब डॉलोरस से उसके पति ने पूछा कि उसकी कल्पना में दिखी जवान लड़की कौन थी, तो डॉलोरस ने कहा, "वो मैं थी।"

निष्कर्ष

इस क्सेनोग्लॉसी मामले पर कई वर्ष कैरोल और डॉलोरस जे के साथ काम करने के बाद इयान स्टीवेंसन उन्हें बहुत अच्छी तरह से जानने लगे थे और आश्वस्त हो गए थे कि वे अपने बयान में ईमानदार और स्पष्ट थे। उन्होंने नोट किया कि एक ईसाई के रूप में डॉलोरस के लिए पुनर्जन्म उनकी विश्वास प्रणाली से विवादित था। उसके पति, कैरोल ने देखा कि जर्मन बोलने की अपनी क्षमता से डॉलोरस परेशान और थोड़ी डरी हुई थी।

कैरोल जे भी अपनी पत्नी की क्सेनोग्लॉसी के साथ संघर्ष कर रहे थे, क्योंकि एक मेथोडिस्ट ईसाई मिनिस्टर के रूप में यह उनके लिए जीवन कठिन बना रहा था। 20 जनवरी, 1975 को वाशिंगटन पोस्ट ने डॉलोरस द्वारा प्रदर्शित क्सेनोग्लॉसी पर समाचार-पत्र में एक लेख प्रकाशित किया। जब उनके समुदाय के सदस्यों ने लेख पढ़ा, तो उनमें

से कुछ ने जे दंपती पर शैतान के साथ काम करने का आरोप लगाया।

कुल मिलाकर इयान स्टीवेंसन ने जे दंपती या उनके परिवार के पास झूठे बयान देने का कोई कारण नहीं देखा। उन्होंने मान लिया कि यह एक वैध क्सेनोग्लॉसी मामला है। अगर पुनर्जन्म वास्तव में स्पष्टीकरण के रूप में स्वीकार किया जाता है, तो हम देखते हैं कि कैसे प्रतिभाएँ, जिनमें कोई भाषा बोलने की क्षमता भी शामिल है, एक अवतार से दूसरे में व्यक्त की जा सकती हैं।

इसके अलावा जिस तरह ग्रेटचेन अपने व्यक्तित्व को बरकरार रखते हुए उभरी इस अवलोकन के साथ कि कभी-कभी उसे एहसास नहीं होता था कि वह मर चुकी है, यह मामला दरशाता है कि कैसे आत्मा अपने व्यक्तित्व को बनाए रख सकती है। यह तथ्य शारदा/उत्तरा हुद्दर और जेन्सन जैकोबी/टीई पुनर्जन्म क्सेनोग्लॉसी मामलों में भी देखा गया।

मुख्य बिंदु और पुनर्जन्म के सिद्धांत

उत्तरदायी क्सेनोग्लॉसी : सम्मोहन की अवस्था में डॉलोरस जर्मन बोल सकती थी और जर्मन में जवाब दे सकती थी—एक ऐसी भाषा, जो अपनी जाग्रत् चेतनावस्था में नहीं समझती थी। प्रतीत होता है कि डॉलोरस ने यह क्षमता ग्रेटचेन के रूप में अपने एक पूर्व जन्मकाल से प्राप्त की थी।

आत्मा के अंदर व्यक्तित्व का बरकरार रहना : जब ग्रेटचेन उभरती थी, तो वह एक शिष्ट, युवा लड़की की तरह व्यवहार करती थी। वास्तव में शारदा/उत्तरा हुद्दर मामले की तरह कभी-कभी ग्रेटचेन को एहसास नहीं रहता था कि वह मर चुकी है। कुछ सत्रों में ग्रेटचेन को लगता था कि वो अपने घर के पास सड़क पर साक्षात्कारकर्ताओं से बात कर रही है।

राष्ट्रीयता और धर्म का परिवर्तन : ग्रेटचेन जर्मन थी, जबकि डॉलोरस संयुक्त राज्य अमेरिका की नागरिक है। धार्मिक संबद्धता भी बदल गई है, क्योंकि ग्रेटचेन कैथोलिक चर्च से काफी जुड़ी थी और प्रोटोस्टेंट सुधार के विरुद्ध थी। इसके विपरीत, जे दंपती मेथोडिस्ट थे, एक ईसाई संप्रदाय, जो इंगलैंड में सुधार आंदोलन से उत्पन्न हुआ था।

□

15

आत्महत्या के बाद

इयान स्टीवेंसन, एम.डी. द्वारा शोध किया गया, यह पुनर्जन्म मामला आत्महत्या से जुड़े कुछ निष्पक्ष रूप से मान्य मामलों में से एक है, जो आत्मा पर आत्महत्या के प्रभाव पर अंतर्दृष्टि प्रदान कर सकता है।

हेलमुट कोलर : एक सफल इमारती लकड़ी का व्यापारी और जहाजी दीवालिया हो जाता है

हेलमुट कोलर का जन्म 7 जनवरी, 1834 को नॉर्थ सी पर एक बंदरगाह, विल्हेमशेवेन, जर्मनी में एक ईसाई परिवार में हुआ था। वह विवाहित था और उसके कई बच्चे थे, जिनमें एक बेटा लुडविग भी था, जिसका जन्म 1873 में हुआ था। हेलमुट अपने गृह नगर विल्हेमशेवेन में एक लकड़ी का व्यापारी, शिप ब्रोकर और सॉ मिल संचालक था। वह नॉर्वे, स्वीडन, रूस और अमेरिका सहित कई देशों से लकड़ी खरीदता था, जो जहाज द्वारा पहुँचाई जाती थी। वह अपनी सॉ मिल में लकड़ी को संसाधित करके उसे काठ के रूप में बेच देता था।

1887 में हेलमुट ने अनुमान लगाया कि आयातित लकड़ी की कीमत एक प्रस्तावित कर (टैक्स) के कारण बढ़ेगी तो उसने विदेशों से बड़ी मात्रा में खरीदी लकड़ी के लिए प्रीमियम मूल्य का भुगतान किया। वास्तविकता में लकड़ी की कीमत गिर गई। इस गलत गणना के परिणामस्वरूप बहुत अधिक धन का नुकसान हुआ। वित्तीय रूप से जीवित रहने के प्रयास में उसने कंपनी के वित्तीय रिकॉर्ड को गलत साबित करने के लिए अपने एकाउंटेंट को शामिल करके एक योजना बनाई। दुर्भाग्यवश, एकाउंटेंट घबरा गया और कंपनी का सारा नकद लेकर भाग गया।

हेलमुट अपने वित्तीय नुकसान से तबाह हो गया था। 16 नवंबर, 1887 को एक

त्योहार के उत्सव में भाग लेने के बाद, जिसे पश्चात्ताप और प्रार्थना का दिन कहा जाता था, हेलमुट अपने कार्यालय वापस लौट आया। उसने अपनी कनपटी पर पिस्तौल रखा और खुद को गोली मार ली। 23 नवंबर, 1887 को उसका निधन हो गया।

हेलमुट का पुनर्जन्म रुपर्ट शुल्ज के रूप में सहज सुसाइडल बरताव के साथ होता है

रुपर्ट शुल्ज का जन्म 19 अक्तूबर, 1887 को हेलमुट कोलर की मृत्यु के पाँच सप्ताह पहले बर्लिन, जर्मनी में ईसाई माता-पिता से हुआ था। इस प्रकार, यदि यह पुनर्जन्म मामला स्वीकार किया जाता है, तो यह विभाजित पुनर्जन्म के मामले का प्रतिनिधित्व करता है, जहाँ एक आत्मा एक समय में एक से अधिक मानव शरीरों में रह सकती है। सोचिए कि रुपर्ट 9 माह तक गर्भ में था, और फिर 5 सप्ताह गर्भ के बाहर, जबकि हेलमुट तब तक जीवित था।

बचपन में जब भी रुपर्ट परेशान होता तो अपने हाथ को पिस्तौल का आकार देता, जिसमें उसकी तर्जनी उँगली पिस्तौल की नाल का प्रतिनिधित्व करती। वह अपनी तर्जनी अपनी कनपटी पर रखता, और कहता, "मैं अपने आप को गोली मार रहा हूँ।" रुपर्ट अपनी कनपटी पर गोली मारने का नाटक इतनी बार करने लगा कि उसकी माँ चिंतित हो गई और उन्होंने उसे ऐसा करने से मना कर दिया।

एक बच्चे के रूप में रुपर्ट को पिस्तौलों के प्रति गहरा आकर्षण था। इसके अलावा उसे जहाजों और शिपिंग में भी बहुत दिलचस्पी थी। उसने जहाज के मॉडलों और तसवीरों का एक संग्रह बनाया था। इयान स्टीवेंसन ने ध्यान दिया कि ये एक ऐसे लड़के कि लिए असामान्य बात थी, जो बर्लिन में पैदा हुआ और बड़ा हुआ, जोकि बिना बंदरगाह का एक शहर है।

रुपर्ट व्यापार के लिए अभिनव प्रतिभा का प्रदर्शन करता है

रूपेरट जब बड़ा हो रहा था तो उसे शिक्षा में बहुत रुचि नहीं थी, बल्कि वह एक व्यवसाय शुरू करने के लिए प्रेरित था। उसने 18 साल की उम्र में स्कूल छोड़ दिया और एक वितरण सेवा के साथ कपड़े धोने का व्यवसाय शुरू कर दिया, जो युवा माताओं के बीच बहुत लोकप्रिय हो गया, जिनके बच्चे बहुत सारे गंदे कपड़े इकठ्ठा कर देते थे। 20 साल की उम्र तक, उसके पास बीस से अधिक कर्मचारी हो गए थे और आगे जाकर उसकी कंपनी 200 लोगों को नियुक्त करनेवाली थी।

रुपर्ट समृद्ध हो गया और उसे समुदाय के मामलों में भाग लेने में आनंद आने लगा। वह अपने स्थानीय चैंबर ऑफ कॉमर्स का सदस्य बनने के साथ बर्लिन नगर परिषद् में एक प्रतिनिधि भी बन गया।

एक अंधेरे हॉलवे में देजा वू

द्वितीय विश्वयुद्ध 1939 में शुरू हुआ, जब रुपर्ट 51 वर्ष के थे। युद्ध रुपर्ट के जीवन और वित्तीय होल्डिंग्स को काफी प्रभावित करनेवाला था। यह बर्लिन की सहयोगी बमबारी के दौरान हुआ कि पिछले जीवन की यादें सतह पर आनी शुरू हुईं।

रुपर्ट को शहर के अधिकारियों ने उस आग पर नजर रखने की जिम्मेदारी सौंपी थी, जो बम विस्फोटों से उत्पन्न हो सकती थी। रुपर्ट ने शनिवार शाम से सोमवार सुबह तक की नियमित पाली ले ली, जिसके दौरान वह अपने व्यापार कार्यालय में रहते, ताकि शांति के घंटों में काम कर सकें। उनका कार्यालय एक पुरानी इमारत में था, जिसे एक ऐतिहासिक स्थलचिह्न के रूप में नामित किया गया था। उसके पास एक सेफ (लॉकर) थी, जो एक मंद रोशनी वाले हॉलवे में रखी थी। रुपर्ट अपनी सेफ के पास जाते, अपने बही खाते निकालते और व्यवसाय के नफे-नुकसान पर विचार करते थे।

जब भी रुपर्ट बही-खाते निकालने के लिए सेफ के पास जाते, उन्हें बार-बार यह विचार आता, 'तुम इस स्थिति में एक बार पहले भी थे।'

पूरी तरह से जाग्रत् होने पर रुपर्ट स्वयं को एक समारोह के दिन आत्महत्या करते देखते हैं

अपनी खाता पुस्तकों की समीक्षा करते समय और पूरी तरह जाग्रत् होने पर रुपर्ट खुद को पिछले जीवनकाल में देखते थे। एक टेपरिकॉर्ड किए बयान में रुपर्ट ने बताया—

"मैं देख सकता था कि तब मैं कैसा दिखता था। मैंने ऊँचे कॉलर वाले और औपचारिक कपड़े पहने हुए थे। मैं एक विशेष दिन पर एक समारोह से आया था। मेरा व्यवसाय समाप्त हो चुका था। एक कर्मचारी सारा धन लेकर भाग गया था। उसने पैसों की धोखाधड़ी की और फरार हो गया तो मैं खाते की किताबें लेकर बैठ गया। मैं देख सकता था कि अब मेरा कोई भविष्य नहीं। सब खत्म हो गया था। फिर मैं एक कमरे में अकेला था और मैंने अपने सिर की दाईं कनपटी पर गोली मार ली। आप इन छवियों को क्लेयरवोयेंस कहेंगे, लेकिन मेरे लिए ये यादें हैं।"

एक और बयान में रुपर्ट ने ध्यान दिया कि पिछले जीवनकाल और द्वितीय विश्वयुद्ध के दौरान उसके समकालीन अवतार में, जब उसकी यादें उभरी थीं, सेटिंग्स कितनी समान हैं—

"पिछली बार की सेटिंग उसी के समान थी, जिसमें मैं तब था। सेफ वैसे ही स्थान पर थी और बही-खाते भी वैसे ही थे।"

इयान स्टीवेंसन ने नोट किया कि पहले रुपर्ट की यादें अस्पष्ट थीं, लेकिन समय के साथ वे स्पष्ट, और अधिक स्पष्ट होती गईं। यादें केवल तभी आती थीं, जब रुपर्ट पूरी तरह से चैतन्य होता था, और निगरानी की ड्यूटी के दौरान अपने कार्यालय में होता था। बर्लिन में उसके कार्यालय की सेटिंग उसके पिछले जीवनकाल के कार्यालय की सेटिंग को दोहरा रही थी। ऐसा लगता है कि इस समानता ने ही उसकी पिछली जिंदगी की यादों को छेड़ा है।

रुपर्ट विल्हेमशेवेन में शिपिंग और लकड़ी से संबंधित एक पिछला जीवनकाल याद करता है

एक लिखित बयान में रुपर्ट ने अपनी यादों का विस्तार से वर्णन किया—

"मेरे शुरुआती सालों से मेरे मन में विभिन्न विवरणों के साथ एक विशेष भावना रही है कि एक पिछले जीवनकाल में मैं किसी-न-किसी रूप में जहाज निर्माण या शिपिंग के साथ जुड़ा था और मैंने खुद को गोली मार ली थी। मैं अपने जीवन के यौवन में था। इस जीवन के स्थान के बारे में मैं जानता था कि यह एक पुराने, छोटे या मध्यम आकार के बंदरगाह में था; और मुझे बाद में और अधिक स्पष्ट रूप से लगने लगा कि ये बंदरगाह विल्हेमशेवेन था।

इसके अलावा, वह आदमी जो मैं था, एक बहुत पुराने घर में रहता था। इस घर में एक छोटा सा कमरा था, जिसमें एक चेस्ट या एक प्रकार की सेफ या फाइलिंग कैबिनेट थी, जिसमें महत्त्वपूर्ण कागजात, बही खाते और शायद कुछ नकदी भी रखी थी। जो व्यक्ति मैं था, वो उस युग की शैली के काले कपड़े पहने हुए था, जैसे कि वह किसी महत्त्वपूर्ण सत्र या असामान्य रूप से महत्त्वपूर्ण घटना में शामिल होकर आया था। जहाँ तक इन घटनाओं की तारीखों की बात है—उस व्यक्ति की आत्महत्या की, जो मैं था; मुझे लगता है कि वह 1885 के आसपास का समय रहा होगा।"

उनकी मृत्यु की पिछली तारीख के संदर्भ में रुपर्ट दो साल पीछे थे, क्योंकि हेलमुट की मृत्यु 1887 में हुई थी। रुपर्ट ने ये भी याद किया कि इस पूर्व जीवनकाल में वह लकड़ी का काम करनेवाले व्यापर में शामिल थे। रुपर्ट ने एक डायरी रखना शुरू कर

दिया, और जैसे-जैसे यादें सामने आती थीं, वे उसमें लिख लेते थे। वे द्वितीय विश्वयुद्ध के समाप्त होने के बाद की अपनी यादों को ही सत्यापित कर पाए थे।

रुपर्ट के पिछले जीवनकाल की यादों का सत्यापन

रुपर्ट को याद आया कि उनका पिछला जीवन उत्तरी जर्मनी के एक छोटे से बंदरगाह शहर में बीता था। उन्हें महसूस हुआ कि विल्हेमशेवेन ही सही स्थान था, लेकिन उन्होंने नार्थ सी पर जर्मनी में अन्य शहरों पर भी विचार किया। रुपर्ट ने विल्हेमशेवन और नौ अन्य बंदरगाह शहरों के म्युनिसिपल अधिकारियों को पत्र लिखे, यह पूछते हुए कि क्या वे एक ऐसे व्यापारी को जानते हैं, जो लकड़ी की शिपिंग और लंबर व्यवसाय में शामिल था और जिसने 1880 के दशक में खुद को गोली मारकर जान दे दी थी।

उन्होंने जिन दस शहरों को लिखा था, उनमें से विल्हेमशेवेन को छोड़कर सभी ने जवाब दिया कि वे ऐसे किसी व्यक्ति के बारे में नहीं जानते। विल्हेमशेवेन से एक अधिकारी ने रुपर्ट को लिखा और कहा कि उस शहर का एक आदमी वर्णन में फिट होता था। वह आदमी एक शिप ब्रोकर और लकड़ी का व्यापारी था, जिसने आत्महत्या कर ली थी।

विल्हेमशेवेन के पहले पत्र में अधिकारी ने लिखा था कि लकड़ी के व्यापारी का पारिवारिक नाम 'कोहल' था। रुपर्ट को पता था कि यह नाम थोड़ा गलत था। अधिकारी के दूसरे पत्र में पारिवारिक नाम सही करके 'कोलर' कर दिया गया था और रुपर्ट को उस आदमी के जीवित बेटे, लुडविग कोलर का पता प्रदान किया गया था।

रुपर्ट को अपने पिछले जीवन के बेटे से एक पत्र मिलता है, जो उसकी यादों को सत्यापित करता है

17 सितंबर, 1952 को रुपर्ट ने लुडविग कोलर को पत्र लिखा, जिसने जवाब दिया और पुष्टि की कि रुपर्ट की पिछली जिंदगी की यादें उसके पिता हेलमुट कोलर के जीवन से निकटता से मेल खाती हैं।

रुपर्ट को लिखे एक पत्र में लुडविग ने निम्नलिखित साक्ष्य दिया—

"मेरे पिता हेलमुट कोलर का विल्हेमशेवेन में एक बड़ा व्यवसाय था, जिसमें लकड़ी का व्यापार और एक सॉ मिल भी शामिल थी। हमारा निवास 25 फ्रेडरिकस्ट्रास में था, और उसके ठीक बगल में एक मंजिल की इमारत थी, जिसका उपयोग कार्यालयों के लिए किया जाता था। इस इमारत का सामना उत्तर दिशा की ओर था, और इसमें केवल छोटी खिड़कियाँ थीं, इसलिए वहाँ हमेशा अँधेरा रहता था। एक कमरे में कोने में

कुछ हद तक पुरातन सी एक सेफ थी, जिसका आपने उल्लेख किया है। उसमें धन और बही खातों के साथ एक नकदी का बक्सा और महत्त्वपूर्ण कागजात रखे जाते थे। मेरे पिता सामान्य रूप से काले कपड़े पहनते थे, और जब भी वे बाहर जाते तो सिर पर एक शीर्ष टोपी (टॉप हैट) पहनते थे।

वे डांजिंग, कोनिसबर्ग और मर्मेल से जहाज द्वारा लकड़ी का आयात करते थे, लेकिन विशेष रूप से नॉर्वे, स्वीडन, फिनलैंड, रूस और अमेरिका से मँगाया करते थे। 1888 में, उन्होंने गलती से यह मान लिया कि एक सीमा शुल्क बढ़ने वाला है और उन्होंने विदेश से असामान्य रूप से बड़ी मात्रा में लकड़ी खरीद ली। दुर्भाग्यवश, यह एक दोषपूर्ण गणना साबित हुई, क्योंकि लकड़ी की कीमत गिर गई और उससे कहीं अधिक सीमा-शुल्क बढ़ गया। उसके बाद उन्हें बिलों का भुगतान करने में कठिनाई होने लगी।

संकट से निपटने के लिए उन्होंने अपने एकाउंटेंट के साथ, जो उनका 'दाहिना हाथ' था और जिस पर उनको पूरा भरोसा था, एक योजना बनाई कि वे अपने विदेशी मुद्रा लेन-देन के रिकॉर्ड में हेरा-फेरी करके वर्तमान मुश्किल को दूर कर लेंगे। दोनों ने सोचा कि विनिमय दर गिरने पर वे समाधान निकाल लेंगे। लेकिन ऐसा नहीं हुआ। एकाउंटेंट डर गया कि उसे गिरफ्तार कर लिया जाएगा, और वह कंपनी के उपलब्ध धन में से पर्याप्त राशि लेकर अमेरिका भाग गया।

मेरे पिता अब पूरी तरह संकट में आ गए और प्रार्थना और पश्चात्ताप के दिन उन्होंने खुद को गोली मार ली। कंपनी को दिवालिया घोषित करना पड़ा; हालाँकि यह वास्तव में अनावश्यक था। भले ही इमारतों, सॉ मिल, और उपलब्ध काठ, सभी को मजबूर नीलामी में बेचा गया था, लेकिन सभी लेनदारों का भुगतान कर दिया गया था।"

रुपर्ट लुडविग से मिलते हैं और तसवीरों में पिछले जीवन के अन्य बेटों को पहचानते हैं

अक्तूबर 1956 में रुपर्ट पहली बार विल्हेमशेवेन गए, जहाँ वह लुडविग कोलर से मिले। विल्हेमशेवेन बर्लिन से 370 किलोमीटर या 230 मील दूर है। लुडविग 12 वर्ष का था, जब उसके पिता हेलमुट ने आत्महत्या की थी। अब एक वयस्क के रूप में लुडविग, अपने पिता के प्रस्तावित पुनर्जन्म से मिलनेवाला था।

रुपर्ट ने कहा कि उन्होंने विल्हेमशेवेन में टाउन हॉल जैसी कुछ इमारतों को पहचान लिया। उन्होंने कहा कि जब लुडविग ने उन्हें कोलर बच्चों की तसवीरें दिखाईं, जो स्कूली बच्चों के एक बड़े समूह के बीच शामिल थे, तो वह भीड़ में से हेलमुट के अन्य

बेटों को पहचानने में सफल रहे, हालाँकि वे अपने पिछले जीवन की बेटियों को नहीं पहचान पाए।

हेलमुट कोलर/रुपर्ट शुल्ज पुनर्जन्म प्रकरण की ताकत

कुल मिलाकर रुपर्ट अपने पिछले जीवन के बेटे लुडविग कोलर से संपर्क करके अपनी पिछली जिंदगी की यादों को सत्यापित करने में सक्षम रहे। इयान स्टीवेंसन ने हेलमुट कोलर/रुपर्ट शुल्ज के केस को अपने अध्ययन किए सबसे मजबूत मामलों में से एक माना। स्टीवेंसन विशेष रूप से रुपर्ट की सत्यापित यादों से प्रभावित थे, जिसमें पिछले जीवन में विल्हेमशेवेन नाम के एक दूरस्थ शहर में शिपिंग और लकड़ी का व्यवसाय शामिल था और जिसका अंत एक आत्महत्या से हुआ। स्टीवेंसन ने महसूस किया कि यादों का यह सफर संयोग से होने के लिए बहुत असामान्य था।

आत्महत्या का कर्म

क्या आत्महत्या करने के लिए कोई जुरमाना होता है ? इस मुद्दे पर मेरी पुस्तक, 'ओरिजिन ऑफ द सोल एंड द पर्पस ऑफ रीइन्कार्नेशन' में विस्तार से चर्चा की गई है। कुल मिलाकर आत्महत्या के प्रस्तावित परिणाम यह है कि व्यक्ति को पुनर्जन्म लेना पड़ेगा और उसी तरह की स्थिति का सामना करना पड़ेगा, जो उसे आत्महत्या की ओर ले गई थी। दूसरे शब्दों में, कोई भी आत्महत्या के माध्यम से एक कठिन परिस्थिति से बच नहीं सकता, क्योंकि उसे भविष्य के किसी जीवनकाल में उसी स्थिति का सामना करना होगा।

हेलमुट कोलर/रुपर्ट शुल्ज का मामला इस सिद्धांत का एक नाटकीय उदाहरण है। याद करें कि लकड़ी के आयात और प्रसंस्करण का काम करके हेलमुट अमीर बन गए थे। जब उनकी वित्तीय स्थिति में मंदी आई और उन्होंने दिवालियापन का सामना किया, तो उन्होंने अपनी धन-संपत्ति के नुकसान के परिणामों से बचने के लिए आत्महत्या कर ली।

फिर हेलमुट ने रुपर्ट शुल्ज के रूप में पुनर्जन्म लिया, जिसने युवावस्था में ही एक उद्यमी के रूप में प्राकृतिक कौशल का प्रदर्शन किया। इस प्रकार, प्रतीत होता है कि रुपर्ट ने हेलमुट के रूप में अपने पिछले जीवनकाल से व्यापार प्रतिभा को बरकरार रखा है। हेलमुट की तरह रुपर्ट भी बहुत अमीर बन गए। वे भी नागरिक कर्तव्यों में शामिल हो गए। हेलमुट शहर के एक अधिकारी प्रतीत होते हैं, जिन्होंने पश्चात्ताप और प्रार्थना के दिन औपचारिक पोशाक पहनी थी। हेलमुट की तरह रुपर्ट भी अपने स्थानीय वाणिज्य

मंडल (चैंबर ऑफ कॉमर्स) के सदस्य और बर्लिन नगर परिषद् के प्रतिनिधि बने। इस प्रकार जीवन पैटर्न अपने को दोहराते हुए देखे जाते हैं।

हेलमुट की तरह रुपर्ट ने भी अपनी सारी संपत्ति गँवा दी, हालाँकि रुपर्ट के मामले में ऐसा खराब व्यापारिक निर्णयों के कारण नहीं हुआ था। इसके ठीक विपरीत रुपर्ट ने नोट किया कि अपने समकालीन जीवनकाल में, वह एक बहुत ही रूढ़िवादी निवेशक रहा था, जो जोखिम से परहेज करता था और जिसका जिम्मेदार उसने हेलमुट के रूप में अपने जीवनकाल में हुए नुकसान को ठहराया। इसके बजाय रुपर्ट की संपत्ति के नुकसान का कारण द्वितीय विश्वयुद्ध के दौरान बर्लिन का विनाश था। युद्ध के बाद पूर्वी और पश्चिमी हिस्सों में बर्लिन के विभाजन ने उन्हें और वित्तीय नुकसान पहुँचाया।

रुपर्ट 68 साल की उम्र में व्यवसाय से सेवानिवृत्त हो गए और अपनी पत्नी के साथ बर्लिन से फ्रैंकफर्ट चले गए, जहाँ 1967 में 80 वर्ष की उम्र में उनकी मृत्यु हुई।

यदि सबूत इंगित करता है कि पुनर्जन्म वास्तविक है तो क्या आत्महत्या एक व्यावहारिक विकल्प है ?

हालाँकि हर किसी को अपना खुद का निर्णय लेना पड़ता है, लेकिन यह सिफारिश की जाती है कि मुश्किल परिस्थितियों में आत्महत्या को एक विकल्प नहीं माना जाए, और इसके कई कारण हैं—

1. सबसे पहले, कोई नहीं जानता कि जीवन में परिस्थितियाँ कब बदल जाएँगी। याद रखें कि हेलमुट के बेटे लुडविग ने कहा था कि उनके पिता की आत्महत्या अनावश्यक थी, क्योंकि जब हेलमुट की व्यावसायिक संपत्तियों को मजबूर नीलामी में बेचा गया था, तो सभी लेनदारों के कर्जों का भुगतान हो गया था। ऐसा लगता है कि हेलमुट ने अपनी संपत्ति के मूल्य को कम करके आँका था। हेलमुट अपने जीवन को जी सकते थे और अपने बच्चों को बड़े होते देखने का आनंद उठा सकते थे, हालाँकि उनकी जीवन-शैली कम शानदार रही होती।

मेरे मेडिकल कॅरियर में मैंने ऐसे कई मामले देखे हैं, जिनमें लोग जीवन की प्रतिकूल घटनाओं के कारण तीव्र आत्मघाती हो गए थे। हालाँकि, कुछ महीनों या वर्षों के भीतर उनकी परिस्थितियों में काफी बदलाव आ गया और उन्होंने खुद को बहुत खुशहाल जीवन जीते पाया। जिसके भी मन में आत्मघाती विचार आ रहे हों, उसे मनोवैज्ञानिक सहायता लेनी चाहिए। मनोचिकित्सा और एंटीड्रिप्रेसेंट दवाएँ बहुत प्रभावी हो सकती हैं और लोगों को अवसाद की अवधि के दौरान सँभले रहने में मदद कर सकती हैं।

2. आत्महत्या एक पलायन नहीं है, क्योंकि व्यक्ति को उसी स्थिति का सामना

करने के लिए लौटने की आवश्यकता होगी, जैसा कि हेलमुट कोलर/रुपर्ट शुल्ज के पुनर्जन्म मामले में देखा गया है। आत्महत्या शाश्वत विनाश की ओर नहीं ले जाती, जैसा कि कुछ धर्म सिखाते हैं। बल्कि आत्महत्या आत्मा को दोबारा उसी स्थिति के सामने ले जाएगी, ताकि अधिक अनुकूल और सकारात्मक निर्णय लिये जा सकें।

3. आत्महत्या उन प्रियजनों के लिए भावनात्मक आघात का कारण बनती है, जो पीछे रह जाते हैं। अपने प्रिय व्यक्ति के जाने से हुए दु:ख का अनुभव करने के अलावा अन्य भावनाएँ, जो जीवित लोगों द्वारा महसूस की जाती हैं, उनमें अपराध और उलझन की भावना शामिल है, क्योंकि प्रियजन सोचने लगते हैं कि क्या वे आत्महत्या को रोकने के लिए कुछ और कर सकते थे? दूसरों को भावनात्मक दर्द देने के कर्मिक परिणाम होते हैं। दूसरों को दिया दर्द, भविष्य के अवतार में आत्महत्या पीड़ित द्वारा अनुभव किए जाने की आवश्यकता हो सकती है।

मुख्य बिंदु और पुनर्जन्म के सिद्धांत

भौगोलिक स्मृति : हमने भौगोलिक स्मृति को पिछले जीवन की यादों या भावनाओं के रूप में परिभाषित किया है, जो पिछले जीवनस्थान पर जाकर उत्तेजित होती है। इस मामले में यह पिछले जीवन के भौतिक स्थान की यात्रा नहीं थी, बल्कि यह पिछले जीवन दृश्य की प्रतिकृति थी, जो यादों को उत्तेजित करती थी। याद करें कि जब रुपर्ट अँधेरे हॉलवे में अपने बही खातों को देखने के लिए सेफ के पास जाता था, तो उसके मन में विचार आता था कि वह इस स्थिति में पहले रह चुका था। जब वो अपनी सेफ से बही-खाते निकालता था, तो यादें सतह पर आने लगती थी, जो हर बार और स्पष्ट हो जाती थीं। एक मंद रोशनी वाले हॉलवे में रखी पुरानी सेफ हेलमुट की आत्महत्या की सेटिंग को दोहरा रही थी, जिसने रुपर्ट के दिमाग में पिछले जीवन की यादों को उत्तेजित किया।

पुनर्जन्म के माध्यम से रिश्तों का नवीनीकरण : आत्महत्या करने के बाद हेलमुट ने रुपर्ट के रूप में पुनर्जन्म लिया और हेलमुट के जीवित बेटे लुडविग कोलर के साथ फिर से मिल गया। दरअसल, यह लुडविग के माध्यम से था कि रुपर्ट अपनी पिछली जिंदगी की यादों को सत्यापित करने में सफल हो पाया।

विभाजित अवतार : हेलमुट की मृत्यु 23 नवंबर, 1887 को हुई, जबकि रुपर्ट का जन्म 19 अक्तूबर, 1887 को हेलमुट की मृत्यु से पाँच हफ्ते पहले हुआ। इस प्रकार, यह विभाजित पुनर्जन्म का मामला है, जहाँ एक आत्मा एक समय में एक से अधिक मानव शरीर को चैतन्य करती है। गौर करें कि हेलमुट के जीवित रहते रुपर्ट 9 महीने के

लिए गर्भ में था और फिर 5 सप्ताह गर्भ से बाहर।

पृथ्वी पर पहले ही एक शरीर में रहते हुए आत्मा एक नया अवतार क्यों शुरू करेगी? आमतौर पर मैं मानता हूँ कि आत्मा लक्ष्यों को अधिक प्रभावी ढंग से विकसित या पूरा करने के लिए विभाजित अवतार का उपयोग करती है। उदाहरण के लिए, यदि एक आत्मा दुनिया को विकसित होने में मदद करने के लिए एक परियोजना में शामिल है, तो आत्मा अपने कार्यों में अधिक प्रभावी होने के लिए अपने कई अवतारों को दुनिया के अलग-अलग हिस्सों में डाल सकती है।

आत्मा आत्महत्या सहित व्यवहार के पैटर्न के बारे में भी जागरूक हो सकती है, और उम्मीद कर सकती है कि एक अवतार छोटा कर दिया जाएगा। विचार करें कि पॉल गौगिन/पीटर टीकैंप के पुनर्जन्म मामले में पॉल ने आत्महत्या का एक असफल प्रयास किया था, जैसा कि पीटर ने समकालीन समय में किया था।

हालाँकि हम निश्चित रूप से नहीं जान सकते, लेकिन हेलमुट के मामले में उसकी आत्मा ने पहले ही देख लिया होगा कि एक आत्महत्या हो सकती है। तब उसकी आत्मा ने हेलमुट की मृत्यु से पहले, इस घटना के वास्तव में होने की संभावना में, उसके विकास को जारी रखने और कर्म को बेअसर करने के लिए, रुपर्ट के रूप में एक और पुनर्जन्म की प्रक्रिया शुरू कर दी।

अभिनव प्रतिभा : रुपर्ट ने 18 वर्ष की उम्र में एक व्यवसायी और व्यापारी के रूप में प्राकृतिक प्रतिभा का प्रदर्शन किया, और बहुत कम समय के अंदर अमीर हो गया। ऐसा लगता है कि रुपर्ट हेलमुट के रूप में अपने पिछले जीवन में विकसित व्यावसायिक क्षमताओं को ग्रहण कर रहा था।

□

16

पुनर्जन्म में पुनर्मिलन

यह एक बहुत असामान्य मामला है, जिसमें एक स्पष्ट रूप से मृत शरीर में जीवन वापस लाना, जो जसबीर जाट का था और साथ ही उस शरीर का एक अलग आत्मा द्वारा कब्जा भी, जिसका पिछले जीवन का नाम शोभाराम था।

इस प्रकार यह वास्तव में एक पुनर्जन्म का केस नहीं है, बल्कि एक पुनर्चेतना या री-एनीमेशन का मामला है, जहाँ एक अलग आत्मा एक ऐसे शरीर पर कब्जा करने के लिए 'आ जाती है', जिसमें पहले कोई और आत्मा निवास करती थी। पिछले जीवन के प्रतिगमन थेरैपी साहित्य में, 'वॉक-इंस' की सूचना दी गई है; हालाँकि आमतौर पर इन मामलों में किसी व्यक्ति की मौत शामिल नहीं होती है। इसके बजाय प्रतिगमन साहित्य में यह वर्णित किया गया है कि एक शरीर में निवास करनेवाली आत्मा उस शरीर को छोड़ देने की पेशकश करती है, ताकि दूसरी आत्मा उसी शरीर का उपयोग करके अवतार ले सके।

वॉक-इंस की अवधारणा विवादास्पद रही है, क्योंकि इस बात पर बहस हो सकती है कि क्या वॉक-इंस वास्तव में होते हैं या यह घटना मल्टिपल पर्सनैलिटी सिंड्रोम जैसे मनोवैज्ञानिक विकार का प्रतिनिधित्व करती है।

शोभाराम/जसबीर जाट का मामला मजबूत सबूत देता है कि वॉक-इंस एक वैध तथ्य है। इयान स्टीवेंसन, एम.डी. ने इस मामले पर विस्तार से शोध किया और इसे अपनी मौलिक पुस्तक 'ट्वेंटी केसेज सजेस्टिव ऑफ रीइन्कार्नेशन' में प्रकाशित किया। इयान स्टीवेंसन ने इस तरह के मामले का वर्णन करने के लिए एक अलग शब्द, 'एक्सचेंज इन्कार्नेशंस' का उपयोग किया, जहाँ एक आत्मा शरीर को छोड़ देती है, ताकि एक दूसरी आत्मा उसमें आ सके।

चूँकि इस मामले में मृत शरीर के स्पष्ट री-एनीमेशन शामिल होते हैं, यह हमें यीशु द्वारा कथित तौर पर किए गए चमत्कारों को, जिनमें मृत लाजारुस का पुनरुत्थान और स्वयं उनका जी उठना भी शामिल है, एक नए परिप्रेक्ष्य में देखने के लिए प्रेरित करता

है। स्पष्ट रूप से अन्य आध्यात्मिक रूप से उन्नत प्राणी भी एक मृत शरीर के पुनः चेतन होने का कारण बन सकता है।

शोभाराम का जीवन

''शोभाराम भारत के दूरस्थ पूर्वोत्तर हिस्से में, जो नेपाल की सीमा सेलगा है, बहेड़ी (चर्थवाल ब्लॉक) नामक गाँव में रहता था। उस समय बहेड़ी की आबादी 2000 लोगों की थी और वह मुजफ्फरनगर से आठ मील उत्तर की ओर बसा था, जिसकी आबादी 30 लाख से अधिक है।'' इसके बाद जहाँ भी वेहेडी है, वहाँ सही शब्द बहेड़ी होना है । इसके बाद का पैरा यूं लिखा जाना है, ''गिरधारी लाल जाट केपुत्र जसबीर जाट का जन्म 1950 में हुआ था। उनका परिवार मोरना ब्लॉक के रसूलपुर गाँव में रहता था, जिसकी जनसंख्या उस समय 1500 लोगों की थी, जो मुजफ्फरनगर के दक्षिणपूर्व में लगभग 8 मील की दूरी पर था।''

शोभा के पिता शंकर लाल त्यागी थे। ध्यान में रखें कि उनके नामों के अंतिम अक्षर अलग हैं, लेकिन शोभा का पारिवारिक नाम त्यागी था। शोभा विवाहित था और उसका बालेश्वर नाम का एक बेटा था। परिवार हिंदू था और ब्राह्मण जाति का था, और वे इस जाति के रीति-रिवाजों का पालन करते थे, जैसे ब्राह्मणों द्वारा बनाया भोजन ही करना, केवल धातु के बरतनों में भोजन पकाना, मिट्टी के बरतनों में नहीं, और गले में पवित्र धागा (जनेऊ) पहनना। गाँव में परिवार के खेत थे, जो अन्य गाँव वालों के खेतों से विभाजित किए हुए थे।

शोभा के पास एक सजावटी रथ था, जिसका इस्तेमाल विवाह इत्यादि के लिए किया जाता था। मई 1954 में वह मुजफ्फरनगर में होनेवाले एक विवाह समारोह के लिए दुलहन को लाने अपने रथ से निर्माण शहर गया, जहाँ परिवार के रिश्तेदार रहते थे।

निर्माण से मुजफ्फरनगर के रास्ते में शोभा रथ से गिर गया और उसके सिर में चोट लग गई। चोट गहरी नहीं थी, इसलिए वह विवाहस्थल तक जाने में और उसके बाद गाँव तक वापस आने में सक्षम था। वेहेड़ी लौटने के कुछ घंटों बाद, शोभा की मौत हो गई। गाँव में जन्म और मृत्यु के रिकॉर्ड नहीं रखे जाते थे, लेकिन विवाह समारोह की तारीख के आधार पर डॉ. स्टीवेंसन मृत्यु की तारीख 22 या 23 मई, 1954 स्थापित करने में सफल रहे।

जसबीर जाट का जीवन और स्पष्ट मौत

गिरधारी लाल जाट के पुत्र जसबीर जाट का जन्म 1950 में हुआ था। परिवार रसूलपुर गाँव में रहता था, जिसकी जनसंख्या उस समय 1500 लोगों की थी, जो

मुजफ्फरनगर के दक्षिणपूर्व में लगभग 8 मील की दूरी पर था। परिवार जाट जातीय समूह से संबंधित था और वे हिंदू थे, हालाँकि ब्राह्मणों से कुछ नीची जाति के थे।

1954 के वसंत में जब जसबीर साढ़े तीन साल का था, उसे चेचक हो गई और ऐसा लगा, जैसे वह मर गया हो। चूँकि जसबीर का शरीर निर्जीव दिखाई दे रहा था, इसलिए उसके पिता गिरधारी ने अपने भाई और अन्य ग्रामीणों से कहा कि वे उनके 'मृत' बेटे को श्मशान ले जाने में मदद करें।

चूँकि देर शाम का समय हो चुका था, इसलिए दाह-संस्कार अगली सुबह करने का निर्णय लिया गया। कुछ घंटों बाद गिरधारी ने उसके शरीर में हलचल होती देखी और धीरे-धीरे जसबीर पुनर्जीवित हो गया। हालाँकि जसबीर को बोलने में कई हफ्ते लग गए, और प्रभावी ढंग से बातचीत करने में और कई हफ्ते लगे।

परिवार ने जसबीर की मृत्यु और पुनरुद्धार की सटीक तिथि रिकॉर्ड नहीं की थी। उपलब्ध जानकारी के आधार पर इयान स्टीवेंसन ने अनुमान लगाया कि युवा जसबीर की स्पष्ट मौत अप्रैल या मई 1954 में हुई थी। याद रखें कि स्टीवेंसन शोभा की मृत्यु की तिथि 22 या 23 मई, 1954 स्थापित करने में सफल रहे थे, इसलिए संभव है कि जसबीर की मृत्यु और पुनरुत्थान लगभग उसी समय घटित हुए, जब शोभा की मृत्यु हुई, यानी 1954 की मई के अंत में।

शोभाराम जसबीर जाट के शरीर के माध्यम से उभरता है

जब जसबीर अंततः बातचीत करने में सक्षम हुआ, तो उसने व्यक्तित्व और व्यवहार में नाटकीय परिवर्तन का प्रदर्शन किया। उसने कहा कि वह वेहेड़ी गाँव के शंकर का पुत्र है और उस गाँव में जाना चाहता है। इसके अलावा उसने ये वाक्य वर्तमान काल में कहे कि "मैं वेहेड़ी के शंकर का बेटा हूँ।" अंत में उसने अपने पिता गिरधारी को बताया कि उसका नाम शोभाराम था। जसबीर ने कहा कि उसकी पत्नी थी और वह मोलना शहर की थी, और यह बात शोभाराम की पत्नी के लिए सच निकली।

हालाँकि वह 4 साल से भी कम उम्र का था, लेकिन जसबीर अचानक वयस्क की तरह व्यवहार करने लगा। उसने पत्नी के अलावा बच्चे होने की बात भी कही। इस परिवर्तन से पहले जसबीर एक सामान्य बच्चे की तरह बरताव करता था और खिलौनों से खेलना पसंद करता था। बाद में शोभा के रूप में वह खिलौनों से या अन्य बच्चों के साथ खेलना पसंद नहीं करता था।

जसबीर ने अपने परिवार से कहा कि वह एक ब्राह्मण था, जाट नहीं। उसमें ब्राह्मण जाति की आदतें थीं। उसने माँग की कि उसका भोजन ब्राह्मण जाति के ही किसी व्यक्ति द्वारा पका होना चाहिए। वह मिट्टी के बरतन में पका खाना नहीं खाता था, केवल धातु के

बरतनों में पकाया गया खाना खाता था। उसने अपने गले में पवित्र धागा या जनेऊ पहनना शुरू कर दिया, जैसा कि ब्राह्मण करते हैं।

जसबीर ने बताया कि उसकी मौत एक विवाह समारोह से लौटते समय रथ से गिरकर हुई, जब उसका सिर जमीन से टकरा गया था। आगे जसबीर ने बताया कि वो रथ से इसलिए गिरा, क्योंकि एक आदमी ने, जिसे उसके पैसे देने थे, उसे जहरीली मिठाई खिला दी थी। जहर से उसको चक्कर आ गया और वह रथ से नीचे गिर गया। जसबीर ने कहा कि उसे रथ से गिरना स्पष्ट रूप से याद है, और जिस जगह वह घायल हुआ था, उसे डबल फाटक कहते हैं, और जो निर्माण से उसके घर जाने वाली सड़क पर था।

जसबीर ने उस शहर और संपत्ति का वर्णन किया, जहाँ वह पहले रहता था। उसने बताया कि उसके शहर में एक पुलिया थी, जो एक महत्त्वपूर्ण बात थी, क्योंकि रसूलपुर में किसी पुलिया का अस्तित्व नहीं था। उसने बताया कि उनकी जमीन पर पानी के लिए एक कुआँ था, जिसका कुछ हिस्सा घर के अंदर और कुछ बाहर था। यह बात इयान स्टीवेंसन को भारत के कुएँ के संबंध में बहुत असामान्य लगी। जसबीर ने बताया कि उसकी जमीन के बाहर एक पीपल का और एक इमली का पेड़ था। ये सभी बयान वेहेड़ी और उस स्थान के लिए सच निकले, जहाँ शोभाराम रहता था।

इस परिवर्तन के बाद जसबीर की शब्दावली बदल गई, और उसने आमतौर पर जाटों द्वारा उपयोग किए जाने वाले शब्दों के बजाय ब्राह्मण द्वारा बोले जाने वाले शब्दों का उपयोग शुरू किया। उदाहरण के तौर पर, घर के लिए वह जाट शब्द 'हिल्ली' के बजाय ब्राह्मण शब्द 'हवेली' का, और वस्त्रों के लिए वह 'लत्ता' के बजाय 'कपड़ा' शब्द का उपयोग करता था।

सौभाग्य से, परिवार को एक ब्राह्मण महिला मिल गई, जो जसबीर के लिए भोजन पकाने को तैयार थी। यह व्यवस्था अगले डेढ़ साल तक जारी रही, जब तक कि जसबीर ने अपने परिवार के दबाव में आकर उनके द्वारा तैयार भोजन खाना स्वीकार नहीं कर लिया। जसबीर के पिता ने अपने बेटे के असामान्य बरताव को छुपाकर रखने की कोशिश की, लेकिन जसबीर की ब्राह्मण की तरह खाने की माँग रसूलपुर में ब्राह्मण समुदाय में पहुँच गई।

जसबीर शोभाराम के रूप में अपने जीवनकाल से अपनी चाची को पहचान लेता है

जसबीर की मृत्यु और 'वेहेड़ी के शंकर के पुत्र के रूप में' उसके पुनः उभरने के लगभग तीन साल बाद वेहेड़ी से आई एक महिला ने जसबीर के अचानक ब्राह्मण

जैसे बरताव के बारे में सुना। वह मूल रूप से रसूलपुर की एक ब्राह्मण श्रीमती श्यामो थीं, जिन्होंने वेहेड़ी में रहनेवाले रवि दत्त शुक्ला से विवाह किया था। रवि शोभा के पिता शंकर लाल त्यागी के रिश्तेदार थे। श्यामो रसूलपुर में अपने परिवार से मिलने आई थीं, उन्हें जसबीर के बारे में बताया गया, जो अब वेहेड़ी का होने का दावा करता था।

जब श्यामो इस असामान्य लड़के से मिलने गईं, तो जसबीर ने तुरंत उन्हें अपनी चाची के रूप में पहचान लिया। वास्तव में, जैसा कि उल्लेख किया गया है, श्यामो ने रवि से विवाह किया था, जो शोभाराम के पिता के रिश्तेदार थे, इसलिए शोभा और श्यामो के बीच विवाह से उत्पन्न एक पारिवारिक संबंध था।

जब श्यामो वेहेड़ी लौटीं, तो उन्होंने अपने पति रवि और त्यागी परिवार को इस लड़के के बारे में बताया, जो शोभाराम होने का दावा कर रहा था। उन्होंने उसे बताया कि वह एक रथ से गिरकर मर गया था।

जसबीर शोभाराम के रिश्तेदारों के रसूलपुर आने पर उनको पहचान लेता है और एक छोटे से छुपे हुए खजाने की जगह बताता है

उसके बाद त्यागी परिवार के सदस्य जसबीर से मिलने रसूलपुर गए। जब जसबीर ने शंकर लाल त्यागी को आते देखा, तो उसने कहा, "मेरे पिताजी आ गए हैं। वे वेहेड़ी से आए हैं।" फिर जसबीर दौड़कर अंदर गया और अनुरोध किया कि उसके पिता के लिए ब्राह्मणों का भोजन बनवाया जाए। याद करें कि शंकर वास्तव में शोभा के पिता थे।

जसबीर ने एक विवाह से लौटते समय रथ से गिरकर मर जाने की कहानी सुनाई। उसने यह भी कहा कि उस यात्रा में, जब वह एक घर में विवाह की दावत के लिए एक पलंग उधार माँगने गया, तो एक कुत्ते ने उसे काट लिया था। शोभा के पिता शंकर ने पुष्टि की कि यह बात सच है; जैसा कि जसबीर बता रहा था, शोभा को वास्तव में उस वैवाहिक यात्रा में एक कुत्ते ने काट लिया था।

जब उसने श्रीमती श्यामो के पति रवि दत्त शुक्ल को देखा, तो जसबीर ने शोभा से उनका संबंध सही-सही बता दिया। जब संतोषी त्यागी आए, तो जसबीर ने उन्हें अपने चाचा के रूप में पहचान लिया, जो संतोषी और शोभा के बीच का सही संबंध था।

जब शोभा के मामा पृथ्वी बिना बताए रसूलपुर आ गए और जसबीर ने उन्हें देखा, तो वह सहज रूप से दौड़कर उनके पास गया और उन्हें 'मामा' कहकर बुलाया, जो कि सही था, क्योंकि भारत में माँ के भाई को मामा कहते हैं। फिर जसबीर ने खुलासा किया कि उसने (शोभा के रूप में) पृथ्वी मामा से कुछ पैसे उधार लिए थे और वह उन्हें वे पैसे लौटाना चाहता था। जसबीर ने त्यागी परिवार की जमीन पर वह जगह

बताई, जहाँ उसने वे पैसे छुपाए थे। बाद में त्यागी परिवार को वे पैसे ठीक उसी जगह पर मिल गए, जहाँ जसबीर ने कहा था कि वे मिलेंगे।

त्यागी परिवार की उपस्थिति में जसबीर ने शोभा के रूप में अपने जीवनकाल से पारिवारिक सदस्यों के नामों को सही ढंग सुनाना जारी रखा। जसबीर ने कहा कि उसकी माँ का नाम सोना था, उसकी कला नाम की एक बहन थी, उसकी पत्नी सुमंत्रा कहलाती थी, उसके बेटे का नाम बालेश्वर था, एक चाची रामकली थीं और उसकी सास का नाम किरपि था। ये सभी बयान शोभाराम के जीवन के लिए एकदम सही थे।

जसबीर वेहेड़ी में अपने घर का रास्ता ढूँढ़ लेता है

त्यागी परिवार के रसूलपुर में जसबीर से मिलने के कुछ हफ्तों बाद उसे वेहेड़ी लाया गया। जसबीर पहले कभी वेहेड़ी नहीं गया था। रेलवे स्टेशन पर उसे त्यागी के घर का रास्ता बताने को कहा गया। बिना किसी हिचकिचाहट के जसबीर रेलवे स्टेशन से सीधे त्यागी की जमीन तक चला गया, जो स्टेशन से लगभग 200 गज दूर थी।

बाद में उसे वेहेड़ी में रवि दत्त शुक्ला के घर ले जाया गया। वहाँ से जसबीर इस गाँव के रास्तों के सहज ज्ञान का प्रदर्शन करते हुए सबको एक अलग रास्ते से त्यागी के घर ले गया।

जब उसे वेहेड़ी में खेत दिखाए गए, तो जसबीर सही ढंग से पहचान गया कि कौन से खेत त्यागी परिवार के हैं।

जसबीर वेहेड़ी में शोभा के रिश्तेदारों को पहचानते हैं और उनके नाम बताते हैं

वेहेड़ी में जसबीर ने सूरजमल और महेंद्र सिंह त्यागी को शोभा के छोटे भाइयों के रूप में, और स्वरूप त्यागी को शोभा के जीजा के रूप में सही ढंग से पहचान लिया। उसने बीरबल सिंह को शोभा के छोटे चचेरे भाई के रूप में पहचाना और जब बीरबल कमरे में आया, तो जसबीर भागकर उसके पास गया और बोला, "अंदर आइए, गांधीजी।" गांधीजी बीरबल का प्यार का नाम था, क्योंकि अपने बड़े कानों की वजह से वह गांधीजी की तरह लगता था।

जब जसबीर को एक और व्यक्ति की पहचान करने के लिए कहा गया, तो उसने कहा, "ये मेरे दादाजी राय साहिब हैं।" वे वास्तव में शोभा के दादा थे।

जसबीर ने वेहेड़ी में कई दिन बिताए और त्यागी परिवार तथा उनके मामलों के ज्ञान का विस्तृत प्रदर्शन किया। उसे बहुत आनंद आ रहा था और वह घर नहीं लौटना

चाहता था। वह समय-समय पर वेहेड़ी आने लगा। आमतौर पर कई हफ्तों के लिए, और वह हमेशा के लिए वहीं रहना चाहता था। रसूलपुर में जसबीर अलग-थलग और अकेला महसूस करता था, जबकि वेहेड़ी में उसे घर जैसा महसूस होता था।

जसबीर को त्यागी परिवार, विशेष रूप से शोभा के पुत्र बालेश्वर से बहुत लगाव हो गया। अपनी वेहेड़ी यात्रा के दौरान जसबीर बालेश्वर के साथ उसी के पलंग पर सोता था, जो इयान स्टीवेंसन ने नोट किया कि पिता और पुत्र के लिए उचित था, लेकिन अजनबियों के लिए अनुचित था। कभी-कभी जसबीर धमकी देता था कि वह घर से भाग जाएगा, ताकि वेहेड़ी में रह सके। जसबीर का परिवार उसके पिछले जीवन परिवार से जुड़ाव को लेकर इतना चिंतित था कि वे उसे शोभा की पत्नी सुमंत्रा से मिलने की इजाजत नहीं दे रहे थे, जो उसकी मृत्यु के बाद अपने गाँव मोलना के घर में वापस चली गई थी।

समय बीतने के साथ, त्यागी परिवार ने स्वीकार कर लिया कि शोभा जसबीर के माध्यम से जीवन में वापस लौट आया है और वे जसबीर को पूर्ण रूप से अपने परिवार का सदस्य मानने लगे थे। जब बालेश्वर विवाह करने का विचार कर रहा था, तो जसबीर से उसी तरह परामर्श किया गया, जैसे आमतौर पर एक पिता के साथ किया जाता है। बाद में जसबीर बालेश्वर के विवाह में शामिल भी हुआ था।

शोभा को जहर देने वाला आदमी प्रतिस्थापन करता है

जसबीर ने जोर देकर कहा कि वह रथ से इसलिए गिरा था, क्योंकि एक आदमी ने, जो उसका देनदार था, उसे मिठाई में जहर दिया था। जसबीर को विशेष रूप से याद किया कि वह आदमी कौन था, हालाँकि इस मामले की इयान स्टीवेंसन की रिपोर्ट में नाम नहीं दिया गया था। जसबीर ने कहा कि इस आदमी को उसे शोभा के रूप में 600 रु. देने थे, और उसने उसे मारने के इरादे से जहर दे दिया, ताकि उसे ऋण न चुकाना पड़े। दिलचस्प रूप से शोभा के परिवार को जहरीली मिठाइयों के बारे में कुछ नहीं पता था, जब तक कि जसबीर ने अपने परिवर्तन के बाद इस जानकारी को प्रकट नहीं कर दिया।

अंततः जसबीर को वह आदमी मिल गया, जिसने कथित तौर पर शोभा को जहर दिया था। पुनर्स्थापन की एक स्पष्ट क्रिया में इस आदमी ने जसबीर को 600 रुपए दे दिए।

इयान स्टीवेंसन धोखाधड़ी को खारिज करते हैं

डॉ. स्टीवेंसन ने नोट किया कि हालाँकि रसूलपुर और वेहेड़ी के गाँव कौवों के उड़ने की गति से केवल 20 मील दूर हैं, लेकिन सड़कों और परिवहन की स्थिति के कारण वे बहुत अलग थे। इसके अलावा, दोनों परिवार विभिन्न जातीय समूहों और जातियों के थे। इन कारकों को देखते हुए स्टीवेंसन को कोई तरीका नहीं दिखा, जिससे जसबीर 4 साल से कम उम्र में शोभाराम के जीवन को किसी भी सामान्य माध्यम से जान सकता था।

इसके अलावा दोनों परिवारों के सदस्यों ने प्रमाणित किया कि जसबीर की स्पष्ट मौत और परिवर्तन से पहले उन्हें एक-दूसरे की कोई जानकारी नहीं थी।

स्टीवेंसन ने नोट किया कि जसबीर का परिवार उसके अचानक ब्राह्मणों जैसा बरताव करने से बिल्कुल खुश नहीं था, और शुरू में उन्हें पूर्व जीवन से संबंधित उसके बयानों पर विश्वास नहीं था। वे उसे डाँटते थे। उन्होंने उसके परिवर्तन के बारे में ग्रामीणों से जानकारी छुपाने की कोशिश की थी।

बाद में जसबीर के परिवार को चिंता होने लगी कि वह त्यागी परिवार के पास जाकर उन्हें छोड़ देगा, और जैसा कि उल्लेख किया गया है, उन्होंने उसे शोभा की विधवा से भी नहीं मिलने दिया, स्पष्ट रूप से इस डर से कि वे उसे खो न दें।

एक पवित्र आदमी जसबीर के शरीर में शोभा के पुनर्मिलन को आसान बनाता है

1961 में इयान स्टीवेंसन ने जसबीर से पूछा कि वेहेड़ी में शोभाराम की मृत्यु और रसूलपुर में जसबीर के पुनर्जीवित शरीर के माध्यम से उसके पुन: उभरने के बीच क्या हुआ था?

जसबीर ने बताया कि शोभा के रूप में उसकी मृत्यु के बाद वह एक साधु से मिला था, स्पष्ट रूप से आत्मा की दुनिया में। इस पवित्र व्यक्ति ने उसे गिरधारी लाल जाट के बेटे जसबीर के शरीर में 'स्थान' लेने के लिए कहा था।

जब स्टीवेंसन ने जसबीर से पूछा कि शोभा के जसबीर के शरीर पर कब्जा करने के पहले उसमें रहनेवाले मूल व्यक्तित्व का क्या हुआ था, तो जसबीर ने कहा कि वह नहीं जानता था। स्टीवेंसन ने अनुमान लगाया कि उस पूर्व व्यक्तित्व ने आसपास कहीं पुनर्जन्म ले लिया हो सकता है। उन्होंने क्षेत्र में ऐसे किसी बच्चे के बारे में पूछताछ की, जिसे एक ऐसा पूर्व जन्म याद हो, जिसमें उसकी मौत 3 से 4 साल के बीच चेचक से हुई हो, लेकिन उन्हें ऐसा कोई मामला नहीं मिला।

जसबीर ने डॉ. स्टीवेंसन से कहा कि उसे अभी तक ऐसे सपने आते हैं, जिसमें वह उस देहमुक्त पवित्र आदमी को देखता था और उनके साथ बातचीत करता था, वे भविष्य के संबंध में सटीक भविष्यवाणियाँ करते थे। उदाहरण के तौर पर, जसबीर के पिता ने जसबीर के लिए विवाह तय करने की पहल की थी, जिसमें न तो भावी दुलहन को दिलचस्पी थी और न जसबीर को। जसबीर ने कहा कि एक सपने में वह पवित्र आदमी प्रकट हुआ और उसे आश्वस्त किया कि चिंता करने की कोई आवश्यकता नहीं है, क्योंकि विवाह की योजना विफल हो जाएगी। और वास्तव में ऐसा ही हुआ।

इस बात पर विचार करते हुए कि क्यों शोभा, जो एक ब्राह्मण था, जसबीर के शरीर में फिर उद्भूत हुआ था, जो थोड़ा निम्न जाति के जाट परिवार से था, और त्यागी परिवार की तुलना में काफी कम समृद्ध था। जसबीर ने जवाब दिया कि वह इसे एक प्रकार की अवनति के रूप में देखता था। हालाँकि, वह शोभा के जीवन की ऐसी किसी घटना के बारे में नहीं जानता था, जिसके लिए ऐसी सजा मिलनी चाहिए थी।

पुनर्जन्म के मुख्य बिंदु और सिद्धांत

वॉक-इन या परिवर्तित पुनर्जन्म : एक क्लासिक पुनर्जन्म मामले के बजाय, जहाँ एक आत्मा को आनुक्रमिक रूप से दो शरीरों में अवतार लेते दिखाया जाता है, यह मामला एक वॉक-इन केस का है। वॉक-इन या परिवर्तित पुनर्जन्म के मामलों में दो अलग-अलग आत्माएँ शामिल होती हैं, जो एक ही शरीर में रहती हैं। मूल आत्मा दूसरी आत्मा को शरीर पर कब्जा करने की और उसका उपयोग करने की अनुमति देने के लिए उस शरीर को छोड़ देती है। वॉक-इन मामले बेहद दुर्लभ माने जाते हैं।

चूँकि जसबीर चेचक से अपनी मृत्यु से पहले केवल साढ़े तीन साल जीवित रहा था, इसलिए उसके मूल व्यक्तित्व को विकसित होने का मौका नहीं मिला। जसबीर की मृत्यु से पहले उसके शरीर में रहनेवाली आत्मा का शोभा की आत्मा से किसी प्रकार का रिश्ता था या नहीं, यह अभी अज्ञात है।

एक मृत शरीर का पुनरुत्थान : हालाँकि जसबीर के चेचक से मर जाने के बाद किसी चिकित्सक द्वारा उसकी जाँच नहीं की गई थी, लेकिन उसका शरीर इस हद तक निर्जीव था कि उसके पिता और अन्य गाँववाले उसे दफनाने के लिए तैयार थे। जब इयान स्टीवेंसन ने पूछा कि रसूलपुर के ग्रामीणों ने कैसे निर्धारित किया कि जसबीर की मृत्यु हो गई थी, तो उन्हें बताया गया कि वे साँस रुक जाने, शरीर के ठंडा हो जाने और उसका जबड़ा खोलने में जाँचकर्ता की अक्षमता पर निर्भर थे, जो रिगोर मोर्टिस की ओर संकेत करता है। इस प्रकार ऐसा लगता है कि जसबीर की मृत्यु का निर्धारण सही रहा होगा।

जसबीर का पुनरुत्थान कैसे हुआ, यह ज्ञात नहीं है, हालाँकि अपने परिवर्तन के बाद जसबीर ने कहा कि शोभा के रूप में उसकी मौत के बाद उसे एक देहमुक्त साधु या पवित्र व्यक्ति मिला था, जिसने उसे शोभा को जसबीर के शरीर पर कब्जा कर लेने के लिए प्रोत्साहित किया था।

घटनाओं का यह मोड़ यह सवाल उठाता है कि क्या उस पवित्र आदमी ने जसबीर के निर्जीव शरीर को पुनर्जीवित करने में एक भूमिका निभाई थी। यदि हाँ, तो यह कार्य यीशु के तथाकथित चमत्कारों के समानांतर है, जिन्होंने न्यू टेस्टामेंट के अनुसार, लाजारुस को पुन: जीवित कर दिया था और खुद को भी पुनरुत्थान के माध्यम से जीवन में वापस ले आए थे।

चूँकि जसबीर की मौत की तारीख दर्ज नहीं की गई थी, यह साफ नहीं है कि शोभा की मृत्यु के समय, जो 22 या 23 मई, 1954 को हुई निर्धारित की गई थी, और जसबीर के शरीर के माध्यम से उसके उद्‌भूत होने के बीच कुछ समय बीता था या नहीं। इयान स्टीवेंसन ने अनुमान लगाया कि जसबीर की चेचक से हुई मौत 1954 के अप्रैल या मई में हुई होगी। ऐसे में यह संभव है कि शोभा की मौत लगभग उसी समय हुई, जब जसबीर की मौत हुई थी, हालाँकि समय के संबंध में एक सटीक सहसंबंध नहीं बनाया जा सकता है।

भौगोलिक स्मृति : जसबीर वेहेड़ी के रेलवे स्टेशन से त्यागी परिवार के घर का रास्ता बिना किसी सहायता के ढूँढ़ने में सफल रहा। यह हमें एन फ्रैंक/बरब्रो कार्लेन के पुनर्जन्म मामले की याद दिलाता है, क्योंकि बरब्रो अपने माता-पिता को बिना किसी निर्देश के एम्स्टर्डम में अपने होटल से सीधे एनी फ्रैंक के घर ले गई थी।

रिश्तों का नवीनीकरण : जसबीर के शरीर में अवतार लेकर शोभा को अंतत: त्यागी परिवार का साथ मिल गया।

जातीय संबद्धता और जाति में परिवर्तन : जसबीर जाट जातीय समूह का था। शोभा उच्च ब्राह्मण जाति से था और उसने जाट के रूप में पुनर्जन्म को एक अवनति के रूप में देखा। हालाँकि उसे अपनी ओर से किसी गलत काररवाई की जानकारी नहीं थी, जिसकी उसे सजा भुगतनी पड़े।

यीशु के चमत्कार और हमारे आधुनिक युग पर विचार

इस मामले की समीक्षा में मुझे यह एहसास हुआ कि इसमें एक मृत शरीर का पुनरुत्थान शामिल है, जो यीशु के लाजारुस को पुन: जीवित करने और अपने स्वयं के पुनरुत्थान जैसे कर्मों के समानांतर है। ईसाई धर्म की स्थापना मुख्य रूप से इन

चमत्कारों के आधार पर हुई थी, जैसा कि न्यू टेस्टामेंट के गॉस्पेल में रिपोर्ट किया गया है, जो 2000 वर्ष से पहले लिखे गए थे। इसके विपरीत, हमारे पास आधुनिक समय में एक बहुत ही अच्छी तरह से प्रलेखित मामला है, जिसमें एक बहुत ही समान प्रकार की घटना शामिल है—जसबीर के पुनर्जीवित होने की घटना, जिसके बारे में बहुत कम लोगों को पता है। एक संदिग्ध व्यक्ति तर्क दे सकता है कि हम यह निश्चित तौर पर नहीं जानते कि जसबीर की मृत्यु हो गई थी, क्योंकि चिकित्सक ने उसकी जाँच नहीं की थी, लेकिन यही तर्क यीशु पर भी लागू किया जा सकता था। एक संदिग्ध व्यक्ति दावा कर सकता था कि हम निश्चित तौर पर नहीं जानते कि लाजारुस मर चुका था या यीशु की वास्तव में क्रॉस पर मृत्यु हो गई थी।

मेरा मकसद यह सवाल उठाना नहीं है कि यीशु ने अपने ये चमत्कार किए थे या नहीं। मेरा मुद्दा यह है कि आधुनिक समय में अकादमिक और विश्वविद्यालय के विद्वानों द्वारा बहुत अच्छी तरह से प्रलेखित शोध किए हुए पुनर्जन्म के मामलों की बहुत बड़ी सूची उपलब्ध है, क्योंकि इयान स्टीवेंसन ने दुनिया भर के विद्वानों के साथ सहयोग करके काम किया था। पुनर्जन्म के साक्ष्य की इस बहुतायत की पश्चिमी दुनिया के, और अन्य स्थानों के भी लोगों द्वारा बड़े पैमाने पर उपेक्षा की गई है।

गौर करें कि ईसाई न्यू टेस्टामेंट लगभग 2000 साल पुराना है और हिब्रू शास्त्र उससे भी हजारों साल अधिक पुराने हैं। फिर भी आधुनिक आदमी, काफी हद तक आध्यात्मिक दुनिया की अधिकतर विवादित समझ को स्थापित करने के लिए जानकारी के इन प्राचीन स्रोतों पर भरोसा करना पसंद करता है।

ऐसा क्यों है कि राम/जाट मामले, जैसे पुनर्जन्म शोध के मामले, जिनमें एक मृत शरीर का पुनर्जीवित होना और अवतारों का परिवर्तित होना शामिल है, जिनका आधुनिक समय में अकादमिक और विश्वविद्यालय के विद्वानों द्वारा अध्ययन किया गया था, पश्चिमी दुनिया में लोगों की एक विशाल संख्या काफी हद तक अज्ञात है? मुझे लगता है, इसके कई जवाब हैं।

एक कारण यह है कि पुनर्जन्म के काम करने की समझ, जहाँ आत्मा एक जीवनकाल से दूसरे में धर्म बदल सकती है, किसी एक धर्म के लिए अनन्य सत्य का दावा करना असंभव बना देती है। ऐसे में धार्मिक अधिकारी, जो अपने धार्मिक संगठनों को बनाए रखना और विकसित करना चाहते हैं, पुनर्जन्म अनुसंधान को स्वीकार करके या बढ़ावा देकर एक प्रकार से अपना आधार खो बैठेंगे। इस तथ्य की रोशनी में धार्मिक संगठनों के लिए वर्तमान स्थिति अधिक वांछनीय है, चाहे धर्मों के कारण होनेवाले अलगाव कितने ही संघर्ष और कष्ट क्यों न उत्पन्न कर रहे हों।

दूसरे, जब धार्मिक या आध्यात्मिक मान्यताओं की बात आती है, तो अधिकांश

लोग वही स्वीकार कर लेते हैं, जो उन्हें बच्चों के रूप में सिखाया गया था। एक बार एक विशेष विश्वास प्रणाली स्वीकार कर लेने के बाद अधिकांश लोग अपने वैश्विक नजरिए को बदलने से कतराते हैं।

कैरोल बेकविथ/रॉबर्ट स्नो के मामले पर विचार करें, जहाँ कैप्टन स्नो ने, जो एक ऐसे पुलिस कार्य के एक अनुभवी व्यक्ति हैं, जिसमें अपराधियों ने उन पर गोली चलाने और छुरा मारने की कोशिश की है, ध्यान दिया कि उनके जीवन में जिस चीज ने उन्हें सबसे ज्यादा हिलाकर रख दिया था, वह थी—पुनर्जन्म के साक्ष्य का सामना करना, जिसने उन्हें लंबे समय से स्थापित अपनी विश्वास प्रणालियों की, जिनमें पुनर्जन्म शामिल नहीं था, दोबारा समीक्षा करनी पड़ी। जेम्स हस्टन जूनियर/जेम्स लेंइंगर के मामले में, ब्रूस लेंइंगर, जेम्स लेंइंगर के ईसाई प्रचारक पिता ने भी, जो इस मामले के मुख्य जाँचकर्ता थे, पुनर्जन्म के बहुत मजबूत सबूतों के साथ संघर्ष किया, जिन्हें उनके बेटे का केस दे रहा था, जो कि दुनिया की उनकी ईसाई समझ से विवादित थे।

इन बयानों के साथ मेरा उद्देश्य यीशु की उपलब्धियों को कम करने का नहीं है। यदि न्यू टेस्टामेंट में वर्णित चमत्कार वास्तव में हुए थे, तो यीशु वास्तव में एक महान् आध्यात्मिक गुरु हैं, जो हमारे सम्मान और प्रशंसा के अधिकारी हैं। हमें केवल इतना ध्यान रखना होगा कि पुनर्जन्म के तंत्र के माध्यम से हम सभी नियमित आधार पर पुनरुत्थान करते हैं।

मानवता की प्रगति के लिए, हमें विज्ञान और पुनर्जन्म अनुसंधान के माध्यम से आध्यात्मिकता की अपनी समझ में तेजी लानी होगी। वरना हम उसी आदिवासी मानसिकता में रह जाएँगे, जिसकी उत्पत्ति हजारों वर्ष पुरानी संस्कृतियों में हुई थी। ऐसा क्यों है कि एक ओर हम उस आध्यात्मिक समझ को गले लगाते हैं, जो इतनी पुरातन है। फिर भी हर दूसरे क्षेत्र में विज्ञान और प्रौद्योगिकी को भी गले लगते हैं?

उन धार्मिक विश्वास प्रणालियों को थामे रहने से, जो हजारों वर्ष पुरानी हैं, केवल लोगों का अलग होना जारी रहेगा और धार्मिक चरमपंथियों का एक-दूसरे से लड़ना और राष्ट्रों के बीच युद्ध भड़काना निरंतर चलता रहेगा। पुनर्जन्म अनुसंधान के लिए खुले होने से एक ऐसी दुनिया बनेगी, जो अधिक सहिष्णु होगी।

पुनर्जन्म के साक्ष्य दरशाते हैं कि हम सार्वभौमिक आध्यात्मिक प्राणी हैं, जो एक अवतार से दूसरे में धर्म, नस्ल, राष्ट्रीयता, जाति और लिंग बदल सकते हैं। हम सीखने, बढ़ने, खुद को अभिव्यक्त करने और इस बिंदु तक विकसित होने के लिए पुनर्जन्म लेते हैं कि पृथ्वी पर अवतार स्वैच्छिक होते हैं, न कि आवश्यकतानुसार। यह मेरी दृढ धारणा है कि यीशु और हिंदू पवित्र अवतार, मोहम्मद, बुद्ध और मूसा, शांति और विकास की इस घोषणा का समर्थन करेंगे।

आगे के एक अध्याय में केविन रायर्सन और आत्मा गाइड अह्तुन रे, जो केविन के माध्यम से संचालित होते हैं, के साथ मेरे काम का परिचय दिया जाएगा। रिकॉर्ड के लिए अह्तुन रे पुष्टि करते हैं कि यीशु द्वारा किए गए चमत्कार, क्रूस पर यीशु की मृत्यु और पुनरुत्थान वास्तव में हुए थे, जो मैं स्वीकार करता हूँ। वैसे भी ईश्वर के दिव्य दूत के रूप में यीशु में विश्वास करता हूँ। यीशु का केंद्रीय संदेश था—ईश्वर से और एक-दूसरे से प्यार करना। इस भावना में पुनर्जन्म के प्रमाण यीशु मसीह के मिशन को आगे बढ़ाने में मदद कर सकते हैं।

संक्षेप में, धार्मिक सिद्धांतों द्वारा प्रदान किए गए ज्ञान और लाभ और पुनर्जन्म के साक्ष्य सह-अस्तित्व में रह सकते हैं, और उन्हें रहना भी चाहिए।

□

17

पेनी पियर्स के तीन जीवन

पेनी पियर्स चार्ल्स पार्कहर्स्ट के पुनर्जन्म के रूप में

सन् 1999 में मैं इन्टेसेंस नामक एक इ-मेल चर्चा समूह में शामिल हुआ, जो उन प्रकाशित लेखकों से बना है, जिनका काम अंतर्ज्ञान और संबंधित विषयों के विकास पर केंद्रित है। एक बिंदु पर मैंने उस पुनर्जन्म शोध का वर्णन करते हुए एक ईमेल भेजा, जो मैं कर रहा था, और पूछा कि क्या इन्टेसेंस समूह में किसी को ऐसे अन्य मामलों की जानकारी है, जिनका मैं अध्ययन कर सकूँ। एक व्यक्ति जिसने जवाब दिया, वह पेनी पियर्स थी, जिसने कहा कि उसके पास एक संभावित पूर्व जीवन की कहानी है।

पेनी पियर्स एक पेशेवर अंतर्ज्ञानी, परामर्शदाता, अवधारणात्मक कौशल प्रशिक्षक और व्याख्याता हैं, जो पूरे संयुक्त राज्य अमेरिका, यूरोप और जापान में काम करती हैं। उन्होंने 'द इंट्यूशिव वे : अ गाइड टू लिविंग फ्रॉम इनर विस्डम', 'द प्रेजेंट मोमेंट : अ डेबुक ऑफ क्लैरिटी एंड इंट्यूशन', 'ड्रीम्स फॉर डमीज एंड फ्रीक्वेंसी : द पॉवर ऑफ पर्सनल वाइब्रेशन' जैसी पुस्तकें लिखी हैं।

मैंने उनके केस के बारे में और अधिक जानने के लिए सैन फ्रांसिस्को के उत्तर में नोवाटो, कैलिफोर्निया के उनके घर में पेनी से मुलाकात की, हालाँकि मुझे जल्द ही पता चला कि इस केस में एक से अधिक पूर्व जन्म शामिल हैं। मैं उसकी कहानी आपके साथ साझा कर रहा हूँ।

पेनी पूरे देश में घूमी थी, जिसमें उसका काफी समय मिडवेस्ट में, और कुछ पूर्वी तट पर बीता। 1970 के दशक की शुरुआत में वह न्यूयॉर्क शहर से कैलिफोर्निया चली गई। पेनी कॉरपोरेट आर्ट डायरेक्टर और ग्राफिक डिजाइनर के रूप में काम करती थी, लेकिन कैलिफोर्निया के तत्कालीन बढ़ते आत्म-सहायता आंदोलन में वह अपने खाली *"समय में ध्यान और क्लेयरवोयंस (दूरदृष्टि की क्षमता के) विकास का काम करती थी।"*

उस अवधि के दौरान एक माध्यम, जिसे मैं बॉबी जो कहूँगा, नियमित रूप से सैन फ्रांसिस्को खाड़ी क्षेत्र में आती थी। एक माध्यम के रूप में अपने काम में, बॉबी जो गैर-भौतिक आत्मा प्राणियों को अपने माध्यम से बोलने की अनुमति देकर ग्राहकों को उनके पिछले जीवन के बारे में जानकारी प्रदान करती थी। बॉबी जो को, जो इस प्रक्रिया के दौरान एक ध्यान की अवस्था में रहती थी, इस दौरान व्यक्त की गई जानकारी की कोई याद नहीं रहती थी। पिछली जिंदगी की जानकारी कथित तौर पर आकाशीय रेकॉर्ड्स से प्राप्त की जाती थी, स्मृति बैंकों के एक सेट या ग्रह के इतिहास की एक पुस्तकालय से प्राप्त, जो आत्मा क्षेत्र में पाए जाते थे। पेनी बॉबी जो को एक नाटकीय चरित्र के रूप में वर्णित करती है, जिसका आनंदित स्वभाव है और निष्कपट विश्वास। बॉबी जो जब पेनी से मिली तो उसके बारे में कुछ नहीं जानती थी, न ही पियर्स ने उनके निजी सत्र के समय खुद के बारे में जानकारी प्रकट की थी।

इस पृष्ठभूमि को देखते हुए पेनी चौंक गई, जब अपनी रीडिंग में बॉबी जो ने अपने पिछले जीवनकाल के बारे में बातें ऐसे बतानी शुरू कर दीं, जैसे वह किसी विश्वकोष में से पढ़कर बोल रही हो। बॉबी जो ने बताया कि पिछले युग में पेनी का नाम चार्ल्स एच. पार्कहर्स्ट था, चूँकि उसका जन्म 17 अप्रैल, 1842 को फ्रामिंघम, मैसाचुसेट्स में हुआ था, वह एक खेत में रहता था और फिर एक प्रमुख मंत्री बन गया था। पार्कहर्स्ट को पहाड़ की चढ़ाई करने में आनंद आता था और वह अपराध से लड़ने के लिए मंच का इस्तेमाल करता था।

फिर बॉबी जो ने बताया कि पार्कहर्स्ट ने कई किताबें लिखी थीं, जिनमें 'द सनी साइड ऑफ क्रिश्चिएनिटी', 'अ लिटिल लोअर देन द एंजेल्स', 'एनालिसिस ऑफ द लैटिन वर्ब इलस्ट्रेटेड बाय द संस्कृत', 'व्हाट वुड द वर्ल्ड बी विदाउट रिलिजन', 'द ब्लाइंड मैन्स क्रीड एंड अदर सरमन्स', 'द पैटर्न इन द माउंट', 'द पल्पिट एंड द प्यू', 'टॉक्स टू यंग मैन', 'टॉक्स टू यंग वीमेन' और 'माय फोर्टी इयर्स इन न्यूयॉर्क' शामिल हैं। बॉबी जो ने पेनी को बताया कि पार्कहर्स्ट की मृत्यु 8 सितंबर, 1933 को 91 वर्ष की उम्र में हुई थी, और फिर बॉबी जो ने दक्षिणी उच्चारण में कहा, "और हनी, तुम नींद में चलते हुए छत से गिरकर मर गए थे!"

सत्र समाप्त होने के बाद विशिष्ट जानकारी की इस हद को देखते हुए पियर्स यह देखने के लिए जल्दी से निकटतम पुस्तकालय में चली गई कि वह बॉबी जो द्वारा वर्णित पूर्व जीवनकाल को सत्यापित कर सकती है या नहीं। अपनी जाँच में पियर्स के हाथ खजाना लग गया। उसने पाया कि चार्ल्स पार्कहर्स्ट का एक रिकॉर्ड था और बॉबी जो का उनका विवरण हर तरह से सटीक था, जिसमें पार्कहर्स्ट की किताबों की लंबी सूची भी

शामिल थी। उसने महसूस किया कि उसके और पार्कहर्स्ट के बीच कई समान व्यक्तित्व गुण थे, यहाँ तक कि एक शारीरिक समानता भी थी।

इस प्रस्तावित पिछले जीवन के मेल की जाँच करने में पियर्स ने विचार किया कि बॉबी जो किसी सूरत में पार्कहर्स्ट पर मौजूद संपूर्ण डेटा को याद नहीं कर सकती थी। इसके अलावा पार्कहर्स्ट में बॉबी जो ने एक ऐसे व्यक्ति की पहचान की थी, जिसका चरित्र पेनी के व्यक्तित्व से निकटता से मेल खाता था, हालाँकि बॉबी जो उसके बारे में कुछ भी नहीं जानती थी। आखिरकार, पार्कहर्स्ट के जीवन का अध्ययन करते हुए पियर्स को विश्वास होने लगा कि यह पिछले जीवन का मेल सटीक है।

आइए, चार्ल्स पार्कहर्स्ट और पेनी पियर्स के बीच कुछ समानताओं की समीक्षा करें। सबसे पहले, पार्कहर्स्ट और पियर्स प्रकाशित लेखक होने का गौरव साझा करते हैं। एक लेखक के रूप में पियर्स ने कम उम्र में ही प्रतिभा का प्रदर्शन किया था, और एक लघु कथा के लिए एक राष्ट्रीय शैक्षिक पत्रिका से पुरस्कार जीता। पियर्स की चार किताबें प्रकाशित हुई हैं, और उनके अलावा उसने अन्य पुस्तकों में भी योगदान दिया है, जैसे—कैरल एड्रियान और जेम्स रेडफील्ड द्वारा लिखित 'द सेलेस्टीन प्रोफेसी और टेंथ इनसाइट एक्सपेरिमेंटल गाइड्स'; कैरोल एड्रियान की 'द पर्पस ऑफ यौर लाइफ'; विलियम कौत्ज द्वारा लिखित 'इंट्यूशिंग द फ्यूचर'; और कौत्ज की ही लिखी 'चैनलिंग : द इंट्यूशिव कनेक्शन'। अपनी अध्ययनशील रचनाओं के अलावा पार्कहर्स्ट ने युवा लोगों के लिए भी लिखा था। इसी प्रकार पियर्स कॉलेज के समय से बच्चों की किताबें भी लिखती रही हैं और हाल ही में उन्होंने इन कहानियों में आध्यात्मिक विषयों को शामिल करना शुरू किया है।

पार्कहर्स्ट और पियर्स दोनों आध्यात्मिकता तथा मंत्रालय के माध्यम से सेवा करने में अपनी रुचि को साझा करते हैं। पार्कहर्स्ट ने एम्हर्स्ट कॉलेज से अंडर ग्रेजुएट और ग्रेजुएट डिग्रियाँ अर्जित कीं। फिर उन्होंने हेल, लीपजिग और बॉन में धर्मशास्त्र का अध्ययन किया। वह मैसाचुसेट्स में विल-लिस्टन सेमिनरी में पढ़ाने के लिए लौटे, और फिर लेनॉक्स, मैसाचुसेट्स में एक कांग्रेगेशनल मिनिस्टर बन गए, जहाँ उन्होंने छह साल बिताए। फिर वे न्यूयॉर्क शहर में मेडिसन स्क्वायर प्रेस्बिटेरियन चर्च में पादरी बन गए और न्यूयॉर्क यूनिवर्सिटी तथा कोलंबिया से पी-एच.डी. एवं डिविनिटी में डॉक्टरेट की। पेनी पियर्स का भी आध्यात्मिक अध्ययन से आजीवन संबंध रहा है। जब से उन्हें याद है, पियर्स का कहना है कि 'क्यों' वह शब्द था, जो उसके व्यवहार को प्रेरित करता था और वे दुनिया के धर्मों, मानसिक घटनाओं और दर्शनशास्त्र पर खूब किताबें पढ़ती थीं। पियर्स सभी धर्मों में निहित मूल सत्य की तलाश में थीं और इस दिलचस्पी के परिणामस्वरूप वे एक लाइसेंस प्राप्त मिनिस्टर बन गईं। उन्होंने एक यूनिटी चर्च में वैकल्पिक मंत्री के रूप में कार्य किया है।

पार्कहर्स्ट की तरह पियर्स का भी प्राचीन भाषाओं के लिए मौलिक लगाव रहा है। पार्कहर्स्ट यूनानी और लैटिन पढ़ाते थे और उन्होंने 'एनालिसिस ऑफ द लैटिन वर्ब इलस्ट्रेटेड बाय द संस्कृत' लिखी थी। पियर्स ने हाई स्कूल में एडवांस्ड लैटिन विषय लिया और एक राज्य स्तरीय लैटिन प्रतियोगिता में उच्च अंक प्राप्त किए। उन्हें संस्कृत और इजिप्शियन हिएरोग्लिफ्स (मिस्र की प्राचीन चित्र लिपि) के लिए भी आकर्षण रहा है। पियर्स बताती हैं कि उसे एक बार सपनों की एक शृंखला आई थी, जिनमें प्राचीन ग्रीक शब्द दिखाई दिए थे, ऐसे शब्द, जिनकी उसे जाग्रत् चेतना में कोई जानकारी नहीं थी।

चार्ल्स पार्कहर्स्ट अपने मंच का उपयोग सामाजिक और आध्यात्मिक गलतियों को सुधारने के लिए करते थे। पार्कहर्स्ट एक ऐसे समय में न्यूयॉर्क शहर में रहते थे, जब राजनीतिक भ्रष्टाचार एक बड़ा मुद्दा था। टैमनी हॉल, वो राजनीतिक शासन, जो 1800 के उत्तरार्ध में सत्ता सँभाल रहा था, अपराध के सरगनाओं के साथ मिला हुआ था। टैमनी हॉल के पुलिस अधिकारी नियमित रूप से रिश्वत लेते थे, जबकि आम जनसंख्या रेत में सिर छुपाकर बैठ जाती थी और कुछ नहीं कहती थी। पार्कहर्स्ट ने, जो अपराध की रोकथाम के लिए बनी सोसाइटी (सोसाइटी फॉर द प्रिवेंशन ऑफ क्राइम) के अध्यक्ष के रूप में कार्य कर रहे थे, शायद अमेरिका के इतिहास में सबसे प्रसिद्ध उपदेशों में से एक दिया था, जिसमें उन्होंने भ्रष्टाचार की निंदा की थी।

पार्कहर्स्ट ने न्यूयॉर्क शहर का वर्णन एक 'खुले ढक्कन वाले नरक' के रूप में किया और जनता को चुनौती दी कि वह इसके बारे में कुछ करे। दर्शकों में एक उत्साही रिपोर्टर मौजूद था और यह कहानी समाचार-पत्रों में आ गई, जिसे दर्शकों की ओर से बहुत अधिक उत्साह और अधिकारियों से उग्र प्रतिक्रिया मिली। पार्कहर्स्ट पर हमला हुआ और उन्हें उनके लगाए आरोपों को साबित करने की चुनौती दी गई। उन्होंने अपनी खुद की जाँच शुरू की और जल्द ही तथ्यों के साथ ग्रैंड जूरी के सामने उपस्थित हो गए। इसके परिणामस्वरूप, लेक्सो जाँच शुरू हो गई और एक सुधार सरकार, द स्ट्रांग एडमिनिस्ट्रेशन चुनी गई। उसके बाद नए पुलिस आयुक्त के रूप में टेडी रूजवेल्ट की नियुक्ति हुई।

पार्कहर्स्ट की तरह पियर्स का भी एक व्हिसलब्लोअर (समाज सचेतक) और सुधारक के रूप में कार्य करने की ओर झुकाव है। अपने कॉलेज के अखबार में पेनी ने विभागीय और पाठ्यक्रम परिवर्तनों का विरोध करते हुए, जो उन्हें लगता था कि छात्रों का नुकसान कर सकते हैं, लेख प्रकाशित किए। जब वे एक बड़े निगम के लिए काम करती थीं, तो उन्होंने अपने विभाग में चल रही अनैतिक प्रथाओं को चेतावनी देने के लिए एक पत्र-लेखन अभियान शुरू किया था।

चार्ल्स पार्कहर्स्ट और पेनी पियर्स दोनों खेतों में बड़े हुए और दोनों को कृषि से

प्यार रहा है। पार्कहर्स्ट ने अपनी आत्मकथा में लिखा था—"कृषि सभी सभ्यताओं का भौतिक आधार है। इसका सभ्यता के लिए वही महत्त्व है, जो शरीर का आत्मा के लिए है।" पार्कहर्स्ट ने आगे कहा कि "मिट्टी का काम करना एक महान् मूल कला है।" पियर्स ने सात साल की उम्र में एक जर्नल रखना शुरू किया और उसकी अधिकांश प्रेरणा प्रकृति एवं खेत से उपजी। इसके अलावा, उसने जो नैशनल स्कॉलास्टिक पत्रिका पुरस्कार जीता था, वह केंसास के गेहूँ के खेतों के बारे में एक छोटी सी कहानी के लिए था। पियर्स को भी 'मिट्टी का काम करने' से प्यार रहा है और वह बीस साल की उम्र से हर साल सब्जियों का एक बगीचा लगाती आई है।

पार्कहर्स्ट और पियर्स चढ़ाई का प्यार भी साझा करते हैं। पार्कहर्स्ट एक उत्साही पर्वतारोही थे, जो हर साल छुट्टियाँ मनाने आल्प्स में जाते थे और मैटरहॉर्न, वेइसहॉर्न और अन्य दुर्गम चोटियों पर चढ़ाई करते थे। पियर्स ने बहुत छोटी उम्र में चढ़ाई में रुचि दिखाई थी। तीन साल की उम्र में वह अपने घर के नजदीक एक देवदार के पेड़ पर चढ़ गई और परिवार के दूसरी मंजिल के बाथरूम में झाँकने लगी, जहाँ उसकी माँ मेकअप लगा रही थी। जब पेनी की माँ ने बाहर झाँका और अपनी तीन साल की बेटी को पेड़ पर से अपनी ओर हाथ हिलाते देखा, तो उसे जबरदस्त झटका लगा।

एक दुःखद, हालाँकि मनोरंजक घटना में पार्कहर्स्ट का निधन ऊँचाइयों के प्रति उनके प्यार से जुड़ा हुआ था। 91 वर्ष की उम्र में एक दिन पार्कहर्स्ट नींद में चल रहे थे, जिसके दौरान वे अपने पोर्च की छत पर चले गए, जहाँ से गिरकर उनकी मृत्यु हो गई। इस दर्दनाक घटना के अवशिष्ट प्रभाव के रूप में पेनी बताती है कि वर्षों तक उसने चट्टानों पर ड्राइव करने लिफ्ट में गिरने और पेड़ों से नीचे गिरने के आवर्ती दुःस्वप्नों का अनुभव किया। प्रत्येक सपने के अंत में, जब उसे एहसास होता कि वो तो मर जाएगी, पेनी उत्तेजित अवस्था में जाग जाती थी।

जब पेनी ने बॉबी जो के साथ अपना सत्र किया और जाना कि पार्कहर्स्ट की छत से गिरकर मृत्यु हो गई थी, तो उसके दुःस्वप्न कम हो गए।

पेनी को एक आखिरी सपना आया, जिसमें वह 'अति धीमी गति' में एक पेड़ से गिर रही थी, और चेतना में उन चरणों की समीक्षा कर रही थी, जिनसे गिरकर मरनेवाला गुजरता है। उस सपने के बाद उसे दुःस्वप्न आने पूरी तरह बंद हो गए।

पेनी का मानना है कि उसे गिरने के ये दृश्य रात को दिखते थे, क्योंकि पार्कहर्स्ट की जब मृत्यु हुई, तब वे नींद में और उलझन में थे, और वह अनुभव कभी भी सचेत तरीके से संसाधित नहीं हुआ था। पेनी को यह भी लगता है कि खिड़की से बाहर निकलने और छत से गिरने से हुई पार्कहर्स्ट की मौत ऊँचे स्थानों से छलाँग लगाने और पक्षी की तरह उड़ने की उसकी अपनी अचेतन इच्छा से संबंधित हो सकती थी। शायद पार्कहर्स्ट

के मन में भी वही इच्छा थी, और एक अचेतन अवस्था में, उन्होंने खुद को उड़ने देने का तरीका ढूँढ़ लिया। पेनी बताती हैं कि आज तक भी उन्हें ऊँचे स्थानों के प्रति उलझन के बजाय एक आकर्षण महसूस होता है। सौभाग्य से इस जीवनकाल में पेनी एक मंजिला रैंच शैली के घर में रहती हैं।

पुनर्जन्म के मुख्य बिंदु और सिद्धांत

शारीरिक समानता : लिंग में बदलाव के बावजूद चार्ल्स पार्कहर्स्ट और पेनी के बीच एक अद्भुत समानता मौजूद है। यह भी प्रतीत होता है कि दोनों एक ही ऑप्टिशियन (आँख के डॉक्टर) के पास जाते थे, क्योंकि उनकी आँखों के चश्मे भी बहुत मिलते-जुलते लगते हैं।

लिंग में परिवर्तन : पार्कहर्स्ट एक पुरुष थे, जबकि पेनी महिला है।

सहज प्रतिभा : पेनी में छोटी उम्र से लेखन के लिए प्राकृतिक प्रतिभा थी और एक किशोरी के रूप में उसने एक लघु कहानी के लिए राष्ट्रीय शैक्षिक पत्रिका पुरस्कार जीता था। बाद में वह पार्कहर्स्ट की तरह ही एक प्रकाशित लेखक बन गई। पार्कहर्स्ट और पेनी दोनों के लिखित कार्य आध्यात्मिकता पर केंद्रित हैं।

पिछले जीवन के दुःस्वप्न और डर : पेनी को पेड़ों और अन्य ऊँचे स्थानों से गिरने के आवर्ती दुःस्वप्न आते थे, जो पार्कहर्स्ट के निधन को दरशाते प्रतीत होते हैं, जिनकी मृत्यु नींद में चलते हुए छत से गिरकर हुई थी। जब पेनी को पता चल गया कि पार्कहर्स्ट की मृत्यु छत से गिरने से हुई थी, तो उसे दुःस्वप्न आने बंद हो गए। विरोधाभासी रूप में अपनी जाग्रत् अवस्था में, पेनी भी ऊँचे स्थानों के प्रति आकर्षण महसूस करती हैं, जैसे कि पार्कहर्स्ट करते थे।

ऐलिस कैरी के पुनर्जन्म के रूप में पेनी पियर्स

माध्यम के साथ अपने सत्र में पियर्स को एक और पूर्वजन्म के बारे में बताया गया। बॉबी जो ने बताया कि उस जीवनकाल में पेनी का नाम ऐलिस कैरी था, क्योंकि वह 26 अप्रैल, 1820 को सिनसिनाटी, ओहियो के निकट एक फार्म पर पैदा हुई थी और उसकी मृत्यु 12 फरवरी, 1871 को हुई। पार्कहर्स्ट मामले की तरह बॉबी जो ने किताबों और लेखों की एक श्रृंखला सुनानी शुरू कर दी, जिनमें निम्नलिखित शीर्षक शामिल थे—'पोयम्स ऑफ ऐलिस एंड फोब कैरी'; 'क्लोवरनुक : रीकलेक्शन्स ऑफ आवर नेबरहुड इन द वेस्ट'; 'हैगर : अ स्टोरी फॉर टुडे; लायरा एंड अदर पोयम्स'; 'क्लोवरनुक चिल्ड्रेन'; 'मैरिड, नॉट मेटेड'; 'अडॉप्टेड डॉटर एंड अदर टेल्स'; 'द

जोसेफीन गैलरी'; 'पिक्चर्स ऑफ कंट्री लाइफ'; 'बैलेड्स, लिरिक्स एंड हिम्स'; 'द बिशप'स सन, अ लवर्स डायरी'; 'द बॉर्न थ्रौल'; 'स्नो-बेरीज : अ बुक फॉर यंग फोक्स'; और 'बैलेड्स फॉर यंग फोक्स'। एक बार फिर बॉबी जो की अविश्वसनीय मात्रा में विस्तृत जानकारी तक पहुँच दिखाई दे रही थी। बॉबी ने पेनी को यह भी बताया कि ऐलिस कैरी अपनी छोटी बहन फोब से कभी अलग नहीं होती थी। बॉबी जो ने नोट किया कि फोब इस जीवनकाल में पेनी की छोटी बहन पौला थी।

पेनी पिएर्स, ऐलिस कारी और चार्ल्स पार्कहर्स्ट के बीच समानताएँ अकेले पुस्तकों की इस सूची से ही स्पष्ट हैं। जाहिर है, तीनों ही सफल लेखक रहे हैं और तीनों ने बच्चों के लिए किताबें लिखी हैं। ऐलिस कैरी की तरह पेनी एक शानदार कवि होने के साथ गैर-कथा (नॉन-फिक्शन) लेखक भी हैं। एक दिलचस्प समक्रमिता में ऐलिस कलम नाम 'पैटी ली' के तहत लिखती थीं, जो पियर्स के पहले और मध्य नामों 'पेनी ली' से मेल खाता है।

इन तीन जिंदगियों के बीच भौगोलिक समानताएँ भी हैं। ऐसा प्रतीत होता है कि आत्माएँ एक जीवन से दूसरे जीवन में अपने कदम पीछे हटाना पसंद करती हैं। यह लगभग ऐसा है, जैसे आत्मा परिचित स्थानों और पिछले जीवन की सेटिंग्स के लिए लालायित रहती है। आत्मा तब एक जीवन-पथ का निर्माण करने लगती है, जो उसे इन परिचित स्थानों पर ले जाएगा। उदाहरण के लिए पेनी सिनसिनाटी विश्वविद्यालय में कॉलेज गईं, जो उस स्थान से केवल कुछ मील दूर था, जहाँ एलिस का जन्म हुआ। यहाँ कारी की तरह पेनी ने ईमानदारी से कविता लिखना शुरू किया। कॉलेज में ही, पेनी का एक पुरुष मित्र था, जो कविताएँ लिखता था और एक काल्पनिक महिला के चित्र बनाता था। यह पुरुष मित्र उस काल्पनिक महिला को अपनी प्रेरणा कहता था और उसे 'ऐलिस' के नाम से बुलाता था। दिलचस्प बात यह है कि ओहियो में रहने के दौरान ऐलिस कारी को उसके पुरुष मित्र ने छोड़ दिया था, जिससे उसने अचानक न्यूयॉर्क जाने का फैसला कर लिया था। पेनी सोचती है कि क्या उसका कॉलेज दोस्त वह व्यक्ति हो सकता था, जिसने ऐलिस कैरी को छोड़ा था?

कारी के न्यूयॉर्क जाने के बाद जल्द ही उसकी बहन फोब भी उसके पीछे चली गई। दोनों महिलाएँ साहित्य से अपनी जीविका कमाने के इरादे से उस शहर में गई थीं; जो कि एक साहसिक फैसला था। उन्होंने साथ मिलकर कविता और कहानियों की कई पुस्तकें लिखीं व प्रकाशित कीं। न्यूयॉर्क में ऐलिस और फोब कारी को प्यार से 'पश्चिम की बहनें' कहा जाता था, क्योंकि ओहियो को उस समय तक किशोर अमेरिका का पश्चिमी किनारा ही माना जाता था।

कारी बहनें बुद्धिजीवियों की बहुत प्रिय हो गई थीं, क्योंकि उन्होंने पंद्रह वर्षों से

अधिक समय तक अपने घर में एक लोकप्रिय साहित्यिक सैलून की मेजबानी की थी। उसमें उपस्थित होनेवाले लोगों में विचारक, दार्शनिक, प्रारंभिक नारीवादी, लेखक और उस समय के प्रमुख व्यक्तित्व शामिल थे, जैसे होरेस ग्रीली, एडगर एलन पो, जॉन ग्रीनलीफ व्हिटियर और पी.टी. बरनम।

पेनी ने कॉलेज से स्नातक होने से पहले ही अचानक ओहियो छोड़ दिया और न्यूयॉर्क शहर चली गई। न्यूयॉर्क में ऐलिस कैरी की तरह पेनी भी जल्द ही नारीवादी लेखकों और अन्य लेखकों के समूह में शामिल हो गईं। एक और भौगोलिक समानता में पेनी के काम का स्थान ग्रैमरसी पार्क के पास था, ऐलिस और फोब कारी जहाँ रहती थीं, वहाँ से कुछ ही ब्लॉक्स की दूरी पर। न्यूयॉर्क में चार्ल्स पार्कहर्स्ट का जीवन भी उनके साथ जुड़ जाता है।

वेस्ट 80वीं स्ट्रीट पर पेनी का अपार्टमेंट चार्ल्स पार्कहर्स्ट के वेस्ट 74वीं स्ट्रीट के निवास से कुछ ही ब्लॉक्स की दूरी पर था। वह न्यूयॉर्क यूनिवर्सिटी और कोलंबिया में रात्रि स्कूल में जाती थी, जहाँ पार्कहर्स्ट भी जाते थे। समय के साथ पेनी पार्क स्लोप, ब्रुकलिन चली गई; उस ग्रीनवुड कब्रिस्तान के निकट जहाँ ऐलिस और फोब को दफनाया गया। एक और विषम समानता में पार्कहर्स्ट जीवन की संध्या में दूसरी बार शादी करने के लिए न्यूयॉर्क से लॉस एंजिल्स गए थे। इसी प्रकार पियर्स पीरस कैलिफोर्निया इंस्टीट्यूट ऑफ आर्ट्स में अपनी डिजाइन डिग्री पूरी करने के लिए न्यूयॉर्क शहर छोड़कर लॉस एंजिल्स चली गई थी। वे यह भी बताती हैं कि बॉबी जो के साथ अपनी रीडिंग के बाद, उसके माता-पिता चार्ल्स पार्कहर्स्ट के जन्मस्थान और बचपन के घर फ्रेमिंगहम के पास चले गए थे। अपने माता-पिता के पास यात्राओं में पेनी पार्कहर्स्ट के पुराने खेलने-कूदने के मैदान का सर्वेक्षण करने में सक्षम रही है।

पेनी पियर्स और चार्ल्स पार्कहर्स्ट की तरह ऐलिस कैरी को भी छोटी उम्र से ज्ञान की तलाश थी, रात के समय जब उसे मोमबत्तियाँ उपलब्ध नहीं होती थीं, तो वह जलती चरबी की रोशनी में पढ़ती थी। कारी प्रकृति से प्यार करती थी और उसने ग्रामीण जीवन के दृश्यों के बारे में विस्तृत रूप से लिखा है। पेनी को भी प्रकृति के लिए प्यार है, जैसे कारी और पार्कहर्स्ट को था, वह एक विशाल फार्मलैंड की सेटिंग में रहती है। जैसा कि पहले उल्लेख किया गया है, पेनी ने सात साल की उम्र में जर्नल रखना शुरू किया और उसकी अधिकांश प्रेरणा प्रकृति, जानवरों और खेतों से आती थी। ऐलिस कैरी की तरह पेनी ने अपनी किशोरावस्था में लेख और कविताएँ प्रकाशित करवाईं। हम याद करते हैं कि जो राष्ट्रीय शैक्षिक पत्रिका पुरस्कार उसने जीता था, वह कैंसास के गेहूँ के खेतों के बारे में एक लघु कथा के लिए था।

एक दिलचस्प समानता में जॉन ग्रीनलीफ व्हिटियर ने एलिस के लिए 'द सिंगर'

नाम की एक कविता लिखी, जो गेहूँ के संदर्भ के साथ समाप्त होती है। व्हिटियर ने एलिस के बारे में लिखा—"उसके होंठ साधारण थे, मगर किसी गीत से अधिक मीठे थे/क्लॉवर के खेतों में गीत गाते पक्षियों की तरह/उसके सभी शब्दों से मधुर यादें जुड़ीं थीं/उसकी कजरारी, और बड़ी बड़ी आँखें/पश्चिम के व्यापक क्षितिज जैसी विस्तृत थीं/उसकी बोली से प्रेयरी के कोमल फूल झड़ रहे थे/उसके व्यक्तित्व में गेहूँ की सुनहरी फसल जैसी अद्‌भुत आभा थी ।"

उनके साहित्यिक कार्यों के अलावा ऐलिस कैरी पार्कहर्स्ट और पियर्स की तरह एक सामाजिक कार्यकर्ता भी थी। एलिस दासता के उन्मूलन में दृढता से विश्वास करती थी और महिलाओं के अधिकारों की समर्थक थी। वह अमेरिका में पहले महिला क्लब 'द सोरोरिटी ऑफ सिस्टर्स' (सोरोसिस) की पहली अध्यक्ष बनीं, और जेन क्रॉली, एलिजाबेथ कैडी स्टैंटन और सूजन बी. एंथनी से उसकी दोस्ती हुई। इसी तरह पेनी न्यूयॉर्क और कैलिफोर्निया में नारीवादी आंदोलन के साथ जुड़ गई, और एक नारीवादी पत्रिका के लिए कला निर्देशक बन गई। ऐलिस कैरी को मानव दमन और किसी भी तरह की जबरदस्ती से नफरत थी। पेनी ने आम जनता पर सामूहिक मीडिया और विज्ञापन के हानिकारक, बुद्धि खराब करनेवाले प्रभावों का अध्ययन करने के लिए कॉलेज में एक गैर-लाभकारी संगठन शुरू किया।

आध्यात्मिक दृष्टि से ऐलिस यूनिवर्सलिस्ट चर्च से जुड़ी हुई थी और उसके सिद्धांतों को स्वीकार करती थी—पुनर्जन्म में, और मृतक की आत्माएँ जीवित लोगों के साथ संवाद कर सकती थी, इसमें विश्वास सहित उसने लिखा—"हँसो, तुम जिसने ये कभी महसूस नहीं किया/तुम्हारे दिवंगत भी वापस आ जाते हैं; लेकिन मुझसे मत छीनो/मेरा यह मूर्खतापूर्ण सपना/कि ये हमारी नश्वर आँखें/भले ही बाहरी रूप में धरती और आकाश का प्रतिबिंब हैं/परंतु इनमें छिपी है अनंत काल को देखने की संभावना।"

कारी के जीवनी लेखक बताते हैं कि ऐलिस को भविष्यवाणी में भी रुचि थी। ऐलिस की बहन और दोस्तों ने बताया कि वह हममें से प्रत्येक को "हमारा भाग्य नए सिरे से बताती थी, हर सुबह अपने चाय के कप में हमारी ताजा कुंडली बनाती थी।" इसी तरह पेनी ने अपने कॅरियर में बहुत जल्द पैरासाइकोलॉजी और क्लेयरवोयंस (दूरदृष्टि) विकास का अध्ययन शुरू कर दिया था।

पेनी ने अपने लेखन और ऐलिस कैरी तथा चार्ल्स पार्कहर्स्ट के लेखन के बीच कई समानताएँ देखी हैं। एक उदाहरण के रूप में, तीनों ने रोजमर्रा के जीवन में आध्यात्मिक मूल्यों को प्रदर्शित करने की आवश्यकता पर ध्यान केंद्रित किया—इरादे में और छोटे कार्यों के माध्यम से, और यह कि अभ्यास, प्रक्रिया और खुद अनुभव केवल उदार लक्ष्यों के बारे की तुलना में अधिक महत्त्वपूर्ण है। पियर्स ने इस बिंदु को समझाने के किए

तीनों की किताबों से निम्नलिखित उद्धरणों का चयन किया है—

कैरी, "सही मूल्य होने में है, लगने में नहीं। प्रत्येक दिन जो बीतता है, उसमें कुछ थोड़ा अच्छा करने में।"

पार्कहर्स्ट, "चरित्र स्थिर निरंतरता में रेखांकित आवेग है।"

पिएर्स, "प्रक्रिया, आवश्यक रूप से जवाब नहीं, पवित्र चीज है।"

एक और उदाहरण में तीनों सच्चाई के बारे में लिखते हैं। पार्कहर्स्ट ने लिखा—"सच बेशक अनंतकाल से है और इसका अस्तित्व भगवान् के अस्तित्व में है, जबकि एक विचार केवल सच्चाई की ओर एक प्रयास है और उस मन के साथ आता-जाता रहता है, जो उसे विकसित करता है।" पियर्स ने अपने जर्नल में लिखा—"सूचना दिमाग की होती है। ज्ञान सत्य है, अस्तित्व या आत्मा के प्रत्यक्ष अनुभव का परिणाम। सूचना तथ्य है, ज्ञान का केवल एक विवरण।" ऐलिस ने लिखा—"क्योंकि कभी-कभी, उत्सुक, सर्द और निर्दयी सच्चाई/हमारे बावजूद प्रकाश को खोलने के लिए दबाई जाएगी/चीजों की नग्न कोणीयता/और गहरे आदर्श से आत्मा गिरेगी/जंगली और दुःखी सौंदर्य में, एक सितारे की तरह/स्वर्ग की नीली ऊँचाई से समुद्र में।"

और कृतज्ञता के बारे में पार्कहर्स्ट ने लिखा—"हमारे पास हम सभी को खुश और आभारी बनाने के लिए पर्याप्त है। यदि हम अपने सामान्य गुणों की स्नेही सूची लेने के लिए पर्याप्त समय तक चुप रहें, और अपने दिलों को उनके बारे में महसूस करने दें तथा उनको उनके साथ मिल जाने दें, जब तक हम उनके आराम से संतृप्त न हो जाएँ और उनके दाता की धैर्यवान अच्छाई की प्रेमपूर्ण भावना में जाग्रत् न हो जाएँ।" पियर्स ने लिखा—"जो चीजें आप महसूस करते हैं, उनका सरल शब्दों में वर्णन करने के लिए पर्याप्त रूप से धीमे हो जाएँ, जैसे कि आप सूची ले रहे हों। चीजों पर ध्यान देने से, आप अपनी दुनिया से जुड़ते हैं। 'स्त्री दिमाग' आपको लाभ और प्रवीणता की भावना में लाता है, और जब आप इसे पूरी तरह से अनुभव करते हैं, तो आप रो सकते हैं या प्रशंसा के अधिप्रवाह में जा सकते हैं या उत्साह की भावनाओं से चमक सकते हैं।" ऐलिस कैरी ने लिखा, "जब मैं उन उपहारों के बारे में सोचती हूँ, जिन्होंने प्यार के मंदिर को सम्मानित किया है—दिल, आशा, आत्मा, और शरीर, वो सब जो नश्वर दे सकता है—अद्भुत रूप से दिव्य जुनून के लिए/मैं खुश हूँ, नहीं, और अधिक, मुझे गर्व है कि मैं जी रही हूँ!"

पेनी महसूस करती हैं कि मर्दाने, अधिक बौद्धिक, मिनिस्टर चार्ल्स पार्कहर्स्ट, और भावनात्मक, महिला कवि, ऐलिस कैरी के बीच एक दिलचस्प जुड़ाव प्रतीत होता है। अपने लेखन में पियर्स दोनों के तत्त्वों को समाहित करती हैं। यह देखना दिलचस्प है कि पेनी के मामले में, हालाँकि रेटोरिक की शैलियाँ लिंग और युग में बदलाव के साथ भिन्न हो सकती हैं, मूल विचार समान रहते हैं।

इन मामलों में एक और दिलचस्प समानांतर शारीरिक बीमारियों और चोट का पिछले जीवन से संभावित आगे आना है। इयान स्टीवेंसन, एम.डी. ने उन बच्चों के अपने शोध में, जो पिछले जीवन को सहजता से याद करते हैं, देखा कि जब कोई व्यक्ति दर्दनाक चोट से मर जाता है, जैसे कि चाकू या गोली के घाव से, तो बाद के जीवनकाल में, घाव के उसी स्थान पर एक जन्मचिह्न पाया जाता है। पियर्स की परिकल्पना है कि पुरानी बीमारियों के साथ भी ऐसा हो सकता है। ऐलिस कैरी की मृत्यु तपेदिक से हुई, जिससे उन्होंने साहसपूर्वक कई सालों तक लड़ाई लड़ी। पेनी का जन्म फेफड़ों की गंभीर समस्याओं के साथ हुआ था, जो उसके जीवन के पहले 15 वर्षों में क्रोनिक ब्रोंकाइटिस और निमोनिया के रूप में प्रकट हुआ था। पियर्स ये भी महसूस करती हैं कि जब चार्ल्स पार्कहर्स्ट की गिरने से लगी चोटों से मौत हुई थी, तो उनकी चोटों में से एक टूटा हुआ बायाँ पैर था। पियर्स ने नोट किया है कि उसे उसके बाएँ पैर में कई चोटें आई हैं, जिनमें एक फटा हुआ टखना भी शामिल है। यह सवाल कि क्या बीमारियाँ और चोटों के अवशेष एक जीवनकाल से दूसरे में आ सकते हैं—यह और अधिक अध्ययन का विषय है।

फोब कैरी के पुनर्जन्म के रूप में पौला

ऐलिस कैरी/पेनी पियर्स का मामला एक कर्मिक संबंध प्रस्तुत करता है, जो एक जीवनकाल से दूसरे जीवनकाल में बना रहता है। याद करें कि बॉबी जो ने पेनी को बताया था कि ऐलिस कैरी की फोब नाम की एक बहन थी और समकालीन समय में फोब पेनी की बहन पौला है। ऐसा प्रतीत होता है कि बॉबी जो का बयान संभाव्य है, क्योंकि पौला के चेहरे की विशेषताएँ फोब कारी के समरूप हैं। उनके व्यक्तित्व-लक्षणों में भी समानताएँ हैं। फोब को अमेरिका में सबसे मजाकिया महिलाओं में से एक माना जाता था, जो ग्लैमरस में ऊटपटाँग देखने की क्षमता के साथ पैरोडी की महान् क्षमता के लिए भी जानी जाती थीं। पेनी ने देखा है कि ये गुण पौला के अनुरूप हैं, जिन्होंने पी-एच.डी. अर्जित की है और जिन्हें फोब की तरह एक विनोदी व्यक्तित्व के रूप में वर्णित किया गया है। पेनी ने एक बार लिखा था कि पौला को 'शुष्क बुद्धि और हँसमुख, राजनयिक स्वभाव' द्वारा दरशाया गया है। एक और अधिक सांसारिक समानता में फोब को घर के काम करना बिल्कुल पसंद नहीं था। इस जीवनकाल में पौला की भी यही उलझन है। पौला कुछ पैसे अलग रखती है, ताकि घर का काम खुद करने के, वह मेड सर्विस रख सके।

इन बहनों की जोड़ियों—एलिस और फोब, पेनी और पौला के बीच संबंधों में एक और महत्त्वपूर्ण समानता देखी गई है। बहनों की दोनों जोड़ियों में उम्र का अंतर

लगभग समान है और दोनों के एक-दूसरे के साथ अविश्वसनीय रूप से घनिष्ठ संबंध रहे हैं। ऐलिस और फोब कारी के बारे में एक जीवनी लेखक ने लिखा—"इन बहनों के बीच का संबंध, जिन्होंने हमेशा एक-दूसरे से अत्यधिक ध्यान और विनम्रता के साथ व्यवहार किया था, उनके अद्वितीय जीवन के बारे में सबसे आकर्षक चीजों में से एक था।" वास्तव में इन बहनों के बीच भावनात्मक बंधन इतना अटूट था कि उनकी मृत्यु भी लगभग एक साथ ही हुई थी। ऐलिस के तपेदिक के शिकार होने के बाद फोब दु:ख में इतना डूब गई कि छह महीने बाद उसका भी निधन हो गया। बहनों के बीच यह करीबी संबंध समकालीन समय में भी बना हुआ है। पेनी ने नोट किया है, "मेरे पूरे जीवन में मेरी छोटी बहन पौला मेरी सबसे अच्छी दोस्त रही है।"

बहनों के बीच का लगाव जल्दी ही फिर से जाग गया था, क्योंकि पेनी याद करती है कि जब पौला पैदा हुई थी, तब उसके मन में ईर्ष्या या बहन से प्रतिद्वंद्विता की कोई भावना नहीं थी, बल्कि पेनी अपनी छोटी बहन के करीब रहना चाहती थी। बाद के जीवन में प्रतीत होता है कि पेनी ने अचेतन रूप से अपनी बहन के पिछले जीवन की पहचान का अंतर्ज्ञान प्राप्त किया है। पेनी बताती है कि एक युवा औरत के रूप में, उसने नामों की एक सूची की कल्पना की थी, जो वह किसी दिन अपने बच्चों को देती। दिलचस्प बात यह है कि उसका पसंदीदा नाम फोब था, जिसका अर्थ उसने जाना था 'चमकता हुआ और उज्ज्वल'।

पुनर्जन्म के मुख्य बिंदु और सिद्धांत

शारीरिक समानता : ऐलिस कैरी और पेनी पियर्स के चेहरे की विशेषताएँ सुसंगत हैं, जैसे कि फोब कारी और पौला पियर्स के चेहरे की विशेषताएँ हैं।

जन्मजात प्रतिभा : पेनी ने एक लेखक के रूप में प्रतिभा का प्रदर्शन किया और किशोरावस्था में लेख भी प्रकाशित करवाए, यहाँ तक कि अपने लेखन के लिए एक राष्ट्रीय शैक्षिक पुरस्कार भी जीता। ऐसा लगता है कि पेनी अपने जीवनकाल से ऐलिस कैरी और चार्ल्स पार्कहर्स्ट से समानता ग्रहण कर रही थीं, जो दोनों ही सफल लेखक थे। इसके अलावा कैरी, पार्कहर्स्ट और पेनी पियर्स ने जिन विषयों पर लिखा, वे भी समान हैं। इसके अलावा, पेनी ने एक पेशेवर अंतर्ज्ञानी के रूप में काम किया है, जो ऐलिस कैरी के क्लेयरवोयंस के उपहार को प्रतिबिंबित करता है।

पुनर्जन्म के माध्यम से रिश्तों का नवीनीकरण : ऐलिस और फोब कारी के बीच का घनिष्ठ संबंध पेनी और पौला पियर्स के रिश्ते में पुन: स्थापित किया गया है।

भौगोलिक याददाश्त : पेनी उन्हीं स्थानों पर रही है, जहाँ कारी और पार्कहर्स्ट

रहते थे, विशेष रूप से सिनसिनाटी, न्यूयॉर्क शहर और लॉस एंजिल्स में। हालाँकि पेनी को इन स्थानों में रहने के समय कारी और पार्कहर्स्ट के रूप में अपने पिछले जीवन ज्ञात नहीं थे। पिछले जीवन स्थानों की दोबारा यात्रा को भौगोलिक स्मृति के एक सूक्ष्म, अचेतन रूप में देखा जा सकता है।

विभाजित पुनर्जन्म की घटना

ऐलिस कैरी/चार्ल्स पार्कहर्स्ट/पेनी पियर्स के मामले एक दिलचस्प तथ्य का प्रदर्शन करते हैं कि एक आत्मा एक समय पर दो अलग-अलग शरीरों को चेतन कर सकती है। जीवनों की इस श्रृंखला में सबसे पहला पुनर्जन्म ऐलिस कैरी 1820 में पैदा हुई थी और उनकी मृत्यु 1871 में हुई। चार्ल्स पार्कहर्स्ट का जन्म 1842 में हुआ था, जब कारी 22 वर्ष की थी। ऐलिस कैरी की मृत्यु 51 वर्ष की आयु में 1871 में हुई, जब पार्कहर्स्ट 29 वर्ष के थे। पार्कहर्स्ट की मृत्यु ऐलिस कैरी की मृत्यु के 52 वर्ष बाद 1933 में हुई। पेनी पियर्स का जन्म पार्कहर्स्ट की मृत्यु के 16 वर्ष बाद 1949 में उस स्थान से 50 मील दूर हुआ, जहाँ पार्कहर्स्ट की मृत्यु हुई थी।

इस कालक्रम की समीक्षा में हम देखते हैं कि 1842 में पार्कहर्स्ट के जन्म और 1871 में कारी की मृत्यु के बीच 29 साल का अंतराल है। 29 वर्ष की इस अवधि में प्रतीत होता है कि एक ही आत्मा दो शरीरों को चेतन कर रही थी।

यह विचार करना दिलचस्प होगा कि क्या ऐलिस कैरी और चार्ल्स पार्कहर्स्ट का कभी एक-दूसरे से सामना हुआ था? यद्यपि कारी और पार्कहर्स्ट कभी मिले थे, इसका समर्थन करने के लिए कोई सबूत नहीं है, लेकिन ऐसा लगता है कि वे एक-दूसरे के करीब आए थे। 1850 में 30 वर्ष की आयु में ऐलिस जॉन ग्रीनलीफ व्हिटिएर से मिलने ओहियो से उनके मैसाचुसेट्स के घर पर आई थीं, जो उस स्थान से दूर नहीं था, जहाँ 8 वर्षीय पार्कहर्स्ट फ्रामिघंम में अपने परिवार के फार्म पर रहते थे। उसी वर्ष बाद में ऐलिस न्यूयॉर्क चली गईं।

इन दो लोगों के साथ भौगोलिक निकटता का एक और प्रकरण 20 वर्ष बाद, 1870 की गरमियों में हुआ था, जब ऐलिस कैरी ने न्यूयॉर्क से बाहर नॉर्थम्पटन, मैसाचुसेट्स में अपने दोस्तों से मिलने के लिए आखिरी यात्रा की। पार्कहर्स्ट उस समय पास में ही रहते थे, और कुछ ही महीनों बाद नवंबर 1870 में, चार्ल्स पार्कहर्स्ट ने नॉर्थम्पटन में अपना पहला विवाह किया। पार्कहर्स्ट 1880 में कारी की मृत्यु के नौ वर्ष बाद न्यूयॉर्क चले गए। हालाँकि ऐसा प्रतीत होता है कि दोनों कभी मिले नहीं थे, लेकिन इस बात की संभावना है कि पार्कहर्स्ट कारी के बारे में जानते थे। जब पार्कहर्स्ट एक युवा लड़के थे, तब कारी

एक लेखक के रूप में अपने शीर्ष पर थीं, और उस समय की कई लोकप्रिय पत्रिकाओं में अपने लेखों द्वारा योगदान दे रही थीं। यह संभव है कि पार्कहर्स्ट ने समय में ऐलिस कैरी द्वारा लिखे गए लेख पढ़े हों।

कुल मिलाकर ऐलिस कैरी/चार्ल्स पार्कहर्स्ट/पेनी पियर्स का मामला दिखाता है कि चेहरे की वास्तुकला, व्यक्तित्व लक्षण, यहाँ तक कि भौगोलिक स्थान भी तीन जीवनकालों में सुसंगत रह सकते हैं। इसके अलावा एक युग में ऐलिस और फोब के बीच का संबंध, और पेनी और पौला का दूसरे में, दिखाता है कि कैसे कार्मिक और भावनात्मक बंधन एक पुनर्जन्म से दूसरे में बने रहते हैं। 29 साल की वह अवधि जब ऐलिस कैरी और चार्ल्स पार्कहर्स्ट दोनों एक साथ पुनर्जन्म में थे, दिखाती प्रतीत होती है कि आत्मा एक ही समय में दो शरीरों को चेतन कर सकती है। इयान स्टीवेंसन ने ऐसे कई समान मामलों को प्रलेखित किया है, जहाँ जीवनकाल ओवरलैप करते लग रहे हैं, और जिन्हें वे 'असंगत तिथियों' वाले मामले कहते थे। विभाजन अवतार यह समझाने में मदद कर सकता है कि पिछले युगों की तुलना में इस युग में हमारे ग्रह पर इतने अधिक लोग क्यों हैं।

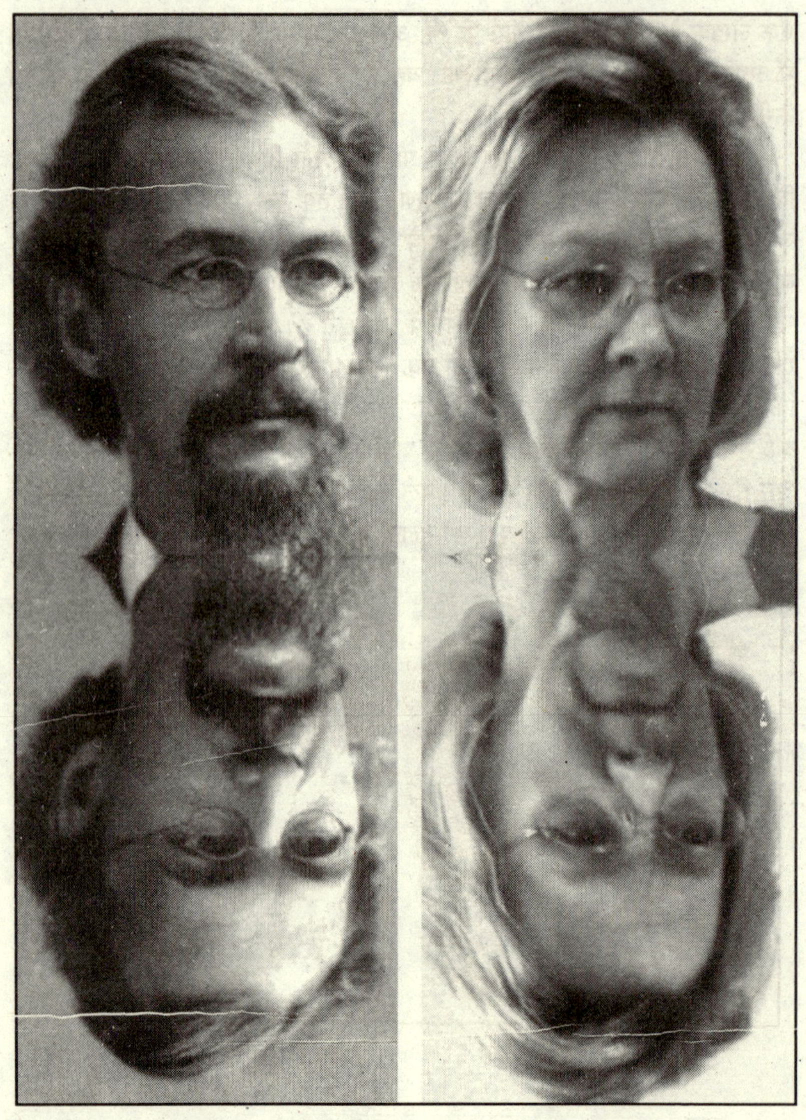

चार्ल्स पार्कहर्स्ट पेनी पियर्स

ऐलिस कैरी पेनी पियर्स

चार्ल्स पार्कहर्स्ट और ऐलिस कैरी के जीवनकाल ने 29 वर्ष तक ओवरलैप किया, यह दरशाते हुए कि एक आत्मा एक समय में दो शरीरों को चेतन कर सकती है, एक घटना जिसे विभाजित पुनर्जन्म कहा जाता है।

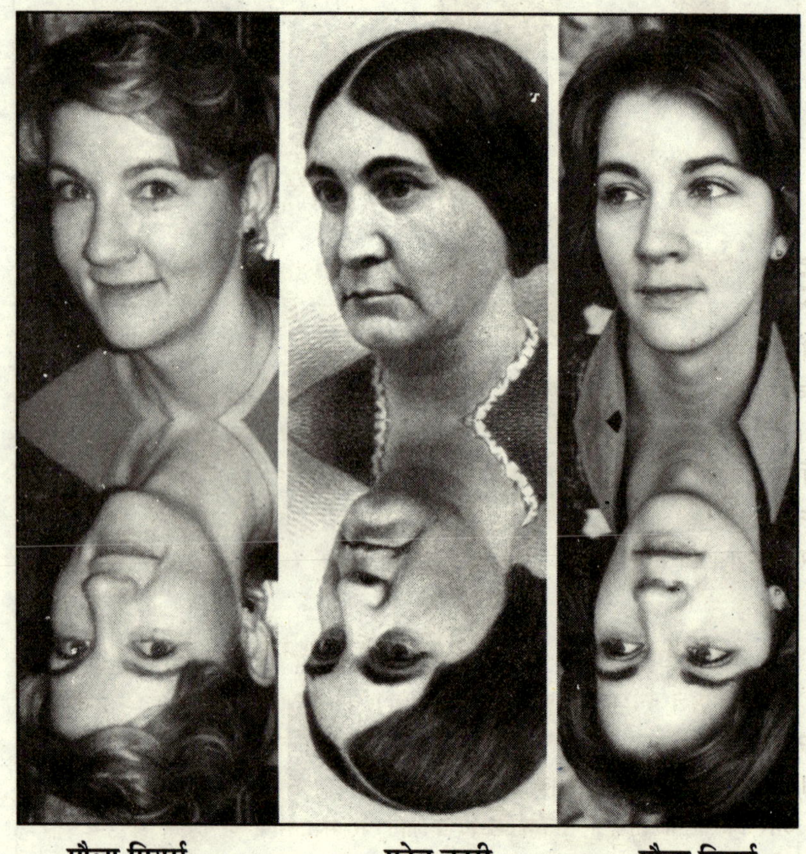

पौला पियर्स फोब कारी पौला पियर्स

बहनों ऐलिस और फोब कारी ने बहनों पेनी और पौला के रूप में पुनर्जन्म लिया।

□

18

पुनर्जन्म के जटिल मुद्दे

इयान स्टीवेंसन, एम.डी., यूनिवर्सिटी ऑफ वर्जीनिया द्वारा शोध किए लगभग 1200 मान्य बचपन के पूर्व जन्म स्मृति पुनर्जन्म मामलों में लिंग परिवर्तन केवल 10 प्रतिशत मामलों में हुआ था। इस प्रकार, ऐसा प्रतीत होता है कि मनुष्य की आत्मा का एक पसंदीदा लिंग होता है और 90 प्रतिशत मामलों में वह उसी लिंग में पुनर्जन्म लेती है। इस अध्याय में हम तीन इयान स्टीवेंसन मामलों की समीक्षा करेंगे, जिसमें लिंग-परिवर्तन हुआ और समलैंगिकता के मामले सहित लिंग पहचान के मुद्दे सामने आए। ये पुनर्जन्म के मामले समलैंगिकता, ट्रांससेक्सुएलिज्म और जेंडर डिस्फोरिया की उत्पत्ति पर प्रकाश डाल सकते हैं।

जापानी सैनिक और मा तिन ऑंग म्यो का पुनर्जन्म

इस मामले की सेटिंग नाथुल गाँव (बर्मा) की है। द्वितीय विश्वयुद्ध के दौरान 1942 में जापानी सेना ने नाथुल पर कब्जा कर लिया। चूँकि पास में एक रेलवे स्टेशन था, इसलिए मित्र राष्ट्र के सैनिक और बमवर्षक नियमित रूप से क्षेत्र पर बमबारी करते थे और किसी भी जापानी सैनिक के दिख जाने पर मशीनगनों के हमले से उन्हें मार डालते थे। हमले अकसर दिन में दो बार होते थे।

चूँकि सहयोगी विमान दिन के दौरान क्रमबद्ध रूप से दौड़ते थे, इसलिए नाथुल के बर्मी ग्रामीण सुबह के समय ग्रामीण इलाकों में बिखर जाते थे। फिर वे रात के अँधेरे में अपने घरों को लौटते थे। सहयोगी हमले 1945 के पूरे वसंत जारी रहे।

दाओ अये तिन और जापानी रसोइया

यू अये मोंग और उनकी पत्नी, दाओ अये तिन समुदाय के गरीब लोग थे। यू अये

मोंग रेलवे स्टेशन पर एक कुली के रूप में काम करता था। उसकी तीन बेटियाँ थीं। इस कब्जे के दौरान, दाओ की पहचान जापानी सेना के एक रसोइए से हो गई, जो एक भारी शरीर का आदमी था। गरमी के कारण यह रसोइया आमतौर पर बिना कमीज के केवल निकर पहनता था। दाओ और इस जापानी सैनिक, दोनों को खाना पकाने में रुचि थी और वे खाना पकाने के जापानी और बर्मी तरीकों के अपने-अपने ज्ञान एक-दूसरे से साझा करते थे। एक समय के बाद दाओ का इस सैनिक से संपर्क टूट गया।

दाओ को जापानी सैनिक सपने में एक घोषणा करता दिखता है

समय बीता और दाओ चौथे बच्चे के लिए गर्भवती हो गई। इस गर्भावस्था के दौरान दाओ को एक आवर्ती सपना आता था, जिसमें 'एक भारी शरीर का जापानी सैनिक बिना कमीज के केवल नेकर पहने उसके पीछे आता था और कहता था कि वह उनके साथ आकर रहेगा...' दाओ ने उसे जापानी सेना के रसोइए के रूप में पहचान लिया। सपने में दाओ अये तिन उस सैनिक से डरती थी और उसे पीछा करने से मना करती थी। यही सपना उसे पाँच से दस दिनों के अंतराल में तीन बार आया।

मा की ऊसंधि (ग्रौइन) पर एक पुनर्जन्म जन्म चिह्न और हवाईजहाज का डर

दाओ ने 26 दिसंबर, 1953 को एक बेटी को जन्म दिया, जिसे नाम दिया गया—मा तिन ऑग म्यो। यह देखा गया कि उसकी ऊसंधि (पेट और जांघ के बीच के हिस्से) पर एक जन्मचिह्न था, जिसका वर्णन अँगूठे के आकार के काले धब्बे के रूप में किया गया। ऐसा लगता था कि जन्मचिह्न में जलन होती थी, क्योंकि मा उस पर खुजली करती थी।

एक बच्ची के रूप में मा ने भूमि के ऊपर उड़ते विमान के भय का प्रदर्शन किया। जब वह 4 साल की थी, तो एक दिन जब वह अपने पिता के साथ जा रही थी, तब ऊपर से एक विमान उड़ता हुआ गया और मा ने डरकर रोना शुरू कर दिया। उसके पिता ने पूछा कि क्या हुआ था, लेकिन मा केवल इतना कह सकी थी कि "मुझे घर जाना है, मुझे घर जाना है।"

उसके बाद जब भी मा कोई विमान ऊपर उड़ता देखती, तो रोना शुरू कर देती थी। उसके डर के बारे में पिता की पूछताछ के जवाब में मा ने बताया कि उसे डर है कि विमानवाले उसे गोली मार देंगे। उसके पिता ने मा को समझाया कि पहले विमानों से लोगों पर गोली बरसाई जाती थीं, लेकिन अब ऐसा नहीं होता था। याद करें कि बर्मा पर जापान का कब्जा संबद्ध मित्र देशों के विमानों द्वारा मशीन गन स्ट्रैफिंग रन

के साथ 1945 में समाप्त हो गया था। मा का जन्म 1953 में हुआ था, और इस तरह मा ने लोगों पर गोलीबारी करते विमानों को कभी नहीं देखा था। उनके पिता के उसे आश्वस्त करने के प्रयास विफल रहे, और मा के मन में कई वर्षों तक विमानों का भारी भय बना रहा।

मा कहती है कि उसे जापान और उसके परिवार की याद आती है

इस भय के अलावा मा अकसर उदास दिखाई देती थी और अकेली बैठकर रोती रहती थी। जब उससे पूछा जाता कि उसे क्या हुआ है, तो वह कहती थी, "मुझे जापान की याद आ रही है।" फिर उसने अपने परिवार से कहना शुरू किया कि उसे नाथुल में तैनात एक जापानी सैनिक होने की स्मृतियाँ थीं, जिसे एक मशीनगन से गोलियाँ बरसाकर मार दिया गया था, जो एक हवाईजहाज से चलाई जा रही थीं। धीरे-धीरे उसकी स्मृतियाँ और विस्तृत हो गईं। उसने कहा कि वह एक पुरुष जापानी सैनिक थी, जो उत्तरी जापान से आया था, उसकी शादी हो चुकी थी और उसके 5 बच्चे थे। वह नाथुल में एक रसोइए के रूप में तैनात था।

मा को एक पिछले जीवनकाल में हवाई जहाज से गोली चलाकर मार दिया जाना याद आता है

मा को याद आया कि वह एक लकड़ी के ढेर के पास थी, जो बादाम के पेड़ के बगल में था। यह उस घर से लगभग 75 मीटर की दूरी पर था, जहाँ मा का परिवार रहता था। वह एक जापानी सैनिक के रूप में भोजन पकाना शुरू करनेवाली थी, जब उसे एक हवाई जहाज के आने का शोर सुनाई दिया।

मा ने बताया कि इस घटना के दौरान सैनिक ने, जो वह थी, नेकर और एक बड़ी बेल्ट पहनी हुई थी, लेकिन कमीज उतारी हुई थी। मा ने याद किया कि विमान के पायलट ने उसे देखा और उसे मारने के प्रयास में एक स्ट्रैफिंग रन बनाया। जापानी सैनिक बचने के प्रयास में लकड़ी के ढेर के चक्कर लगाने लगा, लेकिन उसकी ऊसंधि (ग्रौइन) में एक गोली लग गई, जिससे उसकी तुरंत मौत हो गई।

मा का जन्मचिह्न जापानी सैनिक को गोली से हुए घाव के स्थान पर है

याद करें कि मा अपनी ऊसंधि पर एक जन्मचिह्न के साथ पैदा हुई थी। जैसा कि

पहले वर्णन किया गया है, इयान स्टीवेंसन ने पाया है कि कई मामलों में, जहाँ एक व्यक्ति की किसी दर्दनाक घाव से मृत्यु हो गई थी, जैसे गोली या छुरा मारने से हुआ घाव। वहाँ व्यक्ति के अगले जन्म में उसी स्थान पर एक जन्मचिह्न मिल सकता है। दूसरे शब्दों में, एक घाव एक जन्मचिह्न बन सकता है।

अमेरिकी युद्ध विमान, जिसने एक पूर्व जीवनकाल में मा को मार डाला था, वह एक पी-38 लाइटनिंग था

मा को यह भी याद आया कि वह विमान, जिसने उसे जापानी सैनिक के रूप में उसके जीवनकाल में मार डाला था, उसकी दो पूँछें थीं। जिस विमान की बात मा कर रही थी, वह एक लॉकहीड पी-38 लाइटनिंग रहा होगा, जो एक अमेरिका-निर्मित लड़ाकू था और वास्तव में पैसिफिक थिएटर, और विशेष रूप से बर्मा में सहयोगी राष्ट्रों द्वारा उपयोग किया जाता था।

इन यादों को साझा करने के बाद, जब ऊपर एक विमान के उड़ने से मा डर जाती, और उसके रिश्तेदार उससे कहते कि उसका डर अनचाहा है, तो मा गुस्से में जवाब देती, "आपको क्या पता, मुझे गोली मारकर मेरी जान ली गई थी।" 1963 में जब मा 9 वर्ष की थी, नाथुल में एक खेत में एक हेलीकॉप्टर उतरा। अधिकांश ग्रामीणों ने हेलीकॉप्टर पहले कभी नहीं देखा था और वे इस असामान्य सी मशीन को देखने के लिए उसके आसपास इकट्ठा हो गए। इसके विपरीत मा रोने लगी और भयभीत होकर अपने घर की ओर भाग गई।

पिछले जीवन की भावनाएँ : मा वापस जापान जाना चाहती है

मा ने अपने परिवार से कहा कि वह जापान वापस जाना चाहती है, क्योंकि उसे उसके पिछले जीवनकाल के बच्चों की याद आ रही है। उसने कहा कि जब वह बड़ी हो जाएगी, तो जापान चली जाएगी। उसे अपने पेट को ठंड से बचाने के लिए एक बड़ी बेल्ट चाहिए थी, जैसी कि जापानी सैनिक के पास थी। जापान के साथ उसकी पहचान बहुत असामान्य थी, क्योंकि बर्मी लोगों को जापानी पसंद नहीं थे—उनके बर्मा पर कब्जा करने के कारण, और साथ ही उन क्रूरताओं के कारण, जो जापानियों ने बर्मी लोगों के ऊपर की थीं। परिवार अपनी चिढ़ का प्रदर्शन मा को 'जापानी लड़का' बोलकर करता था।

क्सेनोग्लॉसी का संभावित मामला

उसके परिवार का ध्यान इस बात पर भी गया कि मा खुद से और अन्य बच्चों से ऐसे शब्दों का उपयोग करके बात करती थी, जो उनकी समझ में नहीं आते थे। हालाँकि मा जो भाषा बोलती थी, उसकी पहचान नहीं की गई थी, लेकिन संभव है कि मा जापानी बोल रही थी। यदि ऐसा है तो यह एक पिछले जीवनकाल में सीखी गई भाषा बोलने की क्षमता का प्रदर्शन करता है, वह घटना जो क्सेनोग्लॉसी के नाम से जानी जाती है।

मा पुरुषों की तरह कपड़े पहनती है और उसे मासिक धर्म से घृणा होती है

मा निश्चित मर्दाना गुणों का प्रदर्शन करती थी। वह लड़कों के कपड़े पहनने की जिद करती थी और लड़कियों की पोशाकें पहनने से मना कर देती थी। जब उसकी माँ उसे लड़कियों जैसे तैयार करने की कोशिश करती थी, तो वह लड़कियों के कपड़े एक ओर फेंक देती थी। जब इयान स्टीवेंसन ने इस मुद्दे के बारे में उससे पूछा, तो मा ने दावा किया कि उसके पास महिलाओं की एक भी पोशाक नहीं थी। वह अपने बाल पुरुषों की तरह छोटे रखती थी और पुरुषों की कमीजें पहनती थी। कपड़ों का मामला एक बड़ा मुद्दा तब बना, जब मा छठी कक्षा में थी। स्कूल के प्रशासन ने कहा कि वह लड़कियों की तरह कपड़े पहने। मा ने मना कर दिया और उसे स्कूल से बाहर निकलना पड़ा। जब उसे पहला मासिक धर्म हुआ, तो उसे बहुत घृणा हुई। उसने कहा कि यह एक 'पुरुष के लिए अनुचित है।'

पुनर्जन्म और लिंग परिवर्तन : मा स्वीकार करती है कि वह एक समलैंगिक है

1972 में जब मा 19 वर्ष की थी, उसने इयान स्टीवेंसन को बताया कि उसकी पुरुषों के साथ रहने की कोई इच्छा नहीं थी और वह एक औरत को अपनी पत्नी बनाना चाहती थी। उसने कहा कि उस समय उसकी पहले से ही एक प्रेमिका थी। 1981 में, जब मा 28 वर्ष की थी, तब उसकी एक प्रेमिका थी, जिसके साथ वह रह रही थी। मा ने कहा कि अगर वह शादी करेगी, तो एक औरत से ही करेगी। मा पुरुषों के साथ 'रहने और लड़ने के लिए' सेना में शामिल होने की बात करती थी।

पुनर्जन्म के मुख्य बिंदु और सिद्धांत

लिंग में परिवर्तन : जापानी सैनिक पुरुष था, लेकिन उसका पुनर्जन्म मा, एक लड़की के रूप में हुआ। इस मामले में मा ने जापानी सैनिक के मर्दाना अभिविन्यास को बरकरार रखा, जिसमें महिलाओं के लिए आकर्षण भी शामिल था, जिसके चलते मा एक समलैंगिक बन गई। ऐसा लगता है कि इस आत्मा को एक पुरुष के रूप में अवतार लेने की आदत थी, हालाँकि मा के अवतार में वह एक महिला थी, उसने एक पुरुष की मानसिकता बरकरार रखी।

पिछले जीवनकाल से डर : मा ने हवाई जहाजों के एक गंभीर भय का प्रदर्शन किया, जाहिर है कि एक जापानी सैनिक के रूप में उसे उसके पिछले जीवनकाल में एक सहयोगी पी–38 स्ट्रैफिंग रन में गोली चलाकर मार डाला गया था।

एक पूर्व जन्म के घाव के स्थान पर जन्मचिह्न : मा की ऊसंधि (groin) में जन्मचिह्न था, जो कि उसी स्थान पर है, जहाँ जापानी सैनिक के अपने जीवनकाल में उसे गोली लगने से घाव हुआ था और उसकी मृत्यु हो गई थी।

शुई पांग पेई/अम्पन पेचेरेट का पुनर्जन्म मामला

इयान स्टीवेंसन, एम.डी. के एशिया में रहनेवाले एक सहयोगी फ्रांसिस स्टोरी ने इस मामले पर शोध करने में उनकी सहायता की। शुई पांग पेई का जन्म 1946 में थाईलैंड में हुआ था। उनके पिता का नाम ताई पांग पेई था और उनकी माँ टोंग बाई पांग पेई थीं। शुई का एक भाई शुआं और एक बहन क्वो थी।

परिवार थाईलैंड के मध्य मैदान में पाए जाने वाली कई नहरों या जलमार्गों में से, जिन्हें क्लोंग कहा जाता है, एक के पास रहता था। ये नहरें क्षेत्र की प्रमुख नदियों से निकलती हैं। नौकाओं के उपयोग द्वारा क्लोंग परिवहन के मार्ग के रूप में कार्य करते हैं, काफी हद तक वेनिस, इटली की नहरों की तरह। शुई बंग शां नाम के गाँव में रहता था, जो उसी नाम के जलमार्ग क्लोंग बंग शां पर था।

विडंबना और दुर्भाग्य यह था कि एक जलमार्ग पर रहने के बावजूद शुई ने कभी तैरना नहीं सीखा। 1950 में जब वह 4 साल का था, शुई अपने चाचा क्लाह पांग पेई और अपने बड़े भाई शुआं के साथ, जो उस समय लगभग 8 साल का था, क्लोंग बंग शां के किनारे पर था।

शुई और शुआं तट पर उथले पानी में खेल रहे थे। एक बिंदु पर शुआं और उनके चाचा को शुई दिखाई देना बंद हो गया। एक पल में वह जलमार्ग के तट पर था और अगले पल वह गायब था। इसके कुछ ही देर बाद उन्हें शुई का शरीर पानी में दिखा और जैसे ही

उन्होंने उसे बाहर खींचा, उन्हें पता चला कि वह डूब गया था। यह त्रासदी असामान्य नहीं थी, क्योंकि उस समय छोटे बच्चे अकसर थाईलैंड के क्लोंग में अपनी जान गँवा देते थे।

चाचा क्लॉ पांग पेई ने कहा कि शुआं शुई के डूबने से पहले खेल-खेल में उसके पैरों को खींच रहा है, हालाँकि जब पूछताछ की गई, तो शुआं ने इनकार कर दिया। शुई का शरीर क्लोंग बैंग प्ली नोई में वॉट या बौद्ध मंदिर में ले जाया गया था, जहाँ उसे दफना दिया गया। जैसा कि बताया गया है, शुई की मौत 1950 में चार साल की उम्र में हुई थी। आगे जाकर उसका भाई शुआं बौद्ध भिक्षु बन गया।

शुई का लड़की के रूप में पुनर्जन्म, जिसे अपने पिछले जन्म का नाम और डूबने से हुई मौत याद है।

अम्पन पेचेरेट एक लड़की का जन्म मार्च 1954 में सॉग-क्लांग में हुआ था, जो उसी नाम के जलमार्ग पर स्थित है। सॉग-क्लांग बंग शां गाँव से, जहाँ शुई रहता था, 15 किलोमीटर या 9 मील दूर है। उस समय बंग शां से सोंग क्लोंग केवल नाव द्वारा पहुँचा जा सकता था। थाईलैंड की राजधानी बैंकॉक से सोंग क्लोंग 37 किलोमीटर या 23 मील दूर है।

अम्पन के पिता का नाम योड था और उसकी माँ किम सौम थीं। जब अम्पन ने बोलना सीखा, तो उसने कहा कि योड उसके पिता नहीं हैं और किम सौम भी उसकी माँ नहीं है, क्योंकि उसकी माँ कोई और है। अम्पन ने यह भी कहा कि उसका पहले का एक भाई है, जो भिक्षु बनने जा रहा था।

अम्पन जब बच्ची थी, तभी उसके माता-पिता अलग हो गए। अम्पन और उसकी माँ किम सौम उत्तर में 7 किलोमीटर या 4 मील की दूरी पर स्थित क्लोंग डार्न गाँव में चली गईं। जब वह एक वर्ष की थी, तब अम्पन ने अपनी माँ से कहा कि क्लोंग बैंग चैन में उसकी एक और माँ और पिता हैं। उसने कहा कि वह पहले एक लड़का थी और उसने अपने घर का वर्णन किया। अपने पिछले घर के बारे में बात करते हुए वह रोने लगी और बोली कि वह वहाँ जाना चाहती है। उसने कहा कि वह साँप द्वारा काटने के बाद डूबने से मर गई थी। अम्पन समय-समय पर पिछले जीवन से संबंधित इस कहानी को दोहराती रहती थी। उसने बताया कि मेरे पिछले जीवनकाल में मेरा नाम शुई था।

अम्पन अपने पिछले जीवन के गाँव और चाची को पहचान लेती है

प्रत्येक वर्ष फसल के समय किम सौम नाव द्वारा क्लोंग बैंग चैन के क्षेत्र में उपज बेचने के लिए जाता था। जब अम्पन डेढ़ साल की थी, तब किम सौम उसे ऐसी ही एक

यात्रा पर ले गया। अम्पन ने उस क्षेत्र को पहचान लिया और कहा कि यही वह जगह है, जहाँ वह पहले लड़के के रूप में रहती थी।

जब अम्पन 7 साल की थी, तो उसने सहज रूप से एक ऐसी महिला को पहचाना, जो क्लोंग डार्न में, जहाँ अम्पन और उसकी माँ रहते थे, घूम रही थी। अम्पन ने इस महिला को बताया कि वह उसकी चाची है। चूँकि वह महिला अम्पन और उसकी माँ से पहले कभी नहीं मिली थी, इसलिए उसने अम्पन पर ध्यान नहीं दिया।

एक-दूसरे अवसर पर अम्पन ने फिर उस महिला को देखा और उसे 'मेरी आंटी' कहकर संबोधित किया। इस बार महिला रुक गई और उसने अम्पन से पूछा कि वह उसे कैसे जानती है। अम्पन ने जवाब दिया, "आप मेरी माँ की बड़ी बहन हैं।" फिर अम्पन ने महिला को गले लगा लिया और उससे कहा कि वह उसे उसके पिछले परिवार के पास ले जाए। यह महिला जॉय रुंग गुन थी, जो वास्तव में शुई की मौसी थी।

अम्पन अपने पिछले जीवन के माता-पिता के नाम, अपने पिछले जीवन के घर का विवरण और दफनाए जाने का स्थान याद करती है

फिर जॉय ने पूछा, "तुम्हारे माता-पिता कौन हैं?" अम्पन ने जवाब दिया कि मेरे पिता का नाम ताई और माँ का नाम बाई है। याद करें कि शुई के पिता का नाम ताई पांग पेई था और उसकी माँ टोंग बाई पांग पेई थी।

अम्पन ने आगे कहा कि उसके पिछले घर पर, घर के सामने एक बाँस का पेड़ था और घर में लाल रंग के 2 मर्तबान थे। उसने कहा कि उसके पहले घर में 2 लाल कुत्ते और 3 भैंसें थीं। पूर्व जीवनकाल में अपनी मृत्यु के बारे में अम्पन ने कहा कि वह पानी में खेल रही थी, तब वह पानी में गिर गई और डूबकर मर गई। उसने कहा कि उसके पिता उसके शरीर को दफनाने के लिए वॉट बैंग प्ली ले गए थे (मंदिर का पूरा नाम वॉट बैंग प्ली नोई है)। चूँकि ये सभी कथन शुई के जीवनकाल के लिए एकदम सही थे, जॉय ने अम्पन और उसकी माँ को शुई के परिवार से मिलने के लिए ले जाने का फैसला किया।

जॉय अपने पिछले जीवन-गृह में, अम्पन अपने पिछले जीवन के माता-पिता, बहन और डूबने की जगह को पहचानती है

जब अम्पन को क्लोंग बैंग चैन और उसके पिछले जीवन के परिवार के घर ले

जाया गया, तो वह शुई की माँ टोंग बाई के पास गई, उसे कसकर गले लगा लिया और कहा, "माँ।" शुई के पिता पहले घर पर नहीं थे, लेकिन इसके बाद जल्द ही ताई एक नाव में दो अन्य लोगों के साथ लौट आए। वे अभी भी नाव पर ही थे, जब अम्पन से उनके पिछले पिता की पहचान करने के लिए कहा गया था। यद्यपि उसे गुमराह करने के प्रयास किए गए थे, लेकिन अम्पन ने ताई को अपने पिछले जीवन के पिता के रूप में सही-सही पहचान लिया। जब अम्पन ने क्वो को देखा, तो उसने उसकी ओर संकेत किया और कहा, 'बहन।' क्वो शुई की बहन थी।

उस संपत्ति का सर्वेक्षण करते हुए जहाँ शुई का परिवार रहता था, अम्पन ने कहा कि वहाँ केले और नारियल के पेड़ हुआ करते थे। उसने यह भी कहा कि वहाँ एक नहीं, बल्कि दो घर हुआ करते थे। अम्पन सही थी, क्योंकि जब शुई जीवित था, तब वहाँ केले और नारियल के पेड़ थे, लेकिन उसकी मृत्यु के बाद हटा दिए गए थे। इसी प्रकार, संपत्ति पर मौजूद संरचनाओं में से एक को हटा दिया गया था, लेकिन शुई के समय वो मौजूद थी। इयान स्टीवेंसन इस बात से प्रभावित थे कि अम्पन ने उन वस्तुओं के बारे में इतने सटीक बयान दिए, जो अब वहाँ नहीं थीं।

अम्पन ने घर के नजदीक उस स्थान को सही ढंग से इंगित किया, जहाँ वह शुई के रूप में डूबी थी।

मंदिर में अम्पन अपने पिछले जीवन के भाई, चचेरे भाई और दोस्त की पहचान करती है

पिछले जीवन के घर में जाने के बाद अम्पन को बैंग प्ली नोई में मंदिर या वॉट में ले जाया गया, जहाँ शुई को दफनाया गया था और जहाँ शुआं, शुई का भाई अब एक भिक्षु के रूप में रह रहा था। मंदिर में अम्पन ने एक दर्जन या उससे अधिक भिक्षुओं के एक समूह के बीच शुआं को पहचान लिया। अम्पन ने पूर्वकाल के अपने भाई के रूप में शुआं तो ठीक-ठीक पहचान लिया। शुआं और अम्पन दोनों इस पुनर्मिलन पर रोने लगे थे। समूह में एक अन्य भिक्षु शुई का चचेरा भाई था। अम्पन ने इस भिक्षु को भी सा इंग, पिछले जन्म के अपने चचेरे भाई के रूप में पहचान लिया। उसने साक नाम के एक अन्य युवा भिक्षु की ओर इशारा किया, जो समूह के बीच बैठा था और कहा, "ये भिक्षु नांग पद का बेटा है।" शुई इस व्यक्ति से परिचित था और अम्पन का बयान कि साक नांग पद का बेटा था, पूरी तरह सच था।

अम्पन द्वारा डूबने और पिछले जीवन के साँप के डर का वर्णन

पिछले जन्म में डूबने के अम्पन के वर्णन और शुई के माता-पिता को ज्ञात घटना के बीच एक विसंगति थी। अम्पन की स्मृति के मुताबिक, शुई किनारे के पास उथले पानी में शुआं के साथ खेल रहा था। अम्पन ने कहा कि शुआं शुई के पैरों को खींच रहा था। फिर अम्पन ने कहा कि शुई को दाहिने पैर पर एक साँप ने काट लिया था और वह पानी में गिरकर डूब गया था। शुई के परिवार को डूबने से पहले उसको साँप द्वारा काटे जाने की कोई जानकारी नहीं थी।

इयान स्टीवेंसन ने नोट किया कि थाई जलमार्ग या क्लॉन्ग में पानी के साँप रहते हैं, और उनमें से कुछ घातक रूप से काट लेते हैं, जिनमें हमेशा प्रत्यक्ष रूप से सूजन दिखाई नहीं देती। इसी प्रकार स्टीवेंसन ने तर्क दिया कि शुई को एक साँप ने काटा होगा, लेकिन उसके भाई या चाचा का साँप पर या साँप के काटने के निशान पर ध्यान नहीं गया होगा।

स्टीवेंसन ने सवाल किया कि क्या साँप काटने से निकले जहर के प्रभावी होने के लिए पर्याप्त समय रहा होगा? याद करें कि शुई एक पल में किनारे पर मौजूद था, फिर अचानक गायब हो गया और उसके बाद पानी में मृत पाया गया। स्टीवेंसन ने परिकल्पना की कि शुई क्लोंग में साँप को देखकर चौंक गया होगा, और भागने की कोशिश में उसका पाँव फिसल गया होगा, और यही उसके डूबने का कारण बना होगा।

अम्पन को साँपों का बड़ा भय था, जो शायद पानी में एक साँप द्वारा काटे जाने की यादों के कारण रहा होगा, जो शुई के रूप में उसकी डूबने से हुई मौत की ओर ले गया था।

अम्पन अपने पिछले जीवन में डूबने से हुई मौत का कारण होने के लिए शुआं को डाँटती है

अम्पन ने इस बात पर भी जोर दिया कि उन घटनाओं की श्रृंखला में से एक, जो उसके डूबने का कारण बनी, पानी में शुआं का उसके पैरों को खींचना भी है। शुई के चाचा, क्लाह पांग पेई ने बताया था कि शुई के गायब होने से पहले शुआं उसके पैरों को खींच रहा था। एक 8 साल के बच्चे शुआं ने इस दावे से इनकार कर दिया था। जब अम्पन ने मंदिर में, जहाँ शुआं भिक्षु के रूप में रहता था, उसको पहचान लिया, तो गले मिलने और साथ में रोने के बाद अम्पन ने शुई के रूप में अपने डूबने की एक वजह होने के लिए उसे डाँटा था।

अम्पन का स्वर्ग का अनुभव

जब इयान स्टीवेंसन ने 1966 में अम्पन से मुलाकात की, तो उन्होंने पूछा कि क्या उसे याद है कि 1950 में शुई की मौत और 1954 में उसके जन्म के बीच की अवधि में क्या हुआ था ?

अम्पन ने कहा कि शुई के डूबने के बाद जब उसके शरीर का संस्कार कर दिया गया तो एक आदमी, जिसे हम पहला आदमी कहेंगे, उसे दूसरी जगह ले गया। जहाँ अन्य मृत व्यक्ति रखे गए थे और उसका 'हेड मैन' से परिचय कराया। फिर वह शुई दूसरे आदमी के साथ गया। जो उसे स्वर्ग में ले गया। स्वर्ग में वह बड़े आकार और काले रंग के तीसरे व्यक्ति से मिला, जो सफेद कपड़े पहने हुए था और उसे याद है कि दयालु था। फिर दूसरा आदमी उसे वापस पहले आदमी के पास ले गया। अम्पन ने कहा कि फिर उसे या शुई को एक फल दिया गया। जब उसने फल खा लिया, तब उसका पुनर्जन्म हुआ।

अम्पन ऐसा व्यवहार करती है, जैसे वह अभी भी एक लड़का हो

अम्पन जब छोटी थी, तब उसमें निश्चित मर्दाने गुण थे, जो कि शुई एक नर के रूप में उसके पिछले जीवनकाल को प्रतिबिंबित करता है। अम्पन की माँ ने बताया कि उसे लड़कों की तरह कपड़े पहनना पसंद था, जिसमें स्कर्ट के बदले पैंट पहनना भी शामिल था। अम्पन लड़कों वाले खेल भी खेलती थी, जैसे मुक्केबाजी। 1968 में, जब अम्पन 14 वर्ष की थी, उसने इयान स्टीवेंसन से कहा कि वह लड़का बनना पसंद करेगी, क्योंकि पुरुषों के जीवन में अधिक आजादी होती है। स्टीवेंसन ने नोट किया कि अम्पन मर्दाना चाल के साथ चलती थी। एक साल बाद 1969 में अम्पन अभी भी मुक्केबाजी करती थी, अभी भी लड़का होने की कामना करती थी और लड़कों में कोई रोमांटिक दिलचस्पी नहीं रखती थी, जो एक किशोर लड़की के लिए असामान्य बात है।

पुनर्जन्म और समलैंगिकता, ट्रांससेक्सुएलिस्म और लिंग पहचान मुद्दे

पुरुष होने की अम्पन की इच्छा और जापानी सैनिक/मा तिन ओंग म्यो के पुनर्जन्म मामले में प्रमुख समानताएँ हैं। मा के विपरीत, जो समलैंगिक बन गई थी, अम्पन ने अंततः थाईलैंड में तैनात एक पुरुष अमेरिकी सैनिक से विवाह कर लिया। बाद में पति-पत्नी कैलिफोर्निया चले गए।

पुनर्जन्म के मुख्य अंक और सिद्धांत

एक पिछले जीवनकाल से डर : अम्पन ने साँपों का भय प्रदर्शित किया था, जो कि स्पष्ट रूप से पानी के साँप द्वारा काटे जाने के बाद डूबकर मर जाने की यादों के कारण था।

लिंग परिवर्तन : शुई एक लड़के ने अम्पन एक लड़की के रूप में पुनर्जन्म लिया। एक बच्ची और किशोरी के रूप में अम्पन लड़कों जैसे कपड़े पहनने की जिद करती थी, मुक्केबाजी जैसे पुरुषों के खेल खेलती थी और लड़कों की तरह चलती थी। अम्पन ने इयान स्टीवेंसन से कहा था कि वह एक लड़का होना चाहती है। यद्यपि उसने युवावस्था के दौरान इन लिंग पहचान मुद्दों का प्रदर्शन किया, लेकिन अंतत: उसने एक पुरुष से ही विवाह किया।

पॉल्डी होल्जम्यूलर/वोल्फगांग न्यूरेथ का पुनर्जन्म

इस मामले पर शोध डॉ. इयान स्टीवेंसन और डॉ. कार्ल म्युलर ने किया था। पोल्दी होल्जम्यूलर का जन्म 1913 में फेल्दिकर्च, आस्ट्रिया में एक रोमन कैथोलिक परिवार में हुआ था। उसकी माँ का नाम एलिजाबेथ था और पिता का अर्न्स्ट। पोल्दी एक शांत बच्ची थी, जिसका पसंदीदा शौक था—समाचार-पत्रों में से तसवीरें काटकर रखना। उसका प्रिय भोजन था—मुरमुरे और नूडल सूप। एक किशोरी के रूप में वह स्वतत्र थी और उसे लड़कों में कोई दिलचस्पी नहीं थी, बल्कि उसने यहाँ तक कह दिया था कि उसका पुरुषों से कोई लेना-देना नहीं रहेगा, जैसे कि वह उनकी ओर आकर्षित नहीं थी।

पोल्दी को अपनी आंटी आना से विशेष लगाव था, जो दक्षिण टायरॉल में रहती थीं। आंटी आना कभी-कभी पोल्दी और उसके परिवार से मिलने आती थीं। उनकी यात्राओं के दौरान पोल्दी और आंटी आना एक-दूसरे से बहुत प्यार से मिलती थीं। वे एक-दूसरे से गले मिलती थीं, चुंबन लेती थीं और दोनों ने एक-दूसरे का प्यार का नाम रखा था। पोल्दी 'पोल्डिल' थी और एना 'तान्तेल', जो तांते का एक रूपांतर है, जिसका जर्मन में अर्थ है 'आंटी'। इस प्रकार, एना का उपनाम 'आंटी' का समतुल्य था।

पोल्दी को टीबी रोग हो जाता है

जब पोल्दी 19 वर्ष की थी, तब उसे पल्मोनरी ट्यूबरक्लोसिस हो गया। हालाँकि होल्जम्यूलर रोमन कैथोलिक थे, लेकिन पोल्दी और उनकी माँ एलिजाबेथ को पुनर्जन्म में कुछ विश्वास था। पोल्दी के पिता अर्न्स्ट पुनर्जन्म में विश्वास नहीं करते थे।

होल्जम्यूलर की एक पड़ोसी मैरी न्यूरथ थी, जो पोल्दी की बीमारी के दौरान

अकसर उससे मिलने आती थी। 1933 की गरमियों में मैरी गर्भवती हो गई।

आत्मा की योजना : पॉल्डी की घोषणा कि वह लड़के के रूप में आसपास ही पुनर्जन्म लेगी

सन् 1933 में पोल्दी पूरे साल बिस्तर पर रही। चूँकि तपेदिक अकसर घातक होता था, पोल्दी ने अपनी मृत्यु के बारे में सोचना शुरू कर दिया। उसने अपनी माँ से कहा कि अगर मैं पुनर्जन्म लेती हूँ, तो मैं एक लड़का होऊँगी और पड़ोस में ही पुनर्जन्म लूँगी, ताकि फिर से अपने परिवार के साथ रह सकूँ। इसके अलावा, पोल्दी ने कहा कि अगर मैं आसपास पुनर्जन्म लेती हूँ, तो मैं उन्हें एक संकेत दूँगी, ताकि होल्जम्यूलर को पता चल जाए कि वह पोल्दी ही है।

एक बार जब मैरी पोल्दी से मिलने आई, तो उसने पोल्दी को एक बच्चे की गाड़ी के बारे में बताया, जो उसने अपने नए बच्चे के होने की प्रत्याशा में खरीदी थी। पोल्दी ने पूछा कि क्या वह मैरी के साथ नए बच्चे को टहलाने जा सकती है। फिर उसने कहा, "लेकिन जानती हैं, मैं वास्तव में चाहती हूँ कि बेबी कैरिज में मैं खुद घूमूँ।" टी.बी. होने के 16 महीने बाद 13 जनवरी, 1934 को 20 साल की उम्र में पोल्दी की मृत्यु हो गई।

आत्मा क्षेत्र से सपने की घोषणा : पोल्डी एक अबाबील के रूप में दिखाई देती है

पोल्दी की मृत्यु के बाद उसकी माँ एलिजाबेथ को एक सपना आया, जिसमें वह अपने बगीचे में थी, और ऊपर एक पावर लाइन पर बैठे अबाबीलों को देख रही थी। उनमें से एक अबाबील ने कहा, "माँ, तुम मुझे देख नहीं रही हो ?" एलिजाबेथ ने कहा, "हाँ, लेकिन तुम कौन सी वाली अबाबील हो ?" फिर उसने पोल्दी को कहते सुना, "मैं यहाँ हूँ।" इसके साथ एक अबाबील उड़कर मैरी न्यूरेथ के घर के एक कमरे में चली गई।

पोल्दी वोल्फगांग के रूप में पुनर्जन्म लेती है और बच्चा गाड़ी आत्मा योजना को पूरा करती है

मैरी न्यूरथ का एक बेटा था, जिसका नाम उसने वोल्फगांग रखा था और जिसका जन्म 3 मार्च, 1934 को हुआ था—पोल्दी की मृत्यु के तीन महीने से भी कम समय बाद। जब वोल्फगांग केवल 8 दिन का था तो एलिजाबेथ (पोल्दी की माँ) न्यूरथ के घर नए

शिशु को देखने गई, जो उस समय मैरी की खरीदी नई बच्चा गाड़ी में सो रहा था।

वोल्फगांग जाग गया और जब उसने एलिजाबेथ को देखा, तो उसने अपने हाथ फैला दिए और मुसकराने लगा, जैसे कि उसका अभिवादन कर रहा हो। शायद यही वह संकेत था, जो पोल्दी ने पुनर्जन्म लेने की सूरत में देने का वादा किया था।

तांतेल की पिछले जीवन की पहचान और मुरमुरे व समाचार-पत्र की कतरनों के लिए लगाव

एक छोटे लड़के के रूप में वुल्फगांग में जनानापन देखा जाता था, जिससे वह समय के साथ बाहर आ गया था। उसका प्रिय भोजन मुरमुरे और नूडल सूप था, जो हम याद करते हैं, पोल्दी का भी पसंदीदा खाना था। पोल्दी की ही तरह वोल्फगांग को समाचार-पत्रों से तसवीरें काटना अच्छा लगता था, और वह भी एक शांत बच्चा था, जैसी कि पोल्दी थी।

जब वोल्फगांग तीन वर्ष का था, तो आंटी आना पोल्दी की मृत्यु के बाद पहली बार होल्जम्यूलर परिवार से मिलने आईं। एना परिवार के बगीचे में थीं, जब मैरी उनसे बात करने आ गई। उसी समय वोल्फगांग न्यूरथ के घर से बाहर निकला और जब उसने एना को देखा, तो खुश होकर उसकी ओर भागा। दोनों घरों को अलग करनेवाली बाड़ पर चढ़ने की कोशिश करने लगा और 'तांतेल, तांतेल,' पुकारने लगा—वह उपनाम जो पोल्दी ने एना को दिया था। इसके विपरीत, वोल्फगांग अपने समकालीन जीवन की आंटियों को इस नाम से नहीं बुलाता था, बल्कि वह 'तांते' शब्द का प्रयोग करता था।

वोल्फगांग अपने पिछले जीवन माँ को मुरमुरे खरीदकर देने के लिए कहता है

जब वोल्फगांग चार साल का था, तो एक दिन उसे स्थानीय किराने की दुकान में एलिजाबेथ मिल गई। जब वह वापस जाने लगी, तो वोल्फगांग ने कहा, "जब तक मैं अपनी खरीदारी कर रहा हूँ, मेरे लिए रुक जाओ। फिर मैं आपके साथ चलूँगा। हम एक-दूसरे के लिए हैं, आप जानती हैं।" वोल्फगांग ने न्यूरथ निवास से गुजरते हुए एलिजाबेथ को उनके घर तक छोड़ा। फिर उसने कहा, "मुझे वहाँ उस घर वापस जाना है। आप जानती हैं न, मैं अब वहाँ रहता हूँ।"

उसी किराने की दुकान पर एक और घटना में वोल्फगांग और उसकी माँ मैरी पोल्दी की माँ एलिजाबेथ से मिली। वोल्फगांग ने एलिजाबेथ से कहा, "माँ, कृपया मेरे लिए थोड़े मुरमुरे खरीद लो। मेरी वहाँ वाली माँ मेरे लिए नहीं खरीदेगी।" इस बात से ऐसा लग रहा

था, जैसे पोल्दी अपनी माँ एलिजाबेथ से अपना पसंदीदा खाना मुरमुरे खरीदने के लिए कह रही थी, जो उसके नए परिवार के घर में प्रमुख रूप से नहीं खाया जाता था।

वोल्फगांग अपने पिछले जीवन के घर के अंदर के रास्ते जानता है

जब वोल्फगांग लगभग 12 वर्ष का था तो वह एलिजाबेथ के पति और पोल्दी के पिता अर्न्स्ट होल्जम्यूलर के लिए छोटे-मोटे काम करने लगा। अर्न्स्ट ने वोल्फगांग से होल्जम्यूलर निवास वापस जाकर अपनी आवश्यकता का एक सामान लाने के लिए कहा, जो घर की अटारी में रखा था। वोल्फगांग भागकर उनके घर गया और दरवाजे पर एलिजाबेथ ने उसे आवश्यक लेख लाकर देने की पेशकश की।

वोल्फगांग ने जवाब दिया, "मैं जानता हूँ, वो कहाँ है। मैं इस घर को अच्छी तरह से जानता हूँ।" हकीकत में वोल्फगांग होल्जम्यूलर निवास की दूसरी मंजिल पर कभी नहीं गया था, न ही वह उनकी अटारी के पास गया था। इयान स्टीवेंसन ने नोट किया कि दूसरी मंजिल पर, बीच में स्थित गलियारे से लगे हुए लगभग 6 समान दरवाजे हैं। दरवाजों को देखकर यह जानने का कोई तरीका नहीं था कि कौन सा दरवाजा अटारी तक ले जाता है।

बहरहाल, वोल्फगांग सीढ़ियों पर भागते हुए दूसरी मंजिल तक चला गया, अटारी के लिए सही दरवाजे का चुनाव किया और उस लेख के साथ दौड़ते हुए वापस आ गया, जिसकी अर्न्स्ट को आवश्यकता थी। यह प्रसंग हमें याद दिलाता है कि कैसे एन फ्रैंक/बरब्रो कार्लेन के पुनर्जन्म मामले में, बरब्रो को एन फ्रैंक के घर की अपनी पहली यात्रा में पता था कि दीवार पर तसवीरें कहाँ लगी थीं।

पोल्दी के पुनर्जन्म के रूप में वोल्फगांग स्वीकार हो जाता है

एलिजाबेथ और अर्न्स्ट होल्जम्यूलर दोनों मानते थे कि पोल्दी ने वोल्फगांग के रूप में पुनर्जन्म लिया था। इसके कई कारण थे, जैसे घोषणा करते सपने, वोल्फगांग का तांतेल एना को पहचानना, समाचार-पत्रों से तसवीरें काटकर रखने का दोनों का समान शौक, होल्जम्यूलर के घर और अटारी से उसका परिचय और नूडल सूप तथा मुरमुरे के लिए उसका प्यार। ध्यान दें कि न्यूरथ परिवार मुरमुरे नहीं खाता था, जैसा कि वोल्फगांग के एलिजाबेथ से उसके लिए मुरमुरे खरीदने के आग्रह से प्रमाणित होता है।

होल्जम्यूलर दंपती ने यह भी नोट किया कि पोल्दी ने अपनी मृत्यु से पहले मैरी न्यूरथ से कहा था कि वह खुद शिशु रूप होना चाहती है, जो उसकी नई बच्चा गाड़ी में बैठेगा। ऐसा प्रतीत होता है कि पोल्दी की इच्छा पूरी हो गई थी।

पुनर्जन्म के मुख्य बिंदु और सिद्धांत

निकट में हुए पुनर्जन्म के माध्यम से रिश्तों का नवीनीकरण : यद्यपि पोल्दी ने उसी जैविक परिवार के वंश में पुनर्जन्म नहीं लिया था, तथापि उसने पड़ोस में रहनेवाले परिवार में पुनर्जन्म लिया, ताकि वह होल्जम्यूलर परिवार और अपनी आंटी आना के करीब रह सके। मैं इस तरह के केस को 'प्रोक्सिमिटी रीइनकार्नेशन केस' या 'निकटता पुनर्जन्म मामला' कहता हूँ।

एक भविष्य के जीवनकाल की योजना बनाना : हम इस पिछले जीवन के मामले में देखते हैं कि एक आत्मा ने भविष्य में पुनर्जन्म के लिए सक्रिय रूप से योजना बनाई है। जब पोल्दी को तपेदिक से अपनी मौत का पूर्वानुमान हो गया, तो उसने अपनी माँ एलिजाबेथ से कहा कि वह एक लड़के के रूप में पुनर्जन्म लेगी, जो उसने वोल्फगांग के रूप में जन्म लेकर किया। उसने अपनी माँ से यह भी कहा कि वह आसपास ही पुनर्जन्म लेगी, ताकि वह होल्जम्यूलर परिवार के करीब रह सके।

लिंग परिवर्तन : पोल्दी, एक लड़की ने वोल्फगांग, एक लड़के के रूप में पुनर्जन्म लिया। हमने देखा है कि लिंग परिवर्तन केवल 10 प्रतिशत पुनर्जन्म मामलों में होता है। यह एक आत्मा में प्राकृतिक नर या मादा पूर्वग्रह होने के कारण हो सकता है। हो सकता है कि पोल्दी/वोल्फगांग की आत्मा के लिए पुरुष अवतार प्राथमिकता हो। याद करें कि पोल्दी को पुरुषों में कोई दिलचस्पी नहीं थी। पुरुषों के लिए आकर्षण महिलाओं या महिला रूप में पुनर्जन्म लेना पसंद करनेवाली आत्माओं में देखी जानेवाली खास विशेषता है। पोल्दी ने अपनी माँ एलिजाबेथ से कहा था कि वो एक लड़के के रूप में पुनर्जन्म लेगी। यह उसकी आत्मा का पसंदीदा लिंग प्रतीत होता है।

आत्मा क्षेत्र से आत्मा प्राणी की भागीदारी : प्रतीत होता है कि आत्मा क्षेत्र से पोल्दी की आत्मा ने उसकी माँ, एलिजाबेथ को ये घोषणा करता सपना दिया था कि वो मैरी न्यूरथ के गर्भ से जन्म लेगी। सपने में पोल्दी बिजली के तार पर बैठे एक पक्षी के रूप में आई थी, जिसने मैरी से बात की और फिर उड़कर मैरी के घर में चली गई।

विभाजित अवतार : वोल्फगांग का जन्म पोल्दी की मृत्यु के केवल ढाई महीने बाद हो गया। इस प्रकार वोल्फगांग के साथ मैरी की गर्भावस्था के पहले साढ़े छह महीनों में पोल्दी जीवित थी। यदि एक आत्मा भ्रूण के विकास में शामिल होती है, तो पोल्दी की आत्मा साढ़े छह महीने के लिए वोल्फगांग के भ्रूण के विकास में शामिल थी, जबकि पोल्दी अभी जीवित थी। दूसरे शब्दों में, पोल्दी/वोल्फगांग की आत्मा एक समय में दो शरीरों में निवास कर रही थी, जिसे हमने विभाजित अवतार के रूप में परिभाषित किया है। हमने भ्रूण से जुड़े विभाजित अवतार की ऐसी ही घटना एक और स्टीवेंसन पुनर्जन्म

मामले में देखी थी, जो हनान मोंसौर/सुजन खानम का था।

धर्म में परिवर्तन : होल्जम्यूलर परिवार रोमन कैथोलिक था, और हालाँकि एलिजाबेथ और पोल्दी को पुनर्जन्म में रुचि थी, अर्न्स्ट होल्जम्यूलर पुनर्जन्म में विश्वास नहीं करते थे। अंत में, एलिजाबेथ और अर्न्स्ट को विश्वास हो गया था कि पोल्दी वास्तव में वोल्फगांग के रूप में पुनर्जन्म ले चुकी थी, और इस तरह, उन्होंने पुनर्जन्म को मानव आत्मा को विकसित करने के तरीके के रूप में स्वीकार कर लिया।

लिंग परिवर्तन और पुनर्जन्म के बारे में निष्कर्ष

लिंग में परिवर्तन का प्रदर्शन करनेवाले मामलों में हमने परिणामों के भिन्न प्रकार देखे हैं। जापानी सैनिक/मा तिन ओंग म्यो के पुनर्जन्म मामले में मा ने पुरुष के रूप में अपने पिछले जीवन के लिंग से पूरी तरह पहचान स्थापित की, महिलाओं के लिए आकर्षण बनाए रखा और एक लेस्बियन (महिला समलैंगिक) बन गई। शुई पांग पेई/अम्पन पेट्चेरत के मामले में अम्पन, एक लड़की ने अपने बचपन और किशोरावस्था के अधिकांश हिस्से में पुरुष के रूप में अपने पिछले जीवन के लिंग की दृढता से पहचान की, हालाँकि अंत में उसने एक पुरुष से विवाह कर लिया, जो दरशाता है कि वह विषम लैंगिक है। पोल्दी होल्जम्युलर/वोल्फगांग न्यूरथ के केस में, हालाँकि लिंग पहचान के मुद्दे रिपोर्ट नहीं किए गए, लेकिन पोल्दी, एक लड़की ने स्पष्ट रूप से एक लड़के के रूप में पुनर्जन्म लेने की इच्छा प्रकट की थी, और वोल्फगांग के व्यक्तित्व में पुनर्जन्म लेकर उसने ऐसा ही किया।

अन्य मामलों में, जैसे लुईस वेंडरबिल्ट/वेन पीटरसन और चार्ल्स पार्कहर्स्ट/पेनी पियर्स पुनर्जन्म के मामलों में, कोई लिंग पहचान मुद्दे नहीं देखे गए थे। इस प्रकार हम निष्कर्ष निकाल सकते हैं कि पुनर्जन्म के माध्यम से लिंग-परिवर्तन कुछ मामलों में लिंग पहचान के मुद्दों का कारण बन सकता है, लेकिन सभी मामलों में नहीं।

सवाल यह है कि समलैंगिक आबादी का कितना प्रतिशत विपरीत लिंग में पुनर्जन्म लेने के कारण समलैंगिक है? इस प्रश्न का उत्तर देने के लिए हमारे पास पर्याप्त केस डेटा नहीं है। इसलिए मैंने एक अलग स्रोत के माध्यम से जवाब माँगा है—अह्तुन रे नाम के एक भावना गाइड से, जो केविन रायर्सन के माध्यम से संचालित होता है, और जिसने मेरे सामने उच्च स्तर की सटीकता के साथ पिछले जीवन मैच बनाने की क्षमता का प्रदर्शन किया है। केविन और अह्तुन रे का परिचय बाद के अध्याय में प्रस्तुत किया गया है। अह्तुन रे के अनुसार—

'90 प्रतिशत समलैंगिक एक जीवनकाल से दूसरे जीवनकाल में लगातार समलैंगिक

बने रहते हैं और इस तरह ये व्यक्ति तीसरे लिंग का प्रतिनिधित्व करते हैं। लगभग 10 प्रतिशत मामलों में समलैंगिकता व्यक्ति के उस लिंग में अवतार लेने के परिणामस्वरूप होती है, जिसकी उस आत्मा को आदत नहीं होती।'

पारलैंगिक संबंधों के अधिकांश मामले पुनर्जन्म के माध्यम से लिंग परिवर्तन के परिणामस्वरूप होते हैं, जहाँ व्यक्ति अपने पिछले जीवन के लिंग के साथ इतनी दृढता से जुड़ा होता है कि वह क्रॉस ड्रेसिंग और सेक्स परिवर्तन सर्जरी सहित विभिन्न तरीकों के इस्तेमाल से पिछले लिंग में परिवर्तित होने का प्रयास कर सकता है।

कुल मिलाकर पुनर्जन्म के सबूतों को हमें उन लोगों के प्रति करुणा अनुभव करने के लिए प्रोत्साहित करना चाहिए, जो समलैंगिक हैं या जिन्हें लिंग संबंधी डिस्फोरिया है, क्योंकि हममें से किसी का भी लिंग पुनर्जन्म के माध्यम से बदल सकता है और हमें लिंग पहचान के मुद्दों का अनुभव करना पड़ सकता है।

□

19

मृत्यु और पुनर्जन्म

यह मामला इसलिए उल्लेखनीय है, क्योंकि नाई लेंग, जो ध्यान का एक उत्साही अभ्यासी था, एक शिशु के शरीर में चेतनावस्था में अपनी मृत्यु और पुनर्जन्म का अनुभव करने में सक्षम हो गया। यदि यह वर्णन मान्य है, तो यह हमें अंतर्दृष्टि देता है कि जब हम जीवन में सबसे अधिक चिंताजनक घटनाओं में से एक, यानि हमारी अपनी मृत्यु का सामना करते हैं, तब क्या होता है ?

नाई लेंग का जन्म 1863 में बान क्रैटन नाम के छोटे से गाँव में हुआ था, जो थाईलैंड में सुरीन शहर के पास है। यह गाँव कंबोडियन सीमा के नजदीक है और थाईलैंड के इस क्षेत्र में काफी कंबोडियन लोग हैं, जो कंबोडिया की भाषा खमेर बोलते हैं।

नाई लेंग 7 बच्चों में सबसे बड़े थे। उनके पिता वा सावा थे और उनकी माँ मा चमा थीं, हालाँकि उन्हें उनके उपनाम ई भाह के नाम से बुलाया जाता था।

नाई लेंग और उसकी बहन नांग रियान सड़क के किनारे एक शिशु के जन्म के साक्षी बनते हैं

नाई लेंग अपनी बहन नांग रियान के बहुत करीब था, जो उससे मुश्किल से एक वर्ष छोटी थी। जब वह 15 वर्ष का था, तब नाई लेंग को एक असामान्य अनुभव हुआ। वह नांग रियान के साथ खेतों में काम खत्म करने के बाद घर लौट रहे थे, जब उन्होंने सड़क पर एक महिला को देखा, जिसने अभी-अभी शिशु को जन्म दिया था। महिला का पति अपनी पत्नी को प्रसव के लिए उसकी माँ के पास ले जाने का प्रयास कर रहा था, लेकिन वे समय से नहीं पहुँच पाए। यात्रा जारी रखने से पहले महिला अपने नवजात शिशु के साथ आराम कर रही थी। उस दृश्य ने नाई लेंग पर मजबूत प्रभाव डाला।

जब वह 16 वर्ष का था, तब नाई लेंग ने एक बौद्ध मठ में प्रवेश किया, जहाँ खमेर

में लिखे बौद्ध ग्रंथों का एक सेट मौजूद था। हालाँकि नाई लेंग की मूल भाषा थाई थी, लेकिन उसने खमेर में लिखे ग्रंथों को पढ़ना सीख लिया। यह एक आसान काम नहीं था, क्योंकि खमेर वर्णमाला के अक्षर थाई वर्णमाला से बहुत अलग हैं। नाई लेंग इसमें इतना कुशल हो गया कि आखिर में वह अन्य भिक्षुओं को खमेर में लिखे शास्त्र पढ़ना सिखाने लगा। बौद्ध ग्रंथों का अध्ययन करने के अलावा भिक्षुओं की एक केंद्रीय गतिविधि ध्यान करना थी।

नाई लेंग लाओशियन में धाराप्रवाह हो जाता है

जब वह 25 वर्ष का था, तो नाई लेंग ने किसान बनने के लिए मठ छोड़ने का फैसला कर लिया। फसलों को उगाने के अलावा, नाई लेंग वस्तुओं का व्यापार करके पैसे कमाता था। इस काम के लिए वह बैलगाड़ी से यात्रा करता था और अकसर लाओस जाया करता था, इतना कि वह धाराप्रवाह लाओशियन बोलने लगा। उसने विवाह कर लिया और अंततः तीन बेटियों का पिता बना, जिनके नाम पा, पोह और पी थे। हालाँकि अब वह भिक्षु नहीं था, लेकिन वह एक बौद्ध भक्त बना रहा, और उसने हर रात ध्यान करना जारी रखा।

गर्भवती होने के दौरान नांग रियान नन बन जाती है

नांग रियान, नाई लेंग की छोटी बहन ने आखिरकार शादी कर ली और उसके 3 बच्चे हुए। जब वह 45 साल की थी, तब एक बार फिर गर्भवती हो गई। यह वर्ष 1908 था। इस गर्भावस्था के दौरान उसकी पिछली गर्भावस्थाओं के विपरीत नांग रियान गहराई से आध्यात्मिक बन गई, यहाँ तक कि उसने बौद्ध नन बनने का फैसला कर लिया। उसने अपने बाल मुंडवा लिए, सफेद चोगा पहन लिया और वाट ताकीन मठ में चली गई, जो बान क्रटन से, जहाँ नांग रियान और नाई लेंग रहते थे, 9 मील या 15 किलोमीटर दूर था।

बीमारी के बाद नाई लेंग की मृत्यु और शाओते के रूप में पुनर्जन्म

जब नांग रियान मठ में थी, तब उसके भाई नाई लेंग को बुखार ने जकड़ लिया। अपने भाई की बीमारी के दौरान नांग रियान बान क्रैटन वापस आ गई। यहाँ आने के बाद नांग रियान ने 12 अक्तूबर, 1908 को एक बेटे को जन्म दिया, जिसका नाम शाओखुन राजसुथाजर्न रखा गया, हालाँकि परिवार में वह अपने उपनाम, शाओते द्वारा जाना जाता

था। नाई लेंग छह दिन बीमार रहा और 13 अक्तूबर, 1908 को 45 साल की उम्र में उसकी मृत्यु हो गई। इस प्रकार, शाओते का जन्म नाई लेंग की मृत्यु से एक दिन पहले हुआ था। शाओते के भाग्य में थाईलैंड में एक प्रसिद्ध भिक्षु बनना लिखा था और अपने जीवन के अंतिम वर्षों में उन्होंने एक आत्मकथा लिखी, जो 1969 में प्रकाशित हुई, जब शाओते 61 वर्ष के थे। इस पुस्तक में शाओते बताते हैं कि अपने पूर्व जन्म में वह नाई लेंग थे और नाई लेंग की मृत्यु तथा नवजात शाओते के रूप में पुनर्जन्म के दौरान वे सचेत थे।

विभाजित अवतार

पाठक कह सकता है कि यह संभव नहीं है, क्योंकि चाओत का जन्म नाई लेंग की मृत्यु से एक दिन पहले हुआ था, लेकिन एक समय में एक से अधिक शरीर में रहनेवाली आत्मा की यह घटना वैज्ञानिक दृष्टि से शोध किए गए पुनर्जन्म के मामलों में देखी जाती है। इयान स्टीवेंसन ने इन्हें 'विषम तिथियों' वाले मामलों के रूप में संदर्भित किया, जो जीवनकालों के ओवरलैप का जिक्र करते हैं। मैं इस घटना को 'विभाजित अवतार' के रूप में संदर्भित करता हूँ, क्योंकि आत्मा अपनी ऊर्जा को एक से अधिक शरीर में विभाजित करने में सक्षम होती है। इस घटना के लिए उपयोग किए जाने वाले अन्य शब्दों में शामिल हैं—समानांतर जीवन, जुड़वाँ आत्माएँ या जुड़वाँ अग्नि। इस मामले में, नाई लेंग की आत्मा एक दिन की अवधि के लिए नाई लेंग के शरीर और शिशु शाओते के शरीर, दोनों को एक ही समय में चेतन कर रही थी। अगर यह धारणा बनाई जाती है कि गर्भधारण के समय से आत्मा भ्रूण के विकास में भाग लेती है, तो नाई लेंग की आत्मा 9 माह की अवधि के लिए गर्भ में शाओते के शरीर में बसी थी, जबकि नाई लेंग जीवित था।

दूर की दृष्टि के साथ नाई लेंग का मृत्यु अनुभव

आइए, हम नाई लेंग की मृत्यु और शाओते के रूप में उसके पुनर्जन्म के दौरान हुई घटनाओं से अवगत होने के बारे में चोअत के अपने वर्णन की समीक्षा करें। इस कथा में शाओते वर्णन करते हैं कि कैसे वह अपनी बहन, नांग रियान की मंदिर में गतिविधियों की टेलीपैथी के माध्यम से, जहाँ वो नन थी, और जो नाई लेंग के घर से 9 मील दूर था, जागरूक हो सकते थे। दूरस्थ स्थान पर टेलीपैथिक रूप से घटनाओं को देख पाने की क्षमता को 'रिमोट व्यूइंग' (दूर से देख पाना) कहा जाता है। आइए, अब उस समय में

वापस जाएँ, जब नांग रियान अपनी गर्भावस्था के 7वें महीने में थी, जो लगभग वह समय था, जब वह एक बौद्ध नन बन गई थी और मठ में चली गई थी। यह उसके शिशु को जन्म देने के लिए घर आने से 2 महीने पहले की, और नाई लेंग की मृत्यु से भी लगभग 2 महीने पहले की बात है। निम्नलिखित विवरण शाओते की आत्मकथा से है, जिसमें वे नाई लेंग के रूप में अपने जीवन के अंत को याद करते हैं। सेटिंग अगस्त 1908 में नाई लेंग का घर है।

नाई लेंग अपनी बीमारी के दौरान रिमोट व्यूइंग का अनुभव करता है

वर्ष 1908 में जब मैं (नाई लेंग के रूप में) 45 साल का था, और मेरे तीन बच्चे थे, नांग रियान अपनी गर्भावस्था के सातवें महीने में थी। वह उस वर्ष का आठवाँ महीना था। मैं नाई लेंग पिछले कई महीनों से बीमार चल रहा था। समय की उस अवधि में ये भाई और बहन (नाई लेंग और नांग रियान) बार-बार एक-दूसरे को अपने सपनों में देखते थे। जहाँ तक नांग रियान की बात थी, जब से वह गर्भवती हुई थी, उसे बौद्ध धर्म में अत्यधिक गहरा विश्वास हो गया था, विशेष रूप से ध्यान के संबंध में···वास्तव में वह एक भिक्षुणी बनना चाहती थी। इसलिए उस वर्ष के बौद्ध लेंट से एक दिन पहले वह अपने पति और माँ को छोड़कर मठ में चली गई।

जबकि नांग रियान वाट में प्रार्थना और ध्यान कर रही थी; मैं नाई लेंग घर में बीमार पड़ा था। हालाँकि, मुझे महसूस हो रहा था कि मैं वाट में नांग रियान की गतिविधियों से अच्छी तरह अवगत हूँ, उस पूरे समय जब नांग रियान प्रार्थना और ध्यान करती थी, मुझे न केवल उसके बारे में पता होता था, बल्कि मैं उसे देख भी पाता था। जैसा कि मुझे प्रतीत होता था, मैं हमेशा उससे लगभग 2 मीटर पीछे रहता था। मैंने कभी उससे बात नहीं की···मेरी आँखें कभी झपकती नहीं प्रतीत होती थीं, मैं लगातार केवल उसे घूरता रहता था, इतना कि मैं अपने खुद के अस्तित्व पर ध्यान देना भूल जाता था, अर्थात् मैं उसके साथ कैसे चल पाता था···

उस समय भी, जब वह बुद्ध की तसवीर के सामने प्रार्थना कर रही होती थी, मैं पीछे से उसे देखता रहता था। फिर वह मोमबत्तियों का मुख्य जोड़ा और तीन धूपबत्तियाँ जलाती थी···सारी मोमबत्तियाँ जला लेने के बाद वह दोबारा प्रार्थना करने लगती थी··· फिर वो अपने हाथ नीचे रखती, आँखें बंद करती और तब तक प्रार्थना करती रहती, जब तक सभी धूपबत्तियाँ और मोमबत्तियाँ जलकर खत्म नहीं हो जाती थीं।

नांग रियान के पुत्र शाओते के रूप में नाई लेंग का पुनर्जन्म

उस पूरी अवधि में मैं उसकी गतिविधियों को जानता और देखता रहता था। लेकिन उसके वाट से बॉन क्रेटम वापस आने के दिन मैं कुछ उलझन सी महसूस कर रहा था और मुझे कुछ समझ नहीं आ रहा था'''फिर मुझे याद आया कि मैं बीमार था। एक दिन घर में चार लोग थे, तीन महिला रिश्तेदार और नाई लेंग की पत्नी। मैंने अपनी आँखें खोलीं और सुना कि वे महिलायें एक-दूसरे से कह रही थीं, कल रात 9 बजे नांग रियान को एक प्यारा सा बेटा हुआ'''मैं सोच रहा था कि अगर मैं सामान्य होता, तो मैं भी उसे देखने गया होता। लेकिन मैं तो यहाँ बीमार पड़ा था। मैं दूर से केवल उनकी बातें ही सुन सकता था।

फिलहाल मुझे पीड़ा महसूस हो रही थी, और मैं लेटने वाली उस स्थिति से और अधिक आरामदायक स्थिति में आना चाहता था। यह देखते हुए कि वे (वहाँ मौजूद अन्य व्यक्ति) एक-दूसरे से बात करने में व्यस्त थे, मैंने उनकी मदद नहीं माँगी। और फिर मैं उन तक अपनी आवाज भी नहीं पहुँचा सकता था। इसलिए मैंने अपने आप दीवार की ओर करवट लेने की कोशिश की। मैं सफल तो हो गया, लेकिन उस स्थिति में अपना संतुलन नहीं बनाए रख सका। तो एक बार फिर मैं अपनी पीठ के बल लेटा था। मैंने अपने आप को आराम के उस स्तर पर थोड़ी देर संतुष्ट रहने के लिए कहा।

नाई लेंग का शरीर से बाहर का अनुभव, मृत्यु और शरीर से बाहर रहने के दौरान घटनाओं की जागरूकता

यह सोचकर कि मैं सो जाऊँगा तो शायद बेहतर स्थिति में रहूँगा, मैंने कुछ गहरी साँसें लीं और अपनी आँखें बंद कर लीं। ठीक इस पल में, मुझे लगा जैसे मैं फिर से सामान्य हो गया हूँ। मैं खुद को मजबूत महसूस कर रहा था और एक जगह से दूसरी जगह पर और तेजी से जा पा रहा था। मेरा शरीर हल्का था, जैसे कि उसमें कोई वजन नहीं था। मैं इतना खुश हो गया कि भागकर अपने रिश्तेदारों की बातचीत में शामिल होने चला गया। लेकिन मुझ पर किसी का ध्यान नहीं गया। मैंने उनका ध्यान आकर्षित करने के लिए एक का हाथ पकड़ा और दूसरे का हाथ खींचा, लेकिन फिर भी किसी ने कुछ नहीं किया।

फिर उस दिन का एक और भोजन तैयार करने का समय आया। मेरे रिश्तेदार जाने के लिए तैयार हो रहे थे। उनमें से एक ने नाई लेंग के पैर को छुआ। तब मैं उसके पीछे था, उसके हाथ और कंधे पकड़ने की कोशिश कर रहा था। मैं चिल्लाया, "मैं यहाँ हूँ। मैं अब बीमार नहीं हूँ। मैं ठीक हो चुका हूँ। डरो मत। घबराओ मत, मैं ठीक हूँ।" हालाँकि मैं उन्हें समझा नहीं पाया।

वे रो रहे थे और दु:खी हो रहे थे। उनमें से कुछ पड़ोस में अन्य रिश्तेदारों और दोस्तों को बताने चले गए। वे लोग (जिन्हें बताया गया था) अब घर में आने लगे थे।

नाई लेंग आत्मा की विस्तारित चेतना का अनुभव करते हैं

उस पल में मुझे लगा कि जैसे मैं सर्वव्यापी था : मैं एक साथ 2 या 3 अलग-अलग दिशाओं से आनेवाले लोगों को देख सकता था। इसके अलावा मैं एक ही समय में उन सबका स्वागत करने के लिए वहाँ मौजूद हो सकता था। मैं उनकी आवाजें भी सुन सकता था और साथ ही चीजों को स्पष्ट रूप से देख सकता था।

दूर-दूर के स्थान निकट दिखाई दे रहे थे, क्योंकि मैं बहुत तेजी से एक स्थान से दूसरे स्थान पर जा सकता था। मैं तुरंत सुनने या देखने के लिए वहाँ जा सकता था। कहीं कोई बाधा प्रतीत नहीं हो रही थी (आने जाने या देखने में)। और साथ ही मैं सोच रहा था—

"मैं मेजबानों का नियुक्त प्रमुख हूँ; मैं महान् हूँ। मैं मास्टर ऑफ सेरेमनीज हूँ, जिसके पास सभी मामलों पर अंतिम शब्द हैं। मेरे पास इतना बड़ा अधिकार है कि संभवत: कोई भी उस पर अतिक्रमण या बाधा डालने का काम नहीं कर सकता है।" हालाँकि, अभी तक मेरे रिश्तेदारों ने जो किया था, उससे मैं संतुष्ट था। मैं इतना अधिक से आभारी था कि मुझे भूख या प्यास महसूस नहीं हो रही थी। मैं इस भावनात्मक स्थिति में इतनी दूर चला गया था कि मैं सोना और खाना भूल गया था। न ही मुझे थकान महसूस हो रही थी।

नाई लेंग अपने स्वयं के अंतिम संस्कार में भाग लेते हैं

पूरे अंतिम संस्कार समारोह के दौरान (मैंने बाद में जाना कि वह 3 दिन चला था), मैं खुद को और लोगों की तुलना में कुछ ऊँचा उठा हुआ महसूस कर रहा था—एक औसत व्यक्ति की लंबाई जितना ऊँचा। दूसरे शब्दों में, अगर दूसरे बैठते थे, तो मुझे लगता था, मैं खड़ा हूँ; यदि वे खड़े होते या चलते थे, तो मुझे लगता था कि मैं किसी ऐसी चीज पर खड़ा हूँ या चल रहा हूँ, जिसकी ऊँचाई उनसे अधिक है। जब अंतिम संस्कार का जुलूस श्मशान की ओर जा रहा था, तब मैं गाड़ी के कवर में, उसके सबसे ऊँचे हिस्से पर बैठा था। उस गाड़ी में निश्चित रूप से कोई कर्व नहीं था; यह केवल मेरी भावना थी कि मैं उस स्तर पर था। (यह एक घुमावदार फ्रेम को संदर्भित करता है, जो उसमें ले जाए जाने वाली चावल के बोरे जैसी सामग्री को रखने के लिए गाड़ी से जुड़ा हो सकता है, लेकिन ताबूत में शरीर को ले जाते समय उसे हटा दिया जाता है।)

अंतिम संस्कार के बाद मेरे रिश्तेदारों ने अवशेष इकट्ठे किए। फिर उन्होंने 'अवशेष समारोह' के लिए भिक्षुओं को आमंत्रित किया, जो अंतिम संस्कार का अंतिम चरण था।

शाम के लगभग 8 बजे थे, जब भिक्षुओं का जप समाप्त हुआ। मेहमानों के स्वागत को लेकर मेरी व्यस्तता तब तक कुछ कम हो गई थी। जो महिलाएँ मदद करने आई थीं, वे घर के अंदर सोने चली गईं, जबकि पुरुष समारोह के लिए विशेष रूप से निर्मित एक इमारत में आड़े-टेढ़े समूहों में सोए थे।

इस इमारत के पोर्च पर 3 बुजुर्ग व्यक्ति स्टोव को घेरकर बैठे थे। वे या तो थाई गम चबा रहे थे या सिगरेट पी रहे थे। उन्हें एक तरह से रात के पहरेदार माना जा सकता है। अचानक मेरे दिमाग में नांग रियान का विचार आया। "मैंने सुना था कि उसने अभी-अभी एक बच्चे को जन्म दिया है। मैं अभी तक उससे मिलने नहीं गया, क्योंकि मैं मेहमानों के स्वागत में बहुत व्यस्त था। अब मैं जाने के लिए स्वतंत्र हूँ।"

नाई लेंग का नांग रियान से मिलन, वह उसे भूत समझती है

उस समय मैं उस स्थान पर था, जहाँ भिक्षु उस वाट में बैठे थे, जहाँ अंतिम संस्कार हुआ था। दिमाग में आए इस विचार के साथ मैं नांग रियान के घर की दिशा में मुड़ गया, जो पश्चिम में लगभग 5 सीन (लगभग 200 मीटर) की दूरी पर था। मैंने जैसे ही वहाँ जाने का विचार किया, मैं वहाँ पहुँच गया। बच्चा, जैसा कि मेरे रिश्तेदारों ने कहा था, वास्तव में बहुत सुंदर और प्यारा था। मैंने अपने मन में सोचा—मुझे उसे छूने और दिल से चुंबन देने का मौका कैसे मिल सकता है?

नांग रियान तब सो रही थी और उसका दाहिना हाथ बच्चे के ऊपर था। कुछ ही देर में उसने आँखें खोलीं, मुझे देखा और कहा, "मेरे प्यारे भाई, तुम पहले ही दूसरी दुनिया में जा चुके हो। कृपया उस स्थान पर चले जाओ, जहाँ तुम्हें खुशी मिलेगी। कृपया अब अपने भाइयों और बहनों के सामने मत आना, न ही उनकी चिंता करना।"

यह एकमात्र समय था, जब लोगों ने मुझे देखा और मुझसे बात की। मुझे इतना अजीब लगा कि मैं जाकर छुप गया। मैं उसके कमरे के सामने की दीवार पर झुका हुआ था। मेरा चेहरा उत्तर दिशा की ओर था।

नाई लेंग का नवजात शाओते के शरीर में प्रवेश

थोड़ी देर के बाद, यह सोचकर कि वह फिर सो गई है, मैं बच्चे की एक और झलक पाने के लिए बाहर आया। उसने फिर से अपनी आँखें खोल दीं और मुझसे वही बात कही। मैं वापस छिपने के लिए चला गया। मैंने खुद से कहा कि मेरे लिए अंतिम फैसला लेने का समय आ गया है। मैं दो भावनाओं के बीच फँसा हुआ था। हालाँकि मैं रहना चाहता हूँ, फिर भी मुझे जाना चाहिए; मुझे वास्तव में जाना चाहिए। हालाँकि जाने से पहले मैं बच्चे को

अच्छी तरह से एक बार और देखना चाहता हूँ। इस बार मैंने उसके पास जाने की हिम्मत नहीं की, इस डर से कि वह एक बार और मेरा तिरस्कार करेगी। इसलिए मैंने केवल अपना सिर बाहर निकाला। बच्चे को अच्छी तरह देखकर मैं वापस जाने लगा।

जैसे ही मैं मुड़ा, मेरा शरीर लट्टू की तरह घूमने लगा।

मैं अपना संतुलन वापस नहीं पा सका। मैंने अपना सिर, चेहरा और कान अपने हाथों से ढकने की कोशिश की, लेकिन उस पल में मैंने सोचा कि मैं मर गया हूँ।

मुझे नहीं पता कि मेरी चेतना वापस आने में कितना समय लगा। मैं सोच रहा था कि मैं कहाँ था? एकाग्रता और स्मृति ने मुझे बताया कि इससे कुछ ही समय पहले मैं नाई लेंग था। मैंने खुद को शक्ति से भरा महसूस किया। संपूर्ण अतीत को याद करते हुए मैं सोचने लगा कि मैं इतनी असहाय स्थिति में क्यों था? मुझे कुछ हद तक निराशा महसूस होने लगी।

शिशु शाओते पिछले जीवन के संबंधियों को पहचानता है

बाद में मैं बहुत खुश था कि मैं अपने पेट के बल लेट पा रहा था। मुझे और भी अधिक खुशी इस बात से थी कि मैं उन सब लोगों को पहचान सकता था, जो मुझे देखने आ रहे थे। मुझे उनके नाम याद थे। मैं अपने हाथ हिलाकर उन्हें बुलाने की कोशिश कर रहा था। हालाँकि, मेरे मुँह से केवल शिशुओं के लिए सामान्य, घरघराहट की आवाज निकली। किसी का ध्यान मेरे इशारों पर गया और उन्होंने मुझे उठा लिया। मैं बहुत खुश हो गया और दिल से हँसने लगा। इस अवधि के दौरान दुःखद क्षण कम और खुशी के क्षण ज्यादा थे।

शाओते बात करना सीखता है और अपने पिछले जीवन के संबंधियों को नाम से बुलाता है

फिर एक और अवधि आई, जिसके दौरान मैंने चलना और बात करना सीखा। एक दिन जब मेरी दादी आईं, तो उन्हें दादी कहने के बजाय मैंने माँ शब्द का इस्तेमाल किया। मैं अपनी याद में पिछले परिचितों द्वारा शासित था।

दादी, मा चमा, जो नाई लेंग की माँ थीं, आश्चर्यचकित थीं कि शाओते ने उन्हें माँ कहा तो उन्होंने पूछा, "अच्छा, तो फिर तुम्हारा नाम क्या है?" शाओते ने जवाब दिया, "मेरा नाम लेंग है।" अपनी आत्मकथा में शाओते आगे कहते हैं, "मुझे आश्चर्य हुआ कि वे मुझे पहचान क्यों नहीं पा रहे थे? उनके सामने शत-प्रतिशत नाई लेंग था।"

अचानक नांग रियान ने कहा, "इसमें कोई आश्चर्य नहीं है। मैंने प्रसव के बाद किसी

समय नाई लेंग को देखा था। उनका पुनर्जन्म हुआ होगा।" फिर उसने पूछा, "अगर ऐसा है बेटा, तो अपना नाम फिर से बताओ? और तुम्हारी पत्नी का? तुम कहाँ रहते थे?" और वे एक के बाद एक सवाल पूछते रहे। मैंने सभी प्रश्नों के सही उत्तर दिए। उन सबने निष्कर्ष निकाला कि नाई लेंग का पुनर्जन्म हुआ है।

आइए इन घटनाओं के घटने की समीक्षा करें। शाओते का जन्म 12 अक्तूबर, 1908 को हुआ था। जब उसने बोलना सीखा, तब हालाँकि उसकी माँ ने उसे समझाया था कि उसके चाचा, चाची, बुआ कौन थे, लेकिन वह फिर भी उन्हें अपने भाई-बहनों के रूप में संदर्भित करता था, जैसे कि वह अभी भी नाई लेंग था। इसी प्रकार वह अपनी दादी मा चमा को 'माँ' कहता था। वे वास्तव में नाई लेंग की माँ थीं।

नाई लेंग की बेटियाँ मानने लगती हैं कि शाओते उनके पिता का पुनर्जन्म है

नाई लेंग की मृत्यु के समय उनकी बेटी पा 24 वर्ष की थी। जब शाओते 4 साल का हुआ तो उसने उसे पहचान लिया और कहा, "मैं तुम्हारा पिता हूँ।" और उसे उसके बचपन के उपनाम से संबोधित किया। पहले पा शाओते की बातों से चिढ़ती थी, लेकिन समय बीतने के साथ वह आश्वस्त हो गई कि शाओते उसके पिता का पुनर्जन्म ही है।

नाई लेंग की दूसरी बेटी पोह ने कहा कि एक बच्चे के रूप में शाओते ने अपने पिता के जीवन की उन घटनाओं का उल्लेख किया था, जो शाओते को ज्ञात नहीं हो सकती थीं। उसने कहा कि बचपन में शाओते उनके पिता के परिचित लोगों को देखकर पहचान लेता था और उन्हें उनके नामों से संबोधित करता था। नाई लेंग की तीसरी बेटी पी ने याद किया कि शाओते गुस्सा हो जाता था, जब नाई लेंग की बेटियाँ पा, पोह और पी उसे 'पिता' के रूप में संदर्भित नहीं करती थीं।

नाई लेंग की बहन नेम ने कहा कि शाओते ने जैसे ही बोलना सीखा उसे नाम से जल्द ही पहचान लिया। एक बच्चे के रूप में शाओते ने नाई लेंग की पत्नी को भी पहचान लिया और नाम से संबोधित किया, साथ ही उसने नाई लेंग के अन्य परिचित लोगों को भी सही नाम से पहचान लिया।

शाओते किसी दलाई लामा की तरह पिछले जीवन की चीजों को पहचानता है

एक बच्चे के रूप में शाओते दूसरों की वस्तुओं से नाई लेंग की वस्तुओं को सही तरीके से अलग कर सकती थी। पिछले जीवन की चीजों की पहचान करने की यह क्षमता

परंपरागत रूप से बौद्ध भिक्षुओं द्वारा उपयोग की जाती है, ताकि एक दलाई लामा के पुनर्जन्म की पहचान हो सके।

शाओते की एक पिछले जीवन की स्मृति है, जिसमें एक महिला ने सड़क पर शिशु को जन्म दिया था

एक किशोर के रूप में शाओते को वह घटना सहज रूप से याद आ गई, जो उस समय हुई थी, जब नाई लेंग 15 वर्ष का था, जिसमें नाई लेंग का उस महिला से सामना हुआ था, जिसने सड़क पर शिशु को जन्म दिया था। शाओते की माँ नांग रियान ने, जो इस घटना के दौरान नाई लेंग के साथ थीं, घटना की पुष्टि की। अपनी आत्मकथा में शाओते इस स्मृति का वर्णन करते हैं—

"मैं 15 साल की उम्र में नाई लेंग था। यह रोपण के मौसम की शुरुआत की एक शाम थी। दिन के काम को खत्म करने के बाद मेरी बहन नांग रियान और मैं रोज की तरह घर जा रहे थे। रास्ते में हमें एक औरत मिली, जो कुछ ही देर पहले सड़क पर शिशु को जन्म देने के बाद आराम कर रही थी। उसका पति बान नुआ का मूल निवासी था, लेकिन पत्नी बन ताई से थी। उसकी पत्नी की बहुत इच्छा थी कि वह अपनी माँ के घर पर बच्चे को जन्म दे। प्रसव का समय पास आने पर उसने अपने पति से बार-बार आग्रह किया कि वह उसे उसकी माँ के पास ले जाए। अंततः पति मान गया, लेकिन तब तक प्रसव का समय आ गया था। गाड़ी के नियत स्थान तक पहुँचने से पहले ही उसे प्रसव पीड़ा शुरू हो गई। पति ने गाड़ी को रोक दिया, बैलों को खोल दिया और पत्नी के आराम करने के लिए एक जगह तैयार कर दी। मैंने ऐसा दृश्य पहले कभी नहीं देखा था। यह सब मेरे लिए अजीब था, और इसलिए मेरे ऊपर उसका गहरा प्रभाव पड़ा।"

यद्यपि शाओते को यह स्मृति नाई लेंग के रूप में उसके पिछले जन्म से थी, लेकिन उसे यह याद नहीं था कि वह जन्म कहाँ हुआ था। एक दिन वह उन मवेशियों की देखभाल कर रहा था, जिन्हें वह चरागाह में चराने के लिए ले गया था। एक विशेष स्थान पर उसे एक डेजा वू अनुभव हुआ। उसे एहसास हुआ कि वह उस स्थान पर था, जहाँ महिला ने सड़क पर बच्चे को जन्म दिया था, और जो उसने नाई लेंग के रूप में अपने जीवन के दौरान देखा था।

शाओते अगले दृश्य का वर्णन करते हैं—

"उस शाम जैसे ही मैं घर पहुँचा, मैंने अपनी माँ से पूछा कि क्या किसी औरत ने उस जगह पर एक बच्चे को जन्म दिया था?" उसने कहा, "हाँ, लेकिन यह तब हुआ था, जब मैं 14 साल की थी और अपने 15 साल के भाई के साथ खेतों से लौट रही थी। वह भाई मैं था, जो अब उस बहन का सबसे छोटा बेटा बन गया था।"

क्सेनोग्लॉसी : शाओते सहजता से खमेर समझ सकता है

16 साल की उम्र में शाओते एक बौद्ध भिक्षु बन गया और नाई लेंग के जीवन के पैटर्न को दोहराते हुए उसने एक मठ में प्रवेश कर लिया। इस मठ में कंबोडियन भाषा, खमेर में लिखे गए बौद्ध ग्रंथ थे। शाओते ने भिक्षुओं को इन खमेर ग्रंथों को पढ़ते देखा, हालाँकि उसे केवल थाई भाषा आती थी, वह खमेर में लिखी कुछ पांडुलिपियाँ अपने कमरे में ले गया, यह देखने के लिए कि वो उन्हें समझ पा रहा है या नहीं। याद करें कि खमेर वर्णमाला के अक्षर थाई भाषा की वर्णमाला से बहुत अलग हैं।

शाओते ने पाया कि पहले तो वह खमेर पांडुलिपियाँ नहीं पढ़ पा रहा था, लेकिन अपने तीसरे प्रयास में वह उन्हें बिना किसी कठिनाई के समझ पा रहा था। अपनी आत्मकथा में शाओते इस अनुभव का वर्णन करते हैं—

"पुस्तक (खमेर में लिखी) के 10 पृष्ठ थे। मैंने लगभग एक घंटे में उसे पढ़ लिया। इस डर से कि पहली बार पढ़ने में कोई गलती हुई हो सकती है। मैंने उसे शुरू से दोबारा पढ़ा। इस बार भी मुझे उसको पढ़ने में एक घंटा लग गया। मैं अभी भी पूरी तरह संतुष्ट नहीं था, इसलिए मैंने उसे तीसरी बार पढ़ा। मुझे बहुत खुशी हुई, और हैरानी भी कि मैं उस भाषा को पहले सीखे बिना ही पढ़ सकता था। बहुत से लोगों ने साल-दर-साल काफी प्रयास किए, फिर भी कुछ ही लोग सफल हो पाए। बाद में मैं खमेर पढ़ने के साथ-साथ लिखने भी लगा, उसके बाद से मैं किसी भी कैनोलिकल काम को पढ़ने में सक्षम हो गया था, चाहे वह थाई में हो या खमेर में। कारण आसान सा है—मैं लेंग के रूप में एक भिक्षु था, इसलिए मैं पहले से ही इस भाषा को काफी अच्छी तरह से जानता था। बेशक, उसका कुछ हिस्सा मैं भूल चुका था, लेकिन यह तो स्वाभाविक है।

क्सेनोग्लॉसी : शाओते सहज रूप से लाओशियन समझ सकता है

एक और प्रसंग है, जिसमें क्सेनोग्लॉसी शामिल है। जब वह 19 वर्षीय भिक्षु थे, तो शाओते ने देखा कि मठ के आसपास के ग्रामीण लाओशियन बोल रहे थे। शाओते इन ग्रामीणों के पास गया और उसने पाया कि वह उनके साथ सहजता से बातचीत कर सकता है, जबकि उसे लाओशियन सिखाई नहीं गई थी। इस क्षमता के लिए शाओते ने लाओशियन के अपने पिछले जीवन के ज्ञान को श्रेय दिया, जो नाई लेंग द्वारा सीखी गई थी।

शाओते एक एबॉट या मठ का प्रमुख बन जाता है

शाओते के बड़े होने के साथ नाई लेंग के रूप में उनके जीवन की उनकी यादें फीकी नहीं हुईं, जिसके लिए उन्होंने दो जीवनकालों के दौरान ध्यान के अभ्यास के प्रति

समर्पण को जिम्मेदार ठहराया। शाओते की मृत्यु 1976 में 68 वर्ष की उम्र में थाईलैंड के सबसे सम्मानित भिक्षुओं और एबॉट्स में से एक के रूप में हुई।

पुनर्जन्म के मुख्य बिंदु और सिद्धांत

क्सेनोग्लॉसी : यह मामला वह दरशाता है, जिसे इयान स्टीवेंसन, एम.डी. उत्तरदायी क्सेनोग्लॉसी कहते थे, जहाँ एक व्यक्ति एक ऐसी भाषा में बातचीत कर सकता है, जो उसने सामान्य माध्यम से नहीं सीखी है। इसके विपरीत, स्टीवेंसन ने एक अनसीखी भाषा में जवाब देने या बातचीत करने की क्षमता के बिना केवल उस भाषा में बोल पाने को 'प्रतिक्रियात्मक क्सेनोग्लॉसी' नाम दिया था।

इस मामले में शाओते, जिसे केवल थाई भाषा सिखाई गई थी, लाओस से आए व्यक्तियों से लाओशियन भाषा में बातचीत करने में सक्षम था। इसके अलावा शाओते कंबोडियन भाषा खमेर में लिखे बौद्ध ग्रंथों को पढ़ने में सक्षम था, हालाँकि उसे कभी खमेर सिखाई नहीं गई थी। ये दो भाषाएँ नाई लेंग द्वारा सीखी गई थीं और शाओते ने लाओशियन और खमेर भाषाएँ समझने की पिछली जीजन की क्षमता को ग्रहण किया था।

विभाजित पुनर्जन्म : शाओते का जन्म 12 अक्तूबर, 1908 को हुआ था, जबकि नाई लेंग की मृत्यु अगले दिन 13 अक्तूबर, 1908 को हुई, जिसका मतलब है कि नाई लेंग की आत्मा ने नाई लेंग और नवजात शाओते के शरीर को लगभग एक दिन की अवधि के लिए एक ही समय पर, एक साथ चेतन किया था।

पुनर्जन्म के माध्यम से रिश्तों का नवीनीकरण : इस मामले से पता चलता है कि लोग उसी परिवार के भीतर पुनर्जन्म ले सकते हैं, जैसे नाई लेंग ने पुनर्जन्म लिया और अपनी बहन नान रीन के गर्भ से पैदा हुआ।

मौत का अनुभव और मार्गदर्शक आत्मा की भागीदारी : नाई लेंग ने नान रीन के मंदिर में रहते हुए उसे देखने में रिमोट व्यूइंग (दूरस्थ दृष्टि) का अनुभव किया। उन्होंने चेतन अवस्था में अपनी मृत्यु और आत्मा की विस्तारित चेतना का अनुभव किया। उन्होंने अपनी खुद की शवयात्रा में भाग लिया और अपने शरीर का पीछा किया, जब वह दफनाने के लिए मंदिर ले जाई जा रही थी। नाई लेंग ने अंतिम संस्कार के बाद के भोज में भी भाग लिया, जहाँ उन्होंने भोज के लिए एकत्र हुए अपने रिश्तेदारों को देखा। वे शाओते के रूप में अपने पुनर्जन्म के बारे में भी जागरूक थे और उन्होंने एक असहाय शिशु होने की भावना का भी अनुभव किया।

□

भाग-2

आत्मिक माध्यमों से पुनर्जन्म शोध

20

आत्मिक माध्यम

पुनर्जन्म अनुसंधान में मैं कुछ इस तरह शामिल हुआ कि 1984 में एक लार्क पर मैं एक माध्यम (मीडियम) के पास गया, जो काफी कुछ वैसा था, जिसे पेनी पियर्स मिलने गई थीं, जैसी कि पिछले अध्याय में चर्चा की गई थी। यह वह समय था, जब मैं शिकागो, इलिनोइस में अपने चिकित्सा प्रशिक्षण की अवधि में था। एक दोस्त ने मुझे फोन किया और सुझाव दिया कि मैं एक माध्यम के साथ सत्र करूँ, जो स्थानीय आध्यात्मिक किताबों की एक दुकान में काम कर रहा है। प्रकृति से संदिग्ध होने के नाते मैंने पहले कभी एक मनोवैज्ञानिक के पास जाने के बारे में विचार नहीं किया था। हालाँकि उस समय नीरस सी सर्दियाँ थीं और पढ़ाई के अलावा करने को कुछ खास नहीं था, मैंने खुद को समझाया कि एक माध्यम के साथ एक सत्र और कुछ नहीं तो मनोरंजक तो हो ही सकता है।

सत्र के दौरान माध्यम एक ध्यान की अवस्था में चला गया और ऐसा करने में उसने आत्मा गाइडों को अपने माध्यम से बात करने की अनुमति दी। इन गाइडों ने मुझे आश्चर्यजनक सटीकता के साथ पारिवारिक मुद्दों के बारे में बताया। फिर आत्मा गाइडों ने मुझे दो पिछले जन्मों के बारे में बताया, जिनमें से एक अमेरिकी क्रांति के दौरान था। संक्षेप में, उन्होंने मुझे बताया कि मैं जॉन ऐडम्स एक अमेरिकी क्रांतिकारी था, जो अंतत: जॉर्ज वाशिंगटन के कार्यकाल में पहले उपराष्ट्रपति, फिर संयुक्त राज्य अमेरिका के दूसरे राष्ट्रपति बने। मैंने सुना था कि मनोवैज्ञानिक अकसर लोगों को बताते हैं कि वे पिछले जीवनकाल में कोई प्रसिद्ध व्यक्ति थे, क्योंकि उनके ग्राहक यही सुनना चाहते हैं। मुझे यह मुमकिन नहीं लगा कि मैं ऐडम्स था, इसलिए 1984 में मैंने इस जानकारी को हास्यास्पद समझकर खारिज कर दिया और लगभग 12 वर्ष तक ऐडम्स से संबंध पर विचार नहीं किया।

1995 के अंत में मैं अपने चिकित्सीय कॅरियर में पूरी तरह व्यस्त था और एक व्यावसायिक यात्रा पर हवाई गया था। मैं यूनोकल 76 नाम की एक तेल कंपनी में मेडिकल

डायरेक्टर के रूप में कार्यरत था, जिसका नारा था 'द स्पिरिट ऑफ 1776', जो अमेरिकी क्रांति की भावना को संदर्भित करती थी। लगभग दोपहर के भोजन का समय था और मैं होनोलुलु में यूनोकल की सुविधाओं में से एक में खड़ा, कुछ सहकर्मियों का इंतजार कर रहा था। अचानक, पता नहीं कहाँ से मुझे एक आंतरिक संदेश मिला, जैसा मैंने पहले कभी अनुभव नहीं किया था। मेरे सिर के अंदर एक गूँजती आवाज ने आदेश दिया—

ऐडम्स के जीवनकाल का अध्ययन करो!

मैंने पहले कभी इस तरह की गूँजती हुई आंतरिक आवाज नहीं सुनी थी, न ही उसके बाद कभी सुनी। इस आवाज द्वारा व्यक्त किया गया संदेश दृढ और निर्विवाद था, और उस शाम मुझे होनोलुलु में किताबों की एक दुकान में भेजने के लिए पर्याप्त शक्तिशाली था, जहाँ मैंने अमेरिकी क्रांति और जॉन ऐडम्स पर किताबें खरीदीं।

1984 में सत्र में आत्मा गाइडों ने मुझे बताया कि यदि मैंने जॉन ऐडम्स पर शोध किया, तो मैं उनकी शारीरिक विशेषताओं, व्यक्तित्व और आदतों में खुद को ही देखूँगा। जब मैंने वर्ष 1996 के दौरान ऐडम्स के बारे में पढ़ा, तो यही पाया। मेरे पास वही व्यक्तित्व, वही शक्तियाँ और कमजोरियाँ थीं, और कुछ तसवीरों में, जैसे कि क्रांतिकारी युद्ध के बाद पेरिस शांति सम्मेलन के लिए किए गए एक पोर्ट्रेट में मेरा चेहरा हूबहू ऐडम्स के समान लग रहा है। समय के साथ मैंने 60 लोगों की पहचान की, जो ऐडम्स से संबद्ध थे और जिन्होंने मेरे जीवन में मेरे आसपास पुनर्जन्म लिया था, ऐसा प्रतीत हो रहा था। उदाहरण के लिए, शारीरिक समानता और व्यक्तित्व के आधार पर मेरा भाई जॉर्ज जॉन ऐडम्स का भाई पीटर ऐडम्स लग रहा था। मेरा दूसरा भाई लियो, जो एक ऑर्थोपेडिक सर्जन है, कॉटन टफ्ट्स का पुनर्जन्म प्रतीत हो रहा था, जो खुद भी एक चिकित्सक और ऐडम्स परिवार के करीबी दोस्त थे, और जो ऐडम्स परिवार की विदेश यात्राओं के दौरान उनका वित्त-प्रबंधन करते थे। इस अध्याय के अंत में छवियों की तुलना उपलब्ध है।

अमेरिकी क्रांति से क्सेनोग्लॉसी का एक मामला

दो साल की अवधि में मैंने धीरे-धीरे इस बारे में सोचना शुरू कर दिया कि मैं वास्तव में जॉन ऐडम्स का पुनर्जन्म हो सकता हूँ। इसका एक कारण ऐडम्स के संबंध में मेरे साथ होनेवाली कई तुलनात्मक और असामान्य घटनाएँ थीं। एक ऐसी असामान्य घटना में क्सेनोग्लॉसी के एक मामले का अचानक सामने आ जाना शामिल था।

इसमें इगोर नाम के मेरे एक रूसी मित्र शामिल हैं, जो सैन फ्रांसिस्को में ही रहते

थे। ऐडम्स के अपने अध्ययन में मुझे एहसास हो रहा था कि इगोर एक फ्रांसीसी पुरुष हैं, जिसे जॉन ऐडम्स उन दिनों में जानते थे, जब वे फ्रांस में अमेरिकी राजदूत के रूप में कार्य करते थे। जब इगोर और मैं पहली बार मिले, तो हम तत्काल मित्र बन गए, जो कि तब होता है, जब किसी व्यक्ति को पिछले जन्म से कोई हमवतन मिल जाता है। इगोर शारीरिक रूप से फ्रांसीसी जैसे दिखते थे और वे व्यक्तित्व लक्षण भी साझा जाया करते थे। इगोर और फ्रांसीसी दोनों को संगीत से प्यार था और वे वाद्य यंत्र बजाते थे। इगोर ने रूस में कॉन्सर्ट पियानोवादक के रूप में प्रशिक्षण प्राप्त किया था, और संयुक्त राज्य अमेरिका आ जाने के बाद वे न्यूयॉर्क में प्रमुख बैले कंपनियों के लिए पियानो बजाते थे। इगोर और फ्रांसीसी दोनों ही वित्त प्रबंधन में कुशल थे। वास्तव में इगोर अपनी जीविका स्टॉक मार्केट से चलाते हैं।

यद्यपि इगोर एक करीबी दोस्त है, लेकिन मैंने उसे एक साल से अधिक समय तक अपनी परिकल्पना वाले फ्रांसीसी जीवन की पहचान के बारे में नहीं बताया, क्योंकि इगोर एक नास्तिक है और मुझे पता था कि वह पुनर्जन्म में विश्वास नहीं करता था। एक शाम मैं इगोर के अपार्टमेंट में था और रसोईघर में इगोर और उसकी नई प्रेमिका होली के साथ बैठा था। इगोर और होली लगभग छह महीने से डेटिंग कर रहे थे, लेकिन वह सिएटल में रहती थी, इसलिए यह उससे मिलने का मेरा पहला मौका था। अचानक मुझे एक अलग सा अंतर्ज्ञान प्राप्त हुआ, जो एक टेलीपैथिक संदेश की तरह लग रहा था। वास्तव में इसका अच्छी तरह से वर्णन करने के लिए मैं यही कह सकता हूँ कि मैंने एक 'आवाजरहित आवाज' (वॉइसलेस वॉइस) का अनुभव किया; एक शब्द जिसका उपयोग नील डोनाल्ड वॉल्श ने अपनी पुस्तक शृंखला 'कन्वर्सेशंस विद गॉड' (ईश्वर के साथ वार्त्तालाप) में किया था। हालाँकि मुझे नहीं पता कि आवाजरहित आवाज कहाँ से आई थी, लेकिन उसने निम्नलिखित निर्देश दिया—

"उन्हें अभी बताओ, उन्हें अभी बताओ।"

मैं तुरंत समझ गया कि आवाजरहित आवाज चाहती थी कि मैं इगोर और होली को फ्रांसीसी पुरुष के रूप में इगोर के पिछले जीवनकाल के बारे में बताऊँ, हालाँकि मैं समझ नहीं पा रहा था कि मुझे इगोर को अभी यह बात क्यों बतानी चाहिए? मैंने इस अनपेक्षित आवाज से तर्क किया और अपने आप में सोचने लगा, 'मैं उन्हें अभी क्यों बताऊँ? मैं इगोर को एक साल पहले बता सकता था। इसके अलावा, वे वैसे भी इस बात पर विश्वास करनेवाला नहीं है।' फिर भी मैंने आवाजरहित आवाज के आदेश का पालन किया। मैंने अनिच्छा से इगोर और उसकी महिला मित्र को अपनी इस भावना के बारे में बताया कि मैं

क्रांतिकारी युग में इगोर को जानता था और यह कि वह उस जन्म में फ्रांसीसी था।

तब उसकी गर्लफ्रेंड होली ने कहा, "ओह, यह अजीब बात है, क्योंकि इगोर नींद में फ्रेंच बोलता है।" इगोर ने पुष्टि की कि यह सच है। इगोर ने बताया कि उसे कई बार कहा गया है कि वह नींद में फ्रेंच बोलता है, और उसने स्वीकार किया कि उसने कभी फ्रेंच नहीं पढ़ी। इगोर अपनी जाग्रत् चेतना में फ्रेंच नहीं बोल सकता। बेशक, एक नास्तिक होने के नाते इगोर ने इस घटना की परवाह नहीं की, न ही इस पर विचार किया कि यह कैसे संभव हो सकता था।

मैं अवाक् था! यह क्सेनोग्लॉसी के मामले का प्रतिनिधित्व करता था, जिसमें एक व्यक्ति ऐसी भाषा बोल सकता है, जो उसने सामान्य साधनों से नहीं सीखी थी। आश्चर्यजनक बात यह थी कि यह घटना सामान्य रूप से इगोर और ऐडम्स के पिछले जीवन शोध के बारे में मेरी परिकल्पना का समर्थन कर रही थी। ऐसा प्रतीत होता है कि आवाजरहित आवाज ने मुझे इगोर को उसकी प्रेमिका की उपस्थिति में उसके फ्रांसीसी जीवनकाल के बारे में बताने के लिए प्रेरित किया, ताकि वह मुझे उसके रात्रिकालीन भाषा कौशल की जानकारी दे सके। अन्यथा मुझे कभी भी इगोर की क्सेनोग्लॉसी के बारे में पता नहीं चलता।

इसके अलावा मेरे साथ कई अन्य अजीब घटनाएँ और संयोग हुए, जो कि ऐडम्स के रूप में मेरे पिछले जीवनकाल से संबंधित प्रतीत होते थे, जिनके बारे में मेरी पुस्तक 'रिटर्न ऑफ द रिवोल्यूशनरीज' के अंतिम अध्याय 'अ साइंस ऑफ स्पिरिट एंड द न्यू रिफोर्मेशन' में विस्तार से बताया गया है। यदि मेरा अनुमानित पुनर्जन्म मामला सच था, तो मैंने विचार किया कि पुनर्जन्म कैसे काम करता है? यह समझने में यह जानकारी मूल्यवान् हो सकती है, लेकिन मुझे नहीं पता था कि जानकारी के साथ क्या करना चाहिए? वर्ष 2000 से पहले मैं निश्चित रूप से जनता में जाने के लिए तैयार नहीं था। आखिरकार, मैं एक चिकित्सक था, जो एक अच्छा वेतन अर्जित कर रहा था। यदि मैं जॉन ऐडम्स नहीं था, तो मैं घूम-घूमकर यह कहते हुए कि मैं जॉन ऐडम्स हूँ, अपनी नौकरी नहीं खोना चाहता था। मुझे और अधिक सत्यापन या पुष्टि की आवश्यकता थी।

एक नोबेल पुरस्कार विजेता और उनकी पत्नी दृश्य में प्रवेश करते हैं

एक और घटना, जिसने मुझे अपनी पुनर्जन्म की खोज जारी रखने के लिए प्रेरित किया, कैरी मुलिस से संबंधित है, जिन्होंने 1993 में पॉलिमेरेज चेन रिएक्शन (पीसीआर) की खोज के लिए नोबेल पुरस्कार जीता, वह रासायनिक प्रतिक्रिया, जो डी.एन.ए. फिंगरप्रिंटिंग का आधार है।

कई सालों से मैं इस विचार से खेल रहा था कि शायद आत्मा हमारे डी.एन.ए. के कुछ हिस्सों को विशिष्ट रूप से प्रोग्राम करती है, जिसका उपयोग पुनर्जन्म को बायोकेमिक रूप से साबित करने में किया जा सकता है। इसमें पारंपरिक डी.एन.ए. फिंगरप्रिंटिंग तकनीक शामिल नहीं होगी, जो परिवार की आनुवंशिकी पर आधारित होती है। इसके बजाय विचार एक जन्म से दूसरे जन्म में डी.एन.ए. अनुक्रमण की तुलना करने का था, यह देखने के लिए कि क्या डी.एन.ए. के ऐसे कुछ हिस्से हैं, जो प्रत्येक आत्मा के लिए विशिष्ट हैं। मैंने तर्क दिया कि यदि आत्मा एक होलोग्राम प्रोजेक्ट करती है, जिसके परिणामस्वरूप एक जीवनकाल से दूसरे जीवनकाल में चेहरे की विशेषताएँ समान होती हैं, तो हमारे डी.एन.ए. में आत्मा के होलोग्राम का कुछ प्रतिबिंब हो सकता है।

अगस्त 2000 में मैंने स्मिथसोनियन इंस्टीट्यूट के एक वैज्ञानिक टेरी शारर, पी-एच.डी. के बारे में जाना, जो डी.एन.ए. परीक्षण के विशेषज्ञ थे। मैंने डी.एन.ए. विश्लेषण के बारे में जानकारी प्राप्त करने के लिए उनसे फोन द्वारा संपर्क किया और हमारे वार्त्तालाप के दौरान मैंने उन्हें पुनर्जन्म और अन्य आध्यात्मिक विषयों में अपनी रुचि के संबंध में बताया। टेरी काफी उत्साहित हो गए; उन्होंने कहा कि मुझे उनके एक मित्र कैरी मुलिस से संपर्क करना चाहिए, जिन्होंने डी.एन.ए. फिंगरप्रिंटिंग में प्रयोग की जाने वाली रासायनिक प्रतिक्रियाओं में से एक का आविष्कार किया है, जिसे पॉलिमरेज चेन रिएक्शन कहा जाता है। उस बिंदु से पहले मैंने कभी कैरी मुलिस के बारे में नहीं सुना था। टेरी ने समझाया कि पी.सी.आर. न केवल डी.एन.ए. फिंगरप्रिंटिंग का आधार था, बल्कि यह मोशन फिल्म जुरासिक पार्क के लिए सैद्धांतिक आधार भी था, जिसमें डायनासोर प्राचीन संरक्षित डी.एन.ए. से जीवन में वापस लाए जाते हैं।

टेरी ने मुझसे कहा, "आप दोनों आत्मीय आत्माएँ हैं।" और उन्होंने मुझे कैरी मुलिस के घर का फोन नंबर और पता दे दिया। टेरी ने वार्त्तालाप का समापन मुझे यह बताकर किया कि कैरी ने पी.सी.आर. से जुड़े अपने काम के लिए नोबेल पुरस्कार जीता था। टेरी ने मुझे सलाह दी कि इससे पहले कि मैं उनके दोस्त से संपर्क करूँ, मुझे एक आत्मकथात्मक पुस्तक पढ़नी चाहिए, जिसे कैरी ने लिखा था, और जिसका शीर्षक था—'डांसिंग नेकेड इन द माइंड फील्ड'।

मैं इस बात से थोड़ा चौंक गया था कि मुझे 20 मिनट के टेलीफोन वार्त्तालाप के बाद नोबेल पुरस्कार विजेता के घर का फोन नंबर और पता दे दिया गया था। जब मैंने फोन रख दिया, तो सोचने लगा कि क्या इसमें एक और कर्मिक या आत्मा-समूह संबंध शामिल है। फोन कॉल के बाद, कारी के बारे में कुछ और जाने बिना, मैंने अपने आप में सोचा कि अमेरिकी क्रांति के समय वे कौन हो सकते थे? मेरे दिमाग में केवल एक ही नाम आया, और वह बेंजामिन रश था। रश जॉन ऐडम्स के करीबी दोस्त होने के साथ-

साथ एक अग्रणी केमिस्ट और चिकित्सक भी थे।

जब मैंने कैरी की किताब पढ़ी, तो मुझे समझ में आया कि टेरी ने क्यों कहा था कि मैं और कैरी आत्मीय आत्माओं की तरह थे। विज्ञान में कॅरियर होने के अलावा हम दोनों आध्यात्मिकता और पुनर्जन्म में रुचि रखते थे। कैरी अपनी पुस्तक का समापन भी निम्नलिखित उद्धरण के साथ करते हैं—

'एक इनसान के लिए उचित आचरण है—जीवित रहने के लिए भाग्यशाली महसूस करना और चीजों की अखंडता के चेहरे में खुद को विनम्र बनाए रखना और एक बियर लेना। आराम करें। पृथ्वी पर आपका स्वागत है। इसमें पहले थोड़ी उलझन होती है। यही कारण है कि आपको बार-बार वापस आते रहना पड़ता है, जब तक कि आप वास्तव में आनंद लेना नहीं सीख लेते।'

इसके अलावा पुस्तक 'डांसिंग नेकेड इन द माइंड फील्ड' में कैरी एक भेदक अनुभव साझा करते हैं, जो उन्हें तब हुआ था, जब उनके दादाजी की, जिनका उपनाम 'पॉप' था, मृत्यु हुई। वे बताते हैं कि उनके दादा की मृत्यु नार्थ कैरोलिना में हुई, जबकि कारी नार्थ कैलिफोर्निया में रह रहे थे। कारी बताते हैं कि इससे पहले कि कोई उन्हें उनके दादाजी की मृत्यु की सूचना देता, उनके दादा की आत्मा उनके घर आई थी। कारी बताते हैं कि पॉप की आत्मा प्रस्थान करने से पहले उनके कैलिफोर्निया के घर में दो दिन तक रही।

बेंजामिन रश और कैरी मुलिस के बारे में पढ़ने में मैंने कई समानताएँ देखीं। दोनों अपने समय के प्रमुख वैज्ञानिक थे और दोनों के व्यक्तित्व बहुत प्रतीकात्मक तथा विद्रोही थे। मैंने यह भी देखा कि रश द्वारा 'ट्रेवल्स थ्रू टाइम' शीर्षक से लिखी आत्मकथा की संरचना कैरी की पुस्तक 'डांसिंग इन द माइंड फील्ड' की संरचना से बहुत मिलती-जुलती थी। ध्यान दें कि दोनों के शीर्षक काररवाई के शब्दों 'ट्रेवल्स' (यात्राएँ) और 'डांसिंग' (नृत्य करना) से शुरू होते हैं, और काररवाई एक अमूर्त सेटिंग, 'टाइम' (समय) और 'माइंड फील्ड' (मस्तिष्क क्षेत्र) में होती है।

इसके अलावा ये दोनों अपने परिवारों की वंशावली की समीक्षा करके अपनी किताबें शुरू करते हैं। फिर ये दोनों अपने नामों की भौगोलिक उत्पत्ति, शिक्षा के अपने मार्ग और अपनी पत्नियों के लिए गहरे प्यार पर लिखते हैं। बेंजामिन ने अपनी पत्नी जूली के लिए भक्तिपूर्ण प्रेम व्यक्त किया था, और कैरी वैसा ही प्रेम अपनी पत्नी नैंसी के लिए व्यक्त करते हैं।

उनकी आत्मकथाओं में समानताओं पर मेरी पुस्तक 'रिटर्न ऑफ द रिवॉल्यूशनरीज' में अधिक विस्तार से चर्चा की गई है।

मैंने यह भी देखा कि बेंजामिन रश और कैरी मुलिस के चेहरे की विशेषताएँ समान थीं। मैंने कैरी को एक पैकेट भेजा, जिसमें मैंने समझाया कि मुझे लगता था कि वह

बेंजामिन रश का पुनर्जन्म है और अमेरिकी क्रांति के समय हम एक-दूसरे को जानते थे, इस आधार पर कि मैं जॉन ऐडम्स का पुनर्जन्म था।

बाद में 2001 के अंत की ओर, एक प्रकाशन संस्था, हैम्पटन रोड्स द्वारा एक पुस्तक के कॉण्ट्रैक्ट का वादा किए जाने के बाद मैंने कैरी से संपर्क किया और पूछा कि क्या मैं उन्हें अपनी आगामी पुस्तक में शामिल कर सकता हूँ? मुझे सुखद आश्चर्य हुआ जब कैरी ने मुझे फोन किया और 'रिटर्न ऑफ द रिवॉल्यूशनरीज' में प्रस्तुत किए जाने के लिए सहमति दे दी। उन्होंने छवियों की तुलना के लिए अपनी पत्नी द्वारा तसवीरें लिये जाने के लिए भी हामी भर दी। जब मैं कैरी की तसवीरों के संबंध में नैंसी से बातचीत कर रहा था, तब मुझे विचार आया कि वह जूलिया रश हो सकती थी। नैंसी ने तत्परता से अपनी एक तसवीर मुझे भेज दी, हालाँकि फिर मुझे एहसास हुआ कि मैंने जूलिया रश की तसवीर कभी नहीं देखी थी और मैं यह भी नहीं जानता था कि उसकी तसवीर कहीं थी भी या नहीं।

सौभाग्य से जूलिया रश का एक चित्र उपलब्ध था और मैंने पाया कि नैंसी और जूलिया के चेहरों में गहरी समानता है। इस अध्याय के अंत में दोनों जोड़ों की छवि-तुलना दी गई है।

याद करें कि जिस समय मैंने कैरी से अपनी पुस्तक में शामिल होने के लिए पूछा था, मैं अज्ञात था, जबकि वे एक नोबेल पुरस्कार विजेता थे, और अंतरराष्ट्रीय वैज्ञानिक समुदाय में प्रमुख स्थान रखते थे। मैंने 'रिटर्न ऑफ द रिवॉल्यूशनरीज' में शामिल होने के लिए कैरी और नैंसी के लिखित समझौते को एक और संकेत समझा कि मैं अपने पुनर्जन्म पूछताछ के संबंध में सही रास्ते पर हूँ। मैंने सोचा कि हमारे बीच वास्तव में किसी प्रकार का कर्मिक या आत्मा समूह संबंध होगा, इसलिए कैरी ने बेंजामिन रश के पुनर्जन्म के रूप में मेरी पुस्तक में शामिल होने की सहमति देकर अपनी प्रतिष्ठा को खतरे में डाला था।

मानसिक विशेषज्ञों के पास दौरे और केविन रायर्सन और अह्तुन रे से मेरा परिचय

आइए, साल 2000 में वापस जाएँ, जब मैं इस परिकल्पना के साथ संघर्ष कर रहा था कि मैं जॉन ऐडम्स का पुनर्जन्म था। याद रखें कि मैंने हमारे बीच कई अनुकूलताएँ देखीं, लेकिन मुझे सार्वजनिक रूप से बाहर आने में डर था, क्योंकि मुझे यकीन नहीं था कि मैं वास्तव में ऐडम्स था। मैं झूठी सूचना डालकर खुद को शर्मिंदा नहीं करना चाहता था, जो मेरे कॅरियर और आजीविका को खतरे में डाल सकती थी।

यह समझ में न आने पर कि और क्या करना चाहिए, मैंने सैन फ्रांसिस्को में, जहाँ

में रह रहा था, जाने-माने मनोवैज्ञानिकों के पास जाना शुरू किया; यह देखने के लिए कि वे क्या कहते हैं। उदाहरण के लिए, मैं माइकल तमुरा के पास गया, जिन्होंने लगभग 20 वर्षों तक बर्कले मानसिक संस्थान को निर्देशित किया था। इस स्थिति में उन्होंने अन्य भेदकों को भी प्रशिक्षित किया था, इसलिए मैंने सोचा कि वे एक विश्वसनीय संसाधन हो सकते थे। माइकल के साथ मेरे सत्र में उन्होंने कहा, "हाँ, आप जॉन ऐडम्स थे और आप यहाँ संस्थापक पिताओं को वापस लाने के लिए हैं।" यह अच्छा था, लेकिन मुझे अभी भी विश्वास नहीं था। मैं कई अन्य मनोवैज्ञानिकों के पास गया और उन सभी ने मुझे एक ही बात कही कि मैं जॉन ऐडम्स का पुनर्जन्म हूँ। मैं अभी भी उनकी सटीकता पर सवाल उठा रहा था और मुझे संदेह था कि वे मुझे वही बता रहे हो सकते हैं, जो उन्हें लगता है कि मैं सुनना चाहता हूँ। अपने निरंतर चल रहे दौरे में मुझे अंततः केविन रायर्सन के पास भेजा गया, वे मीडियम जिसने शर्ली मैकलेन के साथ 30 साल या उससे भी अधिक समय तक काम किया है और जो उनकी चार पुस्तकों में प्रस्तुत किए गए हैं।

मुझे पता चला कि केविन एक ट्रांस (ध्यान) चैनल है, जिसका अर्थ है कि जब वे काम करते हैं, तो ध्यान की अवस्था या ट्रांस में चले जाते हैं और आत्मा प्राणियों को अपने माध्यम से बात करने की अनुमति देते हैं। केविन के माध्यम से जिस आत्मा प्राणी के साथ मैंने काम करना शुरू किया, उसका नाम अह्तुन रे है, जो अपने आप को नूबियन मूल का एक इजिप्शियन कहता है। अह्तुन रे ने समझाया कि वह मानव जन्मों की एक श्रृंखला के माध्यम से विकसित हुआ था और फिर ऊपर उठ गया था, जैसे बुद्ध, यीशु, मोहम्मद और अन्य आध्यात्मिक गुरु उठे थे। अह्तुन रे का अंतिम पुनर्जन्म, उसने मुझे बताया, इजिप्ट में फराओ अखेनातों (1379-1362 बीसी) के शासन में हुआ था, जिन्हें 'फादर ऑफ मोनोथीज्म' कहा जाता था। अह्तुन ने अखेनातों के लिए हाई प्रीस्ट और सलाहकार के रूप में काम किया, और इस प्रकार, अह्तुन रे का अंतिम अवतार लगभग 3350 वर्ष पहले हुआ था।

एक इजिप्शियन आत्मा गाइड से बात करना, जिसकी मृत्यु 3000 से अधिक समय पहले हो चुकी थी, मेरे लिए एक नया अनुभव था। मैं खुले दिमाग का, लेकिन संदेही व्यक्ति था, और शुरुआत में मैंने नहीं माना कि अह्तुन रे सही थे। किसी भी अन्य तर्कपूर्ण व्यक्ति की तरह, विशेष रूप से क्योंकि मेरी पृष्ठभूमि विज्ञान में है, मुझे विश्वास करने के लिए सबूत चाहिए था कि अह्तुन रे वैध जानकारी उत्पन्न करा रहे थे।

सबसे पहले अह्तुन रे ने भी पुष्टि की कि मैं जॉन ऐडम्स का पुनर्जन्म हूँ। फिर मैंने पिछले जीवन के लगभग 60 मैचों की सूची की समीक्षा की, जिनके बारे में मेरा अनुमान था कि वे जॉन ऐडम्स के आसपास के समूह में थे, और जिनकी मैंने समकालीन जीवन में पहचान की थी, ऐसा मुझे लगता था। हमारे प्रत्येक मैच में जाने पर अह्तुन रे मुझे बता

रहे थे कि मैं सही था या गलत। कुल मिलाकर उन्होंने मेरी अनुमानित सूची में से 85 प्रतिशत मैचों को मान्य किया और संकेत दिया कि लगभग 15 प्रतिशत गलत थे। फिर भी मैं समझ नहीं पा रहा था कि मेरे पास अह्तुन रे में विश्वास रखने का कोई कारण था या नहीं। मुझे कैसे पता चलता कि उनके निर्धारण वैध थे?

एक सफलता तब मिली, जब मैंने उन मामलों के बारे में पूछना शुरू किया, जिनमें मेरा कोई अनुमान शामिल नहीं था और मैंने अह्तुन रे से यह बताने के लिए कहा कि कौन सा व्यक्ति पिछले जीवनकाल में कौन था, या अतीत से कोई व्यक्ति समकालीन समय में कौन था? मुझे जो पता चला, वह यह था कि अह्तुन रे पिछले जीवन की पहचान कर सकता था, और शोध के बाद वे वैध और सटीक प्रतीत होती थीं। उन्होंने जो मेल किए, उन सबने जाँच के बाद समान चेहरे की विशेषताओं, व्यक्तित्व लक्षण, प्रतिभा और उपयुक्त कर्मिक समूहों का प्रदर्शन किया।

इसके अलावा कभी-कभी मैचों में इतिहास के ऐसे व्यक्ति शामिल होते थे, जो इतने अस्पष्ट थे और जिनके बारे में जानकारी प्राप्त करना इतना मुश्किल था कि ऐसा कोई तरीका नहीं था कि अह्तुन रे (या देखा जाए तो केविन रायर्सन) सटीक डेटा के किसी आध्यात्मिक स्रोत तक पहुँचे बिना मैच बना सकते हों। कुछ लोग जानकारी के इस स्रोत को आकाशिक रिकॉर्ड कह सकते हैं, कुछ इसे सार्वभौमिक बुद्धि। ऐसे कुछ मामले, जो स्पष्ट रूप से अह्तुन रे के पिछले जीवन के सटीक मैच बनाने की क्षमता का प्रदर्शन करते हैं, उनमें राष्ट्रपति के लिए 2000 अमेरिकी ग्रीन पार्टी उम्मीदवार, राल्फ नाडर, खगोल विज्ञानी कार्ल सागन, कन्वर्सेशंस विथ गॉड पुस्तक श्रृंखला के लेखक नील डोनाल्ड वॉल्श और लॉरेल व हार्डी के पुनर्जन्म शामिल हैं।

इन मामलों को बाद के अध्यायों में प्रस्तुत किया जाएगा।

यह ध्यान में रखना आवश्यक है कि जब मैंने 2001 में केविन के साथ काम करना शुरू किया था, तो गूगल जैसे सर्च इंजन आदिम अवस्था में थे और नियमित रूप से उपयोग नहीं किए जाते थे। जब अह्तुन रे ने मुझे शोध करने के लिए जानकारी दी, तो मुझे यह काम पुस्तकालय जाने और किताबें पढ़ने के पुराने तरीके से करना पड़ा। उस समय जानकारी तक सीमित पहुँच के कारण, मुझे एहसास हुआ कि अह्तुन रे की ज्ञान की निधि, केविन रायर्सन के लिए जो संभव था, उससे बहुत परे थी। जैसा कि पेनी पियर्स से जुड़े पुनर्जन्म मामलों में उल्लेख किया गया है, बॉबी जो नाम की एक माध्यम की विश्वकोश के दायरे में जानकारी तक पहुँच लगती थी। इसी तरह, अह्तुन रे को जितना ज्ञान था, वह एक इनसान की क्षमता से परे प्रतीत होता था।

मैकफर्सन वॉल्टर और शिरले मैकलेन को आत्मा की दुनिया से देखते हैं

अह्तुन रे के माध्यम से हल किए गए मामलों को प्रस्तुत करने से पहले मैं एक किस्सा साझा करना चाहता हूँ, जो दरशाता है कि जिन आत्मा गाइडों को केविन चैनल करते हैं, वे पृथ्वी पर घटनाओं की निगरानी कर सकते हैं। मेरी पुस्तक 'रिटर्न ऑफ द रिवॉल्यूशनरीज' में शिरले की पहचान एक पुनर्जन्मित अमेरिकी क्रांतिकारी और स्वतंत्रता की घोषणा की हस्ताक्षरकर्ता के रूप में की गई है। एक मैच, जिसकी अह्तुन रे ने पुष्टि की थी। सुश्री मैकलेन ने मुझ पर अनुग्रह करते हुए मेरी पुस्तक में शामिल होने की सहमति दे दी, हालाँकि उन्हें मेरी पुस्तक के प्रकाशन से पहले केविन के साथ सत्र करके सीधे इस पिछले जीवनकाल की पुष्टि करने का मौका नहीं मिला था।

'रिटर्न ऑफ द रिवॉल्यूशनरीज' के प्रकाशन के कुछ महीने बाद, अक्तूबर 2003 में सुश्री मैकलेन, सैन फ्रांसिस्को में अकादमी ऑफ आर्ट कॉलेज में कार्यशालाओं की एक शृंखला आयोजित कर रही थीं। यह मेरे लिए पहली बार सुश्री मैकलेन से मिलने का अवसर था। अंतरिम महीनों में मुझे केविन से पता चला कि शर्ली ने अंतत: उनके और अह्तुन रे के साथ एक सत्र किया था।

मेरा खुद का भी शर्ली के कार्यक्रम से एक दिन पहले केविन रायर्सन के साथ टेलीफोन पर एक सत्र हुआ था। केविन ने पोर्टलैंड, ओरेगन से सत्र आयोजित किया, जहाँ वे उस समय रह रहे थे। इस सत्र में मैंने अह्तुन रे से पूछा कि क्या मुझे शिरले को उपहार देना चाहिए। केविन के माध्यम से बोलते हुए अह्तुन रे ने अपनी गहरी, भारी आवाज में मुझे एक टीशर्ट बनवाने के लिए कहा, जिसमें सामने की ओर शिरले के क्रांतिकारी व्यक्तित्व की एक छवि बनी हो, और नीचे एक पंक्ति लिखी हो—"मेरे अगले जीवनकाल में, मैं शिरले मैकलेन बनना चाहती हूँ।" टीशर्ट के पीछे अह्तुन रे ने मुझे कहा कि मुझे निम्नलिखित पंक्ति लिखवानी चाहिए—"सौ जीवनकाल, और मुझे केवल यह बकवास टीशर्ट मिलती है।" अह्तुन रे न केवल पिछले जीवन के सटीक मैच बना सकते हैं, बल्कि उनमें हास्य की भावना भी है।

खैर, लगभग चमत्कारी रूप से मैं एक दिन के भीतर टीशर्ट बनवाने में सफल हो गया और जब मैं शिरले की वार्त्ता सुनने के लिए गया तो वह मेरे साथ थी। सुबह के सत्र के बाद दोपहर के भोजन के समय मैंने शिरले को अपना परिचय दिया। आगे जो हुआ, उसके लिए मैं तैयार नहीं था। दोपहर के सत्र की शुरुआत में, शर्ली ने मुझे मंच पर उसके साथ जुड़ने के लिए आमंत्रित किया।

लगभग दो घंटों तक 'पुनर्जन्म' मेरी पुस्तक और उसके पुनर्जन्म के मामले पर

शर्ली, उसके लगभग दो से तीन सौ श्रोताओं और मेरे बीच एक तीन तरफा वार्त्तालाप चला। हालाँकि मेरा समय बहुत अच्छा बीत रहा था, लेकिन मैं दुनिया की सबसे मशहूर हस्तियों में से एक के साथ मंच पर होने से थोड़ा घबराया हुआ था। मेरी चिंता मेरे दाहिने हाथ में चली गई, जिसने माइक्रोफोन पकड़ रखा था। मेरे हाथ की पकड़ माइक्रोफोन पर अधिक-से-अधिक कसती गई, जब तक कि मेरा हाथ दुखने नहीं लगा। उस समय जब शायद हमारी चर्चा को चालीस मिनट हो चुके थे, मैंने माइक्रोफोन को अपने बाएँ हाथ में स्थानांतरित कर दिया। थोड़ी देर बाद मेरा बायाँ हाथ भी दुखने लगा और मुझे माइक्रोफोन को वापस अपने दाहिने हाथ में लेना पड़ा। माइक्रोफोन को एक हाथ से दूसरे में लेने की यह प्रक्रिया शिरले के साथ मेरी मंच पर उपस्थिति की पूरी अवधि में लगातार जारी रही। जैसा कि बताया गया, वह लगभग दो घंटे तक चली थी।

शिरले के साथ इस घटना में उल्लेखनीय बात यह है कि केविन रायर्सन के आत्मा गाइड आत्मा दुनिया से ये काररवाई देख रहे थे। याद करें कि केविन पोर्टलैंड में थे, जबकि शिरले के साथ कार्यक्रम सैन फ्रांसिस्को में हुआ था। अकादमी ऑफ आर्ट कॉलेज में शिरले की संलग्नता के कई महीनों बाद केविन रायर्सन एक व्याख्यान और चैनलिंग का सार्वजनिक प्रदर्शन करने के लिए सैन फ्रांसिस्को आए। सत्र में केविन के माध्यम से संचालित एक और आत्मा गाइड, टॉम मैकफर्सन उपस्थित हुए। मैकफर्सन शिरले मैकलेन के सत्रों में अकसर आते थे, क्योंकि टॉम का अंतिम अवतार शेक्सपियर के दल में एक अभिनेता के रूप में हुआ था, और इसलिए वह और शिरले नाटकों में रुचि रखते हैं। केविन के माध्यम से टॉम ने दर्शकों को अपने आयरिश उच्चारण में संबोधित किया और मुझे अलग से संबोधित किया। टॉम ने पूछा, "तो लैडी, रेडहेड के साथ तुम्हारा समय अच्छा बीता?"

टॉम जिस रेडहेड की बात कर रहे थे, बेशक वह शिरले मैकलेन थी। मैंने जवाब दिया कि शिरले के साथ मंच पर मैंने शानदार समय बिताया था। फिर टॉम ने कहा, "वैसे तुम थोड़े घबराए हुए थे; माइक्रोफोन बार-बार एक हाथ से दूसरे हाथ में स्थानांतरित कर रहे थे।"

टॉम की इस बात को सुनकर मुझे आश्चर्य हुआ, क्योंकि मैंने माइक्रोफोन की घटना केविन को नहीं बताई थी। बाद में पूछताछ करने पर केविन ने पुष्टि की कि जब मैं शिरले के साथ मंच पर था, तब भी उन्हें माइक्रोफोन के साथ मेरी समस्या की कोई जानकारी नहीं थी। इससे मुझे एहसास हुआ कि केविन के गाइड पृथ्वी पर घटनाओं की निगरानी कर सकते हैं, चाहे केविन स्वयं शारीरिक रूप से कहीं भी स्थित हों।

जब से अक्तूबर 2001 में हम पहली बार मिले थे, तब से मैंने नियमित रूप से केविन के साथ काम किया है और हम अच्छे दोस्त बन गए हैं। इसके अलावा, चूँकि

मैंने 2001 से केविन के साथ मासिक सत्र किए हैं, इसलिए मुझे यह भी लगता है कि अह्तुन रे मेरा मित्र है। इन सत्रों में, अह्तुन रे उतने ही गर्मजोशी भरे और मानवीय लगते हैं, जितना कि और कोई व्यक्ति, जिससे आप टेलीफोन पर बात कर सकते हैं। अंतर केवल इतना है कि अह्तुन रे के मामले में टेलीफोन केविन रायर्सन होता है। कुछ एक बार मैकफर्सन भी आए हैं, लेकिन अह्तुन रे ही वह प्रभावशाली आत्मा गाइड रहे हैं, जिनके साथ मैंने काम किया है। अह्तुन रे और मैकफर्सन के अपने विशिष्ट व्यक्तित्व हैं, जो केविन के व्यक्तित्व से काफी अलग हैं।

मैं यह भी कहना चाहूँगा कि मैं अकेला नहीं हूँ, जिसने केविन रायर्सन के माध्यम से प्राप्त जानकारी के साथ बेहद सकारात्मक अनुभव किए हैं। उदाहरण के लिए, विलियम एच. कॉट्स ने मैसाचुसेट्स इंस्टीट्यूट ऑफ टेक्नोलॉजी (एम.आई.टी.) में डॉक्टरेट ऑफ साइंस प्राप्त किया और उन्होंने 35 वर्षों तक स्टैनफोर्ड रिसर्च इंस्टीट्यूट (एस.आर.आई.) में एक स्टाफ साइंटिस्ट के रूप में कार्य किया। डॉ. कौत्ज ने अंतर्ज्ञान के विषय पर कई किताबें लिखी हैं और वे केविन रायर्सन को अपने शोध किए सबसे सटीक अंतर्ज्ञानियों में से एक मानते हैं। इस परिचय के साथ, आइए हम अह्तुन रे के माध्यम से हल किए गए मामलों की समीक्षा करें।

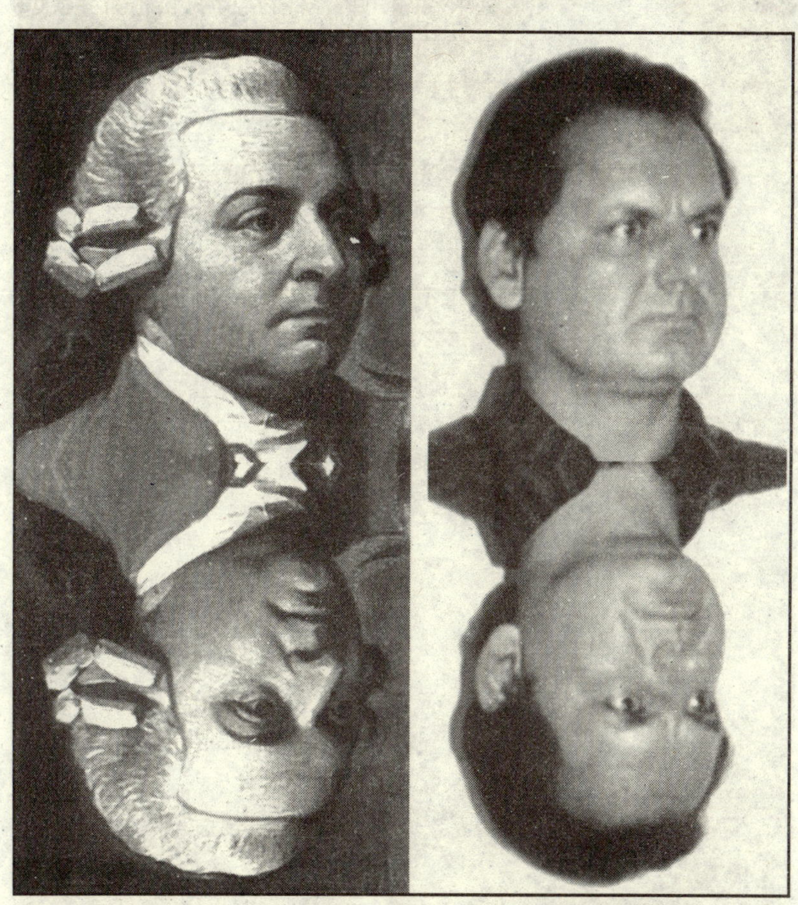

जॉन ऐडम्स वॉल्टर सेम्किव

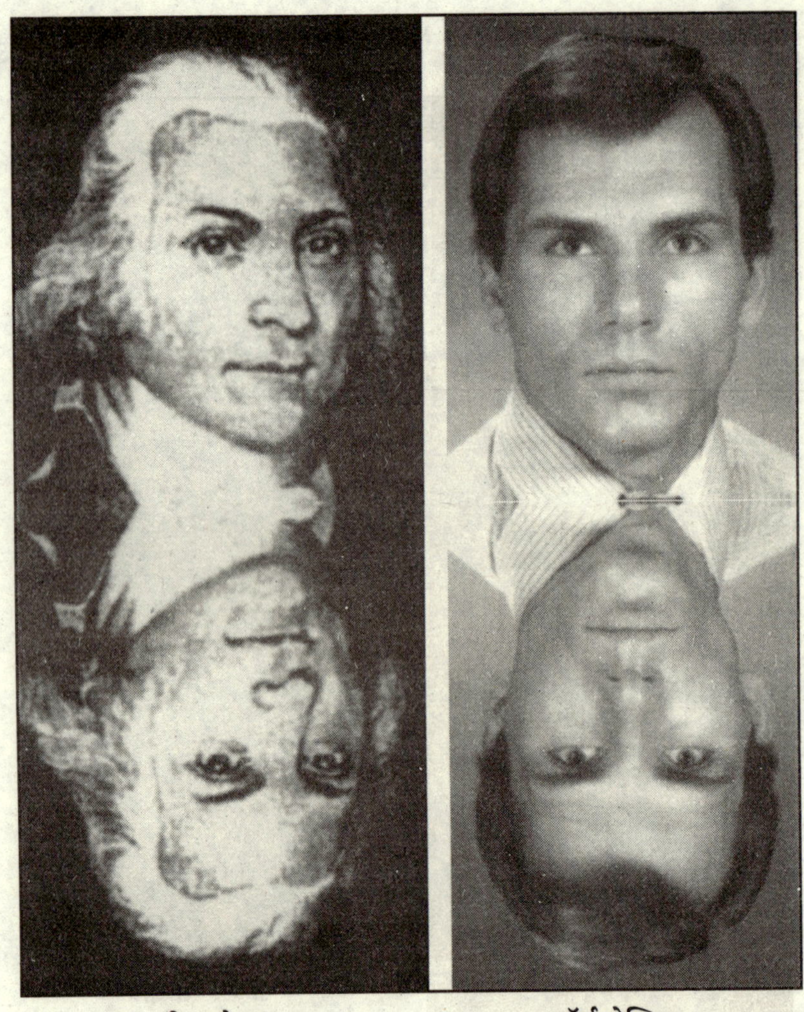

पीटर ऐडम्स　　　　जॉर्ज सेम्किव

पीटर जॉन ऐडम्स का भाई था और जॉर्ज वॉल्टर सेम्किव का भाई है। यह मामला दरशाता है कि कैसे आत्माएँ समूह में पुनर्जन्म लेती हैं और कैसे परिवार के सदस्य फिर से परिवार के रूप में वापस आ सकते हैं।

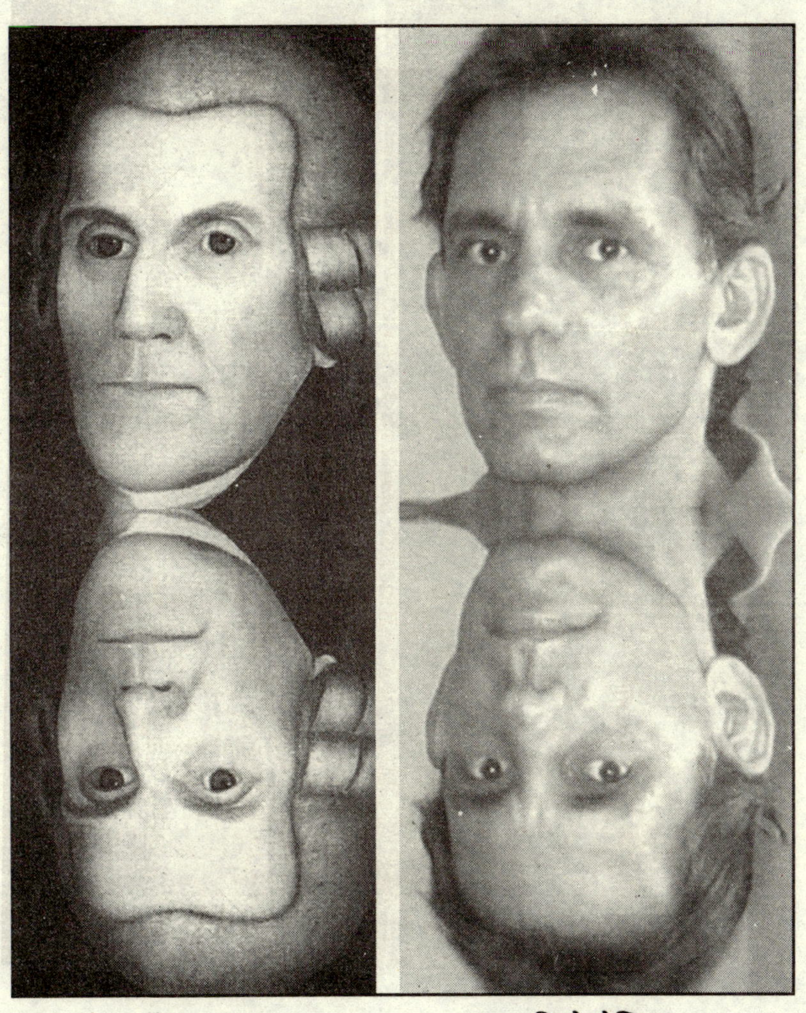

कॉटन टफ्ट्स लियो सेम्किव

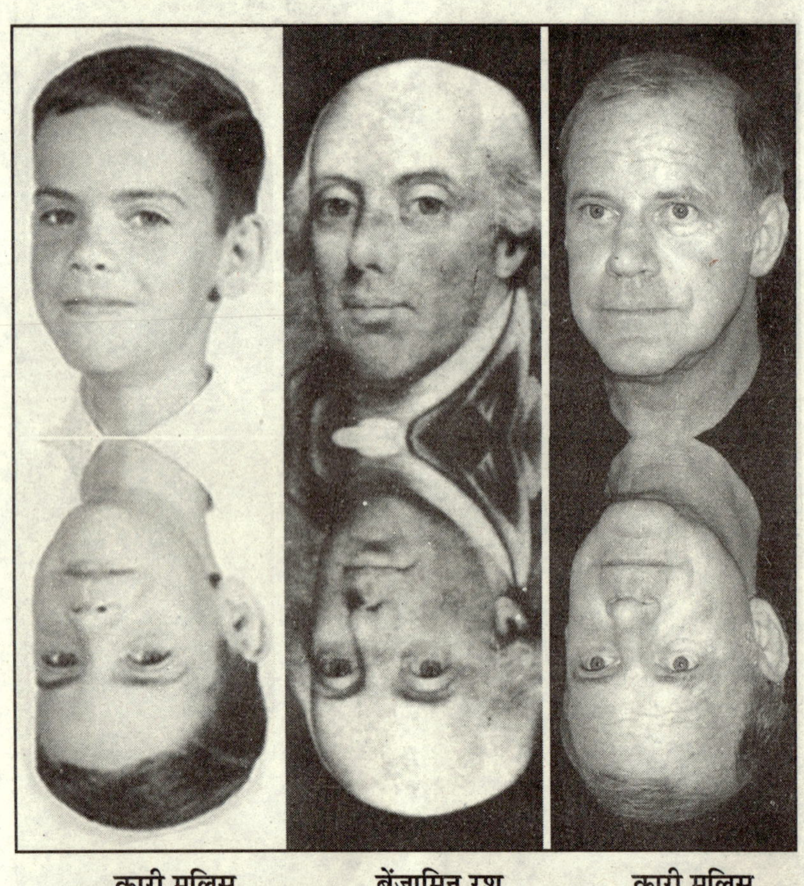

कारी मुलिस बेंजामिन रश कारी मुलिस

जूलिया रश नैंसी मुलीस

□

21

राल्फ नाडर, कार्ल सेगन और नील डोनाल्ड वॉल्श

जैसा कि पिछले अध्याय में वर्णित है, 2001 के अंत में जब केविन रायर्सन और अहतुन रे के साथ मेरा कामकाजी संबंध स्थापित हुआ, तो मैंने यह देखने का फैसला किया कि क्या अहतुन रे वो पिछले जीवन मैच कर सकता है, जहाँ मेरी खुद की कोई परिकल्पना नहीं थी। उदाहरण के लिए, हालाँकि मुझे लगता था कि राल्फ नाडर, जो 2000 में अमेरिकी राष्ट्रपति पद के लिए खड़े हुए थे, अमेरिकी क्रांतिकारी समूह का हिस्सा थे, लेकिन मुझे इसका कोई अनुमान नहीं था कि वे कौन हो सकते थे? केविन के साथ एक सत्र में मैंने अहतुन रे से पूछा कि क्या अमेरिकी क्रांति की अवधि के दौरान नाडर अवतार में थे, और यदि थे, तो कौन थे? अहतुन रे ने पुष्टि की कि 18वीं शताब्दी में नाडर जीवित थे और उनका नाम थॉमसन या थॉमासन था। अहतुन रे ने मुझे बताया कि वे महाद्वीपीय कांग्रेस में एक प्रमुख खिलाड़ी थे और अहतुन रे ने यह भी कहा था कि मुझे पता चलेगा कि थॉमसन के पास राल्फ नाडर की तरह ही एक तराशा हुआ चेहरा था।

शुरुआत में मैं अमेरिकी क्रांति पर एकत्र पुस्तकों और अन्य संसाधनों में थॉमसन नामक किसी व्यक्ति की जानकारी ढूँढ़ने में परेशान हो गया था। समय भी एक मुद्दा था, क्योंकि मैंने 30 अक्तूबर, 2001 को रिवॉल्यूशनरीज के लिए एक अनुबंध पर हस्ताक्षर किए थे, जो जॉन ऐडम्स का जन्मदिन था, और पांडुलिपि के सबमिशन के लिए मेरे प्रकाशक की समय-सीमा तेजी से पास आ रही थी।

मैंने सैन फ्रांसिस्को पब्लिक लाइब्रेरी में जाकर नाडर मामले पर एक आखिरी कोशिश करने का फैसला किया। मैं महाद्वीपीय (कॉण्टिनेंटल) कांग्रेस और संवैधानिक सम्मेलन (कांस्टिट्यूशनल कन्वेंशन) से संबंधित अमेरिकी इतिहास वाले खंड में गया, जहाँ सामग्री से तीन बड़े बुककेस भरे हुए थे। थॉमसन या थॉमासन का उल्लेख पाने की

उम्मीद करते हुए मैंने व्यवस्थित रूप से प्रत्येक पुस्तक के सूचकांक को देखा। बिना सफलता के सौ किताबें देख लेने के बाद मेरी आशा धूमिल होने लगी। अचानक एक बड़ी सी काली किताब में, जो कि संभवत: वर्षों से खोली नहीं गई थी, मैंने सूचकांक में चार्ल्स थॉमसन का नाम देखा, जिसमें एक चित्र भी एक पृष्ठ संख्या द्वारा पहचाना गया था। क्या यह वही हो सकता था, जिसे मैं ढूँढ़ रहा था? जैसे ही मैंने चार्ल्स थॉमसन के चित्र वाला पृष्ठ खोला, मुझे राल्फ नाडर का चेहरा दिखाई दिया—उनकी विशिष्ट भौंहों और चेहरे के एक ओर तीखी ऊर्ध्वाधर रेखा के साथ, जो थॉमसन के चेहरे पर समरूप परिलक्षित थी।

केविन रायर्सन के साथ बाद के सत्र में अह्तुन रे ने पुष्टि की कि राल्फ नाडर क्रांतिकारी युग में चार्ल्स थॉमसन थे। चेहरे की वास्तुकला के मेल खाने के अलावा मैंने पाया कि थॉमसन और नाडर के व्यक्तित्व लक्षण बेहद समान थे। दोनों उपभोक्ता समर्थक थे, दोनों दलितों के लिए लड़े थे और दोनों को स्वयं कार्यालय के लिए चुने जाने के लिए बहुत ही कट्टरपंथी माना जाता था। 'रिटर्न ऑफ द रेवोल्यूशनरीज' में मैंने थॉमसन/नाडर पुनर्जन्म मामले को एक संपूर्ण अध्याय समर्पित किया है, जिसमें मैंने थॉमसन और नाडर के लेखन से उद्धरणों की तुलना की है, यह दरशाते हुए कि कैसे उनके मूल्य और विचार अनिवार्य रूप से वही हैं। इस मामले का मेरे लिये गहरा महत्त्व था, क्योंकि इसने दिखाया कि अह्तुन रे में पिछले जीवन की पहचान को सही तरीके से स्थापित करने की क्षमता थी।

डेविड रिटनहाउस के पुनर्जन्म के रूप में कार्ल सेगन

चार्ल्स थॉमसन फिलाडेल्फिया में एक अमेरिकी क्रांतिकारी थे। थॉमस पाइन फिलाडेल्फिया में रहते थे, जब उन्होंने अपनी पुस्तिका 'कॉमन सेंस' लिखी थी। कॉमन सेंस, इस बारे में अपने सीधे तर्क के साथ कि ब्रिटेन से आजादी क्यों वांछनीय थी, एक बेस्टसेलर बन गई, जिसने लोगों की भावनाओं और पदों को प्रभावित करने में मदद की, और अमेरिकी क्रांतिकारी युद्ध शुरू करने में सहायक बनी।

कॉमन सेंस के इतिहास के बारे में पढ़ने पर मैंने जाना कि फिलाडेल्फिया निवासी, डेविड रिटनहाउस ने एक संपादक के रूप में कार्य किया था। केविन रायर्सन के साथ एक सत्र में जब मैंने रिटनहाउस के बारे में पूछा, तब मैं इस आदमी के बारे में इतना ही जानता था। मैंने अह्तुन रे से पूछा कि क्या रिटनहाउस ने समकालीन समय में पुनर्जन्म लिया था। जब अह्तुन रे ने मुझे बताया कि डेविड रिटनहाउस का कार्ल सेगन के रूप में पुनर्जन्म हुआ था, तो मुझे यकीन था कि वह गलत थे।

उस समय तक मैंने देखा था कि आत्माएँ एक जीवनकाल से दूसरे जीवनकाल तक खुद को एक ही तरह से व्यक्त करती हैं, और उनमें समान प्रतिभा प्रदर्शित करने की प्रवृत्ति होती है। यह बात मेरी समझ से बाहर थी कि रिटनहाउस, जिसे मैं एक कम ज्ञात फिलाडेल्फिया क्रांतिकारी मानता था, एक विश्व प्रसिद्ध खगोलविद् के रूप में पुनर्जन्म ले सकता था। मुझे डर था कि अह्तुन रे गलत था और मैं उसके पुनर्जन्म मैच बनाने में एक विश्वसनीय संसाधन होने को लेकर निराश हो गया। असल में मेरा दिल डूब गया। क्योंकि मुझे लगा कि मैं मनोविज्ञान को लेकर अपने काम में एक और मृत अंत पर था। लेकिन मैं गलत था।

जब मैंने डेविड रिटनहाउस पर और अच्छी तरह से शोध किया, तो मैंने पाया कि वे एक उपकरण निर्माता थे, जिन्होंने अमेरिका में पहली दूरबीन का निर्माण किया था। मैंने यह भी पाया कि वे एक गणितज्ञ थे, जिन्होंने अपने दूरबीन अवलोकनों के आधार पर, एक आश्रय बनाया था, जो कि तारामंडल के लिए एक अग्रदूत था, और जिसने सौर प्रणाली के एक मॉडल को एकदम सटीकता के साथ चित्रित किया। हालाँकि, मुझे अभी भी रिटनहाउस का कोई चित्र नहीं मिला था।

2001 में जब मैं इयान स्टीवेंसन से मिलने गया, तो मैं वर्जीनिया के पर्यटन स्थलों पर भी गया, जिनमें थॉमस जेफरसन और जेम्स मैडिसन के घर भी शामिल थे। मैडिसन ने अमेरिकी क्रांति में शामिल व्यक्तियों के चित्रों का संग्रह किया था, जिनमें एक चित्र रिटनहाउस का भी था। उस समय, 2001 के अंत में, जब मैंने जेम्स मैडिसन के घर में रिटनहाउस का चित्र देखा, तब मुझे एहसास हुआ कि वह कार्ल सेगन का चेहरा था।

यह सब केविन रायर्सन के साथ मेरे काम की शुरुआत में हुआ और जब मुझे एहसास हुआ कि यह मैच अह्तुन रे ने बनाया था, जो अब मुझे बेहद सटीक लग रहा था, तब मुझे लगा कि कुछ बहुत बड़ा हो रहा था कि मेरे पास एक संसाधन था, जो आत्माओं की पिछले और समकालीन अवतारों में सटीकता से पहचान कर सकता था।

मैं यह बताना चाहता हूँ कि जब मैं 2001 में इयान स्टीवेंसन से मिला, तो मैंने उन्हें इस परिकल्पना के बारे में सूचित किया कि मैं जॉन ऐडम्स का पुनर्जन्म हूँ और मैंने उन्हें सहायक जानकारी भी दी। मैंने उन्हें अपनी पुस्तक 'रिटर्न ऑफ द रिवोल्यूशनरीज' का प्रोटोटाइप संस्करण भी दिखाया, जिसमें पुनर्जन्म के पहले खंड में प्रस्तुत कई स्वतंत्र रूप से शोध किए गए मामलों को शामिल किया गया। डॉ. स्टीवेंसन बहुत शालीनता से पेश आए और मुझे वर्जीनिया विश्वविद्यालय के स्वामित्व वाले एक कंट्री क्लब में दोपहर के भोजन के लिए ले गए।

हालाँकि मुझे यकीन है कि उन्होंने इस परिकल्पना को कि मैं ऐडम्स हूँ, एक संदेही की नजर से देखा होगा, लेकिन मेरी यात्रा के अंत में उन्होंने मुझे सोसाइटी

फॉर साइंटिफिक एक्सप्लोरेशन (एस.एस.ई.) में सदस्यता के लिए प्रायोजित करने की पेशकश की—एक अकादमिक संस्था, जिसके वे सह-संस्थापक थे। एस.एस.ई. के पूर्णकालिक सदस्य होने के लिए, एक डॉक्टरेट की डिग्री और उनके क्षेत्र में प्रकाशित होना आवश्यक है। चूँकि मैं अब तक प्रकाशित नहीं हुआ था, पूर्ण सदस्य बनने के लिए मेरा प्रायोजित होना आवश्यक था।

मैं एक पूर्ण सदस्य के रूप में एस.एस.ई. में शामिल हो गया। मेरे लिए यह बहुत महत्त्व की बात है कि इयान स्टीवेंसन मेरे प्रायोजक थे। मैं उनके खुलेपन और समर्थन के लिए आभारी हूँ।

रेवरेंड विलियम वॉल्टर के पुनर्जन्म के रूप में निएल डोनाल्ड वॉल्श

केविन रायर्सन से मिलने से पहले अपने पुनर्जन्म अनुसंधान में मैंने अनुमान लगाया था कि बेस्टसेलिंग लेखक मारियान विलियमसन और भौतिक विज्ञानी जॉन हैगेलिन बोस्टन में क्रांतिकारी समूह का हिस्सा थे। हैगेलिन महर्षि महेश योगी की नैचुरल लॉ पार्टी के तहत संयुक्त राज्य अमेरिका के राष्ट्रपति पद के लिए खड़ी हुई थीं। बाद में अह्तुन रे ने इन मैचों की पुष्टि की, जो उन 60 जोड़ों का हिस्सा थे, जिनकी समीक्षा मैंने हमारे पहले कुछ सत्रों के दौरान की थी। ये वे बोस्टन क्रांतिकारी थे, जो जॉन ऐडम्स के करीब थे।

मारियान विलियमसन की पुष्टि अह्तुन रे ने जॉन ऐडम्स की पत्नी एबिगेल ऐडम्स के रूप में की थी। केविन के साथ मेरा पहला सत्र होने से पहले 2001 में सिंक्रोनिस्टिक घटनाओं ने हमें वेलेंटाइन डे पर फरवरी में पहली बार मिलने के लिए प्रेरित किया था। उस समय, मारियान ने एबिगेल के पुनर्जन्म के रूप में रिटर्न ऑफ द रिवॉल्यूशनरीज में शामिल होने पर सहमति प्रदान की थी। मैंने यह अनुमान भी लगाया था कि जॉन हैगेलिन बोस्टन के वकील जेम्स ओटिस का पुनर्जन्म है, जिन्हें एक जीनियस माना जाता था, और जिन्होंने अंग्रेजों को रिट्स ऑफ असिस्टेंस—एक अवैध खोज और जब्त कानून के संबंध में अदालत में ले जाकर क्रांतिकारी आंदोलन को उकसाया था। केविन से मिलने से पहले हेगेलिन ने भी ओटिस के रूप में मेरी रिवोल्यूशनरीज पुस्तक में शामिल होने की सहमति भी दे दी थी, हालाँकि अह्तुन रे ने भी मेरे रायर्सन के साथ काम शुरू करने के बाद इस मैच की पुष्टि की थी।

बेस्ट सेलिंग आध्यात्मिक शृंखला 'कन्वर्सेशंस विद गॉड' के लेखक निएल डोनाल्ड वॉल्श, विलियमसन और हेगलिन, दोनों के करीब रहे हैं। वॉल्श और विलियमसन दोनों ने 2000 में हेगेलिन की राष्ट्रपति पद की उम्मीदवारी का समर्थन किया था और

विलियमसन एवं वॉल्श ने एक साथ वैश्विक पुनर्जागरण गठबंधन (ग्लोबल रेनेसांस अलायंस) की स्थापना की थी। ऐसे में मैं सोचने लगा कि कहीं निएल भी अमेरिकी क्रांति के दौरान बोस्टन में तो नहीं थे। केविन रायर्सन के साथ एक सत्र में अह्तुन रे ने मुझे बताया कि वॉल्श वास्तव में बोस्टन में एक मिनिस्टर थे, जिनकी जॉन और एबिगेल के साथ अच्छी दोस्ती थी और उन्हीं दिनों में वे जॉन हेगलिन के सहयोगी भी थे। मैंने अह्तुन रे से पूछा कि उस युग में निएल का नाम क्या था? अह्तुन रे ने मुझे बताया कि निएल को 'रेवरेंड वॉल्टर' के नाम से जाना जाता था और वह एक फ्रीमेसन थे, जिन्होंने एंग्लिकन उद्देश्यों का भी समर्थन किया था।

रेवरेंड वॉल्टर मुझे किसी इतिहास की पुस्तक में नहीं मिले, लेकिन मैं न्यू इंग्लैंड जेनेलॉजिकल (वंशावली) एंड हिस्टोरिकल सोसाइटी (NEGHS) के माध्यम से उन्हें ढूँढ़ने में सफल रहा, जो बोस्टन में स्थित है। एनईजीएचएस द्वारा तैयार की गई जॉन ऐडम्स की डायरियों की खोज से पता चला कि ऐडम्स के रेवरेंड वॉल्टर के नाम से केवल एक मिनिस्टर थे, जिन्हें ऐडम्स जानते थे। ये मिनिस्टर विलियम वॉल्टर थे, जिनका जन्म 7 अक्तूबर, 1737 को हुआ था। वॉल्टर को मिनिस्टर के रूप में अपना लाइसेंस इंग्लैंड में लंदन के बिशप द्वारा प्राप्त हुआ। इस प्रकार, रेवरेंड वॉल्टर एक एंग्लिकन मिनिस्टर थे, जैसा कि अह्तुन रे ने बताया था। फिर रेव वॉल्टर बोस्टन लौट आए और जुलाई 1764 में, ट्रिनिटी चर्च में मिनिस्ट्री में शामिल हो गए। 4 अप्रैल, 1768 को रेवरेंड वॉल्टर ट्रिनिटी चर्च के रेक्टर के रूप में चुन लिये गए। हार्वर्ड कॉलेज में एक जीवनी उपलब्ध थी, जिसने पुष्टि की कि रेव वॉल्टर एक फ्रीमेसन (संगतराश) थे।

रेवरेंड विलियम वॉल्टर के बारे में जॉन ऐडम्स की डायरी से एक प्रविष्टि, जो 24 मई, 1773 की है, नीचे दी गई है। इस प्रविष्टि में दो अन्य व्यक्तियों, कर्नल और मेजर ओटिस, जो पिता और पुत्र थे, का उल्लेख है। बेटा मेजर ओटिस जेम्स ओटिस को संदर्भित करता है, जो समकालीन समय में जॉन हैगेलिन के रूप में पहचाने गए हैं। आइए, अब हम जॉन ऐडम्स के नोट्स पर जाएँ। ऐडम्स द्वारा प्रयुक्त शब्द 'पार्सन', 'रेवरेंड' (आदरणीय) के समकक्ष है। मैंने शामिल खिलाड़ियों की समकालीन पहचान को स्पष्टता के लिए कोष्ठक में रखा है। जॉन ऐडम्स ने लिखा—

'आज की शाम सैंडविच के पार्सन विलियम्स के साथ व्हीलराइट्स में बिताई··· विलियम्स ने पूरी शाम कर्नल ओटिस और उनके बेटे मेजर (जॉन हेगलिन) के बारे में कहानियाँ सुनाईं। मेजर (जॉन हैगेलिन) ने···पार्सन वॉल्टर (निएल डोनाल्ड वॉल्श) को नियुक्त किया···सरकार के मित्र के रूप में उसका गवर्नर के पास प्रतिनिधित्व करने के लिए, ताकि उसे लेफ्टिनेंट कर्नल के रूप में कमीशन मिल जाए।'

मेजर (जॉन हैगेलिन) ने अपने कारखाने पर लिबर्टी लिखा है···कर्नल ओटिस

आम लोगों के बड़े समूहों को पढ़कर सुनाता है, लिबर्टी की सुंदरियों पर एलन का भाषण और एक उत्कृष्ट उत्पादन के रूप में उसकी सिफारिश करता है।

ध्यान दें कि मेजर जेम्स ओटिस/जॉन हैगेलिन ने पार्सन वॉल्टर/निएल डोनाल्ड वॉल्श से रॉयल ब्रिटिश सरकार के भीतर एक उच्च सैन्य रैंक प्राप्त करने में सहायता करने के लिए कहा था। ध्यान रखें कि यह घटना अमेरिकी क्रांति से पहले हुई थी और कई देशभक्त नेताओं ने आजादी घोषित होने से पहले ब्रिटिश प्रणाली के भीतर नेतृत्व भूमिकाओं में कार्य किया था। पादरी और मिनिस्टर समुदाय के नेता थे और इस तरह, रेवरेंड विलियम वॉल्टर/निएल डोनाल्ड वॉल्श सरकार के भीतर अधिक प्रभाव प्राप्त करने में जेम्स ओटिस/जॉन हेगलिन की सहायता करने की स्थिति में थे।

ध्यान दें कि यह स्थिति हेगलिन और वॉल्श की समकालीन परिस्थितियों के समानांतर है। अपने 2000 के राष्ट्रपति पद के अभियान के हिस्से के रूप में हैगेलिन ने धन उगाहने में मदद के लिए वॉल्श को टैप किया, जिस प्रकार ओटिस ने अपने अभियान में रेवरेंड वॉल्टर को लेफ्टिनेंट कर्नल का रैंक प्राप्त करने के लिए टैप किया था। तो अगर प्रस्तावित भूतपूर्व जीवन की पहचानें वैध हैं, तो हमने जॉन हैगेलिन और निएल डोनाल्ड वॉल्श के बीच एक क्रांतिकारी कार्मिक संबंध स्थापित कर दिया है।

रेवरेंड वॉल्टर ने अपनी मंडली के भीतर लॉयलिस्ट्स और रिवॉल्यूशनरीज के बीच तटस्थ रुख बनाए रखने की कोशिश की। इस प्रकार रेवरेंड वॉल्टर पेट्रियट्स और लॉयलिस्ट्स के एक जैसे कृपापात्र बने रहे, लेकिन फिर एक दुर्भाग्यपूर्ण घटना हो गई। फरवरी 1776 में, जिस समय पेन की 'कॉमन सेंस' धूम मचा रही थी, रेवरेंड वॉल्टर पर पेट्रियट आर्मी के भीतर चेचक फैलाने की कोशिश करने का आरोप लग गया। हाल ही में चेचक के लिए एक टीके का आविष्कार किया गया था, लेकिन इस बात को लेकर बहुत बड़ा विवाद था कि टीका फायदा अधिक कर रहा था या नुकसान। जिन लोगों को टीके लगाए गए थे, वे एक समय के लिए बीमारी दूसरों को दे सकते थे, इसलिए टीकाकरण को अस्थायी संगरोध में जाना पड़ा।

संबंधित घटना में एक छोटा लड़का शामिल है, जिसने आरोप लगाया था कि रेवरेंड वॉल्टर ने उसे टीका लगवाने के लिए मजबूर किया था। लड़के ने दावा किया कि रेवरेंड वॉल्टर ने उसे एक पेट्रियट सेना बेस में जाने का निर्देश दिया, जहाँ उसे चेचक हो गया। इससे पेट्रियट सेना में बीमारी फैलने का खतरा हो गया। हालाँकि यह कल्पना करना मुश्किल है कि यह वर्णन सटीक था, लेकिन कुछ बोस्टनवासियों ने जाहिर तौर पर कहानी स्वीकार कर ली और रेवरेंड वॉल्टर पर पेट्रियट सेना के भीतर चेचक फैलाने की कोशिश करने का आरोप लगा दिया। उन लोगों ने उन्हें एक लॉयलिस्ट और गद्दार घोषित कर दिया। परिणामस्वरूप, रेवरेंड वॉल्टर के घर को तोड़-फोड़ दिया गया और

उन्हें 1776 में इंग्लैंड में शरण लेने के लिए मजबूर होना पड़ा।

1777 के वसंत में वॉल्टर न्यूयॉर्क लौट आए, जबकि क्रांतिकारी युद्ध चालू था, और उन्हें ब्रिटेन के तीसरे बटालियन के लिए चैपलैन के रूप में नियुक्त किया गया। इस क्षमता में रेवरेंड वॉल्टर पेट्रियट सेना के युद्ध कैदियों की देखभाल करते थे। एक जीवनी लेखक ने लिखा कि वॉल्टर की 'अमेरिकी कैदियों के लिए दयालुता प्रसिद्ध थी।' पेट्रियट कैदियों के लिए यह सेवा अह्तुन रे के बयान के अनुरूप है कि वॉल्श ने क्रांतिकारियों को आश्रय या सहायता दी थी। यह भी दिलचस्प है कि रेवरेंड वॉल्टर ने जेल की आबादी को सेवाएँ दीं, जैसे कि निएल डोनाल्ड वॉल्श ने समकालीन जेल कैदियों को किताबें उपलब्ध कराने के लिए एक विशेष कार्यक्रम बनाया है। इस प्रकार विलियम वॉल्टर और निएल डोनाल्ड वॉल्श दोनों के पास जेल की आबादी की सेवा करने का एक आम इतिहास है।

सन् 1783 के दिसंबर में रेवरेंड वॉल्टर इंग्लैंड लौट आए और जुलाई 1784 में उन्होंने लंदन में उनका स्वागत करने के लिए एबीगेल ऐडम्स से मुलाकात की। एबिगेल अपने पति जॉन के साथ रहने के लिए अभी-अभी आई थीं, जो इंग्लैंड के अमेरिकी मंत्री के रूप में सेवाएँ दे रहे थे। यह यात्रा विलियम वॉल्टर/निएल डोनाल्ड वॉल्श और एबिगेल ऐडम्स /मारियान विलियमसन के बीच क्रांतिकारी युग में एक कार्मिक संबंध को स्वीकार करती है। जैसा कि पहले उल्लेख किया गया है कि समकालीन समय में मारियान विलियमसन ने ग्लोबल पुनर्जागरण गठबंधन की स्थापना की है, जिसमें वॉल्श को एक सह-संस्थापक के रूप में उद्धृत किया गया है।

जुलाई और अगस्त 1787 में रेवरेंड वॉल्टर बोस्टन वापस आ गए थे और उन्हें एंग्लिकन चर्च में उपदेश देने के लिए आमंत्रित किया गया था, जो इंग्लैंड के चर्च से निकली थी। इंग्लैंड में अपने निर्वासन से पहले, वॉल्टर अमेरिका में एक एंग्लिकन बिशप की स्थापना का समर्थन करने के लिए जाने जाते थे, जिसने स्वतंत्र विचारधारा वाले अमेरिकियों के बीच आतंक पैदा किया। एंग्लिकन चर्चों के साथ यह संबंध और एंग्लिकन बिशप के लिए बुलाहट अह्तुन रे के इस बयान के अनुरूप है कि वॉल्श ने अपने क्रांतिकारी जीवनकाल में एंग्लिकन कारणों का समर्थन किया था। यह भी दस्तावेज किया गया है कि रेवरेंड वॉल्टर एक फ्रीमेसन थे और मेसोनिक आयोजनों में बोलते थे। एक पर्यवेक्षक ने लिखा—"डॉ. वॉल्टर एक उत्साही मेसन थे, क्योंकि उन्होंने उस संगठन के समारोह को मानव जाति से और अधिक प्यार करने की दृष्टि से देखा था।" यह कथन अह्तुन रे की दूसरी घोषणा के अनुरूप है कि क्रांतिकारी युग में वॉल्श एक फ्रीमेसन थे।

उनके इंग्लैंड से लौटने के बाद जैसे-जैसे साल बीते; बोस्टन के लोगों ने रेवरेंड

वॉल्टर को फिर से स्वीकार कर लिया और अंत में उन्हें बोस्टन में क्राइस्ट चर्च का रेक्टर बना दिया गया। रेवरेंड वॉल्टर अकसर कैंब्रिज में क्राइस्ट चर्च में भी उपदेश देते थे। 5 दिसंबर, 1800 को उनकी मृत्यु हो गई, और उन्हें क्राइस्ट चर्च के नीचे एक पारिवारिक मकबरे में मेसोनिक सम्मान के साथ दफनाया दिया गया। ट्रिनिटी चर्च में विलियम वॉल्टर के सम्मान में एक स्मारक खिड़की बनाई गई थी। रेवरेंड वॉल्टर अपने पीछे सात बच्चे छोड़ गए थे।

क्रांतिकारी युग में वॉल्श के अह्तुन रे के वर्णन से मेल खाते ऐतिहासिक विवरणों और एबिगेल ऐडम्स/मारियान विलियमसन और जेम्स ओटिस/जॉन हेगलिन के बीच कर्मिक संबंधों के अस्तित्व के अलावा रेवरेंड वॉल्टर और निएल डोनाल्ड वॉल्श के बीच समान व्यक्तित्व और चरित्र लक्षण देखे जा सकते हैं।

उदाहरण के लिए मुझे बताया गया है कि वॉल्श सार्वजनिक रूप से अनुकूल हैं और उन्हें अच्छे कपड़े पहनना पसंद है। वॉल्श ने खुद सार्वजनिक रूप से अपने घमंड को लेकर मजाक किया है। जॉन हैगेलिन के लिए आयोजित धन उगाहने के समारोहों में वॉल्श ने कहानी सुनाई है कि जब वह बड़े हो रहे थे तो उनकी सबसे बड़ी चिंताओं में से एक उनके 'बाल' थे और ये भी कि उन्हें कैसे 'स्टाइल' करना है। यह इसके समरूप है कि बोस्टन की महिलाएँ रेवरेंड को कैसे याद करती थीं। इन महिलाओं में से एक ने टिप्पणी की थी—

"डॉ. वॉल्टर एक असाधारण खूबसूरत आदमी थे, लंबे और सुगठित शरीर वाले। जब वे सड़क पर निकलते, तो अपने कैसौक और गाउन के ऊपर एक लंबा, नीला चोगा पहने हुए होते; एक पूरी लंबी विग, तैयार और पाउडर की हुई; एक तीन कोने वाली टोपी; बढ़िया काले कपड़े की नी ब्रीचेस, रेशमी काले होस के साथ; और चाँदी के फीतों वाले चौकोर जूते।"

वॉल्श, मैं समझता हूँ, बढ़िया जूतों के शौकीन भी हैं। वॉल्श एक पूर्व अभिनेता और रेडियो व्यक्तित्व भी हैं। ये भूमिकाएँ रेवरेंड वॉल्टर के बारे में कही बातों के साथ सुसंगत हैं—"उनका पूरा ध्यान कपड़ों, बॉल्स, असेंबली और नाटकों पर रहता है। उनकी आवाज स्पष्ट, संगीतमय और सही उतार-चढ़ाव वाली थी।"

वॉल्श ने अपनी पत्नी नैंसी के प्रति बहुत प्यार और भावना का प्रदर्शन किया है। यह उन शब्दों से स्पष्ट है, जिनका उपयोग वे अपनी पुस्तकों की प्रस्तावना में उनका वर्णन करने के लिए करते हैं। उदाहरण के लिए, कन्वर्सेशंस विद गॉड, बुक 3 में वॉल्श लिखते हैं—

"इसके बाद मैं अपनी अद्‍भुत जीवनसाथी, नैंसी का नाम लेना चाहता हूँ और उन्हें धन्यवाद देना चाहता हूँ, जिन्हें मैंने यह पुस्तक समर्पित की है। जब मैं नैंसी के बारे में

सोचता हूँ, तो कृतज्ञता के मेरे शब्द उसके कर्मों के आगे कमजोर लगते हैं, और वह वास्तव में कितनी असाधारण है, यह व्यक्त करने का कोई रास्ता न ढूँढ़ पाने से मैं बेबस महसूस करता हूँ। मुझे बस इतना पता है। मेरा काम उनके बिना संभव नहीं होता।"

यह स्नेही रिश्ता रेवरेंड वॉल्टर के उनकी पत्नी लीडिया लिंडे के साथ रिश्ते के अनुरूप है, जिनसे उन्होंने 30 सितंबर, 1766 को शादी की थी। रेवरेंड वॉल्टर के बारे में पढ़ने पर जिस चीज ने मेरा ध्यान आकर्षित किया, वह 1789 में अपनी प्यारी पत्नी को खोने पर उनकी प्रतिक्रिया थी। यह दस्तावेज किया गया है कि वॉल्टर उनके अंतिम संस्कार पर बहुत मुश्किल से उपदेश समाप्त कर पाए थे। जैसा कि एक पर्यवेक्षक ने बताया, "अंतिम संस्कार उपदेश, जो उन्होंने अपनी पत्नी के लिए दिया, वह उनके आँसुओं से लगभग अपठनीय था।" अपनी पत्नी के लिए रेवरेंड वॉल्टर की भावनाओं की गहराई नैंसी के लिए वॉल्श के गहरे प्यार को प्रतिबिंबित करती है।

रेवरेंड वॉल्टर और वॉल्श के बीच एक और समानता यह है कि दोनों ने आध्यात्मिक और मेटाफिजिकल कार्यों की रचना की है, जिन्होंने बहुत लोकप्रियता हासिल की है। वॉल्श ने बेशक 'द कन्वर्सेशंस विद गॉड' श्रृंखला लिखी है, जिसकी लाखों प्रतियाँ बिकी हैं। इसी तर्ज पर रेवरेंड वॉल्टर ने महान् लोकप्रियता के उपदेश दिए, जिनमें आध्यात्मिक गुणवत्ता थी। रेवरेंड वॉल्टर के बारे में निम्नलिखित उद्धरण इन बिंदुओं को चित्रित करते हैं—"जवान आदमी के उपदेशों की लोकप्रियता अद्‌भुत थी।" वॉल्टर द्वारा किए गए एक उपदेश के बारे में एक श्रोता ने लिखा, "आध्यात्मिक, लेकिन अच्छी तरह से उठाया हुआ और वर्तमान मौसम के अनुकूल।"

सबसे ज्यादा उल्लेखनीय बात यह है कि 18वीं शताब्दी में रेवरेंड वॉल्टर ने ऐसे उपदेश दिए, जिनमें बाह्य अंतरिक्ष के संदर्भ शामिल थे। यह विषय कन्वर्सेशंस विद गॉड, बुक 3 में प्रस्तुत सामग्री के अनुरूप है, जहाँ वॉल्श 'अत्यधिक विकसित प्राणियों' के बारे में लिखते हैं, जो अन्य ग्रहों से एक्स्ट्राटेरेस्ट्रियल (ईटीएस) हैं। वॉल्श लिखते हैं कि ये बेहद विकसित प्राणी उदार हैं और विकासवादी पैमाने पर मनुष्यों की तुलना में अधिक उन्नत हैं। आइए, अब 18वीं शताब्दी में लिखे गए रेवरेंड विलियम वॉल्टर के शब्दों पर ध्यान करें, जहाँ उन्होंने ईश्वर द्वारा ब्रह्मांड के निर्माण का वर्णन किया है, जिसमें ग्रह जीवन के विभिन्न रूपों से आबाद हैं, और विभिन्न प्रकार की बुद्धि से संपन्न हैं।

वह कहता है, "और देखो! वो सारे सूरज जो उस महान् अवतल में इतने भव्य लगते हैं, तुरंत अस्तित्व में आ जाते हैं; वे सूरज, जिन्हें किसी हर्शेल या किसी न्यूटन की आँखें गिनने में असमर्थ हैं। वह आदेश देता है, और देखो! वह सूरज ग्रहों से घिर जाते हैं, और उनके संगत उपग्रहों से, अवशोषित आत्माओं के लिए सभी आवासों के साथ तैयार। यह असंभव नहीं है कि उन अनगिनत दुनियाओं के निवासियों को, जो अपनी

केंद्रीय अग्नि के इर्द-गिर्द निरंतर घूमती रहती हैं, सिस्टम के परे सिस्टम बनाते हुए, बुद्धि के विभिन्न स्तर और उस खुशी को प्राप्त करने के विभिन्न तरीके प्रदान किए जाते हैं, जिसके लिए उन्हें बनाया गया था।"

इसी तरह रेवरेंड विलियम वॉल्टर दूसरे ग्रहों पर रहनेवाले प्राणियों की बात करते हैं, जिनमें से प्रत्येक के पास खुशी प्राप्त करने के अपने तरीके हैं। ये बुद्धिमान ई.टी. के अपने तरीके से विकसित होने के बारे में वॉल्श के संदेश के साथ संगत है।

संक्षेप में अह्तुन रे ने निएल डोनाल्ड वेल्श के पिछले जीवन की पहचान के संबंध में जो जानकारी प्रदान की थी, वह रेवरेंड विलियम वॉल्टर के व्यक्तित्व में पूरी होती लगती है। इसके अलावा विलियम वॉल्टर और जेम्स ओटिस/जॉन हेगलिन और एबिगेल ऐडम्स/मारियान विलियमसन के बीच उपयुक्त कर्मिक कनेक्शन मौजूद हैं। व्यक्तित्व लक्षण और बौद्धिक रुचियाँ भी सुसंगत प्रतीत होती हैं। चेहरे का वास्तु भी मेल खाता है, विशेष रूप से आँखों और माथे के क्षेत्र में। इन सभी कारणों से ऐसा लगता है कि निएल डोनाल्ड वॉल्श एक पिछले जीवनकाल में वास्तव में रेवरेंड विलियम वॉल्टर थे। अह्तुन रे ने निएल की पत्नी नैंसी की पहचान भी लिंडिया लिंडे रेवरेंड वॉल्टर के महान् प्रेम के रूप में की।

समापन करते हुए चार्ल्स थॉमसन/राल्फ नाडर, डेविड रिटनहाउस/कार्ल सेगन और रेवरेंड विलियम वॉल्टर/निएल डोनाल्ड वॉल्श के तीन मामलों ने केविन रायर्सन के साथ मेरे शुरुआती काम में यह दिखाने का काम किया कि अह्तुन रे पिछले जीवन के सटीक मैच बता सकता है। ये तीनों ही मामले मेरे लिए बहुत सम्मोहक थे, लेकिन वॉल्टर/वॉल्श मामला सबसे गहरा था, क्योंकि अह्तुन रे ने एक व्यक्ति, रेवरेंड विलियम वॉल्टर के बारे में बहुत विशिष्ट जानकारी दी थी, जो किसी इतिहास की किताब में नहीं था, लेकिन व्यापक शोध के माध्यम से हर उस बात की पुष्टि हो गई, जो अह्तुन रे ने इस केस के बारे में कही थी।

इसके अलावा जब मैंने निएल डोनाल्ड वॉल्श को पुनर्जन्म मामले की जानकारी भेजी और मैंने कहा कि मुझे लगता था कि एक पिछले जीवनकाल में वे रेवरेंड विलियम वॉल्टर थे, क्योंकि उनकी दोस्त मारियान विलियमसन एबीगैल ऐडम्स थी और जॉन हैगेलिन बोस्टन के क्रांतिकारी जेम्स ओटिस थे, तो निएल डोनाल्ड वॉल्श ने मुझे फोन किया और कहा, "मुझे लगता है कि इस बात में दम है।" फिर निएल ने रेवरेंड विलियम वॉल्टर के पुनर्जन्म के रूप में 'रिटर्न ऑफ द रिवोल्यूशनरीज' में शामिल होने के लिए सहमति दे दी। एक ऐसे व्यक्ति की ओर से, जो ईश्वर से वार्त्तालाप करता है (कन्वर्सेशंस विद गॉड), मुझे उनका सहयोग एक मान्य अनुभव लगा।

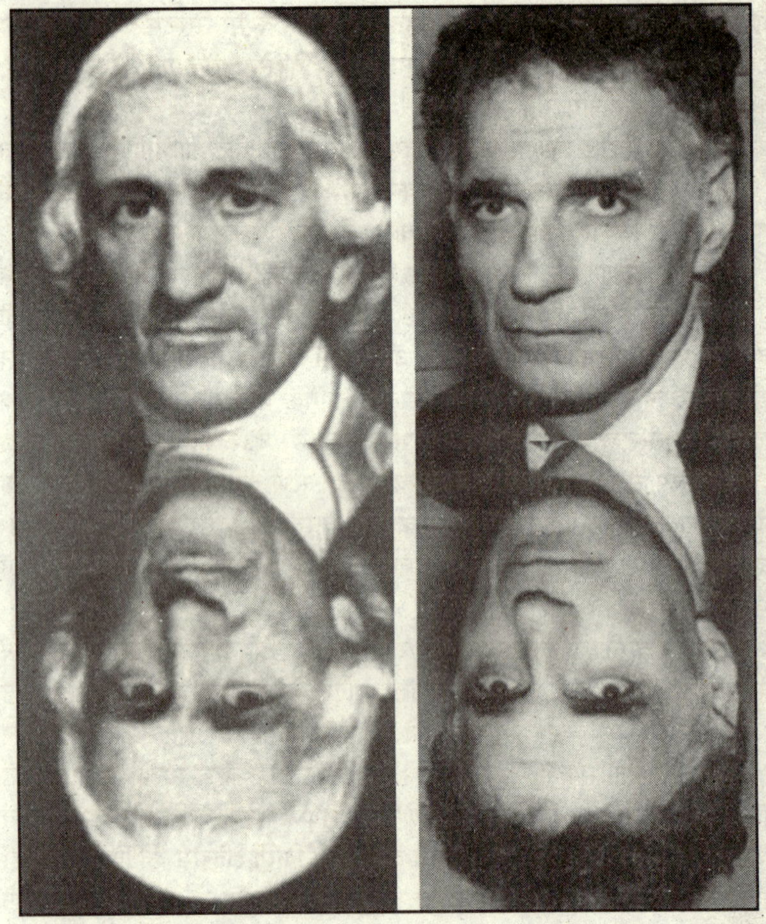

चार्ल्स थॉमसन राल्फ नाडर

जब डॉ. सेम्किव ने अहतुन रे, जो केविन रायर्सन—ट्रांस माध्यम, जो शिरले मैकलेन की किताबों में प्रस्तुत किए जाते हैं—द्वारा संचालित एक आत्मा गाइड हैं, से पूछा कि अमेरिकी क्रांति के युग में राल्फ नाडर कौन हो सकते थे, तो अहतुन रे ने कहा कि नाडर महाद्वीपीय कांग्रेस के एक नेता थे, जिनका नाम थॉमसन था। शोध से पता चला कि चार्ल्स थॉमसन कांग्रेस के सचिव थे और उनके चेहरे की विशेषताएँ और व्यक्तित्व लक्षण नादर से पूरी तरह मेल खाते थे। इस मामले के बाद डॉ. सेम्किव अहतुन रे को गंभीरता से लेने लगे।

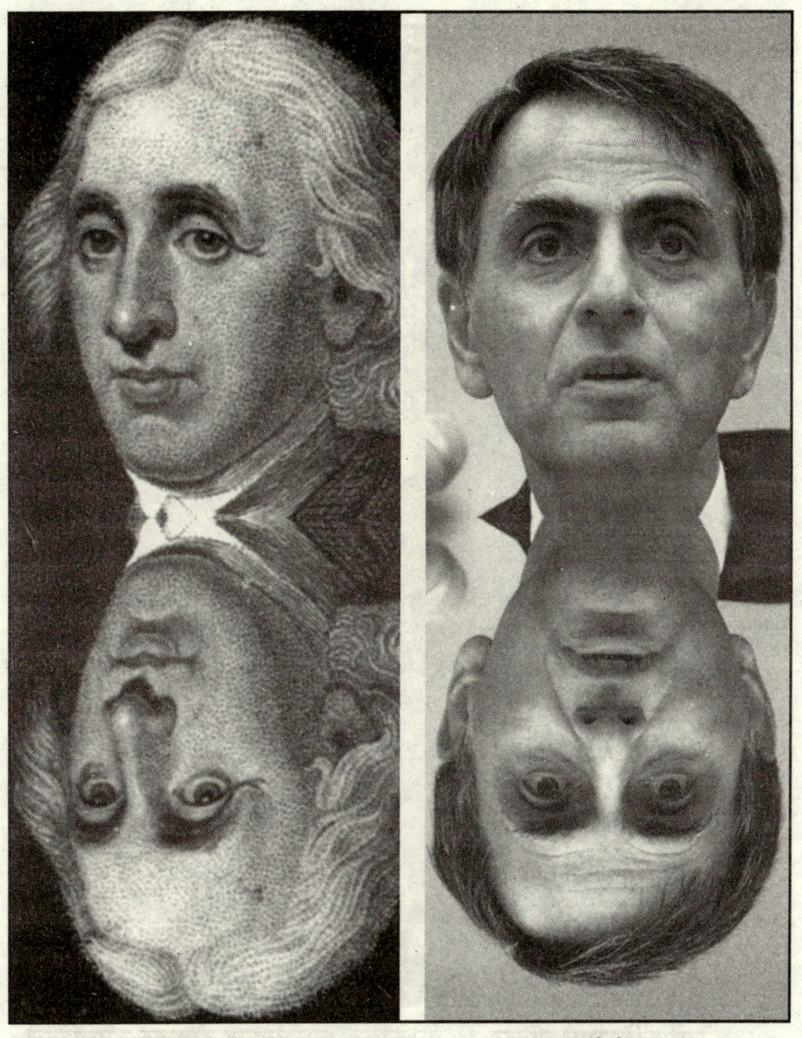

डेविड रिटनहाउस कार्ल सेगन

डेविड रिटनहाउस ने, जो एक अमेरिकी क्रांतिकारी थे, अमेरिका में पहली दूरबीन बनाई, साथ ही एक प्रारंभिक तारामंडल भी बनाया, जो हमारे सौर मंडल को सटीक रूप से चित्रित करता है। उन्होंने खगोलविद् कार्ल सेगन के रूप में पुनर्जन्म लिया।

रेवरेंड विलयम वॉल्टर निएल डोनाल्ड वॉल्श

'कन्वर्सेशंस विद गॉड' के लेखक श्री वॉल्श ने रेव वॉल्टर के पुनर्जन्म के रूप में 'रिटर्न ऑफ द रिवोल्यूशनरीज' में प्रस्तुत किए जाने के लिए सहमति प्रदान की। यह मामला नाटकीय रूप से पिछले जीवन के सटीक मैल बनाने की अहतुन रे की क्षमता का प्रदर्शन करता है।

□

22

लॉरेल और हार्डी की वापसी

मामलों का एक और सेट, जो अह्तुन रे को नाटकीय रूप से वैध मैच बताने की क्षमता को प्रदर्शित करता है, लॉरेल और हार्डी के पुनर्जन्म का है। 2001 के उत्तरार्ध और 2002 के आरंभ में केविन रायर्सन के साथ कुछ महीने काम कर लेने के बाद और यह एहसास हो जाने के बाद कि अह्तुन रे पिछले जीवन के मैचों को सटीकता से बनाने में सक्षम है, मैंने विभिन्न काल के जाने-माने लोगों के बारे में पूछना शुरू कर दिया। समकालीन लोगों के लिए मैं पिछले जीवन के बारे में पूछता था और ऐतिहासिक लोगों के लिए पूछता था कि क्या उन्होंने समकालीन समय में पुनर्जन्म लिया था ?

एक जोड़ी, जिसके बारे में मैंने शुरुआत में पूछा था, वह इतिहास में सबसे मशहूर और कॉमेडी टीमों में से एक लॉरेल और हार्डी की थी। मैं दोनों का बहुत बड़ा प्रशंसक हूँ और मुझे उनकी फिल्में हमेशा से पसंद रही हैं। इसके अलावा मैं लॉरेल और हार्डी के बारे में बड़ा भावुक भी था, क्योंकि वे मेरे पिता को हँसाते थे। मेरे पिता एक दयालु, उदार और प्रेमिल व्यक्ति थे, लेकिन उन्होंने अपने पूरे जीवन में विभिन्न चिकित्सा समस्याओं का सामना किया, जिसके कारण वे उदासीनता और एक गंभीर मनोदशा के शिकार हो गए। हालाँकि जब हम लॉरेल-हार्डी की फिल्में देखते थे, तो उनका मूड बदल जाता था। मुझे अपने पिता को जोर से हँसते देख बहुत अच्छा लगता था।

सन् 2003 से मैंने अह्तुन रे से पूछना शुरू किया कि लॉरेल और हार्डी समकालीन समय में पुनर्जन्म ले चुके हैं या नहीं। अह्तुन रे ने मुझे बताया कि वे जन्म ले चुके थे, लेकिन वे मुझे नहीं बताएँगे कि वे दोनों कौन थे। इससे मैं झुँझला गया। जब मैंने पूछा कि वह मुझे उन दोनों की पहचान क्यों नहीं बता सकते, तो अह्तुन रे ने जवाब दिया, "हम आपको इस समय नहीं बता सकते हैं।"

अगले वर्ष मैंने मैचों की परिकल्पना करके उनके हुक्मनामे को दरकिनार करने की कोशिश की। मैं पूछता कि क्या विभिन्न समकालीन हास्य अभिनेता स्टैन लॉरेल का

पुनर्जन्म हो सकते हैं और क्या विभिन्न गोल-मटोल हास्य अभिनेता ओलिवर हार्डी का पुनर्जन्म हो सकते हैं? मेरे सभी अनुमानित मैचों पर अह्तुन रे मुझे बताते कि प्रस्तावित मैच गलत है, लेकिन वे अभी भी नहीं बता रहे थे कि लॉरेल और हार्डी समकालीन समय में कौन थे। उन मैचों को लेकर सभी संभावनाओं के समाप्त होने के बाद, जिनके बारे में मैं सोच सकता था, मैंने हार मान ली और इस मुद्दे को लगभग एक साल के लिए भूल गया।

इस बिंदु पर मैं यह इंगित करना चाहूँगा कि अह्तुन रे की मैचों को बनाने की क्षमता पर मेरे भरोसा करने के कारणों में से एक यह है कि वह पिछले जीवन के प्रस्तावित मैचों को 'रबर स्टैंप' नहीं करते। इसके विपरीत, लोगों द्वारा प्रस्तावित अधिकांश मैचों को अह्तुन रे द्वारा गलत समझा जाता है। जब मैं खुद भी पिछले जीवन का मैच प्राप्त करने का प्रयास करता हूँ, तो कई बार अह्तुन रे मुझे बताते हैं कि मैं गलत हूँ, लेकिन जब सही मैच मिल जाता है और फिर अह्तुन रे द्वारा उसकी पुष्टि कर दी जाती है, तो वह समान रूप से एक बहुत ही सम्मोहक मामला बन जाता है। यह अह्तुन रे के साथ मेरा अनुभव है, जो 2001 के बाद से होनेवाले मासिक सत्रों और हजार से अधिक पुनर्जन्म के मामलों का डेटाबेस है, जो मुझे उच्च स्तर की सटीकता के साथ पिछले जीवन मैच बनाने की उनकी क्षमता पर अवसर देता है।

एक श्रेष्ठ नई कॉमेडी टीम

आइए, अब हम लॉरेल और हार्डी के मामलों पर वापस लौटते हैं। जैसा कि उल्लेख किया गया है, चूँकि अह्तुन रे स्टैन और ऑली की समकालीन पहचान उजागर नहीं कर रहे थे और उन्होंने मेरी असंख्य कल्पनाओं को नकार दिया था, मैंने उन्हें ढूँढ़ना बंद कर दिया। साल-दो साल बीत गए, जब सैन फ्रांसिस्को में अपने एक परीक्षा कक्ष में रखी पुरानी रोलिंग स्टोन पत्रिका के मुखपृष्ठ को देखकर मेरी दिलचस्पी अचानक पुनः जाग गई, जिस पर एक छोटी सी हैडलाइन थी, 'श्रेष्ठ नई कॉमेडी टीम।' इस पत्रिका के प्रत्येक पृष्ठ को देख लेने के बावजूद मुझे उसमें किसी नई कॉमेडी टीम के बारे में कुछ नहीं मिला, लेकिन मुझे लगा कि मुझे नई कॉमेडी टीमों के लिए इंटरनेट पर जाना चाहिए।

यह घटना नवंबर 2005 की है और जब मैंने इंटरनेट पर ढूँढ़ा, तो मुझे एक वेबसाइट पर एक शो का विज्ञापन नजर आया, जिसमें लिखा था—"कॉमेडी के इतिहास के बारे में दुनिया का सबसे मजेदार शो, दो भाइयों द्वारा बीस डॉलर से कम में और दो घंटे से कम समय में, जो न्यूयॉर्क शहर में जनवरी 2006 में आयोजित होगा।" मैंने दोनों

भाइयों, जोश और डैनी बाकर की एक तसवीर देखी, जो खुद को बाकर बॉयज कहते थे, और मेरे चेहरे पर मुसकान आ गई। न केवल ये भाई स्वाभाविक रूप से मजाकिया लग रहे थे, बल्कि वे उस तरह से मजाकिया लग रहे थे, जैसे लॉरेल-हार्डी लगते थे। मैं सहजतापूर्वक और गहराई से जान गया था कि मैंने उन्हें ढूँढ़ लिया था। बड़ा भाई जोश, पतले स्टेन लॉरेल का चरित्र था और डैनी थोड़ा गोल-मटोल ओलिवर हार्डी था। वास्तव में स्टैन और ओली, और जोश और डैनी के बीच एकमात्र शारीरिक अंतर यह है कि ओलिवर हार्डी डैनी की तुलना में काफी भारी थे।

केविन रायर्सन के साथ मेरे अगले सत्र में मेरे बनाए पिछले सभी प्रस्तावित मैचों को अस्वीकार करने के बाद अह्तुन रे ने पुष्टि कर दी कि जोश और डैनी बाकर, स्टैन लॉरेल और ओलिवर हार्डी के पुनर्जन्म वाली कॉमेडी टीम है।

स्टैन लॉरेल का जन्म 1890 में उल्वेर्सटन, इंग्लैंड में हुआ था, जबकि ऑलिवर हार्डी का जन्म संयुक्त राज्य अमेरिका में हार्लेम, जॉर्जिया में हुआ था। स्टैन ग्लासगो में एक हास्य अभिनेता के रूप में काम करते थे और फिर वे अमेरिका आ गए, जहाँ वे एक यात्री दल में शामिल हो गए, जिसमें चार्ली चैपलिन भी थे। यही ग्रुप अंततः उन्हें लॉस एंजेल्स ले गया।

ओलिवर हार्डी का जन्म 1892 में जॉर्जिया में हुआ था। एक युवा के रूप में उन्होंने एक मधुर गेय आवाज का प्रदर्शन किया और एक मिन्स्ट्रेल शो में शामिल हो गए। एक वयस्क के रूप में वे कैलिफोर्निया चले गए और निर्माता हैले रोच के साथ अनुबंधित कर लिया गया। रोच के लिए काम कर रहे एक निर्देशक लियो मैककेरी, एक मोटे आदमी और एक पतले आदमी के साथ लघु फिल्मों के लिए एक कॉमेडी टीम बनाना चाहते थे। मैककेरी इस प्रोजेक्ट के लिए स्टैन लॉरेल और ऑलिवर हार्डी को एक साथ लाए और इस प्रकार उस कॉमेडी टीम का जन्म हुआ, जो 20 वर्षों से अधिक चलने वाली थी।

लॉरेल और हार्डी के पुनर्जन्म यहूदी के रूप में पाले गए थे

इस विश्वास के साथ कि मुझे दो भाइयों के रूप में लॉरेल और हार्डी का पुनर्जन्म मिल गया था, मैं पुनर्जन्म और जीवन के काम करने के तंत्र के बारे में सोचने लगा। अगर स्टैन और ऑली/जोश और डैनी के मामले मान्य हैं तो एक कॉमेडी टीम, जो 1926 में अटलांटिक महासागर के पार से एक साथ आई थी, अब दो भाइयों के रूप में दोबारा मिल गई थी, जो 80 वर्षों के बाद न्यूयॉर्क शहर में एक बार फिर कॉमेडी कर रहे थे।

याद करें कि इयान स्टीवेंसन ने जुड़वाओं के 31 मामलों (62 लोगों) का अध्ययन किया था, जिनके पिछले जन्मों को सटीक रूप से मान्य किया गया था। सभी 31 मामलों

में जुड़वाओं के पिछले पुनर्जन्म में घनिष्ठ संबंध थे, और भाई-बहन का रिश्ता पिछले जीवन संबंधों का सबसे आम प्रकार था। इस प्रकार, लॉरेल और हार्डी का भाइयों के रूप में पुनर्जन्म लेना इस जुड़वों के अध्ययन के अनुरूप है। ये मामले यदि स्वीकार किए जाते हैं, तो नाटकीय रूप से प्रदर्शित करते हैं कि पुनर्जन्म के माध्यम से रिश्तों को कैसे नवीनीकृत किया जा सकता है।

मेरे लिये यह साझा करना महत्त्वपूर्ण है कि जोश और डैनी की निजी वेबसाइट पर, और साथ ही उस थियेटर की वेबसाइट पर, जहाँ वे प्रदर्शन कर रहे थे, इस बात का कोई उल्लेख नहीं था कि जोश और डैनी को लॉरेल और हार्डी के लिए कोई आत्मीयता थी। उनके शो के शीर्षक के अलावा उनके शो में क्या होगा, इसके बारे में कोई विवरण नहीं था। दूसरे शब्दों में, जब मैं बाकर बॉयज से उनके पुनर्जन्म मामलों को लेकर संपर्क करनेवाला था, तो मुझे बिल्कुल अंदाजा नहीं था कि यह बताए जाने पर कि वे लॉरेल-हार्डी के पुनर्जन्म हैं, उनकी क्या प्रतिक्रिया होगी?

मैंने थिएटर 'फॉर द न्यू सिटी' में फोन किया, जहाँ जोश और डैनी प्रदर्शन करनेवाले थे, और उनके शो के लिए टिकट खरीद लिये। मैंने यह भी कहा कि बाकर भाई मुझसे बात कर लें, ये संकेत देते हुए कि मैं हॉलीवुड में उनके लिए कुछ संपर्क बता सकता हूँ। डैनी बाकर ने मुझे दो दिन बाद फोन किया। उन तरीकों पर चर्चा करने के बाद, जिनसे मैं संभवत: उनके कॅरियर में मदद कर सकता था, मैंने डैनी को अपनी पुस्तक 'रिटर्न ऑफ द रिवोल्यूशनरीज' के बारे में बताया, और फिर ध्यान से डैनी को पुनर्जन्म के सिद्धांत समझाए, जो स्वतंत्र रूप से शोध किए मामलों से उभर रहे थे और उस काम के बारे में भी बताया, जो मैं केविन रायर्सन के साथ कर रहा था।

मैंने डैनी से पूछा कि क्या उसके कोई विशेष आध्यात्मिक झुकाव हैं, और उसने जवाब दिया, "हम यहूदी के रूप में पले-बढ़े हैं।" मैं समझ रहा था कि डैनी सोचने लगा था कि यह बातचीत कहाँ जा रही है और इन सबका उनके कॉमेडी के काम से क्या मतलब है? फिर मैंने सीधे कह दिया, "केविन रायर्सन के माध्यम से संचालित मिस्र के आत्मा गाइड अह्तुन रे ने पुष्टि की है कि आप और जोश लॉरेल और हार्डी के पुनर्जन्म हैं।"

एक पल के बाद डैनी ने जवाब दिया, "मुझे इस पुनर्जन्म नाम की चीज के बारे में पता नहीं है, लेकिन आप जो कह रहे हैं, वह बहुत दिलचस्प है, क्योंकि अब तक हमारे कॉमेडिक विकास के संदर्भ में हमारे जीवन में सबसे बड़े प्रभाव लॉरेल और हार्डी रहे हैं।"

डैनी के पास ऑली की एक जोड़ी पतलून और ऑली का एक सूट है—खगोलीय संयोग

इसके बाद मैंने जो जाना, उसने मुझे और भी हैरान कर दिया। डैनी ने मुझे बताया कि वह दुनिया में लॉरेल और हार्डी की यादगारों के सबसे व्यापक संग्रहकर्ताओं में से एक हैं। डैनी के पास पतलून की वह वास्तविक जोड़ी है, जो ऑलिवर हार्डी ने फिल्म 'वे आउट वेस्ट' में फिल्माए गए प्रसिद्ध नृत्य में पहनी थी, जो उसके बेडरूम की दीवार पर काँच के पीछे फ्रेम की हुई है। डैनी के पास एक पूरा सूट भी है, जो ऑलिवर हार्डी ने पहना था, जिसे डैनी के बेडरूम के एक कोने में खड़े मैनीकुइन को पहनाया गया है। लड़कों ने स्टैन ऑली की पहनी हुई एक जैकेट भी हासिल कर ली है, जो ऑली के सूट के बगल में स्थित है। इसके अलावा, जोश और डैनी एक साथ रहते हैं और उनके टाउनहाउस में हजारों लॉरेल और हार्डी कलाकृतियाँ प्रदर्शित हैं।

इस बात की क्या संभावना थी कि मैं दो अज्ञात महत्त्वाकांक्षी हास्य अभिनेताओं को फोन करूँगा, जिनके बारे में कभी किसी ने नहीं सुना था, जिन्हें मैं यह सूचित करने के लिए फोन कर रहा था कि वे लॉरेल और हार्डी के पुनर्जन्म हैं—एक मिस्र के आत्मा गाइड की पुष्टि के आधार पर, जिसकी मृत्यु हुए 3000 वर्ष से अधिक हो चुके हैं, और उनके अपने घर में लॉरेल और हार्डी के असली कपड़े एक मूल्यवान संपत्ति के रूप में निकलेंगे?

मेरे एक चिकित्सक मित्र ने मूल्यांकन किया कि संयोग से होनेवाली ये घटनाएँ खगोलीय हैं।

जोश और डैनी लॉरेल और हार्डी थीम का संगीत बजाते हुए शहर में ड्राइव करते हैं

लॉरेल और हार्डी के साथ जोश और डैनी की बड़ी पहचान का एक और उदाहरण 1991 का है, जब लड़कों ने अपनी पहली कार खरीदी थी। जोश और डैनी ने लॉरेल और हार्डी की फिल्मों से संकलित संगीत का एक कैसेट टेप बनाया था। वे अपनी प्लायमाउथ में लॉरेल और हार्डी की फिल्मों का संगीत बजाते हुए न्यूयॉर्क शहर और न्यू जर्सी में घूमते थे। एकमात्र चीज, जो अधिक उपयुक्त होती, वह यह होती कि वे ब्रॉडवे में एक फोर्ड मॉडल टी ड्राइव कर रहे होते।

विचार करें कि लॉरेल और हार्डी थीम के संगीत का कस्टम टेप बनाना और अपनी कार ड्राइव करते समय उसे चलाना कितना असामान्य है। ध्यान दें कि जोश और डैनी मेरे उन्हें ये सूचित करने के लिए संपर्क करने के 15 वर्ष पहले ऐसा कर रहे थे कि वे लॉरेल

और हार्डी के पुनर्जन्म हैं। एक बार फिर संयोग से ऐसा होने की क्या संभावनाएँ हैं?

दिलचस्प बात है कि जब जोश और डैनी युवा पुरुषों के रूप में इंग्लैंड गए, मेरे उन्हें संपर्क करने से कई साल पहले, तो उन्होंने स्टैन लॉरेल के जन्मस्थल पर जाने के लिए खासतौर पर कई घंटे ट्रेन से यात्रा की थी। दूसरे शब्दों में, जोश बाकर ने पूर्व जन्म के अपने गृहनगर की यात्रा करने के लिए एक महत्त्वपूर्ण प्रयास किया।

एक सिंक्रोनिस्टिक जुड़ाव

हमारे शुरुआती वार्त्तालाप के बाद मैंने जोश और डैनी को अपनी पुस्तक 'रिटर्न ऑफ द रेवोल्यूशनरीज' की एक प्रति और बरब्रो कार्लेन का एक वीडियो टेप भेजा, जिसमें वे एन फ्रैंक का पुनर्जन्म होने की अपनी कहानी बता रही हैं, जो मेरे लिये पूर्व जन्म के सबसे महत्त्वपूर्ण मामलों में से एक है। मैंने न्यूयॉर्क में उनके शो में जाने की योजना बनाई, क्योंकि—एक, मैं लॉरेल और हार्डी के पुनर्जन्म से मिलना चाहता था, और दो, मैं देखना चाहता था कि जोश और डैनी लोगों को लॉरेल और हार्डी की तरह हँसा सकते थे या नहीं।

इसके बाद मैंने पूर्वी तट पर अपनी यात्रा की उपयोगिता के तरीके के रूप में न्यूयॉर्क में एक पुनर्जन्म प्रस्तुति की व्यवस्था करने पर काम किया। मैंने हाल ही में अक्तूबर 2005 में न्यूयॉर्क शहर में न्यू लाइफ एक्सपो में प्रस्तुति दी थी, जहाँ न्यू जर्सी के मेटाफिजिकल सेंटर की निदेशक हैरियट वाग्निएर ने मुझसे संपर्क किया था, और पूछा था कि क्या मैं भविष्य में वेन, न्यू जर्सी में उनके केंद्र में बोलने के बारे में विचार करूँगा। उस समय मैंने उनसे कहा कि मुझे अच्छा लगेगा, लेकिन मैं कह नहीं सकता था कि मैं इस क्षेत्र में कब वापस आऊँगा, क्योंकि मैं कैलिफोर्निया में रहता था।

अब जबकि मैं बाकर बॉयज के प्रदर्शन को देखने के लिए न्यूयॉर्क में रहनेवाला था, तो मैंने हैरियट को यह पूछने के लिए कॉल किया कि क्या मैं जनवरी 2006 में उसी सप्ताहांत में उनके केंद्र में प्रस्तुति दे सकता हूँ? हालाँकि मैंने डैनी से कहा था कि मैं लॉरेल और हार्डी के मैच के बारे में तब तक शांत रहूँगा, जब तक दोनों भाइयों को ये बात पचाने का समय नहीं मिल जाता, लेकिन मैं हैरियट के साथ यह रहस्य साझा करने से खुद को नहीं रोक पाया। मैंने उनसे कहा कि मैं लॉरेल और हार्डी के पुनर्जन्म से मिलने के लिए न्यूयॉर्क आ रहा था। हैरियट आश्चर्यचकित हो गई और उन्होंने पूछा, "क्या मैं जान सकती हूँ, वे कौन हैं?" मैचों को गोपनीय रखने की क्षणिक कोशिश के बाद, मैंने हैरियट से कहा कि मैं उन्हें केवल इसी शर्त पर बताऊँगा कि वे किसी और को यह जानकारी नहीं देगी। हैरियट सहमत हो गई और इसलिए मैंने लॉरेल और हार्डी के

पुनर्जन्म की गुप्त पहचान उन्हें बता दी। तब हैरियट ने कहा, "मैं जोश और डैनी बाकर को जानती हूँ, मैं वेन में हाईस्कूल में पढ़ाती थी और वे मेरे छात्र थे!" जब हैरियट ने ऐसा कहा, तो मैं इस संयोग से थोड़ा हैरत में पड़ गया, लेकिन साथ ही मैं पुनर्जन्म शोध के हिस्से के रूप में सिंक्रोनिस्टिक घटनाओं के होने की उम्मीद करने लगा हूँ। अंत में इस अवसर संयोग के परिणामस्वरूप न्यू जर्सी के मेटाफिजिकल सेंटर ने वें, न्यू जर्सी के एक स्थान पर मेरी प्रस्तुति की मेजबानी की, जो उस स्थान से पाँच मिनट की दूरी पर स्थित है, जहाँ जोश और डैनी के माता-पिता रहते हैं, और जो न्यूयॉर्क शहर से 40 मिनट की ड्राइव दूरी पर है।

मैंने 14 जनवरी, 2006 को जोश और डैनी का प्रदर्शन देखा तथा खुद को जोर से हँसते हुए पाया, वैसे ही जैसे मैं स्टैन और ऑली की हरकतों पर हँसता था। हालाँकि वे एक अलग पीढ़ी के हैं, लेकिन उतने ही मजाकिया हैं और वे एक-दूसरे से उसी तरह संबद्ध रहते हैं, जैसे स्टैन और ऑली रहते थे। पतला भाई जोश मासूम चरित्र निभाता है, जो कभी-कभी उलझन में भी रहता है, और जो एक योजना के गलत होने पर रिरियाते हुए टूट सकता है, जबकि डैनी थोड़ा गोल-मटोल भाई, अधिक परिष्कृत, बुद्धिमान और सांसारिक व्यक्ति की भूमिका निभाता है, जो अनिवार्य रूप से जोश की हरकतों से फँस जाता है।

मेरे लिये मुख्य आकर्षण एक मूक फिल्म थी, जो जोश और डैनी ने अपने प्रदर्शन के लिए बनाई थी। यह हैले रोच द्वारा बनाई किसी भी मूक फिल्म जितनी विनोदी थी, स्लैपस्टिक से भरी हुई, जिसमें एक खुला छूटा हुआ गोरिल्ला, एक कीस्टोन पुलिसवाला और एक अंधी लड़की थी, जो सहानुभूति उत्पन्न करती है और साथ ही गलती से डैनी को उसके शरीर के निजी हिस्सों में अपनी सफेद छड़ी से एक गलत झटका देती है। उस मूक फिल्म में और पूरे शो में जोश और डैनी ने लॉरेल और हार्डी के कॉमेडिक विकास को दोबारा अभिनीत किया। ठीक वैसे, जैसे पीटर टीकैंप ने पॉल गौगिन के कलात्मक विकास को और अलेक्सांद्रा नेशिता ने पिकासो के काम को दोहराया था। इस तथ्य पर विचार करें कि आधुनिक समय के बहुत कम हास्य कलाकार अपने कार्य के हिस्से के रूप में 1920 की शैली की स्लैपस्टिक मूक फिल्म बनाते हैं। मैंने खुद भी आधुनिक समय की कोई मूक फिल्म नहीं देखी थी, जब तक कि मैंने जोश और डैनी की बनाई यह फिल्म नहीं देखी।

मैंने सम्मानित महसूस किया, जब जोश और डैनी के साथ-साथ उनके माता-पिता, जोएल और जेन भी अगले दिन वेन, न्यू जर्सी में पुनर्जन्म अनुसंधान पर मेरी प्रस्तुति में भाग लेने आए। हैरियट वाग्नेयर द्वारा हमें साथ लाए जाने को एक संयोग के रूप में देखा जा सकता है, लेकिन इसे आध्यात्मिक मार्गदर्शन के कार्य के रूप में भी देखा जा

सकता है। कैप्टन रॉबर्ट हिम के मामले को याद करें कि कैसे उन्हें उनकी पत्नी द्वारा न्यू ऑरलियन्स लाया गया, जहाँ उन्हें कुबड़ी महिला का चित्र मिला, और साथ ही कैरोल बेकविथ के रूप में अपना पिछला जीवनकाल भी मिला। हालाँकि कैप्टन स्नो की पत्नी और हैरियट वाग्नेयर के पास टेलीपैथिक आवाज नहीं रही होगी, जो उन्हें बताती कि उन्हें क्या करना है, लेकिन अंतर्ज्ञान और इच्छाएँ भी घटनाओं को समन्वित करने में उतनी ही प्रभावी हो सकती हैं।

बच्चों के रूप में जोश और डैनी पर लॉरेल-हार्डी की गुड़ियों का जुनून सवार हो जाता है

बाकर बॉयज और उनके माता-पिता को यह प्रस्ताव कि जोश और डैनी लॉरेल-हार्डी का पुनर्जन्म हैं, दिलचस्प लगा और उन्होंने समानताओं को नोट कर लिया। जोश का जन्म 22 अगस्त, 1976 को स्टैन लॉरेल की मृत्यु के ग्यारह साल बाद हुआ था। जब जोश का जन्म हुआ, तो उसे उसकी चचेरी बहन सैली ने लॉरेल और हार्डी की गुड़ियों का एक सेट दिया। सैली और जेन बाकर करीबी दोस्त हैं और उन्होंने स्वयं एक लॉरेल और हार्डी जैसी जोड़ी बनाई थी, जैसा कि सैली के पति ने देखा था। जोएल और जेन बाकर बताते हैं कि उनके बेटे, जोश को लॉरेल-हार्डी की गुड़ियों से प्यार था और वे उसके पसंदीदा खिलौने बन गए थे।

डैनी का जन्म 15 जनवरी, 1978 को ऑलिवर हार्डी की मृत्यु के लगभग बीस साल बाद हुआ था। पिछले वर्षों में जोश ने लॉरेल-हार्डी की गुड़ियों से इतने जोश के साथ खेला था कि जब डैनी का जन्म हुआ, तब तक केवल उनके रबर के सिर बचे थे। अपने पूरे बचपन के दौरान जोश और डैनी ने स्टैन और ऑली के सिरों के साथ खेलना जारी रखा। वे अभी भी उनके पास हैं।

बचपन में जोश और डैनी अकसर लॉरेल और हार्डी की नकल करते थे। जोश हमेशा स्टैन बनता था और डैनी हमेशा ऑली बनता था। डैनी अपने खिलौनों पर ऑलिवर के जैसी मूँछें बना देता था और खुद भी काली फेल्ट से ऑली जैसी मूँछें बना लेता, जिन्हें वह ऊपरी होंठ पर पारदर्शी टेप से चिपका लेता। जबकि डैनी अपनी ऑली मूँछें लगाता, जोश अपने सिर के ऊपरी हिस्से को खरोंचकर स्टैनली की नकल करता था।

वे जोश और डैनी, स्टैन और ऑली की तरह अभिनय करते थे। जोएल और जेन बाकर याद करते हैं कि नन्हें लॉरेल और हार्डी के साथ (उम्मीद है कि इस प्रक्रिया में बहुत ज्यादा संपत्ति, जैसे पियानो और ऑटोमोबाइल, नष्ट नहीं होते थे)। आगे श्री बाकर, एक ट्रायल वकील बताते हैं कि अपने जन्मदिन पर, लड़के हमेशा लॉरेल-हार्डी

की मूक फिल्में दिखाने पर जोर देते थे, जो स्थानीय पुस्तकालय से उधार लाई जाती थीं।

जैसे ही वे इतना खर्च करने लायक हुए, जोश और डैनी ने अपने पेपर रूट से अर्जित पैसों से एक मूवी कैमरा खरीद लिया। उन्होंने युवा लड़कों के रूप में अपनी खुद की कॉमेडी फिल्में बनाना शुरू कर दिया और वे अकसर दूसरी मंजिल की एक खिड़की से डमी फेंके जाने के दृश्य फिल्माते थे, जैसा कि हैले रोच और लॉरेल-हार्डी की मूक फिल्मों में होता था। जोएल बाकर बताते हैं कि उन्हें अकसर चिंतित पड़ोसियों से फोन कॉल मिलती थीं, जिन्हें लगता था कि बाकर निवास की खिड़कियों से लोगों को फेंका जा रहा है। नतीजतन, जोश और डैनी को अकसर अनुशासित किए जाने की आवश्यकता होती थी।

जैसे-जैसे वे बड़े हुए, जोश और डैनी लॉरेल और हार्डी के साथ-साथ अन्य नए-पुराने हास्य कलाकारों पर आधारित कॉमेडी रुटीन विकसित करने लगे, जिसका अंत जनवरी 2006 में, उनके न्यूयॉर्क, ऑफ-ब्रॉडवे डेब्यू के साथ हुआ। उनका स्वयं घोषित मिशन है—"उस दुनिया में खुशी और हँसी लाओ, जिसे एक अच्छी हँसी की जरूरत है।"

लॉरेल और हार्डी के पुनर्जन्म को फिर से अभिनय करते देखें। जोश और डैनी ने अपनी मूक फिल्म 'द रॉन्ग आर्म ऑफ द लॉ' का अधिकार हमें दिया है, जिसे हमारे पुनर्जन्म टेलीविजन शो पायलट, रीइन्कार्नेशन एक्सप्लोरेशन के साथ www.ReincarnationResearch.com पर देखा जा सकता है।

पुनर्जन्म के मुख्य बिंदु और सिद्धांत

भौतिक समानता : जोश और डैनी एवं लॉरेल और हार्डी के बीच अलौकिक समानताएँ मौजूद हैं। एक अंतर यह है कि ऑलिवर डैनी की तुलना में काफी भारी थे, हालाँकि चेहरे की बनावट फिर भी स्पष्ट है।

पिछले जीवन की प्रतिभा : बचपन में बाकर बॉयज लॉरेल और हार्डी के कॉमेडिक विकास को दोहराते थे, जो उनकी वयस्कता में 'द फनिएस्ट शो, इन द हिस्ट्री ऑफ कॉमेडी परफॉर्मड बाय टू ब्रदर्स इन लेस दैन टू-आवर्स फॉर अंडर ट्वेंटी बक्स' में उनके प्रदर्शन के साथ समाप्त हुआ। इसके अलावा ऑलिवर हार्डी ने एक मिन्स्ट्रेल शो में गाना गाकर अपने कॅरियर की शुरुआत की और डैनी वर्तमान में नाइट क्लब में गाकर तथा संगीत सिखाकर मुख्य रूप से अपनी ज़ीविका कमा रहे हैं। जैसा कि बताया गया है, जोश और डैनी के प्रदर्शन के वीडियो www.ReincarnationResearch.com पर देखे जा सकते हैं।

पुनर्जन्म के माध्यम से रिश्तों का नवीनीकरण : लॉरेल और हार्डी की कॉमेडी टीम ने दो भाइयों के रूप में पुनर्जन्म लिया है।

जीवनकालों की योजना : ये मामले नाटकीय रूप से प्रदर्शित करते हैं कि कैसे आत्माएँ जीवनकालों की योजना बना सकती हैं, क्योंकि लॉरेल और हार्डी ने उसी परिवार के भीतर अवतारों का निर्माण किया था। हमने देखा है कि इयान स्टीवेंसन ने 31 जुड़वाँ मामलों का अध्ययन किया था, जहाँ पिछले जीवन को निष्पक्ष रूप से मान्य किया गया था। उन्होंने पाया कि सभी 31 मामलों में, जोड़ों के पिछले जन्म में करीबी संबंध थे। इस प्रकार लगता है कि पारिवारिक समूहों में जीवनकालों की योजना बनाना एक आम घटना है।

मार्गदर्शक आत्मा की भागीदारी : लॉरेल और हार्डी का पुनर्जन्म मामला अह्तुन रे, केविन रायर्सन द्वारा संचालित एक आत्मा गाइड की सहायता से प्रकाश में लाया गया था। इसके अलावा यह संभव है कि एक मार्गदर्शक आत्मा के मार्गदर्शन ने हैरियट वगनियर, मेटाफिजिकल सेंटर ऑफ न्यू जर्सी की निदेशक को अक्तूबर 2005 में न्यूयॉर्क शहर में न्यू लाइफ एक्सपो में हमारी मुलाकात के दौरान मुझे अपने केंद्र में प्रस्तुति देने का आग्रह करने के लिए प्रेरित किया होगा। उनके निमंत्रण ने मुझे बाकर बॉयज के सामने पुनर्जन्म के प्रमाण प्रस्तुत करने की अनुमति दी, साथ-ही-साथ उनके परिवार और दोस्तों को भी, जिसने मैं मानता हूँ कि मुझे उन लोगों का समर्थन दिलाने में मेरी मदद की। कृपया ध्यान दें कि हैरियट का अनुरोध जोश और डैनी से जुड़े मैच मिलने से ठीक पहले हुआ था। ऐसे में यदि हैरियट का अनुरोध वास्तव में निर्देशित किया गया था, तो ऐसा प्रतीत होता है कि बाकर बॉयज के साथ मेरा संबंध पूर्व निर्धारित था।

धर्म में परिवर्तन : लॉरेल और हार्डी दोनों ईसाई थे, जबकि जोश और डैनी यहूदियों की तरह बड़े हुए थे। उनके पिता जोएल बाकर यहूदी हैं, जबकि उनकी माँ जेन का जन्म एक ईसाई परिवार में हुआ था।

आत्मीयता के मामले : जोश और डैनी बचपन से लॉरेल और हार्डी के दीवाने थे। ऐसे में वे अपने पिछले जीवन व्यक्तित्वों के लिए सहज रूप से आकर्षित हुए प्रतीत होते हैं। यद्यपि जोश को बचपन में लॉरेल और हार्डी गुड़ियों का एक सेट दिया गया था, जिसने उसकी दिलचस्पी को उत्तेजित किया हो सकता है, लेकिन यह लॉरेल और हार्डी के लिए उनके उस जुनून की व्याख्या नहीं करता है, जैसा कि डैनी के स्टैन और ऑली से संबंधित यादगारों के विश्वव्यापी कलेक्टर बनने से या पेशेवर हास्य अभिनेता और कलाकार बनने के उनके निर्णय से प्रमाणित होता है।

याद करें कि डैनी के पास उसके शयनकक्ष में ऑलिवर हार्डी द्वारा पहने गए, एक असली सूट और पैंट की जोड़ी है, जिसे उन्होंने अच्छी-खासी लागत पर प्राप्त किया

था। इसके अलावा 1991 में, लड़कों ने लॉरेल-हार्डी फिल्मों से संगीत का एक कैसेट टेप बनाया, जिसे वे अपनी कार ड्राइव करते हुए बजाते थे। 2005 में जब मैंने डैनी को ये सूचना देने के लिए संपर्क किया था कि उनकी पहचान ऑलिवर हार्डी के पुनर्जन्म के रूप में स्थापित हो चुकी है, तब मुझे जोश और डैनी के लॉरेल-हार्डी के प्रति जुनून की जानकारी नहीं थी। ऐसा संयोग से होने की संभावना बहुत कम है।

मैं इस प्रकार के मामलों को 'एफिनिटी केस' (आत्मीयता के मामले) कहता हूँ, जहाँ व्यक्ति स्वाभाविक रूप से अपने पिछले जीवन की ओर आकर्षित होते हैं। हमारे अगले अध्याय में मैं एक और एफिनिटी केस पेश करूँगा, जिसमें हैले बेरी शामिल हैं।

जोश (बाएँ) और डैनी (दाएँ) बाकर को स्टैन लॉरेल (मध्य बाएँ) और ऑलिवर हार्डी (मध्य दाएँ) के पुनर्जन्म के रूप में पहचाना गया है। इस प्रकार, लॉरेल और हार्डी की कॉमेडी जोड़ी ने दो भाइयों के रूप में पुनर्जन्म लिया है।

बचपन में जोश और डैनी जब भी संभव होता था, स्टैन और ऑली की नकल करते थे, जिसमें डैनी अपने ऊपरी होंठ पर ऑली जैसी मूँछें चिपका लेता था।

वयस्कों के रूप में जोश और डैनी एक कॉमेडी टीम बन गए हैं और अपने 'ऑफ ब्रॉडवे' डेब्यू में उन्होंने स्टैन और ऑली के कॉमेडिक विकास को दोहराया था, यहाँ तक कि अपनी खुद की मूक फिल्म भी बनाई थी।

लड़कों के माता-पिता जोएल और जेन इस प्रस्ताव को कि जोश और डैनी लॉरेल-हार्डी का पुनर्जन्म हैं, विश्वसनीय मानते हैं।

स्टैन लॉरेन | जोश बाकर | डैनी बाकर | ओलिवर हार्डी

23

डॉरोथी डैनड्रिज का मामला

जैसा कि लॉरेल और हार्डी के पुनर्जन्म के मामलों में दिखाया गया है, लोग अपने पिछले जीवन व्यक्तित्वों की ओर आकर्षित हो सकते हैं। मैंने यह इतनी बार होते देखा था कि इस प्रकार के पुनर्जन्म मामलों को मैंने एक नाम 'एफिनिटी केसेस' दे दिया। जब हैले बेरी अभिनेत्री डॉरोथी डैनड्रिज पर एक फिल्म बनाने के लिए बहुत आगे तक चली गईं, तो यह अनुमान लगाना स्वाभाविक था कि हेल डॉरोथी का पुनर्जन्म हो सकती हैं। यह सिद्धांत इस तथ्य से समर्थित है कि हैले और डॉरोथी के चेहरे की विशेषताएँ बिल्कुल एक जैसी हैं। केविन रायर्सन के साथ एक सत्र में अह्तुन रे ने डॉरोथी डैनड्रिज और हैले बेरी के मैच की पुष्टि कर दी।

न केवल यह पिछले जीवन का मामला एक एफिनिटी केस है, बल्कि इसका एक उदाहरण है कि कैसे एक लक्ष्य को पूरा करने के लिए एक आत्मा पुनर्जन्म ले सकती है। डॉरोथी डैनड्रिज की मृत्यु 8 सितंबर, 1965 को हुई थी, जबकि हैले बेरी का ज़न्म एक वर्ष से भी कम समय बाद 14 अगस्त, 1966 को हुआ था। डॉरोथी और हैले दोनों क्लीवलैंड, ओहियो में पैदा हुईं। 1954 में डैनड्रिज को कार्मेन जोंस में उनकी भूमिका के लिए ऑस्कर में नामित किया गया था, लेकिन उन्हें अवॉर्ड नहीं मिला। कुछ हद तक इसलिए, क्योंकि उस समय हॉलीवुड में अफ्रीकी अमेरिकियों के खिलाफ भेदभाव होता था। मार्च 2002 में हैले बेरी के रूप में डॉरोथी डैनड्रिज ने अपना लक्ष्य पूरा कर लिया।

इस मामले में आकर्षक बात यह है कि एक दोस्ती दो जीवनकालों में बरकरार रही। जब हैले डॉरोथी डैनड्रिज पर अपनी फिल्म बना रही थीं, तब उनकी दोस्ती गेरी ब्रैंटन से हुई, जो डॉरोथी डैनड्रिज के करीबी सहयोगियों में से एक थीं, और उस समय अपनी उम्र के सातवें दशक में थीं। एक साक्षात्कार के दौरान ब्रैंटन ने डैनड्रिज और बेरी में काफी सारी समानताएँ देखीं। उन्होंने कहा, "यह अद्‌भुत है, और वो यह काम (डैनड्रिज को चित्रित) कितनी अच्छी तरह से करती है।"

बेरी घबराई हुई लगने लगी, जब ब्रैंटन से पूछा गया कि वह किस मामले में सबसे ज्यादा डैनड्रिज जैसी है।

"मुझे लगता है कि हैले का निजी जीवन चौंकाने वाला है और यह उसी के जैसा है", ब्रैंटन ने बताया। हैले ने गेरी को टोकते हुए प्रतिक्रिया व्यक्त की, "गेरी...श्श्श्श।" लेकिन ब्रैंटन ने कहना जारी रखा, "वे सुंदर लोग हैं, बाहर से सुंदर; लेकिन अंदर से और भी सुंदर। उदार और प्यारे।" उन्होंने कहा, "ये अविश्वसनीय हैं। और जब मैंने पहली बार हैले को देखा, तो मैं स्तब्ध रह गई थी, सच में स्तब्ध! ये दोनों बिल्कुल एक जैसी लगती हैं।"

हैले बेरी ने खुद कहा है कि उनका जीवन डैनड्रिज के जीवन के समानांतर है। "हॉलीवुड में रहना, एक मुख्य अभिनेत्री होने की इच्छा रखना और एक मुख्य अभिनेत्री की तरह महसूस करना, लेकिन ऐसे उद्योग में होना, जिसमें हमारे लिये कोई जगह नहीं है। मेरा संघर्ष काफी कुछ उनका रहा है, मुख्य अभिनेत्री के रूप में अपनी जगह बनाने की कोशिश करना। हालाँकि उन्होंने मेरे लिये दरवाजा खोल दिया था, क्योंकि उन्हें कभी वो पहचान नहीं मिली, जो मिलनी चाहिए थी। मैं अभी भी बिल्कुल उसी स्थिति में हूँ, जिसमें वे थीं।" लेकिन ऑस्कर नाइट 2002 के बाद यह बात सच नहीं रह गई। उस समारोह में हैले बेरी सर्वश्रेष्ठ अभिनेत्री के लिए ऑस्कर जीतने वाली पहली अफ्रीकी अमेरिकी बन गईं।

हैले बेरी और डॉरोथी डैनड्रिज के संबंध में एक दिलचस्प बात हुई, जैसी कि 2003 में रिपोर्ट की गई थी। फिल्म 'इंट्रोड्यूसिंग डॉरोथी डैनड्रिज' बनाने के दौरान हैले ने एक पोशाक हासिल की थी, जो डॉरोथी की थी, और जिसे उसने अपने कमरे में रखा था। सुरक्षा की दृष्टि से पोशाक कागज और प्लास्टिक में रखी गई थी। आइए, अब हम हैले बेरी को दृश्य का वर्णन करने देते हैं—

"एक रात मैं घर पर एक दोस्त के साथ चाय पी रही थी और हमने सरसराहट की आवाज सुनी। पहले मैंने सोचा कि वो सिर्फ केतली से टपक रहे पानी की आवाज है, लेकिन फिर मुझे एहसास हुआ कि आवाज कमरे से आ रही है और पोशाक पर लपेटा हुआ कागज फड़फड़ा रहा है—अपने आप! मैं और मेरी दोस्त तेजी से वहाँ से बाहर निकल गए!

"उसके बाद जब तक वो पोशाक मेरे पास थी, मेरे घर में और भी अजीब बातें होती रहीं। मैं घर आती और हाउसकीपर कहती कि उसने ऊपर मेरे बाथरूम में मेरी वैनिटी चेयर के खिसकने की आवाज सुनी थी। और हमारे फ्रिज का दरवाजा अपने आप खुल जाता। मैं मजाक नहीं कर रही हूँ। जब फिल्म पूरी हो गई, तो मेरा उस पोशाक को रखने का बहुत मन था, लेकिन उसको वापस करना जरूरी था। और फिर सबकुछ ठीक हो गया।"

हैले बेरी ने इन गतिविधियों की व्याख्या यह अनुमान लगाकर की कि डॉरोथी डैनड्रिज का भूत उसके घर में था। यह स्पष्ट नहीं है कि इन मनोवैज्ञानिक घटनाओं के होने का कारण क्या था? शायद वह हैले की अपनी आत्मा थी या एक आत्मा गाइड की, जो उसे कोई संदेश देने की कोशिश कर रही थी। हम मनोवैज्ञानिक घटनाओं के बारे में अगले अध्याय में और जानेंगे, जिसमें उरी गेलर शामिल हैं।

पुनर्जन्म के मुख्य बिंदु और सिद्धांत

शारीरिक समानता : हैले बेरी के चेहरे की विशेषताएँ डॉरोथी डैनड्रिज से पूरी तरह मेल खाती हैं।

अभिनव प्रतिभा : हैले ने डॉरोथी डैनड्रिज की थिएट्रिकल (अभिनय करने की) प्रतिभा को दोहराया, यहाँ तक कि उन्होंने सर्वश्रेष्ठ अभिनेत्री के लिए अकादमी पुरस्कार भी जीता और इस प्रकार एक पिछले जीवन के लक्ष्य को पूरा किया।

पुनर्जन्म के माध्यम से रिश्तों का नवीनीकरण : डॉरोथी डैनड्रिज की पुनर्जन्म की उनकी सबसे अच्छी दोस्त गेरी ब्रेंटन से पुनर्मिलन हो गया था, जिन्होंने उपस्थिति और चरित्र, दोनों में डॉरोथी और हैले के बीच अद्‌भुत समानताएँ देखीं।

मार्गदर्शक आत्मा की भागीदारी : जब हैले डॉरोथी पर अपनी फिल्म बना रही थी, तो उसने डॉरोथी की एक पोशाक अपने कमरे में रखी थी, जो मनोवैज्ञानिक घटनाओं से जुड़ी थी।

एफिनिटी केस : हैले बेरी ने फिल्म 'इंट्रोड्यूसिंग डॉरोथी डैनड्रिज' का निर्माण किया और उसमें अभिनय भी किया; इस प्रकार वे अपने पिछले जीवन के व्यक्तित्व के रूप में प्रस्तुत हुईं।

डॉरोथी डैनड्रिज हैले बेरी

डॉरोथी डैनड्रिज एक अभिनेत्री थीं, जिन्हें ऑस्कर से वंचित कर दिया गया था, कुछ हद तक इसलिए, क्योंकि वे एक पूर्वग्रह के समय में अश्वेत थीं। हैले ने सर्वश्रेष्ठ अभिनेत्री के लिए ऑस्कर जीतकर डॉरोथी का सपना पूरा किया। डॉरोथी पर एक फिल्म बनाने में, हैले ने अपने खुद के पिछले जीवन व्यक्तित्व के प्रति जोरदार आकर्षण का दिखाया, एक घटना, जिसे मैं 'एफिनिटी केस' कहता हूँ।

□

24

उरी गेलर, डैनियल डगलस होम और एरियल शेरोन

उरी गेलर, जिन्होंने अपनी मानसिक शक्ति से चम्मच झुकाकर प्रसिद्धि प्राप्त की थी, इस धरा पर सबसे दिलचस्प व्यक्तियों में से एक हैं। एक दोस्त, जेफरी मिशलोव, एक पैरासाइकोलॉजिस्ट और रूट्स ऑफ कॉन्शियसनेस के लेखक, वे पहले व्यक्ति थे, जिन्होंने पहली बार माना था कि गेलर डैनियल डगलस होम का पुनर्जन्म थे। डैनियल 19वीं शताब्दी के एक मीडियम थे, जो मनोवैज्ञानिक घटनाओं से जुड़े हुए थे, जैसे कि गेलर। केविन रायर्सन के साथ एक सत्र में अहतुन रे ने पुष्टि की कि उरी गेलर होम का पुनर्जन्म है।

उरी गेलर ने साल 2000 में अपने रेडियो शो में मेरा साक्षात्कार लिया था, इसलिए मेरे पास उनका इ-मेल एड्रेस और टेलीफोन नंबर था। मैंने उन्हें ग्राफिक्स के साथ उनके चेहरे की विशेषताओं को होम के चेहरे से मिलाते हुए एक संदेश भेजा। जब लगभग एक सप्ताह तक उरी का कोई जवाब नहीं आया, तो मैंने उन्हें फोन किया। जब मैंने उनसे बात की, तो उरी यह जानकर बहुत उत्साहित हुए कि मेरे पास उनके लिए पिछले जीवन का एक मैच था।

उन्होंने बताया कि उन्होंने मेरा इ-मेल नहीं देखा था, और स्पष्ट किया कि उनके पास प्रतिदिन सैकड़ों संदेश आते हैं। जब मैं उन्हें पृष्ठभूमि की थोड़ी-बहुत जानकारी देने लगा, तो उरी ने मुझे अधीरता के साथ टोक दिया, "तो बताओ मैं कौन था?" मैंने उनसे कहा, "आप डैनियल डी. होम थे।" तब गेलर उत्साह से बोले, "डैनियल डगलस होम! हे भगवान्! मेरे गरदन के बाल खड़े हो गए हैं! मैं होम के बारे में जानता हूँ। मैंने उनके बारे में लिखा भी है।"

मैंने गेलर से कहा कि मैं उनके केस का उपयोग अपनी पुस्तक में करने की

अनुमति चाहता हूँ। इससे पहले कि और ज्यादा कहा जाता, गेलर ने कहा कि उन्हें फौरन जाकर मेरी इ-मेल ढूँढ़नी है, और वे जल्दी से विदा लेकर चले गए। दो सप्ताह बाद उरी ने डैनियल डी. होम के पुनर्जन्म के रूप में रिवोल्यूशनरीज में शामिल होने की सहमति दे दी।

मानसिक घटनाओं से संबंधित परिभाषाएँ

इस मामले को प्रस्तुत करने में मैं पहले डैनियल डी. होम और उरी गेलर के संक्षिप्त जीवनी स्केच प्रदान करूँगा। इसके बाद मैं विस्तार से, उनके इतिहास, व्यक्तित्व, मानसिक और माध्यमवादी क्षमताओं की सामान्य विशेषताओं की समीक्षा करूँगा। आइए, इस बिंदु पर उन शब्दों की समीक्षा करें, जिनका उपयोग होगा।

हम एक माध्यम को ऐसे प्राणी के रूप में परिभाषित करें, जो मध्यस्थ (एक बीचवाले) के रूप में कार्य करता है, जो आत्मा-प्राणियों को मनुष्यों के साथ जोड़ने का काम करता है। इस पुस्तक में हमने जिन माध्यमों का सामना किया है, उनमें केविन रायर्सन और बॉबी जो शामिल हैं, जिन्हें पेनी पियर्स से जुड़े मामलों में प्रस्तुत किया गया था। दूसरी ओर, मानसिक क्षमताओं को हम ऐसी क्षमताओं के रूप में देखेंगे, जो बाहरी आध्यात्मिक संस्थाओं की भागीदारी के बिना, एक व्यक्ति के पास जन्मजात होती हैं। मानसिक क्षमता का एक उदाहरण होगा—टेलीपैथी, जिसमें विचार एक व्यक्ति से दूसरे व्यक्ति तक संचारित होते हैं। एक पूर्व-सूचना या प्रीमोनिशन; जिसमें एक भविष्य की घटना का पता चल जाता है, एक और मानसिक घटना है। रिमोट व्यूइंग एक और मानसिक कौशल है, जिसमें दूर कहीं होनेवाली घटनाओं को दिमाग से देखा जा सकता है। एक व्यक्ति के पास, जाहिर है, दोनों प्रकार की प्रतिभाएँ हो सकती हैं; सहज मानसिक कौशल, साथ ही एक माध्यम के रूप में सेवा करने की क्षमता भी।

एक भौतिक माध्यम को एक ऐसे व्यक्ति के रूप में परिभाषित किया जाता है, जो असामान्य भौतिक घटना उत्पन्न करता है, जैसे फर्नीचर को अपनी जगह से हिलाना या दोलायमान करना। अगर किसी को भौतिक माध्यम कहा जाता है, तो इसका तात्पर्य है कि उत्तोलन एक बाहरी इकाई, जैसे कि एक मार्गदर्शक आत्मा के कारण हो रहा है। माध्यम या मीडियम एक मध्यस्थ के रूप में कार्य करता है, ताकि देहमुक्त आत्मा भौतिक तल पर चीजों के उत्तोलन या किसी और घटना को अंजाम दे सके। आमतौर पर, माध्यम यह नहीं समझता कि जिस आत्मा को वो संचालित करता है, वह उत्तोलन जैसी भौतिक घटनाओं को किस प्रकार बनाता है। टेलीकाइनेसिस या साइकोकाइनेसिस का उपयोग एक-दूसरे के बदले किया जाता है और वे केवल उन शारीरिक प्रभावों के संदर्भ में इस्तेमाल होते हैं, जो

मस्तिष्क के कारण होते हैं। ये दोनों शब्द यह परिभाषित नहीं करते हैं कि भौतिक प्रभाव किसी आत्मा-प्राणी के कारण होते हैं या घटना से जुड़े मनुष्य के कारण।

डैनियल डगलस होम

डैनियल होम का जन्म 1833 में स्कॉटलैंड में एडिनबर्ग के पास हुआ था। चार साल की उम्र में डैनियल ने मानसिक करिश्मों का प्रदर्शन किया, क्योंकि वह उन घटनाओं को देखने में सक्षम थे, जो भौगोलिक दृष्टि से बहुत दूर घटी होती थीं, जैसे किसी पारिवारिक सदस्य की मृत्यु। जब डैनियल नौ वर्ष के थे, तो उनका परिवार संयुक्त राज्य अमेरिका आ गया और कनेक्टिकट में बस गया। 1850 में, जब होम सत्रह वर्ष के थे, तो अचानक उसके चारों ओर टेलीकाइनेटिक घटनाएँ होनी शुरू हो गईं।

वर्णित घटनाओं में पहली में एक कुरसी शामिल है, जो अचानक उनके नाश्ता करते समय अपनी शक्ति से उसके पास आ गई। होम भी घर के अन्य सदस्यों जितने ही आश्चर्यचकित थे और उन्होंने टिप्पणी की, "हमारे सुबह के भोजन में इन गड़बड़ियों का कारण क्या हो सकता है ?" उस समय से फर्नीचर का कमरे के चारों ओर घूमना, यहाँ तक कि उड़ना भी होम के आसपास की एक नियमित घटना बन गया। प्रमुख बुद्धिजीवी होम की शक्तियों में रुचि लेने लगे, जिनमें जज जॉन डब्ल्यू. एडमंड्स, न्यूयॉर्क सुप्रीम कोर्ट के एक जस्टिस भी शामिल थे।

सन् 1855 में होम लंदन, इंग्लैंड चले गए। वहाँ उन्होंने इजलास (seances) करने शुरू किए, जो अमीर और शक्तिशाली लोगों का ध्यान आकर्षित करते थे, और वे होम को उनकी उपस्थिति के बदले में आवास और भोजन प्रदान करते थे। होम ने कभी भी इन उपस्थितियों के लिए पैसे नहीं लिए, हालाँकि वे उपहार स्वीकार कर लेते थे। जब आवश्यक होता था, तो वे सार्वजनिक प्रदर्शन करके पैसे कमा लेते थे। वह दुनिया में सबसे प्रसिद्ध माध्यम बन गए और राष्ट्रों के शासक उनकी माँग करने लगे। होम फ्रांस के सम्राट् नेपोलियन III के करीब हो गए। नेपोलियन III होम से विशेष रूप से तब प्रभावित हुए थे, जब एक टेबल पर आत्मा रैप ने उन प्रश्नों के जवाब दिए, जो उन्होंने मौखिक रूप से नहीं, बल्कि अपने मन में पूछे थे।

जब वे रोम में थे, तो होम की मुलाकात साशा नाम की एक रूसी महिला से हुई, जो शाही परिवार से थी। उससे मिलने पर होम को एक पूर्वानुमान हुआ, जिसमें वे जान गए कि वह उनकी पत्नी होगी। रूस के जार, एलेग्जेंडर II ने व्यक्तिगत रूप से इस शादी की अनुमति दी और जार खुद होम के करीबी दोस्त बन गए। 1859 में, साशा और होम का एक बेटा ग्रेगोर हुआ, जिसका उपनाम ग्रीका रखा गया। जार एलेग्जेंडर II,

ग्रीका के गॉडफादर बन गए। जब उनका बेटा बड़ा होने लगा, तो होम ने ध्यान दिया कि साइकोकाइनेटिक घटना ग्रीका की उपस्थिति में बढ़ जाती थीं।

दुर्भाग्य से, होम को तपेदिक हो गया और उनकी पत्नी साशा बीमारी से संक्रमित हो गईं। होम ने शादी के केवल चार साल बाद अपनी प्यारी पत्नी को तपेदिक की बीमारी में खो दिया। उसकी मृत्यु के बाद होम कलाकार के रूप में आर्थिक स्वतंत्रता प्राप्त करने की उम्मीद से मूर्तिकला का अध्ययन करने रोम चले गए। 1863 में उन्होंने अपनी आत्मकथा 'इंसिडेंट्स ऑफ माय लाइफ' का पहला संस्करण प्रकाशित किया। हालाँकि किताब का काफी बड़ा हिस्सा उनके वकील द्वारा लिखा गया था। 1869 में अलेक्जेंडर अक्साकॉफ ने, जो यूनिवर्सिटी ऑफ सेंट पीटर्सबर्ग में रसायन विज्ञान के प्रोफेसर थे और रूसी अदालत के माध्यम से होम के मित्र थे, उनका परिचय प्रसिद्ध ब्रिटिश वैज्ञानिक सर विलियम क्रुक्स से करवाया।

दस्तावेज की गई घटनाओं में से क्रुक्स ने दो मौकों पर होम को उड़ते देखा और उन्होंने एक आत्मा को अकॉर्डियन बजाते हुए कमरे में चारों ओर उड़ते देखा (क्रुक्स की पत्नी के डरकर चीखने के बाद आत्मा गायब हो गई)। इजलासों या सत्रों में होम अकसर एक हाथ से अकॉर्डियन का एक सिरा पकड़ लेते, जबकि एक अदृश्य आत्मा का हाथ उपकरण के की-बोर्ड को बजाता था। अकसर बजाए जानेवाले संगीत का वर्णन बेहद सुंदर संगीत के रूप में होता था, जैसे कि वह किसी और दुनिया से आया हो। और कुछ मौकों पर धुन काफी साधारण होती थी, जैसे 'गॉड सेव द क्वीन'।

यह सुनिश्चित करने के लिए कि यह कोई चाल तो नहीं, सर विलियम क्रुक्स ने एक लोहे का पिंजरा बनवाया और अकॉर्डियन को उसके अंदर रखवा दिया। होम ने पिंजरे के शीर्ष पर से अकॉर्डियन का एक छोर पकड़ा था, जबकि अदृश्य हाथ पिंजरे में कैद उपकरण पर धुन बजा रहा था। इस तरह के प्रयोगों की एक श्रृंखला के बाद 1871 में क्रुक्स ने घोषणा की कि होम अपनी बात में सच्चे थे। साथ में किए काम के परिणामस्वरूप क्रुक्स और होम करीबी दोस्त बन गए। वैज्ञानिक समुदाय की आध्यात्मिकता के बारे में बंद सोच थी और क्रुक्स ने डैनियल होम पर अपने अध्ययन के लिए आलोचना का सामना किया था। फिर भी, सालों बाद क्रुक्स को ब्रिटिश 'एसोसिएशन फॉर द एडवांसमेंट ऑफ साइंस' के अध्यक्ष के रूप में निर्वाचित किया गया।

जिस समयावधि में सर विलियम क्रुक्स के साथ प्रयोग किए जा रहे थे, डैनियल होम की रूसी अभिजात वर्ग की एक अन्य सदस्या जूली डी ग्लोमेलिन से मुलाकात हुई। उन्होंने महसूस किया कि उनका परिचय होने पर एक आवाज ने उन्हें बताया कि यही उसका पति था। उन्होंने अक्तूबर 1871 में विवाह कर लिया। जूली होम के प्रति

समर्पित थीं और अंततः उन्होंने उनके बारे में दो किताबें लिखीं। होम ने आगामी वर्षों में मनोवैज्ञानिक घटनाओं का प्रदर्शन जारी रखा और मार्क ट्वेन जैसे अन्य वैश्विक व्यक्तियों से मित्रता की। 21 जून, 1886 को नाइस, फ्रांस में 53 वर्ष की आयु में होम की तपेदिक से मृत्यु हो गई।

उरी गेलर

उरी गेलर का जन्म इजराइल में 20 दिसंबर, 1946 को हुआ था, डैनियल डी. होम की मृत्यु के लगभग 60 साल बाद। गेलर के जीवन में पहली असामान्य घटना तब घटी, जब वह 3 या 4 साल के थे। घटना का वर्णन उनकी आत्मकथा 'माई स्टोरी' में दिया गया है। अपने घर के पार सड़क पर स्थित एक अरबी उद्यान में खेलते हुए, सूरज जितनी चमकदार एक उज्ज्वल रोशनी उन पर उतरी। उन्हें अपने कानों में बहुत तेज आवाज महसूस हुई। माथे में दर्द हुआ और फिर वे अचेत हो गए।

जब उरी होश में आए तो उन्हें पता लगा कि उनके साथ कुछ महत्त्वपूर्ण हुआ है, हालाँकि वे समझ नहीं पाए कि क्या हुआ था। आनेवाले वर्षों में, उरी को पता चला कि उनके पास टेलीपैथिक कौशल था, जैसे कि दिमाग पढ़ने की क्षमता। वे अपनी माँ से संबंधित एक उदाहरण बताते हैं, जिन्हें अपनी सहेलियों के साथ ताश खेलना अच्छा लगता था। उरी ने देखा कि माँ के इस विषय में एक शब्द भी कहने से पहले उन्हें ठीक ठीक पता होता था कि उन्होंने कितने पैसे जीते या हारे हैं।

जब वह 9 साल का था, उरी घर पर मशरूम सूप पी रहा था कि अचानक उसका चम्मच अपने आप मुड़ गया और गरम सूप उसकी गोद में गिर गया। एक पल के बाद कटोरा भी गिर गया, जैसे कि चम्मच के हैंडल के लिए उसकी संलग्नता पिघल गई हो। उरी भी उतने ही हैरान हो गए, जितनी कि उनकी माँ।

उरी गेलर के पिता इजरायली सेना में टैंक सर्जेंट थे और उनकी माँ एक सीमस्ट्रेस के रूप में पैसे कमाती थीं। अंततः उनका तलाक हो गया और उरी तथा उनकी माँ भूमध्य द्वीप में साइप्रस चले गए, जहाँ साइकोकाइनेटिक और टेलीपैथिक घटनाएँ जारी रहीं। एक किशोर के रूप में, उरी गेलर को जीवन में अपने नियत मार्ग के बारे में आंतरिक जानकारी थी। 1950 के दशक में, उरी ने अपनी शिक्षिका जूली एग्रोटिस से कहा कि वैज्ञानिक उस पर अध्ययन करेंगे और वह भी विश्वशांति के लिए काम करेंगे। उरी और उनकी माँ बाद में तेल अवीव लौट आए और जब वह अनिवार्य उम्र तक पहुँचे, तो उरी ने इजराइली सेना में प्रवेश ले लिया। जून 1967 में छह दिन का युद्ध छिड़ गया और उरी ने, जो एक पैराट्रूपर थे, रामाला के पास सक्रिय लड़ाई देखी। युद्ध में वे घायल हो गए थे

और उनके दोनों हाथ और सिर में चोटें लगी थीं।

जब गेलर के घाव ठीक होने लगे, तो उन्हें बच्चों के लिए बने एक रिसॉर्ट शिविर में परामर्शदाता के रूप में काम करने के लिए आमंत्रित किया गया। शिविर में गेलर टेलीपैथी और चम्मच झुकाने का प्रदर्शन करके बच्चों का मनोरंजन करते थे। जल्दी ही उरी की मुलाकात शिम्शों श्ट्रंग से हुई, जो एक 12-13 साल का लड़का था और उसका उपनाम 'शिपि' था। उनमें दोस्ती हो गई और गेलर ने देखा कि टेलीपैथी और धातु झुकने की घटनाएँ शिपि के आसपास होने पर बढ़ जाती थीं। दोनों करीबी दोस्त बन गए। शिपि ही वह लड़का है, जिसने गेलर के लिए उनकी क्षमताओं का प्रदर्शन बड़े सार्वजनिक मंचों पर करने की व्यवस्था की थी और अंततः वह उरी का मैनेजर बन गया। शिपि ने उनका परिचय अपनी बहन हाना से भी करवाया। कई वर्षों बाद उरी ने हाना से शादी कर ली। कलाकार माइकल जैक्सन उनके बेस्ट मैन बने।

संयुक्त राज्य अमेरिका के एक चिकित्सक डॉक्टर एंड्रीजा पुहारिच को मानसिक घटनाओं में रुचि थी और वे उरी मिलने के लिए इजराइल आए। दोनों के बीच तत्काल आत्मीयता देखी गई। उरी ने उनके बारे में अपनी आत्मकथा में लिखा, "जिस क्षण मैंने एंड्रीजा देखा, मुझे वृत्ति से पता चल गया था कि मैं उसके साथ काम कर सकता हूँ।" गेलर ने यह भी देखा कि शिपी और हाना को भी पुहारिच पसंद आए। इजराइल में प्रारंभिक अध्ययन कर लेने के बाद पुहारिच ने स्टैनफोर्ड रिसर्च इंस्टिट्यूट (एस.आर.आई.) में वैज्ञानिकों को उनकी सिफारिश करते हुए लिखा था कि वे औपचारिक दृष्टि से गेलर की क्षमताओं का अध्ययन करें। 1972 और 1973 में एस.आर.आई. में गेलर की प्रतिभाओं का परीक्षण किया गया। जिन वैज्ञानिकों ने प्रयोगों का आयोजन किया, उनमें ऐडगर मिशेल, पी-एच.डी., अपोलो अंतरिक्ष यात्री और खगोल भौतिक विज्ञानी रसेल टैर्ग, पी-एच.डी., ए लेजर भौतिक विज्ञानी; और हेल पुथॉफ, पी-एच.डी., एक क्वांटम भौतिक विज्ञानी शामिल थे। जिस दौरान एस.आर.आई. में प्रयोग किए जा रहे थे, गेलर की मुलाकात रॉकेट विज्ञानी वर्नर वॉन ब्रॉन से भी हुई। गेलर ने वॉन ब्रॉन की शादी की अँगूठी मोड़ दी, जबकि वह अँगूठी वॉन ब्रॉन ने अपने हाथ में पकड़ी हुई थी। एस.आर.आई. में ध्यान का केंद्र टेलीपैथी प्रयोग था और अंत में प्रतिष्ठित ब्रिटिश जर्नल नेचर में एक वैज्ञानिक पत्र प्रकाशित किया गया, जिसने गेलर की टेलीपैथिक क्षमताओं के वास्तविक होने का समर्थन किया।

इसके बाद गेलर का जून 1974 में किंग्स कॉलेज, लंदन में परीक्षण किया गया। प्रोफेसर जॉन टेलर ने प्रयोगों की निगरानी की और एस.आर.आई. में हुए काम के विपरीत गेलर की साइकोकाइनेटिक क्षमताओं की जाँच की गई। प्रयोगशाला की स्थितियों के तहत एक धातु के तार को स्वतः मुड़ते हुए देखा गया था और पीतल का एक टुकड़ा

अपनी शक्ति से 20 फीट की दूरी तक चला गया था। फिर ताँबे के एक टुकड़े ने पीतल के टुकड़े के पास जाने का फैसला किया और उड़कर उसके पास चला गया। लोहे की एक सीधी छड़ी अपने आप ही चलने लगी और प्रोफेसर टेलर के पैरों के पास जाकर रुकी, जहाँ वह मुड़ी हुई पाई गई। किंग्स कॉलेज की प्रयोगशाला में गेलर केवल उस पर ध्यान केंद्रित करके एक कंपास को 40 डिग्री तक हिलाने में सफल रहे। उन्होंने अपने मस्तिष्क से एक गाइगर काउंटर (विकिरण मापने का यंत्र) को सक्रिय कर दिया। घटनाओं की निगरानी में प्रयुक्त उपकरणों से पता चला कि गेलर की उपलब्धियों के दौरान कोई विद्युत् बल, चुंबकीय क्षेत्र या विकिरण उत्पन्न नहीं हुआ था।

बर्कबेक कॉलेज, जो लंदन विश्वविद्यालय का हिस्सा है, के एक वैज्ञानिक प्रोफेसर डेविड बोहम गेलर का मूल्यांकन करनेवाले अगले शैक्षिक वैज्ञानिक थे। बोहम को गेलर द्वारा एक प्रतिभाशाली और संवेदनशील व्यक्ति के रूप में वर्णित किया गया था और दोनों के बीच एक विशेष संबंध मौजूद था। बोहम एक क्वांटम भौतिक विज्ञानी थे, जो अल्बर्ट आइंस्टाइन और नील्स बोहर के साथ काम करते थे। वह परमाणु को विभाजित करने के पहले प्रयासों में शामिल लोगों में से एक थे। बर्कबेक में प्रयोगों को देखने के लिए कई मेहमानों को आमंत्रित किया गया था, जिनमें विज्ञान कथा-लेखक आर्थर सी क्लार्क शामिल थे, जिन्होंने '2001 : ए स्पेस ओडिसी' की रचना की थी।

प्रयोगशाला स्थितियों के तहत बर्कबेक कॉलेज में उरी गेलर ने चाबियों को मोड़ा और एक बार फिर अपने मस्तिष्क से एक गाइगर काउंटर सक्रिय किया। गेलर ने प्लास्टिक घेरे में सीलबंद वैनेडियम कार्बाइड के एक बड़े क्रिस्टल का आधा हिस्सा बिना छुए गायब कर दिया। अंत में प्रोफेसर जॉन टेलर और प्रोफेसर डेविड बोहम दोनों ने उरी गेलर के समर्थन में लिखा, यह स्वीकार करते हुए कि उनकी मनोवैज्ञानिक क्षमताएँ वास्तविक हैं। उन्होंने यह भी कहा कि गेलर द्वारा प्रदर्शित घटनाएँ भौतिकी के ज्ञात कानूनों को पूरी तरह से कमजोर कर देती हैं।

स्टैनफोर्ड रिसर्च इंस्टीट्यूट, किंग्स कॉलेज और बर्कबेक कॉलेज के प्रयोग 1970 के दशक में किए गए थे। तब से उरी गेलर ने अपनी मनोविज्ञान क्षमताओं का प्रदर्शन करना जारी रखा है, विश्व के नेताओं और मनोरंजन क्षेत्र के कलाकारों से मित्रता की है और विभिन्न मीडिया मंचों में अपने संदेश को प्रसारित करना जारी रखा है। उनका संदेश यह है कि ये शक्तियाँ मानव मस्तिष्क के बारे में कुछ अद्भुत और अस्पष्ट सा दरशाती हैं। उरी की आशा यह है कि मानवता मानव क्षमताओं के बारे में और जानने के लिए इन शक्तियों का अध्ययन करेगी। साथ ही वे बार-बार कहते हैं कि उनकी सबसे बड़ी इच्छा विश्व शांति के लिए है और वह सहिष्णुता तथा समझ के प्रवक्ता बनने के लिए इन शक्तियों द्वारा प्रदान किए गए मंचों का उपयोग करेंगे।

डैनियल डी. होम और उरी गेलर की घटनाओं की तुलना

यह मेरा आधार है कि उरी गेलर डैनियल डी. होम का पुनर्जन्म हैं। अब मैं यह दिखाने के प्रयास में डैनियल डी. होम और उरी गेलर की विभिन्न टेलीपैथिक और मनोवैज्ञानिक क्षमताओं की समीक्षा करूँगा कि दोनों पुरुषों की प्रतिभाएँ समान हैं। इसके बाद मैं व्यक्तित्व लक्षणों की तुलना करूँगा। इस प्रकार, मैं इसका एक और उदाहरण प्रस्तुत करने की आशा करता हूँ कि कैसे प्रतिभाएँ, क्षमताएँ, दिलचस्पियाँ और व्यक्तित्व लक्षण एक जीवनकाल से दूसरे जीवनकाल तक एक जैसी रह सकती हैं। आइए, अब हम डैनियल होम और उरी गेलर द्वारा साझा की गई प्रतिभाओं को समझें।

पूर्वानुमान, टेलीपैथी और रिमोट व्यूइंग

होम : 4 वर्ष की उम्र में डैनियल होम ने पहली बार दूरी पर होनेवाली घटनाओं का वर्णन करना शुरू किया। अब यह एक टेलीपैथिक घटना थी, जहाँ विचार संचारित होते हैं या रिमोट व्यूइंग का एक रूप, यह स्पष्ट नहीं है। 17 वर्ष की उम्र में होम ने सटीक भविष्यवाणी की थी कि 42 वर्ष की आयु में उसकी माँ की मृत्यु हो जाएगी। उनकी माँ के निधन के बाद यह बताया गया था कि होम अपने आत्मा-क्षेत्र में नियमित रूप से उनके संपर्क में थे। इस संचार को एक मार्गदर्शक आत्मा की भागीदारी वाली टेलीपैथिक घटना के रूप में देखा जा सकता है। 13 वर्ष की उम्र में होम ने एक टेलीपैथिक दृश्य संदेश का अनुभव किया, जिसमें एर्विन नाम का एक बचपन का दोस्त आया और अपने दाहिने हाथ से तीन गोले बनाए। एर्विन और होम ने वर्षों पहले एक समझौता किया था कि दोनों में से जो पहले मरेगा, वह दूसरे के साथ संवाद करने की कोशिश करेगा। होम ने दृश्य की सही व्याख्या करते हुए अर्थ निंकाला कि तीन दिन पहले एर्विन की मृत्यु हो गई थी। जीवन में आगे जाकर होम ने पोलर सीज (ध्रुवीय समुद्र) में अपने भाई की मौत का दृश्य देखा। होम के भाई ऐडम की मृत्यु वास्तव में ध्रुवीय क्षेत्र की तलाश कर रहे एक जहाज पर से अधिकारियों के साथ भालुओं का शिकार करते समय हुई थी।

गेलर : उरी गेलर के मनोवैज्ञानिक उपहारों की शुरुआती अभिव्यक्तियों में से एक अपनी माँ के दिमाग को पढ़ने की उनकी क्षमता थी। एक बच्चे के रूप में उरी बार-बार यह जानने में सफल रहते थे कि उसकी माँ ने ताश के खेल में कितना पैसा जीता या हारा था। बाद में उरी टेलीपैथी से जान गए थे कि उनकी माँ के साथ एक कार दुर्घटना हुई। साइप्रस में उन्होंने पाया कि वे बिना पढ़े, सहपाठियों से सारे जवाब और निबंध टेलीपैथिक रूप से बटोरकर स्कूल की परीक्षाएँ पूरी कर सकते थे।

उरी गेलर को खतरे और मौत के कई पूर्वानुमान हुए थे। बचपन में चिड़ियाघर

की एक यात्रा पर उरी को महसूस हुआ कि वहाँ एक खतरनाक स्थिति मौजूद थी, और उसने वहाँ से तुरंत वापस लौटने का आग्रह किया। बाद में पता चला कि एक शेर अपने पिंजरे से छूट गया था और चिड़ियाघर के चारों ओर उसने कई लोगों का पीछा किया था। एक किशोर के रूप में उरी टेलीपैथिक रूप से जान गए थे कि उनके सौतेले पिता को चिकित्सीय इमरजेंसी के लिए अस्पताल में भर्ती कराया गया है। वह अस्पताल पहुँच सीधे चौथी मंजिल पर चला गया, जहाँ उसके सौतेले पिता की जाँच की जा रही थी। उरी ने स्थिति की किसी बाहरी अधिसूचना या अपने सौतेले पिता के स्थान की जानकारी के बिना उन्हें ढूँढ़ लिया था। वह यह भी जानते थे कि उनके सौतेले पिता की मृत्यु हो जाएगी।

जब उरी के पिता उन्हें आधे ट्रैक वाले सैन्य वाहन में सवारी के लिए ले गए और उन्होंने एक भारी तटबंध पर चढ़ना शुरू किया, तो उन्हें एक पूर्वाभास हुआ कि आसपास खतरा है और उन्होंने जोर देकर अपने पिता से कहा कि वे तटबंध से निकल जाएँ। कुछ सेकंड बाद एक कैटरपिलर ट्रेड टूट गया, जो उनके अभी भी तटबंध पर रहने की स्थिति में वाहन को उलट देता। जब छह दिन का युद्ध शुरू हुआ और उरी युद्ध में जाने की तैयारी कर रहे थे, तो उन्हें पूर्वाभास हुआ कि उनके साथ कुछ होनेवाला है, जैसे कि चोटें लगना; हालाँकि वे ये भी जानते थे कि उनकी मौत नहीं होगी। और ऐसा ही हुआ। जब उन्होंने 'अवराम' नाम के एक दोस्त को एक बख्तरबंद वाहन के ऊपर देखा, तो उरी को पूर्वाभास हुआ कि अवराम युद्ध में मारा जाएगा, और एक-दो दिन बाद ऐसा ही हुआ।

युद्ध के बाद जब उरी गेलर ने बच्चों के शिविर में प्रदर्शन आयोजित किए, तो उनके द्वारा प्रदर्शित प्रतिभाओं में एक टेलीपैथी थी, जैसे कि बच्चों के दिमाग में सोची संख्याओं का सही अनुमान लगाना। जैसा कि पहले वर्णित है, उरी गेलर की टेलीपैथिक क्षमताओं को वैज्ञानिक दृष्टि से स्टैनफोर्ड रिसर्च इंस्टीट्यूट में सत्यापित किया गया था। एस.आर.आई. में हुए परीक्षणों में दृष्टि से छुपे चित्रों की नकल शामिल थी। इस क्षमता को विजुअल टेलीपैथी माना जा सकता है; हालाँकि शब्द रिमोट व्यूइंग को भी लागू किया जा सकता है।

वस्तुओं का चलना, उड़ना और हेर-फेर

होम : सबसे आम घटनाओं में से एक जो होम प्रस्तुत करते थे, वह चीजों का हिलना-चलना और उड़ना होता था, जिनमें फर्नीचर के भारी सामान भी शामिल होते थे। एक दिलचस्प विशेषता यह थी कि वे वस्तुएँ, जो एक टेबल के ऊपर रखी जाती थीं, जिसे फिर उठाकर घुमा दिया जाता था, टेबल के ऊपर ऐसे बनी रहती थीं, जैसे उस पर चिपकी हुई हों। मोमबत्ती की लौ घुमाए गए टेबल के ऊपर लंबवत् एक अभिविन्यास बनाए रखती थीं। इस तरह आग गुरुत्वाकर्षण की उपेक्षा करती प्रतीत होती थी।

कुरसियाँ, लैंप और अन्य घरेलू वस्तुएँ अपने आप एक जगह से दूसरी जगह पहुँच जातीं और अकॉर्डियन तथा पियानो ऐसे बजने लगते, जैसे अदृश्य हाथ उन्हें संचालित कर रहे हों। चमकते हाथ प्रकट हो जाते, प्रतिभागियों को स्पर्श करते या वस्तुओं को उठाते, और फिर गायब हो जाते। वाष्पशील बादल अचानक दिखाई देने लगते और फिर चले जाते। सर विलियम क्रुक्स ने ऐसी कई घटनाओं को नियंत्रित स्थितियों के तहत देखा। इन घटनाओं के कारण एक पर्यवेक्षक ने होम के बारे में टिप्पणी की, "उनका सबसे विशिष्ट आकर्षण निर्जीव वस्तुओं के साथ उनका रहस्यमय संबंध था।"

गेलर : किंग्स कॉलेज में नियंत्रित प्रयोगशाला स्थितियों के तहत वस्तुओं को कमरे में अपने आप इधर से उधर जाते देखा गया, कंपास का एक हाथ 40 डिग्री तक मुड़ गया और एक गाइगर काउंटर सक्रिय हो गया। बर्कबेक कॉलेज में नियंत्रित स्थितियों के तहत चाबियाँ मुड़ गईं, एक गाइगर काउंटर सक्रिय हो गया, और आधा वैनेडियम कार्बाइड क्रिस्टल डीमटेरियलाइज हो गया। जब उरी गेलर अभिनेता, जिमी स्टीवर्ट के घर पर थे, तब स्टीवर्ट की लाइब्रेरी से हिप्पोपोटैमस की एक पत्थर की प्रतिमा अचानक बाहर आ गई। एक महिला मित्र के घर पर 1000 बीसी से दिनांकित एक मिस्र की प्रतिमा एक ताला लगे कैबिनेट में पाई गई।

जब उरी गेलर इंग्लैंड के रास्ते में एक हवाई जहाज में थे, तो उनका कैमरा, जो उनकी सीट के नीचे पड़ा था, स्वचालित रूप से ऊपर उठकर उनके सामने आ गया। उरी गेलर की उपस्थिति में डॉ. एंड्रीजा पुहारिच के घर पर एक भारी ग्रैंडफादर घड़ी अपने आप कमरे में चलने लगी, काफी हद तक होम की अभिव्यक्तियों की शैली में। गेलर एक ऐशट्रे के टेबल से कूदकर जमीन पर आने और एक फूलदान के दूसरे कमरे से आकर टेबल पर स्थिर हो जाने का वर्णन भी करते हैं। ये सब अभिव्यक्तियाँ होम द्वारा उत्पादित घटनाओं के समान हैं।

उरी गेलर का ट्रेडमार्क अपने मस्तिष्क की शक्ति से चम्मचों और धातु की अन्य वस्तुओं को मोड़ना है। हालाँकि धातु का मुड़ना होम की सामान्य अभिव्यक्तियों के रूप में रिपोर्ट नहीं किया गया है, लेकिन होम और गेलर की अभिव्यक्तियों के बीच एक आम विशेषता है—भौतिकी के सामान्य नियमों में बदलाव। होम और गेलर, दोनों की घटनाओं में गुरुत्वाकर्षण के कानून को निलंबित करना, बिना कोई बाहरी बल लागू किए वस्तुओं का एक स्थान से दूसरे स्थान पर जाना और materialization/dematerialization शामिल हैं।

संक्षेप में, यह टिप्पणी कि "उनका सबसे विशिष्ट आकर्षण था, निर्जीव वस्तुओं के साथ उनका रहस्यमय संबंध", होम और गेलर दोनों पर समान रूप से लागू की जा सकती है।

कमरे का हिलना

होम : होम नेपोलियन III और फ्रांस की महारानी के लिए नियमित रूप से सत्र करते थे। ऐसे ही एक मौके पर देखा गया था कि सत्र के दौरान पूरा कमरा हिलने लगा था। ब्रिटिश कवयित्री एलिजाबेथ ब्राउनिंग ने भी ध्यान दिया था कि एक सत्र के दौरान कमरा ऐसे हिलने लगा था, जैसे भूकंप में हिलता है।

गेलर : डॉ. एंड्रीजा पुहारिच के घर पर जब ग्रैंडफादर की घड़ी अपने आप कमरे में चलने लगी, तब उरी गेलर ने भी ध्यान दिया था कि कमरा 'हिल रहा' था।

जीवित प्राणियों का उत्तोलन/स्थानांतरण

होम : होम को कई अवसरों पर सत्रों के दौरान उत्तोलित होते देखा गया था। सर विलियम क्रुक्स ने ऐसी दो घटनाएँ देखी थीं। होम का सबसे प्रसिद्ध उत्तोलन 16 दिसंबर, 1867 को लंदन में ऐशले हाउस में हुआ था, जो अदारे परिवार का घर था।

होम एक कमरे में एक खिड़की से क्षैतिज रूप से ऊपर उठे और फिर इमारत के बाहर उड़ते हुए दूसरे कमरे की खिड़की से अंदर आ गए, इस प्रकार उन्होंने संरचना में पुनः प्रवेश कर लिया। जब होम इमारत के बाहर उड़ रहे थे, तब वह जमीन से लगभग 50 फीट की ऊँचाई पर थे। मौके पर कई गवाह मौजूद थे।

गेलर : मानक उत्थान उरी गेलर के प्रदर्शन का हिस्सा नहीं रहा है, हालाँकि वह इस उपलब्धि के और उन्नत संस्करण में शामिल हुए प्रतीत होते हैं। 9 नवंबर, 1975 को उरी गेलर ने एक ऐसी घटना का वर्णन किया है, जिसमें वे मेनहट्टन के पूर्वी हिस्से से न्यूयॉर्क के ओसिनिंग में डॉ. एंड्रीजा पुहारिच के घर लगभग तुरंत स्थानांतरित हो गए थे। मैनहट्टन और ओसिनिंग के बीच की दूरी लगभग चालीस मील है। अपनी आत्मकथा, 'माई स्टोरी' में गेलर बताते हैं कि वे मैनहट्टन की एक सड़क पर चलते हुए अपने घर जा रहे थे, तब अचानक उन्होंने खुद को ऊपर की ओर खिंचता हुआ महसूस किया। उसके बाद उन्होंने खुद को एक पोर्च स्क्रीन के ऊपरी पैनल से टकराते देखा। गेलर काँच की सतह को तोड़ते हुए एक शीशे के टेबल पर आ गिरे। घटना से कुछ समय पहले गवाहों ने गेलर को मैनहट्टन में देखा था और पुहारिच ओसिनिंग में अपने घर पर थे, जहाँ उन्होंने गेलर को बुरी तरह चोटिल और हैरान अवस्था में पाया। एक और घटना में, पुहारिच का कुत्ता रसोई के फर्श से घर के बाहर ड्राइव-वे में स्थानांतरित हो गया था, जो गेलर की उपस्थिति में हुआ था।

दूसरों में माध्यमवादी क्षमताओं को उत्तेजित करने की क्षमता

होम : यह नोट किया गया था कि डैनियल होम की उपस्थिति में नेपल्स के राजा के भाई प्रिंस लुइगी ने खुद में माध्यमवादी क्षमताओं को विकसित किया।

गेलर : 1970 के दशक में उरी गेलर के रेडियो साक्षात्कारों की सबसे उल्लेखनीय विशेषताओं में से एक यह है कि हजारों की संख्या में श्रोताओं ने गेलर के प्रसारण के दौरान अपने घरों में धातु मुड़ने की सूचना दी। धातु मुड़ने के अलावा दीवार और कलाई घड़ियाँ, जो वर्षों से नहीं चल रही थीं, स्वचालित रूप से एक बार फिर चलने लगीं। ऐसी ही घटना तब हुई, जब उरी गेलर पर एक समाचार-पत्र लेख प्रकाशित हुआ, जिसमें पाठकों को एक निर्धारित और सिंक्रनाइज किए गए समय पर धातु मोड़ने के लिए प्रोत्साहित किया गया। लोगों के घरों में धातु मोड़ने और घड़ी की मरम्मत को प्रेरित करने की यह घटना लंदन, जर्मनी, डेनमार्क, स्वीडन, फिनलैंड और जापान में भी हुई। डेनमार्क में एक महिला ने, जो गेलर का प्रसारण सुन रही थी, शिकायत की कि कुछ भी नहीं हुआ था। कुछ ही क्षणों के बाद, उसके चश्मे का धातु का फ्रेम उसकी नाक पर आकर बैठ गया।

दूसरों में मनोवैज्ञानिक क्षमताओं को कैसे जाग्रत् किया जा सकता है, इसके बारे में एक और अधिक प्रभावशाली प्रदर्शन में रेडियो प्रसारण ने 15 बच्चों की पहचान की, जिनके पास गेलर के समान क्षमताएँ मिलीं। प्रोफेसर जॉन टेलर ने किंग्स कॉलेज में इन बच्चों का अध्ययन किया। उन्होंने पाया कि ये बच्चे 80 प्रतिशत तक धातु मोड़ने का काम कर सकते थे, एक दर जो गेलर के समान थी।

शक्तियों को माध्यम के बाहर उपजते देखा गया और वे प्रभावशीलता में परिवर्तनीय थीं

होम : होम बार-बार कहते थे कि शक्तियाँ उनके बाहर से आती थीं और उनका उन शक्तियों पर कोई नियंत्रण नहीं था। सत्रों में वे गारंटी नहीं दे सकते थे कि घटना सामने आएगी और उन्होंने ध्यान दिया कि शक्तियों की ताकत भिन्न हो सकती थी। होम को एक बार उनके आध्यात्मिक मार्गदर्शकों या 'नियंत्रकों' द्वारा बताया गया कि उनकी शक्तियाँ ठीक एक वर्ष के लिए उन्हें छोड़ देंगी, और वास्तव में ऐसा ही हुआ। यह जानना दिलचस्प है कि अकसर होम अपनी उत्पादित घटना से खुद भी उतना ही आश्चर्यचकित होते थे, जितना कि कोई और। कभी-कभी, जब होम एक सत्र के बाद ट्रांस से जागते थे और उन्हें बताया जाता था कि उनके ट्रांस में रहने के दौरान क्या हुआ था, तो उन्हें विश्वास नहीं होता था कि बताई गई घटना वास्तव में हुई थी। अमेरिकी

लेखक नथानिएल हाथॉर्न ने होम के बारे में लिखा कि "वे अपने खुद के अलौकिक प्रदर्शनों से उतनी ही उलझन में आ जाते थे, जितना कि कोई और। वे जिन घटनाओं का उत्पादन करते हैं, उनसे खुद भी हैरान और भयभीत हो जाते हैं।"

गेलर : उरी गेलर ने बार-बार कहा है कि उनकी शक्तियाँ उनमें बाहर से आती हैं। गेलर ने लिखा है, "मुझे लगता है कि ये शक्तियाँ मेरे बाहर से, बहुत दूर से आती हैं और मैं एक ट्यूब की तरह हूँ, जो उन्हें संचालित करती है। इसके अलावा, मैं हमेशा यह ध्यान में रखता हूँ कि ये बल या ऊर्जाएँ वास्तव में मेरी नहीं हैं—वे केवल ब्रह्मांडीय बलों से ऋण पर आई हैं, जो उन्हें मेरे पास भेजता रहता है।" गेलर ने यह भी कहा है कि बलों की ताकत भिन्न हो सकती है और वे भविष्यवाणी नहीं कर सकते हैं कि वे कब मजबूत और कब कमजोर होंगे। हालाँकि गेलर को अपने नियंत्रकों से उस हद तक मौखिक निर्देश नहीं मिले हैं, जैसे होम को मिले थे, लेकिन ऐसे निर्देश आए अवश्य हैं। उदाहरण के लिए, एक बार रात के मध्य में एक आवाज ने गेलर को जगाया और कहा, "एंड्रीजा को एक किताब लिखनी चाहिए।" डैनियल होम की तरह उरी गेलर भी अकसर उन घटनाओं से चौंक जाते हैं, जिन्हें वे खुद उत्पन्न करते हैं।

शक्तियाँ शरारती हो सकती हैं

होम : एक सत्र के दौरान, जिसे होम एक टेबल पर आयोजित करने की कोशिश कर रहे थे, उनकी खुद की कुरसी जिस पर होम बैठे थे, कई फीट पीछे खिसक गई। होम भी अन्य लोगों की तरह आश्चर्यचकित हो गए। जब उन्होंने झेंपकर अपनी कुरसी वापस टेबल तक खिसकाई, तो उन्होंने अपने मेहमानों को समझाया कि उस शाम शक्तियाँ 'शरारती' हो रही थीं।

गेलर : उरी गेलर होम द्वारा वर्णित स्थिति से संबंध स्थापित कर सकते हैं। गेलर ने लिखा है, "यह लगभग ऐसा है, जैसे कि ये बुद्धियाँ या ऊर्जा बल या शक्तियाँ—जो कुछ भी ये हैं—ब्रह्मांड में मौजूद जोकर हैं। ये अकसर ऐसी चीजें करते हैं, जिनकी मुझे बिल्कुल उम्मीद नहीं होती।" उदाहरण के रूप में, जब स्टैनफोर्ड रिसर्च इंस्टिट्यूट में गेलर का मूल्यांकन किया जा रहा था तो वे, ऐडगर मिशेल और अन्य शोधकर्ता दोपहर का भोजन कर रहे थे। जब वे आइसक्रीम खा रहे थे, तो गेलर को अपने मुँह में धातु का एक मिनिएचर तीर का सिरा मिला। उनकी पहली प्रतिक्रिया थी—रेस्टोरेंट के प्रबंधन से शिकायत करना। बाद में तीर की पूंछ फर्श पर मिल गई। तब ऐडगर मिशेल को एहसास हुआ कि दोनों टुकड़े मिलकर तीर के आकार वाले टाईपिन बना रहे थे, जो उन्होंने सालों पहले खो दिया था।

शक्तियाँ सुरक्षात्मक हो सकती हैं

होम : यह नोट किया गया था कि कम-से-कम एक अवसर पर शक्तियों ने होम को चोट लगने से बचाया था। विशेष रूप से होम को एक गिरते हुए पेड़ के रास्ते से दूर हटा दिया गया था।

गेलर : उरी गेलर कई घटनाओं का वर्णन करते हैं, जिनमें उनका मानना है कि उनकी शक्तियों को नियंत्रित करनेवाली बुद्धियों ने उन्हें खतरे या परेशानी से बचाया है। सबसे सम्मोहक घटनाओं में से एक में सैन्य अभ्यास शामिल है। अपने सेना-प्रशिक्षण के दौरान गेलर को एक विस्तारित मार्च में एक भारी मशीनगन लेकर जाना था। चूँकि अभ्यास में हथियार से गोली चलाना शामिल नहीं था, इसलिए उन्होंने मशीनगन का भारी, आंतरिक हिस्सा निकाल दिया और अपने क्वार्टर में छोड़ दिया। अप्रत्याशित रूप से एक आश्चर्यजनक ड्रिल का आदेश दिया गया। जिसमें गेलर को जितनी जल्दी हो सके, तैयार करके गन चलानी थी। गेलर मशीनगन को सेट करने की प्रक्रिया करते रहे, ये जानते हुए कि आंतरिक तंत्र के बिना उससे फायर नहीं हो सकता था। उन्होंने अनुमान लगाया कि अपने स्टंट के लिए वह गंभीर रूप से दंडित होंगे। जब उन्होंने ट्रिगर खींचा, तो गेलर यह जानकर आश्चर्यचकित हो गए कि बंदूक से गोली ठीक तरह से चल गई थी। जब वे अपने क्वार्टर में लौटे, तो उन्हें वह आंतरिक हिस्सा ठीक उसी जगह मिला, जहाँ उन्होंने उसे छोड़ा था। अंतर केवल यह था कि उन्होंने वह हिस्सा साफ-सुथरा छोड़ा था, जबकि उनके लौटने पर वह हिस्सा गंदा और तैलीय था, जैसे कि उसका उपयोग गन फायरिंग में हुआ हो। इस प्रकार ऐसा लगता है कि वो हिस्सा सैन्य अभ्यास की साइट पर स्थानांतरित हो गया था और फिर मशीनगन से फायरिंग का अभ्यास पूरा होने के बाद गेलर के क्वार्टर में लौट आया था।

उरी गेलर की आत्मकथा में संरक्षण के दो अन्य उदाहरणों की घटनाएँ मिली हैं। जब वह साइप्रस में रहनेवाले एक किशोर थे, तब उरी एक घनघोर अँधेरी गुफा में खो गए। ठीक उस समय, जब उन्होंने जीवित बाहर निकलने की आशा छोड़ दी, उनका कुत्ता, जिसे उरी कई मील दूर घर में छोड़कर आए थे, रहस्यमय ढंग से गुफा में दिखाई दिया। फिर वह उरी को सुरक्षित बाहर ले आया। एक और घटना में गेलर भूमध्य सागर में स्कूबा डाइविंग कर रहे थे। तभी एक शार्क आ गई और उनके चक्कर काटने लगी। जैसे ही शार्क आक्रमण करनेवाली थी, गेलर ने अपनी आँखें बंद कर लीं और एक बंदूक से उस पर अंधाधुंध गोलियाँ चलाने लगे। जब उन्होंने अपनी आँखें खोलीं, शार्क दृष्टि से ओझल हो चुकी थी।

महाविनाश के दृश्य

होम : बताया गया है कि होम को भयानक दृश्य दिखाई देते थे, जिन्हें देखकर वे रोने और काँपने लगते थे।

गेलर : एक ट्रांस की अवस्था में रहते हुए उरी गेलर ने एक कविता लिखी, जिसका शीर्षक था 'द डे'। कविता उस समय के बारे में है, जब 'हवा पीली हो गई थी', 'धूल उड़ रही थी', 'उन्होंने आसमान खोल दिए थे' और 'मैं अंत जानता था।' गेलर कविता की व्याख्या एक भयानक आपदा के रूप में करते हैं, जो पृथ्वी पर आती है। हालाँकि उन्हें कविता पूरी तरह समझ में नहीं आती और वे मानते हैं कि उनकी कविताएँ साहित्यिक रत्न नहीं हैं। गेलर ने कहा, "मैं उन्हें गहराई से महसूस करता हूँ।"

मिशन की भावना और ईश्वर में विश्वास

होम : हालाँकि डैनियल होम को समझ में नहीं आता था कि उनकी क्षमताएँ कहाँ से आई थीं, उन्हें महसूस हो गया था कि इन शक्तियों का उनका प्रदर्शन मानवता के भविष्य के लिए अत्यंत महत्त्वपूर्ण था। जब वे पहली बार मिले, तो होम ने अपनी भावी पत्नी साशा से कहा, "मैडम, मुझे विश्वास है कि आप हमेशा ध्यान में रखेंगी कि मुझे एक मिशन सौंपा गया है। यह एक महान् और पवित्र मिशन है।" होम ने ईश्वर में महान् विश्वास भी लगातार व्यक्त किया। एक साइकोकाइनेटिक घटना का प्रदर्शन करने के बाद होम कहते, "क्या ईश्वर अच्छा नहीं है ? क्या उसके नियम अद्भुत नहीं हैं ?"

गेलर : उरी गेलर भी, जो होम के ही समान पूरी तरह समझ नहीं पाते हैं कि उनकी शक्तियाँ कहाँ से आती हैं, मानते हैं कि उनके लिए इन रहस्यमय ताकतों के बारे में जानकारी फैलाना बेहद जरूरी है। गेलर ने लिखा है, "एक बात, जो मुझे निश्चित रूप से पता है, वह यह है कि मैं इन घटनाओं का प्रदर्शन करने के लिए खुद को विवश महसूस करता हूँ, न केवल जीवित रहने के लिए, बल्कि इसलिए कि मैं जानता हूँ, इससे कुछ महत्त्वपूर्ण सामने आएगा, भले ही मैं नहीं जानता कि वह क्या है ?" गेलर ने निम्नलिखित संबंधित बयान भी दिया है—"मैंने विश्लेषण करने की कोशिश की कि मुझे मेरे दिमाग के अंदर से क्यों धकेला जा रहा है कि मैं अधिक-से-अधिक लोगों के साथ संवाद कर सकूँ...मैं लोगों को और अधिक जानकारी देने के लिए, उन्हें किसी प्रकार शिक्षित करने के लिए मजबूर हूँ।"

उरी गेलर ने भी अकसर ईश्वर में अपना सहज विश्वास व्यक्त किया है और विश्व शांति उनकी सबसे बड़ी इच्छा है। उन्होंने लिखा है, "मैं प्यार की शक्ति में और हर जगह के लोगों में बहुत विश्वास करता हूँ। मैं पूरी तरह से भगवान् में विश्वास भी करता हूँ...

और मैं दृढता से मानता हूँ कि अगर हमें जीवित रहना है तो इस दुनिया में शांति का होना बहुत आवश्यक है।"

हालाँकि यह अनुमान है, लेकिन मैं सोचता हूँ कि क्या डैनियल होम और उरी गेलर के सर्वनाशक दृश्य उस मिशन की भावना को रेखांकित करते हैं, जो दोनों पुरुषों ने व्यक्त किए हैं। ऐसा लगता है कि उन्होंने मानवता के लिए जो शक्तियाँ प्रदर्शित की हैं, वे किसी प्रकार से महाविनाश को रोकने में मदद करेंगी, जो क्षितिज पर संभावित रूप से मँडराता रहता है। मैं यह भी सोचता हूँ कि क्या जॉन ऑफ रिविलेशन ने भी इसी प्रकार के दृश्यों का अनुभव किया था, जिसके कारण न्यू टेस्टामेंट में निहित सर्वनाशक दृष्टिकोण सामने आए।

शायद यह दृष्टांत 'क्या होगा,' इसकी भविष्यवाणी नहीं करते, बल्कि इस बारे में करते हैं कि "क्या हो सकता है, अगर मानवजाति एक ऐसी अवस्था से निकलकर विकसित नहीं होती, जहाँ संघर्ष समाधान के लिए हिंसा का उपयोग किया जाता है। शायद महाविनाश के दृश्य, जो परमाणु युद्ध की भयावहता के साथ इतने संगत हैं, टाले जा सकते हैं। अगर हम बेहतर तरीके से समझ जाएँ कि हम आध्यात्मिक जीवों के रूप में कौन हैं ? प्रतीत होता है कि यही डैनियल होम का मिशन रहा है, और उरी गेलर ने भी इसी मिशन को जारी रखा है। इसका जो भी मूल्य हो, आसमान में मेरे अपने आध्यात्मिक सलाहकार अह्तुन रे, ऊपर दिए गए विश्लेषण से सहमत हैं।"

स्थापित धर्मों के लिए सम्मान

होम : हालाँकि होम 19वीं शताब्दी के सबसे प्रसिद्ध भौतिक माध्यम थे, उन्होंने संगठित धर्म के प्रति एक सम्मानजनक दृष्टिकोण बनाए रखा। एक बिंदु पर होम एक रोमन कैथोलिक बन गए थे और पोप पायस IX के साथ उनकी बातचीत भी हुई थी। जब होम ने साशा से शादी की, तो वे यूनानी रूढ़िवादी चर्च में परिवर्तित हो गए। साशा की मृत्यु के बाद होम मूर्तिकला का अध्ययन करने के लिए रोम लौट आए। उनके पहले के कैथोलिक धर्म में रूपांतरण के बावजूद पापल सरकार ने उन्हें जादू करने के आरोप में रोम से निष्कासित कर दिया। होम ने इस घटना को निराशा के साथ देखा, क्योंकि उन्हें लगा कि एक प्रबुद्ध चर्च को उनके काम में दिलचस्पी होनी चाहिए थी।

उनका निष्कासन उनकी जांच के दौरान घटित मजेदार घटना के कारण हुआ था। जब होम अपने खिलाफ लगे आरोपों को सुनने के लिए रोम के पुलिस प्रमुख से मिले, तो उनके साथ काम करनेवाली आत्माएँ या शक्तियाँ होम के समर्थन में पुलिस प्रमुख के डेस्क को पीटने लगीं। इस प्रदर्शन के बावजूद होम को रोम से जाने के लिए मजबूर किया गया।

गेलर : 20वीं सदी के सबसे प्रसिद्ध भौतिक माध्यम होने के बावजूद उरी गेलर ने संगठित धर्म के प्रति एक सम्मानजनक रवैया बनाए रखा है। गेलर अपनी यहूदी विरासत से जुड़े हैं और हाना से उनकी शादी एक पारंपरिक यहूदी शादी थी। गेलर ने पोप जॉन पॉल II से भी आशीर्वाद माँगा और प्राप्त किया, जिसे उन्होंने गर्व से अपनी वेबसाइट www.urigeller.com पर प्रदर्शित किया।

व्यक्तित्व लक्षणों में समानता

डैनियल डी. होम और उरी गेलर के व्यक्तित्व लक्षण काफी हद तक समान हैं। एक समानता में उनकी आत्मकथाओं के शीर्षक शामिल हैं। होम ने अपनी पुस्तक का नाम 'इंसिडेंट्स इन माय लाइफ' रखा, जबकि गेलर ने अपनी पुस्तक को 'माय स्टोरी' नाम दिया। वाक्यांश 'माय लाइफ' और 'माय स्टोरी' बहुत समान हैं। कॅरियर के संबंध में होम और गेलर दोनों के पास भौतिक माध्यम होने के अलावा कोई व्यवसाय नहीं रहा है। एक व्यवसाय, जिसे दोनों ने काफी अच्छी तरह अनुकूलित किया। होम और गेलर दोनों ने शोमैन के गुणों का प्रदर्शन किया है। उदाहरण के लिए, कहा जाता है कि होम बचपन से ही दर्शकों को पसंद करते थे। उरी गेलर बताते हैं कि वे बच्चे थे, तभी से एक कलाकार या फिल्म अभिनेता बनना चाहते थे। जब उन्होंने पहली बार सार्वजनिक प्रदर्शन करना शुरू किया, तो गेलर ने पाया कि उन्हें इसमें बहुत आनंद आया। उन्हें एहसास हुआ कि वे एक 'स्वाभाविक हैम' हैं।

होम और गेलर दोनों में संगीत और कला के लिए झुकाव देखा गया है। होम कुशलता से पियानो बजाते थे, जबकि गेलर ने पियानो बजाना स्वाभाविक रूप से, केवल कान से सुनकर, सीख लिया। होम ने मूर्तिकला का अध्ययन किया; गेलर एक चित्रकार है और पिछले वर्षों में प्रदर्शनियाँ लगा चुके हैं। होम को सुंदर माना जाता था और वे लोगों के व्यक्ति थे, क्योंकि उन्हें विभिन्न लोगों से मिलने और बातचीत करने में आनंद आता था। उरी गेलर के लिए भी यही कहा जा सकता है। होम और गेलर में यात्रा और साथ-साथ भौगोलिक प्राथमिकताओं के लिए भी समान भूख देखी जाती है। होम का जन्म स्कॉटलैंड में हुआ था। बाद में वे पूर्वोत्तर संयुक्त राज्य अमेरिका में आ गए, और फिर घर बनाने के लिए लंदन की ओर आकर्षित हुए। वहाँ से उन्होंने पूरे यूरोप में व्यापक रूप से यात्रा की। उरी गेलर का जन्म इजराइल में हुआ था, कुछ समय वे मैनहट्टन में रहे, फिर इंग्लैंड में और फिर लंदन के पास बस गए। वहाँ से होम की तरह गेलर ने अपने कौशल का प्रदर्शन करते हुए व्यापक रूप से यात्रा की है।

दोनों की लेखन शैली भी सुसंगत है। तुलना के उद्देश्य से मैंने एक पत्र चुना है, जो

होम ने अपने बेटे ग्रीका को लिखा था, और साथ ही उरी गेलर की पुस्तक 'माय स्टोरी' से दो पैरे चुने हैं। होम का पत्र तब लिखा गया था, जब वे सैन फ्रांसिस्को क्रॉनिकल के लिए समाचार-पत्र संवाददाता के रूप में काम कर रहे थे, और फ्रैंको-प्रशियाई युद्ध के दौरान पेरिस की घेराबंदी को कवर कर रहे थे। डैनियल होम द्वारा लिखे इस पत्र में 'उरी गेलर' की 'आवाज' स्पष्ट रूप से सुनाई दे रही है, कम-से-कम मेरे कान और दिमाग को। इस पैसेज में राजा प्रशिया के राजा विल्हेम I को संदर्भित करता है, जो होम के पुराने दोस्त, फ्रांस के सम्राट् नेपोलियन III के खिलाफ युद्ध कर रहा था। होम के पत्र के बाद यूरी गेलर का साइप्रस का वर्णन आता है, जैसा कि उन्हें बचपन के दिनों से याद था। दूसरे पैसेज में गेलर एक घटना के लिए मंच तैयार कर रहे हैं, जिसमें उन्होंने और यात्रियों के एक समूह ने स्पष्ट रूप से अपनी मानसिक शक्तियों से धातु की एक ईंधन लाइन को मोड़कर एक क्रूज जहाज को खड़ा कर दिया था। इस पैरा में गेलर इसे एक सीमारेखा घटना कहते हैं, क्योंकि वे पूरी तरह से निश्चित नहीं हैं कि एक साइकोकाइनेटिक घटना ही पाइप के मुड़ने का कारण थी। आइए, अब डैनियल होम के उनके बेटे को लिखे पत्र की ओर आएँ।

अक्तूबर 25, 1870

मेरे प्यारे ग्रीका,

मैंने अभी तक तुमसे एक शब्द नहीं सुना है, लेकिन मुझे पता है कि यह पोस्ट की गलती है।

पत्र आने में देर घेराबंदी, बंदूकों के सामने लाए जाने से हुई है और अभी भी हो रही है। यह सब बहुत भयानक काम है; और मुझे फिर से घर आने में बहुत खुशी होगी। 21 तारीख को हमारी एक भयानक लड़ाई हुई। मैं उसके बिल्कुल बीच में था, और मैंने घायलों को घर लाने में सहायता की। वह एक डरावना दृश्य था, और अभी भी किसी भयानक सपने की तरह लगता है। मैं जल्दी ही तुम्हें उसके बारे में सबकुछ बताऊँगा।

20 तारीख को मैं वर्सेल्स से कुछ 3 या 4 मील दूर एक खूबसूरत चैट्यू पर गया; और वहाँ राजा ने आकर मुझसे लंबी बातचीत की।

मैं ऐसे कागजों पर लिख रहा हूँ, जो उस दिन स्ट्रैसबर्ग ले जाए गए थे, जब उसने आत्मसमर्पण किया था¨ मेरी तुम सबको देखने की बहुत इच्छा है, और मैं घंटे गिन रहा हूँ, जब मैं आजाद हो जाऊँगा।

निम्नलिखित पैरा 'मेरी कहानी' से है, जो 1975 में प्रकाशित हुई थी, होम द्वारा ग्रीका को पत्र लिखे जाने के लगभग 100 वर्ष बाद।

किसी भी सामान्य लड़के की तरह मैं साहसिक काम की तलाश में कहीं भी चला जाता था। साइप्रस एक द्वीप है, और समुद्र हमेशा मुझे मोहित करता था। साइप्रस के आसपास का समुद्र बहुत सुंदर है। मुझे उससे प्यार हो गया। वह इतना स्पष्ट है कि आप 8 मीटर गहरे पानी में सिक्का डाल उसे तल पर देख सकते हैं। मैंने स्कूल में एक दोस्त से स्नोर्केलिंग के बारे में सुना था और उसके पीछे पागल हो गया था। साइप्रस के चारों ओर पानी शीशे जैसा साफ होने के कारण हम समुद्री जानवरों और पौधों के सभी सुंदर पैटर्न देख सकते हैं—वह एक रोमांचक नई दुनिया है।

कुछ घटनाएँ सीमा-रेखा पर होती हैं। एक ऐसी घटना तब हुई, जब मेरे दो सबसे करीबी दोस्तों, बायरन और मारिया जेनिस ने मुझे लाइनर रेनेसांस पर बोर्डेक्स से इटली के एक क्रूज पर उनके साथ जाने के लिए आमंत्रित किया। बायरन अंतरराष्ट्रीय स्तर पर ज्ञात कॉन्सर्ट पियानोवादक हैं, और उनकी पत्नी मारिया, जो गैरी कूपर की बेटी है, एक अद्‍भुत कलाकार है। यह एक संगीतमय क्रूज था। बायरन पियानो पर प्रदर्शन कर रहा था, और बोर्ड पर हंगेरियन स्ट्रिंग चौकड़ी के सदस्य थे।

डैनियल होम और उरी गेलर की एक समान लेखन शैली है, जिसमें वे दोनों रंगीन विशेषणों से भरे छोटे वाक्यों का उपयोग करते हैं, जैसे 'सुंदर', 'अद्‍भुत', 'भयानक' और 'डरावना'। होम और गेलर दोनों को अपने दोस्तों और सहयोगियों के प्रतिष्ठित क्रेडेंशियल्स का हवाला देना अच्छा लगता है। इन तीनों पैरों में एक साहस की भावना है और लड़कपन की मासूमियत का गुण पहचाना जा सकता है।

कर्मिक संबंध और खुलासे

डैनियल डी. होम और उरी गेलर का अध्ययन करने में मुझे होम के सहयोगियों और उरी गेलर के आसपास के लोगों के बीच कई परिकल्पित पूर्व जन्म के संबंधों का पता चला। अह्तुन रे ने इन मैचों की पुष्टि की है। मैं इन पिछले जीवन के संबंधों में से अधिकांश पर विस्तार से चर्चा नहीं करूँगा, हालाँकि मैं संक्षेप में इनमें से एक को संबोधित करूँगा, जिसमें नेपोलियन III शामिल हैं।

होम की पहली पत्नी 'साशा' की पहचान समकालीन समय में उरी गेलर की पत्नी 'हाना' के रूप में की गई है। 'डैनियल होम और साशा का ग्रीका नाम का एक बेटा था। समकालीन समय में ग्रीका शिपी है, हाना का भाई और उरी गेलर का युवा मित्र तथा प्रबंधक। इस प्रकार, एक विवाहित जोड़े का पुनर्मिलन हुआ है और उनका बेटा ग्रीका

हाना के भाई की भूमिका निभाने के लिए लौटा है। पाठकों को याद होगा कि होम की माध्यमवादी क्षमताएँ बढ़ जाती थीं, जब उनका बेटा ग्रीका मौजूद होता था। यह घटना दोबारा शुरू हो गई है, क्योंकि उरी की टेलीपैथी और धातु मोड़ने की क्षमताएँ बढ़ जाती थीं, जब ग्रीका/शिपि मौजूद होता था।

होम की दूसरी पत्नी 'जूली डी ग्लोमेलिन' इस जीवनकाल में 'याफा' नाम की एक महिला है, जिनसे उरी गेलर को छह दिन के युद्ध में शामिल होने के तुरंत बाद प्यार हो गया था। हालाँकि दोनों के बीच एक दीर्घकालिक संबंध कभी विकसित नहीं हुआ, लेकिन उरी गेलर ने लिखा कि वे याफा से हमेशा प्यार करते रहेंगे।

होम श्रीमती और श्री डी. जार्विस नाम के एक कलाकार जोड़े के करीब थे। इस जीवनकाल में जर्विस दंपती बायरन और मारिया जेनिस हैं, क्रूज जहाज मार्ग में वर्णित कलाकार जोड़ा। उरी गेलर ने बताया कि वे जेनिस दंपती के साथ अपनी पहली मुलाकात में ही घुल-मिल गए थे। जज जॉन एडमंड्स, न्यूयॉर्क सुप्रीम कोर्ट के जज थे, जिन्होंने होम को कनेक्टिकट में रहने के दौरान उनके माध्यमवादी प्रदर्शन को जारी रखने के लिए प्रोत्साहित किया था। इस जीवनकाल में एडमंड्स इजरायल लॉ स्कूल के डीन, अम्नोन रूबिनस्टीन हैं, जिन्होंने उरी गेलर को सुझाव दिया कि वे अपनी शक्तियों का वैज्ञानिक मूल्यांकन करवाएँ।

होम की क्षमताओं की वैज्ञानिक जाँच के एक अन्य प्रमोटर रूसी रसायन शास्त्र प्रोफेसर अलेक्जेंडर अक्साकॉफ थे, जिन्होंने अंततः सर विलियम क्रुक्स से होम का परिचय करवाया। इस जीवनकाल में पुनर्जन्म प्राप्त अक्साकॉफ ने एक समान भूमिका निभाई है, और उरी गेलर का परिचय स्टैनफोर्ड रिसर्च इंस्टीट्यूट के वैज्ञानिकों से करवाया ही। इस जीवनकाल में अक्साकॉफ को डॉ. एंड्रीजा पुहारिच के रूप में पहचाना गया है। होम पर अध्ययन करनेवाले सबसे प्रतिष्ठित वैज्ञानिक सर विलियम क्रुक्स हैं। क्रुक्स ने भी 20वीं शताब्दी में पुनर्जन्म लिया, एक बार फिर डैनियल डी. होम/उरी गेलर पर अध्ययन करने के लिए। सर विलियम क्रुक्स की पहचान स्वर्गीय प्रोफेसर डेविड बोहम के रूप में हुई है।

डैनियल डी. होम विशेष रूप से दो राज्य प्रमुखों के करीब थे। उनमें से एक रूस के जार अलेक्जेंडर द्वितीय थे, जो होम के बेटे ग्रीका के गॉडफादर बने। समकालीन समय में एलेग्जेंडर द्वितीय ने राज्य के एक और प्रमुख के रूप में पुनर्जन्म लिया है, और वे भी डैनियल होम/उरी गेलर के करीब हो गए हैं। एलेग्जेंडर द्वितीय ने जोस लोपेज पोर्टिलो के रूप में पुनर्जन्म लिया है, जो मेक्सिको के पूर्व राष्ट्रपति हैं। राज्य के दूसरे प्रमुख, जिनके होम करीब थे, नेपोलियन III थे। नेपोलियन III के पुनर्जन्म में हमारे सामने आए, पिछले जीवन के सबसे दिलचस्प और महत्त्वपूर्ण मैचों में से एक शामिल

है। समकालीन समय में नेपोलियन III को एक इजराइली नेता के रूप में पहचाना गया है, जिन्हें गेलर जानते हैं और जिनके साथ उन्होंने तसवीर भी खिंचवाई है। समकालीन समय में नेपोलियन III स्वर्गीय एरिएल शेरोन थे।

नेपोलियन III के पुनर्जन्म के रूप में एरिएल शेरोन और पूर्वग्रह का कर्म

नेपोलियन III और एरियल के बीच भौतिक समानता काफी सम्मोहक है और व्यक्तित्व की विशेषताएँ लगभग समान हैं।

एरियल शेरोन की तरह नेपोलियन III सेना के एक मजबूत व्यक्ति थे, जिन्हें कुछ लोगों द्वारा एक तानाशाह भी माना जा सकता है। वे हर उस विरोधी को नष्ट कर देते थे, जो उनके खिलाफ जाते थे। इसके विपरीत नेपोलियन III अपने लोगों का बहुत ध्यान रखते थे, विशेष रूप से किसानों का, और उनकी स्थिति में सुधार लाने की कोशिश करते थे।

एरियल शेरोन की तरह नेपोलियन III भी लोकतंत्र के समर्थक थे। इन विशेषताओं के कारण जनसंख्या ने नेपोलियन III का समर्थन किया और उन्हें चुनकर सत्ता में ले आई। हालाँकि लोकतांत्रिक सुधारों और स्वायत्त शासन के बीच संतुलन सम्राट् के लिए एक नाजुक मामला था। अंततः फ्रैंको-प्रशियन युद्ध हार जाने के बाद नेपोलियन III को फ्रांस से निष्काषित कर दिया गया।

जब अह्तुन रे ने नेपोलियन III और एरिएल शेरोन के बीच मैच की पुष्टि की, तो मैंने उनसे पूछा कि यह कैसे हुआ कि नेपोलियन III ने समकालीन समय में इजराइल में पुनर्जन्म लिया। क्या कारण था कि नेपोलियन III इजरायली लोगों के नेता के रूप में लौट आए? मैंने यह भी पूछा कि नेपोलियन III और एरियल शेरोन में दो अवतारों में इस तरह की सैन्य प्रवृत्तियाँ क्यों रही हैं?

अह्तुन रे ने मुझे बताया कि फ्रेंच कोर्ट में यहूदी विरोधी भावना का एक महत्त्वपूर्ण स्तर मौजूद था। उस पूर्वग्रह को हटाने के लिए कोर्ट के सदस्यों ने अदालत में यहूदी संस्कृति में अवतार लेने का चुनाव किया। सैन्यवाद के प्रश्न के जवाब में अह्तुन रे ने कहा कि शेरोन हमेशा से ऐसे नहीं थे। वास्तव में, पूर्व अवतारों में शेरोन शांतिवादी अधिक थे। 13वीं शताब्दी में एशिया में एक जीवनकाल के दौरान मोड़ आया, जिसमें शेरोन एक ताओवादी थे। चंगेज खान के एक अभियान में, एरियल शेरोन के गाँव का इस्तेमाल खान की सेना की रक्षा के लिए एक ढाल के रूप में किया गया था। चंगेज खान का विरोध कर रही सेनाओं ने शेरोन के गाँव को नष्ट कर दिया और उसमें रहनेवाले सभी लोग मारे गए। उस जीवनकाल के बाद एरियल शेरोन ने शांति का रास्ता त्याग दिया और

फैसला किया कि भविष्य में वे अपने लोगों, अपने समूह की हमले से रक्षा करेंगे। अह्तुन रे के अनुसार शेरोन के सैन्यवाद का इसी प्रकार जन्म हुआ।

यद्यपि चंगेज खान के युग में जीवनकाल की निष्पक्ष रूप से पुष्टि नहीं की जा सकती है, लेकिन नेपोलियन III के रूप में जीवनकाल वैध प्रतीत होता है। यदि यह एक पिछले जीवन का वास्तविक मैच है, तो नेपोलियन III/एरिएल शेरोन के इस मामले से बहुत कुछ सीखा जा सकता है। मैंने बार-बार कहा है कि हम एक जीवन काल से दूसरे जीवन काल में धार्मिक और नैतिक अभिविन्यास बदल सकते हैं। खैर, नेपोलियन III ईसाई थे, जबकि शेरोन एक यहूदी थे। विभिन्न धर्मों और जातीय समूहों के होने का लाभ यह है कि आगे के अवतारों में, हम अपने जीवन में विविधता का अनुभव कर सकते हैं। अगर हमारे पास ईश्वर की पूजा करने और जीवन जीने के विभिन्न तरीके नहीं होते तो जीवन इतना दिलचस्प नहीं होता। धर्म और जातीय संस्कृतियाँ वास्तव में सुंदर रचनाएँ हैं, कई पीढ़ियों के काम का उत्पाद हैं। दुर्भाग्यवश, आनंद लेने के मौजूद रचनाओं के बजाय धर्म और जातीय संस्कृतियाँ अलगाव और विभाजन का केंद्र बन गई हैं।

हम जो गलती करते हैं, वह यह कि हम अपनी सच्ची प्रकृति को भूल जाते हैं कि हम आत्माएँ हैं, जो कई बार अलग-अलग धर्मों और संस्कृतियों में पुनर्जन्म लेती हैं। हम भूल जाते हैं कि हम कौन हैं और फिर हम एक विशेष धर्म, एक जातीय समूह, एक जाति, एक संस्कृति या एक राष्ट्र के प्रति अतिसंवेदनशील हो जाते हैं। यह मानवता की बड़ी गलतफहमी है, जो हिंसा, युद्ध और जीवन की बरबादी के लिए गुमराह करनेवाली काररवाई का कारण बनती है।

शांति का मार्ग

होलोकॉस्ट (महाविनाश) की छाया को हटाने के लिए हमें अपने अंदर से पहचान की भावना बदलनी होगी। हमें अपने आपको यहूदी, मुसलमान, ईसाई, ताओवादी, बौद्ध और हिंदू नहीं समझना चाहिए, क्योंकि पिछले जन्मों में हम इनमें से सभी रह चुके हैं। जब तक हम पहचान में ये बदलाव नहीं लाएँगे, शांति कभी नहीं होगी, केवल विभाजन और युद्ध होगा। आइए, हम मानवता को परिपक्वता के एक ऊँचे स्तर तक ले जाएँ, पहचान में ये बदलाव लाएँ। केवल तभी जॉन ऑफ रिवीलेशन, डैनियल होम और उरी गेलर द्वारा सहे गए महाविनाश के दृश्य गायब होंगे। केवल तभी वे रोना बंद करेंगे। ऐसा करना हमारी शक्ति में है। वास्तव में ये पहचान में एक बदलाव है, जो इतना आसान है। आइए, हम अपने बच्चों को आत्म-जागरूकता में इस बदलाव की शिक्षा दें। आइए, हम शांति प्राप्त करने का निर्णय लें।

पुनर्जन्म के मुख्य बिंदु और सिद्धांत

शारीरिक समानता : डैनियल डगलस होम/उरी गेलर, नेपोलियन III/एरियल शेरोन, एलेग्जेंडर II/जोस लोपेज पोर्टिलो और सर विलियम क्रुक्स/डेविड बोहम के पुनर्जन्म मामलों में चेहरे की विशेषताएँ सुसंगत हैं।

पिछले जीवन की प्रतिभाएँ : उरी गेलर डैनियल होम द्वारा प्रदर्शित मानसिक और साइकोकाइनेटिक घटनाएँ दोहराते थे। एरियल शेरोन और जोस लोपेज पोर्टिलो ने नेतृत्व क्षमताओं का प्रदर्शन किया, जिनके कारण वे राज्य के मुखिया बने और क्रमशः नेपोलियन III और एलेग्जेंडर II के रूप में अपने जीवनकालों को प्रतिबिंबित किया।

पुनर्जन्म के माध्यम से रिश्तों का नवीनीकरण : डैनियल होम की पारिवारिक इकाई उरी गेलर, उनकी पत्नी हाना और हाना के भाई, शिपि के व्यक्तित्वों के रूप में पुनः एकजुट हो गई थी। होम की दूसरी पत्नी जूली डी. ग्लोमेलिन, उरी गेलर के जीवन में उनके प्रारंभिक प्यार याफा के रूप में दिखाई दी। नेपोलियन III और अलेक्जेंडर के साथ होम की दोस्ती एरियल शेरोन और जोस लोपेज पोर्टिलो के साथ उरी गेलर के मेलजोल में फिर से जाग्रत् हो गई।

होम श्री और श्रीमती डी. जर्विस के करीब थे, जिन्होंने गेलर के दोस्तों बायरन और मारिया जेनिस के रूप में पुनर्जन्म लिया। जज जॉन एडमंड्स, न्यूयॉर्क सुप्रीम कोर्ट के न्यायमूर्ति, जिन्होंने होम को उनकी माध्यमवादी क्षमताओं का प्रदर्शन जारी रखने के लिए प्रोत्साहित किया, ऐमनॉन रुबिन्स्टीन, इजराइली लॉ स्कूल के डीन के रूप में पुनर्जन्म लेकर आए। जिन्होंने उरी गेलर को सुझाव दिया कि वे अपनी शक्तियों का वैज्ञानिक मूल्यांकन करवाएँ।

दो वैज्ञानिक, जिन्होंने होम का अध्ययन और समर्थन किया था, अलेक्जेंडर अक्साकॉफ और सर विलियम क्रुक्स थे। इन वैज्ञानिकों ने गेलर का अध्ययन और समर्थन करने के लिए ऐंड्रीजा पुहारिच और डेविड बोहम के रूप में पुनर्जन्म लिया।

धर्म, जातीय संबद्धता और राष्ट्रीयता में परिवर्तन : डैनियल होम का जन्म स्कॉटलैंड में एक ईसाई परिवार में हुआ था। उरी गेलर का जन्म इजराइल में हुआ था और वे यहूदी हैं। नेपोलियन III फ्रेंच और ईसाई थे, जबकि एरियल शेरोन एक इजराइली यहूदी थे।

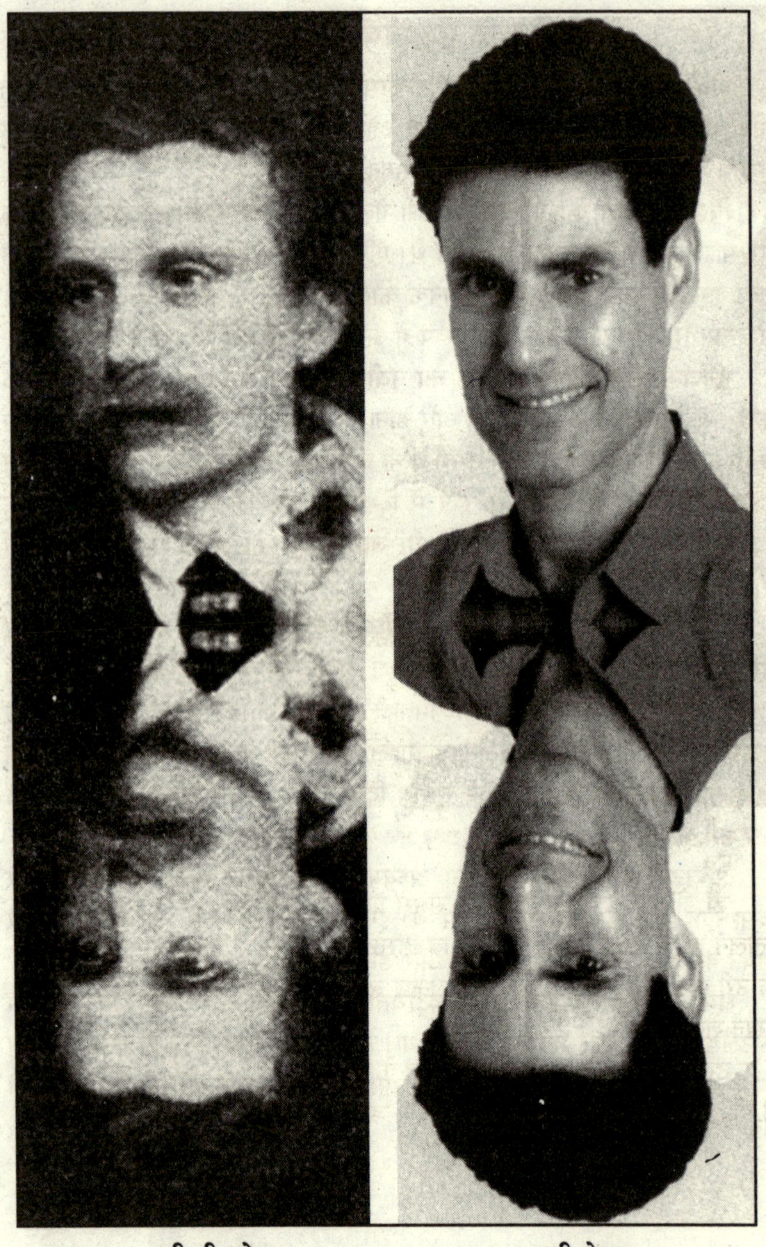

डी.डी. होम उरी गेलर

उरी गेलर डैनियल डगलस होम उरी गेलर

डी.डी. होम 19वीं शताब्दी के सबसे प्रसिद्ध भौतिक माध्यम थे, जो वस्तुओं का उत्तोलन करते थे, टेलीपैथी का अनुभव करते थे और सटीक पूर्वानुमान करते थे, जैसे कि उरी गेलर भी करते थे। व्यक्तित्व लक्षण समान हैं, यहाँ तक कि होम और गेलर की लेखन शैली भी एक जैसी है।

उरी गेलर खुद के लिए पिछले जीवन के इस मैच का समर्थन करते हैं, जिसमें उन्हें डी.डी. होम के पुनर्जन्म के रूप में पहचाना जाता है।

□

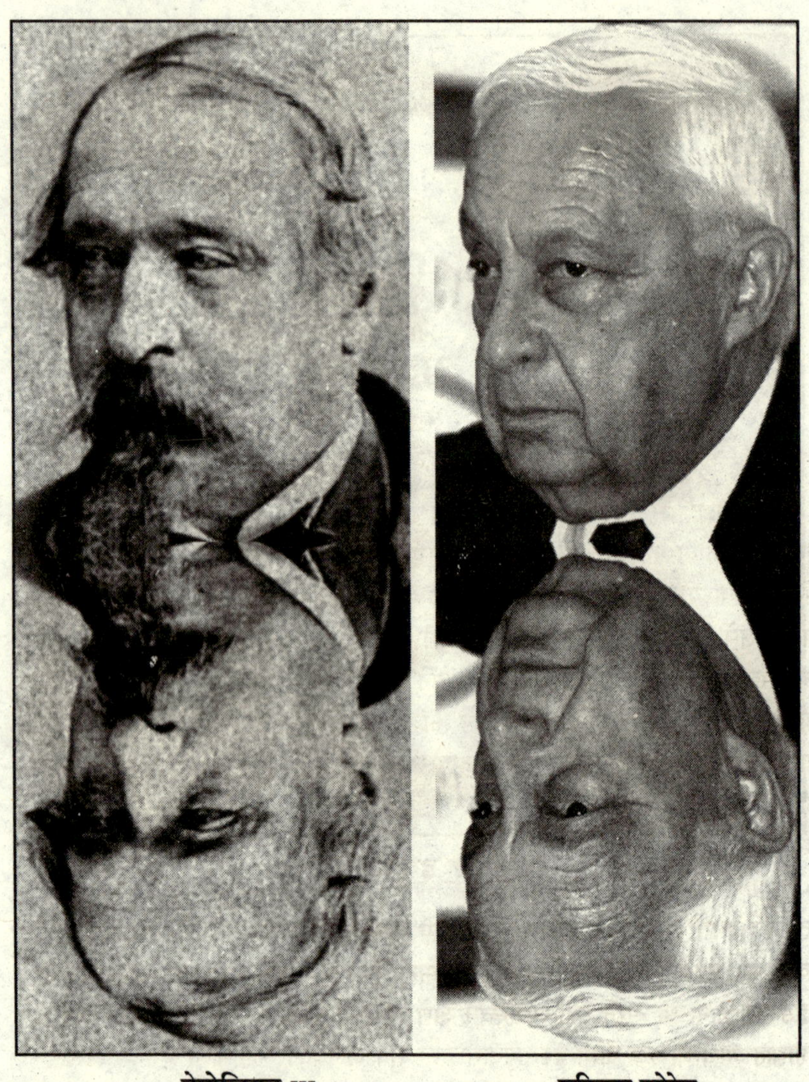

नेपोलियन III   एरियल शोरेन

नेपोलियन III डी.डी. होम की भौतिक अभिव्यक्तियों और मानसिक क्षमताओं से बहुत प्रभावित थे। विशेष रूप से, जब नेपोलियन को मौखिक नहीं, बल्कि मानसिक रूप से पूछे गए सवालों के जवाब दिए जाते थे।

□

25

पुनर्जन्म में व्यक्त प्रतिभाएँ

केट फॉक्स/जॉन एडवर्ड

आइए दो अन्य पुनर्जन्म मामलों की समीक्षा करें, जो दरशाते हैं कि मानसिक क्षमताओं को विभिन्न अवतारों में व्यक्त किया जा सकता है। जॉन एडवर्ड एक प्रसिद्ध अमेरिकी माध्यम हैं, जिनका राष्ट्रीय टेलीविजन पर 'क्रॉसिंग ओवर' नाम का कार्यक्रम था, जिसमें वे दर्शकों के मृत रिश्तेदारों से बात करते थे। केविन रायर्सन के साथ एक सत्र में मैंने अहतुन रे से पूछा कि जॉन एडवर्ड पिछले जीवनकाल में कौन थे। अहतुन रे ने जवाब दिया कि एडवर्ड उन फॉक्स बहनों में से एक थे, जिन्होंने 1848 में आध्यात्मिक आंदोलन शुरू किया था। आगे की जाँच से मैंने की जॉन एडवर्ड को केट फॉक्स के पुनर्जन्म के रूप में पहचाना, एक मैच जिसकी बाद में अहतुन रे द्वारा पुष्टि कर दी गई।

आध्यात्मिकता इस धारणा को संदर्भित करती है कि आत्माएँ, जो जीवन से मृत्यु का रास्ता 'पार कर चुकी हैं', विभिन्न माध्यमों के द्वारा जीवित लोगों के साथ संवाद कर सकती हैं। फॉक्स बहनों की कहानी तब शुरू हुई, जब परिवार न्यूयॉर्क के हाइड्सविले में एक पुराने फार्महाउस में रहने लगा, जिस पर भूतों का कब्जा होने की अफवाह थी, जिसका संकेत किराएदारों द्वारा सुने जानेवाले असामान्य शोर से मिलता था। फॉक्स परिवार का भी जल्द ही असामान्य रैपिंग शोर पर ध्यान गया, जो फॉक्स बेटियों को इतना डराता था कि वे अपने माता-पिता के बिस्तर में सोती थीं।

31 मार्च, 1848 को केट फॉक्स ने रैपिंग के स्रोत को चुनौती दी कि वह उस आवाज के पैटर्न को दोहराए, जो वो अपनी उँगलियों से कर रही थी। रैपर ने उसकी चुनौती पूरी की, और फिर फॉक्स बहनों और भूत के बीच एक रिश्ता स्थापित हो गया। जल्द ही उन्होंने एक कोड स्थापित किया, जिसमें आत्मा प्रश्नों का उत्तर दे सकती थी, हाँ के लिए एक रैप और ना के लिए दो रैप्स। एक पड़ोसी ने सुझाव दिया कि बहनें

वर्णमाला के माध्यम से जाएँ और जब एक वांछित अक्षर आए, तो आत्मा रैप करे, ताकि आत्मा शब्द और वाक्य बना सके। इस विधि के माध्यम से आत्मा ने समझाया कि वह पहले एक यात्रा करनेवाला पेडलर था, जिसकी घर में हत्या कर दी गई थी और तहखाने में दफना दिया गया था। इस रिपोर्ट को लगभग 50 साल बाद जब विश्वसनीयता प्राप्त हुई, जब 1904 में तहखाने की दीवारों में से एक गिरने लगी और वहाँ से एक मानव कंकाल निकला।

नवंबर 1849 में फॉक्स बहनों ने रोचेस्टर, न्यूयॉर्क में पेडलर की आत्मा की क्षमताओं का एक सार्वजनिक प्रदर्शन किया। तीन अलग-अलग समूहों ने घटना का अध्ययन किया और निष्कर्ष निकाला कि रैपिंग वास्तव में एक आत्मा से आती प्रतीत हो रही थी, न कि किसी छल से। हालाँकि यह फॉक्स बहनों के लिए अच्छी खबर हो सकती थी, लेकिन नगरवासी इस असामान्य घटना से हिल गए और बहनों को वहाँ से भागना पड़ा।

फिर फॉक्स बहनें पी.टी. बर्नम के साथ हो गईं। उन्होंने आत्मा के कौशल का प्रदर्शन करते हुए देश भर में दौरे किए। देहमुक्त आत्माओं के साथ संवाद करने के अलावा जीवनकाल के दौरान एक और समानता को ध्यान में रखना दिलचस्प है। जॉन एडवर्ड ने बीसवीं शताब्दी में माध्यमिकता को राष्ट्रीय टेलीविजन पर ले जाकर एक अभूतपूर्व काम किया। यह केट फॉक्स और उनकी बहनों के काम के समानांतर है, जो उन्नीसवीं सदी में माध्यमिकता के बारे में जागरूकता बढ़ाने के लिए युग के महानतम शोमैन पी.टी. बर्नम के साथ काम करने लगी थीं।

सन् 1871 में केट फॉक्स का मूल्यांकन ब्रिटिश भौतिक विज्ञानी सर विलियम क्रुक्स ने किया। ये वही वैज्ञानिक थे, जिन्होंने डैनियल डगलस होम का अध्ययन किया था और उन्होंने केट फॉक्स को प्रामाणिक माना। क्रुक्स ने फॉक्स से जुड़ी एक घटना को दस्तावेज भी किया, जिसमें एक संदेश लिखने के लिए आत्मा उनके अपने हाथ तक आई। क्रुक्स ने लिखा, “कमरे के ऊपरी हिस्से से एक चमकीला हाथ नीचे आया, और कुछ सेकंड तक मेरे आसपास मँडराने के बाद उसने मेरे हाथ से पेंसिल ली, जल्दी-जल्दी एक कागज पर कुछ लिखा, पेंसिल नीचे फेंक दी, और फिर हमारे सिर के ऊपर उठकर धीरे-धीरे अँधेरे में लुप्त हो गया।” आत्मा की दुनिया के साथ इस अंत:क्रिया के बाद क्रुक्स ने अपना ध्यान फिर से भौतिक विज्ञान की ओर मोड़ दिया। वास्तव में क्रुक्स ने बाद में थैलियम तत्त्व की खोज के लिए नोबल पुरस्कार जीता।

नोस्त्रेदमस और रबेलैस के पुनर्जन्म

"विश्व के केंद्र से धरती हिलानेवाली आग न्यू सिटी के आसपास झटकों का कारण बनेगी। आकाश 45 डिग्री पर जलेगा। आग विशाल न्यू सिटी के पास आ गई है। तुरंत एक विशाल, फैली हुई लपट ऊपर उछलती है।"

ये पंक्तियाँ 1555 में नोस्त्रेदमस ने लिखी थीं। जब 11 सितंबर, 2001 को न्यूयॉर्क वर्ल्ड ट्रेड सेंटर पर हमला किया गया था, तो कई लोगों ने इस घटना की व्याख्या लगभग 500 साल पहले नोस्त्रेदमस द्वारा की गई इस भविष्यवाणी की पूर्ति के रूप में की थी। जो चीज भविष्यवाणी को एक अनोखे तरीके से इस हमले के साथ फिट करती प्रतीत हो रही थी, वह यह तथ्य था कि दूसरे सुसाइड प्लेन (आत्महत्या विमान) ने दूसरे टावर पर 45 डिग्री कोण पर झुके हुए, पंख के साथ हमला किया था। इस भविष्यवाणी के कारण लोगों की नोस्त्रेदमस में नई रुचि उत्पन्न हुई। अब मैं प्रस्ताव रखूँगा कि नोस्त्रेदमस ने अनुभवी पेशेवर मनोवैज्ञानिक हैंस क्रिश्चियन किंग के व्यक्तित्व में पुनर्जन्म लिया है।

मैं हैंस किंग से 7 दिसंबर, 2003 को मिला, जब मैं सैन फ्रांसिस्को में 'थ्री मीडियम्स' (तीन माध्यम) नाम की एक प्रस्तुति में शामिल हुआ। कार्यक्रम में दिखाए गए तीन माध्यमों में से एक हैंस थे। मेरी योजना प्रत्येक वक्ता से पूछने की थी कि क्या वे मुझे केविन रायर्सन और अह्तुन रे के साथ अपने काम के माध्यम से उनके लिए पिछला जीवनकाल प्राप्त करने की अनुमति देंगे। यह मेरा अनुभव था कि कभी-कभी, जब मैंने अह्तुन रे से किसी पिछले जीवन मैच के बारे में पूछता था, तो वे मुझे जानकारी देने से इनकार कर देते थे। शायद मामला बहुत संवेदनशील होगा या शायद सवाल में व्यक्ति पिछले जीवनकाल के बारे में जानने के लिए तैयार नहीं होता होगा। हालाँकि मैंने देखा कि अगर मुझे व्यक्ति की अनुमति पहले मिल जाती थी, तो इसकी अधिक संभावना होती थी कि अह्तुन रे सहयोग करेंगे।

जब मैंने हैंस को अपना परिचय दिया, तो वे मुझसे गर्मजोशी से मिले। जब मैंने अपना हाथ उनसे मिलाने के लिए आगे बढ़ाया, तो उन्होंने अपने दोनों हाथों से मेरा हाथ पकड़ लिया। मुझे वे बहुत प्रेमी व्यक्ति लगे। जब मैंने हैंस से पूछा कि क्या मैं अह्तुन रे से उनके पिछले जीवनकाल के बारे में पूछ सकता हूँ, ऐसा जो ऐतिहासिक दृष्टि से मान्य हो, तो उन्होंने तुरंत मेरा प्रस्ताव स्वीकार कर लिया।

मैंने जब हैंस के पिछले जीवनकाल के लिए पूछा, तो अह्तुन रे ने मुझे कोई भी जानकारी देने से मना कर दिया। मैंने विरोध किया, और कहा कि हैंस ने मुझे अनुमति दे दी थी, तो वे मुझे उनके पिछले जीवन का मैच क्यों नहीं बता रहे? अह्तुन रे ने जवाब दिया, "हम सीधे मिस्टर किंग को बताएँगे।" फिर अह्तुन रे आगे बोले, "हालाँकि यह मैच काफी दिलचस्प है।"

मैंने केविन रायर्सन के साथ हैंस के लिए एक सत्र की व्यवस्था करने की कोशिश की, क्योंकि हम सभी जनवरी 2004 में एक ही सप्ताहांत में लास वेगास में एक साथ होने के लिए निर्धारित थे। हालाँकि सत्र की व्यवस्था नहीं हो पाई, लेकिन हम सब शनिवार की रात को एक साथ खाना खाने में कामयाब रहे। मैंने हैंस और केविन को एक साथ बैठाया, ताकि वे बात कर सकें। मैंने हैंस को केविन से निम्नलिखित प्रश्न पूछते हुए सुना—"अह्तुन रे वॉल्टर को मेरे पिछले जीवनकाल का मैच क्यों नहीं दे रहे हैं?" केविन ने जवाब दिया, "इसका आमतौर पर मतलब होता है कि कुछ महत्त्वपूर्ण है, जो आत्मा आपको सीधे बताना चाहती है।"

वह शाम और सप्ताहांत बिना किसी घटना के समाप्त हो गया, हालाँकि मैं केविन के साथ हैंस के सत्र की व्यवस्था करने में कामयाब नहीं हुआ था, लेकिन मैंने हैंस के साथ खुद एक सत्र किया, जिसका मैं नीचे वर्णन करूँगा। एक या दो सप्ताह बाद मैं स्थिति के बारे में विचार कर रहा था। "अह्तुन रे मुझे हैंस के लिए पिछला जीवनकाल क्यों नहीं दे रहे हैं?"

मुझे यह बात असामान्य लगी कि हैंस तीन शब्दों के नाम का इस्तेमाल करते हैं—हैंस क्रिश्चियन किंग। मुझे पता था कि जब लोग पुनर्जन्म लेते हैं, तो वे अकसर अपने नामों के उन संस्करणों का उपयोग करते हैं, जिनकी उनके पिछले जन्मकाल से समानता होती है, हालाँकि उस समय मैं जानबूझकर नामों के सह-संबंध के बारे में नहीं सोच रहा था। मैंने हैंस क्रिश्चियन किंग के बारे में सोचना जारी रखा और ये भी कि वे पिछले जीवन में कौन हो सकते थे? मैंने चुपचाप अपने मन में 'हैंस क्रिश्चियन किंग' नाम दोहराया और अचानक मेरी चेतना में एक नाम 'मिशेल द नोस्त्रेदेम' ने दस्तक दी। मुझे एहसास हुआ कि मिशेल द नोस्त्रेदेम, जो नोस्त्रेदमस का असली नाम था, की वही ताल थी, जो हैंस क्रिश्चियन किंग की थी।

मैंने तुरंत नोस्त्रेदमस की तसवीर के लिए इंटरनेट में खोज की और पाया कि इस भविष्यवक्ता का केवल एक सटीक चित्र था, जो उनके बेटे सीजर नोस्त्रादमस द्वारा बनाया गया था, और मैंने देखा कि इस पेंटिंग में नोस्त्रेदमस का चेहरा हैंस के चेहरे से पूरी तरह मेल खा रहा था। केविन रायर्सन के साथ के बाद के सत्र में अह्तुन रे ने पुष्टि कर दी कि हैंस किंग नोस्त्रेदमस का पुनर्जन्म हैं।

जब मुझे यह पुष्टि मिली, तो मैंने हैंस के कार्यकारी, व्यक्तिगत सहायक, आरोन हंट को यह खबर बताने के लिए फोन किया। आरोन को सुखद आश्चर्य हुआ। मैंने आरोन से मैच के बारे में हैंस को बताने के लिए कहा। जब आरोन ने हैंस को उनकी पिछली जिंदगी की पहचान के बारे में सूचित करने के लिए फोन किया, तो अनुमान

लगाएँ कि हैंस टेलीविजन पर कौन सा प्रोग्राम देख रहे थे? वे नोस्त्रेदमस पर एक कार्यक्रम देख रहे थे।

हैंस ने 40 वर्षों से अधिक समय से मानसिक रीडिंग करके जीविका कमाई है। उन्हें मियामी हेराल्ड द्वारा अमेरिका के शीर्ष पाँच मनोवैज्ञानिकों में से एक के रूप में नामित किया गया है और हैंस का समर्थन येल प्रशिक्षित मनोचिकित्सक ब्रायन वीस, एम.डी. 'मैनी लाइव्स, मैनी मास्टर्स' के लेखक ने किया है। मानसिक रीडिंग का प्रदर्शन करने में हैंस चार आत्मा गाइडों के साथ काम करते हैं। जब उन्हें नोस्त्रेदमस के साथ अपने पिछले जीवन के मैच की सूचना दी गई, तो उन्होंने अपने आत्मा गाइडों से पूछा कि क्या यह सच है कि वे नोस्त्रेदमस का पुनर्जन्म हैं? हैंस के गाइडों ने उन्हें बताया कि यह सच है। बाद में जब मैंने हैंस से पूछा कि क्या मैं उनके पिछले जीवन की पहचान का सार्वजनिक रूप से खुलासा कर सकता हूँ, तो हैंस ने मुझे अनुमति दे दी। जब मैंने कहा कि "लोग इसके लिए आपका उपहास कर सकते हैं," तो हैंस ने सीधा जवाब दिया, "सच तो सच होता है।"

पुनर्जन्म के विषयपरक साक्ष्य पुनर्जन्म के उद्देश्य सबूत दरशाते हैं कि लोगों के पास एक जीवन काल से दूसरे तक में व्यक्तित्व की वही विशेषताएँ, अकसर वही उपहार हो सकते हैं। नोस्त्रेदमस अपनी भविष्यवाणियों, अर्थात् भविष्य के पूर्वानुमान के लिए प्रसिद्ध हैं। जनवरी 2004 में जब मैं लास वेगास में था, उस समय से पहले जब मैंने यह परिकल्पना की थी कि हैंस नोस्त्रेदमस हैं, मैंने हैंस के साथ एक सत्र किया था। सत्र पूरी तरह मेरे भविष्य के बारे में था। बाद में मैंने हैंस के द्वारा बनाई सी.डी. मँगवाई, जिनमें विभिन्न क्लाइंट्स के साथ हुए उनके सत्रों के नमूने थे। इन सभी सत्रों में हैंस अपने क्लाइंट्स के लिए भविष्य का पूर्वानुमान करते दिखाई देते हैं।

हालाँकि, नोस्त्रेदमस की सार्वजनिक छवि और हैंस क्रिस्चियन किंग के व्यक्तित्व में एक अंतर है। नोस्त्रेदमस अपनी भविष्यवाणियों के कारण 'प्रोफेट ऑफ डूम' के रूप में जाने जाते हैं। दूसरी ओर हैंस को मैं 'प्रोफेट ऑफ लाइट एंड लव' के रूप में देखता हूँ।

यह मेरा कहना है कि नोस्त्रेदमस, जो एक चिकित्सक के रूप में प्रशिक्षित थे, जिन्होंने फ्रांस में ब्लैक प्लेग के पीड़ितों के इलाज के लिए अपने जीवन को खतरे में डाल दिया था, गलत समझे गए थे। नोस्त्रेदमस भी उतने ही अधिक मानवतावादी थे, जितने कि हैंस क्रिस्चियन किंग हैं। बस उनके लिखित कार्य, लेस प्रोफेसीज ने, जिसने उन्हें प्रोफेट ऑफ डूम के रूप में स्थापित किया, व्यक्ति, मिचेल डी नोस्त्रादेम पर अपनी छाया डाल दी थी।

हैंस क्रिस्चियन किंग/नोस्त्रेदमस केस एक अन्य दिलचस्प मामले की ओर ले

गया। नोस्त्रेदमस फ्रैंकौइस रबेलैस नाम के एक आदमी के साथ मेडिकल स्कूल गए थे। डॉक्टर के रूप में प्रशिक्षित होने के बावजूद रबेलैस फ्रांसीसी इतिहास में सबसे बुद्धिमान लेखकों में से एक बने। उन्हें दो दानवों, गर्गांतुआ और पैंटाग्रू के बारे में एक फंतासी एपिक लिखने के लिए जाना जाता है। रबेलैस का अध्ययन करने में मुझे सहज अंतर्ज्ञान हुआ था कि समकालीन समय में रबेलैस ने दूसरे चिकित्सक और लेखक के रूप में पुनर्जन्म लिया है, जिन्होंने रबेलैस की ही तरह एक फंतासी एपिक लिखा है। मेरी परिकल्पना थी कि रबेलैस ने जुरासिक पार्क के लेखक, माइकल क्रिच्टन के रूप में पुनर्जन्म लिया है, बाद में अहतुन रे द्वारा इसकी पुष्टि कर दी गई।

पुनर्जन्म के मुख्य बिंदु और सिद्धांत

शारीरिक समानता : केट फॉक्स/जॉन एडवर्ड, नोस्त्रेदमस/हैंस क्रिश्चियन किंग और रबेलैस/माइकल क्रिच्टन के मामलों में चेहरे की विशेषताएँ सुसंगत हैं।

पिछले जीवन की प्रतिभा : जॉन एडवर्ड ने केट फॉक्स की ही तरह मृत लोगों से संपर्क करने की क्षमता का प्रदर्शन किया है। हैंस क्रिश्चियन किंग ने 19 वर्ष की उम्र से एक पेशेवर मनोवैज्ञानिक के रूप में काम किया है, और क्लाइंट्स के साथ अपने सत्रों में वे भविष्य के पूर्वानुमान करने पर ध्यान केंद्रित करते हैं, जो नोस्त्रेदमस की प्रसिद्धि का स्रोत है। माइकल क्रिच्टन ने चिकित्सक बनकर और दानवों से जुड़ी अत्यंत लोकप्रिय फंतासी कथाएँ लिखकर रबेलैस की प्रतिभाओं को दोहराया है।

लिंग में परिवर्तन : केट फॉक्स एक महिला थी, जिन्होंने जॉन एडवर्ड, एक पुरुष के रूप में पुनर्जन्म लिया।

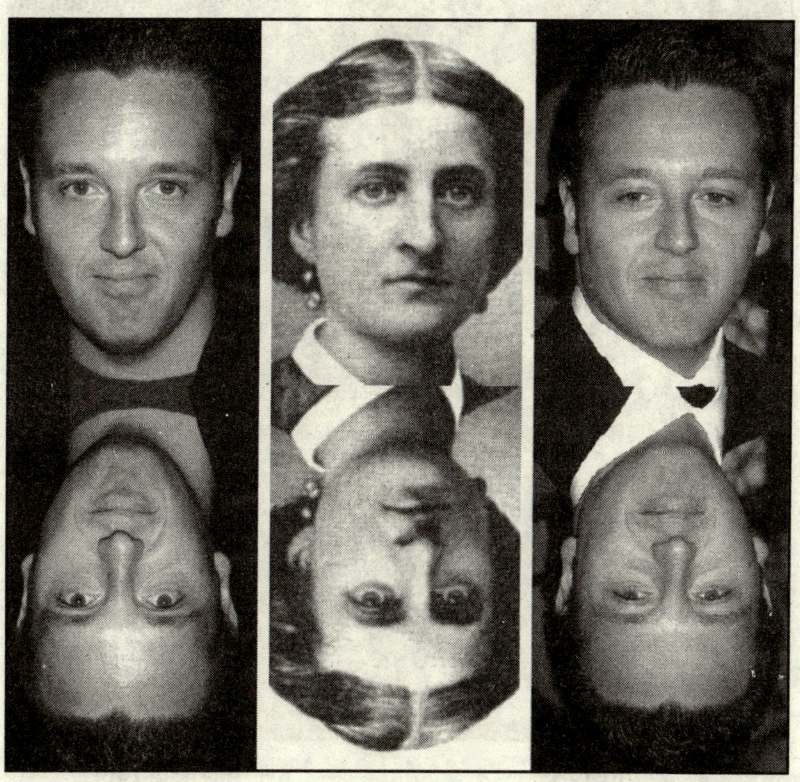

जॉन एडवर्ड I केट फॉक्स जॉन एडवर्ड

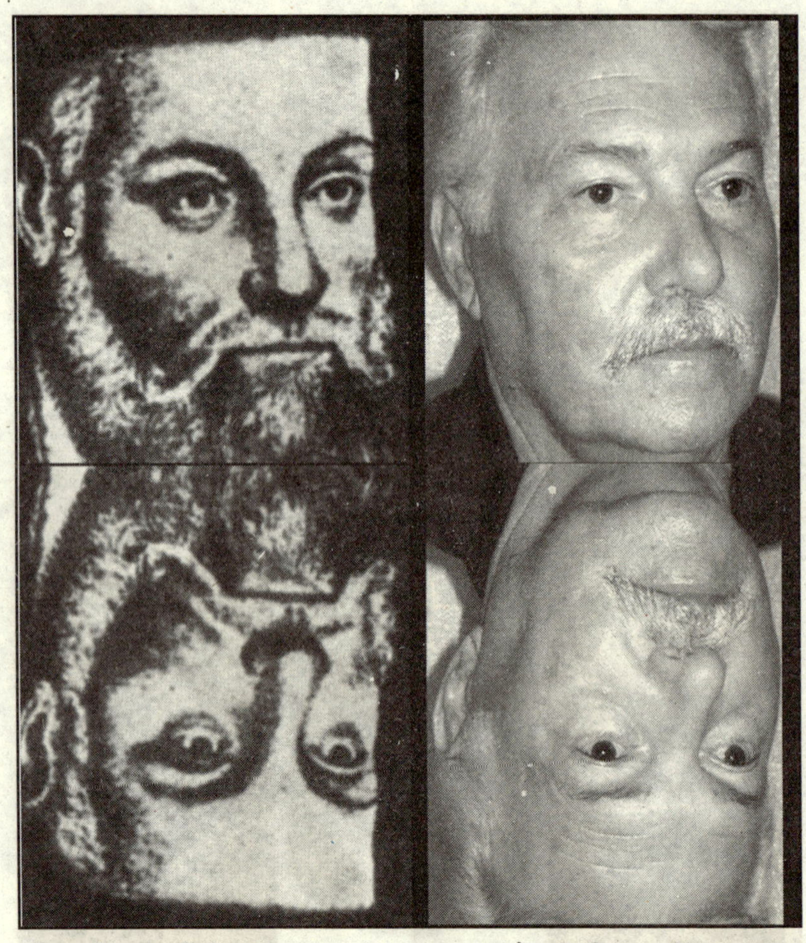

नोस्त्रेदमस हैंस क्रिश्चियन किंग

हैंस क्रिश्चियन किंग ने 19 वर्ष की आयु से एक मनोवैज्ञानिक के रूप में काम किया है, उनकी रीडिंग्स भविष्य से संबंधित होती हैं और उन्हें अमेरिका के शीर्ष पाँच मनोवैज्ञानिकों में से एक माना जाता है।

श्री किंग इस आधार का समर्थन करते हैं कि वे नोस्त्रेदमस का पुनर्जन्म हैं।

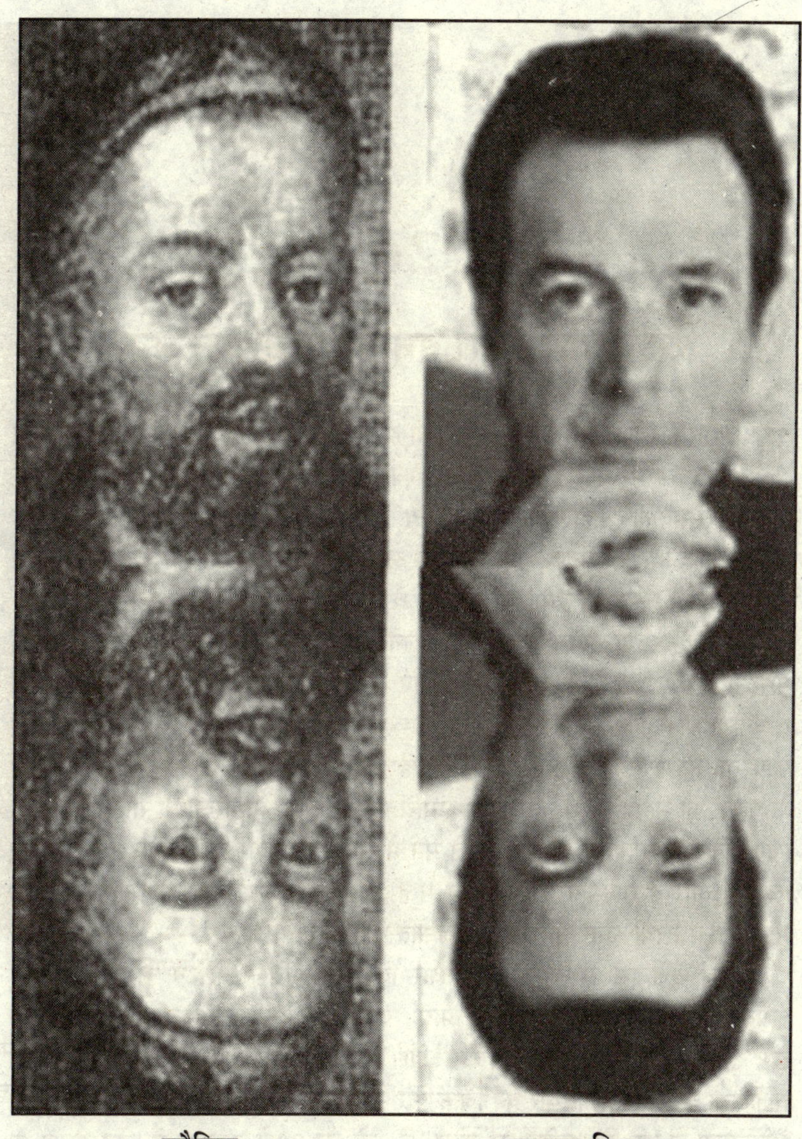

रबैलिस माइकल क्रिच्टन

□

26

विश्वप्रसिद्ध राजनेताओं के पुनर्जन्म

मैं अमेरिकी क्रांति से कुछ मामलों को प्रस्तुत करूँगा, जो आपको दिलचस्प लग सकते हैं। ऐसे मामलों की एक और व्यापक चर्चा 'रिटर्न ऑफ द रिवोल्यूशनरीज' में देखी जा सकती है। हालाँकि जॉर्ज डब्ल्यू. बुश, बिल क्लिंटन और अल गोर, सभी के मामलों की केविन रायर्सन के आत्मा गाइड अह्तुन रे द्वारा पुष्टि की जा चुकी है, शुरुआत में ये अंतर्ज्ञानी मार्गदर्शन द्वारा व्युत्पन्न हुए थे।

सन् 2000 में केविन रायर्सन से मिलने से पहले, मैं उस पुनर्जन्म मैच के बारे में सोच रहा था, जो मैंने जॉन हेगेलिन के लिए अमेरिकी क्रांतिकारी जेम्स ओटिस के रूप में बनाया था। ओटिस/हेगेलिन मामला निएल डोनाल्ड वॉल्श से जुड़े एक पूर्व अध्याय में प्रस्तुत किया गया है। स्वर्गीय महर्षि महेश योगी के भक्त हेगेलिन नेचुरल लॉ पार्टी के तहत, जो महर्षि महेश योगी द्वारा समर्थित संगठन था, अमेरिका के राष्ट्रपति पद के लिए चुनावी उम्मीदवार थे। मैंने अपने मन में सोचा कि अगर जेम्स ओटिस ने पुनर्जन्म लिया है और वे राष्ट्रपति पद की दौड़ में हैं, तो शायद अन्य अमेरिकी क्रांतिकारियों ने भी पुनर्जन्म लिया होगा और वे भी राजनीति में सक्रिय होंगे।

जब मैंने इस संभावना पर विचार किया, तो बिल क्लिंटन के बारे में एक अप्रत्याशित अंतर्ज्ञान मेरे दिमाग में आया, जो एक सूक्ष्म टेलीपैथिक संदेश की तरह लग रहा था— "रैंडोल्फ परिवार को देखो।" मुझे एहसास हुआ कि अंतर्ज्ञानी आवाज वर्जीनिया के रैंडोल्फ परिवार का जिक्र कर रही थी, जो थॉमस जेफरसन के पूर्वज थे। मैंने जल्दी से उस विश्वकोश पर खोज की, जो मैंने अपने कंप्यूटर में लोड किया था और मुझे पेटन रैंडोल्फ मिले, जिनका व्यक्तित्व और उपस्थिति बिल क्लिंटन से मेल खा रही थी। यहाँ तक कि पेटन की नाक की नोक पर वो गेंद भी थी, जो क्लिंटन की विशेषता है।

जब मैंने जॉर्ज डब्ल्यू. बुश और अल गोर के बारे में सोचा, तो मुझे बहुत सहज

आंतरिक मार्गदर्शन प्राप्त हुआ कि मैं अपने शेल्फ में मौजूद उस हरी किताब में देखूँ, जो जॉर्ज वाशिंगटन और उनके जनरलों के बारे में है। जब मैं किताब के पन्ने पलटने लगा, तो मुझे जल्दी ही पता चल गया कि बुश की डैनियल मॉर्गन के साथ काफी समानता है, जिन्होंने कॉण्टिनेंटल रेंजर्स को कमांड किया था, जो एक स्पेशल फोर्सेस यूनिट की पेट्रियट आर्मी सेना की समकक्ष थी। अल गोर में जनरल होराटियो गेट्स के साथ गहरी समानता थी। बाद में, जब मैंने केविन रायर्सन के साथ काम करना शुरू किया, तो अह्तुन रे ने क्लिंटन, बुश और गोर के लिए इन पुनर्जन्म की समानताओं की पुष्टि की।

आइए, अब डैनियल मॉर्गन/जॉर्ज डब्ल्यू. बुश और होरातियो गेट्स/अल गोर के पुनर्जन्म मामलों की समीक्षा करें, जो एक-दूसरे से बारीकी से जुड़े हैं। गेट्स और मॉर्गन का करीबी पूर्वजन्म संबंध दिलचस्प है, ये देखते हुए कि बुश और गोर 2000 की राष्ट्रपति पद की दौड़ में एक-दूसरे के खिलाफ खड़े थे।

होरातियो गेट्स/अल गोर

आइए, पहले गेट्स/गोर के मामले की समीक्षा करें। बहुत ही समान चेहरे की बनावट होने के अलावा होरातियो गेट्स और अल्बर्ट गोर समान व्यक्तित्व लक्षण दिखाते हैं। विशेष रूप से, दोनों पुरुष आयोजकों और टेक्नोक्रेट्स के रूप में प्रतिष्ठा प्राप्त हैं। होरातियो गेट्स सेना को लड़ने के लिए हर प्रकार से तैयार करने में दक्ष थे। वे एक पेशेवर सैनिक थे, जिनका वर्णन एक इतिहासकार ने इन शब्दों में किया है—“उनके पास एक सैन्य आयोजक के रूप में दुर्लभ क्षमताएँ थीं।” कई मौकों पर गेट्स गैर-अनुशासित और हतोत्साहित सैनिक टुकड़ियों को ऐसी लड़ाका इकाइयों में बदलने में सक्षम रहे, जिनकी ब्रिटिश भी प्रशंसा करते थे। यह महत्त्वपूर्ण है, क्योंकि अंग्रेज अमेरिकी सेनाओं को गैर-पेशेवर मानते थे, जो कि कई मायनों में वे थीं। महाद्वीपीय कांग्रेस ने भी होरातियो गेट्स की प्रशासनिक क्षमताओं को मान्यता दी और आखिरकार, गेट्स को युद्ध बोर्ड का अध्यक्ष बना दिया गया, जिसने तकनीकी रूप से गेट्स को रैंक में जॉर्ज वाशिंगटन से बेहतर बना दिया।

हालाँकि गेट्स एक सैन्य अनुशासक थे, लेकिन वे आम सैनिकों की बहुत परवाह करते थे। शायद यह भावना फ्रांस और भारत के एक युद्ध के समय उभरी थी, जिसमें गेट्स एक मस्केट बॉल से घायल हो गए थे। एक पैदल सैनिक उन्हें मैदान से उठा ले गया था और उनकी जान बचा ली थी। जनरल गेट्स हमेशा यह सुनिश्चित करने की कोशिश करते थे कि उनकी सेना को भोजन और आश्रय मिल रहा है कि नहीं? वे अपनी सेना के साथ कैंप भी करते थे, इस प्रकार गेट्स ने अपने सैनिकों की प्रशंसा

और स्नेह जीत लिया था। सैमुअल ऐडम्स ने गेट्स के उनके सैनिकों के साथ रिश्ते का वर्णन इस प्रकार किया था—"उनके पास उनके सैनिकों का प्रेम प्राप्त करने की कला है, मुख्य रूप से इसलिए, क्योंकि वे थकान और खतरे में हमेशा उनके साथ मौजूद रहते हैं।"

अल गोर को भी एक आयोजक और प्रशासक के रूप में ऐसी ही क्षमताओं के लिए वर्णित किया गया है। जहाँ होरातियो गेट्स को सैन्य क्षमताओं में दक्षता प्राप्त थी, गोर को प्रशासन की जटिलताओं में महारत प्राप्त है। कुछ लोगों ने इस संबंध में गोर को एक टेक्नोक्रैट कहा है।

होरातियो गेट्स और अल गोर के जीवन में अन्य समानताएँ भी हैं। फ्रांस-भारत युद्ध (1754-1763) फ्रेंच और क्रांतिकारी युद्ध (1775-1782) के बीच की अवधि में गेट्स 'गज्लिंग और गेमिंग' (सट्टा और जुआ) के दौर से गुजरे थे, जैसा कि एक इतिहासकार ने उल्लेख किया है। अल गोर के पास भी पार्टी के दिनों का अपना इतिहास है और गोर भी ऐसी ही 'गेमिंग' की अवस्था से गुजरे थे, जब वे हार्वर्ड में एक छात्र थे। गेट्स ने बाद में एक धार्मिक रूपांतरण का अनुभव किया; एक गहन व्यक्तिगत आध्यात्मिक अनुभव। होरातियो गेट्स के आध्यात्मिक रूपांतरण की तरह गोर को भी धार्मिक या रहस्यमय अनुभव हुए हैं। इन आध्यात्मिक अनुभवों के बाद गोर ने मुश्किल मुद्दों पर विचार करते समय 'यीशु क्या करते' पूछने की आदत अपना ली।

आइए, अब सारातोगा की लड़ाई की ओर मुड़ते हैं। होरातियो गेट्स/अल गोर के पास एक हतोत्साहित और असंगठित उत्तरी सेना का कमांड था, जिसे उन्होंने एक प्रभावी लड़ाकू टुकड़ी के रूप में बदल दिया। ये गेट्स की सैन्य रणनीति, इलाके और दुश्मन के दिमाग की बेहतर समझ थी, जिसके कारण उन्हें सारातोगा में जीत और ब्रिटिश सेनाओं के एक बड़े अंग का आत्मसमर्पण हासिल हुआ। वास्तव में, उस दिन अमेरिकी धरती पर ब्रिटिश सेना के पाँचवें हिस्से (5,700 सैनिक) ने अपने हथियार डाल दिए थे। अमेरिकन कॉण्टिनेंटल आर्मी के लिए यह पहली जीत थी, और इस उपलब्धि ने उपनिवेशवादियों (कॉलोनिस्ट्स) को उम्मीद दी कि वे ब्रिटिशों के खिलाफ अपने युद्ध में सफल हो सकते थे, जिनके पास दुनिया में सबसे शक्तिशाली सेना थी।

सबसे महत्त्वपूर्ण बात यह है कि यह जीत सारातोगा में थी, जिसने फ्रांस को ब्रिटेन के खिलाफ संघर्ष में अमेरिका के साथ आने के लिए आश्वस्त किया, और अमेरिकी उद्देश्य के लिए सैन्य एवं वित्तीय सहायता का वचन दिया। जॉन ऐडम्स ने, जो उस समय पेरिस में राजदूत के रूप में सेवाएँ दे रहे थे, सैन्य घटना के अंतरराष्ट्रीय महत्त्व के बारे में निम्नलिखित बयान दिया, जिसने दुनिया को हिलाकर रख दिया—"जनरल गेट्स यूरोप में अब तक के सबसे बड़े वार्त्ताकार थे।" जो वार्त्तालाप चिप गेट्स ने उत्पादित की

थी, वह सारातोगा थी। (वैसे ऐडम्स जब पेरिस में थे, तभी उनका उस फ्रांसीसी व्यक्ति से परिचय हुआ था, जिसने इगोर के रूप में पुनर्जन्म लिया है; हमारा दोस्त जो नींद में फ्रेंच बोलता है।)

सालों बाद, यॉर्कटाउन की घेराबंदी पर अमेरिकियों की जीत केवल फ्रेंच नौसेना और सेना की सहायता से हुई। लुईस XVI के समर्थन के बिना यॉर्कटाउन में जीत, जिसने प्रभावी रूप से क्रांतिकारी युद्ध समाप्त कर दिया, कभी हासिल नहीं की जा सकती थी। सारातोगा के महत्त्व को अमेरिका की पहली सामरिक सैन्य जीत और फ्रांस के लिए अमेरिका के सहयोगी बनने के प्रलोभन के रूप में कम नहीं आँका जा सकता। इस महत्त्वपूर्ण अभियान में उनकी भूमिका के कारण कुछ इतिहासकारों का मानना है कि होरातियो गेट्स को संयुक्त राज्य अमेरिका के संस्थापकों में से एक माना जाना चाहिए।

डैनियल मॉर्गन/जॉर्ज डब्ल्यू. बुश

हालाँकि होरातियो गेट्स/अल गोर सारातोगा में कमांडिंग जनरल थे, वे उस समय कर्नल का पद सँभाल रहे, डैनियल मॉर्गन की मदद के बिना लड़ाई नहीं जीत सकते थे। सारातोगा में कर्नल मॉर्गन एलीट शार्पशूटर्स या राइफल-पुरुषों के एक दल का नेतृत्व कर रहे थे, जिसे कॉण्टिनेंटल रेंजर्स कहा जाता है। जैसा कि बताया गया है, डैनियल मॉर्गन की समकालीन समय में पूर्व राष्ट्रपति जॉर्ज डब्ल्यू. बुश के रूप में पुनर्जन्म की अह्तुन रे द्वारा पुष्टि की गई है। आइए, अमेरिकी क्रांति में मॉर्गन के योगदान के इतिहास की संक्षेप में समीक्षा करें।

बताया गया है कि डैनियल मॉर्गन ने 17 वर्ष की आयु में जब वर्जीनिया फ्रंटियर पर शुरुआत की थी, तो उनकी बोली अजीब सी थी और बरताव रूखा। यह जानना दिलचस्प होगा कि जॉर्ज डब्ल्यू. बुश को भी उनकी बोली के साथ कठिनाई होते देखा गया है, और वर्ष 2000 के राष्ट्रपति पद के अभियान के दौरान यह अनुमान भी लगाया गया था कि उनको डिस्लेक्सिया हुआ हो सकता है। फ्रांस और भारत युद्ध के दौरान, मॉर्गन वर्जीनिया रेंजर्स को सेवाएँ दीं और उन्होंने केंटकी राइफल के इस्तेमाल में कौशल विकसित किया। क्रांतिकारी युद्ध के दौरान मॉर्गन के साहस, दृढ संकल्प और नेतृत्व कौशल के आधार पर जॉर्ज वाशिंगटन ने उनका चयन देश की पहली विशेष-बल इकाई के कमांडर के रूप में किया। कॉण्टिनेंटल आर्मी के पाँच सौ सदस्य, जो निशानेबाजी और युद्ध-कौशल के लिए चुने गए थे, इकट्ठा किए गए। वे आधिकारिक तौर पर रेंजर्स के रूप में जाने जाते थे, लेकिन कई लोग यूनिट को को 'मॉर्गन के राइफलमैन' के रूप में संदर्भित करते थे। रेंजर्स सेना की प्रमुख इकाइयों में से एक थे और उन्होंने क्रांति की

कई महत्त्वपूर्ण लड़ाइयों में हिस्सा लिया था। अभियानों में मॉर्गन ने खुद भी उल्लेखनीय बहादुरी, शारीरिक क्षमता और ताकत का प्रदर्शन किया। अंतत: मॉर्गन को ब्रिगेडियर जनरल बना दिया गया।

यह उल्लेख किया गया है कि कई बार एक पूर्व जीवनकाल से प्रतीक समकालीन अवतारों में पाए जा सकते हैं। यह देखना दिलचस्प है कि जॉर्ज डब्ल्यू. बुश टेक्सास रेंजर्स से संबद्ध रहे हैं; वो बेसबॉल टीम, जिसके वे एक बार आंशिक रूप से स्वामी थे। यह वर्जीनिया और कॉण्टिनेंटल रेंजर्स के साथ डैनियल मॉर्गन की सेवाओं को प्रतिबिंबित करता है।

होरातियो गेट्स की तरह मॉर्गन ने भी पहली बार सैन्य कारवाई फ्रांस-भारत युद्ध में देखी। इस युद्ध में मॉर्गन घायल हो गए थे, जैसे कि होराटियो गेट्स/अल्बर्ट गोर हुए थे। संघर्ष के दौरान मॉर्गन के व्यक्तित्व लक्षण पहचाने और दर्ज किए गए थे। मॉर्गन एक उपद्रवी व्यक्ति थे। एक इतिहासकार उल्लेख करता है कि युद्ध के दौरान, मॉर्गन और उसके दोस्तों के 'शराब पीने, झगड़े करने और भारतीय महिलाओं के साथ छेड़छाड़' करने से अधिकारी बुरी तरह चिढ़ गए थे। इन विशेषताओं को उनकी फौज भर्ती की अवधि खत्म होने के बाद भी देखा गया था। उसी इतिहासकार ने लिखा—

"फ्रेंच युद्ध के बाद के वर्ष डैनियल मॉर्गन के लिए लापरवाही और मौज-मस्ती वाले थे। वे कानून के साथ लगातार खिलवाड़ करते रहते थे, या तो शराबखाने में लड़ाई-झगड़ा करने के लिए या अपनी शराब का बिल और कार्ड का उधार न चुकाने के लिए। लेकिन 1763 आने तक, जब मॉर्गन ने सोलह वर्षीय एबीगेल करी के साथ विवाह कर लिया, तो उनके आचरण में एक परिवर्तन आया। उनमें स्थिरता आ गई, उन्होंने एक खेत खरीद लिया···और एक अधिक समृद्ध और शांतिपूर्ण जीवन का आनंद लेना शुरू कर दिया। उनके जीवन के बदले तरीके ने उन्हें जल्द ही ग्रामीण समुदाय के महत्त्वपूर्ण सदस्यों का सम्मान दिला दिया।"

यह दिलचस्प है कि जॉर्ज डब्ल्यू. बुश येल के अपने मौज-मस्ती के दिनों पर कुछ गर्व महसूस करते हैं। बाद में बुश कानून को लेकर परेशानी में पड़ गए और शराब पीकर ड्राइविंग करने के लिए उन्हें गिरफ्तार कर लिया गया। हम कल्पना कर सकते हैं कि संभवत: 20वीं शताब्दी में डैनियल मॉर्गन को भी एक डी.यू.आई. मिल गया होता। मॉर्गन की तरह बुश भी फिर अधिक गंभीर और शांत हो गए, और टेक्सास मतदाताओं का सम्मान अर्जित करने में सफल रहे। जिस प्रकार मॉर्गन एक ग्रामीण समुदाय का प्रतीक थे, जॉर्ज डब्ल्यू. बुश अपने भूमि और टेक्सास के छोटे से शहर क्रॉफोर्ड में अपने खेत के प्यार के लिए प्रसिद्ध हैं।

होरातियो गेट्स के आदेश के तहत डैनियल मॉर्गन ने सारातोगा की लड़ाई में एक महत्त्वपूर्ण भूमिका निभाई। होराटियो गेट्स/अल गोर ने सारातोगा की जीत के बाद डैनियल मॉर्गन/जॉर्ज डब्ल्यू. बुश को गले लगाया और कहा, "मॉर्गन, आपने चमत्कार कर दिया है।" युद्ध के बारे में कांग्रेस को अपनी रिपोर्ट में जनरल गेट्स ने लिखा, "कर्नल मॉर्गन के नेतृत्व में कॉर्प्स की जितनी प्रशंसा की जाए, कम है।" मॉर्गन के लिए यह जीत इतनी महत्त्वपूर्ण थी कि सेवानिवृत्ति के बाद मॉर्गन ने अपने घर का नाम 'सारातोगा' रखा।

मॉर्गन और उनके सैनिकों ने जॉर्ज वाशिंगटन के साथ वैली फोर्ज में सर्दी के क्वार्टर साझा किए। बाद में, मॉर्गन ने एक बार फिर होरातियो गेट्स के साथ अनुबंध किया और उन्हें दक्षिणी सेना का कमांडर बना दिया गया। दुर्भाग्यवश, गेट्स दक्षिण में उतने सफल नहीं हुए, जितने सारातोगा में हुए थे। बाद में मॉर्गन को दक्षिण में एक स्वतंत्र कमांड दिया गया। यह इस थियेटर में था कि मॉर्गन ने, जो अब एक ब्रिगेडियर जनरल थे, अपना सबसे बड़ा सैन्य समय प्राप्त किया। लड़ाई कैरोलिनास में काउपेंस नामक एक जगह पर हुई। क्रैक ब्रिटिश टुकड़ियाँ मॉर्गन, उनके राइफलधारियों और अमेरिकी रेगुलर्स का पीछा कर रही थीं, जब रात घिरने लगी और सैनिकों को सुबह होने तक रुकना पड़ा। मॉर्गन ने एक युद्ध योजना तैयार की, जिसमें उसके राइफलमैन और नागरिक सेना ने एक पहाड़ी के शिखर के नीचे एक प्रतिरोध लाइन बनाई। सुबह होने पर जब ब्रिटिश आगे बढ़ी, तो मॉर्गन के शार्पशूटर्स ने वॉली के दो सेट छोड़े और फिर पीछे हट गए। अंग्रेजों ने उनके पीछे हटने को अपने आगे बढ़ने के लिए एक संकेत के रूप में लिया और पहाड़ी के शीर्ष पर उन्हें अमेरिकी रेगुलर्स का सामना करना पड़ा। काउपेंस पर अमेरिकी जीत को फिल्म 'द पेट्रियट' की अंतिम लड़ाई में मोटे तौर पर दोहराया गया है। काउपेंस को 'युद्ध की रणनीतिक कृतियों में से एक' कहा जाता है।

जॉर्ज डब्ल्यू. बुश की दीवार पर माउंटेन मेन

जॉर्ज डब्ल्यू. बुश के डैनियल मॉर्गन के रूप प्रस्तावित पिछले जीवन के एक और प्रतिबिंब में मैं एक पेंटिंग उद्धृत करना चाहता हूँ, जो बुश की दीवार पर तब लटकी हुई थी, जब वे टेक्सास के गवर्नर थे। यह पेंटिंग बुश की आत्मकथा के पीछे के कवर पर भी है, जिसका शीर्षक 'ए चार्ज टू कीप' है। इस पेंटिंग में माउंटेन मेन का एक समूह एक पहाड़ी पर चढ़ रहा है। दृश्य में एक अज्ञात घुड़सवार है, जिसकी आँखों में दृढता दिखाई दे रही है, वैसी ही दृढता, जो हम डैनियल मॉर्गन के चित्रों में उनकी आँखों में देखते हैं। पेंटिंग में पहाड़ियाँ वास्तव में वर्जीनिया के पहाड़ों की याद दिलाती हैं। मैं निश्चय के साथ

कहता हूँ कि यदि डैनियल मॉर्गन को अपनी दीवार पर लगाने के लिए एक चित्र चुनना हो, तो वे जॉर्ज डब्ल्यू. बुश की पसंदीदा पेंटिंग होगी—दृढनिश्चयी पर्वतपुरुषों के पहाड़ पर चढ़ते हुए दृश्य की पेंटिंग—चार्ज टू कीप।

डैनियल मॉर्गन को अफगानिस्तान में युद्ध के बुश के सैन्य प्रबंधन में भी देखा जा सकता है। जब युद्ध शुरू होनेवाला था, वर्ल्ड ट्रेड सेंटर के विनाश के बाद तब बुश ने अपराधियों के संबंध में एक बयान दिया—"हम उन्हें जलाकर उनके छेदों से बाहर निकालेंगे और पकड़ लेंगे।" भाषण का यह तरीका माउंटेन मैन, वर्जीनिया रेंजर, डैनियल मॉर्गन के व्यक्तित्व को दरशाता है। इसके अलावा जॉर्ज के राष्ट्रपति पद में एक प्रारंभिक शुरुआत के बाद जॉर्ज डब्ल्यू. बुश ने वर्ल्ड ट्रेड सेंटर के हमले के बाद कमान सँभाली, और वास्तव में युद्ध आयोजित करने में जॉर्ज डब्ल्यू. बुश ने दिखा दिया कि वे अपने असली रूप में थे। यह भूमिका में बुश की प्राकृतिक सहजता, अमेरिकी क्रांति के सबसे साहसी और सबसे प्रभावी योद्धाओं में से एक के रूप में उनके पिछले अनुभव को दरशाती है।

मार्कस डी लाफायेत/टोनी ब्लेयर

मध्य-पूर्व के अवदाह ने, जो बुश के राष्ट्रपति के रूप में कार्यकाल के दौरान सामने आया, एक यूरोपीय सहयोगी के साथ एक भूतपूर्व जीवन कर्मिक कनेक्शन का खुलासा किया है। क्रांतिकारी युद्ध के दौरान, फ्रांसीसी सैन्य नेता, मार्कस डी लाफायेत, अमेरिकी उद्‌देश्यों के लिए आगे बढ़े। लाफायेत ने अमेरिकी सेनाओं के साथ युद्ध किया और जॉर्ज वाशिंगटन के करीबी दोस्त बन गए। लाफायेत ने अमेरिकी क्रांति को केवल संयुक्त राज्य अमेरिका के लिए एक मिशन के रूप में नहीं देखा, बल्कि पूरी मानवजाति के लिए एक उद्‌देश्य के रूप में देखा। उद्‌देश्य था—दुनिया में लोकतंत्र स्थापित करना।

समकालीन समय में अमेरिका के पास यूरोप से एक और सहयोगी है, जिसे आतंकवाद पर अमेरिका के युद्ध में प्रेस द्वारा 'चीअरलीडर' भी कहा गया है। इंग्लैंड के पूर्व प्रधानमंत्री, टोनी ब्लेयर ने अमेरिका के साथ एक आम उद्‌देश्य में शामिल होने के प्रयासों में राष्ट्रपति जॉर्ज डब्ल्यू. बुश के क्रॉफर्ड रैंच में समय बिताया है। यह लाफायेत की भूमिका के समानांतर है, हालाँकि इस बार आम कारण आतंकवाद है। ब्लेयर द्वारा निभाई जाने वाली समान भूमिका के आधार पर, और साथ ही चेहरे की समान वास्तुकला को देखते हुए, मैं इस परिकल्पना पर पहुँचा कि टोनी ब्लेयर मार्कस डी लाफायेत का पुनर्जन्म है। केविन रायर्सन के साथ एक सत्र में अहतुन रे ने इस मैच की पुष्टि कर दी।

समापन में मैं यह इंगित करना चाहूँगा कि इन मामलों में व्यक्तित्व लक्षण और

पूर्वग्रह एक जीवनकाल से दूसरे जीवनकाल में भर तक एक जैसे रहे हैं। जिस प्रकार होरातियो गेट्स और अल गोर दोनों ने संगठन के गुणों और विस्तार की निपुणता का प्रदर्शन किया है, डैनियल मॉर्गन और जॉर्ज डब्ल्यू. बुश दोनों में 'रेंजर' के गुण हैं। मेरा मानना है कि बुश का आग्नेयास्त्रों से लगाव का एक राइफलमैन के रूप में उनके जीवनकाल से संबंध है।

अल गोर को उरी गेलर के माध्यम से अपने पिछले जीवन के बारे में पता चलता है

वैसे होरातियो गेट्स और डैनियल मॉर्गन, दोनों ही जॉन ऐडम्स के दोस्त थे। जॉन और सैमुअल ऐडम्स कॉण्टिनेंटल कांग्रेस में होरातियो गेट्स के सबसे मजबूत समर्थक थे। ये वही थे, जिन्होंने उनके सैन्य आदेशों के लिए लॉबी किया। यह देखना दिलचस्प है कि अल गोर को गेट्स से अपने पिछले जीवन के संबंध के बारे में 2000 के चुनावों के आसपास की अवधि में पता चला था। एक पारस्परिक मित्र के माध्यम से मेरा परिचय उरी गेलर से हुआ, जिन्होंने नवंबर 2000 के चुनावों से पहले वाले गुरुवार को मेरा साक्षात्कार लिया। गेलर के अंतरराष्ट्रीय रेडियो शो पर मैंने गोर, बुश और क्लिंटन और उनके क्रांतिकारी समकक्षों के पिछले जीवन के संबंधों का खुलासा किया। हालाँकि मुझे पहले इसके बारे में पता नहीं था, लेकिन यह पता चला कि उरी गेलर, अल गोर के मित्र हैं। साक्षात्कार के बाद, उरी ने अल गोर को मेरे काम, और क्लिंटन, गोर और बुश के बीच पूर्व जन्म के संबंधों के बारे में सूचित करने के लिए व्हाइट हाउस से संपर्क किया।

एक बड़े संघीय डैनियल मॉर्गन भी जॉन ऐडम्स के सहयोगी थे। डैनियल मॉर्गन सोचते थे कि जेफरसन के रिपब्लिकन 'संविधान को नष्ट करने की कोशिश कर रहे थे।' डैनियल मॉर्गन/जॉर्ज डब्ल्यू. बुश राष्ट्रपति पद के लिए ऐडम्स का समर्थन करने और जेफरसनियन रिपब्लिकंस का विरोध करने के लिए यू.एस. हाउस ऑफ रिप्रेजेंटेटिव्स के सदस्य बन गए। सदन के सदस्य के रूप में मॉर्गन ने अपने राज्य के अंदर 'राजद्रोही' जेफरसनियंस के खिलाफ अपने वर्जीनिया मिलिशियामेन को बुलाने की धमकी भी दी।

तो हम देखते हैं कि एक जीवनकाल से दूसरे जीवनकाल तक चेहरे की बनावट, व्यक्तित्व के लक्षण और कर्मिक कनेक्शन बने रहते हैं। आगे एक जीवनकाल में युद्ध के मैदान में भागीदार (गेट्स और मॉर्गन) बाद के जीवनकाल में राजनीतिक प्रतियोगी (गोर और बुश) बन सकते हैं।

संक्षेप में बुश, गोर और क्लिंटन के मामले पहले अंतर्ज्ञानी मार्गदर्शन के माध्यम से प्राप्त किए गए थे और फिर केविन रायर्सन के गाइड, अहतुन रे के माध्यम से उनकी

पुष्टि हुई थी। यह ध्यान रखना महत्त्वपूर्ण है कि जॉन ऐडम्स को भी अंतर्ज्ञान की शक्ति में भी एक मजबूत विश्वास था। इसके अलावा ऐडम्स ने अपने जीवन के अंत में खुद को मेटाफिजिक्स के अध्ययन के लिए समर्पित कर दिया था; यहाँ तक कि उन्होंने जेफरसन को पुनर्जन्म की अवधारणा के बारे में लिखा भी था। यह पत्राचार ऐडम्स-जेफरसन के पत्रों में पाया जा सकता है।

जॉर्ज वाशिंगटन/टॉमी फ्रैंक्स

एक और कर्मिक कनेक्शन, जिसे मैं इस समय प्रकट करना चाहता हूँ, कमांडर-इन-चीफ, जॉर्ज वाशिंगटन से संबंधित है, जिन्हें गेट्स और मॉर्गन रिपोर्ट करते थे। अहतुन रे ने खुलासा किया है कि समकालीन समय में वाशिंगटन को टॉमी फ्रैंक के रूप में पुनर्जन्म मिला है, जिन्होंने अफगानिस्तान और इराक में अमेरिकी सैनिकों का नेतृत्व किया था। इस मामले में हम भूमिका के उलटने की घटना देखते हैं। जबकि डैनियल मॉर्गन वाशिंगटन को रिपोर्ट करते थे, समकालीन समय में, वाशिंगटन/फ्रैंक्स के कमांडर-इन-चीफ मॉर्गन/बुश थे। जबकि वाशिंगटन क्रांतिकारी समय में राष्ट्रपति के रूप में कार्य करते थे, बुश समकालीन समय में अमेरिका के राष्ट्रपति बन गए हैं।

एक संशोधित रूप में बेन फ्रैंकलिन का पुनर्जन्म

एक अन्य दिलचस्प मामला बेंजामिन फ्रैंकलिन का है, जो अहतुन रे के अनुसार सेगवे स्कूटर के आविष्कारक डीन कामेन के रूप में पुनर्जन्म ले चुके हैं। फ्रैंकलिन और कामेन दोनों को ऐसे आविष्कारकों के रूप में वर्णित किया गया है, जिन्हें ऐसी नई तकनीकें ईजाद करने का जुनून है, जो संपूर्ण मानवता को लाभान्वित करेंगी। सेगवे स्कूटर के अलावा कामेन ने कई चिकित्सीय उपकरणों का आविष्कार किया है, जिसमें पूर्व उपराष्ट्रपति डिक चेनी के दिल में लगाया गया स्टेंट भी शामिल है।

प्रतीकात्मक रूप से कामेन ने अपनी पहली चिकित्सा कंपनी की स्थापना 1976 में की, जो संयुक्त राज्य अमेरिका का 200वाँ वर्ष था। बाद में उन्होंने एक व्हीलचेयर का आविष्कार किया, जो खुरदुरे इलाके में जा सकती है और उपयोगकर्ता को सामने खड़े व्यक्ति की आँख के स्तर तक उठा सकती है। श्री कामेन ने इस व्हीलचेयर को नाम दिया 'इंडिपेंडेंस' (स्वतंत्रता), जिसे अमेरिकी क्रांति में कामेन की भूमिका के अचेतन प्रतिबिंब के रूप में देखा जा सकता है।

वैसे बेंजामिन फ्रैंकलिन भी पुनर्जन्म में विश्वास करते थे। डॉ. फ्रैंकलिन ने खुद के लिए एक समाधि-लेख भी लिखा, जो उनके कब्र के पत्थर के लिए था, और जिसमें वे

भविष्य के जीवनकाल को दरशाते हैं। जाहिर है कि डीन कामेन, फ्रैंकलिन के संशोधित और सही रूप हैं। बेन फ्रैंकलिन का समाधि-लेख नीचे प्रदान किया गया है—

बी. फ्रैंकलिन का शरीर, प्रिंटर,
एक पुरानी किताब के कवर की तरह,
जिसकी सामग्री फट गई है और
उसके अक्षर और चमक गायब हो गए हैं,
यहाँ कीड़ों के भोजन के लिए पड़ी है।
लेकिन काम नहीं खोएगा
क्योंकि वो जैसे वे मानते थे,
एक बार और प्रकट होगा
एक नए और भव्य संस्करण में
संशोधित और सुधरा हुआ
लेखक द्वारा।

पुनर्जन्म के मुख्य बिंदु और सिद्धांत

शारीरिक समानता : बिल क्लिंटन/पेटन रैंडोल्फ, डैनियल मॉर्गन/ जॉर्ज डब्ल्यू. बुश, होरातियो गेट्स/ऐल गोर, मार्किस डी लाफायेत/ टोनी ब्लेयर, जॉर्ज वाशिंगटन/ टॉमी फ्रैंक्स और बेंजामिन फ्रैंक्लिन/डीन कामेन के चेहरों की विशेषताएँ संगत हैं।

अभिनव ज्ञान या प्रतिभा : क्लिंटन, बुश, गोर, ब्लेयर और फ्रैंक सभी अंतरराष्ट्रीय मंच पर नेता हैं, जैसे वे अपने पिछले अवतारों में थे। जॉर्ज डब्ल्यू. बुश के पास एक सैन्य पूर्वग्रह था, जो डैनियल मॉर्गन के कॅरियर को दरशाता है। अल गोर ने राष्ट्रीय मुद्दों के लिए एक अधिक बौद्धिक दृष्टिकोण का प्रदर्शन किया है, जैसा कि होरातियो गेट्स ने सैन्य मामलों के प्रति अपने दृष्टिकोण में किया था। डीन कामेन एक अंतरराष्ट्रीय स्तर पर मान्यता प्राप्त आविष्कारक हैं, जैसे कि बेंजामिन फ्रैंकलिन थे।

पुनर्जन्म के माध्यम से रिश्तों का नवीनीकरण : अमेरिकी क्रांति के दौरान क्लिंटन, बुश, गोर, ब्लेयर और फ्रैंक सभी सहकर्मी थे और समकालीन समय में पश्चिमी शक्तियों के हित में सहयोगियों के रूप में लौट आए हैं।

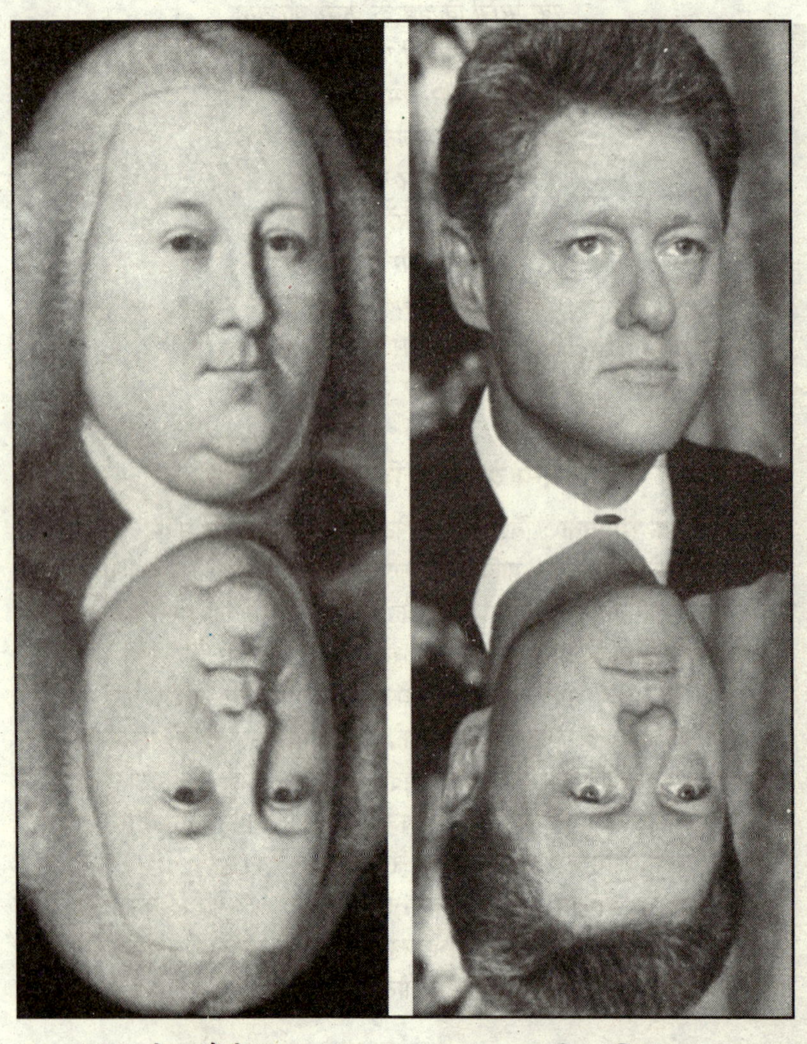

पेटन रैंडोल्फ   बिल क्लिंटन

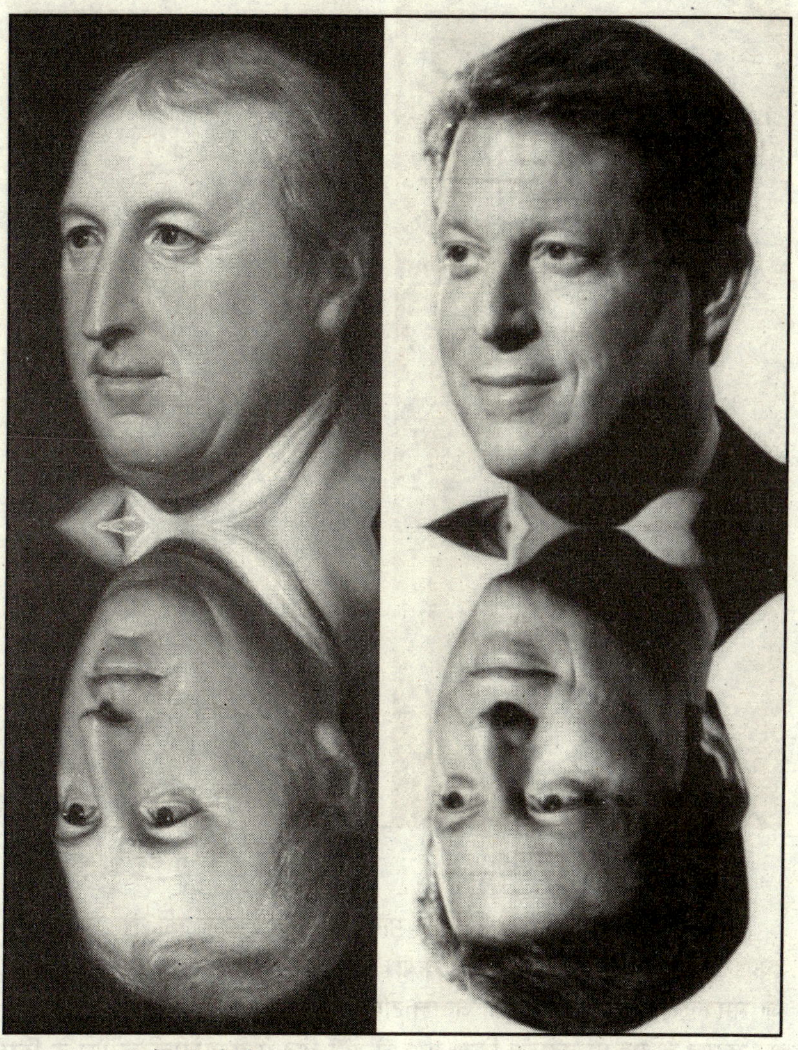

होरातियो गेट्स　　　　अल गोर

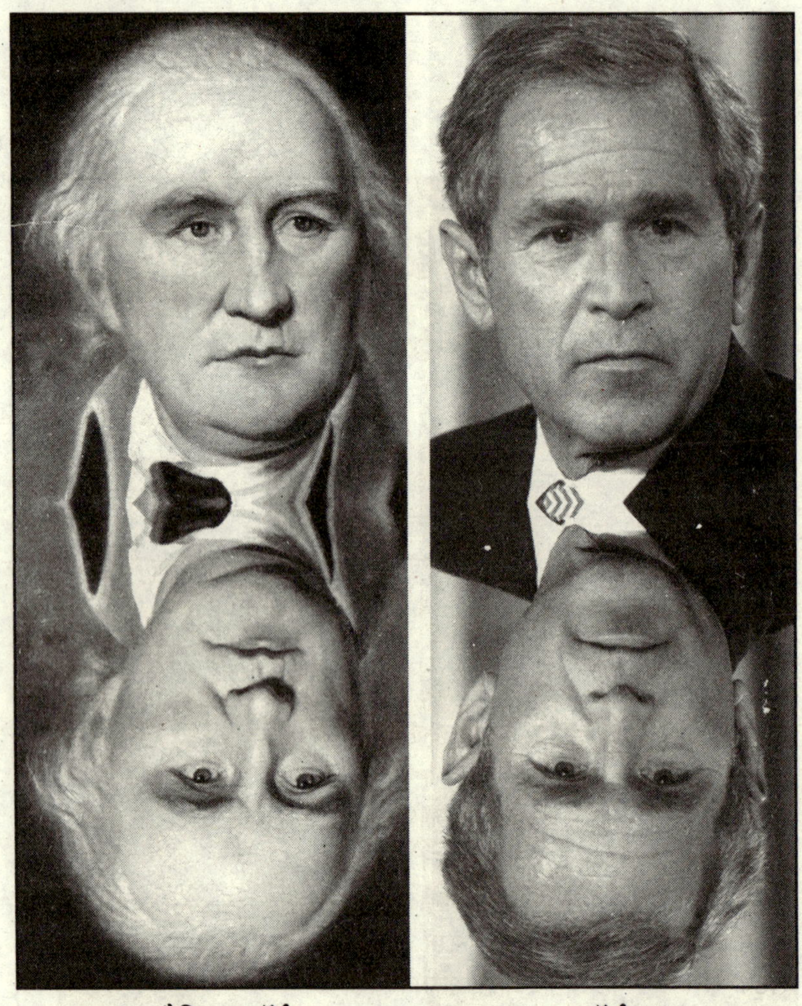

डैनियल मॉर्गन जॉर्ज डब्ल्यू. बुश

अमेरिकी क्रांति के दौरान डैनियल मॉर्गन ने पेट्रियट आर्मी की एक विशेष बल इकाई 'कॉण्टिनेंटल रेंजर्स' का नेतृत्व किया। मॉर्गन जॉर्ज वाशिंगटन को रिपोर्ट करते थे, जो समकालीन समय में अमेरिकी जनरल टॉमी फ्रैंक्स के रूप में पहचाने गए हैं। मॉर्गन को जनरल के पद पर पदोन्नत किया गया था और बाद में वे अमेरिकी कांग्रेस के लिए चुन लिये गए थे।

□

27

जन्म-जन्मों के संबंध

बेन फ्रैंकलिन की समकालीन समय में डीन कामेन के रूप में ऐप्पल कंप्यूटर के संस्थापकों स्टीव जॉब्स और स्टीव वोज्नियाक के साथ पेशेवर संबद्धता रही है। वोज्नियाक का मैं प्रस्ताव रखूँगा, बेन फ्रैंकलिन के साथ पिछले जीवन का एक संबंध था, जो बिजली के साथ फ्रैंकलिन के प्रयोगों से संबंधित था। जॉब्स और वोज्नियाक के पिछले जीवन पर चर्चा करने से पहले आइए, बेन फ्रैंकलिन और उनके प्रसिद्ध प्रयोगों की कहानी की समीक्षा करें।

बेंजामिन फ्रैंकलिन का जन्म 1706 में हुआ था और वे बोस्टन के इलाके में बड़े हुए थे। अपने किशोर वर्षों में वे अपने भाई जेम्स फ्रैंकलिन के नीचे एक प्रिंटिंग प्रशिक्षु बन गए। जेम्स अपने छोटे भाई पर हाथ उठाते थे, जिसने बेन को अपने घर से भागने पर मजबूर कर दिया। सबसे पहले बेंजामिन ने न्यूयॉर्क में मुद्रण कार्य की तलाश की। जब कोई काम नहीं मिला, तो बेंजामिन फिलाडेल्फिया चले गए। अक्तूबर 1723 में डेबोराह रीड अपनी माँ के बोर्डिंग होम के सामने सफाई कर रही थी, जब उसने 17 वर्षीय फ्रैंकलिन को शहर में प्रवेश करते देखा। फ्रैंकलिन उस समय गंदे और थके हुए लड़के के रूप में था, जिसने अपने अंतिम सिक्कों को डबलरोटी के तीन रोल्स पर खर्च कर दिया था।

फ्रैंकलिन को जल्द ही फिलाडेल्फिया में अपना स्थान मिला, काम खरीदना और शहर के क्वेकर्स के साथ आध्यात्मिक संबंध तलाश करना। एक इतिहासकार ने बताया है कि फिलाडेल्फिया के समाज के भीतर बेंजामिन फ्रैंकलिन का आकलन इतना आसान था कि यह लगभग 'पूर्वनिर्धारित' लग रहा था। फ्रैंकलिन अंततः उस बोर्डिंग हाउस में चले गए, जो डेबोराह की माँ चलाती थी। बेंजामिन और डेबोराह के बीच रोमांस शुरू हो गया और डेबोरा शादी का मुद्दा उठाया गया। बेंजामिन, हालाँकि एक कामांध लड़का था और अभी अपनी आजादी गँवाकर किसी बंधन में नहीं बँधना चाहता था। बेंजामिन

ने डेबोराह से कहा कि वह शादी के लिए तैयार नहीं है और 1724 में वह इंग्लैंड चला गया। जब वह दूर था, तो डेबोराह ने एक और प्रेमी जॉन रोजर्स से शादी कर ली, जो दुर्भाग्य से उसका धन-पैसा लेकर भाग गया। बाद में पता चला कि रोजर्स कैरेबियन में एक विवाद में मारा गया था।

फ्रैंकलिन 1726 में फिलाडेल्फिया लौट आया और जैसा व्यावहारिक वह था, उसने दहेज के रूप में धन के लिए एक अमीर महिला से शादी करने के प्रयासों शुरू किए। यह देखते हुए कि युवा फ्रैंकलिन अधिकांश पिताओं के लिए दामाद के रूप में एक आकर्षक संभावना नहीं है, उसे इन विवाह प्रस्तावों में बार-बार खारिज कर दिया गया। 1728 में फ्रैंकलिन एक अवैध बेटे का पिता बन गया, जिसका नाम विलियम रखा गया। बेन फ्रैंकलिन ने कभी अपने बेटे की माँ की पहचान का खुलासा नहीं किया।

सन् 1730 में फ्रैंकलिन ने डेबोराह के सामने शादी का प्रस्ताव रखा, जिसने सात साल पहले मैले-कुचैले बेंजामिन को पहली बार शहर में प्रवेश करते देखा था। 1 सितंबर, 1730 को दोनों ने बिना किसी चर्च समारोह के गृहस्थ में प्रवेश किया। डेबोराह बेन फ्रैंकलिन के घर में आ गई और पति के विनती करने पर उसने उसके अवैध पुत्र विलियम को स्वीकार कर लिया और अपने बेटे के रूप में पालने लगी। बेंजामिन और डेबोराह अच्छे व्यापारिक भागीदार थे और जहाँ बेन उनकी इमारत के पीछे मुद्रण की दुकान चला रहा था, वहीं डेबोराह इमारत के सामने एक दुकान चला रही थी, जिसमें विभिन्न चीजें मिलती थीं। बाद में, जब बेंजामिन को पोस्टमास्टर बनाया गया, तो डेबोराह शहर का डाकघर चलाने लगी।

अपनी नागरिक और व्यावसायिक गतिविधियों के अलावा फ्रैंकलिन ने विद्युत् प्रयोगों में रुचि विकसित की। यह रुचि स्कॉटलैंड के एक शोमेन आर्किबाल्ड स्पेंसर की यात्रा से उत्पन्न हुई लगती है, जो इलेक्ट्रोस्टैटिक्स के साथ ट्रिक्स करते थे। फ्रैंकलिन ने अंततः स्पेंसर का उपकरण खरीद लिया। फ्रैंकलिन ने लंदन के एक अमीर व्यापारी पीटर कॉलिसन से भी बिजली के उपकरण खरीदे, जो एक वैज्ञानिक और वनस्पतिविद् भी थे। जल्द ही फ्रैंकलिन को विद्युत् प्रयोगों के लिए जुनून पैदा हो गया। फ्रैंकलिन ने कहा, "मैं पहले कभी ऐसे अध्ययन में शामिल नहीं हुआ था, जिसने इतने पूर्ण रूप से मेरा ध्यान और समय लिया हो, जितना हाल में इसने लिया है। अकेले होने पर प्रयोग करना, और फिर उन्हें अपने दोस्तों एवं परिचितों के सामने दोहराना, जो चीज की नवीनता के लिए लगातार उन्हें देखने के लिए समूह में आते हैं—पिछले कुछ महीनों के दौरान मेरे पास किसी और चीज के लिए अवकाश नहीं था।"

फ्रैंकलिन के लिए एक रोमांचक विकास लेडेन जार की खोज के साथ आया, जो बैटरी के एक शुरुआती रूप का प्रतिनिधित्व करता था। हॉलैंड में एक विश्वविद्यालय के

प्रोफेसर पीटर वैन मुस्चेनब्रॉक लेडेन जार के मुख्य समर्थक थे, जो एक महत्त्वपूर्ण विद्युत् प्रहार पैक कर सकता था।

खुद मुस्चेनब्रॉक को एक बार अपने जार से ऐसा जबरदस्त बिजली का झटका लगा कि उन्होंने दावा किया कि वे फ्रांस के पूरे राज्य के लिए भी दोबारा ऐसा झटका सहन नहीं करेंगे। प्रयोगात्मक अध्ययनों से संतुष्ट न होने पर फ्रैंकलिन को लेडेन जार द्वारा उत्पन्न बिजली के लिए एक व्यावहारिक उपयोग खोजना था, जिसके साथ उन्होंने छेड़छाड़ करके संशोधित किया था।

फ्रैंकलिन टर्की को और खुद को इलेक्ट्रोक्यूट (विद्युत् से मारना) करते हैं

फ्रैंकलिन ने पाया कि लेडेन जार का इस्तेमाल टर्की को उनके कानों के बीच चार्ज देकर इलेक्ट्रोक्यूट करने के लिए किया जा सकता है। फ्रैंकलिन की धारणा थी कि एक इलेक्ट्रोक्यूटेड टर्की अधिक पारंपरिक माध्यमों द्वारा तैयार पक्षी की तुलना में अधिक मुलायम भोजन बन सकती है। फ्रैंकलिन ने पाया कि अपर्याप्त वोल्टेज के साथ इलेक्ट्रोक्यूट की हुई टर्की पुनः होश में आ सकती है, हालाँकि पक्षी ने होश में आने के बाद चकित होने के लक्षण दिखाए। फ्रैंकलिन एक बार खुद भी अपने पंख वाले दोस्तों के साथ एक अप्रत्याशित प्रयोग में शामिल हो गए। आइए, हम डॉ. फ्रैंकलिन को खुद दृश्य का वर्णन करने देते हैं—

"मैं दो बड़े ग्लास जारों के झटके से टर्की को मारने ही वाला था, जिसमें चालीस आम फियाल्स के जितनी बिजली की आग होती है। मैंने अनजाने में पूरा झटका अपनी खुद की बाँहों और शरीर में ले लिया। मेरा एक हाथ ऊपर के जुड़े हुए तारों से आग प्राप्त कर रहा था, जबकि दूसरे ने दोनों जारों के बाहरी हिस्सों से जुड़ी एक चेन को पकड़ा हुआ था। वहाँ मौजूद लोगों ने (जिनका मुझसे, और एक-दूसरे से बात करना, मुझे लगता है कि मैं जो कर रहा था, उससे मेरा ध्यान भटका रहा था) कहा कि फ्लैश बहुत बढ़िया था और क्रैक पिस्तौल जितना तेज; लेकिन चूँकि मेरी चेतना फौरन चली गई थी, मैंने न एक को सुना और न दूसरे को देखा···न ही मुझे अपने हाथों पर स्ट्रोक महसूस हुआ। फिर मैंने वह महसूस किया, जिसका वर्णन कैसे करना है, मैं नहीं जानता···पूरे शरीर में सिर से पैर तक एक समान झटका, जो भीतर और बाहर दोनों जगह साथ ही लग रहा था; जिसके बाद मैंने जो पहली चीज नोटिस की थी, वह मेरे शरीर का तेजी से और बुरी तरह हिलना था, जिसके धीरे-धीरे कम होने के साथ मेरे होश भी धीरे-धीरे वापस आने लगे।"

तो हम देखते हैं कि बेंजामिन फ्रैंकलिन 'मृत्यु के निकट आने के अनुभव' के साथ-ही-साथ अपने स्टोव का आविष्कार करने के करीब आ गए। फ्रैंकलिन ने अपने काम के बारे में इंग्लैंड में पीटर कॉलिसन से पत्राचार किया और 1751 में कॉलिसन ने फ्रैंकलिन के पत्रों को 'एक्सपेरिमेंट्स एंड ऑब्जरवेशंस ऑन इलेक्ट्रिसिटी' शीर्षक की एक पुस्तक में प्रकाशित किया, जिसने फ्रैंकलिन को यूरोप में प्रसिद्ध कर दिया।

फ्रेंच फ्रैंकलिन के बिजली पर सिद्धांतों से विशेष रूप से प्रेरित थे। लुई XV के कोर्ट में एक प्रयोगकर्ता ने 180 सैनिकों को एक पंक्ति में खड़ा किया और उन्हें एक तार से जोड़ दिया। जब तार के माध्यम से करेंट भेजा गया, तो सभी 180 सैनिक अत्यंत परिशुद्धता के साथ एक साथ हवा में उछल गए।

अपने पत्रों में फ्रैंकलिन ने प्रस्तावित किया कि आकाशीय बिजली प्रकृति में इलेक्ट्रिकल थी। एक फ्रांसीसी भौतिक विज्ञानी फ्रैंकलिन के सिद्धांत को मान्य करनेवाला पहला व्यक्ति था, जब एक प्रयोग स्थापित किया गया और लोहे की छड़ी पर बिजली का प्रहार हुआ, जिसने अस्थायी रूप से करंट जमा कर दिया। इस फ्रांसीसी प्रयोग के एक महीने बाद, जून 1752 में, फ्रैंकलिन ने अपने प्रसिद्ध पतंग प्रयोग के साथ अपनी परिकल्पना को खुद सत्यापित किया। अटलांटिक के दोनों ओर इन कारवाइयों ने फ्रैंकलिन को एक वैज्ञानिक के रूप में दुनिया भर में प्रतिष्ठा दिलाई और जल्द ही उनको डॉक्टरेट की मानद डिग्रियाँ प्रदान की गईं।

स्टीव जॉब्स चार्ल्स बाबेज के पुनर्जन्म के रूप में

आइए, अब अपने पुनर्जन्म मामलों की ओर वापस चलें, जिसकी शुरुआत हम स्टीव जॉब्स से करेंगे। केविन रायर्सन के साथ एक सत्र में मैंने अहतुन रे से पूछा कि जॉब्स पिछले अवतार में कौन थे? मुझे बताया गया कि वे विश्लेषणात्मक इंजन के आविष्कारक चार्ल्स बाबेज थे, जिनके बारे में मैंने कभी नहीं सुना था। थोड़ी सी जाँच के बाद मुझे पता चला कि बाबेज एक ब्रिटिश आविष्कारक और गणितज्ञ थे, जिनका जीवनकाल 1792 से 1871 तक था। बाबेज ने 1820 के दशक में पहली कैलकुलेटिंग डिवाइस (गणना करने का पहला उपकरण) तैयार की थी, जो कंप्यूटर की एक शुरुआती अग्रदूत थी। बाबेज ने इस मशीन को नाम दिया 'डिफरेंस इंजन'। पैसों की कमी के कारण बाबेज डिफरेंस इंजन के निर्माण को कभी पूरा नहीं कर पाए। हालाँकि बाबेज की डिजाइन अच्छी थी। 1991 में वैज्ञानिकों ने डिफरेंस इंजन बनाया और पाया कि वह बिल्कुल सही तरीके से काम करता है और 30 अंकों से अधिक की सटीकता तक गणना करता है। बाद में बाबेज ने 'एनालेटिक (विश्लेषणात्मक) इंजन' नामक एक

और जटिल और अभिनव मशीन तैयार की। यह मशीन कभी नहीं बनाई गई। मुख्य बिंदु यह है कि बाबेज ने आधुनिक समय के कंप्यूटर के अग्रदूत का निर्माण किया, उनके डिजाइन उनके समय से बहुत आगे के थे और उनकी उन्नत यांत्रिक सुविधाओं के कारण उनका निर्माण महँगा था।

स्टीव जॉब्स का जन्म 1955 में हुआ था और कम-से-कम पेशेवर रूप से, उनका जीवन बाबेज के समानांतर था। चेहरे की वास्तुकला भी सुसंगत है। स्टीव वोज्नियाक के साथ मिलकर जॉब्स ने आधुनिक समय के पहले कंप्यूटरों में से एक बनाया। उनके आविष्कारों के फलस्वरूप 1976 में ऐप्पल कंप्यूटर का गठन हुआ। 1986 में, जॉब्स ने 'नेक्स्ट' नाम की एक नई कंपनी बनाई। नेक्स्ट द्वारा निर्मित कंप्यूटर तकनीकी रूप से उन्नत थे, लेकिन उत्पादन करने के लिए महँगे थे। नतीजतन, नेक्स्ट बाजार में सफलतापूर्वक प्रतिस्पर्धा करने में असमर्थ थी। हालाँकि, बाद में नेक्स्ट द्वारा उत्पादित तकनीक का इस्तेमाल ऐप्पल द्वारा अपने कंप्यूटर के ऑपरेटिंग सिस्टम को समर्थन देने के लिए किया गया।

इस प्रकार बाबेज और जॉब्स के जीवन में एक समान विशेषता यह है कि दोनों ने अपने समय से आगे की तकनीक का निर्माण किया। उनके डिजाइनों की उन्नत विशेषताओं के कारण उत्पादों का निर्माण हमेशा आर्थिक रूप से व्यवहार्य नहीं था। बाबेज और जॉब्स के दोनों मामलों में उन्होंने जो तकनीक बनाई, वह भविष्य में मशीनों में बाद में शामिल की गई। इस तरह जॉब्स की कंपनी का नाम काफी उपयुक्त है, क्योंकि बाबेज और जॉब्स ने ऐसी डिजाइनों का आविष्कार किया था, बाद में (नेक्स्ट) अस्तित्व में आई।

पीटर वैन मुस्चेनब्रॉक के पुनर्जन्म के रूप में स्टीव वोज्नियाक

मैंने अहतुन रे से स्टीव वोज्नियाक के पिछले जीवनकाल के बारे में भी पूछा। अहतुन रे ने मुझे बताया कि वोज्नियाक एक वैज्ञानिक थे, जो विद्युत् प्रयोगों के संदर्भ में बेंजामिन फ्रैंकलिन से संबद्ध थे। वे इस पिछले जन्मकाल में वोज्नियाक के लिए एक नाम नहीं दे सके, क्योंकि यह मुश्किल था। हालाँकि उन्होंने कहा कि यह ऐतिहासिक दृष्टि से सुलभ था। कुछ शोधों के माध्यम से मैंने पाया कि पीटर वैन मुस्चेनब्रॉक हॉलैंड में यूनिवर्सिटी के प्रोफेसर, जिन्होंने लेडेन जार को, जिसने फ्रैंकलिन को इलेक्ट्रोक्यूशन से मौत के निकट पहुँचा दिया था, लोकप्रिय बनाया था, के चेहरे की बनावट और हाथों की मुद्राएँ वोज्नियाक के समान थीं। बाद में अहतुन रे ने पुष्टि की कि मुस्चेनब्रॉक और वोज्नियाक के बीच की समानता सटीक है।

वोज्नियाक के इतिहास की समीक्षा करने में मैंने जाना कि उन्होंने हेवलेट पैकार्ड के साथ काम करने के लिए कैलिफोर्निया विश्वविद्यालय बर्कले में अपनी पढ़ाई अधूरी छोड़ दी थी। फिर उन्होंने स्टीव जॉब्स के साथ ऐप्पल कंप्यूटर शुरू करने के लिए एच.पी. को छोड़ दिया। ऐप्पल छोड़ने के बाद वोज्नियाक कंप्यूटर विज्ञान में और बहुत उचित रूप से इलेक्ट्रिकल इंजीनियरिंग में स्नातक की डिग्री पूरी करने के लिए कैलिफोर्निया विश्वविद्यालय, बर्कले लौट आए।

पुनर्जन्म के मुख्य बिंदु और सिद्धांत

शारीरिक समानता : बेंजामिन फ्रैंकलिन/डीन कामेन और पीटर वैन मुस्चेनब्रॉक/स्टीव वोज्नियाक के चेहरे की विशेषताएँ सुसंगत हैं। इसके अलावा वोज्नियाक तसवीरों में हाथ की वैसी ही मुद्राओं के साथ कैद किए गए हैं, जैसी वैन मुस्चेनब्रॉक ने अपनी पोर्ट्रेट में बनाए रखी हैं। स्टीव जॉब्स के चेहरे की विशेषताएँ जॉर्ज बाबेज के साथ संगत हैं।

अभिनव ज्ञान या प्रतिभा : डीन कामेन एक विश्व स्तरीय आविष्कारक हैं, जैसे कि फ्रैंकलिन थे। पीटर वैन मुस्चेनब्रॉक विद्युत् प्रयोगों पर फ्रैंकलिन के साथ मिलकर काम करते थे। स्टीव वोज्नियाक का जुनून कटिंग एज विद्युत् उपकरण रहे हैं, और यह सर्किट बोर्ड डिजाइन और हार्डवेयर के क्षेत्र में उनका योगदान था, जिसने पहले ऐप्पल कंप्यूटर के निर्माण को प्रेरित किया।

अपने जीवन में आगे जाकर वोज्नियाक इलेक्ट्रिकल इंजीनियरिंग में अपनी डिग्री पूरी करने के लिए यूनिवर्सिटी लौट आए।

चार्ल्स बाबेज ने कंप्यूटर के अग्रदूत का आविष्कार किया, हालाँकि उनका डिजाइन उनके अपने जीवनकाल के दौरान बनाए जाने के लिए बहुत उन्नत था। स्टीव जॉब्स ने पहला ऐप्पल कंप्यूटर डिजाइन और विकसित करने के लिए स्टीव वोज्नियाक के साथ काम किया। जॉब्स ने नेक्स्ट कंप्यूटर कंपनी भी शुरू की, लेकिन काफी हद तक बाबेज के डिफरेंस और एनालिटिक इंजन की तरह, उनके नेक्स्ट डिजाइन तकनीकी रूप से उन्नत थे, लेकिन सफल होने के लिए बहुत महँगे थे। बाद में जॉब्स ऐप्पल को महान् सफलता की ओर ले गए; ऐसे अग्रणी कंप्यूटरों का निर्माण करके, जिनका उपयोग करना आसान है, और जिन पर ऐसे डिस्प्ले हैं, जिन्होंने ऐप्पल के उत्पादों को आकर्षक और लाभदायक बना दिया है।

पुनर्जन्म के माध्यम से रिश्तों का नवीनीकरण : बेन फ्रैंकलिन/डीन कामेन और पीटर वैन मुस्चेनब्रॉक/स्टीव वोज्नियाक ने 18वीं शताब्दी में विद्युत् प्रयोगों पर

एक साथ काम किया था और 2004 में उनका पुनर्मिलन हुआ, और फिर वे लिंडा स्टोन, ऐप्पल कंप्यूटर की एक भूतपूर्व अधिकारी के साथ बातचीत में शामिल हुए, जिसे प्रकाशित किया गया। इस पुनर्मिलन और साक्षात्कार में फ्रैंकलिन/कामेन और मुस्चेनब्रॉक/वोज्नियाक ने अपने कॅरियर और उन कई विफलताओं के बारे में बात किया, जो उन्होंने विश्व स्तरीय आविष्कारक बनने के रास्ते में सहन की थीं।

चार्ल्स बाबेज स्टीव जॉब्स

पीटर वैन मुस्चेनब्रॉक

स्टीव वोज्नियाक

स्टीव वोज्नियाक

पीटर वैन मुस्चेनब्राक

एक डच वैज्ञानिक मुस्चेनब्रॉक विद्युत् प्रयोगों के संबंध में बेन फ्रैंकलिन/डीन कामेन के साथ विद्युत् प्रयोगों के संबंध में मेल खाते थे। मुस्चेनब्रॉक ने स्टीव वोज्नियाक के रूप में पुनर्जन्म लिया। हाथ की मुद्राओं में समानता पर ध्यान दें।

□

28

ओपराह विनफ्रे और अमरीकी क्रांति

एक बार यह विश्वास हो जाने के बाद कि अह्तुन रे, केविन रायर्सन के आत्मा गाइड, सटीकता से पिछले जीवन मैच कर सकते हैं, मुझे मशहूर हस्तियों के पुनर्जन्म मामले को प्राप्त करने में दिलचस्पी पैदा हो गई, इस उम्मीद के साथ कि ये मामले पुनर्जन्म अनुसंधान में रुचि आकर्षित करेंगे। समकालीन समाज की सबसे मशहूर महिलाओं में से एक ओपराह विनफ्रे हैं और केविन के साथ एक सत्र में मैंने ओपराह के लिए एक पूर्व जीवनकाल पूछा। मुझे उनकी प्रतिक्रिया से हैरानी हुई थी।

अह्तुन रे ने कहा कि ओपराह संवैधानिक सम्मेलन (कॉन्स्टिट्यूशनल कन्वेंशन में एक महत्त्वपूर्ण व्यक्ति थीं, एक उन्मूलनवादी, जो 'थ्री-फिफ्थ्स क्लॉज' से संबंधित बहसों में शामिल थीं। जब मैंने अह्तुन रे से क्रांतिकारी युग में ओपराह का नाम पूछा, तो उन्होंने जवाब में कहा, 'एक मिनट', जो उनकी शैली होती है, जब मैं और अधिक विशिष्ट जानकारी के लिए कहता हूँ। एक विराम के बाद, जिसके दौरान अह्तुन रे ने संभावित रूप से आकाशिक रिकॉड्र्स की जाँच की। उन्होंने खुलासा किया कि ओपराह का नाम 'विल्सन' था। संवैधानिक सम्मेलन के प्रतिभागियों की समीक्षा में जेम्स विल्सन अह्तुन रे द्वारा दिए गए विवरण से मेल खा रहे थे। बाद के सत्र में अह्तुन रे ने इस मैच की पुष्टि कर दी।

जेम्स विल्सन का जन्म 1741 में स्कॉटलैंड में हुआ था। बगैर डिग्री प्राप्त किए, कई विश्वविद्यालयों में शामिल होने के बाद 1766 में 23 वर्ष की उम्र में वे फिलाडेल्फिया चले गए। फिर विल्सन ने खुद को कार्लिसल, पेंसिल्वेनिया की स्कॉटिश बस्ती में स्थापित कर लिया। एक बहुत ही सफल वकालत में खुद को व्यस्त कर लेने के अलावा विल्सन फिलाडेल्फिया कॉलेज में अंग्रेजी साहित्य पढ़ाते थे। कार्लिसल कमिटी ऑफ कॉरेस्पोंडेंस के अध्यक्ष बन जाने के बाद वे क्रांतिकारी आंदोलन में शामिल हो गए। इससे वे पेंसिल्वेनिया के एक साथी देशभक्त चार्ल्स थोमसन/राल्फ नादर के

संपर्क में आए। जल्द ही विल्सन ने कॉलोनियों और ब्रिटेन के बीच रिश्ते के बारे में एक प्रभावशाली पैंफलेट लिखा और तर्क दिया कि संसद् को उपनिवेशों (कॉलोनीज) पर शासन करने का अधिकार नहीं था। इस पैंफलेट ने विल्सन को नेतृत्व की स्थिति पर उठा दिया और 1775 में कॉण्टिनेंटल कांग्रेस के एक प्रतिनिधि के रूप में चुनाव में खड़ा कर दिया।

कॉण्टिनेंटल कांग्रेस में विल्सन ने सैन्य समितियों और भारतीय मामलों को देखने वाली समितियों में कार्य किया। यद्यपि पेंसिल्वेनिया में ब्रिटेन के साथ संबंध तोड़ने को लेकर कुछ मतभेद था, लेकिन कार्लिसल में अपने घटकों के साथ विचार-विमर्श करने के बाद जेम्स विल्सन ने 2 जुलाई, 1776 को आजादी के पक्ष में मतदान किया। 2 अगस्त, 1776 को विल्सन ने घोषणा-पत्र पर हस्ताक्षर किए।

क्रांतिकारी युद्ध के आगे बढ़ने के साथ कई आर्थिक कठिनाइयाँ सामने आईं। 1779 में खाद्य पदार्थों का आभाव हो गया और भारी मुद्रास्फीति ने कागज के नोटों को बेकार बना दिया। निराशा में एक भीड़ ने, जिसके सदस्य विल्सन को आर्थिक अशांति के एक अमीर लाभकारी के रूप में देख रहे थे, विल्सन और उसके पैंतीस सहयोगियों पर हमला कर दिया, जो विल्सन के घर में, जिसे फोर्ट विल्सन कहा जाता था, फँसे हुए थे। बंदूकों से गोलियाँ बरसाई गईं और संघर्ष के दोनों पक्षों से कई लोग मारे गए। इस मामले को 'फोर्ट विल्सन दंगा' कहा गया।

संयुक्त राज्य अमेरिका के लिए जेम्स विल्सन की सबसे बड़ी सेवा 1787 के संवैधानिक सम्मेलन में एक प्रतिनिधि के रूप में थी। विल्सन सम्मेलन के सबसे प्रभावशाली प्रतिभागियों में से एक थे, जिनसे आगे केवल जेम्स मैडिसन थे। वास्तव में पुस्तक 'मिरेकल ऐट फिलाडेल्फिया' में कैथरीन ड्रिंकर बोवेन ने विल्सन को 'फेडरल कन्वेंशन का गुमनाम नायक' कहा है। इतिहासकार लॉर्ड ब्राइस ने सम्मेलन में विल्सन का उल्लेख 'एक गहरे विचारक और अत्यंत सटीक तर्ककर्ता' के रूप में किया, और कहा कि "वे जैसा चुनते थे, वैसा सोचते थे; अन्य लोगों से स्वतंत्र रूप से एक विशेषता जो तूफानी घटनाओं को आमंत्रित करती है।" ओपराह को भी अपने मन की बात बोलने के लिए जाना जाता है।

राष्ट्रीय विधायिका के भीतर प्रतिनिधित्व स्थापित करने के तरीकों के संबंध में विल्सन ने 'थ्री-फिफ्थ्स क्लॉज' का प्रस्ताव रखा। हालाँकि विल्सन दासता के खिलाफ थे, इस बात पर एक समझौता आवश्यक था कि दास-स्वामित्व वाले राज्य की आबादी में गुलामों को कैसे गिना जाएगा, जो बदले में उस राज्य से राष्ट्रीय कांग्रेस में प्रतिनिधियों की संख्या निर्धारित करेगा। उत्तरी राज्यों ने दावा किया कि दासों की गणना नहीं की जानी चाहिए, क्योंकि उनके पास मतदान अधिकार नहीं थे, जबकि दक्षिणी राज्यों ने माँग की

कि गुलामों को राज्य की आबादी में शामिल किया जाना चाहिए। अंत में यह समझौता हुआ कि राज्य के प्रतिनिधित्व को निर्धारित करने के लिए राज्य की गुलाम आबादी को 3/5 से गुणा किया जाएगा। दूसरे शब्दों में एक गुलाम एक व्यक्ति के 3/5 हिस्से के रूप में गिना जाएगा।

जब संवैधानिक सम्मेलन ने अपना काम समाप्त कर लिया और एक नई संघीय सरकार का गठन हो गया, तब जॉर्ज वाशिंगटन ने विल्सन को सुप्रीम कोर्ट के मूल न्यायाधीशों में से एक के रूप में नियुक्त कर दिया। 1798 में विल्सन की मृत्यु हो गई।

जेम्स विल्सन की प्रतिभाएँ ओपराह विनफ्रे में चमकती हैं

जेम्स विल्सन और ओपराह विनफ्रे कई व्यक्तित्व लक्षणों और प्रतिभाओं को साझा करते हैं। ओपराह के बारे में एक अद्‌भुत विशेषता यह है कि बचपन से ही, उसने भाषण और सिखण के लिए एक प्राकृतिक प्रतिभा का प्रदर्शन किया है। तीन साल की उम्र में उसने अपनी चर्च के कांग्रेगेशन को एक पठन दिया। वयस्कों ने ओपराह की प्रशंसा की, जबकि अन्य बच्चों ने उसकी प्रतिभा से ईर्ष्या करते हुए उसे अपमानित किया। तीसरी कक्षा में, सात वर्ष की उम्र में उसे एक चर्च समूह को भाषण देने के लिए $ 500 का भुगतान किया गया था, जो गरीबी में पैदा हुए और सुअर फार्म में पले किसी व्यक्ति के लिए एक अद्‌भुत उपलब्धि थी। जीवनी लेखक, जॉर्ज मैयर ने उसके 'प्राकृतिक संतुलन और दर्शकों को शामिल करने की क्षमता' पर टिप्पणी की थी।

सत्रह वर्ष की आयु में ओपराह ने वाइट हाउस में युवाओं के लिए एक राष्ट्रीय सम्मेलन में भाग लिया और साथ ही एक राष्ट्रीय भाषण प्रतियोगिता में भी। ओपराह ने चर्चों में बोलना जारी रखा और महिलाओं के अधिकारों में आजीवन रुचि विकसित की। मैयर ने बताया है कि कैसे "ओपराह कलीसिया या दर्शकों के सामने खड़ी हो जातीं और महिलाओं की समानता के पक्ष में तूफानी शब्द उगलती थीं।"

जेम्स विल्सन भी एक महान् वक्ता थे। एक इतिहासकार लिखते हैं, "विल्सन प्रारंभिक कांग्रेस के सबसे महान् वक्ताओं में से एक थे।" थॉमस किंडिग टिप्पणी करते हैं, "जेम्स विल्सन की भाषण देने की शक्ति, उनके बोलने का जुनून और बहस में नियोजित तर्कों पर कांग्रेस के कई सदस्यों ने अनुकूल टिप्पणी की।" यह ओपराह की शैली को प्रतिबिंबित करता है, जैसा कि पूर्व-दास महिलाओं पर ओपराह के भाषणों पर मैयर द्वारा एक टिप्पणी में दरशाया गया है, जिनका ओपराह बहुत सम्मान करती हैं। मैयर लिखते हैं, "किशोरी के रूप में उनके बारे में उनके भावुक भाषणों ने उन्हें पहचान दिलाना और पुरस्कार जिताना शुरू किया।"

संवैधानिक सम्मेलन में केवल जेम्स मैडिसन का विल्सन की तुलना में अधिक प्रभाव था और केवल दो अन्य लोगों ने विल्सन की तुलना में अधिक भाषण दिए। विल्सन के ये गुण ओपराह के साथ संगत हैं, जैसा कि मैयर की टिप्पणी द्वारा दरशाया गया था कि ओपराह के पास 'शब्दों के तूफान बरसाने' की क्षमता थी। बोवेन ने मिरेकल इन फिलाडेल्फिया में लिखा है—"कन्वेंशन के रिकॉर्ड में, जब विल्सन बोलते के लिए उठते हैं, तो ऐसा लगता है कि एक विद्युत् करंट पृष्ठ से गुजर रहा है।" बोवेन आगे कहते हैं कि विल्सन की आवाज 'ओजस्वी और शक्तिशाली आवाज' थी।

जब संवैधानिक सम्मेलन एक निष्कर्ष पर पहुँचा, तो वहाँ डर था कि असहमत प्रतिनिधि नए संविधान पर हस्ताक्षर नहीं करेंगे। एकता को बढ़ावा देने के प्रयास में, बेंजामिन फ्रैंकलिन ने एक भाषण लिखा और सप्ताहांत के अवकाश में भाषण की समीक्षा करने के लिए समर्थकों को अपने घर आमंत्रित किया। उसमें जेम्स विल्सन भी शामिल हुए और उन्हें आनेवाले सोमवार को फ्रैंक्लिन का भाषण पढ़ने के लिए चुना गया। भाषण सफल रहा।

संविधान के अनुमोदन के बाद फिलाडेल्फिया ने चार जुलाई, 1788 को एक उत्सव मनाया, जिसमें 17,000 लोग शामिल हुए थे। भीड़ शहर के बंदरगाह के पास बुश हिल के नीचे नए नामित 'यूनियन ग्रीन' में इकट्ठा हुई। एक बार फिर जेम्स विल्सन को भाषण देने के लिए चुना गया। दस टोस्ट किए गए। प्रत्येक टोस्ट के बाद राइजिंग सन जहाज से एक तुरही बज रही थी और तोप के गोले छोड़े जा रहे थे।

दिन के अंत में फिलाडेल्फिया को औरोरा बोरेलिस से रोशन किया गया और बेंजामिन रश ने अपने प्रसिद्ध शब्द लिखे, "यह संपन्न हो गया, हम एक राष्ट्र बन गए हैं।" इन उदाहरणों में हम देखते हैं कि जेम्स विल्सन को बार-बार सार्वजनिक सभाओं में बोलने के लिए चुना गया था, जिस प्रकार ओपराह को छोटी उम्र से बोलने के लिए चुना गया था। ऐसा प्रतीत होता है कि ओपराह की भाषण देने की योग्यता जेम्स विल्सन की शब्दों के साथ प्रतिभा की निरंतरता है।

विल्सन और ओपराह को परिश्रमी लोगों के रूप में चिह्नित किया जा सकता है, जो महत्त्वाकांक्षा से प्रेरित थे और जिनके पास एक अच्छी बुद्धि का आशीर्वाद था। ओपराह की तरह, विल्सन भी विनम्र परिस्थितियों में पैदा हुए थे। इतिहासकार स्टीफन कॉनरैड ने लिखा—"विल्सन ने प्रसिद्धि और भाग्य उद्योग और बुद्धि के माध्यम से हासिल किया।" 23 साल की उम्र में फिलाडेल्फिया आने के बाद विल्सन ने जल्दी ही खुद को अग्रणी हस्तियों के साथ जोड़ लिया और एक आकर्षक वकालत शुरू की। जैसा कि उल्लेख किया गया है, जल्द ही विल्सन ने एक राजनीतिक पुस्तिका लिखी, जो अमेरिकी आत्म-शासन का समर्थन करती थी, और फिर वे कॉण्टिनेंटल कांग्रेस में एक नेता बन गए।

बेंजामिन फ्रैंकलिन विल्सन को 'मेरे विद्वान् सहयोगी' के रूप में संदर्भित करना पसंद करते थे और बेंजामिन रश विल्सन के दिमाग को 'प्रकाश की एक चमक' कहते थे।

यह ओपराह के पथ को प्रतिबिंबित करता है। ओपराह की बुद्धिमत्ता को बहुत जल्दी पहचान लिया गया था, जब अध्यापकों ने निर्धारित किया कि वह किंडरगार्टन छोड़ सकती है और सीधे पहली कक्षा में प्रवेश ले सकती है। ओपराह ने विल्सन की उद्योग की प्रवृत्ति का भी प्रदर्शन किया है। मैयर ने किशोरी ओपराह के बारे में लिखा था, "उसके पास एक प्रेरक महत्त्वाकांक्षा और कुछ बनने का दृढ संकल्प था।" माना जाता है कि ओपराह जेस्सी जैक्सन की 'हासिल करने के लिए कड़ी मेहनत' करने की सलाह द्वारा प्रेरित हैं। ओपराह की टेलीविजन निर्माता ने टिप्पणी की कि उन्होंने इतनी कड़ी मेहनत करते किसी को नहीं देखा था, और ओपराह के लिए कहा, "उसका स्टैमिना अभूतपूर्व था।"

जेम्स विल्सन और ओपराह दोनों ने पुस्तकों के लिए प्यार का प्रदर्शन किया है। एक वकील और क्रांतिकारी के रूप में अपने भारी कार्यक्रम के बावजूद विल्सन ने फिलाडेल्फिया कॉलेज में अंग्रेजी साहित्य पढ़ाते थे। ओपराह ने किताबों के लिए शुरुआती प्यार का प्रदर्शन अपने बचपन के दौरान अपनी दादी के खेत पर किया। यहाँ तक कि ओपराह फार्म के जानवरों की देखभाल करते हुए उन्हें जोर से बाइबिल की कहानियाँ भी सुनाती थी। किशोरावस्था में परेशानी और अलगाव की अवधि के दौरान, ओपराह अपनी किताबों में डूब जाती थी। बाद के वर्षों में, जब उनका शो लोकप्रिय हो गया, उन्होंने अमेरिका में फिर से पढ़ने की आदत डाली और उसका बुक क्लब एक सांस्कृतिक संस्था बन गया।

जेम्स विल्सन दासता के खिलाफ एक प्रारंभिक आवाज थे। अपनी पूर्व-क्रांतिकारी पुस्तिका 'कंसिडरेशंस ऑन द नेचर एंड एक्सटेंट ऑफ द लेजिस्लेटिव अथॉरिटी ऑफ द ब्रिटिश पार्लियामेंट' में विल्सन ने लिखा था—"सभी पुरुष प्रकृति में बराबर और स्वतंत्र हैं। किसी को भी दूसरे व्यक्ति की सहमति के बिना उस पर कोई अधिकार जताने का हक नहीं है।" हालाँकि पुस्तिका मुख्य रूप से ब्रिटिश शासन के संबंध में थी, यह बयान विल्सन के आदर्शवाद को दरशाता है। कॉण्टिनेंटल कांग्रेस में विल्सन दासता के विरोध में अपनी आवाज तब उठाई थी, जब कई लोग उपनिवेशों के बीच एकता बनाए रखने के लिए इस मुद्दे को नजरअंदाज कर रहे थे।

ओपराह के लिए भी मानव बंधन एक मुद्दा रहा है। ओपराह ने अपने टी.वी. कार्यक्रमों और फिल्मों में दासता के उस हानिकारक प्रभाव की खोज की है, जो अफ्रीकी अमेरिकियों के मनोविज्ञान पर पड़ा है। इस संदर्भ में ओपराह ने कहा है, "दासता ने हमें खुद से नफरत करना सिखाया है।" यह देखना महत्त्वपूर्ण है कि हालाँकि अमेरिका में

अश्वेत होना ओपराह के जीवन में एक केंद्रीय मुद्दा रहा है, वे अश्वेत मुद्दों से पूरी तरह सहमत नहीं हैं। ओपराह की एक निर्माता शैरी बर्न्स ने कहा था, "वे एक सार्वभौमिक महिला हैं। वे अश्वेत मामले से आगे सोचती हैं।"

विल्सन और ओपराह दोनों को अमीर और समाज के 'कुलीन' तत्त्वों से जुड़े होने के रूप में चिह्नित किया गया है। हालाँकि ओपराह ने अपनी अश्वेत विरासत के प्रति लगाव दिखाया है, मैयर ओपराह के बारे में लिखते हैं, "वे श्वेत शक्ति संरचना के साथ पहचान स्थापित करती हैं, जिनके साथ वे एक ही सामाजिक-आर्थिक वर्ग साझा करती हैं, जैसा कि सफल, समृद्ध अश्वेतों का एक वास्तव में अदृश्य वर्ग करता है।" मायर कहते हैं, "ओपराह जल्दी ही एक समृद्ध महिला की भूमिका में ढल गईं, जो अपनी उँगलियों के झटके से लिमोसिन, फैंसी भोजन, और चार्टर्ड जेट्स ऑर्डर कर सकती थी। ओपराह अपनी संपत्ति और संचालन का आर्थिक नियंत्रण अपने पास रखना पसंद करती हैं, बजाय अपने पैसों का नियंत्रण दूसरों को सौंप देने के।

ये लक्षण जेम्स विल्सन में देखे गए लक्षणों के अनुरूप हैं। एक इतिहासकार बताते हैं, "विल्सन ने अपने नए अधिगृहीत राजनीतिक रुख को अभिजात वर्ग और अमीर गणराज्य समूहों के साथ बारीकी से पहचानकर पुष्टि की, और अपने व्यापारिक हितों को बढ़ाया।" विल्सन को अंततः फिलाडेल्फिया के सबसे धनी नागरिकों में से एक के रूप में माना जाने लगा। जैसा कि पहले उल्लेख किया गया है कि 1779 में, जब भारी मुद्रास्फीति और खाद्य पदार्थों का अभाव हुआ, तो समृद्धि की इस छवि ने विल्सन और अन्य अमीर हस्तियों के खिलाफ काम किया। 1779 के पतझड़ में, विल्सन और अभिजात वर्ग के 30 अन्य लोगों का एक सशस्त्र भीड़ द्वारा जेम्स विल्सन के घर तक पीछा किया गया। गोलियाँ बरसाई गईं और दोनों तरफ मौतें हुईं। मोर्चाबंदी समूह को बचाने के लिए स्थानीय सैनिकों को आना पड़ा। इस लड़ाई को फोर्ट विल्सन रायट (दंगा) कहा गया।

हालाँकि विल्सन और ओपराह दोनों ने धन और उपलब्धि के लिए एक जुनून का प्रदर्शन किया है, लेकिन दोनों की ही प्रवृत्ति अपने पैसों के साथ ढीले होने की रही है। एक युवा महिला के रूप में, जब ओपराह से एक सौंदर्य प्रतियोगिता के दौरान पूछा गया कि वे दस लाख डॉलर का करेंगी, तो उन्होंने जवाब दिया कि 'बेवकूफ की तरह उन्हें खर्च कर देंगी'। यह भविष्यवाणी कई अवसरों पर सच साबित हुई है। जीवनी लेखक मायर ने ध्यान दिया है कि 1988 और 1990 के बीच, ओपराह ने व्यक्तिगत वस्तुओं पर $ 35 मिलियन डॉलर खर्च किए। इसके अतिरिक्त, जब प्रमुख कर्मचारियों के जीवन में या रिश्तों में समस्याएँ उत्पन्न होती हैं, तो ओपराह उपहारों, छुट्टियों, नए घरों और अन्य भत्तों पर भारी खर्च कर देती हैं, इस उम्मीद में कि उनकी उदारता परेशानी को खत्म कर देगी।

जेम्स विल्सन भी अत्यंत खर्चीले थे, लेकिन उनके खर्च व्यापार उद्यमों और भूमि आदि पर अधिक होते थे। जेम्स विल्सन ने इलेनॉइस में सीमावर्ती भूमि खरीदी और उन्हें इलेनॉइस वाबाश कंपनी का अध्यक्ष बना दिया गया। इस प्रकार विल्सन ने उस भूमि का स्वामित्व प्राप्त किया, जिस पर बाद में शिकागो शहर अंकुरित हुआ, जो ओपराह का गोद लिया हुआ गृहनगर और उनके संचालन का आधार था। शीर्षक 'स्पेंडिंग फूल' विल्सन के लिए भी उपयुक्त है, क्योंकि उनके बेहिसाब खर्च और अटकलें उन्हें दिवालियापन की ओर ले गए। जेम्स विल्सन/ओपराह विनफ्रे ने देनदारों की जेल में भी कुछ समय बिताया था।

जेम्स विल्सन की तरह ओपराह भी सरकार के कामकाज में शामिल रही हैं और उन्होंने कानून प्रायोजित किया है। ओपराह ने इलेनॉइस के पूर्व गवर्नर जेम्स थॉम्पसन को राष्ट्रीय बाल संरक्षण अधिनियम का मार्गदर्शन करने के लिए नियुक्त किया, जो दोषी बाल दुर्व्यवहारियों को बच्चों की देखभाल से जुड़ी नौकरियाँ लेने से रोकता है। इस बिल को 'ओपराह'स ऐक्ट' भी कहा जाता था, और ओपराह उपस्थित थीं, जब राष्ट्रपति क्लिंटन ने हस्ताक्षर करके इसे कानून का रूप दिया। दिलचस्प रूप से क्रांतिकारी समय में, जेम्स विल्सन के रूप में ओपराह पेटन रैंडॉल्फ के रूप में क्लिंटन को जानती रही होंगी।

जेम्स विल्सन/ओपराह विनफ्रे को 1775 में पहली कॉण्टिनेंटल कांग्रेस के लिए चुना गया था। पेटन रैंडॉल्फ/बिल क्लिंटन ने पहली कॉण्टिनेंटल कांग्रेस के अध्यक्ष के रूप में कार्य किया, जब तक कि अचानक और अप्रत्याशित रूप से अक्तूबर 1775 में उनकी मृत्यु नहीं हो गई।

एक अंतिम समानता में ओपराह और विल्सन दोनों ने वजन बढ़ने की प्रवृत्ति का प्रदर्शन किया है। जेम्स मैडिसन ने नोट किया कि जेम्स विल्सन की 'मोटापे की प्रवृत्ति' थी। ऐसा लगता है कि अच्छी भूख लगना एक व्यक्तित्व विशेषता है, जो एक जीवन काल से दूसरे में जारी रह सकती है।

पुनर्जन्म के मुख्य बिंदु और सिद्धांत

शारीरिक समानता : जेम्स विल्सन और ओपराह विनफ्रे के चेहरे की विशेषताएँ संगत हैं।

नस्ल और लिंग में बदलाव : विल्सन एक कॉकेशियन पुरुष थे, जबकि ओपराह एक अफ्रीकी-अमेरिकी महिला हैं।

अभिनव ज्ञान या प्रतिभा : जेम्स विल्सन को क्रांतिकारी युग के महानतम वक्ताओं में से एक माना जाता था। ओपराह ने बचपन में ही एक वक्ता के रूप में अपनी

प्रतिभा का प्रदर्शन किया था। जब उसने तीन साल की उम्र में अपनी चर्च की कलीसिया में छंद सुनाए और सात साल की उम्र में अपने चर्च-समूह को भाषण देने के लिए उसे $ 500 का भुगतान किया गया था। फिर ओपराह भाषण प्रतियोगिताओं में प्रतिस्पर्धा करने के लिए भी जाने लगी थी।

जेम्स विल्सन ने फिलाडेल्फिया कॉलेज में अंग्रेजी साहित्य पढ़ाते थे और ओपराह ने पढ़ने के लिए प्रारंभिक लगाव दिखाया और आगे जाकर अपना बुक क्लब बनाया।

जेम्स विल्सन एक उन्मूलनवादी थे और ओपराह का पुनर्जन्म एक अफ्रीकी-अमेरिकी के रूप में हुआ है, जो अफ्रीकी-अमेरिकी अनुभव और साथ ही महिला अधिकारों के बारे में समझ लाने की समर्थक रही हैं।

पुनर्जन्म के माध्यम से रिश्तों का नवीनीकरण : जेम्स विल्सन जॉर्ज वाशिंगटन, पेटन रैंडॉल्फ, होराटियो गेट्स और डैनियल मॉर्गन जैसे अमेरिकी क्रांति के नेताओं को जानते थे। अपने कॅरियर में ओपराह को इन व्यक्तियों के समकालीन अवतारों से बातचीत करने का अवसर मिला है, जैसे बिल क्लिंटन, अल गोर और जॉर्ज डब्ल्यू. बुश।

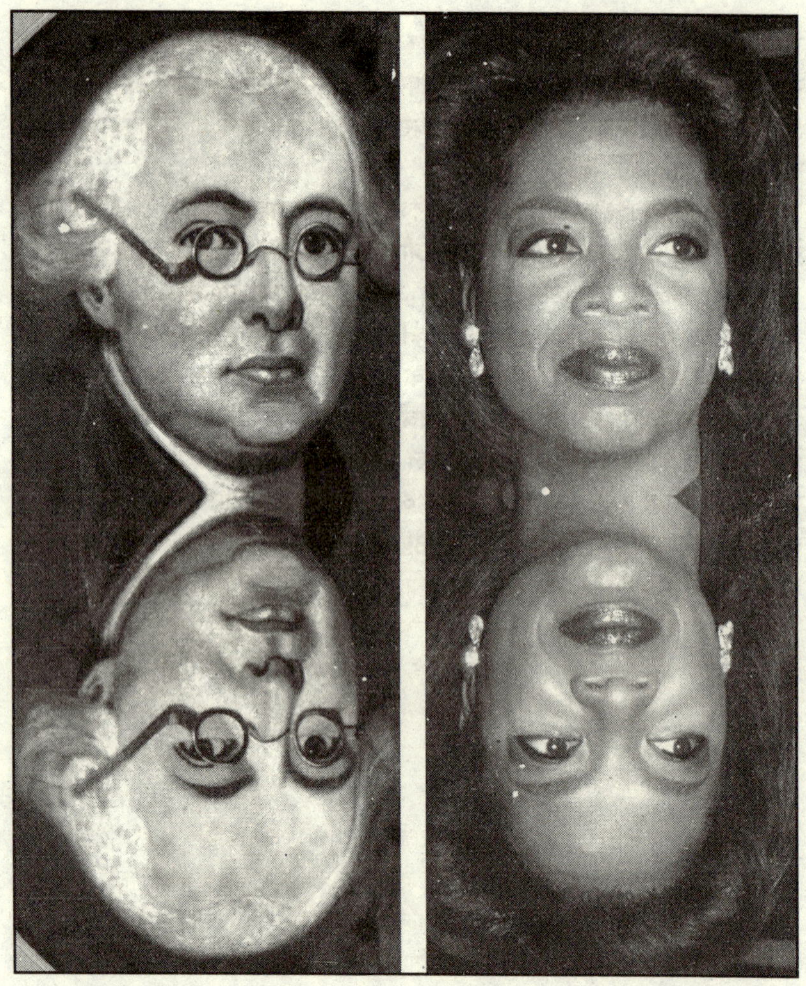

जेम्स विल्सन ओपराह विनफ्रे

जेम्स विल्सन को अमेरिकी क्रांति के महानतम वक्ताओं में से एक माना जाता था। ओपराह ने बचपन में ही पब्लिक स्पीकिंग के लिए प्रतिभा दिखाई थी। फिलेडेल्फिया में विल्सन अंग्रेजी साहित्य पढ़ाते थे, जो ओपराह के बुक क्लब में परिलक्षित होती है।

□

29

एडविन बूथ, अमिताभ बच्चन और अब्राहम लिंकन

अभिनेताओं और संगीतकारों पर शोध करते समय एक ऐसा तथ्य, जो मैंने देखा है, यह है कि आत्माएँ जो मंच और रंगमंच से प्यार करती हैं, अपने कौशल को विकसित करना जारी रखने के लिए विभिन्न देशों में अवतार ले सकती हैं। पिछली सदियों में, रंगमंचीय आत्माएँ सबसे अधिक बार इंग्लैंड और फ्रांस में अवतरित होती थीं, क्योंकि यूरोपीय कोर्ट और बड़े शहर अभिनेताओं के लिए उर्वर भूमि प्रदान करते थे। हाल के दिनों में भारत और संयुक्त राज्य अमेरिका रंगमंचीय आत्माओं के लिए लोकप्रिय स्थल रहे हैं, जिसका कारण इन देशों में फैल चुके फिल्म उद्योग हैं। वास्तव में समकालीन समय में संयुक्त राज्य अमेरिका और भारत में हमारे कई पसंदीदा फिल्मी सितारे एलिजाबेथन मंच पर शेक्सपीरियन अभिनेता थे। इस अध्याय में हम अभिनेताओं और रंगमंच प्रेमियों के एक समूह की जाँच करेंगे, जो उन्नीसवीं सदी के अमेरिका में, यानी सिविल वॉर के युग में अवतार में थे, और साथ ही, उनके समकालीन अवतारों की बात भी करेंगे।

इस समूह का पता तब चला, जब मैं पुनर्जन्म के मूल भारतीय संस्करण में शामिल करने के लिए, जो 2006 में मुद्रित हुआ था, भारत की ऐसी हस्तियों पर शोध कर रहा था। मुझे मेरे प्रकाशक द्वारा सलाह दी गई थी कि अमिताभ बच्चन भारतीय सिनेमा में सबसे सम्मानित कलाकारों में से एक हैं, और वे किताब के लिए एक अच्छा विषय होंगे। केविन रायर्सन के साथ सत्र में मैंने पूछा कि अमिताभ बच्चन पूर्व जीवनकाल में कौन थे। मुझे जो जवाब मिला, उससे मैं हैरान हो गया।

बूथ परिवार का बॉलीवुड में पुनर्जन्म

अह्तुन रे ने मुझे बताया कि अमिताभ बच्चन एडविन बूथ का पुनर्जन्म हैं, एक

अमेरिकी, जिन्हें विक्टोरियन काल के बेहतरीन शेक्सपीरियन कलाकारों में से एक माना गया था। हालाँकि एडविन की एक विश्व स्तरीय अभिनेता के रूप में प्रसिद्धि पर उनके भाई जॉन विल्केस बूथ की कुख्याति भारी पड़ती थी, जिसने अब्राहम लिंकन की हत्या कर दी थी। जब अह्तुन रे ने मुझे बताया कि अमिताभ एडविन थे, तो मैंने जल्दी से बूथ और बच्चन की छवियों की खोज की और पाया कि कुछ तसवीरों में समानता काफी असाधारण है। उनके व्यक्तित्वों का अध्ययन करने में जो समानताएँ सामने आईं, उनमें से सबसे अद्‌भुत विशेषता यह है कि प्रसिद्ध कलाकार होने के बावजूद दोनों को अत्यधिक शर्मीले व्यक्तियों के रूप में वर्णित किया जा सकता है। अमिताभ बच्चन आसानी से स्वीकार करते हैं कि वे सामाजिक सभाओं में बहुत अजीब महसूस कर सकते हैं, उन्हें अकसर एक कोने में अकेले खड़े होकर सोडा पीते देखा गया है।

निम्नलिखित उद्धरण एडविन बूथ से संबंधित हैं, हालाँकि उन्हें अमिताभ बच्चन के लिए समान रूप से लागू किया जा सकता है। एडविन को एक शर्मीला लड़का बताया गया था, "जो एक तरफ खड़ा रहता था, जब उसके अधिक सक्रिय भाई-बहन विभिन्न खेल खेलते थे और घुड़सवारी प्रतियोगिताओं में हिस्सा लेते थे।" वे पारिवारिक बातचीत के दौरान भी ज्यादा कुछ नहीं कहते थे। इसके बजाय वे पीछे खड़े होकर सुनने से संतुष्ट रहते थे, और दूसरों को बड़ी-बड़ी, काली आँखों से देखते रहते थे। आगे "एडविन सामाजिक सभाओं में शर्मीले बने रहते थे। वे अकसर एक कोने में बैठे रहते थे और किसी से बात नहीं करते थे···जो लोग उन्हें अच्छी तरह से जानते थे, कहते थे कि एडविन मंच पर छोड़कर हर जगह मंच के भय से पीड़ित रहते हैं।" बाद में एडविन बूथ और अमिताभ बच्चन पर शोध करने में मैंने पाया कि एडविन बूथ का पूरा परिवार भारत में बच्चन के साथ पुनर्जन्म ले चुका है। उदाहरण के लिए अमिताभ की पत्नी जया भादुड़ी की पुष्टि अह्तुन रे ने मैरी मैकविकर्स, एडविन बूथ की दूसरी पत्नी के रूप में की। आगे, एडविन बूथ के बच्चे समकालीन समय में फिर से उनकी संतान हैं। भारतीय अभिनेत्री रेखा, जिन्होंने अमिताभ बच्चन के साथ लगभग 20 फिल्मों में काम किया है, की पहचान एडविन बूथ की पहली पत्नी मैरी डेवलिन के रूप में की गई है।

एडविन बूथ का जीवन

एडविन का जन्म 13 नवंबर, 1833 को मैरीलैंड में हुआ था। उनके पिता जूनियस ब्रूटस बूथ मूल रूप से लंदन से थे और एक सफल अभिनेता बने। लंदन में ही कॉन्वेंट गार्डन थियेटर के बाहर जूनियस की मुलाकात उनकी भावी पत्नी मैरी एन होम्स से हुई, जो फूल बेच रही थी। मैरी ने जूनियस को उनकी मुलाकात से कुछ ही समय पहले

कॉन्वेंट गार्डन में अभिनय करते देखा था। दंपती ने अमेरिका में प्रवास करने का फैसला किया, जहाँ वे मैरीलैंड में बस गए। गरमियों में जूनियस ब्रूटस बूथ अपने परिवार के साथ उनके फार्म पर रहते थे, क्योंकि थिएटर गरमियों में बहुत गरम और घुटन भरे हो जाते हैं, और फिर पतझड़, सर्दी और वसंत में अमेरिका भर में दौरा करते थे। ऐसा था विक्टोरियन काल में एक थिएटर स्टार का जीवन। देश भर में एक संपूर्ण दल के दौरे के बजाय वही सितारा यात्रा करता था, जिसे प्रत्येक शहर में निवासी कलाकारों द्वारा समर्थन मिलता था। सितारा और उसके सहायक कलाकारों को मानक नाटक अच्छी तरह याद थे और वे थोड़े से अभ्यास के साथ ही शो प्रस्तुत कर देते थे।

गरमियों के दौरान, जब वे घर पर होते थे, तब जूनियस को अपने बच्चों को पढ़कर सुनाना अच्छा लगता था, जसके लिए वे अपनी लाइब्रेरी से पुस्तकों का चयन करते थे। हालाँकि जूनियस के पास उच्च शिक्षा का लाभ नहीं था, लेकिन वे साहित्य से प्यार करते थे और सभी क्लासिक्स से परिचित थे। जूनियस ब्रूटस बूथ में लगभग एक हिंदू जैसी आध्यात्मिकता थी, क्योंकि उन्होंने अपने बच्चों को सख्त शाकाहारियों की तरह बड़ा किया था और वे अपने फार्म के किसी जानवर को मारने की अनुमति नहीं देते थे। उन्होंने दासों का स्वामित्व हासिल करने के बजाय खेतों के काम में मदद करने के लिए श्रमिकों को नियुक्त किया था। मैरीलैंड उत्तर और दक्षिण के बीच एक सीमा राज्य था, और वहाँ दास खरीदने की अनुमति थी।

जूनियस पतझड़ से लेकर वसंत तक शहर से शहर, थिएटर से थिएटर तक यात्रा करते थे। शायद उस अकेलेपन से निपटने में मदद करने के लिए, जो परिवार से अलग होने के साथ आता था, जूनियस की प्रवृत्ति यात्रा करते समय अत्यधिक शराब पीने की थी। मैरी का समाधान था—युवा एडविन को उसके पिता के साथ दौरे पर भेजना, जो पहले एक व्यक्तिगत सहायक और संरक्षक की भूमिका निभाते थे, और बाद में नाटकीय प्रस्तुतियों में सहायक भूमिकाएँ निभाने लगे।

जूनियस और एडविन जहाँ भी जाते थे, शेक्सपियर के नाटक अवश्य करते थे। प्रतीत होता है कि जूनियस ने एक अभिनेता के रूप में एडविन की सहज प्रतिभा को समझ लिया था, और एक दिन उन्होंने अपने बेटे से कहा कि उनकी तबीयत अच्छी नहीं लग रही है, इसलिए वह उनके बदले रिचर्ड III की भूमिका कर ले। जूनियस की बीमारी असली थी या बहाना, स्पष्ट नहीं है। हालाँकि, दर्शकों को एडविन का प्रदर्शन बेहद पसंद आया, और थिएटर प्रेमियों ने और अधिक सराहना की, जब उन्हें पता चला कि रिचर्ड की भूमिका निभा रहा अभिनेता जूनियस बूथ नहीं, बल्कि उनका बेटा एडविन था, जो केवल 17 वर्ष का था।

एडविन बूथ और अमिताभ बच्चन को उनके पिताओं के बारे में एक जैसा

पूर्वाभास होता है; 1852 में जूनियस और एडविन ने सैन फ्रांसिस्को जाने का फैसला किया, क्योंकि उन्होंने सुना कि कैलिफोर्निया में गोल्ड रश होने के साथ अभिनेता पहाड़ पुरुषों और नए अमीरों का मनोरंजन करके काफी पैसे कमा सकते हैं। वेस्ट कोस्ट की यात्रा के बाद, जो केवल मामूली रूप से सफल रही थी, जूनियस ब्रूटस बूथ ने घर लौटने का फैसला किया, जबकि एडविन ने सैन फ्रांसिस्को में रुककर अपना स्वयं का अभिनय कॅरियर बनाने का विकल्प चुना।

जब वह सिएरा पर्वत पर खनन का काम कर रहे थे, तब एडविन ने, जिन्हें अकसर पूर्वाभासों का अनुभव होता था, महसूस किया कि उनके पिता के साथ कुछ बहुत बुरा हुआ था। एक साथी अभिनेता ने एडविन के लिए एक संदेश प्राप्त किया था, जो दरशा रहा था कि जूनियस की मृत्यु हो गई है, और वह एडविन के पास यह दुःखद खबर देने के लिए भागा। हालाँकि एडविन को कुछ सेकंड पहले इस संदेश का अंतर्ज्ञान हो गया था। जूनियस मिसिसिपी जा रहे एक पैडलबोट पर एक ज्वर जैसी बीमारी की चपेट में आ गए और मैरीलैंड वापस जाते हुए रास्ते में उनकी मृत्यु हो गई।

अमिताभ को भी पूर्वाभास हुआ माना गया है। 'अमिताभ बच्चन, द लीजेंड' में, उनकी जीवनी लेखक भावना सोमैया, टोरंटो में एक दृश्य का वर्णन करती हैं, जहाँ अमिताभ एक शो का अभ्यास कर रहे थे—

"जब आप 'जुम्मा चुम्मा दे दे' की धुन पर नृत्य करते हैं, तो कोई भी नहीं बता सकता कि आपके दिमाग में क्या है। आपका दिल डूब रहा है और आपका पूर्वाभास निराधार नहीं है। पीछे होटल में बुरी खबर आपका इंतजार कर रही है। आपके पिता बाथरूम में फिसल गए थे और अस्पताल में भर्ती हैं। अगले पखवाड़े के लिए आप भारत की यात्रा करते हैं, मुंबई में पाँच दिन और अमेरिका में सप्ताहांत बिताते हैं। ये दिन जेट लैगिंग, चिंता और दबाव के हैं।"

तो टोरंटो में एक भारतीय अभिनेता अमिताभ को भारत में अपने पिता के बारे में वैसा ही पूर्वाभास हुआ, जैसा कि कैलिफोर्निया सिएरा नेवादा पहाड़ों में एडविन बूथ को उनके पिता के बारे में हुआ था, जो मैरीलैंड वापस लौटते हुए मिसिसिपी नदी पर थे।

आइए, अब गोल्ड रश के दिनों के कैलिफोर्निया लौटें। 1854 में एडविन इंग्लैंड की एक अभिनेत्री, लौरा कीन से मिले, जो संयुक्त राज्य अमेरिका में अपना नाम बना रही थी और जिसे, हम देखेंगे कि एडविन बूथ, जेम्स विल्क्स बूथ और अब्राहम लिंकन के जीवन में नाटकीय भूमिका निभाने के लिए नियत किया गया था। दिलचस्पी के लिए, अहतुन रे के मुताबिक, लौरा कीन समकालीन समय में ऑस्ट्रेलियाई अभिनेत्री निकोल किडमैन के रूप में पुनर्जन्म ले चुकी हैं।

एक युवा महिला के रूप में लौरा कीन इंग्लैंड में एक बारमेड के रूप में जीविका

कमाती थी, हालाँकि उसे साहित्य से सहज लगाव था और शराब परोसते हुए वह शेक्सपियर को उद्धृत करती थी। उसके संरक्षकों ने उसे नाम दिया था 'रेड लौरा', उसके लाल बालों के कारण, एक शारीरिक विशेषता, जो सुश्री किडमैन बताती हैं। कीन ने जॉन टेलर नाम के एक ब्रिटिश सेना अधिकारी से विवाह किया और उनकी दो बेटियाँ हुईं। अचानक हुए एक घटनाक्रम में टेलर को गिरफ्तार कर लिया गया, उन पर मुकदमा चला, उन्हें दोषी ठहराया गया और एक जेल जहाज में निर्वासित कर दिया गया। लौरा को कभी नहीं बताया गया था कि उसके पति को कहाँ भेजा गया था, हालाँकि उसे संदेह था कि उन्हें ऑस्ट्रेलिया में ब्रिटिश कॉलोनी में भेजा गया था। पति के जाने के बाद लौरा ने एक अभिनेत्री के रूप में जीविका कमाने की कोशिश की और उनकी प्रतिभा जल्द ही पहचान ली गई। इंग्लैंड में एक दौरे के बाद उसने न्यूयॉर्क में प्रदर्शन किया और बाद में सैन फ्रांसिस्को गई, जहाँ उसने और एडविन बूथ ने 'द लव चेज' में मुख्य भूमिकाएँ निभाईं।

उनके ट्रूप को अब एक नया अंतरराष्ट्रीय अवसर लुभा रहा था। एक अभिनेता जोड़ी ने, जो ऑस्ट्रेलिया से सैन फ्रांसिस्को लौटी थी, रिपोर्ट दी कि उन्हें वहाँ प्रदर्शन करके बड़ी वित्तीय सफलता मिली है। लौरा कीन ने अपने पति को ढूँढ़ने का अवसर देखा और लौरा, एडविन और कुछ अन्य लोग जुलाई, 1854 में ऑस्ट्रेलिया के लिए निकल गए। लौरा ने पाया कि उसके पति को वास्तव में मेलबर्न में कैद किया गया था। वे पैरोल की किसी संभावना के बिना उम्रकैद की सजा काट रहे थे। उसे इस बात से बहुत निराशा हुई कि उसे उनसे मिलने के अधिकारों से वंचित कर दिया गया। ऑस्ट्रेलियाई दौरा आर्थिक रूप से भी उतना ही निराशाजनक था, हालाँकि एडविन ने, जो उस दौरे में 21 वर्ष के हो गए थे, अपने प्रदर्शन के लिए अत्यधिक प्रशंसा प्राप्त की। बहरहाल एडविन, लौरा और अन्य लोग घर के लिए निकल गए, जहाँ वे 1855 में पहुँचे। एडविन ने कैलिफोर्निया में एक और वर्ष बिताया, फिर 5 सितंबर, 1856 को वे अपनी माँ और भाई-बहनों से मिलने के लिए मैरीलैंड चले गए।

इस बिंदु पर अभिनेता जोसेफ जेफरसन दृश्य में प्रवेश करते हैं। टॉम क्रूज की अह्तुन रे द्वारा जोसेफ जेफरसन होने की पुष्टि की गई है, और हम देखेंगे कि कैसे निकोल किडमैन और टॉम क्रूज के जीवन, जो समकालीन समय में पति और पत्नी रहे हैं, लिंकन के समय में आपस में जुड़े थे।

जोसेफ जेफरसन का जन्म 1829 में फिलाडेल्फिया में हुआ था। इस प्रकार, जोसेफ एडविन से कुछ ही साल बड़े थे, जिनका जन्म 1833 में हुआ था। जोसेफ के माता-पिता, दोनों ही अभिनेता थे और परिवार विभिन्न स्थलों पर प्रदर्शन करते हुए देश भर में दौरे करता था। इस पृष्ठभूमि के साथ जोसेफ छोटी उम्र में मंच पर आने लगे, जो टॉम क्रूज के कॅरियर के सामानांतर है।

अब्राहम लिंकन दृश्य में प्रवेश करते हैं

जोसेफ जेफरसन युवा ही थे, जब आयोवा के एक दौरे के बाद उनके परिवार को बसने का मौका मिल गया, जब उनके पिता को इलेनॉइस की राजधानी स्प्रिंगफील्ड में एक थिएटर बनाने के लिए सहयोगी मिला। समस्या तब आई, जब नगर परिषद्, जिसके सदस्य थिएटर को मुसीबत का स्रोत समझते थे, ने ज्यादा लाइसेंस शुल्क की माँग करके स्थल के उद्घाटन को रोकने की कोशिश की। धार्मिक पार्टियाँ रंगमंच को 'शैतान की कार्यशाला' के रूप में देखती थीं, और वे स्प्रिंगफील्ड में इस तरह की जगह नहीं चाहती थीं। एक युवा वकील, जो थिएटर से प्यार करता था, मामले को कोर्ट में ले जाने की सहमति देकर बचाव में आया। युवा वकील अब्राहम लिंकन जीत गया और थिएटर खुल गया। माना जाता है कि यह घटना 1839 में हुई थी, जब जोसेफ जेफरसन दस साल का था, लिंकन के थिएटर को बचाने की घटना को आगे अपनी आत्मकथा में दर्ज किया था।

सन् 1857 तक जोसेफ, जो अभी भी एक अभिनेता के रूप में संघर्ष कर रहा था, रिचमंड, वर्जीनिया में एक थिएटर का प्रबंधन कर रहा था, जहाँ एडविन, जो 24 वर्ष का था, रोमियो ऐंड जूलिएट में मुख्य भूमिका निभाने वाला था। जोसेफ और उसकी पत्नी मागरिट क्लेमेंट्स लोक्येर अपने घर में एक युवा अभिनेत्री मैरी डेवलिन को ले आए थे, जो उस समय सोलह वर्ष की थी। जब एडविन और मैरी ने रोमियो एंड जूलियट में मुख्य भूमिकाएँ निभाने लगे, तो असल में उन्हें प्यार हो गया। एडविन ने अपने दौरे और अभिनय में कॅरियर जारी रखने के लिए रिचमंड छोड़ दिया, लेकिन तीन साल बाद 1860 में एडविन और मैरी फिर से मिल गए और उसके तुरंत बाद उनकी शादी हो गई।

जेफरसन/क्रूज और कीन/किडमैन एक साथ काम करते हैं, फिर अलग हो जाते हैं

सन् 1858 में जोसेफ जेफरसन/टॉम क्रूज और उनकी पत्नी न्यूयॉर्क चले गए, जहाँ लौरा कीन/निकोल किडमैन ने ब्रॉडवे पर अपना खुद का थिएटर खोला था। कीन ने जोसेफ को अपने विपरीत मुख्य भूमिका निभाने के लिए नियुक्त किया था।

तो हम देखते हैं कि समकालीन समय में निकोल किडमैन और टॉम क्रूज ने उन्नीसवीं सदी से एक पेशेवर संबंध दोहराया है। लौरा और यूसुफ के बीच का रिश्ता उतर-चढ़ाव से भरा हो सकता था। हालाँकि यह लौरा थी, जिसने थिएटर खोला था, लेकिन जोसेफ ने देखा कि नाटकों की उनकी पसंद खराब थी, जिसके परिणामस्वरूप दर्शक कम होते थे। जोसेफ के पास यह समझने का कौशल था कि दर्शक क्या चाहते हैं, और जिन नाटकों को दिखाने के लिए वे लौरा को मना लेते थे, जैसे क्रांतिकारी युद्ध पर

नाटक, 'ब्लांच ऑफ ब्रांडीवाइन', वे हिट हो जाते थे। टॉम क्रूज के व्यक्तित्व में जोसेफ जेफरसन ने वित्तीय रूप से सफल प्रस्तुतियों को सूँघ लेने का हुनर जारी रखा है।

एक अन्य नाटक, जिसकी जोसेफ ने सिफारिश की थी, जिसमें वे खुद मुख्य भूमिका में थे, 'अवर अमेरिकन कजिन' था, जिसे अंग्रेजी नाटककार टॉम टेलर ने लिखा था। इस कॉमेडी में, असा ट्रेनचार्ड को, जिसकी भूमिका जोसेफ ने निभाई थी, विरासत में एक खजाना मिलता है और वह अपने कुलीन रिश्तेदारों से मिलने के लिए जहाज पर इंग्लैंड रवाना हो जाता है। प्रस्तुति जबरदस्त हिट थी और उसने जोसेफ जेफरसन के साथ-साथ उनके सह कलाकार ई.एच. सोदर्न और उनकी अभिनेत्री पत्नी, वर्जीनिया हरनेड के कॅरियरों को महत्त्व बढ़ा दिया। जोसेफ और वर्जीनिया हरनेड के बीच एक आत्मीयता रही होगी, क्योंकि समकालीन समय में हरनेड ने टॉम क्रूज की पूर्व पत्नी मिमी रोजर्स के रूप में पुनर्जन्म लिया।

हालाँकि लौरा कीन थियेटर दर्शकों की क्षमता का आनंद ले रहा था, लौरा और यूसुफ के बीच का रिश्ता तेजी से बिगड़ रहा था। जोसेफ ने आखिरकार सीजन के अंत में ट्रूप से इस्तीफा देने का फैसला कर लिया। जाने से पहले उसने लौरा से, जिसने 'अवर अमेरिकन कजिन' के अमेरिकी अधिकार खरीद लिए थे, पूछा कि क्या वे उस नाटक का निर्माण कहीं और कर सकते हैं? कीन ने इनकार कर दिया और लौरा तथा जोसेफ अलग हो गए।

टॉम टेलर के पुनर्जन्म के रूप में डेविड मैनेट

'अवर अमेरिकन कजिन' के लेखक टॉम टेलर को पुलित्जर पुरस्कार विजेता नाटककार, डेविड मैमेट के पुनर्जन्म के रूप में पहचाना गया है। टेलर का जन्म 1817 में हुआ था और बहुत कम उम्र में उन्होंने थियेटर के लिए आत्मीयता दिखाई थी। वे अपने बचपन के साथियों के साथ एक अस्तबल के लॉफ्ट में छोटे-छोटे नाटक बनाते थे। युवावस्था में टेलर ने कैंब्रिज में अध्ययन किया और लंदन में यूनिवर्सिटी कॉलेज में अंग्रेजी साहित्य के प्रोफेसर बन गए। टेलर अपने नाटकों में संवाद के लिए जाने जाते हैं, जो बहुत ही स्वाभाविक और तेज गति के होते हैं। उनके कार्यों में स्टिल वाटर्स रन डीप (1855); विक्टिम्स (1857); कंटेस्टेड इलेक्शन (1859); ओवरलैंड रूट (1860); टिकट ऑफ लीव मैन (1863); एन बोलेन (1875); और जोन ऑफ आर्क (1871) शामिल हैं। 1880 में टेलर की मृत्यु हो गई।

सन् 1947 में जनमे डेविड मैमेट भी अपने निर्दोष, नाटकीय, तेज गति के संवादों के लिए जाने जाते हैं। उन्होंने ग्लेनगैरी ग्लेन रॉस के लिए पुलित्जर जीता और कई सफल

पटकथाओं के लेखक हैं, जिनमें 'पोस्टमैन ऑलवेज रिंग्स ट्वाइस', 'द वर्डिक्ट', 'द अनटचेबल्स' और 'स्टीव मार्टिन' फिल्म 'द स्पेनिश प्रिजनर' शामिल हैं। विद्वानों के लिए टॉम टेलर और डेविड मैमेट के काम का साहित्यिक शैली में समानता के साथ-साथ भिन्नता का आकलन करना बहुत दिलचस्प होगा।

अमेरिकी गृहयुद्ध छिड़ जाता है

आइए, एडविन बूथ/अमिताभ बच्चन की कहानी पर वापस आएँ।

एडविन और मैरी डेवलिन का विवाह 7 जुलाई, 1860 को हुआ था। उसी वर्ष बाद में अब्राहम लिंकन, जो विकासशील पश्चिमी राज्यों में दासता के विस्तार के विरोध में थे, संयुक्त राज्य अमेरिका के राष्ट्रपति चुन लिए गए। 20 दिसंबर, 1860 को यूनियन से दक्षिणी राज्यों का उत्तराधिकार शुरू हुआ। लिंकन द्वारा उद्घाटन 4 मार्च, 1861 को हुआ, और 12 अप्रैल, 1861 को संघ के समर्थकों द्वारा दक्षिण कैरोलिना में फोर्ट सुमनेर पर हमले के साथ अमेरिकी गृहयुद्ध शुरू हो गया।

अपने भाई जॉन विल्केस बूथ, एक राजनीतिक कार्यकर्ता, जो दक्षिण का बड़ा समर्थन करता था, के विपरीत एडविन बूथ उत्तर का समर्थन करते थे, क्योंकि वे दासता के खिलाफ थे। हालाँकि एडविन मजबूती से लिंकन के पीछे थे और यूनियन के पक्ष में थे, जिसने दोनों भाइयों के बीच में दरार पैदा कर दी। एडविन गैर-राजनीतिक व्यक्ति थे। राजनीति में उन्हें कोई दिलचस्पी नहीं थी, जो अमिताभ बच्चन के साथ भी सुसंगत है, क्योंकि वे भारतीय संसद् के सदस्य के रूप में सेवाएँ देने के बावजूद कहते हैं कि राजनीति में प्रवेश करना उनकी गलती थी।

वर्ष 1861 में एडविन और मैरी इंग्लैंड गए, जहाँ एडविन को प्रस्तुतियों की एक शृंखला करनी थी। लंदन से दंपती के पास अंग्रेजी प्रेस की आँखों के माध्यम से अमेरिकी गृहयुद्ध देखने के लिए दिलचस्प लाभबिंदु थे। एडविन आश्चर्यचकित थे कि लंदन टाइम्स दक्षिण का समर्थन कर रहा था। एडविन ने अनुमान लगाया कि यह ब्रिटिशों के कुलीन तरीकों के कारण है, जो उत्तर से अधिक अमेरिकी दक्षिण द्वारा प्रतिबिंबित होता था। 9 दिसंबर, 1861 को एक बेटी एडविना का लंदन में जन्म हुआ।

दंपती संयुक्त राज्य अमेरिका लौट आए और एडविन को पता चला कि उसके अच्छे दोस्त रिचर्ड कैरी एंटीयतम की लड़ाई में मारे गए थे, जहाँ 24,000 लोग मारे गए थे या घायल हो गए थे। याद करें कि जॉन बी. गॉर्डन के रूप में अपने पुनर्जन्म में जेफ कीन भी उस युद्ध में गंभीर रूप से घायल हो गए थे। एंटीएटम के बाद लिंकन ने मुक्ति प्रक्षेपण किया, जिसने विद्रोही राज्यों में दासों को मुक्त कर दिया, लेकिन सीमावर्ती राज्यों

में नहीं, जो यूनियन के प्रति वफादार थे, जिसमें एडविन का गृहराज्य मैरीलैंड शामिल था।

हालाँकि गृहयुद्ध जारी था, लेकिन एडविन का कॅरियर आगे जा रहा था और उसकी आय एवं संपत्ति में वृद्धि हो गई थी। नवंबर 1862 में एडविन बोस्टन संग्रहालय में प्रस्तुति दे रहे थे, जहाँ उन्हें असाधारण समीक्षाएँ मिलीं। मैरी और एडविना बोस्टन के बाहर डोरचेस्टर के पास एक किराए के कंट्री हाउस में रह रहे थे। एडविन फिर न्यूयॉर्क गए, जहाँ उन्होंने पूरी क्षमता की भीड़ के लिए हेमलेट का प्रदर्शन किया।

एडविन को पूर्वाभास होता है कि उनकी पत्नी की मृत्यु हो गई है

जब एडविन न्यूयॉर्क में थे, तो उन्हें संदेश मिला कि डोर्चेस्टर में मैरी बीमार हैं। न्यूयॉर्क से बोस्टन जानेवाली ट्रेन में यात्रा करते हुए उन्हें एक और पूर्वाभास हुआ, जैसा कि बाद में उन्होंने एक दोस्त को एक पत्र में वर्णित किया—"मैंने जब भी खिड़की से बाहर देखा, हर बार मुझे मैरी मृत दिखाई दी, उसके गरदन और ठोड़ी के चारों ओर एक सफेद कपड़ा बँधा हुआ था। मैंने उसे स्पष्ट रूप से देखा, कम-से-कम एक दर्जन बार।"

जब वे बोस्टन पहुँचे तो एक दोस्त उन्हें लेने और मैरी की ताजा हालत बताने आया था। जैसा कि उनके पिता के मामले में हुआ था, एडविन पहले से ही मैरी के बारे में जानते थे, और जब उन्होंने घर पहुँचकर मैरी के कमरे में प्रवेश किया, तो एडविन ने उसे ठीक उसी स्थिति में देखा, जैसा अपनी कल्पना में देखा था—बिस्तर पर, गरदन और ठोड़ी के चारों ओर एक सफेद कपड़े से सुरक्षित, ताकि उसे गरम रखा जा सके। 21 फरवरी, 1863 को मैरी की मौत के बाद एडविन मंच पर नहीं लौटे। सात महीने बाद उन्होंने 21 सितंबर को दोबारा प्रदर्शन किया।

याद रखें कि अमिताभ बच्चन को भी अपने पिता की बीमारी के बारे में पूर्वाभास हुआ था। इस बात पर भी ध्यान दें कि एडविन की पहली पत्नी मैरी डेवलिन को समकालीन समय में रेखा के रूप में पहचाना गया है, जिन्होंने अमिताभ की कई फिल्मों में उनके विपरीत मुख्य भूमिका निभाई है। डेवलिन और रेखा के बीच भौतिक समानता काफी असाधारण है। तो हम देखते हैं कि जोड़ा, जो विवाह और मंच पर एक साथ था और समय पूर्व मृत्यु से अलग हो गया था, बाद के युग में लौट सकता है और एक बार फिर से साथ में प्रदर्शन कर सकता है। यह ध्यान रखना दिलचस्प है कि रेखा का जन्म 10 अक्तूबर को अमिताभ के जन्म से एक दिन पहले हुआ था, जिनका जन्म 11 अक्तूबर को हुआ था, और दोनों ने अपने अभिनय कॅरियर एक ही वर्ष 1969 में शुरू किए थे।

लिंकन जॉन विल्केस बूथ से मिलना चाहते हैं, जो मना कर देते हैं

न्यूयॉर्क में लौरा कीन ने अपना थिएटर गँवा दिया और आय बनाए रखने के लिए कीन अपने लोकप्रिय निर्माण 'अवर अमेरिकन कजिन' को बाहर ले गईं। अप्रैल 1865 में वे वाशिंगटन में फोर्ड्स थिएटर में उद्घाटन करनेवाली थीं। राजधानी में उत्सव का माहौल था, क्योंकि 9 अप्रैल को दक्षिण ने आत्मसमर्पण कर दिया था। युद्ध चार साल तक चला था और 6,20,000 लोगों की मौत हुई थी। 14 अप्रैल, 1865 को अब्राहम और मैरी लिंकन ने राष्ट्रपति बॉक्स में बैठकर 'अवर अमेरिकन कजिन' देखा था।

जॉन विल्केस बूथ पहले भी फोर्ड्स थिएटर में प्रदर्शन कर चुके थे और जब जॉन ने 'द मार्बल हार्ट' में अभिनय किया था, तब ऐब लिंकन दर्शकों में थे। लिंकन बूथ के प्रदर्शन को पसंद करते थे और उन्होंने संदेश भेजा कि वे अभिनेता से मिलना चाहेंगे, लेकिन जॉन ने इनकार कर दिया। दक्षिण के आत्मसमर्पण के बाद जॉन लिंकन को उस संस्कृति के विनाश के लिए दोषी मानने लगे थे, जिसकी वे सराहना करते थे। बचपन में जॉन दक्षिण के अभिजात वर्ग के साथ एक बोर्डिंग स्कूल में गए थे। उन्होंने दक्षिण के युवा अभिजात वर्ग के सदस्यों के साथ स्थायी दोस्ती विकसित कर ली थी। वास्तव में जॉन विल्केस बूथ खुद को दक्षिणी अभिनेता मानते थे। दक्षिण के पतन के बाद जॉन ने लिंकन की हत्या करके बदला लेने का फैसला किया, यह सोचकर कि वह उन लोगों के लिए नायक बन जाएगा, जो संघ का हिस्सा रहे थे।

जॉन विल्केस बूथ प्रेम में पड़ जाते हैं

दु:खद रूप से जॉन विल्केस बूथ और लूसी हेल नाम की एक खूबसूरत युवा महिला के बीच प्यार का फूल बस अभी-अभी खिला था। लूसी हेल न्यू हैंपशायर के एक पूर्व सीनेटर जॉन पी. हेल की बेटी थीं, जो एक उत्साही उन्मूलनवादी और लिंकन के समर्थक थे। हेल हाल ही में स्पेन के राजदूत नियुक्त हुए थे। हेल परिवार उसी वाशिंगटन होटल में रह रहा था, जिसमें जॉन विल्केस बूथ और लूसी ठहरे थे, और वहीं जनवरी 1865 में जॉन और लूसी की मुलाकात हुई थी। यह जोड़ा प्यार के चक्कर में पड़ गया और लूसी ने वचन दिया कि जब वह और उसका परिवार स्पेन से लौटेगा, तब वे शादी कर लेंगे। उस समय उनका प्यार केवल तीन महीने का था, फिर भी लूसी ईमानदार थी। जॉन ने 14 अप्रैल, 1865 को लूसी के साथ रात का खाना खाया और उससे विदा लेते हुए उन्होंने ओथेलो से उद्धृत किया, "निम्फ, उनकी प्रार्थनाओं में मेरे सभी पाप याद किए जाने चाहिए।"

लिंकन को गोली लगने के बाद लौरा कीन उनकी देखभाल करती हैं

अंतिम तैयारी करने के बाद, जिसमें भागने की योजनाएँ शामिल थीं, जॉन फोर्ड्स थिएटर गए। थिएटर के कर्मचारियों को जानने के कारण जॉन ने आसानी से प्रवेश प्राप्त कर लिया और राष्ट्रपति बॉक्स तक जाकर लिंकन के सिर पर निकट से गोली चला दी। फिर वे मंच पर कूद गए और चिल्लाए, 'सिक् सेम्पेर तिरेनीज' (तानाशाहों के साथ हमेशा ऐसा होना चाहिए) और भाग गए। दर्शक सदमे और फिर आतंक में आ गए। वह लौरा कीन/निकोल किडमैन थी, जिसने व्यवस्था बहाल करने की कोशिश की, और मंच पर जाकर चिल्लाई, "भगवान के लिए अपनी बुद्धि का इस्तेमाल करें और अपने स्थान पर बने रहें, सबकुछ ठीक हो जाएगा।" जब राष्ट्रपति बॉक्स से किसी ने पानी के लिए आवाज लगाई, तो लौरा कीन एक जग लेकर लिंकन के पास आई, जो खून से लथपथ पड़े थे, दो डॉक्टरों से घिरे हुए, जो उनके घाव की जाँच कर रहे थे। जब उनमें से एक चिकित्सक ने निर्देश दिया कि लिंकन को ब्रांडी का एक सिप दिया जाए, तब भी लौरा ही थी, जिसने उन्हें ब्रांडी दिए जाते समय उनका सिर थामा हुआ था।

केविन रायर्सन के साथ मेरे काम में निकोल किडमैन की पहचान 2004 में लौरा कीन के पुनर्जन्म के रूप में हुई थी, मेरे अमिताभ बच्चन के पिछले जीवनकाल में दिलचस्पी लेना शुरू करने से दो साल पहले मैं हॉलीवुड के हस्तियों के पिछले जीवन को प्राप्त करने की कोशिश कर रहा था और मैंने अह्तुन रे से निकोल के बारे में पूछा। उस समय अह्तुन रे ने मुझे बताया, "मिस किडमैन मंच पर थीं, जब लिंकन को गोली मारी गई थी।" तब तक मुझे इतिहास की इतनी जानकारी नहीं थी कि मैं अभिनेत्री को नाम से पहचान पाता, लेकिन जब मैंने लिंकन की हत्या पर शोध कर लिया, तो अह्तुन रे ने पुष्टि की कि किडमैन कीन थीं? कीन/किडमैन मैच बन जाने के बाद जोसेफ जेफरसन के रूप में टॉम क्रूज की पहचान की गई।

लिंकन को फोर्ड्स थिएटर से दसवीं स्ट्रीट पर पास के घर में स्थानांतरित कर दिया गया। युद्ध सचिव एडविन एच. स्टैंटन ने घटनास्थल पर पहुँचकर मामला अपने हाथ में ले लिया। स्टैंटन ने जनरल उलिसिस एस ग्रांट, उपाध्यक्ष एंड्रयू जॉनसन और चीफ जस्टिस चेस को आवश्यक अधिसूचनाएँ दीं। स्टैंटन ने संदिग्ध हत्यारे जॉन विल्क्स बूथ की जाँच का प्रभार लिया था।

जब ये घटनाएँ हुईं, जोसेफ जेफरसन/टॉम क्रूज दक्षिण अमेरिका जाने वाले एक जहाज में यात्रा कर रहे थे। गृहयुद्ध की अधिकांश अवधि के दौरान जेफरसन ऑस्ट्रेलिया और न्यूजीलैंड के दौरे पर थे। उन्हें एक और महीने तक लिंकन की मौत का पता नहीं

चलने वाला था, जब तक वे पेरू न पहुँच जाते। एडविन बूथ/अमिताभ बच्चन लिंकन की हत्या की शाम बोस्टन थिएटर में प्रदर्शन कर रहे थे।

26 अप्रैल, 1865 के अँधेरे भोर में यूनियन सैनिकों ने जॉन विल्केस बूथ को बाउलिंग ग्रीन, मैरीलैंड के बाहर एक खलिहान में छुपा हुआ पाया, जहाँ बाद में उन्हें गोली चलाकर मार डाला गया। युद्ध सचिव एडविन स्टैंटन ने सुनिश्चित किया कि बूथ के शरीर को गुप्त रूप से पुरानी आर्सेनल जेल में ले जाया जाए, जहाँ उसे एक भंडार कक्ष के फर्श के नीचे दफना दिया गया। स्टैंटन ने जिन्हें चिंता थी कि अगर बूथ का शरीर दक्षिणी हाथों में आ गया, तो वह एक बार फिर संघर्ष शुरू होने का कारण बन सकता है, व्यक्तिगत रूप से उस कमरे की चाबी अलग रखी थी, जहाँ बूथ को दफनाया गया था। स्टैंटन उन लोगों के खिलाफ सैन्य ट्रिब्यूनल के प्रभारी भी थे, जिन पर बूथ के सह साजिशकर्ता होने का आरोप था।

एडविन बूथ की अपने भाई के अपराध पर प्रतिक्रिया

एडविन बूथ, जो अपने भाई द्वारा अब्राहम लिंकन की हत्या के कार्य से भयातुर हो गए थे, मंच पर लौटने से पहले 18 महीनों के लिए एकांतवास में चले गए। निर्वासन की इस अवधि के दौरान वे अपनी माँ की ओर से भाई के शरीर को प्राप्त करने के लिए काम करते रहे, ताकि उसकी अंतिम क्रिया विधिवत् हो पाए। इस प्रयास में उन्होंने सीधे एडविन स्टैंटन को लिखा था, हालाँकि उन्हें जवाब नहीं मिला। जनवरी 1866 में जब एडविन न्यूयॉर्क में मंच पर लौटने के लिए तैयार हुए, तो अफवाहें फैल गई थीं कि एडविन से बदला लिया जाएगा। लेकिन जब वे बिक चुके विंटर गार्डन थिएटर में हेमलेट के रूप में प्रस्तुत हुए, तो उन्हें खूब तालियाँ मिली थीं।

उसके बाद एडविन शिकागो चले गए, जहाँ उन्होंने मैकविकर थिएटर में प्रदर्शन किया। एक बार फिर मंच पर प्यार का नाटक शादी के रूप में विकसित हो गया। एडविन ने थिएटर मालिक की बेटी मैरी मैकविकर के विपरीत रोमियो और जूलियट में मुख्य भूमिका निभाई थी। मैरी ने एडविन को अपने 'दिल के आकार के चेहरे और हास्य की भावना' से मोह लिया था।

अमिताभ बच्चन के जीवन में भी एक व्यक्ति है, जिसका चेहरा 'दिल के आकार' का है—उनकी पत्नी जया। जैसा कि पहले उल्लेख किया गया है, जया की पुष्टि केविन रायर्सन के आत्मा गाइड अहतुन रे द्वारा मैरी मैकविकर के पुनर्जन्म के रूप में की गई है। जया ने अमिताभ के साथ फिल्म 'जंजीर' में अभिनय किया था, जो 1973 में हिट हुई थी। उसी वर्ष दिसंबर में अमिताभ की हीरोइन जया बच्चन बन गईं। उनके विवाह के बाद

जया ने परिवार पर ध्यान केंद्रित करने के लिए फिल्मों से विश्राम ले लिया।

मैकविकर थिएटर में उनके प्रदर्शन के बाद मैरी/जया एडविन के साथ उनके आगे के दौरों में जुड़ गईं। इस समय के दौरान एडविन न्यूयॉर्क शहर में स्टेट ऑफ आर्ट थिएटर बनाने की प्रक्रिया में थे। 3 फरवरी, 1869 को बूथ थिएटर का भव्य उद्घाटन हुआ, जब एडविन केवल 35 वर्ष के थे। उद्घाटन की रात को एडविन और मैरी ने फिर से रोमियो और जूलियट की भूमिकाएँ निभाईं। यह इसी समयावधि में एडविन ने मैरी के सामने शादी का प्रस्ताव रखा और 7 जून, 1869 को उनकी शादी हो गई। जया की तरह मैरी ने भी शादी के बाद परिवार की तैयारी करने के लिए मंच छोड़ दिया। मैरी गर्भवती हो गईं और 4 जुलाई, 1870 को एक बालक एडविन जूनियर का जन्म हुआ। वह एक मुश्किल प्रसव था और नन्हे एडविन को मस्तिष्क में क्षति पहुँची, जिसके कारण वह केवल कुछ घंटे ही जीवित रहा।

अपने बेटे की मौत के बाद मैरी गहरे अवसाद में चली गई, जिसने उसे जीवन भर समय-समय पर पीड़ा दी। आधुनिक समय में एंटीड्रिप्रेसेंट दवाओं का उपयोग किया गया होता, लेकिन विक्टोरियन काल में उपलब्ध उपचार अप्रभावी थे। फिर भी मैरी एडविन के साथ दौरों पर जाती थी, और आवश्यकता होने पर अविश्वसनीय सहनशक्ति का प्रदर्शन करती थी। उन्होंने दक्षिण का दौरा किया और फिर सैन फ्रांसिस्को की यात्रा की, जहाँ 1876 में एडविन ने 8 सप्ताह के प्रदर्शन में $ 50,000 अर्जित किए, जो उन दिनों में एक विशाल राशि थी। तो अमिताभ बच्चन की तरह एडविन को न केवल अपने समय के महानतम अभिनेताओं में से एक माना जाता था, बल्कि वे भी एक ऐसे व्यक्ति थे, जो बड़ी संख्या में दर्शकों और मुनाफे को आकर्षित कर सकते थे।

सन् 1880 में एडविन मैरी और अपनी बेटी एडविना को यूरोप के दौरे पर ले गए। यह लंदन में था कि मैरी बूथ, जो बहुत लंबे समय से पुरानी खाँसी को सहन कर रही थी, तपेदिक से संक्रमित बताई गई, जो काफी बढ़ चुका था। यहाँ से मैरी का शारीरिक और मानसिक स्वास्थ्य तेजी से बिगड़ने लगा और 13 नवंबर, 1881 को उसकी मृत्यु हो गई।

एक परिवार पुनर्जन्म के माध्यम से फिर मिलता है

मैरी की मृत्यु के बाद एडविना, जो अब 20 साल की थी, अपने पिता के दौरों में उनकी साथी बन गई। अह्तुन रे ने पुष्टि की है कि एडविन और उनकी पहली पत्नी मैरी डेवलिन की बेटी एडविना ने अमिताभ और जया की पुत्री श्वेता बच्चन के रूप में समकालीन समय में पुनर्जन्म लिया है। इसी तरह अह्तुन रे ने संकेत दिया है कि बच्चन के पुत्र अभिषेक मैरी मैकविकर के बेटे एडविन का पुनर्जन्म है, जो नवजात शिशु के रूप

में मर गया था। यदि इन मामलों को स्वीकार किया जाता है तो हम देखते हैं कि कैसे पूरे परिवार की इकाइयाँ फिर से पुनर्जन्म ले सकती हैं।

सन् 1882 में एडविन और एडविना ने फिर से इंग्लैंड के लिए रवाना हो गए और उस वर्ष दिसंबर में वे बर्लिन गए, जहाँ एडविन को शानदार समीक्षाएँ मिलीं। चार अन्य जर्मन स्थलों पर प्रदर्शन के बाद वे ऑस्ट्रिया गए। तो हम देखते हैं कि एडविन एक अंतरराष्ट्रीय स्टार बन गए थे, काफी कुछ अमिताभ बच्चन की तरह। जब वह संयुक्त राज्य अमेरिका अपने घर लौट आए, तब भी एडविन ने अपने थिएटर टूर्स से भरी मात्रा में धन कमाया। उदाहरण के लिए 1886-1887 के दौरे में एडविन ने 2,00,000 डॉलर कमाए। इस प्रकार हम देखते हैं कि समकालीन समय में 'बिग बी' होने से पहले बच्चन विक्टोरियन काल में भी 'बिग बी' थे।

अपने फिनाले के लिए एडविन बूथ ने न्यूयॉर्क शहर के ग्रामरसी पार्क में 'द प्लेयर्स' नाम से एक क्लब बनाया, जहाँ कलाकार और विभिन्न पेशेवर एक साथ समय बिता सकते थे और अपने विचार साझा कर सकते थे। 1880 के नव वर्ष की पूर्व संध्या पर जब प्लेयर्स खुला, तब मास्टर ऑफ सेरेमनी एडविन थे। मुख्य पार्लर में जूनियस ब्रूटस बूथ के एक चित्र के नीचे एडविन ने अपने पिता के सम्मान में एक टोस्ट दिया—"आइए, इस प्रेमपूर्ण कप से पीते हैं, जो एक बहुत पुराना स्मारक, मेरे पिता का फ्लैगॉन है। आइए, अब इस पोर्ट्रेट के नीचे हम प्लेयर्स की शाश्वत समृद्धि के लिए पिएँ।"

अहतुन रे ने खुलासा किया है कि एडविन के प्यारे पिता जूनियस ब्रूटस बूथ ने अमिताभ बच्चन के प्रिय पिता स्वर्गीय हरिवंशराय श्रीवास्तव बच्चन के रूप में पुनर्जन्म लिया है। यह दावा चेहरे की विशेषताओं में काफी समानता और शेक्सपियर तथा साहित्य के लिए जुनून द्वारा समर्थित है। जूनियस की मृत्यु 1852 में हुई, जबकि हरिवंशराय बच्चन का जन्म 1907 में हुआ था। हरिवंशराय बच्चन को कैंब्रिज से अंग्रेजी साहित्य में डॉक्टरेट प्राप्त हुआ, जिसके लिए उन्होंने यीट्स पर एक शोध-प्रबंध लिखा था। दिल्ली में उन्होंने सरकार के लिए काम किया। जहाँ उनके प्रयास हिंदी को भारत की आधिकारिक भाषा बनाने की ओर लक्षित थे। हरिवंशराय अपनी कविता मधुशाला, साथ ही असंख्य अन्य कविताएँ लिखने के लिए प्रसिद्ध है। वे शेक्सपियर का, विशेष रूप से मैकबेथ और ऑथेलो का हिंदी में अनुवाद करनेवाले पहले व्यक्ति भी हैं। उनके साहित्यिक योगदानों के लिए उन्हें 1976 में 'पद्मभूषण' पुरस्कार प्रदान किया गया।

जूनियस ब्रूटस बूथ को भी अंग्रेजी साहित्य से प्यार था। हालाँकि वे कॉलेज नहीं गए थे, लेकिन क्लासिक्स के बारे में उन्होंने खुद काफी जानकारी प्राप्त की थी, और मेरीलैंड के अपने फार्म में वे अपने बच्चों को मिल्टन, दांते, कीट्स और शेली के संग्रह में से पढ़कर सुनाते थे। जूनियस, बेशक अपने समय के सबसे प्रसिद्ध शेक्सपियर

कलाकारों में से एक थे, जैसा कि उल्लेख किया गया है, शेक्सपियर का हिंदी में अनुवाद करनेवाले पहले व्यक्ति हरिवंशराय बच्चन थे। उन्होंने वह खंड अमिताभ को समर्पित किया था। जूनियस में एक गहरी आध्यात्मिकता थी, जिसमें उन्होंने पूरे जीवन को पवित्र माना, शाकाहारी बने रहे और कभी भी अपने फार्म पर जानवरों को मारने की इजाजत नहीं दी। जूनियस अपने बेटे एडविन के गुरु थे, जो आगे जाकर विक्टोरियन युग का बिग बी बना, जबकि हरिवंशराय बच्चन ने आज के बिग बी का मार्गदर्शन किया।

एक अंतर यह है कि जूनियस एक अभिनेता के रूप में जाने जाते हैं, जबकि हरिवंशराय को एक कवि के रूप में याद किया जाता है। आत्माएँ जीवन के विभिन्न क्षेत्रों पर ध्यान केंद्रित कर सकती हैं, हालाँकि आमतौर पर एक समान जुनून मौजूद रहता है। इस मामले में वह जुनून साहित्य है। दूसरा अंतर यह है कि जूनियस को शराब के साथ एपिसोडिक समस्याएँ थीं, जबकि हरिवंशराय शराब बिल्कुल नहीं पीते थे। यह एक ऐसी घटना है, जिसे मैंने कई पुनर्जन्म मामलों में देखा है कि जब किसी व्यक्ति को एक जीवनकाल में पदार्थों के दुरुपयोग की समस्या होती है तो बाद के जीवनकाल में उस आत्मा का नशीले पदार्थों की लत से कोई लेना-देना नहीं होता।

अमिताभ की माँ तेजी बच्चन की पुष्टि भी अहतुन रे द्वारा एडविन बूथ की माँ के पुनर्जन्म के रूप में हुई है, जिनका पहला नाम मैरी एन होम्स था। उनमें एक भौतिक समानता मौजूद है। एडविन की एशिया नाम की एक बहन थी, जिसका अपने भाई जॉन विल्केस बूथ के साथ करीबी संबंध था, हालाँकि वह उत्तर से जुड़ी थी और उसके राजनीतिक जुनून साझा नहीं करती थी। फिर भी जॉन की मृत्यु के बाद एशिया ने भावी पीढ़ी के साथ उसके कुछ अच्छे गुण साझा करने के प्रयास में उसके साथ अपने रिश्ते के बारे में एक पुस्तक लिखी। समकालीन समय में एशिया बूथ ने अपने भाई के बारे में भी एक पुस्तक लिखी है, हालाँकि वह पिछले जीवनकाल के भाई के बारे में है। अहतुन रे ने एशिया के पुनर्जन्म के रूप में भावना सोमैया की पुष्टि की है, जिन्होंने 'अमिताभ बच्चन, द लीजेंड' के नाम से उनकी जीवनी लिखी है, जिसे अमिताभ के विदेश में रहने के दौरान उनके पिता की दुर्घटना के पूर्वाभास के संदर्भ में पीछे उद्धृत किया गया है।

एडविन स्टैंटन इंदिरा गांधी के रूप में पुनर्जन्म लेते हैं

मैंने जाना कि बच्चन परिवार का इंदिरा गांधी के परिवार से करीबी रिश्ता था। विशेष रूप से मुझे बताया गया कि अमिताभ की माँ तेजी और इंदिरा दोस्त थीं। अगर यह मामला है और यदि बच्चन परिवार के सदस्य गृहयुद्ध के समय अमेरिका में रहते थे, तो प्रश्न उठता है कि क्या इंदिरा गांधी उस युग में भी जनमी एडविन थीं। जब मैंने अहतुन

रे से इस संभावना के बारे में पूछा, तो उन्होंने जवाब दिया, "वे एडविन स्टैंटन थीं, युद्ध सचिव। आप समानता देखेंगे।" इस बात ने मुझे आश्चर्यचकित कर दिया। मैंने छवियों की जाँच की और पाया कि वास्तव में इंदिरा गांधी और स्टैंटन की कुछ छवियों में चेहरे में समानता देखी जा सकती है। मैंने यह भी पाया कि दोनों के चरित्र लक्षण समान थे।

दोनों के बीच एक विशेषता अंत प्राप्त करने के लिए बल का उपयोग करने की इच्छा है। स्टैंटन का मानना था कि अमेरिकी गृहयुद्ध का उद्देश्य दासता को समाप्त करना था और जब तक यह पूरा नहीं हो जाता, तब तक सैन्यबल का उपयोग किया जाना चाहिए। यह रवैया इंदिरा गांधी के ऑपरेशन ब्लू स्टार के प्राधिकरण की याद दिलाता है, जो 1984 में भारत की प्रधानमंत्री के रूप में उनके कार्यकाल के दौरान अमृतसर के स्वर्ण मंदिर से सशस्त्र सिख अलगाववादियों को हटाने के लिए उनके द्वारा आदेशित एक सैन्य अभियान था। कुछ लोगों का यह मानना था कि वहाँ अत्यधिक बल का उपयोग किया गया, जिसके परिणामस्वरूप अनावश्यक मौतें हुईं।

इसके अलावा ऑपरेशन के दौरान भारत सरकार द्वारा समाचार ब्लैकआउट लागू कर दिया गया था। स्टैंटन ने भी समान तरीके से साहसपूर्वक कार्य किया और जब उन्हें युद्ध सचिव नियुक्त किया गया, तो उन्होंने सभी टेलीग्राफ लाइनों का प्रभार सँभाला और गृहयुद्ध के दौरान जनता तक जाने वाली जानकारी को नियंत्रित करने के लिए प्रेस को सेंसर कर दिया था। यह इंदिरा गांधी के कार्यों की याद दिलाता है, जब उन्हें राजनीतिक संकट और विपक्ष का सामना करना पड़ता था।

इस बिंदु पर मैं इस अवलोकन पर जोर देना चाहूँगा कि हमारे काम करने के तरीके आमतौर पर एक जीवनकाल से दूसरे जीवनकाल में ज्यादा नहीं बदलते हैं। पिकासो का पुनर्जन्म पिकासो की तरह ही पैंट करता है और लॉरेल और हार्डी के पुनर्जन्म अभी भी लोगों को हँसाना पसंद करते हैं। इसी तरह आत्माएँ जो राष्ट्रीय शक्ति की मंडलियों में काम करना पसंद करती, उन्हीं भूमिकाओं में लौटकर काम करना पसंद करती हैं। आइए, हम स्वीकार करें कि कर्मिक चक्र हिंसा से गति में आते हैं कि हिंसा हिंसा को जन्म देती है और जो तलवार के साथ रहता है, वह तलवार के साथ मर जाता है।

यदि ये मामले मान्य हैं, तो क्यों एडविन स्टैंटन/इंदिरा गांधी, मैरी एन होम्स बूथ/तेजी बच्चन, हरिवंशराय बच्चन/जूनियस ब्रूटस बूथ और एडविन बूथ/अमिताभ बच्चन भारत में एकजुट हो गए? मेरा मानना है कि गृहयुद्ध के समय इन आत्माओं के बीच कर्मिक बंधन बनाए गए थे। बूथ परिवार उस युग के प्रसिद्ध शेक्सपीरियन कलाकार थे और स्टैंटन उस भावनात्मक समय के सबसे महत्त्वपूर्ण राजनीतिक व्यक्तियों में से एक थे। स्टैंटन जेम्स विल्क्स बूथ को कैद करने के लिए जिम्मेदार थे और उन्होंने बूथ के शरीर पर नियंत्रण बनाए रखा। स्टैंटन को एडविन बूथ ने अपनी माँ की ओर से अनुरोध

करते हुए लिखा था कि जॉन के अवशेष वापस कर दिए जाएँ। इस भौतिक संसार में हम आलोचनात्मक और निर्मम होते हैं। आध्यात्मिक दुनिया में मेरा मानना है कि क्षमाशीलता और सामंजस्य प्रबल होते हैं और दूसरी ओर उत्पन्न भावनाओं के बीज के साथ एक समूह के भविष्य के अवतारों के लिए भाग्य का एक जटिल जाल बिछाया जाता है।

वैसे खूबसूरत लूसी हेल, जो जॉन विल्केस बूथ से प्यार करती थी और उनकी मृत्यु से कुछ ही महीने पहले उनसे सगाई की थी, समकालीन समय में राजीव गांधी की पत्नी सोनिया गांधी के रूप में पहचानी गई हैं। सोनिया के बेटे राहुल गांधी को लूसी के पिता, न्यू हैंपशायर के उन्मूलनवादी सीनेटर जॉन पी. हेल का पुनर्जन्म माना गया है।

क्या जॉन विल्केस बूथ ने खुद भी भारत में इस समूह में पुनर्जन्म लिया था? अह्तुन रे के अनुसार, जॉन विल्क्स भारत में एक राजनेता बन गए, जो बच्चन परिवार से परिचित थे, और उनकी खुद की भी हत्या हुई थी। यद्यपि यह व्यक्ति एक आत्मा के रूप में परिपक्व हो गया था, लेकिन उसने अपनी हत्या से गुजरने को उस कर्म को निष्क्रिय करने का सबसे अच्छा तरीका माना, जो उन्होंने लिंकन की हत्या के साथ उत्पन्न किया था।

रॉबर्ट टॉड और अब्राहम लिंकन के पुनर्जन्म

एक और पिछले जीवन का संबंध है, जो कि अमिताभ बच्चन के समकालीन सिनेमा के एक लीजेंड के साथ है, जो एडविन बूथ के जीवनकाल से लिया गया है। इसमें अब्राहम और मैरी लिंकन के बेटे रॉबर्ट टॉड लिंकन शामिल हैं। यह घटना लिंकन की हत्या से पहले 1863 या 1864 में हुई थी। रॉबर्ट टॉड लिंकन प्लेटफॉर्म पर एक ट्रेन के बगल में खड़े थे। जब ट्रेन अप्रत्याशित रूप से आगे बढ़ने लगी, तो रॉबर्ट का संतुलन बिगड़ गया और वे प्लेटफॉर्म से नीचे गिरने लगे। अचानक किसी ने उनके कोट के कॉलर को मजबूती से पकड़ लिया और सुरक्षित पीछे खींच लिया। उन्हें बचाने वाला एडविन बूथ था, जिसे रॉबर्ट ने तत्काल पहचान लिया और नाम से धन्यवाद दिया।

केविन रायर्सन के साथ अपने काम के दौरान अमिताभ बच्चन के लिए पिछले जीवनकाल की खोज शुरू करने से एक या दो साल पहले मेरे सामने रॉबर्ट टॉड लिंकन के पुनर्जन्म का खुलासा किया गया था। मैंने अह्तुन रे से हॉलीवुड निर्देशक स्टीवन स्पीलबर्ग के पिछले जीवनकाल के लिए पूछा था, तो अह्तुन रे ने मुझे बताया कि स्पीलबर्ग अब्राहम लिंकन के सबसे बड़े बेटे रॉबर्ट टॉड थे, जिसे सुनकर मैं आश्चर्यचकित हो गया। बाद में मैंने रॉबर्ट टॉड लिंकन और स्टीवन स्पीलबर्ग के बीच एक चेहरे की समानता देखी। हालाँकि मिलान ने मुझे पहले अचंभित कर दिया था, लेकिन आगे विचार करने पर मुझे बात में दम लगने लगा। लिंकन परिवार को थिएटर से

प्यार था और समकालीन समय में सामूहिक चेतना को प्रभावित करने के लिए सिनेमा से बेहतर मंच कौन सा है? स्पीलबर्ग द्वारा बनाई गई सामाजिक दृष्टि से अर्थपूर्ण सभी फिल्मों के बारे में सोचिए।

आगे के शोध और केविन रायर्सन के साथ अतिरिक्त सत्रों से यह पता चला कि लिंकन के कई पुत्रों ने पुनर्जन्म लिया है और वे हॉलीवुड में सक्रिय हैं। विलियम वालेस लिंकन का पुनर्जन्म टॉम हैंक्स के रूप में हुआ है और थॉमस लिंकन टेलीविजन निर्माता डेविड ई. केली के रूप में लौटे हैं, जिन्होंने अभिनेत्री मिशेल पीफर से शादी की है। ऐब की पत्नी मैरी लिंकन समकालीन समय में खुद एक वकील बन गई हैं, साथ ही फिल्म उद्योग में भी उनकी एक भूमिका है। यदि लिंकन खानदान ने हॉलीवुड में पुनर्जन्म लिया है, तो क्या अब्राहम उनके साथ हैं?

हालाँकि अह्तुन रे शुरू में ऐब की पहचान प्रकट नहीं कर रहे थे, यह पता करना मुश्किल नहीं था। हॉलीवुड में स्टीवन, स्पीलबर्ग के एक पितातुल्य गुरु थे, जिन्होंने स्पीलबर्ग की खोज तब की थी, जब वे कैलिफोर्निया स्टेट यूनिवर्सिटी, लौंग बीच में एक फिल्म-छात्र थे। सिड शीनबर्ग एक वकील, जो उम्र के तीसरे दशक में यूनिवर्सल टेलीविजन के अध्यक्ष बन गए थे, ने 1968 में स्पीलबर्ग को उनकी पहली नौकरी दी थी। शीनबर्ग और स्पीलबर्ग ने साथ मिलकर यूनिवर्सल पिक्चर्स को एक साधारण कंपनी से एक सफल फिल्म स्टूडियो बना दिया। केविन रायर्सन के साथ एक बाद के सत्र में अह्तुन रे ने पुष्टि की कि अब्राहम लिंकन ने शीनबर्ग के रूप में पुनर्जन्म लिया था। याद रखें कि लिंकन की शुरुआती न्यायिक जीत में से एक 1839 के आसपास हुई थी, जब जोसेफ जेफरसन/टॉम क्रूज का परिवार स्प्रिंगफील्ड, इलिनोइस में एक थियेटर खोलने की कोशिश कर रहा था, लेकिन शहर उसकी अनुमति नहीं मिल रही थी, क्योंकि माना जाता था कि सिनेमाघर बुराइयों को प्रोत्साहन देते हैं। पर लिंकन सफलतापूर्वक थिएटर को स्प्रिंगफील्ड में लाए।

स्टीवन स्पीलबर्ग अब भी उन पहले शब्दों को याद करते हैं, जो शीनबर्ग ने उनसे कहे थे, जब उन्होंने उन्हें पहला काम दिया था—"उम्मीद है कि आपको आपके कॅरियर में बहुत सफलता मिलेगी। और सफलता में बहुत से लोग आपके साथ रहेंगे; मैं विफलता में आपके साथ रहूँगा।" आज स्पीलबर्ग कहते हैं, "मैं उस बात को कभी नहीं भूलूँगा। यह मेरे लिए लगभग एक एंथम बन गया है।" इस तरह एक दोस्ती शुरू हुई, जो 40 वर्षों से अधिक समय से चल रही है। सिड और स्टीवन अभी भी दोपहर के भोजन के लिए नियमित रूप से मिलते हैं, जैसे अब्राहम और रॉबर्ट टॉड मिलना पसंद करते।

हालाँकि सिड शीनबर्ग अत्यंत लाभदायक फिल्मों के उत्पादन में स्पीलबर्ग के साथ अपने सहयोग के लिए सबसे अधिक मशहूर हैं, लेकिन वे मानवतावादी भी हैं। शीनबर्ग

ईसाइयों और यहूदियों के राष्ट्रीय सम्मेलन के राष्ट्रीय बोर्ड, अमेरिकी यहूदी समिति, अंधेपन को रोकने के लिए अनुसंधान बोर्ड और साइमन विसेंथल सेंटर के ट्रस्टी बोर्ड को सेवाएँ देते हैं। 1995 में शीनबर्ग और उनकी पत्नी को साइमन विसेंथल सेंटर के मानवता पुरस्कार प्राप्त हुए। वे नैशनल बोर्ड ऑफ ह्यूमन राइट्स वॉच को सेवाएँ देते हैं और बच्चों के एक्शन नेटवर्क के सह-संस्थापक हैं।

सिड शीनबर्ग को नैशनल कॉन्फ्रेंस ऑफ क्रिश्चियंस ऐंड ज्यूज ह्यूमैनिटेरियन अवार्ड, फ्रेंच सरकार द्वारा प्रदान की जाने वाली चेवलियर डी एल ऑर्ड्रे डेस आर्ट्स एट डेस लेट्रेस, द एड्स प्रोजेक्ट लॉस एंजेल्स कमिटमेंट टू लाइफ अवार्ड और अमेरिकन अकेडमी ऑफ अचीवमेंट से मेडल ऑफ हॉनर दिए गए हैं। लॉस एंजेल्स में यूनिवर्सल स्टूडियो में सिड के नाम पर एक सड़क भी है, जो 'शीनबर्ग प्लेस' कहलाती है। 2008 में डेडीकेशन (समर्पण) पर स्टीवन स्पीलबर्ग उपस्थित थे।

अब्राहम लिंकन को समानता का चैंपियन होने के लिए और संयुक्त राज्य की यूनियन के संरक्षण के लिए याद किया जाता है। ध्यान दें कि सिड शीनबर्ग ने खुद को उन परियोजनाओं में निवेश किया है, जो पारस्परिक समझ को प्रोत्साहित करती हैं, जैसे कि ईसाइयों और यहूदियों के बीच की, साथ ही मानवाधिकारों के उद्देश्य को भी, जैसा कि ह्यूमन राइट्स वॉच में उनकी भागीदारी में देखा गया है। यद्यपि सिड ने उस स्तर की प्रसिद्धि नहीं हासिल की है, जैसी लिंकन ने की थी, लेकिन लिंकन की तरह वे एक वकील अवश्य बन गए, और उन्होंने एक सफल कॅरियर का आनंद लिया, जिसमें थिएटर भी शामिल था, जिससे लिंकन को प्यार था; और स्टीवन स्पीलबर्ग के व्यक्तित्व में उनके पिछले जीवन के बेटे के साथ उनका एक लाभप्रद रिश्ता रहा है, जिससे वे पहले वंचित रहे थे।

उपसंहार

वर्ष 1893 में एडविन बूथ की मृत्यु हो गई। उनके जाने के बाद जोसेफ जेफरसन/टॉम क्रूज ग्रैमर्सी पार्क के प्लेयर्स क्लब के दूसरे अध्यक्ष बन गए। जोसेफ की मृत्यु 1905 में हुई। लौरा कीन की आत्मा दूसरी ओर एडविन और जोसेफ का इंतजार कर रही थी, क्योंकि उनकी मृत्यु 1873 में हो गई थी। ये आत्माएँ, हालाँकि हम देखते हैं कि नए स्थानों में आ चुकी हैं। हमारी कहानी अब बताई जा चुकी है, इसलिए अब परदा गिरा दिया जाएगा।

पुनर्जन्म के मुख्य बिंदु और सिद्धांत

शारीरिक समानता : प्रस्तुत किए गए मामलों में चेहरे की विशेषताएँ एक जीवनकाल से दूसरे में समान हैं।

पिछले जीवन की प्रतिभाएँ : एडविन बूथ/अमिताभ बच्चन ने न केवल एक जीवनकाल से दूसरे जीवन में श्रेष्ठ अभिनय प्रतिभा का प्रदर्शन किया, बल्कि वे दोनों अपने समय के सबसे प्रसिद्ध और वित्तीय रूप से सफल अभिनेता बने। एक जीवनकाल से दूसरे में व्यक्त की हुई अभिनय प्रतिभा मैरी डेवलिन/रेखा, मैरी मैकविकर्स/जया बच्चन, लौरा कीन/निकोल किडमैन, जोसेफ जेफरसन/टॉम क्रूज और वर्जीनिया, हरनेड/मिमी रोजर्स के मामलों में एक जीवनकाल से दूसरे जीवन में व्यक्त की गई प्रतिभा को भी प्रदर्शित किया गया था। रेखा, मैरी मैकविकर्स/जया बच्चन, लौरा कीन/निकोल किडमैन, जोसेफ जेफरसन/टॉम क्रूज और वर्जीनिया हर्नेड/मिमी रोजर्स के मामलों में भी प्रदर्शित की गई थी।

एडविन बूथ के पिता जूनियस ब्रूटस बूथ को अंग्रेजी साहित्य से प्यार था और वे अपने बच्चों को क्लासिक्स पढ़कर सुनाते थे। वे अपने समय के सफलतम शेक्सपियर अभिनेताओं में से एक बने। जूनियस ने अमिताभ बच्चन के पिता हरिवंशराय श्रीवास्तव बच्चन के रूप में पुनर्जन्म प्राप्त किया, जिन्होंने यीट्स पर अपना शोध-प्रबंध लिखकर अंग्रेजी साहित्य में डॉक्टरेट अर्जित की। हरिवंशराय शेक्सपियर का हिंदी में अनुवाद करनेवाले पहले व्यक्ति थे और आगे जाकर जूनियस के साहित्यिक नायक का अनुकरण करते हुए वे खुद भी एक संपूर्ण कवि बने। एडविन बूथ और अमिताभ बच्चन दोनों ने रिश्तेदारों से जुड़ी स्वास्थ्य समस्याओं के बारे में सटीक पूर्वाभास अनुभव करके मानसिक क्षमताओं का प्रदर्शन किया। 'अवर अमेरिकन कजिन' के लेखक, नाटककार टॉम टेलर ने पुलित्जर पुरस्कार विजेता, नाटककार डेविड मैनेट के रूप में पुनर्जन्म लिया।

एडविन स्टैंटन एक मजबूत नेता थे, जो युद्ध सचिव के रूप में कार्य करते थे, और जरूरत पड़ने पर सैन्यशक्ति तथा मीडिया की सेंसरशिप का उपयोग करने में देर नहीं करते थे। स्टैंटन ने इंदिरा गांधी के रूप में पुनर्जन्म लिया, जिन्होंने भारत के प्रधानमंत्री के रूप में समान प्रवृत्तियों का प्रदर्शन किया।

अब्राहम लिंकन और रॉबर्ट टॉड लिंकन दोनों ने राजनीतिक क्षेत्र में नेतृत्व का प्रदर्शन किया और लिंकन अमेरिकी समाज में नस्लीय समानता की प्राप्ति का प्रतीक हैं। लिंकन की तरह सिड शीनबर्ग एक वकील बने और मनोरंजन क्षेत्र में नेतृत्व का प्रदर्शन करते हुए यूनिवर्सल पिक्चर्स के अध्यक्ष बन गए। इसके अलावा शीनबर्ग मानवीय संगठनों में बहुत सक्रिय रहे हैं, जिनमें धार्मिक सहनशीलता और मानव अधिकारों से जुड़े

संगठन भी शामिल हैं, जो नस्लीय समानता और दासता के अंत के लिए लिंकन के जुनून को दरशाता है।

लिंकन परिवार के रंगमंच के प्यार को मनोरंजन उद्योग से जुड़े कॅरियरों में व्यक्त किया गया है। ऐब लिंकन/सिड शीनबर्ग एक प्रमुख स्टूडियो के अध्यक्ष बने, रॉबर्ट टॉड लिंकन/स्टीवन स्पीलबर्ग दुनिया के सफलतम फिल्म निर्देशकों में से एक बने, विलियम वॉलेस लिंकन/ टौम हैंक्स एक प्रसिद्ध अभिनेता और निर्माता बन गए हैं, थॉमस लिंकन/ डेविड ई. केली एक सफल टेलीविजन निर्माता बने और मैरी टॉड लिंकन मनोरंजन क्षेत्र में एक वकील बन गई हैं।

पुनर्जन्म के माध्यम से नवीनीकृत रिश्ते : एडविन बूथ के पूरे परिवार ने भारत में अमिताभ बच्चन के आसपास पुनर्जन्म लिया, जिनमें बूथ की दोनों पत्नियाँ और कई बच्चे शामिल हैं। जैसा कि उल्लेख किया गया है कि एडविन के पिता जूनियस ने अमिताभ के पिता के रूप में पुनर्जन्म लिया था। जॉन विल्केस बूथ ने भी भारत में पुनर्जन्म लिया था और समकालीन समय में अपनी खुद की हत्या से पहले बच्चन परिवार से जुड़े थे।

लौरा कीन/निकोल किडमैन, जोसेफ जेफरसन/टॉम क्रूज और वर्जीनिया हरनेड/ मिमी रोजर्स गृहयुद्ध थिएटर संस्कृति से जुड़े थे और समकालीन समय में हॉलीवुड में फिर से मिल गए हैं। कीन और जेफरसन साथ में अभिनय करते थे और व्यावसायिक भागीदारों के रूप में संबद्ध थे, जबकि किडमैन और क्रूज ने साथ में फिल्में बनाई हैं और वे विवाहित दंपती थे। क्रूज भी मिमी रोजर्स से विवाहित थे।

अब्राहम लिंकन, रॉबर्ट टॉड लिंकन के पिता का पुनर्जन्म सिड शीनबर्ग के रूप में हुआ, जो रॉबर्ट टॉड के पुनर्जन्म, स्टीवन स्पीलबर्ग के मार्गदर्शक और पिता स्वरूप बन गए। लिंकन परिवार के अन्य सदस्य भी हॉलीवुड समाज में एक साथ मिल गए हैं।

आगे के जन्मों में प्रियजनों से मिलने के लिए जीवनकालों की योजना बनाने की आत्माओं की क्षमता इयान स्टीवेंसन के जुड़वाँ अध्ययन में स्पष्ट रूप से प्रदर्शित थी। इस अध्ययन में जुड़वाओं के 31 सेट शामिल हैं, जिनके पिछले जीवन को निष्पक्ष रूप से मान्य किया गया था, प्रत्येक जुड़वाँ जोड़े के पिछले जनमों में महत्त्वपूर्ण संबंध थे।

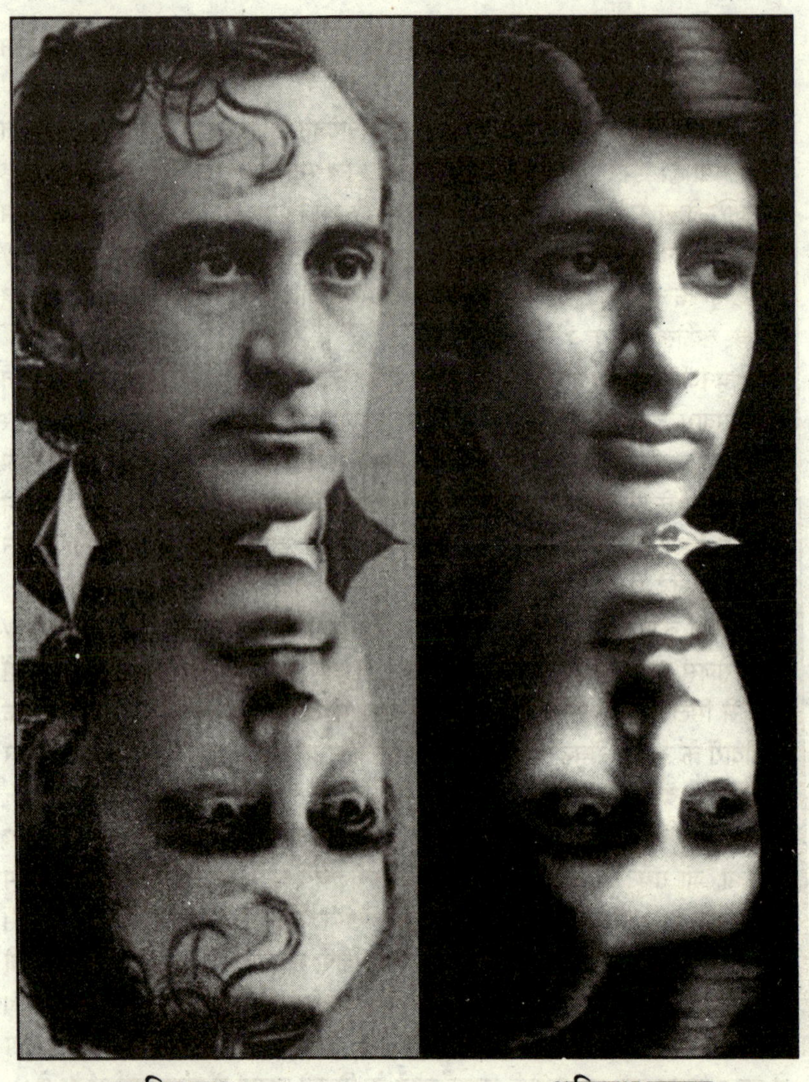

एडविन बूथ　　　　अमिताभ बच्चन

हार्वर्ड रंगमंच संग्रह, हौटन लाइब्रेरी

इस महत्त्वपूर्ण मामले में धर्म, जातीय पृष्ठभूमि और उत्पत्ति का देश बदल जाते हैं। यह मामला एन फ्रैंक मामले की तरह दुनिया में शांति लाने में मदद कर सकता है। एडविन बूथ विक्टोरियन मंच के सबसे महान् शेक्सपियर कलाकारों में से एक बन गए थे।

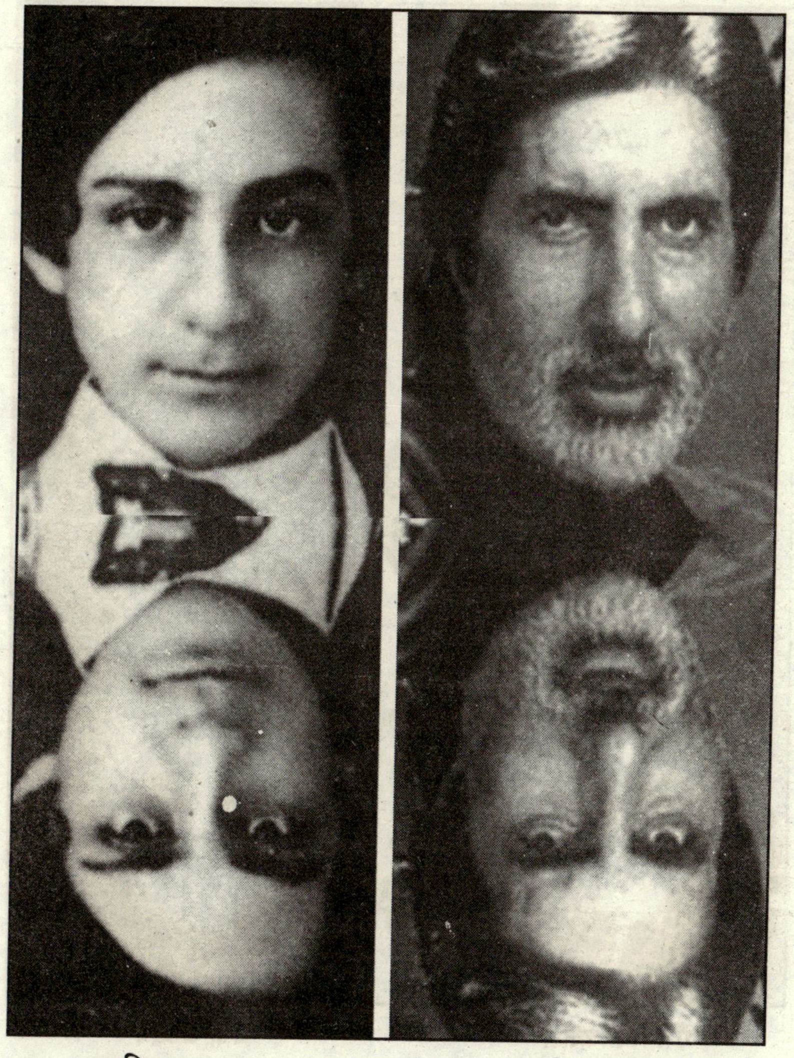

एडविन बूथ अमिताभ बच्चन

युवा बूथ और बच्चन अद्‌भुत समानता रखते हैं। बच्चन को शेक्सपीरियन तरीके से एक प्रतिभाशाली अभिनेता के रूप में वर्णित किया गया है।

मैरी मैकविकर्स जया बच्चन

एडविन बूथ की मैरी मैकविकर्स से तब मुलाकात हुई, जब उन्होंने मैरी के पिता के स्वामित्व वाले थियेटर में प्रदर्शन किया। एडविन और मैरी ने 'रोमियो और जूलियट' में मुख्य भूमिकाएँ निभाईं, एक-दूसरे के प्यार में पड़ गए और बाद में शादी भी कर ली। मैरी ने जया बच्चन के रूप में पुनर्जन्म लिया है।

मैरी डेवलिन बूथ   रेखा

एडविन ने एक अभिनेत्री मैरी डेवलिन से विवाह किया। जब वे पहली बार मिले, तो उन्होंने 'रोमियो और जूलियट' में मुख्य भूमिकाएँ निभाईं। विवाह के कुछ ही वर्ष बाद मैरी की मृत्यु हो गई।

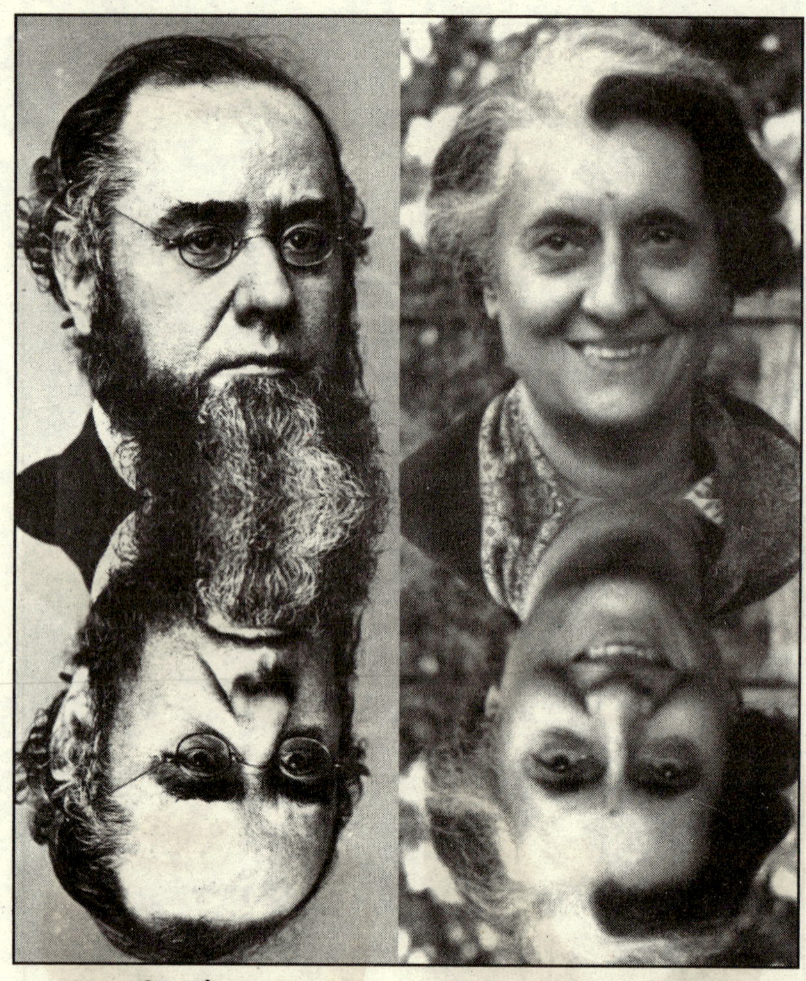

एडविन स्टैंटन

इंदिरा गांधी

अहतुन रे के अनुसार इंदिरा गांधी एडविन स्टैंटन थी, जो अमेरिकी गृहयुद्ध के दौरान लिंकन के युद्ध सचिव थे। एडविन बूथ के भाई, जॉन विल्क्स बूथ द्वारा लिंकन को गोली मार दिए जाने के बाद एडविन स्टैंटन ने वहाँ का प्रभार सँभाला। जे. डब्ल्यू. बूथ के मारे जाने के बाद स्टैंटन ने शरीर का कब्जा कर लिया था।

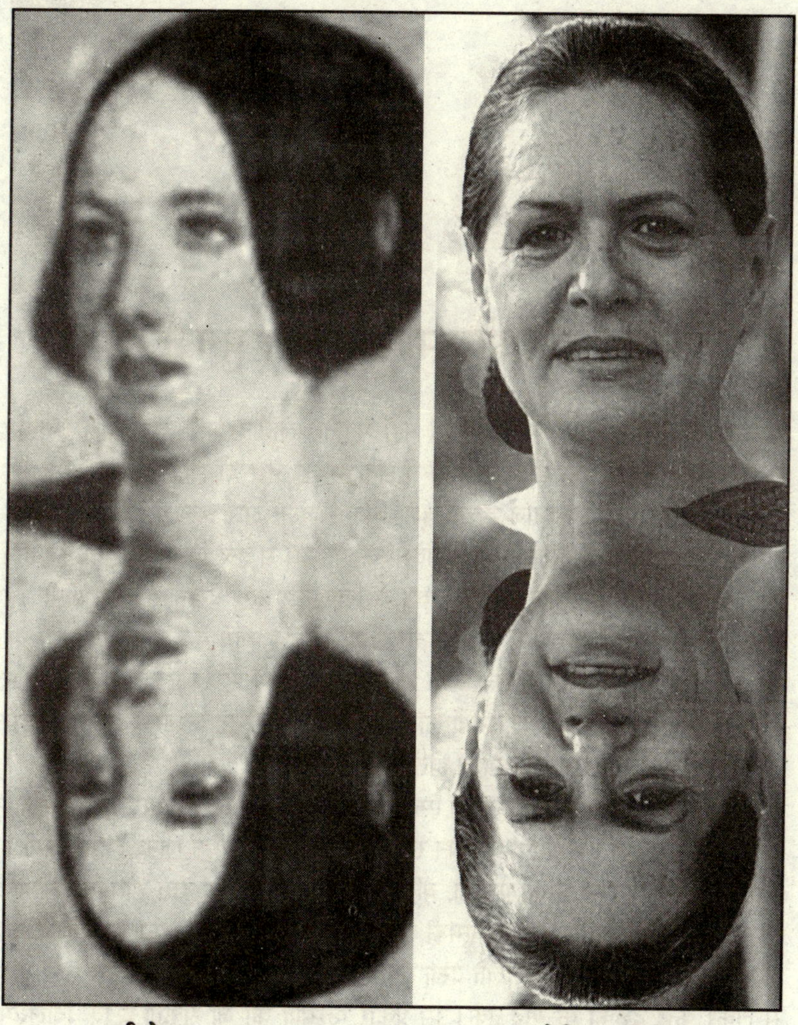

लूसी हेल　　　　सोनिया गांधी

जे.डब्ल्यू. बूथ ने लिंकन की हत्या की, उससे कुछ ही महीने पहले लूसी हेल उससे मिली थी और उन्होंने सगाई कर ली थी। उसके पिता, जॉन पी. हेल, एक अमेरिकी सीनेटर थे, साथ ही एक उन्मूलनवादी और लिंकन के समर्थक भी थे। जॉन पी. हेल ने सोनिया गांधी के बेटे राहुल गांधी के रूप में पुनर्जन्म लिया है।

□

30

विलियम शेक्सपियर का पुनर्जन्म

हालाँकि मैं खुद को मनोवैज्ञानिक नहीं मानता, लेकिन कभी-कभी मुझे अंतर्ज्ञान युक्त टेलीपैथिक संदेश अवश्य मिलते हैं, जो ऐसे परिणाम देते हैं। जैसा कि उल्लेख किया गया है कि जॉर्ज डब्लू. बुश, बिल क्लिंटन और अल गोर के पुनर्जन्म के मामलों को शुरुआत में अंतर्ज्ञान युक्त संदेशों के माध्यम से हल किया गया था, जिन्होंने मुझे बताया कि इन पुरुषों के पिछले जीवन के लिए मुझे कहाँ देखना है। मुझे प्राप्त उस टेलीपैथिक संदेश को याद करें, जो मुझे तब प्राप्त हुआ था, जब मैं अपने दोस्त इगोर की रसोई में था, और जिससे मुझे पता चला था कि वह नींद में फ्रेंच बोलता है। चूँकि इगोर ने फ्रेंच कभी नहीं सीखी है, यह क्सेनोग्लॉसी का एक रूप प्रस्तुत करता है, जिसमें पिछले जीवनकाल की एक भाषा तक पहुँच होती है।

मुझे अंतर्ज्ञान से एक और संदेश मिला, जो मुझे विलियम शेक्सपियर के समकालीन अवतार की पहचान तक ले गया। ध्यान रखें कि उन कई मामलों में जिनकी हमने समीक्षा की है, जिनमें इयान स्टीवेंसन, एम.डी. यूनिवर्सिटी ऑफ वर्जीनिया द्वारा शोध किए मामले भी शामिल हैं, विश्वविद्यालय में एमडी इयान स्टीवेंसन द्वारा किए गए मामलों सहित, लोगों को बहुत जल्दी पुनर्जन्म लेते देखा गया है; पिछले जन्म में मृत्यु के कुछ दिनों बाद से लेकर कुछ दशकों के बाद तक। इस प्रकार, उम्मीद की जा सकती है कि विलियम शेक्सपियर के 1616 में उनकी मृत्यु के बाद से कई जीवनकाल हो चुके होंगे, और यह आश्चर्य की बात नहीं होगी कि समकालीन समय में भी उनका एक पुनर्जन्म हो।

जिस तरीके से शेक्सपियर के लिए पिछले जीवनकाल की स्थापना की गई थी, वह इस प्रकार है—

नवंबर 2005 में मैं एक ऐसे क्लीनिक में चिकित्सक के रूप में काम कर रहा था, जहाँ नौकरी के दौरान घायल हुए श्रमिकों का इलाज किया जाता है। एक अभिनेता नाटक के प्रदर्शन के समय एक मंचित युद्धाभ्यास के दौरान एक बड़ी गुँथी हुई रस्सी पर से गिर

गया था। उसकी पसलियों में चोट लग गई थी और वह इलाज के लिए हमारे क्लीनिक में आया था। जैसे ही इस अभिनेता ने मेरे कैबिन में प्रवेश किया और बात करना शुरू किया, मुझे निम्नलिखित अंतर्ज्ञानी, टेलीपैथिक संदेश प्राप्त हुए, जो मेरे बाहर से आए प्रतीत हो रहे थे—

'यह तुम्हें शेक्सपियर की समकालीन पहचान बताएगा।'

मैं इस संदेश से अचंभित हो गया, वैसे ही जैसे मैं तब हुआ था, जब मुझे इगोर की रसोई में संदेश मिला था। पहली बात, मैंने अतीत में कभी शेक्सपियर के अवतारों की जाँच करने के बारे में सोचा भी नहीं था, और निश्चित रूप से उस समय मेरे दिमाग में बात बिल्कुल नहीं थी, जब इस अभिनेता ने मेरे कैबिन में प्रवेश किया था। इसके अलावा मैंने इसी दल के अन्य घायल अभिनेताओं का इलाज भी किया था, लेकिन शेक्सपियर की समकालीन पहचान बताए जाने का विचार कभी उत्पन्न नहीं हुआ था। अंत में जैसा कि उल्लेख किया गया है, मेरे लिए हैरानी की बात यह थी कि यह अंतर्ज्ञान मेरे बाहर से आता प्रतीत हो रहा था, जो इसे एक टेलीपैथिक गुणवत्ता दे रहा था।

निश्चित रूप से यह अभिनेता विलियम शेक्सपियर का बहुत बड़ा प्रशंसक था और वह उन्हीं का एक नाटक करते हुए घायल हुआ था। शेक्सपियर के छंदों की स्थायी प्रकृति का वर्णन करने में अभिनेता ने मुझसे कहा, "कौन है, जो 400 वर्ष बाद भी उद्धृत किया जाता है?" जब उसने महान् नाटककार पर अपना आत्मभाषण जारी रखा, तो मुझे विश्वास होने लगा कि वह मुझे वास्तव में बताएगा कि इस समय शेक्सपियर कौन था, और जब उसने अपना भाषण पूरा कर लिया, तो मैंने उससे ये सवाल पूछा, "सभी समकालीन नाटककारों में से कौन है, जो सबसे ज्यादा शेक्सपियर की तरह है? कौन इस तरह लिखता है कि उसके कामों को लंबे समय तक पसंद किया जाएगा?"

अभिनेता ने बिना किसी हिचकिचाहट के जवाब दिया, "अगस्त विल्सन; उनके नाटक बहुत लंबे समय तक पसंद किए जाएँगे।"

मैं अकसर थिएटर जाने वालों में से नहीं हूँ और हालाँकि मैंने खुद कभी विल्सन के बारे में नहीं सुना था, लेकिन जिस पल उनके नाम का उल्लेख हुआ, मुझे एक आंतरिक निश्चिंतता महसूस हुई कि यह नाटककार अगस्त विल्सन वास्तव में शेक्सपियर का पुनर्जन्म है। एक-दो दिन के भीतर मैंने छवियों की जाँच की और पाया कि विल्सन के चेहरे की विशेषताएँ शेक्सपियर के चेहरे से मिलती थीं। मैंने यह भी पाया कि थिएटर आलोचकों ने उन्हें 'अमेरिकन शेक्सपियर' नाम दिया था। जब मैंने केविन रायर्सन के साथ एक सत्र किया, तो अह्तुन रे ने मैच की पुष्टि कर दी। आइए, संक्षेप में इन दो पुरुषों के जीवन की समीक्षा करें।

शेक्सपियर के बारे में लोगों को अपेक्षाकृत कम ज्ञात है। शेक्सपियर की जन्मतिथि अनिश्चित है, लेकिन रिकॉर्ड दिखाते हैं कि 26 अप्रैल, 1564 को उनका बपतिस्मा हुआ था। ऐसे में यह माना जाता है कि उनका जन्म 23 अप्रैल, 1564 को हुआ था। विलियम जॉन और मैरी आर्डेन शेक्सपियर का पुत्र था। उनके पिता जॉन, स्ट्रैटफोर्ड के एक प्रमुख नगर अधिकारी थे—एक नगरपालिका, जो लंदन के उत्तर-पश्चिम में सौ मील की दूरी पर है।

हालाँकि विलियम स्ट्रैटफोर्ड में बड़ा हुआ, उसके बचपन के बारे में अधिक ज्ञात नहीं है। ऐसा माना जाता है कि वह केवल व्याकरण स्कूल के माध्यम से शिक्षित था। जब विलियम शेक्सपियर अठारह वर्ष का हुआ, तो उसने एन हैथवे से शादी कर ली, जो उससे आठ साल बड़ी थी और पहले से ही एक बच्चे के साथ गर्भवती थी। उनकी बेटी सुसाना एन का जन्म कई महीनों बाद 1583 में हुआ। दंपती को जुड़वाँ बच्चे एक बेटा हैमनेट और एक बेटी जूडिथ 1592 में हुए। ग्यारह वर्ष की उम्र में हैमनेट की एक बीमारी से मृत्यु हो गई।

ऐसा माना जाता है कि शेक्सपियर 1585 के आसपास किसी समय लंदन चले गए थे। 1592 में शेक्सपियर को लेखक रॉबर्ट ग्रीन से अपमान मिला, जिन्होंने शेक्सपियर को एक 'अपस्टार्ट क्रो' कहा, यानी उस समय के अन्य सफल नाटककारों के साथ उसी लीग में रहने के योग्य। यह टिप्पणी इंगित करती है कि 1592 तक, जब शेक्सपियर 28 वर्ष के थे, वे एक लेखक के रूप में ध्यान आकर्षित करने लगे थे।

लंदन में शेक्सपियर ने एक अभिनेता और लेखक के रूप में काम किया और 'द लॉर्ड चैंबरलेन'स मैन' नाम की एक कंपनी में पार्टनर बन गए।

सन् 1603 में जब जेम्स I इंग्लैंड के राजा बने, तो जेम्स शेक्सपियर की कंपनी के प्रायोजक बन गए, जो अब किंग्स मैन कहलाती थी। शेक्सपियर 1611 में रिटायर हो गए। उन्होंने 1590 की शुरुआत से 1611 तक अपनी साहित्यिक विरासत का उत्पादन किया, जो लगभग बीस साल की अवधि थी। यदि शेक्सपियर का जन्म वास्तव में 23 अप्रैल, 1564 को हुआ था, तो उन्होंने अपनी मृत्यु का समय सही चुना था, क्योंकि उनकी मृत्यु 23 अप्रैल, 1616 को 52 वर्ष की आयु में हुई थी। विलियम शेक्सपियर ने अपना स्वयं का उपलेख लिखा था—

अच्छे मित्र, यीशु के लिए सहनशील बनो, यहाँ बंद धूल खोदने के लिए।

धन्य हो वह आदमी, जो इन पत्थरों को बचाता है, लेकिन शापित हो वह, जो मेरी हड्डियों को हिलाता है।

जैसा कि उल्लेख किया गया है, विलियम शेक्सपियर का पुनर्जन्म अगस्त विल्सन के रूप में होने का उल्लेख है, जैसी कि अहतुन रे केविन रायर्सन के माध्यम से संचालीय

आत्मा गाइड ने पुष्टि की है। अगस्त विल्सन, जिनका मूल नाम फ्रेडरिक अगस्त किटेल है, का जन्म पिट्सबर्ग, पेंसिल्वेनिया में 27 अप्रैल, 1945 को हुआ था। याद करें कि रिकॉर्ड के अनुसार शेक्सपियर ने 26 अप्रैल को बपतिस्मा लिया था, इसलिए ऐसा लगता है कि बार्ड के समय में थोड़ा अंतर था। उसने एक अफ्रीकी अमेरिकी माँ के गर्भ से जन्म लिया था, एक सफाईकर्मी महिला, जिसका पहला नाम डेजी विल्सन था। उसके पिता फ्रेडरिक किटेल जर्मनी में पैदा हुए बेकर थे। जब 1965 में किटेल की मृत्यु हो गई, तो उनके बेटे ने अपना नाम बदलकर अगस्त विल्सन रख लिया।

जब उसकी माँ ने दोबारा शादी की, तो परिवार पिट्सबर्ग के 'द हिल' नाम के गरीब, अफ्रीकी-अमेरिकी हिस्से से श्वेत के पड़ोस में चला गया, जहाँ हाईस्कूल में अगस्त को नस्लीय ताने और उत्पीड़न का सामना करना पड़ा, जिसने अंततः उन्हें स्कूल छोड़ देने पर विवश कर दिया। फिर अगस्त को पिट्सबर्ग की कार्नेगी लाइब्रेरी में घर मिला, जहाँ उन्होंने खुद को साहित्य में शिक्षित किया, शेक्सपियर की तरह, जो स्वयं भी स्व-शिक्षित थे। उन्होंने लाइब्रेरी में इतना समय बिताया कि कार्नेगी ने उन्हें एक डिग्री दे दी—पुस्तकालय द्वारा जारी एकमात्र डिग्री।

सन् 1968 में रॉब पेनी के साथ अगस्त ने हिल डिस्ट्रिक्ट में ब्लैक होराइजन थिएटर की स्थापना की। यह नाम उस थिएटर की याद दिलाता है, जहाँ शेक्सपियर नाटकों के प्रदर्शन किया करते थे; ब्लैकफ्रायर्स थिएटर, जिसका नाम उन भिक्षुओं के नाम पर रखा गया था, जो मठ के मैदान में काले वस्त्र पहनते थे, जो आखिरकार थियेटर का घर बन गया था। विल्सन ने ब्लैक होराइजन में अगले दस वर्षों तक नाटक लिखे और निर्देशित किए। उन्होंने पेनी के साथ मिलकर कुंटू राइटर्स वर्कशॉप की शुरुआत की, जो आज भी सक्रिय है।

1978 में विल्सन सेंट पॉल चले गए, जहाँ उन्होंने मिनेसोटा के विज्ञान संग्रहालय में शैक्षणिक कार्यक्रमों के लिए स्क्रिप्ट लिखने का काम शुरू किया। बिलों के भुगतान की नौकरी के साथ अपने खाली समय में विल्सन ने नाटकों की एपिक श्रृंखला पर काम करना शुरू किया, जो अमेरिका में अश्वेतों के अनुभव पर प्रकाश डालने वाली थी, नस्लवाद के कारण हुए भावनात्मक घावों और निशानों का पर्दाफाश करनेवाली थी; उन थियेटर जाने वालों के लिए, जो मुख्य रूप से श्वेत थे। सिंहावलोकन में कुछ लोगों, जैसे अभिनेता चार्ल्स डटन ने मूल्यांकन किया है कि अमेरिका में पृथक्करण समाप्त करने में विल्सन के योगदान मार्टिन लूथर किंग के बराबर हैं।

विल्सन अपने काम मा रेनी 'स ब्लैक बॉटम के साथ एक प्रमुख नाटककार के रूप में उभरे, जिसके लिए उन्हें 1985 में टोनी पुरस्कार के लिए नामांकित किया गया, साथ-

साथ कई अन्य पुरस्कार भी मिले। यहाँ तक कि लंदन टाइम्स भी प्रभावित हुआ, क्योंकि समीक्षक होली हिल ने मा रेनी'स ब्लैक बॉटम को 'एक उल्लेखनीय पहला नाटक' कहा, और विल्सन को 'एक होनहार नए नाटककार' के रूप में उद्धृत किया। शिकागो ट्रिब्यून के रिचर्ड क्रिश्चियनसेन ने नाटक के ब्रॉडवे निर्माण के बाद कहा, "विल्सन की भाषा की शक्ति सनसनीखेज है।"

सन् 1987 में अगस्त विल्सन के नाटक फेंस ने ड्रामा के लिए पुलित्जर पुरस्कार जीता। फिर उन्होंने द पियानो लेसन के लिए एक और पुलित्जर जीता। ये उन अनगिनत पुरस्कारों में से कुछ हैं, जो अगस्त विल्सन ने अपने कॅरियर में अर्जित किए और जिनके कारण वे एक 'मास्टर स्टोरीटेलर' तथा 'अमेरिकन शेक्सपियर' जैसे नामों से पहचाने जाने लगे।

सन् 1990 में विल्सन सिएटल चले गए, जहाँ मौसम लंदन के समान होता है। और उन्होंने सिएटल को थियेटर शहर बनाने में मदद की। यहीं पर उन्होंने अफ्रीकी अमेरिकी जीवन पर अपने दस नाटकों की शृंखला पूरी की। विल्सन के बाद के नाटकों में से एक, किंग हैडली II, अपनी संरचना और चरित्र में पूरी तरह शेक्सपीरियन है। जून 2005 में विल्सन को यकृत कैंसर होने का पता चला और 60 वर्ष की उम्र में 2 अक्तूबर, 2005 को सिएटल के स्वीडिश मेडिकल सेंटर में उनकी मृत्यु हो गई। उनके पीछे उनकी तीसरी पत्नी, कौन्सतैंजा रोमेरो और उनके दो बच्चे हैं। उनके सम्मान में ब्रॉडवे, न्यूयॉर्क में वर्जीनिया थिएटर का नाम बदलकर 'अगस्त विल्सन थिएटर' रख दिया गया।

एक दिलचस्प सवाल यह पूछा जा सकता है कि शेक्सपियर ने उन परिस्थितियों में पुनर्जन्म क्यों लिया; जिनमें लिया था—एक गरीबी गृहस्थी में, एक ऐसी जाति में, जिसके खिलाफ भेदभाव होता था? मैंने अह्तुन रे से यह सवाल पूछा और उनका जवाब मुझे उचित लगा। अह्तुन रे ने कहा कि शेक्सपियर की आत्मा ने देखा कि बीसवीं सदी में अफ्रीकी अमेरिकियों की दुर्दशा एक ऐसी कहानी थी, जिसका बताया जाना आवश्यक था, और शेक्सपियर जानते थे कि उनके पास उसे बताने का कौशल है।

जॉनी डेप और रॉबर्ट रोसेन के पिछले जीवन

शेक्सपियर के समय से कई अन्य आत्माएँ भी इस समय अवतार में हैं। उदाहरण के लिए अह्तुन रे ने पुष्टि की है कि लोकप्रिय अभिनेता, जॉनी डेप एलिजाबेथन थेस्पियन नाथन फील्ड का पुनर्जन्म है। अह्तुन रे की क्षमताएँ अच्छी तरह से प्रदर्शित हुई थीं, जब मैंने उनसे पूछा कि समकालीन समय में विलियम कैमडेन कौन हो सकता

है। कैमडेन शेक्सपियर के समकालीन थे, जो पुरातात्त्विक विद्वान् और इतिहासकार थे। वे वेस्टमिंस्टर स्कूल में एक अग्रणी शिक्षक बन गए, जहाँ वे इच्छुक प्रतिभाशाली नाटककारों को पढ़ाते थे।

अह्तुन रे ने मुझे बताया कि कैमडेन को यूनिवर्सिटी ऑफ कैलिफोर्निया, लॉस एंजिल्स, स्कूल ऑफ थियेटर, फिल्म एंड टेलीविजन के डीन के रूप में पुनर्जन्म मिला था। अह्तुन रे रॉबर्ट रोसेन का जिक्र कर रहे थे। जब मैंने रोसेन को देखा, तो न केवल उनके चेहरे की विशेषताएँ अनोखे तरीके से मेल खाती हैं, बल्कि उनके प्रयास के क्षेत्र भी वही हैं। रोसेन खुद को एक शिक्षक, आलोचक और संरक्षक के रूप में वर्णित करते हैं, जो युवा मस्तिष्क को नाटक के शिल्प सिखाते हैं, काफी कुछ विलियम कैमडेन की तरह।

तो जैसे कि बार्ड ने कहा था, जीवन एक मंच है और ऐसा लगता है कि हमारी भूमिकाएँ बार-बार दोहराई जाती हैं। इस नाटक की चेतना के साथ, आइए हम त्रासदियों से दूर चलें और ऐसे स्थान बनाएँ, जहाँ हम खुशी के साथ वापस लौटें।

पुनर्जन्म के मुख्य बिंदु और सिद्धांत

शारीरिक समानता : हालाँकि शेक्सपियर के चित्रों की सटीकता को लेकर कुछ विवाद है, फिर भी विलियम शेक्सपियर और अगस्त विल्सन के चेहरे की विशेषताओं में समानता प्रतीत होती है। शारीरिक समानताएँ नाथन फील्ड/जॉनी डेप और विलियम कैमडेन/रोबर्ट रोसेन के मामलों में भी मौजूद है।

जन्मजात या पिछले जीवन की प्रतिभा : अगस्त विल्सन को 'अमेरिकन शेक्सपियर' कहा जाता था और उन्हें उनके नाटकों के लिए पुलित्जर पुरस्कारों से सम्मानित किया गया है। विल्सन के नाटक 'किंग हैडली II' को संरचना और चरित्र में पूरी तरह शेक्सपीरियन माना गया है। एक अंतिम सम्मान के रूप में न्यूयॉर्क में एक ब्रॉडवे थिएटर का नाम विल्सन के नाम पर रखा गया है। अह्तुन रे के अनुसार शेक्सपियर की आत्मा ने एक गरीब अफ्रीकी अमेरिकी के रूप में यह कहानी बताने के लिए पुनर्जन्म लिया कि कैसे नस्लीय भेदभाव ने अफ्रीकी अमेरिकियों को प्रभावित किया है। और कुछ लोगों ने टिप्पणी की है कि इस प्रभाव की तुलना काफी हद तक मार्टिन लूथर किंग के प्रभाव से की जा सकती है।

नाथन फील्ड ने किंग्स मैन के साथ प्रदर्शन किया और वे जॉनी डेप के व्यक्तित्व में अपनी प्रतिभा अपने साथ लेकर आए। विलियम कैमडेन एक विद्वान् थे, जो वेस्टमिंस्टर में महत्त्वाकांक्षी नाटककारों को पढ़ाते थे। कैमडेन ने रॉबर्ट रोसेन के रूप में पुनर्जन्म लिया, जिन्होंने यूनिवर्सिटी ऑफ कैलिफोर्निया, लॉस एंजेल्स के स्कूल ऑफ थिएटर, फिल्म एंड टेलीविजन के डीन के रूप में कार्य किया है।

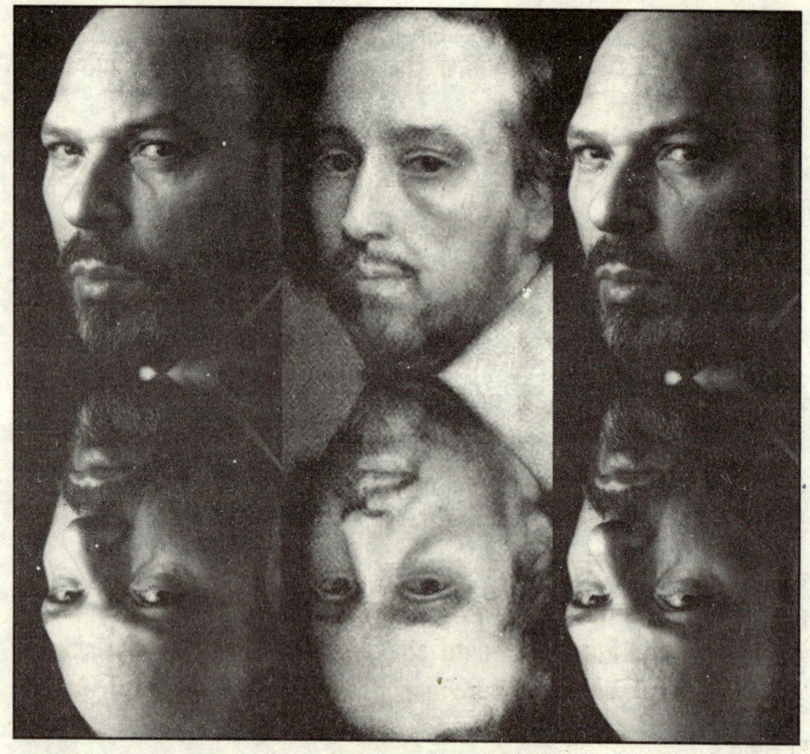

अगस्त विल्सन विलियम शेक्सपियर अगस्त विल्सन

पुनर्जन्म अनुसंधान से पता चलता है कि लोग बहुत जल्दी, कुछ महीनों या कुछ वर्षों के भीतर पुनर्जन्म ले सकते हैं। इस प्रकार हो सकता है कि 1616 में मृत्यु के बाद से शेक्सपियर के कई जीवनकाल हो चुके हों। हाल में शेक्सपियर ने अगस्त विल्सन के रूप में पुनर्जन्म प्राप्त किया, जिन्हें 'अमेरिकी शेक्सपियर' कहा जाता है, जिन्होंने दो पुलित्जर पुरस्कार जीते हैं और जिनके नाम पर न्यूयॉर्क में एक ब्रॉडवे थियेटर भी है।

□

31

निष्कर्ष

मैं दो मामलों का संदर्भ देकर निष्कर्ष निकालना चाहता हूँ, जिनमें पिछले जीवन की यादें बचपन में प्राप्त की गई थीं। एक मामला एन फ्रैंक/बरब्रो कार्लेन का है, जो पुनर्जन्म में प्रस्तुत किया गया है।

एन फ्रैंक को यहूदी के रूप में प्रताड़ित किया गया था। समकालीन समय में बरब्रो कार्लेन, एन फ्रैंक का पुनर्जन्म एक ईसाई परिवार में हुआ। गौर करें कि यदि द्वितीय विश्वयुद्ध में नाजियों को पता होता कि व्यक्ति एक जीवनकाल में यहूदी और दूसरे में ईसाई के रूप में जन्म ले सकता है, तो महाविनाश कभी नहीं हुआ होता। इसी प्रकार अगर लोग समझ जाएँ कि वे एक जन्म में मुसलिम और दूसरे में यहूदी या ईसाई पैदा हो सकते हैं, एक जन्म में शिया और दूसरे में सुन्नी के रूप में जन्म ले सकते हैं, तो हम मध्य-पूर्व में जो हिंसा देखते हैं, वह बंद हो जाएगी। एन फ्रैंक/बरब्रो कार्लेन केस उस सकारात्मक सामाजिक परिवर्तन का उदाहरण देता है, जो पुनर्जन्म के वस्तुनिष्ठ प्रमाण ला सकते हैं।

जैसे-जैसे हमारे बच्चों के मुँह से पिछले जीवनकालों की यादें निकलती रहेंगी, पुनर्जन्म के साक्ष्य बढ़ते रहेंगे। इयान स्टीवेंसन की, जिन्होंने पिछला जीवन याद करनेवाले बच्चों के वैज्ञानिक अनुसंधान का नेतृत्व किया, 2007 में मृत्यु हो गई। अन्य लोगों ने, हालाँकि उनका काम जारी रखा है और स्वतंत्र रूप से शोध किए गए मामले अभी भी बता रहे हैं कि आत्माएँ एक जन्म से दूसरे में धार्मिक और जातीय संबद्धता बदल सकती हैं।

दूसरा ऐसा मामला, जिसे मैं उद्धृत करना चाहता हूँ, एक मुसलिम लड़के कमाल अतासो का है, जिसे ईसाई के रूप में अपना एक पिछला जीवनकाल याद था। जिम टकर, एम.डी., यूनिवर्सिटी ऑफ वर्जीनिया द्वारा लिखी एक पुस्तक 'लाइफ बिफोर लाइफ' में डॉ. टकर उस कार्य का सारांश प्रस्तुत करते हैं, जो स्वर्गीय डॉ. इयान

स्टीवेंसन ने 40 वर्षों की अवधि में किया था। डॉ. टकर उस प्रत्येक तर्क को संबोधित करते हैं और उसका खंडन करते हैं, जो कोई संदेही डॉ. स्टीवेंसन के कार्य को खारिज करने के लिए उठा सकता है। सबसे पहला मामला, जिसका डॉ. टकर ने अपनी पुस्तक में वर्णन किया है, वह तुर्की में रहनेवाले छह वर्षीय मुसलिम लड़के कमाल अटासोय का है, जिसमें उसने बहुत विस्तार से एक पूर्व जीवनकाल को याद किया। जिसमें वह कराकस नाम का एक अमीर ईसाई व्यापारी था, जो इस्तांबुल में रहता था, उस स्थान से 500 मील दूर, जहाँ कमाल का जन्म और पालन-पोषण हुआ। कमाल की यादों को बाद में गहरे शोध के माध्यम से सत्यापित किया गया।

'लाइफ बिफोर लाइफ' में डॉ. टकर पूछते हैं, "इस छोटे से लड़के को, जो 500 मील दूर एक शहर में रहता है, एक ऐसे आदमी के बारे में इतनी बातें कैसे पता थीं, जो उसके पैदा होने से 50 साल पहले इस्तांबुल में मरा था?...इसका क्या संभव स्पष्टीकरण हो सकता है? कमाल के पास एक बहुत आसान सा जवाब था; उसने कहा कि पिछले जीवनकाल में वह वही आदमी था।"

मानव विकास में अगला कदम यह महसूस करना है कि हम सार्वभौमिक आत्माएँ हैं, जो किसी भी सांस्कृतिक और धार्मिक स्थापना में जन्म ले सकती हैं। इस समझ के साथ आइए, हम धार्मिक, जातीय, राष्ट्रीय या नस्लीय संबद्धता में मतभेदों के आधार पर होनेवाली हिंसा को रोकें। पृथ्वी वह विद्यालय है, जिसमें हम बढ़ने और विकसित होने के लिए उपस्थित होते हैं, ताकि अंत में हम आध्यात्मिक दुनिया के उच्च स्तर तक बढ़ पाएँ और इस प्रकार भगवान् के करीब हो जाएँ। आइए, हम अपने खुद के और हमारी सभ्यताओं के बुनियादी ढाँचे के विनाश को रोक दें, जो झूठी और सीमित पहचान पर आधारित है।

मैं 'रिटर्न ऑफ द रिवोल्यूशनरीज' से ली गई एक उपमा के साथ समापन करता हूँ।

'वी आर द फिश, नॉट द रिवर्स'
(हम मछलियाँ हैं, नदियाँ नहीं)

दुनिया के महान् सांस्कृतिक आंदोलनों और धर्मों की कल्पना नदियों के रूप में करें। एक पैगंबर या दूरदर्शी एक फाउंटेनहेड या मूल स्रोत के रूप में कार्य करता है, जो एक दर्शन, एक राष्ट्र या एक धर्म शुरू करता है। जैसे-जैसे इस संस्थापक के साथ अनुयायी शामिल होने लगते हैं, छोटी नदी धारा का रूप ले लेती है। फिर वह नदी बन जाती है और समय के पार सदियों तक बहती रहती है। समर्थक कला, वास्तुकला,

साहित्य और संगीत के माध्यम से इस आंदोलन में योगदान देते हैं तथा नदी और अधिक भव्य एवं गहरी हो जाती है।

कल्पना कीजिए कि हम मछलियों की तरह हैं, जो आध्यात्मिक दुनिया से उतरती हैं और इन नदियों में विसर्जित हो जाती हैं। एक जीवनकाल में हम मूसा की नदी में तैरते हैं; दूसरे में हम ईसा मसीह की नदी में तैरते हैं; एक अन्य में मोहम्मद की नदी में, फिर बुद्ध की नदी में, एक दूसरे जीवनकाल में हिंदू धर्म की नदी में, और यह सब इसी तरह चलता रहता है। जब हम एक विशेष नदी में डूबे रहते हैं, तो हम पूरी तरह उस सांस्कृतिक धारा के साथ पहचान स्थापित कर लेते हैं। हम एक ईसाई, मुसलिम, यहूदी, हिंदू या बौद्ध बन जाते हैं। हम उस विशेष जाति, जातीयता और राष्ट्रीयता के साथ पहचान स्थापित कर लेते हैं, जिसमें हम खुद को पाते हैं। हम यह भूल जाते हैं कि अन्य जीवनकालों में हम अन्य धाराओं में भी तैर चुके हैं।

पृथ्वी पर शांति का शासन हो, इसके लिए हमने उन विभिन्न मार्गों के प्रति, जिन्हें हम पार करते हैं और विभिन्न पहचानों के प्रति, जिन्हें हम अपनाते हैं, सचेत होना चाहिए। हमें याद रखना चाहिए कि एक आध्यात्मिक परिप्रेक्ष्य में हम मछलियाँ हैं, नदियाँ नहीं। हम सार्वभौमिक आत्माएँ हैं, जो इन विभिन्न धाराओं का अनुभव करती हैं। आइए, हम इस जागरूकता के साथ रहें, ताकि हम सब शांति से रह सकें।

□□□